苦难山

西元

著

长江出版传媒 长江文艺出版社

图书在版编目（CIP）数据

苦难山 / 西元著. --武汉 ：长江文艺出版社，
2021. 12
ISBN 978-7-5702-2438-8

Ⅰ. ①苦… Ⅱ. ①西… Ⅲ. ①长篇小说－中国－当代
Ⅳ. ①I247. 5

中国版本图书馆 CIP 数据核字(2021)第 219805 号

苦难山
KUNANSHAN

责任编辑：胡金媛　　　　　　　　责任校对：毛　娟
封面设计：天行健　　　　　　　　责任印制：邱　莉　　王光兴

出版：长江出版传媒 ｜ 长江文艺出版社
地址：武汉市雄楚大街 268 号　　　　邮编：430070
发行：长江文艺出版社
http://www.cjlap.com
印刷：湖北新华印务有限公司

开本：880 毫米×1230 毫米　　1/32　　　印张：15.25　　插页：1 页
版次：2021 年 12 月第 1 版　　　　2021 年 12 月第 1 次印刷
字数：367 千字

定价：45.00 元

战争

是对命运的以死相争。

你像犁子，

把我的故土深深犁过。

带来苦难，

也带来希望……

目　录

第一章　兴安岭（上）

打记事儿起，树生小子就看过无数颗被砍掉的人脑袋。比如，县城西门外有一排缠着铁丝网的白桦木架子，那上面时不时搁着三五颗人头。还有，村口的石碑顶上也是如此，有时搁一颗，有时搁两颗。这些被砍了头的人，树生小子有的认识，有的不认识。至于为什么掉脑袋，他搞不清楚。树生小子发现，人死了之后，表情都一样，无论你生前是金刚怒目还是泪眼婆娑，无论你是壮志未酬还是悔恨交加。这些人的眼睛松松垮垮地闭着，嘴巴微微张开，露出或白或黄或黑或残缺不全的牙齿，脸上的皮肉无力地耷拉着，像块蒙在什么东西上的湿抹布。这样的表情能告诉你什么呢？死去才知万事空？生不带来，死不带走？或者说，一切都随他去吧，人死了和一块石头、一截木头没什么两样？树生小子觉得，把人脑袋摆在这里的人是想说，你们看，这人活着时是多么烈性，可现在不也沉默了吗？你们啊！想造反时就看看他，把话都咽到肚子里，死了这份心吧！人头刚刚放到那里时是新鲜的，被春风吹着，被夏雨淋着，被秋霜打着，被冬雪盖着，被鸟啄，被狗啃，被虫蚀，一个寒暑过后，就变成了白花花的骷髅骨，渐渐被人们遗忘。再过一些日子，又会有新的人脑袋串上铁丝，搁在旧处。树生小子爹的脑袋也在石碑上摆过，那时他才一两岁，全不记得了。据说是因为县城里有一个日本人被胡子打死了，日本人随便抓些人来砍头示众，并没什么道理。就好比十户连坐，黑土地上的人不能吃白米，吃了便是犯罪过儿，又有什么道理可言呢？树生小子娘有他那年，算命的说这孩子命硬，克他爹。于是娘就把胎盘挂在一棵长了几十年的大杨树上，算是这棵树生的儿子。从此，树生小子认树为爹，这个乳名儿也就叫起来了。不过，大杨树好好的，他爹倒是先没了。

一

这是一个冬日的午后，再有几天就过年了。头顶一片湛蓝，阳光打着唿哨，从天空深处洒落到大地上，积雪白得刺眼，让人产生幻觉，觉得自己轻飘飘的，像浮在空气里的棉花一样。树生小子看见二舅妈蹲在自家白桦木栅栏外的水沟边，把一只活的灰毛兔子头朝下挂在木栅栏的铁钉上。她用菜刀在兔子尾巴处割出一条小口子，指尖紧紧抓住皮毛，把小口子一点一点扩大，待剥下一小半时，便麻利地使劲一扯，再一扯，一整张完好的兔子皮就拿在了手里。然后，她把钉子上又红又白赤条条的兔子摘下来，扔在雪里。很快，那条兔子肉就给冻得硬邦邦的。如此反复，只一小会儿，二舅妈就剥好了七八张兔子皮，有灰的，有白的，有半棕半黑的，有半红半白的。树生小子看得痴了，呆呆站在两步远的地方，不敢离得太近，又想瞅个清楚。二舅妈呵呵一笑，把树生小子招到跟前，从一只还有热乎气儿的兔腔子里拽出一小块血淋淋的肉，递到他嘴前，道，这是兔儿心，好嚼咕，趁热吃了吧。树生小子望了望那几根沾满血的手指，觉得二舅妈大得有些震耳朵的笑声，像春天里把几尺厚冰都给涨裂了的河水，一下子淹没了自己细弱的心。他不由自主地张开嘴，把腥气十足的兔心接进口中，使劲咀嚼。几度恶心，但看到她略带蔑视的笑容，也就强忍住了，终于咽下肚去。二舅妈扯了扯树生小子的嘴，把冻硬了的兔子皮在他胸前比量了一比量，说，也给你做件儿皮坎肩吧。

　　树生小子有点怕这娘们儿。她能把自家快老死的看门狗吊在院门框上勒断气，在狗还嚎叫时就把狗皮扒下来。她还能一脚踩着大公鸡爪子，一刀割开它的喉咙，杀只活物跟从秧子上掰下根苞米棒子那样轻松。刚过门时，二舅往死里揍过她几回，想把她打服了，从此死心塌地做个小媳妇。二舅妈像红了眼的疯狗一样拎着菜刀，把家里的锅碗瓢盆砸了个稀巴烂，半夜里把房子浇上煤油点着了。那架势，只要你没把我打死，那我早晚要把你宰喽！这娘们不要命地在八年里生了七个丫头，为的就是一定要生出个儿子。最后一次生孩子，她差点死在炕上，血浆像打翻了的洗脚水一样从炕上哗哗啦啦流到炕下，血腥气重得直呛人。有人把县城东边屯子里的老马婆子请来。这五十多岁的老女人是下半夜进屋的，谁也不打招呼，进屋之后就一声不吭倒在炕头，直到天亮。红彤彤的太阳一出，她要来支纸烟，点着，一口接一口嘬。说也奇怪，这烟灰竟然分了叉儿。老马婆子端详许久，望着棚顶，像是真的看到了什么东西似的，说二舅妈是王母娘娘后花园里的一只画眉。你想想，那王母娘娘的地界里能有公的么？你就死了生小子的心吧！再生，娘娘一生气就把你招回去关笼子啦！那天夜里，老马婆子还给二舅妈挑了一回羊毛疔。树生小子站在角落里，借着煤油灯豆大的亮光，看见三五个女人的身影中间，二舅妈赤裸着上身，两个乳房中间布满了豆大的汗珠。她像睡着了似的闭着眼，头有气无力地垂着。老马婆子将一根钢针在灯火上烧过之后，微微刺进二舅妈心口附近的皮肉，左挑右挑，手腕灵活得像黄鼠狼。不知不觉间，一根寸把来长，白似羊毛的絮状物便随着针尖给拔了出来。羊毛疔离开身体的一瞬间，二舅妈浑身瘫软，晕倒在炕上睡死了过去。从那之后，她再也不动生儿子的心思了。

二舅妈的心性似乎给收伏住了。她依旧彪悍，依旧让人生畏，却总让人看着少了些什么东西。是什么东西呢？树生小子也没琢磨明白。除了二舅妈之外，他觉得自己的亲戚里头，三舅也该算个人物。肥沃的黑土地下面蕴藏着一团火。在夏夜里，你能看见大地在热气蒸蒸的潮雾里扭动着巨大的身躯，你能听见它在不见边际的夜色里发出隆隆的响声。苍穹里密密麻麻的星辰与你只有尺把远的距离，你像站在一条波涛里的船上，摇摇晃晃，遥望银河忽左忽右地移动。这个时候，你能清晰地感受到黑土地深处的火。那团火化作肥料、化作河水、化作树木、化作山川，养育着世间万物。它火辣辣的，烧得玉米、高粱、洋柿子、土豆、亚麻、旱黄瓜、大豆、小米、茄子、豆角、香瓜、西瓜、大葱、倭瓜赶投胎似的疯长，烧得深山里的野兽焦躁不安地奔跑，烧得这里的人总也难耐熔岩般的性子。

三舅的个头在东北人里不算高，胸膛和胳膊上的肌肉鼓鼓的，肩头和腰腹一样宽，浑身上下的皮肉呈黑红色，脖子上迸跳着几根小手指粗细的紫红色血管。他干什么事或说什么话之前，总要用力扭几下脖子，不知是因为不舒服，还是在竭力压抑住怒火。尤其是，三舅的嗓音里有种金属质地的声音，类似于铜块儿或铁块儿相撞击时的回响，从他的胸膛里传出来。听到这声音，树生小子的心就会猛地收缩，像被无形的手狠狠捏了一下似的。两年前，三舅养过十几只羊。几个邻村的半大小子勾结本村的人偷走了六只，是在半夜里用马车装走的。其实，大家伙儿都知道是谁偷的，但又觉得三舅一个穷小子，就不应该养十几只能割毛的羊。这羊被人生生抢走了，倒像是天经地义的事。要搁在一般人身上，也就忍气吞声了，你一个人发了家，不让别人沾沾光怎么行？吃亏是福，不还给你剩下几只嘛，继续养着呗。三舅可不是这种人。他将杀猪刀别在腰里，把镐头把子卸下来，先把村子里的这个人的腿给砸折了，又追到邻村，把那几个半大小子砍倒在地，爬都爬不起来。跑掉的，躲进山里半个月都不敢回村。羊肉给吃了，羊皮给卖了，三舅瞪着血红的眼睛，把那几家的草房顶泼上煤油。想了一想，他没点火，大步流星走到村口，回头大声吼道，你们给我记住喽！今后谁动我一根手指头，我摘他一个膀子！

三舅有个三岁的儿子，也是谁也不敢惹。倒不是因为这孩子很厉害，而是如果他哭哭啼啼地回了家，对他爹说谁谁谁欺负了他，那么，那家人可就没消停日子过了。这会儿，树生小子看见三舅正站在当院里，面前支了木匠架子。架子上摆了块大鳇鱼段儿，比大人的腰还粗很多。三舅光着脑袋，棉袄也扎得不那么紧，从领子里冒出蒸汽。他用刨子在冻硬的大鳇鱼肉上一推，长长一条白花花油亮亮薄得透光的鱼片就打着卷儿从刨子后背冒出来。地上摆了只洗脸木盆，鱼片已经松松地堆得冒了尖。三舅把树生小子叫到近前，往他嘴里放了一块指甲盖儿大小的鱼片。鱼片白里带着粉红色，像油脂一样滑腻，又有股荤油的香味儿。只可惜，三舅给了他一片之后，便不再理睬他了。

树生小子漫无目的地走到了村口大道边。向西几十里是县城，再向西几百里是哈尔滨。向南有一条很大的江，叫松花江，三舅家的大鳇鱼就是从那边打上来的。向北，是深山老林，林子里有老虎，有熊，有狍子，有野鸡，有人参，有数不清的宝贝。那边的人手上有枪，连日本人都管不着。正想着，从东边来了三五匹马。到了跟前，一个黑乎乎的东西就扔在雪地上。树生小子一看，是颗人脑袋，在雪地上滚了几滚，沾满了雪，也不知是谁。

为首一人掏出把黑亮的盒子炮，朝天放了一枪，喊道，把村子里的人都给我轰出来！说俺"大闺女"给乡亲们拜年来了！一人骑马进了村子，挨家挨户敲打院门。树生小子呆呆地立在原地，脚像石头一样动弹不得。不一会儿，近百口子人骂骂咧咧地聚在了大道边。有女人嚷道，个瘪犊子，还让不让过年啦？俺家锅里可炜着血肠下水呢！有男人低声道，可拜（别）提你那血肠下水了，你也不看看谁来啦？人家要的是黄白货，你有吗？女人道，什么狗操的黄白货？俺啥都没有，屎是黄的，要不要？男人道，屎是不要，你奶子又白又圆，人家兴许要呢！女人不耐烦地说，去你二大爷的吧，像你见过似的！

报号"大闺女"的人勒了勒马头，高声喝道，大家都看见了啊！这地上的，是赵大粮库家二小子。票我们撕了，他爹也是太抠门，区区一万大满洲元都舍不得。钱没了可以再挣，命没了还能再回来吗？你们可不要学他！哈哈！

说着说着，他压低腰身，眯缝起眼，似是瞧着人群里的某一个人。慢慢地，他瞅得高兴，乐呵呵下了马，来到树生小子的小姨面前，上上下下地打量起来。"大闺女"问，你爹你娘呢？小姨怯生生地说，在你身后站着呢。"大闺女"猛地转过身，来到树生小子的姥爷姥姥面前，毫不迟疑，双膝跪下，在雪地上磕了三个头。他霍地站起来，像匹狼似的抖了抖狐狸皮裤腿儿上的雪，说，在下见过俺老丈人老丈母娘。人我先带走了，改天把彩礼送过来。二老放心，您闺女现在是我的人了，在山里头吃不着亏。姥爷沉默了许久，说，这兵荒马乱的年月，也不是咱小老百姓好好活的世道。你给我记住喽！做事要讲良心，才能活得久，昧着良心做事，早晚死于非命，连个囫囵尸首都落不下。闺女我给你了，你给我照顾好了。要有个三长两短，我可是找你要人！这时，从东边来了一匹快马，有人急匆匆下马对"大闺女"耳语了几句。"大闺女"从腰里掏出一根黄澄澄的东西，说，二老把心放到肚子里吧。这东西您收下，先置办几亩地。说罢，他拦腰扛起小姨，放在马上。他们没有再向东走，也没向西，而是穿过村子，从村后小路进山了。

树生小子有点失望。他觉得小姨不应该就这么不明不白地被抢走。姥爷胆小怕事，三舅、二舅妈可不是，但他们谁也没在这个时候站出来。从他们窝在胸腔里的头和后脖梗子上看过去，那些血性竟然莫明其妙地消失了。三舅漠然地盯着雪壳子上的一个马蹄印，不知在想什么，眼里再没有自己的羊让别人抢走时，红了眼睛要拼命的火气。树生小子想不明白这是为什么，但从那时起，他就不像从前那么怕他们了。

二

"大闺女"走后，村子里的人急着回屋。树生小子看见娘把挂在下屋里的冻猪肘子摘下来，泡在盆里刮毛，看样子这回肯定是要烀了。娘不厌其烦地用菜刀一遍一遍刮，把猪皮刮得雪白雪白的，不漏一个旮旯，没有一丁点脏东西。那认真劲儿，会让人觉得这东西要是熟了，肯定得香你个跟头。不过，还没进家门，县城里来了人，要大家在村口排好队，迎接日本子讨伐队归来。

天暗下来，变成了铅灰色，又要下雪。日本人的队伍缓缓走过来，不喊口号，也没人下口令，一匹白色的大马甩着头，突突地打着响鼻。他们垂着头，狗皮军帽挂着霜，反毛棉靴踏着雪地嘎吱嘎吱响。两百多号日本兵走过之后，是两两一排的雪橇。每只雪橇上整齐码放着两具或三具日本兵的尸体。十几只雪橇后面，是晃晃悠悠的马车。马车架子上面腿朝天、头朝地用铁钩子挂着一些尸体。这些尸体挺怪异，穿什么衣服的都有。有的穿老百姓的黑棉袄黑棉裤，有的穿日本军官呢大衣，也有的穿二鬼子的治安军军服。大多数都混着穿，比如下身是日本呢子马裤，上身却是黑棉袄，或者下身是狗皮裤子，上身却是戴着军衔的日本军官制服。这穿戴本身就是对日本子的莫大侮辱。

树生小子看到挂在马车架上的尸体当中有个女人。当然，不是从头发、身材或服饰上辨认出来的。这些个东西，尸体们都差不多，乱蓬蓬的头发，黝黑的脸，还有破破烂烂的衣服。女人尸体光着脚，脚趾一个不剩，都冻掉了，脚踝穿过铁钩子，上下颠簸中淌出浅浅的一缕血迹。她的脸沾满了土，鼻孔里、耳朵里、嘴里都流出血，不知道她生前长得什么样，是漂亮，是丑陋。黑漆漆的脸上，一双流血的眼睛睁着，结了冰，望着天空。

还有一个倒挂着的人没死。他的装束和其他尸体没什么差别，只是嘴巴用铁丝勒着，一边冒血，一边倔驴似的吼着什么。他身体一扭一扭，一拱一拱，带着节奏，像唱歌儿，又像唱戏。

树生小子身后有人嘀咕，这些政治胡子，真是尿性，一个个都没人模样了，就是不下山。另一个人说，可不咋的，他们杀了那么多日本子，日本子还敬着他们。为啥？是把日本子杀怕了。树生小子心里一动，耳朵也跟着转了过去，问道，啥是政治胡子？有人说，政治胡子就是文明胡子，不像"大闺女"，狗操的一张嘴就骂骂咧咧。树生小子又问，啥是文明胡子？那人又说，文明胡子就是不是正儿八经的胡子。旁边一个人接茬问，不是正儿八经的胡子是啥胡子？那人说，政治胡子不绑票，你见过他们抢俺们东西吗？有人问，不抢东西指什么吃饭？没钱没粮，没枪没炮，在山里是一天也待不下去啊！那人说，政治胡子跟大户要钱。有人说，那"大闺女"还勒大脖子呢！有啥不一样？那人说，政治胡子打日本子。又有人嘲笑他说，"大闺女"也打日本子。那人说，你可给我滚犊子去吧你！"大闺女"那是嘴上说说。日本子看不上他，要是哪天真给他点好处，他能随了日本子的姓。你再瞅瞅马车上挂着的那些个，人家是真打日本子，身上的衣服都是从他们打死的小日本儿身上扒下来的！

有人说，这满洲国本来就是大清朝的龙兴之地，现在，人家把这块地要回去，也说得过。日本子虽然不通人性，但看看他们的枪，他们的炮，他们的精神头儿，比俺们不知道先进多少年。谁让你不先进呢？这江山本来就是谁先进谁来坐。前段日子，那胡子头马大神儿不是被日本子捉了，活活给折磨死，做成人干，到各县去展示了吗？马大神儿是个老娘们儿，号称念了咒语就能让手下的小胡子们刀枪不入。可咋样？还不是让日本子弄死了？据说死得很惨。这个大神儿那个大仙儿，也比不上枪炮厉害啊！

有人说，村子后面的水泡子看见没？老高秀才冻在里面啦！谁把老高秀才投进去的？我不知道，但那晚上我听见日本子的狼狗叫了。高老秀才的柳公权方圆几百里没有人能赶上。日本子这是要把咱们读书识字的人都杀干净喽！读书识字的人死绝了，咱们可真得随人家姓啦！

又有人说，我瞅着，再怎么折腾也折腾不出多大的浪来了。在哪儿还不是活着？咱们这些平头小老百姓要是都死绝喽，日本子指着谁给他们干活儿？

身后的对话不咸不淡地进行着，天也擦黑了。娘把刮好毛的猪肘子放进锅里，点起火，支上炕桌。树生小子坐在灶坑旁，看着娘呵哧呵哧拉着风箱，看着火苗从泥缝里冒出来，一遍一遍想象着蒸熟的猪肘子出锅时的样子。一股股带着金色光泽的香味儿在昏暗里四处游荡，飘到哪里，就把哪里染上微弱的亮光。不知过了多久，娘揭开锅盖，蒸汽腾空而起，猪肘子的香气像春天里的江水一样扑面而来，勾着树生小子的魂儿。娘又把湿苞米面握成拳头大小，贴在锅边上。不一会儿，在嗞嗞啦啦的脆响中，又一股焦糊香气混杂进了肉香中。树生小子眼睛亮晶晶的，闪着火光，嘴角吸溜吸溜咽着口水。

娘用筷子插了几下，然后，一个颤颤巍巍的猪肘子就端出来了。树生小子跟着香气进了里屋，寸步不离地追在猪肘子后面。娘出去了。他双手支在下巴上，紧盯着黄澄澄肉皮上冒出的油星。在一颗颗油星的反光里，仿佛有自己的影子。娘用陶盆盛了三五个苞米饼子，把蒸猪肘子剩下的油水倒进一只小碗里。她说，张嘴。说完，一小块儿蘸了油水的饼子就到了树生小子嘴里。一时间，树生小子有点恍惚，连喉咙和肚子都长出了小牙，拼命咀嚼起来。

待他从眩晕中清醒过来，发现娘正从房梁上摘下篮子，而不是取来菜刀。他慌张地问，娘，你不把肘子切了么？娘说，傻小子，这肘子哪儿是咱吃的啊！得给赵大粮库送去，来年，咱还得求着人家呢！

树生小子咧开嘴哇哇哭起来。他像闻到了无主尸首的野狗一样，扑到木盆上，把猪肘子牢牢压在胸口下。娘伸手想把他推开，他狠狠抠娘的手腕，并且下死劲儿咬了一口。娘尖叫一声坐在了地上，像见了鬼似的看着他，又惊又吓。慢慢地，她的眼神缓和下来，又一抽一咽地哭起来。过了好久，她大叫一声，说，吃吧，吃吧，吃完了做个饱死鬼！接着，娘又像疯了似的尖喊，你这是要把我往死里逼啊！

树生小子松开嘴，一块猪皮挂在牙齿间。他困惑地看着娘，不知她为何突然间这么吓人，但他知道娘一定有比他还大的委屈。树生小子把猪皮吐到盆里，抓起一块饼子，一边抹眼泪，一边往外走，他再也不想见到这盆猪肘子了。娘喊了他几声，他呜呜哭着，头也不回。娘叹了口气，把猪肘子包好，提着篮子，往赵大粮库家院子去了。

树生小子坐在村口石碑下，只一会儿，就给冻透了。石碑顶上冻着两颗人脑袋，大睁着眼，歪着嘴。他啃了口苞米饼子，已经结了冰，再不吃进肚子，就成冰疙瘩了。树生小子呆呆地向县城方向望去，有几点弱兮兮的灯火，再向远处，就是无边的黑夜。脸上还挂着冻成冰珠子的泪珠儿，双脚像有千万根针扎似的疼，有点后悔跑出家门了，可心中的委屈却仍然强烈，到底是谁做错了？

这时，一个粗哑的男人声音从背后传来，小伢子，有吃的吗？树生小子吓了一跳，因为他从未听谁管自己叫过伢子，这么叫的人肯定从很远的地方来，是的，这人的口音也很生。他扭头看过去，借着雪光，赫然看到一条日本子的黄呢军裤。他又向上看，看到一条黑棉袄，勒着草绳，斜挎一只装短枪的木盒子。树生小子想起大人说的政治胡子，又听着这人说话不那么狠巴巴的，心里竟涌出点好感。他把饼子递过去，那人摸了摸他的脸，那手很粗糙，比树皮还粗，不像人手。黑暗里，树生小子手里又被塞了一张纸币。待那人消失在夜色里之后，树生小子一看，又吃了一惊，那纸币竟是十元的，别说苞米饼子，就是头猪也买下了。平日里，他只见娘手里有过几分几厘的纸币和铜角子，这么大的面额还真是有点吓人，好像你前脚装进兜里，后脚那警察就得来找你似的。

树生小子悄悄回家，把钱搓成棍，塞进棉衣襟里。娘也回来了，有气无力地坐在炕的另一头。她奇怪儿子怎么这么快就回来了，又看他傻呆呆的，不知在琢磨什么，也就不再言语了。树生小子想把钱给娘，他知道家里太需要这个东西了。可他也知道娘胆子小，她无论如何不敢相信政治胡子不仅不抢东西，还用十元钱买了块饼子。另外，要了他们的东西，那日本子知道了能轻饶？又要砍脑袋瓜子了。村子里有小鼻子的坐探，是谁大家都知道，可没人敢说出来。所以，他就一个人想着这个事儿，心里隐隐盼着政治胡子啥时候再来。那男人真好，如果有爹，最好是这样的。

那以后，树生小子有事没事就愿意坐在村口的石碑下，盼着啥时候再遇上穿日本子军裤的政治胡子。他嘴里嚼着东西，心思却全在背后，仿佛在捉迷藏，嘀咕着，你快来啊！快说话啊！

终于有天晚上，那个熟悉的声音问，小伢子，赵大粮库家的粮食藏在哪儿了？知道吗？树生小子一下子蹦起来，几乎是兴高采烈地说，我知道，在老赵家磨房地窖里头，我带你们去！当几个男人把地窖掘开时，树生小子惊呆了。他做梦也想不到，赵大粮库蔫儿八登的，竟然攒下了堆成小山的粮食，男人带来的几辆大车也不过装走了一点点。

黑夜里，树生小子跟在大车后面。路过村口石碑前，他望了望村里几点又黄又昏的灯光，突然就不想回去了。多年以后，他才明白娘得多伤心，可当时，他一点都没想到。他只知道自己很委屈，再也不想这么委屈下去了。一个男人说，快家去，队上天天打仗，今天生，明天死，你个小嘎豆子，还是好好活着吧。树生小子说，带我走吧，我觉得你们活得就挺好！

男人们不说话了，把树生小子甩在后面。树生小子拼尽全力跟着大车，手脚冻僵了，还是一瘸一拐一摇一晃地往前走。到了山脚下，再往前走就是密林。那个男人又说，你可想好了，在家有娘的奶子吃，跟了我们，可是天南海北到处走，死在哪儿，就堆在哪儿了，那苦可是一辈子也吃不完！树生小子说，跟着你们就是过好日子,我不后悔!

男人似乎下了决心,把树生小子塞进装粮食的麻袋里,又在上面盖了件日本子的狗皮大衣。这下,树生小子暖和了。

三

一望无际的白桦林就像大海,而连绵起伏的大山更像是汹涌澎湃的波涛。大车丢弃了,每个牲口驮四袋粮食,每个人也背一袋。所有人都不说话,人和牲口嘴里冒着白烟,拼尽全力向前而行,不敢有丝毫懈怠,像汪洋中一支孤零零的小船队。时而在谷底,时而又在山顶,时而在密林中不辨方向,时而又将刺眼的白色雪峰尽收眼底。

入夜,队员们在背风处雪地里生起一堆火,铺上树枝和枯草,头朝火堆,脚朝外睡成一圈。睡着之后,身体冻得一点一点弓起来,不停地往火堆处蹭,直到一声叫喊,有人的头发或脸被火烤焦了。收留树生小子的男人叫老秃脚子,是说他刚来东北那会儿,脚趾都冻掉了,只剩下秃秃的脚掌。他走路确实不太稳当,尤其是背重物时,很容易向前或向后跌倒。老秃脚子从麻袋里扯出一件带血的小鬼子黄棉袄给树生小子套上,太大,到膝盖了。又扯出一件棉裤,用刺刀割掉一截裤腿,让他穿上,用布条扎好裤脚。他说,小伢子,记住喽!穿上小鬼子的血衣服,咱可就没退路了。说罢,他又从麻袋中挑了一双小点儿的棉靴,熟练地铺了一层乌拉草,让树生小子把脚塞进去。乌拉草是个好东西,有了它,在雪里就扛冻多了。从那时开始,整整一个冬天,棉袄棉裤棉靴基本没解开过,穿着走路,穿着野营,穿着打仗,穿着吃饭,穿着睡觉,成了身体的一部分。

那一夜，树生小子是蜷在老秃脚子的身子下睡的。老秃脚子像个大虾，他像个小虾，紧紧地叠在一起。大衣外面，山风在四面八方号叫，仿佛有成千上万只怪兽，发出千奇百怪的声音。各种各样的声音在打架，在谈话，在叫骂，在嬉笑。大衣好像一只铁笼子，把严寒这只凶悍的庞然大物关在外面，不过它还是心有不甘地撞着笼子，随时都会撞断粗粗的铁栅栏，还从各处缝隙里把爪子和长牙伸进来，挠你一下，咬你一口。脚像针扎一样，像铁锤砸过一样疼。浑身像挨着鞭子，想放松睡去，却时不时冷冰冰地被抽打。仔细听，在嘈杂的狂风里，还有动物踏破雪壳子的声音。它们悄悄接近这里，畏于火堆而不敢靠近，又不愿离去，默默地在附近游荡，寻找机会……

　　树生小子听了一夜风声，身后的老秃脚子大概也只是睡着了一会儿，其余时间都在一松一紧地弓着身子。红日初升，把雪地也染成了红色。树生小子爬起来，又迷迷糊糊地摔倒了，手脚都不听使唤，头也昏沉沉的。睡过的地方十几米开外就有动物脚印，有拳头大的，有巴掌大的，细细碎碎地在周围绕着圈子。树生小子解开棉裤尿尿，尿水被大风吹成了晶黄的珠子，只是一瞬间，小鸡鸡就像挨了一拳，疼得赶紧把裤子勒上。有的队员蹲在不远处，咕哧一声拉了一泡屎，然后小步挪个窝，以防屎橛子冻硬了扎着屁股。几秒钟之后，没再拉出来，就马上提起裤子，狠狠蹦几下，把身子暖和过来。

　　这样走了七八天，翻过一道道白色的山岭，白桦树、白杨树越来越粗，越来越密，一切都离尘世间越来越远。有一天中午，树生小子看见有个人坐在林子深处的一块土堆子上，一动不动。有个队员急忙跑过去，来来回回看了几眼，又跑回来，大声叫，找到啦！可把这老小子找到啦！大家丢下马匹，一齐跑过去。土堆子上坐着的那个人上身稍向前倾，似乎想去够什么东西，脸上带着笑意，红扑扑的。他胸口的棉袄大敞四开着，露出黑乎乎的胸腔和肚子，仿佛热得够呛，浑身冒汗。这人就这么冻死了。老秃脚子打量了片刻，说，还以为他下山投敌了呢，没想到是坐在这儿了，这顿好找！

大家扒开雪，用刺刀浅浅地掘了一个坑，就是有锹有镐也没用，土早给冻得硬邦邦的了，一镐下去只有一个白点。给他身上盖上雪，来年化冻了再深埋吧。这人呈坐姿躺在雪里，手和脚像树枝一样支楞在雪堆外面。四五个人给他磕了三个头，又唠了几句安慰的话，就继续上路了。树生小子问老秃脚子，这人怎么坐在这儿的？老秃脚子说，人快冻死的时候就会出现幻觉，总觉得身上特别热，浑身大汗的那种热，于是使劲扒身上的衣服，这样死得就更快。这人也是，在雪地里睡了一晚上不见了。那时，都好几天没吃东西了，又饿又冻，他也就不行了。你看他临死前的姿势，大概是看见热面疙瘩汤了吧？你也记住喽，要是突然觉得热，那就危险了，一定要叫旁人帮你一把，喂点热食儿，就能捡条命回来。不过，就跟喝酒似的，醉了的人从来不知道他醉了，你不给他酒他还揍你。危险就危险在这儿。

在一道叫歪脖老娘娘的山岭上，有个半藏在雪下的哨卡，过了哨卡是座很大的山谷。望下去，林子里有木屋，有烟雾，有黑点一般大小的人在活动，并且隐隐反射着太阳光，像一摊熔化在群山之间的金子水。有些人来迎接他们，不过，树生小子记不得这些人的样子了，只记得有个叫"司令"的人，个子不高，但长得很精神，眼睛亮晶晶的，嗓门特别亮堂，和他的身高有点不成比例。然后，树生小子就一头扑倒在一座木头房子里的一张木板床上睡着了。这木头房子由尺把粗的原木搭成，生着炉火，空气热烘烘的，像棉花一样。树生小子觉得自己在梦里到处游荡，有的地方很冷，直打哆嗦，有的地方很热，浑身冒汗，有的地方很黑，寸步难行，有的地方又好像是在天空里，能够自由地飞，只是有点害怕，有点紧张，飞到半空中，又腰酸腿软的飞不动。

待到树生小子醒来时，有束很亮的光从一块巴掌大的玻璃中射进来，无数灰尘在光柱中四散飞舞。木房子有窗户，不过都用木板钉死，缝隙里塞着干草。这是种很长的木房子，里面有连成一体的木板床。木板床一头靠木墙，另一头是过道，能住下一百多个人。床板上铺了干草捆编成的垫子，挺厚实，还有很多套码放得整整齐齐的铺盖卷儿。床下是一排木头脸盆，里面有瓷缸子、胰子、牙刷、牙粉。门口处的炉子上坐着一只铁皮水壶，正咕嘟着开水，一股股热气慢慢悠悠向房顶飘去。

树生小子推开门，外面雪光刺眼。他走了出去，山谷中间是一大片开阔地，山脚下建着大大小小的原木房子。有四五座木房子和自己刚才住的差不多大小，不过里面是空的，木板床光溜溜的，丢着几根干草，很冷，没有生火。还有几座小点的木屋，树生小子推开其中一座木屋的门，里面有张木桌，有张木椅。一面木墙上挂着两张地图，一张是世界地图，树生小子在县城里的百货商店见过，另一张和县城里挂的不一样。这一张是中华民国地图，满洲国的地界是中国的一部分，在中国的东北角，颜色也和其他省份一样。树生小子有点莫名的震惊，因为在村子里，不要说是挂中华民国地图，就是嘴上提中国或中国人这几个字都可能丢掉性命。而这里，竟然明目张胆地挂着，挂得那么光明正大，仿佛这个地方根本就不在满洲国的地界里似的。

另一面木墙下摆着书架，做得很粗糙，厚厚的杨木板满是刺手的白茬。上面放了不少书，有中文的，还有外国文的，树生小子看不懂。其中有些书是带插图的，上面印着军舰、战斗机、坦克、大炮，还有各种各样的枪。树生小子入神地看着，心里想，这世上还有如此厉害的武器。有一本书更是特别，书名有七八个字，其中两个是"未来"。树生小子上过半年义学，从后村高老秀才那里学得了八九十个字。几个月前，高老秀才让日本子捆上铁丝扔到水泡子里淹死了。这事儿树生小子不光从邻居嘴里面听说过，还亲眼见过。水泡子结了厚冰之后，高老秀才就冻在冰里，眼睁着，胡须漂在冰中，像活着一样。为什么要把他淹死呢？村子里的人都不说，大概也吃不准。有的人说高老秀才的毛笔字写得好，方圆几百里的柳体字没有能超过他的。日本人心思里最恨这样的人，因为这样的人总是让黑土地上的人记起自己是中国人。"未来"两个字。尽管其他几个字都不认得，但未是没有的意思，来是来到，意思是说还没有来到。这个树生小子懂，就是有什么东西还没有来到，但将会来到。这书里画的东西都特别神奇。汽车可以在天上飞，一个方形的小箱子里有活的人和景物在动，电话没有线，人可以登上月亮。还有一种炸弹，爆炸之后，百八十里之内没有活物，树烧焦了，大地也烤黑了。

角落里有个木桌，上面摆了一台唱片机。树生小子打量了好一会儿，没敢伸手去摆弄。上面有张唱片，印着外国字，还有个外国人的小头像。这外国人瞪着眼，看上去像在生气。

四

有个女人推门而入，把一件带血迹的白布长围裙甩在桌上，蹲在书架下层翻来翻去。她一边找一边问树生小子，你是老秃脚子带回来的？树生小子嗯了一下。女人抽出一本，翻了几页，问，认字吗？树生小子说，认得几个。女人指着书中的字问，这两个字怎么念？这一页画了个男人的人体，肚子是切开的，露出心、肺、肝、脾什么的。女人指的那两个字是心脏，树生小子只认得前一个。背三字经"人之初，性本善"时，高老秀才讲，心和性都是人生而有之的。见到一个孩子坐到井边，每个人都会替那个孩子担心，见到一个人吃苦受难，又会感到悲伤。而心这个东西，要时时刻刻让它保持干净，别弄脏了。有了良心的人才不会做错事。那日本子杀人放火，能叫你害怕。可靠杀人放火是说服不了良心的，因为它不会撒谎。

树生小子指着带人体画的书页说，这个字念心。女人的眼里突然露出特别快乐的神采，捏捏树生小子的肩和脖子，又拍拍他的腰身和大腿，像给他做身体检查似的，说，小伙子可真漂亮！你叫什么？我姓张，是医生，别人都叫我小张医生。我会像这书上画的，在人肚子上划开一个大口子。哈哈，别害怕，不会真的把人弄死的，那是为了把病治好。树生小子说，我不是害怕，我见过被军刀砍掉的人脑袋，被子弹打烂了的人脑袋，还有被刺刀豁开的人肚子，早不怕了。

小张医生掐了一把树生小子的脸，说，还是个小男子汉！这时，门又被推开了，进来一位和小张医生长得一样的女人，是她的双胞胎妹妹。不知怎么回事，这里的人总是分不清小张医生和她的妹妹，经常把两个人搞混。比如一个拉了肚子的人会急三火四地找到小张妹妹，管她要药吃。而一个等待上级文件的人则会找到小张医生，问她送文件的交通员来了没有？但树生小子从第一眼开始就看出了她们俩的不同。他是从眼神中分辨出来的，如果用两个词来形容，小张医生的眼神里有善良，而小张妹妹的眼神里是天真。如果把这两种眼神看明白了，就绝不会认错人。

树生小子觉得小张医生和小张妹妹的声音真是又干净又好听，那语气，那用词，那嘴唇一张一合的样子，怎么看都看不够。后来，他知道姐妹俩都是大学生，从奉天来的。一个学医，一个学文学。小张医生找到一本书，用手指在其中一页比着读了几段，突然一拍脑门，就急忙抓起带血的白围裙跑出去了。小张妹妹指着唱片机，问树生小子，你听过这个吗？树生小子摇摇头。小张妹妹把唱片机摇了几下，将唱针仔细搭在唱片最边缘。轻微的嗞嗞啦啦之后，突然传出三四下像敲鼓一样猛烈的响声，仿佛所有乐器都约好了，在那一刻拼尽力气轰鸣起来。接着，是类似于弦子一样的乐器，很急促地，像狂风冰雹那样地拉。小张妹妹问，能听懂吗？树生小子摇摇头，说，听不懂，但我觉得里面的人在生气。小张妹妹说，那你就是听懂了。这是个交响乐，有钢琴，有小提琴，有大提琴，还有各种各样的乐器在演奏。它的名字叫《命运》，是一个德国音乐家在一百多年前写的。他自己说，那几声巨响是命运在敲门。他感到愤怒，因为命运对他不公，他要抗争。

小张妹妹又从书架上抽出几张纸袋装着的唱片，说，看，这里有梅兰芳、余叔岩、陈德霖、荀慧生、马连良的戏曲，这边是周璇、李香兰、姚莉、白光、吴莺音、白虹、龚秋霞的歌曲。对了，这张《渔光曲》还是我和姐姐从沈阳带来的呢！想听吗？

说着说着，小张妹妹叫了一声说，糟了，钢板才刻了一半，给忘了。她似乎又不想离开，说，你别走，我马上回来。几分钟的样子，她抱回一块木板，一只牛皮纸硬纸筒，从里面抽出一张浅黄色透明蜡纸，摊在桌上。树生小子凑过去，看到那木板上嵌着一块长方形的钢板，面是麻的，像锉，但比锉的麻点要细致得多。蜡纸铺在钢板上，用磨尖的洋铁钉在上面写字，字是白色的。不能太过用力，用力过猛，就把蜡纸戳破了，那油墨滚子一推，就是一大片污迹。小张妹妹已经刻好了一小半，小报是横着的，右上方刻报名，左下方刻了一首带 1234 乐谱的歌。树生小子只认得其中一个"之"字。小张妹妹告诉他，左下角的歌叫《露营之歌》，是司令写的。她又从兜里摸出一张黄草纸，上面有蓝色钢笔字迹，一丝不苟，一处涂抹的痕迹都没有。小张妹妹说，这是司令写给抗联第三军全体将士的新年致辞，真长，好几百字呢！

片刻之后，小张妹妹领树生小子出了门。大概十几步远处，太阳底下支着口大锅，有个中年妇女抱起一只麻袋，往沸水里倾倒一种没见过的树皮。水很快就变成黑绿色，泛起大大小小的气泡和沫子。她又从旁边木屋里扛出几捆白色粗布，放在锅里煮，时不时用长木棍把水面上的布匹翻到水面下去。煮过一会儿，她进屋了。小张妹妹拉着树生小子站在木门口，里面有两架脚踏式缝纫机。旁边木桌上放着裁剪好的灰黄色衣料，墙角处还堆着十几捆染好色的布匹。但每捆布匹的颜色也不大一样，有的是灰黄色，有的是黑绿色，还有的是紫红色，什么颜色大概取决于赶上了用什么树皮来染色。中年妇女咯噔咯噔地踩着机器，灰黄色的衣料渐渐变成衣服。墙上挂着几件成品，还有夏秋时节戴的单帽子，帽子上有颗紫红色粗布裁成的五角星。

缝纫机头上的铁灰色针尖上下滚动，快的时候连踪影都不见了。针脚码得又快又匀，如果用手，十个巧手的小媳妇儿也赶不上它。树生小子觉得这真是个神奇的东西。小张妹妹问，李大姐，明年春天咱都能换上这套军装吗？李大姐嗯了一声，道，我就是拼了老命也要让你们换上，不用再穿日本子的狗皮了。正说着，李大姐大叫一声，随后机针卡住了。小张妹妹仔细一看，原来是针头从指肚刺进了食指，扎在骨头上动不了了，一颗黄豆大的血珠一下子从针尖处冒了出来。小张妹妹慌忙拉住李大姐的手腕，想把她的手拽出来。

李大姐用膀子把小张妹妹撞开，吼了一声，别给我帮倒忙！说完，她咬着嘴唇，用另一只手转动滚轮，让针头抬高，又一咬牙，才把针拔出来。她反反复复地检查了一下那根铁针，抚着胸口说，谢天谢地，针没坏！她又转过头，对小张妹妹道，这针啊！可比俺手指头金贵。手指头有十根，针却只剩这一根啦！

再往前走，有个木屋门框上挂着白布帘子。推门而入，里面生着炉子，炉上有口铝锅，里面煮着医用剪子、钳子、手术刀什么的。小张医生和一个中年花白头发的男人正在给人做手术。手术台是个松木桌子，铺了几层被褥，四只桌腿下面垫了尺把高的圆木。躺在手术台上的是9号队员，和老秃脚子都在一连一班。中年花白头发的男人一张嘴却是日语。他对小张医生说几句，小张医生再对9号说，小野说没麻药了，要不要把你的手捆上？9号说，捆什么捆？你就直接下刀吧。不过，我可求求你们了，这回一定要把子弹给我取出来。这马大夫驴医生的，每回都说能取出来，可每回都找不着，这他娘的那么大一个东西，摸也摸得着，怎么就取不出来？可把我给折腾惨喽！你们不知道，天天疼，夜夜疼，疼得睡不着觉，脓流得比尿还多哟！

等等！9号挣扎着坐起来说，从腰里扯出一只铝皮水壶，灌了好几口，是酒。又摸出一包黑乎乎的东西，用食指挖了一块，塞进嘴里。然后笑了一下，说，知道你们没麻药，看，要了点酒和大烟泡儿，都预备好了。我先眯一会儿，你们快干吧！可没成想，连十分钟都没到，一颗扁扁的子弹头就从虎口里取出来。小野把带血的子弹头放在纱布上，递到9号眼前。9号难以置信地盯着看，摸了摸虎口，果然没了。他从手术床上蹦下来，学着日本人的样子给小野鞠了个九十度的躬，说，鬼子小小的，小野大大的。说完，他又拦腰抱起小张医生，使劲在她脸上亲了一下，就哈哈哈地走了。小野也笑了，笑得很谦卑并且充满善意。他不是被抗联俘虏的，而是自愿跑过来的，带了一箱子手术器械和药品，不过药品早用光了。一个月前给伤口消毒还可以用盐水，现在，连吃的盐都没了。不过，9号算是幸运的。几天后的一个晚上，刮了一夜暴风雪。天快亮时，一个小队的队员回来了，直接进了做手术的木房子。树生小子也悄悄推开门，里面雾气蒸蒸，许久才看清地上挤挤地坐了十几个人。小张医生一边哭一边用雪给他们搓脚搓手搓耳朵。好几个人的手脚都已经黑透了，一碰就像烂了的茄子一样瘪下去，并且冒出一股白水。那个早晨，一直有惨叫声，小张妹妹拉着树生小子不让他进去看。其他人也好像习惯了似的，该干啥干啥。门口的木桶里丢着三根锯下来的胳膊和脚，露出白色的骨头，冻得起了薄霜。小张医生披头散发，一脸憔悴，拎着桶，把残肢埋到远处林子里了。

有一个木房子，后来树生小子最常去。祖籍山东省济南府章丘县的铁匠石老三和其他几个打铁的老伙计在这儿干活儿。石老三家里几辈人都是铁匠，两岁时被家里人用挑筐挑到了松花江边。他在张大帅和日本子的兵工厂里都干过，投奔抗联的时候，带来一架手摇铣床。你要给他一把真家伙，甭管是日本三八大盖，还是德国二十响镜面匣子，还是加拿大轻机枪，十天半个月，他都能给你仿出一把新的来。至于刺刀、地雷、手雷、手榴弹，那根本不在话下。他和几个老伙计联手，现在的速度是一天一支三八大盖，五十支木柄手榴弹。当然，枪支的精度和使用寿命会比原装的差点，不过，也就是原装的能打一千米，他的能打八百米，原装的能用三年，他的能用两年这样的差距。石老三还和战斗班一起去扒过满铁铁路的铁轨，扒来三五根就够做几十支长短枪。他还有个打铁方子，什么零件该去多少碳，该加点什么材料，该硬度大还是该韧性大，全凭感觉。一支日本三八大盖卖五石大米，如果靠造枪过活，石老三早就发家了。可他投奔抗联不图钱，不图有口饭吃，就图能打日本子。这点他和小野一样。

那晚，树生小子是在司令住的地窖子里吃的饭。地窖子是东北人御寒的住处，往地下挖二三米，留一道进出的台阶，一条排烟的烟囱，顶子填上土就成了。冬天时外面地都冻裂了，里面还是很暖和。而且，地窖子很隐蔽，在地上鼓出包可以，不鼓出包也可以，远处看去，完全是块平地。下过雪之后，就更不容易被发现了。司令端来两碗饭，大的一碗给了树生小子，小的一碗自己吃。这东西不知是什么，也没吃过，很酸又特别涩，带点汤，但没放一丁点盐。司令告诉树生小子，这是树皮靠树干部分的瓢子，能顶饿。现在，密营里有点存粮，可是这冬天长，不到万不得已不敢吃。司令嘎嘣嘎嘣地嚼着树皮瓢子，像嚼生萝卜一样，又说，那些打回来的给养，吃不下去啊！每袋粮食上都有咱队员的一条命。

五

司令问树生小子，你老家哪里的？树生小子答，松花江边巴彦县城西门外的。司令一下子很高兴，说，十年前我们刚组织游击队那前儿，就打过巴彦县城，还在城里的照相馆里照了个合影，动静挺大。你知道这事儿吗？树生小子说，那时俺还不记事呢？

司令有点走神儿。他说，我们这些人，都活不到胜利的那一天。那枪林弹雨像个筛子似的，筛到最后谁能剩下？谁也剩不下！可是呢，我不后悔，也不害怕。最后输的，一定是小日本子，这一点我是早看得真亮的了。要是认准了，早一天死，晚一天死，那就没区别了。司令笑笑说，当然，不包括你，你要好好活下去，替我瞅瞅胜利的那一天。要我看，啥都不重要，认准的这一点最重要。队伍打散了，还能拉起来。老队员没了，新队员还能补进来。我死了，还有人当这个司令。

树生小子不明白司令为什么对他说这些。司令带着笑，可心里分明却不好受，像对他这个啥也不懂的毛孩子倾诉似的。多少年后，司令对他说的话，他依然像刻在脑子里一样记着。那天晚上，司令还说，现在，我们到了最难的时候，我们最大的敌人，不是日本子，不是冬天，不是没粮食，不是没弹药，而是叛徒！

他说，叛徒不是可恨，而是可怕。出了一个叛徒，一个县的县委就会被逮捕，十几个人就会被杀掉。出了一个叛徒，一支部队就可能被包围，几十个几百个队员就可能牺牲。前一刻，你们还在同一口锅里吃饭，还在同一个雪窝子里露营，下一刻，他的枪口就对准了你。前一天，你们还在一起豁出命去打鬼子，后一天，他就带了鬼子来抓你。

他又说，在太平日子，叛徒想要的也没啥，都是平常人要的东西。比如，有的娘让鬼子抓了，要挟之下，当了叛徒。有的媳妇抱着儿子上山来劝降，心里晃悠了，当叛徒了。有的让鬼子俘虏了，开始没当叛徒，可鬼子让他睡了几天暖炕，吃了几天饱饭，这下子，想到死就犹豫了。一亩三分地，老婆孩子热炕头，人之常情，谁都能理解。

打鬼子这么多年，战友们死的数不过来了，眼泪也早流干了。我明白了一个道理，要革命，要打鬼子，就不能儿女情长。三路军有非常肃杀的军法，拿老百姓一双鞋就得处死，毫不犹豫。这些纪律是我定的，也亲手枪毙过人。对待叛徒也一样，没有丝毫情面可讲，无论走到天涯海角，都要追杀到底。不把叛徒杀怕了，我们的队伍就有危险。这就是我的态度，也是抗联的手段。将来，你会遇到很多事情，这些事情很残忍，你没法接受对自己的同志也如此的不信任，如此的冷酷无情。可你要记住，这就是革命，这就是对鬼子的殊死斗争。如果你活到胜利那一天，你要告诉写历史的人，过上好日子的人们，可能永远也无法理解那些当年为他们争取过、抗争过的人们的处境，除非历史重新来过一回。你还要告诉他们，如果能设身处地地为我们这些人想一想，我们在九泉之下也就能瞑目了。

司令用手背抚了抚树生小子的脸，好像端详着一个珍贵的瓷器。他郑重地说，牢牢记住，参加了革命，你就要准备好牺牲太多太多，包括你的自由，你的感情，你的性别，你的同情。当你觉得很痛苦，很委屈，很绝望，快扛不住了的时候，穷苦人得到好世界的那一天也就能来得快点。这是司令第一次和树生小子谈话，也是最后一次。其中许多话，他当时没听懂，很多年以后才咂摸明白。不久，司令带着主力向西边去了，传说那里有辽阔的草原，有宽阔的大河，有飞奔的骏马，有像猪那样肥的大鱼，还没有多少小鬼子。

也许正应了司令的话吧，没过多少日子，密营地点被日本人察觉，来了上千人的讨伐队。树生小子随着一股小部队也一路向西打过去了。临走前，石老三在手摇铣床下面埋了地雷，李大姐在缝纫机肚子里拴了三颗捆成一捆的手榴弹，而小张妹妹则在唱片机前面挖了个水缸大小的坑，里面插着几根削尖的桦木桩。树生小子在书架旁待了很久。有命令，往西去时一律轻装，吃穿打仗以外的东西就地销毁。他挑来挑去，从书架上抽出那本带"未来"两个字的小书。这本书太好看了，里面有一个新的世界，让人心里热乎乎地满是希望。把书塞到包裹里后，树生小子在书架上缠了根铁丝，铁丝那一头连着石老三仿造的"四十八瓣"手雷。

虽然是准备往西走，但支队长老秃脚子却另有打算，这点，他和司令倒是有几分像。收留树生小子时他是班长，有一次打给养时支队长牺牲了，他就接任了支队长。那日子里，当什么长什么长是要点勇气的，因为最先牺牲的都是那些什么长什么长。老秃脚子的意思是想往西走，必须先往东走，打下一座镇子，闹他个底朝天，趁着小日本子蒙圈的时候再从从容容地走。也让敌人看看，抗联的便宜可不是好占的，你毁我一座密营，我打你一座镇子，不能让你消停喽。司令也老讲，能给打死了，不能给吓死喽！只要你还敢拼，那人啊，地啊，粮食啊什么的，就都是活的，这边没了，那边还来新的。你要是不敢拼，只想躲在深山老林里头，无所作为地等着日本子失败的那一天，这队伍就会越打越少，最后只剩下被小鬼子消灭的份儿。

那座镇子靠江边，离树生小子家不到两百里。只听过，从没去过。小时候，听姥姥讲过一个"照相"的故事，就发生在那儿，更增加了些恐怖的印象。有一年，老黑山上的山林队，那是真胡子，三百多人下山投降了。日本子说，归顺了就没事了，把虎口刺破，染上墨水，从此以后当良民。那年冬天，快过年了。日本子通知这些人到镇子上照相，照相之后发给证件。宪兵队后院是一条河汉子，河对岸是一片小树林。三百多人从宪兵队正门排着队进去，却未见有人出来。后来，只有一个人跑出来了，连夜就逃进了山里。他说，哪里是什么照相啊！人一进去就用铁丝绑上双手，嘴堵上拖到后院去。河面上早凿好了三五个冰窟窿，人活着就给塞进去。你说这日本子讲不讲信用？通不通人性？

说到"照相"，就还得说说"推大沟"，这也是姥姥讲的。姥姥肚子里的故事多，灯黑了，躺在炕头，就会给小孩子们讲。这些故事差不多都很可怕，树生小子琢磨着，姥姥也是想让小孩子们听话吧。比如有一天下黑，姥姥讲一个会说人话的狼的故事。她讲道，一匹比牛还壮的黑狼摸进了屋里，炕上躺了七个小孩，它就从最大的开始吃。老七就问那匹狼，你咔嚓咔嚓吃的是什么呀？狼回答，我吃的是胡萝卜。啃完了手指头，开始吃人脑子。老七又问那匹狼，你稀溜稀溜喝的是什么呀？狼回答，我喝的是豆腐脑儿。这时，姥姥在黑暗里伸出手，在树生小子的头顶上拍了拍，把他吓得哇的一声钻进姥姥怀里去了。

"推大沟"就是集体屠杀。一般来说，是有日本人被打死了，或者日本人觉得这个村的人不老实，有胡子，尤其是有反满抗日的。先是说全村人到某个野沟子前集合，挖土方，修路或修工事。人到齐了，一声不吭，机枪就开始扫射。扫射之后，没死的还要用刺刀捅死。人杀干净了，就扔进野沟子里埋起来。房子、院子一把火烧干净，从此，这地界上就没这个村子了。几乎所有"推大沟"又都与"人圈"有关。"人圈"是个啥呢？要说起来就有点长了。按姥姥的话讲，东北这嘎儿的土地是天底下最肥沃的土地，你就抓一把土，闻起来臭哄哄的，指头缝里流出来的都是黑色的油。春天插根筷子，秋天都能长出树苗来。东北的大米是小鬼子的军粮。那小鬼子进关打仗，中国军队缴获了他们的军粮，一吃，咋这么好吃呢！就说是日本大米好。那哪是什么日本大米啊！那地地道道就是咱中国的大米。可不咋的，南方人吃的籼米，一年熟三季，那能跟一年熟一季，又长在黑土地上的大米比吗？

因为东北这地方太大了，都是没主儿的地，地还好，所以，只要你勤劳，几年工夫就能过上像样的日子。平原上、山里面，三三两两散居的屯子多，聚在一起住的人少。这样，就给胡子，给抗联提供了方便。走到哪儿，吃到哪儿，打到哪儿，住到哪儿，来无影，去无踪，有些地方，比在家里还安全，鬼子前脚出县城，后脚就有人报信过来了。后来，鬼子看出门道来了，通过强迫手段，把所有小屯子都并成一个大部落，美其名曰"归屯并户"，大部落叫"集团部落"。部落外面有围墙，有壕沟，有铁丝网，里面有宪兵队，有保安队，有警察署，部落与部落之间有电话连着，一个部落被袭，周围的部落就会出动援兵。每天早上八点部落围子开门，晚上六点关门。可里面住的都是农民，要想把地种好，天不亮就得下地，全靠一个勤快，部落围子离自家的地还很远，这可让人怎么种地啊？另外，"集团部落"这个名字听起来不错，可进去一看就不像人住的样子了。有的家里泥垒的房子还没干透就逼着住进去，又阴冷又潮湿，冬天睡一晚上，湿气一捂，第二天就爬不起炕来了。有的人家干脆住木板棚，比要饭的还不如。所以，老百姓就给它起了个名字叫"人圈"，意思是说，和猪圈、牛圈、鸡圈差不多，反正不是人待的地方。那你要是不想去"人圈"住怎么办？那容易，"推大沟"呗！

还有一个词，叫"攮食咒"。在东北，用刀捅叫攮，形容一个贪吃的人吃饭，也叫攮，意思是往肚子里使劲儿塞东西。比如说，你可慢点往里攮吧，加小心撑死。满洲国的学校里吃饭之前要念一段感恩的话，大意是要感谢日本的天照大神让大家有饭吃。日本子吃白米饭，念得一本正经。中国学生吃高粱米，背地里就说，念什么"攮食咒"？这日本子的亲爹跟俺们有什么关系？

总之，这许多口口相传的词儿和事情都是从姥姥嘴里听来的，有的当时听懂了，有的后来才明白。姥姥是个本分善良，谁也不招惹的老太太。这些东西别人是不大敢讲的，怕传出去招来横祸，可姥姥却絮絮叨叨不厌其烦地讲给小孩子们听，似乎和那些鬼啊神啊之类的事情没什么不一样，都是黑土地上发生的苦难。就像一颗种子，落到土里，生根发芽，长大长壮，结出种子，再落回土里，如此轮回反复，这就是黑土地的命运。在她眼里，世上没有常青的树，没有开不败的花，日本子也不过是黑土地上的过客，来是来了，但迟早要走的。

六

打镇子那天晚上，下起了大雪。东北的雪和南方的雨一样，分很多种。大雪有鹅毛大雪，也有沙子一样的大雪。下鹅毛大雪时，一般天气不太冷，也没多大风。下沙雪时，可就狂风刺骨了。那晚，就是下沙子一样的雪，雪粒打在脸上，像针刺一样。不是浮皮潦草地刺，而是能扎出血的那种刺，和光着身子滚钢钉毯子差不多。老队员都喜欢在刮风下雪天打仗，天气越坏越安全，那时鬼子伪军都躺在热炕上，浑身骨头是松的，打不了仗。而且，老队员耳朵灵，都有听雪的本事，无论多大的风，多大的雪，他们都能从喧闹嘈杂之中听出任何异常的响声。

这是树生小子第一次打仗。没有多余的枪，老秃脚子给他发了一根铁扎枪头子和一颗手榴弹。二十几个战斗队员已经在城外苞米地里趴了大半个时辰，狗皮袄子吹透了。别说是在下雪天，就是平时夜里在外面站这么久也早给冻死了。树生小子有点害怕了，冻死和别的死法不一样，不知不觉间人就死了，无论你多着急、多警惕，你还是得一点一点慢慢地死，什么办法也没有。不过，他有点不相信自己今晚就真的能死，一直小心翼翼地偷偷活动腿脚，眼睛瞪得狠狠的，稍有困意，就往死里打自己一拳。

终于听到老秃脚子低沉而又严厉地叫了一声，两路，跟我上！树生小子想，好了，这下他娘的死不了啦！老秃脚子像匹身经百战的老狼，猫着腰跑在前。树生小子拼尽全力跃起身，胸前腰部都结了冰，大腿根部麻麻的，像块冰坨子。腿想往前迈，可锈住了似的跨不出去。于是他就跌倒了，一头扎在雪地里。他又挣扎着爬起来，拼命地迈开腿向前冲，就这样跑三步，摔一跤，一身一头一脸雪爬起来，跌跌撞撞地跑到了城墙下的壕沟旁。那一刻，树生小子分不清这是为了打仗，为了杀死敌人，还是让自己赶紧暖和起来，别冻死了喽。他觉着，反正都差不多，都是命悬一线，后退也是冻死，豁出命去往前冲吧！

壕沟里是齐腰深的雪，城门口放哨的伪军手里有长枪。可树生小子也顾不得了，七手八脚像游泳似的向前一扭一扭地跑。到了拿枪的敌人面前三五米远，人进了探照灯的灯影里。树生小子也不躲避，而是向那人的枪口冲过去。他脑子里一片空白，鬼一样直勾勾地盯着已经举起来的枪口，浑身没有一丝热气，又僵硬又麻木，只觉得自己的血肉早已冻成冰，枪打上也不会疼，更没工夫害怕挨了子弹会给打死。可没承想，那伪军的枪真就没响，估计是被树生小子那发了疯的样子给吓呆了。刚从热炕上下来的和刚从雪地里爬起来的怎么能一样呢？树生小子低着头，躲过枪口，一把将铁扎枪头子攮进敌人的脖子里。老秃脚子和其他队员从城门另一边进了城，脚步轻快地踏着雪壳子，咔嚓咔嚓响，带着一串灰黑色的影子，向鬼子兵营奔去。

跑啊！跑啊！树生小子终于热乎起来了，一边冒汗一边打着哆嗦。到了兵营，战斗队员们默契地分成两组，七八个人包围了伪军的住处，剩下的轻车熟路地奔向后面鬼子的瓦房。后来，树生小子才知道，这镇子里有抗联的内线，鬼子兵营的图纸也早就送出来了。咱们的内线是谁，有多少，都是秘密，没人知道。老秃脚子递给树生小子一只机枪枪管头上的消火帽，对他点点头。老秃脚子用枪托砸碎窗玻璃，大喊，俺们是谁大家都知道！中国人不打中国人，把枪扔出来，不扔的话往里头扔手榴弹啦！树生小子把机枪消火帽顶在树枝上，慢慢从砸碎的窗玻璃处伸进去，压着嗓子说，都别乱动，乱动我就搂火！

另外一组队员冲进鬼子的瓦房，一声不吭，摸着黑就开枪了，没枪的也拔出刺刀跳上炕，把两个分队二十几个日本兵都打死在炕上，溅了满屋子血。检查了一下鬼子都死干净了，这一组队员又马上向监狱奔去，把里面四五十号老犯儿放了出来。这些老犯儿当中有咱们自己的人，另外的，有犯经济罪的，不过是私下里吃了些白米被发现了，有犯政治罪的，也不过是唠嗑时，把自己叫成了中国人，或说秃噜了嘴，捎带了点对日本子不敬的话。据说，有一家人生活挺殷实，女人来了月事用白色的粗布。那一天，女人把月事布洗了晾在当院。那月事布大概洗得不太彻底，中间一大块血迹挺显眼。正好有日本子经过，看见了，也不说什么原因，就把一家子人给抓走了。男的没回来，女的给折磨得再也生不了孩子了。反正，老人们都说，抓进去的都是不该抓的，该抓进去的都被日本子用起来了，这世道还有个好儿么？

几十号老犯儿站在院子里，呵哧呵哧跺着腿，身上是薄棉袄，脚上是单鞋。他们惶惶不安地望着队员，不知该怎么办。一个队员喊道，是老爷们的跟俺们走，后院就是日本子的仓库，枪支弹药、狗皮大衣、大米白面抢他娘的。吃饱了穿暖了，想回家的回家，想跟我们走的就跟我们走！一群人来到后院，用铁锹砸开仓库大门，进去之后都惊呆了。弹药箱、装粮食的麻袋都堆到了棚顶。打开了一只绿漆木板箱，整整齐齐码着五支裹着黄油的三八式步枪，旁边还放着用油纸包着的崭新刺刀。这样的箱子很多，几百支枪是有了。有的箱子里还放着短枪，顺手一只就插进腰里。像砸一下才能响的日式手雷，还有子弹、军用罐头、军用大米，那是多得数不过来。有人一边往麻袋里装枪支子弹，一边打开牛肉罐头就吃上了。有的队员平时看着瘦瘦小小，这时一左一右背起两大麻袋白米，低下腰也能小跑起来。大约过了二十分钟，队员们明白这一仗打完就得走，不能久留，就把人都招集到院子当中。穿上鬼子厚实的棉大衣、棉皮鞋的老犯儿们低头看了看自己的脚，看了看手中的枪，又想了想肚子里头的日本军用牛肉罐头，都说，这家是回不去了，咱跟你们走！一下子，就有十二个人加入了老秃脚子的队伍。其中有个"咱们的人"不能继续留在镇子里了，和老秃脚子狠命抱了抱，握了握手，也上队了。

树生小子来时手中只有一根铁扎枪头子，现在，腰里多了一支短枪，背上背了三支三八大盖儿。要是力气够，还能多背，只是摇摇晃晃的实在走不动道了。老秃脚子不知从哪里弄来一驾马车，车上装好了上百袋大米，几十支长短枪和很多箱弹药。他对树生小子喊，上来，咱们到镇上街里转上一圈儿，把声势再闹得大一点。老秃脚子抽了一鞭子，马车渐渐快起来，像一只大鸟，在雪夜里稳稳当当地飞翔。他递给树生小子一支刺刀，说，把麻袋都豁开，让大米撒到大街上，这样，镇上的老百姓才敢拿。你要是整麻袋整麻袋地扔在那儿，明早还得让日本子给收回去。另外，马车一会儿经过大小院子，你就把枪和弹药往院子里扔。他们拿到了，就手就能埋在墙根儿下。树生小子一边往嘴里塞凉冰冰的大米，一边扯起麻袋往街边倒。果然，在夜色里，隐隐约约有人端着木盆出来。马车跑了一个来回儿之后，街上的人越来越多。在雪花之中谁也不说话，也顾不得有土还是有石子，盆子装满了，就马上往家跑。人多的地方，树生小子不光推下一袋割开的大米，还扔下几支枪和几箱子弹药。那些木箱子一摔在地上就散花了，黄灿灿的子弹在雪地里闪着亮晶晶的光，哗啦哗啦的声音格外清脆，像有人在唱好听的歌。老秃脚子在马车上喊，俺们是抗联的，告诉日本子，俺们下个月还要来！他又喊道，那些眯起心眼子不想当中国人的杂种操的，你们也听着，抗联让你活到初一，你就活不过十五。晚上睡在炕头上想一想，给自己留条后路，要不就等着一大早在炕上收尸吧！

这一夜，老秃脚子还派人把伪治安大队长从被窝里拖出来枪毙了。是9号带着几个人做的这事，很麻利，据说连那家的狗都没叫。这人和抗联有血债，过去是咱们的人，当过支队长，叛变之后带着日本子杀了很多自己的老战友，差不多把镇子上秘密抗日的人都杀干净了。

出了城，回到进攻前隐蔽的苞米地，才发现有两个队员一直趴在那儿没起来，已经冻死了。老秃脚子把他们的尸体捆在马上，运到几十里外再埋上。队员的身体不能留给日本子，要不也得给挂在城楼子上，让人心里不好受。树生小子浑身打着哆嗦，肚子那里软塌塌的，使不上一点力气，腿冻得麻酥酥的，稍不注意就会膝盖一软，跪到雪地里去。也奇怪，枪一响，身体像头鹿一样，不知道怕，不知道疼，也不知道累。打完了仗，什么毛病就全来了。但现在还不是休息的时候，老秃脚子下了命令，这一夜得向东跑出去百里地，不能让鬼子摸到了行踪。大雪也在帮咱们，半拉点钟脚印就都给盖上了。

树生小子斜歪着脑袋，正好能看到捆在马背上的队员尸体的脸。他的眼睛睁着，眉毛上、胡子上都是霜和雪。身体硬挺挺的，保持着趴在地上的姿势，一只手指着天，一只手指着地。不过，他是在笑，就好像召唤着树生小子过去，要和他讲点什么招笑的事情一样。他的眼神里也仿佛看到什么好东西，比如一堆火，一碗热粥，一张暖炕，好像已经得到了，脱下棉袄就能上炕睡觉。树生小子想，人死了可能也并不那么可怕。谁也没死过，你看到的死都是别人的死。有些人呢，把活着时那些可怕的、痛苦的事情，比如大病、饥寒、重伤想象成死，加到死身上。有些人呢，可能把死和一些好事情连在一块儿，比如为了亲人而死，为了爱人而死，为了能让他们过上好日子而死。还有不太多的一些人，会把慷慨壮烈、山河动容的事情想象成死，加到死身上，比如像司令，像老秃脚子这样的人。所以，每个人死时的样子也不一样，这取决于他们是怎么理解死的。

与后卫队伍会合的时候，树生小子找到了小张妹妹。他从怀里掏出一把铜皮包着的物件，这是从一个被砍死的鬼子身边拾起来的。这东西带一排方形的孔，里面隐隐看得见有像唢呐那样的金属簧片，这样想来，它一定能吹出曲子来。而且，这东西做得很精致，刻着密密的花纹和外国字母，大概发出的声音也会挺好听。小张妹妹拿在手里，说这是口琴。她吹了一下，一个低低的，很温情的声音穿过密密层层的雪花，飘到树生小子的耳朵里。听到这声音，他一下子暖暖的，仿佛四周不再是把自己裹得死死的飞雪和狂风，夜空变得高远了，大地变得辽阔了。敌人被甩得无影无踪，而他成了这雪夜里自由自在的精灵。

走出几十里，老秃脚子找了处背风的山崖，让大家休息一会儿，歇歇脚儿。马匹围在最外面，人背靠背挤在一起。老秃脚子说，小张妹妹，给大家吹一首呗，只要你这口琴响着，俺们就啥都不怕了！小张妹妹被挤在中间，费力地拽出口琴，说，我就吹一首俄罗斯民歌《三套车》吧，好听，还简单，是我从一位去过苏联学习的同志那里学来的。有会唱的吗？头一句是："冰雪覆盖着伏尔加河，冰河上跑着三套车……"

队员们你看我，我看你，没人会。有个被别人叫"连长"的人答应了一声，笑着说，我会几句。你吹吧，我记着多少，就跟着你唱多少。"连长"也在奉天上过大学，过去当连长，在一次战斗中负重伤。等到他在密营里把伤养好，队伍已经到几百里外的地方打游击去了。现在，他是作为普通战斗员编在支队里。小张妹妹吹起口琴，"连长"也唱起来：

冰雪覆盖着伏尔加河，
冰河上跑着三套车。
有人在唱着忧郁的歌，
唱歌的是那赶车的人。

小伙子你为什么忧愁？
为什么低着你的头？
是谁叫你这样的伤心？
问他的是那乘车的人。

你看吧这匹可怜的老马，
它跟我走遍天涯。
可恨那财主要把它买了去，
今后苦难在等着它。

小张妹妹吹完了一遍，队员们央求她道，妹子，真好听啊！再来一遍吧，你这一停下来，俺们就冷啦！还有"连长"，你也唱吧，待会儿俺替你背枪，哈哈。小张妹妹就这么一遍接着一遍吹了下去，没有开头，也没有结尾，仿佛遥远的星星，一直在那里亮晶晶的。

队员们随着调子唱过几遍之后，也学会了，便跟着唱起来。不过，词儿可都是自己编的。他们小声哼着，各自哼着自己的词。

"爹娘啊你们不要想俺，就当俺已死了吧……""俺早就改名也换了姓，只为一辈子打鬼子……""将来的中国是个什么样？电灯电话大马路……""自从俺加入了抗联，再也不抽大烟了……""翠花俺的好媳妇哟，俺死了千万带好娃儿，不管遇到多大的苦处，娃儿也要随我的姓儿……"

从那之后，只要得了工夫，大家就会让小张妹妹吹口琴。她慢慢会了更多的曲子，比如："我的家在东北松花江上，那里有森林煤矿，还有那满山遍野的大豆高粱……九一八，九一八，从那个悲惨的时候，脱离了我的家乡，抛弃那无尽的宝藏，流浪！流浪！""起来！不愿做奴隶的人们！""英特纳雄耐尔，就一定要实现！"有一次，"连长"把自己的手闷子递给小张妹妹，说，这是羊皮里子的，比你那棉手套的暖和，给你！我要用枪，手闷子太厚了碍事。小张妹妹看了"连长"一眼，抿着嘴唇点点头。那眼神让树生小子看见了，也看懂了。他的心里一阵刺痛。

七

行军是为了活命，打仗也是为了活命。刚来密营时，树生小子听老兵说过这话，那时不明白。现在，他多少懂了是怎么回事。前半句好理解。雪地被大风吹起了白烟，这个时候让你休息，你也不敢停下来休息。累了骑马吧，可就算有马让你骑，你在上面待半个小时也得冻僵喽，还得下来走路，而且不能走慢了，得拼命走，往死里走，身子里出来的热气才能抵住寒冷。所以，当一支抗联队伍在茫茫雪原上艰难前进时，他们是为了打鬼子，但也是为了不被冻死。后面半句也好理解，用司令的话说，敢打才有活路，不敢打那迟早都得走上死路。粮食是打出来的，枪支弹药是打出来的，根据地是打出来的，人也是打出来的。抗联都是小队伍，但猫肚子里得有颗老虎的心，把敌人杀怕了，他们再咬你时就得掂量掂量。

支队向北走了两三百里，彻底甩开敌人，才开始向西进发，到草原上去找大部队。十来天后的一个早晨，太阳给冻成了灰白色，像颗豆子，远远地挂在天边，没有一点热力。刚下过一夜大雪，树生小子从雪下面冒出身子，看见9号已经起来了。他扒出火堆的余烬，再续上桦树枝，准备生火。一股股白色的浓烟遇到寒冷的空气，愈加呛人。远远近近全是坟一样的雪包，下面是还在睡觉的队员。到了晚上露营，都是三四个人找个凹下去的地方，挤成一团睡。一个人抱着另一个人的脚，搂在胸前，相互取暖，所有人的大衣毯子合在一起盖。管做饭的老方头儿又去附近砍树皮瓢子了，看来，今早还要吃这个。他手里还有最后一麻袋黄豆，可他不敢给大家吃。他说那是金豆子，只有马上要去打仗的人才能吃。自从日本子搞"人圈"以来，原来三三两两生活在大山里的散户没了，哪里也找不到粮食。每隔十来天，就得打一次"人圈"，从小鬼子嘴里抢吃的。可每打一次，都要或伤或亡几个队员。牺牲的队员可以在附近埋葬，受伤的队员怎么办？这冰天雪地的，全活儿人行军都是在拼命，那受伤的人根本走不了。留下半麻袋粮食和一杆枪，在深山老林里养伤吧。能不能活下来，那真的要看造化了。所以，没有粮食吃，大家也不抱怨，吃上了粮食，大家反倒心里不好受。

老方头儿的手像炭一样黑，因为做饭总是沾水，上面裂了纵横交错的口子，深深的，血红血红的。树生小子走到老方头儿身后，说，老叔啊，我跟你说个事儿。我好些天没拉出屎了，这屎顶在屁股眼儿上，就是出不来，刺得肠子疼。老方头说，我也是。这样，你把裤子脱了，我给抠出来。嗨！你个小鳖羔子还挺要脸。你问问去，上到司令，下到队员，女的咱没亲眼见过，哪个没抠过屁眼子？那女的有啥不一样的？吃了树皮都拉不出屎，自己抠自己的吧。麻溜儿地，把屁股给俺他娘的撅起来！树生小子的屁股马上给寒风吹得生疼，老方头儿的手指头也麻利。几下，三五截又黑又硬的屎橛子就掉到了雪地上。老方头儿又说，你别走，给俺也抠一抠，俺也好几天没拉出来了，感觉这肠子都要被刺穿了。等老方头儿撅起屁股，树生小子看到他屁股眼儿的位置冒出一寸来长的粉红色肠子。他吓得叫了一声，老方头儿说，小兔崽子叫什么叫！给老子塞回去！

露营的地方有人在吼叫，好像是老秃脚子。树生小子和老方头儿忙跑回去，原来"连长"不见了。有个队员一脸沮丧和胆怯地说，"连长"是和我睡一块儿，可他半夜说要和那谁聊聊天儿去。我觉得，人家这事儿咱管得着吗？所以，也没多想，一觉就睡过去了。老秃脚子瞪圆了眼珠子，说，你是猪吗？咱们不是有规定吗？一个小组的成员吃喝拉撒睡都得在一起！那谁是谁？他说要和谁聊天儿去？这个队员嘟囔着嘴，说，是，是小张妹子。老秃脚子怒气冲冲地转过身，喊道，小张呢？她人呢？

这时，李大姐拍着身上的雪往这边走。树生小子看到她棉裤脚上正往下滴血，叫道，李大姐，你受伤啦？李大姐瞪了他一眼，不耐烦地说，小孩子别管闲事。她对老秃脚子说，小张也不见了，八成是跟"连长"跑了，这小丫头太没心眼子。老秃脚子稍稍压住火气，说，你也注意身体呀！李大姐说，你别啰嗦啦！都这样了，就当没它！老秃脚子又叫来了小张医生，凶狠地问，你知道你妹子要跑吗？小张医生看着雪地，说，我不知道，但我知道她不会去当叛徒。老秃脚子怒吼道，现在这个时候，要给日本子带路才是叛徒?！要杀自己人才是叛徒?！你给我说说，怎么的才是叛徒?！小张医生冷冷地说，你吼什么！她的事我管不了。但我生是抗联的人，死是抗联的鬼，这点你放心。说罢，转身走了。

有人说，要不，咱分头去找找，也许到没人的地方亲个嘴儿啥的，一会儿就回来了也背不住。老秃脚子摇摇头，说，不找了。下了一夜大雪，没踪没迹的，一看就是筹划好了，铁了心要走的。现在必须抓紧时间赶路。只是，以后千万别让咱们再遇上喽！

行军至中午，队伍像茫茫雪野中的一条细线，缓缓地在群山之间前行。冬天里杨树、桦树叶子都掉光了，尖尖的树枝刺向天空，头顶上的阳光像透过网子一样照射下来。有那么一小会儿，人会很恍惚，不饿，也不累，但脑袋里白花花的，不知道自己是谁，从哪儿来，来干啥，这是要向哪里去。这一小会儿过去，人才会恢复正常。此时，队伍正走在山谷底，雪壳子直撞裤裆。有沟有凹的地方也看不出来，一脚陷下去，人就没了顶。在前面开路的老秃脚子突然低声说，不好！迎面有敌人，侧面后面也有。他们好像要包围咱们！其他人向四周山上望去，却什么也没看到。正犹豫着，老秃脚子又叫道，赶紧上山，先把山顶占上，坚持到天黑再突围。快呀！除了枪支弹药，其他东西全都扔掉！

到山顶向周围一望，不禁大吃一惊，几百个鬼子和伪军组成的讨伐队正拉开一条线，向这边围过来。看架式，是要像网一样把这几座山头梳一遍。敌人已经到山脚下，还没发现这支小队伍，但一场恶仗已无法避免。老秃脚子把枪栓拽下来，用手闷子使劲儿搓几下，又插回去，上下试了几试。然后把手榴弹、手雷整齐码在雪地里。他对树生小子说，待会儿仗打起来，我就没工夫照顾你啦！记住我的话，天黑之后，一定要先向南或者向北，最好向东突围，一步也不要停，能走多远走多远，等跑出鬼子的包围圈之后，再向西，千万别怕绕弯路。日本子一路追过来，已经知道咱们是要往西去找主力，早就布好口袋等着了。

幸亏老秃脚子带队伍先占领了山顶。打了镇子之后，队员手里用的都是清一色三八式步枪，子弹也足。鬼子的军服是土黄色的，二鬼子的军服是黑色的，在雪地上挺显眼。老队员的枪法准，枪都是刚去了黄油的新枪，一千米开外就能撂倒敌人。趴在地上也没用，黄点黑点，一发子弹消灭一个。打倒了几个伪军之后，雪地上就哗哗啦啦趴下一大片，不向前攻了。再向后打，把一个举着指挥刀的日本军官打翻，鬼子的队形也停顿下来。

随后的战斗很激烈。鬼子指挥官没死，并且调整了队形，分几路重新向山顶攻过来。冬天天黑得早，打退了敌人的两次进攻，太阳就落到了地平线上。到处乌蒙蒙的，人在雪地里也不是那么看得清楚。老秃脚子带五个人留下，其他人朝三个方向走。他给了树生小子一把小巧的勃朗宁手枪，说，这黑灯瞎火的，你怕，敌人更怕，所以要放开胆子往鬼子后方插。咱兴安岭这块儿没别的，就是山高地方大，几路鬼子中间的空当可大了去了。去吧！万一碰上了，啥话别说，先给他一枪。

树生小子还想问问，如果突围出去了，到哪儿会合？四下里枪声就又响起来了。树生小子的小队有十一二个人。天黑透了之后，前后左右都看不见人，只能听见拼命向前跑的喘息声。到山下时，树生小子估摸身边还有三四个人。等穿过一片冰冻的河面，又爬上一座小山时，就只剩下他一个人了。他费力屏住呼吸，静静倾听，万籁俱寂，从遥远处传来一声游丝般的枪响，就再也没有动静。身上的东西全没了，除了老秃脚子给的那把短枪。

敌人在哪里？自己人在哪里？全不知道。世间万物一片寂静。有那么一瞬间，树生小子觉得自己像条自由自在的鱼儿，飞翔在广阔无边的黑色海洋里。他必须一刻不停地向前走，心里又是喜悦，又是害怕。鬼子是不见了，可身上没有吃的，也没有可抵抗寒冷的东西，死离自己并不是很远。他慢慢冷静下来，不再那么呵哧呵哧地跑，而是用一种最省力的步子向前走。他不停调整着气力，让身体里的热力刚刚不致冻死。树生小子很清楚，从现在开始，他就是一块烧着的炭，不能让它烧得太快，也不能让它熄灭了。

有几回，他实在太累了，可刚刚靠在树上，眼皮就死死地合上。树生小子明白，想活下去就得狠狠地对待自己，不能有一点姑息可怜。直到天亮，他再没动过停下来的念头。后来，他发现手脚并用地向前爬要更轻松一点。有些下坡的地方，只要趴在雪壳上，就能滑下去，而不会把雪壳子踏破。奇怪的是，自己的身体轻飘飘的，像块破布头，被寒风一吹，就能在雪面上滑动起来。

天色渐渐大亮。树生小子不敢往山谷或平地上去，只能从这一座山，沿着山脊爬上另一座山。他的身体彻底麻木了，不光是手和脚，大腿根儿和腹部也全都没了知觉，似乎只有一大块冰在那里。他知道，一块炭早晚都有烧干净的时候。那时，自己就得死了，和这大雪之下的任何东西都没啥区别。来年开春，冰雪消融，这身子也就烂了，化进土里，无影无踪。

八

在穿过一处低凹的山脊时，树生小子隐约看到几百米开外的河滩上零零落落地躺着几个人。他静静守候了好一会儿，确定周围没人，才小心翼翼地下山。走到近处，他意识到这些人都已经死了。最先看到的，是石老三，脸朝下趴着，后背上密密麻麻全是枪眼，旁边的雪地里也有很多枪眼。十几步远处，是几块人的尸首，胳膊和腿被齐根砍掉，躯干扔在中间，头也被砍掉，从脸的轮廓看，是小野医生。再远处，是个没头的身子，看到那只满是裂口的手，树生小子一眼就认出是老方头儿。老方头儿的棉衣敞开着，肚子被豁开，红白相间的肠子流到外面，冻硬了。又向前走了几步，河边一棵粗壮的白杨树上挂着赤裸的小张医生。她的身体很苍白，可依然很美。树生小子想，现在，她不用再受苦了。

树生小子隐隐记起，昨晚，自己就是从这里过的河。转了一夜，竟然又转了回来。他默默地跪在雪里，既不恐惧，也不悲伤。他爬到各个尸首旁，摸了摸他们的口袋。老方头儿身上有两块做饭用的打火石。石老三胸前兜里有一小把炒熟的黄豆，大概四五十粒，用一块红布头儿精心包裹着。小野医生裤兜里有几片浅黄色西药，用牛皮纸袋装着，但不知是用来治什么病的。树生小子爬到挂着小张医生的树下，挣扎着站起来，两手抱住她冻硬了的双腿。可他无论如何也没法把小张医生从树上解下来。他又试了试从树干爬上去，可手和脚软绵绵的，几次都摔了下来，头晕眼花。

树生小子把脸贴在小张医生好似象牙一样的腿上，脸很快冻得麻了。他想，干脆也死在这儿算了，好歹大家是死在一块儿了。他无声地流了一会儿泪，发现自己还能站着，还有迈开腿的气力。于是，树生小子在树林子里挖出一个大些的雪坑，一点一点把几个人的尸体放进去，然后填起一座雪坟。他脱下老方头儿的衣服，因为就他的衣服还算比较完整，用这件衣服把小张医生的腰部围上。既然她不能安心地躺在土里，也至少不要光着身子，暖和一点。

做完了这一切，树生小子靠坐在白桦树下，艰难地喘着粗气，又一次动了死的念头。太累了，四肢都不听使唤，身体像片树叶，轻飘飘的，像浮在雪地上半尺高似的。心里虽然害怕，却又喜滋滋的，仿佛只要一撒手，一闭眼，就万事大吉了。也真的是这样，只要心眼子活动那么一下子，树生小子也就永远地坐在那儿了。

他轻轻地摸了摸口袋，有一支短枪，一包炒黄豆，两块打火石，和几片不知治啥病的药。这都是给活人留下的。那石老三，为啥拼死把这一小把黄豆留着？还不就是为了给自己留个念想？这黄豆可不是为了吃的。想想这些，树生小子暗下决心，再也不动放弃的念头了，宁可走着死、爬着死，也不坐着死、躺着死。他望着河谷四周的山，琢磨着，既然没见着老秃脚子等人的尸首，他们就还有可能活着。那么，到哪里去找他们呢？向西？不可能，突围前他就不让我往那边走。向北，向南，还是向回走？树生小子直盯盯瞅着湛蓝的天空，猜着老秃脚子心里会怎么想。他想着老秃脚子的样子，想着他说话的声音和发怒时的表情，突然下了决心，向北走！老秃脚子一定会向北走，那边的山更高、雪更厚，虽然会很苦，但苦地方才是能站得住脚的地方。

树生小子又往北走了一个白天和一个黑夜。冻得快僵硬时生过火，神志不清时胡乱吃过小野医生留下的药片，没有工具就只得搂着白桦树干，使出吃奶的劲儿用牙齿咬掉树皮，再啃下面的瓤子，却唯独没碰过那一小把儿炒黄豆。他知道，要是动了这几十粒黄豆，就死定了。他还遇到过一回野兔子。那东西跑得也不算太快，但树生小子追了几步，就一头栽在雪里，怎么也爬不起来。他就那么趴着，又沮丧又悲伤，欲哭无泪，眼前一阵阵发黑。

天快亮时，他穿过一座山谷，向上坡走。那里有一片林子，并且传来说话声。树生小子忙躲进树后。他仔细辨别着，后几句听清楚了，那是老秃脚子在说话。他喊道，都收拾利索了吗？好，现在，起队！那几嗓子是树生小子这辈子听过的最好听的声音了。他使尽最后一点力气跑过去，就扑进老秃脚子怀里……

这次突围，队伍里的人少了一半。老秃脚子带领大家向北走了两天之后，才悄悄把前进的方向转向西边。他总是说，快了，快了，再翻过几座山就看到草原了。这天，队员们发现前面山谷里有三五户人家，烟囱里慢悠悠地冒出棉花一样的白色烟雾。这样的散户是久违了，也在告诉大家，鬼子的力量还没够到这里。

老秃脚子带人摸过去，推开门时，不禁呆住了。一个猎户和他的老娘正在烧火，而灶台旁边的干草上坐着两个人，正是"连长"和小张妹妹。两个人的脸又黑又红，起满了皴裂。棉袄破了无数个洞，棉花都快掉光了。很难说清两人的眼神，是慌张？是恐惧？是精疲力竭？是对战友的思念？是死里逃生之后重逢的喜悦？说不好，种种复杂的情绪搅和在一起，反倒是傻呆呆的迟钝与麻木。

几个人没说话，而是默默地注视着对方。老秃脚子嘴角抖了抖，转身往外就走，仿佛怕见到他俩似的。"连长"拍了拍身上的土，挺直后背，跟着老秃脚子走到屋外。老秃脚子问，鬼子是你们引来的么？"连长"一愣，不知道老秃脚子是什么意思。他说，不是，如果是的话，我们也不至于逃到这么远的地方来。老秃脚子又问，知道抗联的规矩吗？"连长"说，带枪离队者死，不带枪离队者可留命。老秃脚子逼问，你带枪了吗？"连长"答，带了。我带枪走不是因为要逃命，而是要另寻一块地方打游击。老秃脚子冷笑一声。"连长"说，信不信那是你的事，没什么好解释的。我只有一件事求你，我带了枪，可小张妹子没带。我死而无憾，但给她留一条生路！

老秃脚子转过身，红着眼睛说，早知现在，何必当初啊！"连长"冷冷地说，我说了，我不是为了逃命，而是想要再拉起一支游击队。老秃脚子说，可你为什么要把小张妹子也拐带走啊？"连长"

说，这个你不懂！你可答应我了，留我爱人一条命！老秃脚子叹了口气，说，一起打鬼子不少年头了，我实在没办法向自己的同志开枪，枪里的子弹是留给我自己的。你拿着枪出院子，干什么都行，远走高飞也行。只是，今后咱们就不能再见面了。"连长"拿过枪，说，告诉小张妹子，好好活着，小鬼子投降那天，给俺烧纸。说罢，他大步走到院外一处树林里，然后传来一声枪响。

　　队员给了猎户一些钱，用他的灶煮了一大锅高粱米粥。大家沉默着，一小口一小口稀溜稀溜地喝粥。大家似乎都不愿意在这儿多待，休整了不长时间，老秃脚子就命令出发了。队员们在屋前列队集合，远远看见小张妹妹坐在"连长"的雪坟旁边，下巴搁在膝盖上出神。老秃脚子让树生小子把小张妹妹叫过来归队，大家一起走。小张妹妹抬头看了看树生小子，像看着个陌生人一样。她说，我不走了，我要和他在一起。树生小子眼里流泪，伸手去拽小张妹妹。小张妹妹一把将他推开，怒吼道，滚！树生小子解下自己刚刚装好的粮食袋，扔在小张妹妹面前，向队伍方向跑。跑了几步，他又转回来，扯下腰间那把短枪，塞在小张妹妹手里。树生小子说，"连长"让你好好活着。想明白了，来找俺们！

　　队伍走出了几里地。一声细弱的枪响从身后贴着雪地传来，像只身姿敏捷的白色小鹿。

九

　　翻过最后一道山梁，西面出现一片雪白色的平原。阳光映在雪原上，仿佛千万道金箭，刺得眼睛直流泪。万事万物被覆盖在白雪下面，偶尔露出一道浅蓝色的冻河，或河边钻出冰层的枯草尖。刮起大风时，除了尖利的风声和漫天的白雪沫子，什么也听不到看不到。当风停下来时，雪原上又万籁俱寂，黄澄澄的太阳低低地静静地挂在半空中，一动不动，仿佛这里千年万年都是此番景象，从未变过。一眼望出去上百里，没有村落，没有庄稼，没有脚印，没有刀耕火种留下的痕迹，就像这里的名字一样——西大荒。

老秃脚子回头看了看，出发时近百人的队伍，现在只有九个人。每个人蓬头垢面，头发和胡子绞在一起，身子又黑又瘦，像一群野狗。他们在冻河边发现了一座圆木搭成的小屋，没有窗子，木门在打开的瞬间就嘎巴一声，从门框上脱落下来。屋里积了厚厚的灰土，角落里扔了一把锈红的铁钎。老秃脚子让大家生火，自己带着树生小子来到河边。河面已经冻上几尺厚的冰，布满了如同闪电一样的裂纹。密密麻麻的气泡好似烟雾，一动不动地漂在冰中。又干又细的沙雪随着寒风在冰面上打圈，使得脚下愈加油滑。树生小子几次仰面朝天，像笨重的麻袋包一样摔倒。他趴在冰面上，向河底望去，下面仿佛一座水晶宫，到处泛着晶莹的淡蓝色，一道道波纹折射着太阳光辉。一些比狗比猪比人还大的黑色的鱼，慢慢地，懒洋洋地在河底扭着身子游动。

老秃脚子在河中央处找了一块冰最薄的地方，用铁钎子凿开井口大小的洞。一大股一大股河水冒着热气，涌到冰面上，噼噼啪啪作响。那些闪电一样的裂纹继续开裂，越裂越深，越裂越长。老秃脚子把钎子弯成鱼钩，系上麻绳，挂上一截兔耳朵，放进水中。不一会儿，麻绳一紧，把他拽了一个趔趄。老秃脚子一边斜着身子拉绳子，一边对树生小子喊，快拿棒子打！他把麻绳扛到后背上，一步一步向远处走。一个又壮又凶猛的家伙慢慢从水底游到冰洞口，一浪接着一浪水花从冰洞口拍打出来。它挣扎着，不时从水面现出牛一样宽大的脊背和乌黑的鳞片，每块鳞片都有巴掌大小。树生小子看得胆战心惊，真像是河里的鱼神出来了。他高高举起大棍子砸下去。这下打到了鱼肚子上，它甩得更猛烈了。

树生小子跳进水里，双手伸进鱼腮，紧紧抱住了这个庞然大物。大鱼头朝下向水底挣扎，树生小子也一下子进入了灰蒙蒙的水底，冰洞口像斑驳不清的太阳，晃晃悠悠地飘在头顶。那一瞬间，他看清了这头大鱼，它比人还长，浑身布满蛇一样的花纹。它的黑色眼睛有拳头大小，正惊恐万状地瞅着树生小子。这个巨大的身躯每扭动一下，都会搅起巨大的波澜，水底的阳光也因此猛地昏暗下来……

等树生小子醒过来，天已经黑了。他光着身子被裹在羊皮袄里，外面还盖了件日本子的军大衣。木屋里生着火，很暖和。屋子中央架着铁锅，水咕嘟着，几大块水桶粗细的鱼肉在沸腾的水中颤动。老秃脚子高兴地叫道，小子醒了，来吧，咱们就敞开肚子造吧！

大家谁都没碗筷，有的用刺刀，有的用树枝，老秃脚子直接用手从沸水里捞出鱼块，在手掌上颠几下，再吹上几口气，就像啃苞米那样吃起来。鱼汤是浑的，有河水里浓重的土腥味。不过河水炖河鱼最好吃，土腥味里透着股新鲜的肉香味，就好像你春天夜晚站在田野里闻到的那股味道。这鱼很大，样子也吓人，但肉却很细腻，一丝一缕绵绵软软。除了一排很粗的鱼骨，肉里面还布满了密密的毛刺。这种毛刺是挑不干净的，也来不及挑。舌头沾上了鱼肉，腮帮子就再也勒不住了，只想往嘴里填东西。偶尔有毛刺卡在嗓子里，也不去管，再吞上一大口鱼肉，喉咙管就通了。

树生小子的肚子经历了好几个阶段。第一个阶段是急，使劲往里塞能吃的东西。第二个阶段是舒服，脑子里会不由自主地想，这下可是死不了了。不过，这个阶段很短，一下子就过去了。第三个阶段是恶心。肚子想往外吐，但嘴和手却还在往里面填。第四个阶段是痛，痛得让你一动也不敢动。一是怕好容易吃进去的东西给吐出来，另外也怕把肚子胀破了。树生小子就正在经历着这第四个阶段。其他几个队员也是一声不吭，静静地坐在那儿，大概同样如此。老秃脚子咧着嘴，吃力地爬起来，说，看看，司令给咱们找到好地方了吧！今后，可不能这么吃了。要是日本子来了，都跑不动啦！大家倒着吧，我去把9号换回来。说罢，他一摇一晃地走出去了。

老秃脚子带着九个人又走了几天，终于找到了大部队。并且，他们还远远地见到了司令。那是一个上午，刚刚下过一夜的大雪。白茫茫的雪原之上晴空万里。一条铁路从北向南穿过雪原，通向新京方向。一辆黑色的车头冒出滚滚白烟向南面驶来，圆柱状的烟雾一股叠着一股冲向湛蓝的天空。阵阵沉闷而又厚重的车轮撞击铁轨声和蒸汽机吼叫声穿透寒冷的大风传来。这是一辆货车，装满了已经生长上百年的原木。中部有一节带盖的车厢，车门打开，隐约看得见十几个穿黄色军服的押车鬼子。

突然，从林子里冲出三五匹高头战马，绕了一条巨大的弧线，逐渐与火车平行，并且与火车并肩而驰。冲在最前面的白色战马是司令的。他戴着一顶金黄色的狗皮帽子，嘴里叼了只哨子，响亮地吹了几声。接着，又拔出手枪，对着火车中部那节车厢车门里打了几枪。车厢门里伸出几杆长枪。几声枪响过后，司令拨转马头，又绕了一个大弧线，远离火车而去。这时，轰的一声，黑色车头冲出了铁轨，像烧开了的水壶，一下子翻倒在地，一股冲天的白烟腾空而起，接着是一声猛烈的爆炸。一根根原木挣脱了铁丝的捆束，咣咣当当地向四面八方滚落，欢乐得像一匹匹逃出笼子的野猪。司令的战马绕过一个大弧线之后，又冲了回来。同时，林子里冲出一百多名抗联骑兵，把翻倒的火车包围。一小队日本兵带伤从车厢里冲出来，只开了几枪，就全部被打死了。司令在火车周围查看了一番，骑上马，又吹了一声哨子。几匹战马跟着他呼啸而去，骑兵队伍则散成三五匹马一组的小队，钻进树林，消失在无边无际的林海之中。

打过几仗之后，老秃脚子的队伍增加到了三十多个人，对外称老秃脚子支队。支队驻扎在平原西面一个屯子里。西北靠山，是一片原始森林，剩下三个方面是沼泽地，长满了一人多高的苇草。春夏时节，这里是一片翠绿的海洋，秋冬时节，这里是一片金黄的海洋。只有一条土路通向外界。屯子里的人闯关东而来，定居下来之后几乎没见到过鬼子，也有一二十年没见过官府的人。他们春夏种黄豆、苞米、高粱，秋冬进山采山货、打猎，一年四季都能吃上江里的鱼。冬天里，每家每户房前都挂着几十条上百条冻得硬邦邦的鱼。他们的生活挺好，也不怕抗联的人。抗联的人和他们处得不错，还向他们买了粮食种子，打算春天一来，就下种子种粮食。总之，这是块好地方，来了就不走了。司令也到这一带山里看过，他的气魄更大。他要在山里重新建密营、建兵工厂、建被服厂、建军政学校、建图书馆、建报社、建电影院、建广播电台、建军火库、建粮仓……

在这世外桃源般的小屯子里住了个把月，树生小子壮了。高粱米和鱼肉好像携带着大地和江河里的蓬勃生机，吃进肚子里，让人也充满了火力。夜里，树生小子的骨头缝之间又痒又痛，还经常抽筋。在寂静之中，他似乎能听见自己的骨头在沙沙生长，睡过一夜，人就长高一截。不知不觉间，人更有气力，手中的枪不沉了，手榴弹变轻了，世界也小了。原来无穷无尽的长路，现在发现走上小半天工夫也就到了。在这儿，他还换上了一种屯子里人穿的棉裤。它和普通棉裤不同，多了个类似于背心的连体吊肩带，穿上之后，可以护住腰身、前心和后背。别看只多了个这东西，但比普通棉裤暖和了不知多少倍，再也不往腰间和脖子里钻冷风了。在雪地上趴一宿，肚子和前胸也不会给冻僵。

不久，老秃脚子支队接到命令，袭击两百里外一个火车站。那个火车站不大，周围没什么村落，也没什么居民，是日军屯集军火的仓库。据说，日本人准备与北方的苏联打一次大战役，正加紧往前线运战备物资。而抗联的任务就是尽其所能地毁掉这些物资，从后方支援苏联。

向小站出发选在了一个风雪之夜，可以不留下行军的痕迹。队伍沿着铁道外几百米处向北前进。所有人都步行，几匹战马用来驮粮食和弹药。天地间一团漆黑，杨树叶大小的雪花落在眼睛上融化，一下子便糊住了视线。没人说话，只顾着与没膝深的大雪搏斗，牛一般喘着粗气。偶尔从不远处传来嘎巴一声，那是大雪把树枝压断了。

不时，有火车经过，嗵嗵地从远处来，又向远处驶去，发出橘红色暖洋洋的光，把铁轨附近的一小片雪地照亮。火车驶过，雪野上显得更加空旷寂静。每隔四五十里，会有一个给巡道员住的红砖小屋。小屋玻璃上结着厚厚的霜花，透露出微弱的灯光。有时，门推开，巡道员提着铁道灯向四周晃一晃，或沿着铁道走上几百米，就被冻得缩手缩脚，回小屋里烤火去了。

十

火车站驻扎有一个中队的日本兵，被围在了营房里，除一小队突围逃走之外，大多被打死了。仓库里的物资码得整整齐齐密密麻麻，每个人都换上了羊毛里子的大衣、皮靴，还有尖顶带护耳的狗皮帽子。树生小子甩掉裂了帮的旧棉鞋，套上一只高筒皮靴，瞬间一股暖流把脚丫子包裹起来，像踩在炕上的棉花上一样又热又软。老秃脚子忙着往马背上装子弹箱、手榴弹箱，还有没去油的迫击炮炮筒、乌亮乌亮的炮弹。马腿都打颤了，他叹了口气，卸下来。转过身想了想，又狠狠心，背到自己背上。不一会儿，大火烧了起来，几十里外都看得见。球状的黑色浓烟翻腾着，扑向夜空，把远远近近的雪都染黑了。连续不断的爆炸声像地震一样，把雪原和群山摇得晃晃悠悠，一整夜都不曾停下来。

下半夜，日本人的队伍从几个方向前来增援，加起来差不多有一个联队。而且，雪停了。无论抗联的人马走得有多快，都会留下清晰的印迹。路过一个村庄时，老秃脚子支队和另一支队伍被留下来打阻击，掩护大部队向西北走。树生小子趴在一户人家的半截土坯墙上，外面是几十米宽的打麦场。鬼子隐蔽在黑暗里，一时没有发起冲锋。

趴在树生小子旁边的是小林子，和树生小子年岁差不多。小林子的爹高大个子过去是抗联的交通员，所以小林子从小就熟悉抗联的人，打打闹闹，亲亲热热，舞枪弄炮的一点也不陌生。稍大了点，小林子一直缠着爹要加入抗联的战斗队。他爹说，家里少了个男小子，日本子就盯上了。有一次，小林子和邻居家的孩子偷偷吃了顿白面大饼，过县城街里时不小心摔倒了。本来就撑得顶到了嗓子眼儿，这一摔，一下子吐了出来。一群土狗围过来吃，宪兵队的狼狗对着这边叫。小林子马上跑掉了。日本子看到地上吐的是白面，集合起来要抓人。小林子跑回家，对爹说了这件事。高大个子说，肯定有人看见你了，日本子早晚要找到咱家。去他妈的，这个家咱不要了。你不是要上队吗？咱爷俩儿一起去！

树生小子从小没爹，所以他特别羡慕小林子。高大个子当班长，小林子给他爹当传令兵。行军特别累的时候，小林子会牵着他爹的手，队伍停下来休息，他便一头扎进爹的怀里睡觉。夜深了，大家都躺下睡觉，他爹会把困得睁不开眼的小林子放在膝头，给他用热水烫脚或挑水泡。每当这时，树生小子都会眼巴巴地瞅着熟睡中的小林子，不知不觉间就掉下泪珠子。

日本兵开始了强攻。他们在冲过打麦场时，被打倒了很多人。后来，抗联的人退到了房子里，一个院落一个院落和日本人争夺。天快亮了，再打下去，谁都走不掉。高大个子扭过头，对小林子吼道，你快走，追大部队去。小林子趴着不动。高大个子把长枪一扭，横过枪托子，照着小林子前胸就是狠狠一下。小林子滚出去很远，捂着胸口可怜兮兮地看着他爹。高大个子又大吼了一声，他才转过身向西北跑去。高大个子拎起树生小子的领子，向远处一扔，道，你也走！

树生小子和小林子朝太阳升起的反方向跑，雪地呈血红色，影子长长的，摇摇摆摆地在前面给他们指路。他俩手拉着手，踏着没膝的雪地拼命向前爬。前面有片树林子，两人打定主意，先进林子躲起来，再追大部队。后面的枪声渐渐停息了，雪野里只剩下寒风吹过草棵树枝的尖叫声。不一会儿，有匹马飞奔而来，马后倒拖着一个人。树生小子和小林子冲到马头前，拉住它，后面拖着的是9号。9号没死，只是突围时肩膀上挨了一枪，落下马，脚挂在蹬子上，却再没力气爬上鞍子，结果被马拖出了十几里。

9号把两人拉上马，又跑出去十几里。马跑不动了，9号下马，牵着马缰绳继续走。又走出去十几里，9号昏倒在地。树生小子和小林子把9号横着放在马上，一前一后牵着马向西北走。炭火一般的太阳远远地贴在雪野上，马喘着粗气，嘴里冒出稠稠的白烟。小林子爬不动时，树生小子就推着他的屁股向前走。当树生小子站不起来时，小林子就把他的手扛在肩头，弓起腰向前爬，一寸一寸地挪动膝盖头。

夜间晴朗，一轮银白的月亮挂在头顶，映得雪地银色茫茫。黑色的天空里挂着几片薄如纸片的淡云。大树和尖尖的枝丫闪着乌黑金属的光亮。9号在马背上说着胡话，树生小子和小林子呆呆地坐在雪地里。小林子说，让我躺在你的腿上睡会儿吧，我太累了。树生小子吓得马上跳起来，说，现在不能睡，谁睡谁死。快起来，不管爬多慢，只要在爬，就死不了。

不久，大部队派队伍回来找阻击部队散落的士兵，发现了树生小子和小林子。老秃脚子也骑着马突围出来。小林子问他，我爹出来了没有？老秃脚子说，你爹出来了，和手枪连一起上北边去了。后来，小林子对树生小子说，看见老秃脚子骑的马，他就知道爹已经死了，因为那是他爹的马。后来，老秃脚子经常把树生小子和小林子一左一右搂在怀里，给他们讲故事，给他们揉肩膀胳膊，也像小林子他爹那样，给他们烫脚、挑泡。老秃脚子经常念叨，没高大个子他跑不出来，高大个子把自己的马给了他。当然，他一直说高大个子还活着，他亲眼看见高大个子跟手枪连上北边去了。而据这个村子里的老百姓说，当日本兵走后，他们回到家，看见雪地里、院子里、房屋下、栅栏上、井台上，到处都是被砍断的胳膊和大腿，走上三五步，就能看到一只手、脚或脑袋。日本子真是他妈的牲口……

这次，日军损失了差不多一个师团的战备物资。以往，他们追出百十里地就回去了，而这回，已经追了两天一夜，还紧紧跟着，仿佛不咬断猎物的喉咙不罢休。司令带着大部队向荒无人烟的地方走。抗联没粮食，日本兵和"国兵"也没粮食，大家都朝着死地前进，看谁先怕了，先怂了。

临来时，树生小子带了三天的干粮，现已吃光了。怀里还有石老三的红布包，里面包了三块缴获来的日军饼干。不过，他从来没动过吃的念头。这红布包里的东西换过几回，里面包过几十颗黄豆，包过苞米饼子，包过地瓜干，包过炒面粉，但都不是快饿死时吃掉的，只有在粮食特别充足时才小心翼翼地把它们拿出来，填进肚里，然后马上把新东西包进去。这红布包也真是神奇，想到它，就能坚持一天，再想想它，还能坚持半天。可你要是想把它吃了，连一个时辰都坚持不下去。

前面的雪地里，坐着一个人，笑呵呵地看着队伍。小林子对树生小子说，我也想坐会儿。树生小子说，别停下来，也别去看，那是死人。说完，他紧紧拉着小林子的手，不敢一丝一毫放松。因为一旦小林子掉了队，就谁也救不了他了。冻死的那个人敞着胸怀，一只手伸向大家，好像索要什么似的，又好像把什么东西递给大家。走了几十步，雪地里躺着一个人。上身赤裸，手脚向四面展开，胸前披着日本子的军大衣。那姿态和表情，好像正舒舒服服地睡在自家热炕头上。

小林子又对树生小子说，我太饿了，实在走不动了。树生小子从怀里掏出红布包，解开，拿出一块饼干，慢慢放在小林子手里。他说，吃了这一片，坚持到天黑好不好？你看，前面就是大山，钻进山，日本子就拿咱们没办法了。树生小子抓了把雪，握成棒，递给小林子，自己也握了一根。他咬了一口，又对小林子说，见到树林咱就有吃的了。树皮瓢子能吃，还能包饺子。像啥馅饺子？像韭菜鸡蛋馅的，不对，不对，更像芹菜肉馅的。嗯，让我再想想啊！其实吧，和豆角黑鱼肉馅的最像，有点酸，带点苦，可还是香的。

这时，后面银色雪原上腾起一股浓黑的烟柱，大概有几十里远。

又传来几声微弱的枪响，只有侧起耳朵听才听得见。老秃脚子回头望了望，冷笑一声，道，日本子开始杀马了，他们也受不住了。追吧，追吧，这回让你们人吃人！

队伍进了大山。这里，是一处非常开阔的山坳，好似一只巨大的碗。南北两侧山峰长满了密密的松树，最顶端隐约可见一排给伐木人住的木屋。过了碗底，向两峰之间爬时，山势开始变得陡峭，山坡上布满了厚厚的冰。仔细看去，原来是靠近山顶处有许多大大小小的温泉眼，正汩汩地冒着热水。水向山下流，流不出多远，就结成了冰。旷日累积，就形成了覆盖了大半座山的冰甲。黑土地上的人管这叫作"冰趟子"。远远望去，冰趟子就像一条凝固的乳白色宽广大河，一浪叠着一浪，一层叠着一层，一直奔涌到山坳中央，而且简直要把山坳灌满了。

树生小子走一步滑两步摔三步，勉强走出山坳最底端。到了爬坡时，真是苦不堪言。双手双腿软绵绵的，打着抖，就是撑不起身子向上移动。如果脚下一滑，摔下坡去，躺在那儿，望着无边无际的碧蓝天空，听着耳边无穷无尽的尖厉山风，心里面木木的，不害怕也不慌张，不痛也不痒。奇怪自己这是在干啥？为什么要跑？为什么躺在这儿？这一切都好生古怪。树生小子只好一遍又一遍对自己说，再爬起来一次，这次爬起来了，命就有了。死在这儿呢，倒也没啥，可这天就黑了，再好的东西也看不见了，你愿意？这些话说了一遍又一遍，身子也有了力量，一个关节一个关节撑起来，一寸一寸往山上挪动手脚。

这时，从前方传来命令，部队向两面散开，占领山顶，在这里伏击鬼子。太阳爬过天顶，稍稍向西偏去，像一颗煮熟的鸡蛋黄儿，寂静地挂在那儿，发出灰白色的光。茫茫雪野笼罩在刺眼迷离的光线里，群山、树木、人仿佛消失在了白色的地平线上。

鬼子和伪军小得如同一串黑点，排成长线进入山坳。远远望去，可以看见他们时不时四脚朝天，摔倒在溜滑的冰面上。喇叭声响起，一支抗联队伍冲到山口处，封住了敌人的退路。枪声大作，一个个小黑点趴倒在雪地里。一个中队的鬼子像黄色的泥浆，向山顶一处木屋冲去。那里是制高点，可以进攻，也可以突围。他们和抗联士兵们扭打在一起，像两股泥石流迎头相撞。仔细听去，那边传来枪声、爆炸声，最多的是死命的叫喊声。许久，日本兵也没占领山顶木屋，渐渐地，那里安静下来。

山下的敌人无处隐蔽，被打死很多。向前，是很陡的冰趟子，平时就万难爬上去，更何况是枪林弹雨之下。向左向右攻击的队伍也被打在了半山腰，无法动弹。傍晚时分，伪军和鬼子收拢队伍，向山口外突围而去，抛下了几百具尸体和动弹不得的重伤员，其中一大半是日本兵。

树生小子往山下走。松树下，有两具扭在一块儿的尸体。一个是鬼子的，一个是自己人的。两人都穿着土黄色的日军棉袄。仅仅个把小时，尸体已经冻在一块儿，无法分开。鬼子的眼睛睁得圆圆的，结着冰花，像颗半透明的玻璃珠子。嘴拼命地大张着，仿佛溺水一样。树生小子用手榴弹敲了敲他的脸，那眼珠子像冰块一样碎了，牙齿脱落，脸一点一点凹下去，却没有血渗出来，直到变成一副古怪的样子，像一张面具。他伸手去掏鬼子的衣兜，找到了一块冻饭团，两只弹夹，还有一张照片。照片上有个穿和服的老女人。树生小子把饭团和子弹揣进怀里，照片又塞回鬼子兜里。

向下走了几步，碰上了同样情形的尸体。是日本兵和小林子。小林子嘴里叼着一只带血的耳朵，中指和食指扣在日本兵的眼窝里，并且以这个姿势冻在一起了。树生小子在日本兵的背包里找到了一只铁皮罐头和一块手表。他借着昏红色的阳光一看，表的指针还在一下一下很有活力地跳动。这时，他身后传来微弱的呻吟和哭泣声，夹杂着一些日本话。他忙转过身，看见一个日本兵肚子上插了把刺刀，手也被砍断了，动弹不得，只能等死。树生小子一边搜集死尸身上的东西，一边留心听着那些垂死的声音。不久，声音消失了。

等树生小子走到山下时，手里已经多了一大包战利品。一匹驮物资的战马经过，他留下了饭团和十发子弹，其余的哗啦一声，倒进了马屁股上挂着的敞口麻袋里。

冰趟子伏击战让抗联队伍终于摆脱了日军的追击。又向西北走出百十多里后，大部队在山里休整了半个月。9号受伤之后一直在发高烧，也没死，总是说胡话，谁也不认识。老秃脚子让树生小子在向阳坡上挖个一米宽、两米长的土坑，再剥些整张的桦树皮回来，得把土坑的底部和四壁包住才行。有一天下午，树生小子正蹲在坑边晾桦树皮，9号从干草铺上钻出来，呆呆地站在那里。他问道，这是给谁挖的坑？树生小子一愣，答，支队长说要留下一批物资，今后回来时用得着。9号又问，这桦树皮是干啥用的？树生小子答，桦树皮油性大，隔水隔潮，埋土里不容易烂。他发觉自己说走了嘴，忙又补充道，还防止生锈。

又过了三五天，9号是彻底好了，肯定不会死了。他问树生小子，你给我说实话，这坑是不是给我挖的？这桦树皮是不是给我当棺材的？树生小子点点头。9号朝天空望了很久，叹了口气，道，我要是这回死了，还有这么好的待遇。可下回呢？还有这么好的待遇吗？

老秃脚子支队返回驻地的那个屯子时，已经开春了。雪原开始融化，露出黄色的草皮。一条大河横在眼前，尺把厚的冰面裂开了，裂成了比马车还要大的冰块，相互撞击着，发出轰轰隆隆的沉闷巨响。

走进屯子，大家有些吃惊。老住户都没了，土房子里住着一些日本人。这些日本人都是一家一户的，有中年男人，有媳妇，有老人，还有小孩子。院子里有牛或马等牲口，还有农具，除了说日本话，男的额头上扎布条，还有见了面总鞠躬，和中国老百姓没什么太大区别。老秃脚子支队进院子时，男人女人恭敬地站在那儿，顺从地向他们问好。这些从日本本土迁来的人家叫"开拓团"，几年前便开始源源不断地在黑土地上落户。

老秃脚子问开拓团的男人，这屯子里的人上哪儿去了？男人摇摇头。老秃脚子阴沉着脸，带着队伍向屯子外走。走出三五里，路过一片结冰的芦苇丛时，正在融化的冰面下冻着一只红色的婴儿小鞋。大家跑到池塘边缘，用刺刀扒开枯草，看到一张张脸正大睁着眼，从水底深处望着天空方向，仿佛还活着一样。

老秃脚子带着队伍回到屯子，把开拓团的人都捆在院子里，男人当场打死。他把一个日本女人捆在树上，扯开她的衣服，转过身对一个队员说，用刺刀把她给我捅死！一个日本小孩被捆着双手，踉踉跄跄地走到母亲身边，靠着树坐下，嘤嘤地哭，也不敢大声哭。那个队员端起刺刀，大叫了一声，却没刺出去。他又试了几次，终于泄气了，背对着老秃脚子说，杀女人孩子的事，我下不去手！要不你打死我得了。

老秃脚子吼道，下回日本子也这么杀你家人时，你别后悔！那个队员也吼道，日本子不是人，咱是人！他们不干人事，咱们得干人事！要都不是人了，那还打鬼子干个啥？

老秃脚子低下头，一行泪水流到胡子上。他用手指着那个队员道，干人事，不后悔！这可是你说的，你给我记住喽。他转过身，拉过一驾大车，套上一匹老马，把日本女人拦腰抱起，扔到车上，又把日本小孩子也扔到车上。他对剩下的日本女人和孩子说道，杂种操的都给我上车！

蹲在地上的日本女人和孩子浑身发抖，也不知听不听得懂他的话。老秃脚子把一个身子像面条一样软的日本女人拽上马车，说道，这不是你们的屯子，你们得滚蛋。能不能活，得看你们的造化。要是出了这地界，你们让中国老百姓给宰了，那也是你们自己找的。没人请你们来中国，是不是？在人家的地方杀了人，放了火，还指望人家当菩萨，是不是就很愚蠢呢？

马车吱吱呀呀地向野地里走去。老马的屁股瘦骨嶙峋，走路摇摇晃晃，随时都会饿死摔倒的样子。老秃脚子从腰里摘下一颗保险完好的四十八瓣手雷，追上去，塞到其中一个日本女人手里。

十一

日本子和苏联在北方打了一仗，鬼子在这里增兵了。不是几百上千，而是一下子来十几个师团。抗联到了最艰难的时刻。那之后，很长时间没有司令的消息，有人说他过苏联学习去了，有人说他还在这一带，纵横方圆五百里，卡车、坦克、飞机统统拿他没办法。在人们的口中，司令是神一样的存在。

战斗越来越多，形势越来越危险。树生小子和老秃脚子也终于分开了。老秃脚子带队伍向南突围，树生小子和五个人向北走。又经过一次遭遇战，就只剩下树生小子和9号两个人。9号负了伤，让树生小子不要管他，继续向北走。临别前，他给自己留了一颗四十八瓣，其余有用之物都给了树生小子，这其中有一张尺把见方的中国地图。9号告诉树生小子，记住，这才是中国。他又指了指东北方的一个地点，现在，咱们就在这里。北面还是山，向山里走。传说，苏联在山里留了一些军用物资隐匿点，而且训练了一些背上长红毛的熊瞎子来看护这些点。

树生小子不太相信这传说是真的，可心里却多了点盼头，单枪匹马扎进深山也毅然决然。后来，他还真的在深山里找到了一个物资隐匿点。不过，他没看到什么背上长红毛的熊瞎子，而更愿意相信这些物资是司令放在这里的，有朝一日，他会带人来取。这里，什么也看不到，除了一望无际的山。树生小子在这里过了几个寒暑，大山绿了变黄，黄了变白，白了再变绿。无论山下看起来多么平静，也从未下过山。他住过山洞、树洞，挖过地窨子，不断变换着生存地点，而且绝不留下任何痕迹。他知道雪地上的一串脚印，树下的一泡屎，或树枝上的一缕棉絮都会给他带来灭顶之灾。

几年后的一个冬天，山下来了一支队伍。树生小子远远看去，既不是鬼子，也不是伪军。他看了看自己在雪地上留下的脚印，知道这回跑不掉了。他躲到一棵树上，怀里抱了颗生锈的手榴弹，也不知过了这许多日子，它还能不能响。有人发现了他，让他下来。那口气挺和善，让树生小子心里一动，鬼子和伪军，还有胡子是不会这么说话的。那人问他是什么人，树生小子不说话，不光是不想说，而且嘴像锈住了似的，也不会说了。

树生小子看那人问得着急，嘴里突然冒出一句，你们是哪里的部队？那人眼睛一亮，说，我们是北满军区的，从关里来。树生小子又问，你们打鬼子吗？那人哈哈大笑，说，我的小兄弟啊！鬼子打多早就投降了呀！树生小子让自己沉住气，继续问，现在谁领导你们？那人回答，共产党啊！树生小子跑到一处窝棚里，找出当年9号留给他的中国地图，说，我是抗联三路军老秃脚子支队的。你看，这背面有俺们司令的亲笔签名，他是共产党员。那人看过之后，点点头，说，某某某同志已经在四年前牺牲了。

　　那人又说，跟我们回去吧！树生小子答，好。

第二章　兴安岭（下）

在梦里，树生小子会时不时梦见老秃脚子、9号、小张妹妹、小张医生、小野医生、石老三，还有司令。有些人，树生小子知道他们已经牺牲了。有些人，却不知他们是否还活着。可是在梦里头，他们的面容似乎蒙着一层模模糊糊的薄纱，让人想看却怎么也看不清楚。这薄纱开始是白色的，后来渐渐泛黄，像陈年的老照片一样。他还梦见自己在冬夜里趴在雪地上，趴了一整夜，或者有一颗子弹贴着额头飞了过去，发出"吱"的一声。在梦里，树生小子死了，倒在地上，望着灰红色的太阳，或冻得像水晶一样的夜空，身体仿佛沉在很深很黑的水底，挣扎着喘不过气来。

他惊醒了。炕烧得正烫，军分区给养科的刘瘸子鼾声如雷，大张着嘴，鼻尖挂着汗珠，闪闪发亮。月光照在双层窗纸上，映出屋外大槐树的枝影，看似一动不动，却又慢慢偏移，每次睁开眼，它们都有不同的样子。最后一次醒来，天已大亮。黄澄澄的阳光如同瀑布一样洒在窗纸上，不停地晃动，流淌着波纹。刘瘸子不知何时出去了。炕头最热的地方摆了一只粗瓷大碗，一半是深红色的高粱米，一半是浓黄色的酸菜炖土豆，堆得冒了尖儿，一缕白白的热乎气儿慢悠悠地往屋顶上爬。屋外，李大牙花子的女人在"嘞嘞嘞"地给猪喂食，一股酸乎乎的猪食泔水味儿飘进屋来。还有几只鹅在拍着膀子叫，大概是碍着了女人的事，被踢了几脚，咯咯地逃走了。树生小子光着屁股从棉被里爬出来，盯着那碗高粱米饭，发起了呆。自从跟着抗联打鬼子以来，已经很多年没脱过衣服睡觉了，也忘了那是啥滋味儿。而近个把月，不仅脱了衣服睡觉，还住上了热炕，吃上了饱饭，这一切真有点恍如隔世的感觉。

一

　　树生小子穿好棉袄，吃起高粱米饭，一股苞米面煎饼的糊巴味儿又钻进屋来。他端着粗瓷大碗走到院子里，李大牙花子的女人把绳索套在右肩上，俯身向前拉着石磨。尽管是冬季，还是有汗珠从额头顺着下巴尖儿滴到地上。拉上几圈，她用勺子舀一把泡好的苞谷粒儿，填进磨眼儿里。一股股稀溜溜的金黄色生苞米糊糊缓缓流到石磨下边的一圈石槽里，又从石槽突出的尖嘴流到木桶里。她在泥房子前的小院里支起一口平底锅，烧起火。看看磨好了一桶，便用炒菜用的大铁勺子舀一勺生苞米糊糊浇在热锅上，用勺底划着圈儿摊平，转眼间，一张苞米面儿煎饼便熟了。烙好一张，在木盆里铺一张，一张叠一张，差不多能叠到一尺多高，如果有工夫，粮食也多，还可以叠到更高。树生小子看到有人家把煎饼放在米缸里保存，从缸底一直叠到缸口。这样叠放得密密实实的煎饼放上几个月或半年都不坏，也不干，吃的时候揭下一张，卷上新鲜的大葱，从大酱缸里舀半勺大酱抹上，用牙撕扯着吃，特别香。李大牙花子的女人揭起一张刚烙好的煎饼，叠成巴掌大的正方形，有点惶恐不安地递给树生小子，小心翼翼地笑了笑，也没说话。

树生小子恭敬地接过煎饼，点点头，算是道了谢。吃完饭，他朝屯子外走去。正西方向，从北到南有一条河。再向西，是连绵起伏的大山。此时，半人厚的冰纷纷裂开了，而且还在嘎巴嘎巴地开裂。这些巨大的冰块在宽阔的河水中你推着我，我推着你，像房子，像大树，像马车，像坦克那样大，相互撞击着向南方流去，发出轰轰隆隆的响声。风呼呼地吹着，在一排排杨树枝头发出呜呜的鸣叫。现在的风和深冬里的风不同，不那么干硬，虽然也很冷，但冷冰冰之中却带着潮湿。雪原上露出干黄色的枯草地，上面残留着积雪，但越化越少，融化的雪水把大地湿润了，越发显出泥土的黝黑发亮。

　　这里背靠大兴安岭，真像自己的家乡，也很像曾经打过鬼子的地方，只是那一切似乎离自己又很遥远，仿佛从未发生过。树生小子一边望着风景，一边沿着河岸走。远处，有个人在河边洗衣服。走到近前，发现竟然又在这里碰上了李大牙花子家的女人。她坐在一块方方正正的石头上，手冻得通红，但还是抓着衣服，用力地在洗衣板上搓。她的上身尽量挺直，似乎怕压着肚子。树生小子明白了，这女人已经怀上了孩子。听屯子里的人讲，她是个日本女人。这一带曾经驻扎过日本子的一个师团，师团部离这儿不远，在山脚下的公路边。那嘎瘩还有日军开的妓院，比如有日本女人的叫"若春""东京花"等，而有朝鲜女人的，当地老百姓管它叫"高丽窑子"。有人说这个日本女人原来是歌女，也有人说是开拓团的女人，反正身世说不大清楚。日本投降后，这里兵荒马乱，她也走不掉了，就在这一带讨饭为生。李大牙花子原来的媳妇死了，没留下孩子。他家里穷得叮当响，过去是木匠，也给人当雇工种地，如果不出意外，这辈子是不大可能再娶上老婆的。于是，他就把日本女人留下了。

　　树生小子站在这个女人面前，看着她洗衣服。她穿着黑色老棉袄，胳膊肘和膝盖上打着灰色的补丁，和黑土地上的女人也看不出啥区别。但如果你知道她是个日本女人，并且仔细去分辨的话，或许她少了些眉宇间和声调里的彪悍桀骜，身材不那么丰满有力，肤色也不那么红润发亮，多了些憔悴和苍白。她不说话，也不直视别人的眼睛，总是看着地面，或者对方的脚。女人的眉角上有一块青紫色的伤痕，八成是李大牙花子打的。她看了看树生小子，似乎在问他有什么事情？看过几眼，忙低下头，仔仔细细地洗起了衣服。

刘瘸子骑着一头棕色的毛驴来到河边。他下了驴子，抬起驴蹄子瞧了瞧，从腰间抽出匕首，把臃肿的蹄子修了修。顿时，那蹄子显得又秀气又平整，驴子也欢快地打了一串响鼻。刘瘸子这人是老红军，据说资格很老，参加过长征，在山东打过鬼子。只因在战斗中负了重伤，瘸了一条腿，不能再行军打仗，出关以后只好干些后勤方面的活计。曾经有人亲耳听到，他跟某位军区首长打招呼，管人家叫黄瞎子，让人吃惊的是，那位首长居然乐呵呵地应了，还问道，刘瘸子，你的身体还好吗？

既然你能叫人家瞎子，那别人也能叫你瘸子。这样，大家也就刘瘸子，刘瘸子地叫开了。他也不在意，心情好时，便嘻嘻哈哈地跟你应着。当然，如果你瞅他心情不好了，最好还是叫他老刘。刘瘸子发起火来那可真是杀气腾腾的，人们背后都说，你想知道老红军啥样不？看看刘瘸子就啥都知道了。

刘瘸子从胸前兜里摸出一张纸币，用石头压在了李大牙花子女人的脚旁边。他一边用手比画，一边说，你家的高粱米饭的米西，你家的钱的给。女人愣了一下，似乎明白了，连忙站起来，要给刘瘸子鞠躬。刘瘸子扶住了她的双手腕，说，不兴这个，不兴这个，继续洗衣服吧，好好学中国话，好好过日子……

离了这个屯子，向下一个屯子走去。刘瘸子衣兜里有个小本子，记着各个屯子的田地亩数和应征的粮食数。他眯起眼睛，望着在大山和大河之间那一望无际的田野，不知心里在想着啥。树生小子看到一处向阳坡雪地里躺着个人。刺眼的雪，黑色的老棉袄棉裤，甚是醒目。毛驴也看到了，似乎想瞧个究竟，不声不响地驮着刘瘸子向那里走。来到近处，树生小子上前推了推那人。还好，不是冻死的人。那人揉揉眼睛，躲避着阳光，蜷缩的身体慢慢展开，瞅着推他的人。树生小子认出来了，这人就是李大牙花子。李大牙花子一只手撑地站起，身子下边露出一块尺把高的方形尖头界桩石，石头上用红漆刷着李某某，也就是李大牙花子的名字。树生小子这才明白，李大牙花子刚才睡觉时，怀里一直搂着这块界桩石。

李大牙花子个子瘦高，走路晃晃悠悠。他睡眼惺忪地走到刘瘸子的驴子前，憨厚地笑笑。刘瘸子说，这么冷的天，小心睡坏了腰！李大牙花子挠挠脖子，道，过去，从没想过这辈子名下还能有块地，现在，还怕是在做梦。昨儿半夜里来看了一眼界桩石，俺的名字还在。今儿早上又来看，睡一觉醒来，名字还是自己的。心里一阵儿踏实，一阵儿不踏实。李大牙花子又问，这就走了？再住两天吧。刘瘸子下了驴子，答，事情办完了就走呗。另外，我把饭钱交你媳妇啦。李大牙花子道，你这个就见外了！地都给俺们了，还差这几碗高粱米？刘瘸子说，一码是一码，吃了人家的东西要给钱，天经地义的事儿。还有，今后可不能打老婆啦！你这和女人裹小脚一样，都是老前儿的坏毛病，得改改。李大牙花子道，自己的老婆自己能不护着吗？其实，手也没多重，脸上挂点小彩，也是为了她好。那些年，日本子一个个的都不通人性啊！现在想起来，还恨得牙根儿直痒痒！她一个日本子留下的女人，要是整得油光水滑的，我真怕哪一天屯子里的人剥了她的皮。

刘瘸子向远处望了望，说，你这地得赶紧伺候伺候，有的人家早早就开始了。时令一过，可就来不及啦。李大牙花子说，过去穷惯了，过一天算一天，什么也没积攒下来，现在有地了，才发现什么干活儿的家伙什儿也没有。刘瘸子掏出五块银元，交到李大牙花子手里，说，赶紧的，缺啥买啥。李大牙花子往回推，说，那怎么好意思呢？刘瘸子说，把地种好，就是帮我们了。

刘瘸子骑上驴子，李大牙花子站在一旁，说道，真是感激你们的大恩大德啊！刘瘸子道，你说错了，应该是我们感谢你才对。记住一句话，把地种好，就是在帮我们！李大牙花子眼睛红红的，问，你们还要不要当兵的了？要不，我给你们打仗去！刘瘸子笑笑，说，打仗有的是人去，你都四十来岁了，就好好在家种地打粮食吧。

毛驴在田间土路上迈着小步，李大牙花子也不肯往回走。三五米远的地方有座新坟，立了块不高的石碑，却是白的，没刻一个字。坟包四周用两道红砖垒了个圆圈，以防雨水雪水把坟土冲走了。李大牙花子走过去，把被人踢乱了的红砖重新摆正，又从地里抓了一捧新土撒在坟上，使劲拍实。

李大牙花子回到驴子旁，说，这坟里埋了小飞龙一家。他转过身，向着广阔的田野指了指，道，这老小子是胡子。老前儿，这四周围方圆百里的地，都是他家的。我都给他种了十年地。你们来了之后，他就说，日本子没动他的地，国民党没动他的地，你们也不会动他的地。没想到，你们把他枪毙了，把他的地分给了俺们。小飞龙那样的人，能没仇人吗？想是那些穷人家这十几年受气受得狠了，这下看他倒了架子，那报仇手段也真是凶啊！把他全家都杀了，一个吃奶的孩子一撕两半。我的妈呀！看不下去啦。当时，我心里老大不是个滋味儿，觉得你们不仁义，这世道风气也不仁义，哪有杀了人，还分人家地，分人家财产的道理呀？可后来一想，小飞龙的地是怎么来的？当年他骑着马端着枪跑了三天三夜，马跑到哪儿，哪儿的地就是他家的。这又是啥道理？

李大牙花子叹了口气，又说，庄稼人心眼儿实诚，见了血腥就觉得不仁义，现在看，你们才是真心行仁义的啊！

李大牙花子从驴脖子上摘下来几根枯草，说，这么些年，俺们这见的兵可多了去了。大帅的兵、小鼻子的兵、大鼻子的兵、"正牌"的兵，还有五花八门的胡子，谁打这儿过都得摊钱摊粮要吃要喝要女人。可只有你们把地分给俺们啦！谁真心对俺们好，俺们嘴上不说，那心里能没个数儿么？

二

离县城还有十几里路，在山脚下，有一座土围子。早些年，这土围子是"人圈"，也就是鬼子为了对付抗联的游击队，搞集团部落，把散落居住的屯子户归拢到一块儿生活的地方。后来，开拓团把里面住的中国人赶走了，也有的说是"推大沟"或"照相"了，反正是屠杀掉了。那时，围子里面有电话，四个角上有机枪，还停着卡车、拖拉机。日本男人女人耕的都是这里的老百姓开过荒的熟地。日本子投降后，土围子荒了，卡车轮胎被拆下来，装在了马车上，拖拉机外层的铁皮给揭下来，涂上了黑漆，成了各家各户的院子大门。在风风雨雨中，这些东西慢慢生出红锈，成了废铜烂铁。

现在，土围子里驻扎着的是旅教导大队。尽管前方战事险恶，但还是把那些预备提拔排长、连长的干部集中在这里，进行一段日子的军政训练，然后再返回前线。哨兵认识刘瘸子，也没让他下驴子，就直接进去了。土围子靠南的方向有一片空地，过去大概是打谷场，也停放着不少车辆，现在是操场，一个小队，一个小队，十个人左右，正在训练。刘瘸子对树生小子说，我到大队部谈点事儿，你就在这儿看他们操练吧，估摸着晚饭也得在这儿吃啦！

　　打鬼子那会儿，队伍上很少像这样训练，也没时间训练。每天打仗，不是钻山沟就是夺物资，生死只在一线间。一切都在打仗中学，打仗就是训练，训练就是打仗。树生小子记得自己第一次参加战斗的时候，手里只有一根铁扎枪头子和一颗手榴弹。第二次战斗，才有了一杆枪和三发子弹，也就打了三枪，其中一枪打在了一名鬼子军官腰带上。尸体没找着，估计是逃掉了。但那条很厚的牛皮腰带掉在了雪地上，树生小子拿着它炫耀了好一阵子。也就是这样，他学会了放枪，学会了行军，学会了怎样打伏击，学会了野外生火、露营，学会了如何走夜路不掉队。比如，你要死死跟住前面的人，如果有人从中间插了进来，你要问清他是哪支队伍的，否则，就可能跟着别的队伍走了。比如，缴获了一支枪，先拿一枚同样口径的子弹头放在枪口上。如果子弹头进去了一半，说明这枪快不行了，如果子弹头干脆掉到枪膛里了，那这枪就废了，只能当烧火棍用。还比如，日本子三八大盖的响声是"叭—啾"，而别的步枪，像奉天造、汉阳造、中正式，都是"叭"的一声。所以，敌人放枪时你细听，如果各种枪声杂和成一团，就是伪军。如果清一色的"叭—啾"，那就是鬼子。

　　不远处，有一支十人的小队伍在训练队列。十个人按照从高到矮排成一排，一个人站在队伍面前指挥。只听他高喊道，向右——转。十个人便按照一个节奏，像十扇门板一样，齐刷刷地把身体转向右面。转的时候，脚底下腾起一股尘土，脚掌靠在另一只脚掌上时，发出啪的一声响。那样子，真洋气！转了几个向右转和向左转后，又听到指挥员高喊道，齐步——走！那十个人便排成一条直线，胳膊伸直，所有人一起迈出脚，一起落地，脚踏在地面时都能发出整齐的啪啪响声。总之，不管做什么动作，十个人都像一个人似的。

树生小子又惊奇，又觉得好笑，不知训练这东西到了战场上有什么用。不过，他发现队伍里似乎有个人一直在看着他，并且对他做着表情。但那人戴着军帽，帽檐遮到了眉毛，看不出他是谁。过了一会儿，那些人又练起了爆破。一个人右手抱炸药包，先跑上十来米，再侧过身体匍匐前进十来米，然后跳到土坑里卧倒，爬起来，越过一道齐胸的铁丝网。到了目标之后，拉着导火索，跑出十来米，卧倒。炸药包冒了一阵青烟之后，却并未爆炸。指挥员一声口令，爆破员站起身，拍拍身上的土，回到出发地点。

后来，树生小子才知道，用炸药包搞爆破还是个新发明。是一支在山东打鬼子的部队最先开始使用的。那支队伍里有不少矿工，过去在矿里经常摆弄炸药，用起来轻车熟路。有一回打鬼子炮楼，八路军缺重武器，靠步枪、机枪、手榴弹怎么也打不下来。有个矿工说，炸药这玩意儿能把山炸开了，鬼子炮楼还是个事儿吗？要不咱试试？试试就试试。那一次，鬼子都看傻了，也不知一个人抱了个捆成一捆的被子冲上来要干啥，眼睁睁瞅着那个人跑到了炮楼下面，点着了拉火。鬼子还没搞清楚是怎么回事儿，就坐着一股浓烟上天了。从那之后，鬼子最怕这东西，每回都瞪大了眼睛看有没有抱着炸药包的人。而山东八路军的爆破技术也是突飞猛进，留洋回来的学土木工程的大学生和矿工们一天到晚在一起鼓捣炸药，花样百出，越来越精，越来越巧，已经成为一门不可替代的战斗技术门类。每个班都有爆破小组，每次攻城战斗之前，还成立专门的爆破敢死队。除了炸药包，还有爆破筒，就是在铁管子里头填上黄色炸药，再加上雷管。一米长、两米长，四米五米长的都有，就看要炸什么，在攻坚战时非常管用。用山炮、重机枪打不开的堡垒、坑道、堑壕，用爆破筒就行了。日本子、老毛子、中央军财大气粗，所以都没仔细琢磨过这东西，而八路军和后来的解放军一穷二白，也是被现实逼的，生生把点火药发展成了一门令敌人胆寒的进攻艺术。

一声哨子响，土操场上的训练结束了。有个人向树生小子跑来。他把湿了一圈的帽子摘了，认真端详着树生小子，树生小子也盯着他看。从鼻子和眉眼间，树生小子依稀辨认出，来人是老家跳大神儿的马老婆子家的小六子，比自己大三岁。小时候，带着村子里的小孩崽子没少干偷鸡摸狗的事情。比如，过年时往狗窝里扔鞭炮，半夜翻进菜园子偷黄瓜、西红柿，趁看瓜地的老刘头儿睡着了，摘人家的香瓜吃。也偷自家的东西。有一回，他把他妈跳大神儿用的红纸和香烛偷了出来，约了四五个男孩子半夜到坟圈子里去玩。他们往红纸上吐口水，把脸蛋和嘴唇染得血红，然后一人躺在一个坟包上，点上香烛，发出怪叫，互相吓唬，看谁先害怕跑掉。跑掉的第二天还要偷自家的鸡蛋分给大家吃。

不过，那都是五六年前的事情了。小六子身板厚了，嘴唇上边有了黑硬的胡茬，尤其是眼神，一丝一毫看不出当年的影子，满是一个大哥哥看见小弟弟时扑面而来的爱护。他抓住树生小子的一只手，道，你是树生小子吧？对，肯定是你。

慢慢地，过去的那个小六子模糊了，眼前的小六子真实起来。树生小子感到有些愧疚，小心地点点头。小六子笑笑，拉起他的手，说，跟我坐一会儿去，喝点水。树生小子说，刘瘸子让我在这儿等他。小六子又笑了，说，院子一共就这么大，放心吧，大家都知道你在哪儿呢。

不知为什么，树生小子的脸就红了。他来到小六子的住处，一条大炕，铺着十五六套铺盖，被子枕头码放得整整齐齐。炕沿上方拉着一根铁丝，一块块洁白的毛巾挂在上面，平整得像洋铁皮一样。小六子把树生小子按在炕沿上坐好，从自己的背包里找出一套粗布灰军装，罩在他的棉袄外面。军装很肥大，黑土地上的老百姓都管解放军穿的这种衣服叫"二大布衫子"。上衣过了树生小子的膝盖头，袖子把手包住了，活像唱戏的戏服。小六子让树生小子站起来，笑呵呵地把袖子向里挖，露出半个手掌，一针一线地缝好。然后又把衣襟向上挖，高出膝盖两寸，用针别好。向后退两步，瞅了瞅，大小差不多，便又用密密的针脚缝起来。鼓捣了半个小时，把裤腿也缝好之后，小六子又送给树生小子一根铜头帆布腰带，两条绑腿布和一顶灰布军帽。穿戴整齐之后，小六子的战友又送了他一些东西，有搪瓷缸子，有牙刷、牙粉。大家围着树生小子看，他的脸又红了。

在小六子入神地缝衣服时，树生小子问，六子哥，你当兵几年了？小六子答，哪有几年，才八个月，关内来的解放军路过咱村子时参军的。树生小子说，听刘瘸子说，来这儿集训的都是要当干部的。小六子说，嗯，我现在是机枪班班长，回去之后，可能当副排长。树生小子说，真快啊！才八个月就当副排长啦。小六子抬头看了看他，眼神很沉重，欲言又止，只是说，有些事情你以后就知道了。

树生小子咬咬牙，终于问出了口，俺娘还好吗？小六子说，你走了之后，你娘骂了你三年，也哭了三年，说就当你是被狼叼走了。家里只剩下她一个人，她人也明显老了，看着有六十多岁。树生小子的眼泪哗哗地往下流。他又问，她身体怎么样了？小六子答，两年前，她离开咱们村儿。据说是到哈尔滨给人家当佣人去了。树生小子呆呆地望着窗外，问，俺家的房子还在吗？小六子说，房子、菜园子都在，只是没人拾掇，山墙上的黄泥掉了好多，再过些日子，怕是要透风透雨了。

许久，树生小子回过神来，使劲儿抹了把眼泪，说，都离家五六年，再哭也没用了。他又问，你是从前线回来的？仗打得怎么样啦？小六子慢慢地说，情况不太好。我们进关十万人，国民党进关三十万人。国民党的武器都是在缅甸、云南打日本子时，美国人给装备的，比咱们强多了。粮食也征不上来，经常饿肚子。南满的老百姓都说中央军是"正牌儿"，咱们打不过"正牌儿"，将来天下是人家"正牌儿"的。现在，沈阳和周围几个大点的城市都没守住。听说，在一个叫秀水河子的地方打了个胜仗，消灭了国民党一个加强团，在另一个叫大洼的地方打掉了国民党一个师，可总体上我们是一边打一边往北边撤。

两个人都不说话。树生小子自言自语道，也没啥了不起的，打鬼子比这还难，不也过来了？小六子当胸给了树生小子一拳，笑了。树生小子问，你什么时候回去？小六子道，原来说是训练两个月，可我看不会那么久。部队马上就要去四平打大仗，我们这些骨干怎么可能在后方吃闲饭呢？

几天之后的一个上午，树生小子牵着毛驴走在一条土路上。刘瘸子坐在驴上，眯起眼睛瞭望着远处的田野。有一户人家，男人和女人肩上背着犁子绳索，一个男孩子扶着犁把子，正努力地翻着地。在太阳之下，薄薄的雪彻底融化了，雪水渗进了黑土地里，像油一样，把泥土浸得松软稠亮。大地仿佛涌动的大海，充满了活力与热力，撒下一把大豆、高粱、小麦、玉米，就长出壮壮实实的小苗，进而收获同样充满活力与热力的粮食。你不能想象在这片黑土地上，会长出羸弱的苗子。人也一样，你看这里的人们，哪一个是病病殃殃、有气无力的？

树生小子回过头，问道，听说前方的仗打得不好，是吗？刘瘸子的眼皮微微抖了一下，依旧望着田野。他嗯了一声，并没继续说下去。树生小子又问，要是咱们把东北这块地方丢了会怎样？刘瘸子依然没作声。树生小子接着问，听说美国人可能出兵，他们手里有原子弹，是真的吗？还有数不清的胡子也在打咱们。有人说前些日子，他们把咱们派去的县长和工作队绑到城外杀了，十几具尸体就挂在树上。这是不是也是真的？

刘瘸子下了毛驴，躺在一条刚翻好的地垄里。他闭上眼睛，痴迷地把双手插进土里，又把一大抱黑土搂在怀里。泥土顺着领子、袖口进了衣服里头，他也不在意。躺够了，他又对树生小子招招手，说，你也来躺一会儿，闭上眼，听听大地在说什么。树生小子的耳朵贴着土地，大风从脸颊和耳旁吹过。这风带着暖意和潮湿从遥远的地方来，在耳边呼啸而过。仔细感受身子下边的大地，又丰腴，又结实，绝不会给你带来危险，也绝不会在你无助的时候抛下你不管。这就是大地。

刘瘸子问，听到了吗？树生小子点点头，可他没法用语言来表达。刘瘸子说，大地每天都说一样的话，可每个人听来的却不一样。我听的时候，她在这样说，缺啥娘这儿都有，来拿吧！别害怕，有娘护着你呢！

刘瘸子又说，十几年前吧，那时还叫红军。有一次，我腿上中了枪，被国民党军追着在大山里边跑。没医没药也没吃的，伤口长不好，眼看着越烂口子越大。我掉队了，也实在是走不动了，躺在山顶上一块草丛里等死。敌人就在几米、几十米外搜山，抓到也是个死。

我闭上眼，啥也不想。这时，我感到远远近近连绵起伏的大山似乎在说着什么话。就是这句，缺啥娘这儿都有，来拿吧！别害怕，有娘护着你呢！听了这句话，我突然就觉得他们一定抓不到我，我一定能活下去。果然，敌人搜了一个下午也没找到我，天黑时就下山去了。山里有药草，有野果子，我就是靠着这些活了下来，并且找到了队伍。

刘瘸子说，每当我觉得快要坚持不下去的时候，我都要听听这声音。过草地快饿死的时候听过，被鬼子围在庄子里出不去的时候听过，每每都能死里逃生。而且，想听这声音很容易，因为哪里都有大山，哪里都有大地。你要是把它们当成家，它们就是你的娘。

所以，你的问题我一个都不想回答，因为那都是细枝末节。你看看这刚刚耕过的肥沃土地，再看看不远处那一户勤勤恳恳的人家，还有什么可担忧的呢？

沉默了许久，树生小子说，老刘，我想去当兵。刘瘸子猛地一回头，想了想，缓缓说道，去吧，去吧……

三

树生小子到部队后打第一仗，他的第一任班长就牺牲了。班长是山东人，很节俭。队伍路过富裕的地方，有人愿意从每月几角钱津贴中拿出几分钱，买双布鞋。树生小子从未看见班长买过这些东西。别人把吃的分给他，他都说不饿，从来没接过，津贴攒起来之后，按时寄回了老家。不过，树生小子下班第一天晚上，是班长给他洗的脚。洗完脚之后，班长还送了他一条崭新的白毛巾。后来，树生小子当了班长也这么做。

树生小子反复回忆过班长牺牲时的情景，似乎他也没做错什么。比如把头从半山腰战壕里伸出老高，或者放松了警惕，暴露了目标，被敌人打了冷枪。一枚重炮弹在班长身后的土坡上爆炸，把他埋在了下面。等树生小子把班长刨出来时，他已经没有呼吸了。

这一仗是在东北一个叫四平的城市打的。东北民主联军与国民党军在四平这个地方前前后后打了四仗。四平在东北民主联军手中得而复失，失而复得，最后彻底解放。四平的得失在某种程度上反映了两支军队力量的此消彼长。树生小子打的这一仗，是二战四平。

树生小子他们连守卫的阵地在四平城外的一座山峰上。一个月前，敌人的先头部队还未开到城下时，站在这里可以看到有两条铁路线交叉着从城里经过。一条南北走向，一条东西走向，一列列火车冒着滚滚的白烟，发出沉闷的吼叫，载着拥挤的人或堆得冒尖的货物，向四面八方而去。站在山顶，还可以看到城里的情况，哪里有重武器，哪里有堡垒，哪里是指挥部，哪里是城中制高点，都一清二楚。把重炮群拖到这里，可以直接向任何一个目标瞄准。如果真是那样，城里的守卫部队就仿佛一个行走在旷野里的旅人，遇到了冰雹却没带伞，也无处躲避一样。更危险的是，如果此处阵地被敌人占领，那么敌人的部队就可以从这里长驱直入插到城北方向，把守城的主力部队合围起来。这座城再往北，是旧满州国的新京，也就是长春。现在，长春以及周围的主力部队都向南调到这方圆几十里上百里的地方参加守城会战。这座城守不住，长春也会被迫放弃，战线将继续北移。

山不算高，漫山的杨树、槐树还未长出绿叶。白天里，山是黄的，树是灰的，一条盘山土路从山下蜿蜒而上，可以直达山顶附近，然后从北面穿山而过。此时天还未亮，部队集合吃饭，准备进入阵地。吃的是猪肉炖酸菜粉条，还有可以敞开吃的白米饭。做饭的人叫铁锅老舅。他是连里边的炊事员，走到哪儿，背上都背着一口黑乎乎的大铁锅，像长在身上似的，因此得名。有人管他叫老铁锅，他也不生气，说，我知道你想说这铁锅像只王八盖子。王八盖子有啥不好？乌龟能活得长久，还不仗着有只盖子？铁锅老舅四十多岁，参加过长征，人家让他当班长，他不干，说自己就会做饭，也愿意给大家做饭，看着大家能吃饱饭就很高兴，管人的事儿，他干不了。学习文化的时候，他总是借口烧水煮饭蒸馒头不参加，勉强认得了几个字，两天之后一拍脑袋，说，又忘了。没事的时候，他好抽口旱烟，连里的兵就聚在他身边，听他讲以前的事儿。铁锅老舅知道的东西多，有的和师旅首长，甚至是纵队首长有关。每次讲完那些轶闻轶事，他都会抹一把嘴上的唾沫，认真地说，咱这话儿可是哪儿说哪儿了，将来你们要说是我说的，格老子的俺可不认啊！他还讲过长征时的事儿，那时不叫长征，叫北上抗日。过草地时，身上是一点粮食都没有了。心想，走到哪儿算哪儿吧。草地是一眼望不到边儿，到处是水坑和草皮。有的草皮稀囊稀囊的，下面很深，一脚踩下去，你就别想上来了。天还下着雨，浑身的皮肉跟死人似的，冰冷冷的，没一点热乎气儿。队伍稀稀拉拉地排成一条长线，大家都埋着头向前走，不敢说话，也不敢做多费一点力气的事。队伍旁边有独自坐着的，有三三两两背靠背坐着的，也不敢仔细去看，有的是已经饿死了。走出很远回头看，他们还在那儿一动不动地坐着，多半是起不来啦！还有的，走着走着就一头扎在泥水里，再也活不过来了。我也想救他们一下，有口热水喝，说不定就活了。可也真是有心无力啊！自己也是生死一线。害怕？想哭？想家？全都娘卖×的没有，脑子里一片空白，和生瓜蛋子一样。就一个念头，跟着往前走！千万别停下来，咬着牙也要把腿抬起来迈起来。站不住爬也行。你可千万别以为爬丢人，在草地里，能爬着往前走都是好事啊！走不出去，那就是一个死……

老铁锅把猪肉切成拳头大的一块一块，带骨头的再稍大一点。哪个班来打饭菜，先报人头数，然后用筷子插上肉块，按数儿放进盆子里。他大声说，一百二十九颗脑袋一百二十九块肉，不多不少，嘿嘿。然后，他又走到队伍中，低头观察士兵们吃饭的表情，从这些表情中判断自己做饭质量的好赖。要是有人说好话了，他马上喜上眉梢，要是有人骂娘了，他赶紧走，但下次做饭就不会出这样的问题了。

大多数人都把肉结结实实地填进了肚子里。因为今天要打恶仗，而打仗就得死人。这个道理大家心里都清楚。树生小子的班长却没怎么吃。他挑了一块大点的，不带骨头的肉块儿放在树生小子盆子里。自己挑了一块带骨头的，看起来肉不太多的。他用嘴使劲儿吮了吮骨头，把汁水咽进肚里，用一张杂货店包东西的黄草纸把肉块儿包起来，放进挎包里。周围一片喝菜汤吃米饭吸粉条的吸溜吸溜声，吃饱的人还打了几个嗝儿。

东边的天际由乌蓝色渐渐变成淡白色，又慢慢掺进了橙色。连队集合了，大家谁都不说话，默默回忆着昨晚分配给每个人的任务。连长和指导员分别低声讲了几句话，把牺牲之后代理他们指挥的人员又重复了一遍。接着是各排各班各战斗小组分别讲话，内容差不多。每个人都把自己牺牲后的代理人指定好。打大仗的时候，不仅要指定第一代理人，还要指定第二第三代理人。

连里的骨干，从连长、指导员到班长、副班长，大部分是从山东进关的。天气还很冷，树生小子打着哆嗦，仔细听着远远近近的山东话。班长给他检查了枪大栓、子弹带、手榴弹带，然后往他挎包里塞了一包东西。树生小子知道那是猪肉块，忙往出拽。班长按住他的手，说，这东西，吃进肚子也要拉出来，就是过一回肠子，谁吃不一样？仗打起来可能吃不上饭，到时就有用了。树生小子抓着班长的手腕子使劲儿摇了摇，摇不动，泪珠儿就掉下来了。

山脚下，有一条小河。河两岸有林子，林子里有几家屯子户。旅部和电台都在那儿。队伍路过时，电台的老韩刚值了一宿班，正蹲在一块石头上啃玉米面儿煎饼。指导员和老韩是山东老乡，都是从一个村子里出来的。指导员跑过去，一把将老韩嘴里的煎饼夺过来，说，看看你吃的啥好东西。说完，用牙把煎饼扯下一块，腮帮子一鼓一鼓地嚼起来。老韩问，你们连上啦？指导员点点头。老韩马上跳起来，说，等我一会儿啊！他跑进屋里，怀抱着两听印着英文的罐头回来，放到指导员手里，说，缴获的，从大洼留到现在，没敢吃。我查过词典，两个里头都是牛肉。也不知老美的牛肉啥滋味儿，你替我尝尝吧。

老韩借着晨光瞄了一眼队伍，道，还都挺精神的啊！指导员道，仗没打就先蔫了，那还得了？说完，他捏了捏老韩的胳膊，跑回队伍中去了。

队伍靠土路右侧上山，被接替下来的连队抬着伤员和尸体从左侧下山。树生小子看到小六子在对面的队伍里，便叫了他一声。小六子肩上扛了四支步枪，抬起头，眼睛血红血红的，狠巴巴地往这边看了一眼，似乎没认出树生小子，又低下头，下山了。

当敌人第一枚一百五十五毫米榴弹炮炮弹砸在战壕里时，树生小子感到了一种这辈子都忘不掉的震撼。怎么说呢，那阵巨大的声响和冲击波到来之时，你什么都听不见，也看不见。脑子里一片空白，像被开水洗过一样。什么情绪也没有，比如激昂、恐惧、愤怒、仇恨等等等等，都没有。脑袋像只装满了碎块儿的木箱子，被狠狠地摇得七零八落，所有的念头支离破碎。世界的影像不见了，只剩下或惨白，或血红，或殷紫的颜色，像被泼上了水的水彩画。

树生小子明白，对面的敌人再也不是日本子了。鬼子没有这么多重炮，也不会如此密集而不惜代价地把炮弹倾泻在对方的阵地上。一枚重炮弹就能填平一截战壕。班长就是在这个时候牺牲的。树生小子把班长扒出来的时候，他已经没气了。他的头、胸膛和肚子都中了弹片，密集得像在枪林弹雨中洗过一遭似的，即使不被埋在土里，也绝对活不成了。班长闭着眼，沉默着，鼻孔和嘴巴往外流血。后脑勺有个窟窿。他搂着班长的尸体在地动山摇的战壕里蜷缩了很久，知道班长再也活不过来了。这时，副班长从后面重重地抓着树生小子的衣领，把他拽起来，脸对着脸，怒吼道，别在这儿犯呆，快回到你的位置上去！副班长就是班长指定的代理人。

炮击轰鸣过后，树生小子晕晕乎乎地从战壕里露出头，看到山脚下的有六辆坦克沿着土路上来了。打鬼子的时候，树生小子见过日本子的坦克。不过，也只是远远地看见一辆两辆，从来没有真刀真枪地跟这些铁家伙干过。那时的抗联大多是小队伍，很少跟鬼子硬碰硬地打。而且，日本子的坦克跟眼前的美式坦克相比，就像一个瘦子站到了壮汉面前，很有点弱不禁风的感觉。那六个庞然大物还只是到了山脚下，可发动机的巨响已经通过脚下的大地传到山上，又从双腿直达脑袋，让人从身到心都在颤抖。每辆坦克后面跟了几十名穿土黄色军服的国民党士兵，猫着腰，悄无声息地向山上逼过来，看上去很沉着，队形一丝不乱。土路是条盘山道，坡度不大，如果没有阻击部队的话，那些坦克可以直抵山顶。

树生小子看到，从坦克旁边的草丛里猛地冲出一名战士，怀里抱着一捆浇了煤油的干草，跳上坦克，把已经点燃的草捆铺在炮塔上。几乎在同一瞬间，敌人缓过神来，明白他要干什么，一齐开了枪。那名战士牺牲了，烧着的干草也被敌人从坦克上拉了下来。后来，树生小子听说，牺牲的战士是爆破组的小组长，过去炸过碉堡、桥梁、发电站，却直到这一回，才头一次见到坦克，并且要和这个家伙拼命。

敌人的坦克队伍继续向山上走。又从山坡上冲下一名爆破组的战士，在十步远的地方向坦克投了一捆手榴弹。手榴弹砸在装甲上，掉落到不远处爆炸，但并没有毁坏坦克。那名战士也牺牲了。山上的枪一直在响，子弹打在钢板上，擦出点点火花，却不能阻止坦克前进。第一辆坦克停下来，炮口向山上瞄准，接着钢铁身躯一晃，一座重机枪工事便被抹平了。后面五辆坦克依次停下，重复着同样的动作，山顶上又被硝烟笼罩。

这时，从烟雾中冲出一名战士，怀里抱着拉着了火的炸药包，一下子钻到坦克下边。一声轰响，坦克喘息着停下来，从后面发动机处燃起大火。驾驶员打开炮塔顶盖，浑身带火，大叫着在地上打滚。敌人的编队并未停下来，后面的坦克把不能动弹的坦克顶到路边，推到山下，然后继续前进。

爆破组的战士似乎找到了办法。他们在战友的掩护下，又摧毁了两辆坦克。敌人的队伍停在了半山腰。不过，他们没有撤退的迹象，而是改变了队形。这时，连长传来命令，敌人要冲锋了，放近了再开枪。把家伙什儿都拾掇好喽，准备拼刺刀！

树生小子把腰里的五枚手榴弹解下来，拧开了盖子，码在面前。刚拉开枪栓，子弹上膛，敌人就往上冲了。第一梯队有三十几个人，都光着膀子，肩上挎着一种不大的美式冲锋枪，腰上挂了手雷，还有一只包裹样的长条布包。冲在最前面的那个人把后面的人落下了五六米远，穿着深色黄呢子军裤和高筒皮靴，也不戴钢盔，一手端着冲锋枪，一手握着手枪，一声不吭，闷着头向上快跑，格外显眼。这三十几个人并未拥挤在一起，也没有沿着土路进攻，而是分成三路，每路又分成几个小组，从不同方面呈分散队形冲锋。在这些赤裸着上身的敢死队员后面，穿着军服的士兵紧跟着，一步步向前推进战线。坦克虽然停着不动，但火炮和机枪仍然在向山顶开火……

四

树生小子开了三枪，有一发打中了。但那个敌人只是晃了下身体，还在继续向上跑。敌人的敢死队看上去都是老兵，小组成员跟得很紧，小组之间又散得很开。进攻路线上布满了大树和灌木，虽说黑土地上刚进春天，还未长出多少叶子，但密集的树枝后面影子一闪，人就掠了过去。树生小子拉了一下枪栓，准备打第四枪，敌人已经跳进战壕。他们的冲锋枪很小巧，在战壕里可以很快地转过身，朝任何方面扫射。一只弹夹打光，轻轻一扣，空弹夹脱落了。再从腰里抽出一只，轻轻一顶，就又能开枪了。子弹打光了，他们还带着匕首，很锋利。抽冷子在你的脖子或大腿根儿上划一下，你还没看得清楚，血就早已喷得老高。敌人的打法和鬼子大不相同。

副班长和一个强壮的敌人扭打在一起，打了几个滚儿，被压在了下面。树生小子跑上前去掐敌人的脖子，可那人浑身是汗，光着背，滑得像条鱼。树生小子捡起一颗手榴弹，高高举起，向敌人的后脑勺儿砸过去。敌人转过头，狠狠地瞪了树生小子一眼，晃晃悠悠地站起身，向树生小子扑来。树生小子转身就跑，副班长端起刺刀将敌人从后背刺倒在地。一具高大的身体砰的一声，摔在战壕里。

一愣神儿的工夫，有个身材稍显瘦弱的敌人向树生小子扑来。两人摔倒在战壕里，脸对着脸，看着对方的眼睛。树生小子发现，敌人还是个孩子。肩头单薄，肋骨处没什么肉，每条骨头都瞧得清清楚楚。树生小子死死搂住敌人的腰，不让他拔出匕首，一边大叫来人帮忙。一个老兵跳过，扭住敌人的一条胳膊，把他压在了膝盖下面。这敌人像疯了一样，抬起上身，照着老兵的胳膊狠狠咬了一口，真正地撕下了一块肉。老兵跳起来，用脚踩着敌人的胸脯，端起刺刀，准备向他刺下去。那孩子一点也不怕，顺手扯出手雷，拉掉金属环，死死抓在胸前，瞪着老兵。老兵端着刺刀迟疑着……敌人爬起身，准备逃走。树生小子扑过去，去夺那颗冒着青烟的手雷。那孩子双手抓着手雷，直勾勾地盯着树生小子的眼睛，树生小子也不顾生死地盯着他。就在最后一瞬间，那孩子眼神里的火苗熄灭了，他松开手，树生小子顺势把手雷抛到战壕外。接着，是一声闷响，两人身上盖了厚厚的土。敌人大睁着眼，看着天空，不再挣扎，像死了一样……

太阳差不多到了头顶，敌人撤下山去。树生小子所在的战壕里丢了十几具赤裸着上身的尸体，还有一样多的已经牺牲的战友。山坡上留着更多的敌人尸体。原本干燥的战壕里又湿又滑，踩上去发出吧叽吧叽的响声。不少敌人尸体腰上装钞票的布袋子散开了，钞票落在血水里，被活着的人踩来踏去，无人理睬，如同无数张又烂又破的废纸。指导员牺牲了。他的胸口上有一串枪眼，坐在地上，下半身流满了血。他旁边放着两只牛肉罐头，被子弹打穿了，白色的油脂从弹孔里流出来，流进了血红色的泥水里。连长正在指挥人加固工事。他指着泥地上的钞票，厌恶地大吼道，赶紧把这些玩意清理干净，看着就叫人心里堵得慌！腰里捆着这东西打仗，那能不死吗？

树生小子和其他战友一道，把敌人的尸体拖出战壕，码放在一块儿。在合适的时候，会通知敌方来收尸。而牺牲的战友则摆在另一边，抬下山后找个好地方埋葬。那个孩子兵还躺在那儿，睁着眼，一动不动。树生小子喝道，起来！孩子兵看了看他，慢慢坐起来。树生小子把他的双手捆上，带到了连长那儿。连长刚把牺牲的指导员的脸擦干净，眼睛红红的。他捏了捏孩子兵的身子骨儿，叹了口气，背过脸，挥挥手，说，你看着他吧！等咱们下山时，把他交到旅部去。孩子兵站起来时，连长用下巴指着他腰上的布袋子，问，还带着这遭瘟的玩意儿？想到阎王爷那儿花去吗？孩子兵用捆着的双手费力地从腰后解开布袋子扣，一脚把它踢到山下去了。

下午，又打退了一次敌人的进攻。除了坦克和重炮，还来了飞机。这个铁家伙飞得很低，树生小子能看到翅膀上的铆钉。在它从半空中侧着身子一掠而过时，树生小子甚至觉得自己和飞行员对视了一眼。飞机机枪子弹有胡萝卜粗细，当它扫射的时候，地面上的人无处躲藏。树生小子身边的一个老兵被打中了后背，只一下子，他的前胸就给撕开了个大洞，脖子上喷出的血溅了树生小子一脸。

炮击、轰炸、扫射、冲锋、肉搏，这差不多就是敌人的进攻程序。一天下来，就很熟悉了。可这程序像个绞肉机，你明知道它是如此的转动，可还是有战友牺牲。可能是你，也可能是他，不确定是谁，但总会有人。牺牲的人和死去的班长一样，并没犯什么战术上的错误。轻伤的人简单包扎一下，继续战斗。重伤的人找一个犄角旮旯，躺下来，怀里抱上一颗手榴弹。如果能活，就等着战斗结束被人抬下山，如果活不了，就搂住敌人的大腿，拉响手榴弹……

不知不觉间，太阳落到了西方地平线上。山下的那座城映在昏红色的余晖里，烟雾蒙蒙，像一头黑色的大兽盘踞在那儿。再向南方望去，是敌人的重兵集团。一堆堆一块块，有炊烟，有火光，有枪炮响，有发动机轰响，满满地占据了辽阔的平原。

树生小子躺在战壕里，望着红彤彤的天空，望着一缕一缕黑色的硝烟，还有在硝烟里飞过的鸟。那些鸟真好，自由自在的，想飞到哪儿，就飞到哪儿。铁锅老舅把全连的饭都挑到阵地上来了。每个人的盆里分得了两块拳头大的猪肉块儿。树生小子知道，并不是铁锅老舅多杀了一头猪，而是吃饭的人少了一半。不远处，民工正用担架把牺牲战友的遗体抬下山。坚持到了现在的重伤员也被放在了担架上。他们与连长道别时，一脸的歉意，仿佛能活着下山，倒是亏欠了大家似的。尽管他们到战地医院之后，可能被锯掉一条胳膊或一条腿，也可能活不成。

连长也受伤了，额头和左臂都包了绷带。可他不敢歇着，忙着指定哨位，加固工事，重新编排战斗小组，以防敌人夜袭。敌人着急把这座山拿下来，拿下这座山，也就等于拿下了这座城。拿下了这座城，几百里长的战线便可以继续向北移。前几天，其他纵队的一个连队占领高地之后大意了。连长扔下部队下山吃饭，团长政委也去忙活别的事情。结果敌人一个反冲击，又把阵地夺了回去。虽说只丢了一个高地，但半天工夫，敌人就从山下穿插过去了两个团，差点改变了整个战局。那个纵队政委赶到前线，枪毙了连长，撤了团长政委的职，放下狠话："这回先杀两条腿的，今后再有如此疏忽大意者，还要杀四条腿的！""四条腿的"是指团级以上指挥员，按规定，他们配备了马匹。此举极大地震撼了所有守城部队，之后再没有敢麻痹懈怠的。

连长忙到半夜。寒风吹散了硝烟，头顶上是银河，或密或疏地布满了星星。被抓住的孩子兵从来不说话，双手双脚被捆着，坐在一只空手榴弹箱子上。他上身披着一件薄棉袄，蜷缩在战壕角落里，像睡着了。仔细看去，才知道他一直睁着眼。

连长四处转了转，在树生小子对面坐下。连长问孩子兵，唉，我说这小子，听说你们是从云南、广西那边坐船过来的？好家伙，那得坐多少日子的船啊？孩子兵不说话。连长问，听说你们的部队是美国人训练出来的？给俺讲讲，他们是怎么训练的？孩子兵仍然不说话。连长自顾自地又问，听说你们打鬼子的时候，几万人在缅甸没吃没喝钻了几个月的深山老林，出来时就剩一万来人，有种啊！我还听说，你们在那边消灭了日本人几个师团，有这回事儿吗？

孩子兵的眼睛在黑暗里一闪一闪，但总不说话。连长叹了口气，也沉默了一会儿。真奇怪，树生小子觉得连长今晚怎么变得这么温和？要在平时，他早就挥起拳头了。可今晚，倒像个惦记着自己娃儿的老娘们。

连长对树生小子说，你睡会儿吧，人我看着。许久，树生小子睁开眼，道，我不困了。连长点点头说，我是不敢睡。这仗要是打完了，我倒头能睡几天几夜。可这仗要是打到一半，我就不敢睡。也不是怕睡觉，而是怕醒来的那一瞬间。像我这样的人，也死过几回了。贪生怕死这一关，也应该早过了。可就在醒来的那一瞬间，心窝子好好的却像给捅了一刀子，浑身的冷汗。赶紧爬起来瞅瞅身边的战友，活着的，死了的，都好像不认识了似的。所以，仗没打完我就不睡，打几天几夜也不睡，也有好处，就是精神头儿特别的足。别人都说我一打仗眼睛就冒亮光，其实哪是呢？

连长问，你呢？怕死不怕死？唉，指导员没了，这些话儿本是该他跟你唠的。树生小子说，好像也说不清怕还是不怕。几年前，我们支队被鬼子包围，被打散了。我一个人在山里绕了几天几夜。那正是冬天最冷的时候，若是在家里，在外头冻一晚上肯定被冻死。可我就一直那么爬呀爬呀，怀里有一包死去的战友留下的几十粒黄豆。啥是生？啥是死？分不大清楚了。腿还在往前挪，就是生。要是稍一迷糊，估计就死了。所以，我一直觉得活着和死了都是应该的。你怕也好，不怕也好，生和死还是掺和在一块儿，一会儿你离我更近一点，一会儿他离我更近一点。就像两个面人给捏到了一起，从这边你能看到白色的笑脸，从那边你又能看到黑色的哭脸。

连长仰着脸，说，你这些话，我没听懂。但有一点我是听明白了，你肯定不会当逃兵。他又对一旁的孩子兵说，我说这小子，我看你也不是个孬种。我这个连长，从来不打兵，不骂兵。你要是不想跑了，就留下来和俺们一起打仗。

五

第三天黄昏时分，一支新连队上了山，接替树生小子他们连队守卫高地。树生小子的连长从一棵炸得只剩半截的大树干下站起来，手里拿了块石头，交到新连长手中，呆呆地说，这一亩三分地儿，可就从我手里，交到你手里啦！说罢，他拄着一根粗树枝，一瘸一拐，晃晃悠悠地在战壕里转了一圈，把还能站起来的人召集到一块儿。加上他自己，不到一个班。连长阴沉着脸，看了队伍一眼，说，咱们可以下山了。话声未落，队伍里就有个人哭了。连长咬了咬牙，低声说，大家排成一列，把咱们连的枪都背上。下山！

树生小子和孩子兵一起扛着木棍，木棍上吊着一捆步枪，大概十几支。他自己的肩上还背了五支。下山的路上，新上山连队里的士兵在看着他们几个。树生小子觉得他们的目光就像三天前自己看着小六子一样，也理解了小六子为何有那样的眼神。走着走着，前面的连长就扯开嗓子唱起了他老家的戏。他的肩上也背了八九支枪，压得他走路愈加蹒跚。连长的嗓子早破了，像只有气无力的公鸭子，可他还是卖力地唱，唱着唱着就喘不过来气，像要憋死了似的。

路过旅部电台，树生小子看见老韩蹲在那儿，端着一只大碗，就着大葱吃高粱米饭。看到这支扛着百十来条枪的小队伍时，老韩瞪大眼睛，张大嘴，一动不动，忘记了吃饭。队伍走了老远，他也没缓过神儿来。

进了营房，把枪支好，树生小子有种恍如隔世的感觉。一排排地铺整整齐齐，背包、脸盆码在上面，似乎等着主人回来。树生小子坐在自己的铺上，回忆着左边是谁，右边是谁，再往左是谁，再往右是谁。想来想去就不敢想下去了，向四周瞅瞅，觉得这小树临时搭成的屋子里空荡荡的，又陌生又寂寞。

铁锅老舅把晚饭抬进屋，还是猪肉炖酸菜粉条，冒着腾腾的热气。他对连长说，还是做了一百二十九人的份……没说完，他就说不下去了。连长呆呆地低着头，仿佛没听见。铁锅老舅也没敢再说，悄悄出去了。大家在装着晚饭的铁锅前围了一个小圈子，谁也不盛菜盛饭。连长喃喃道，我说咱们连的，无论你是死了的，还是躺在医疗队的，这锅里都有你一份。别不好意思，来吃吧！说完，他伸手捞出一块猪肉，大口啃起来，一颗一颗豆大的泪珠子落进了滚烫的汤里。有人吃了几块之后，突然跑到屋子外面呕吐起来。

树生小子觉得肚子里有种情绪快要把自己炸开了。很难说清这是种什么感觉，是后怕？是悲伤？是侥幸？是欣喜？是仇恨？说不清楚。这些感觉有的像炸药，有的像硫酸，有的像开水，搅和在一起，翻腾着，沾上一点火星就会爆炸。甚至，他不能见到陌生人，觉得任何不是从阵地上下来的陌生人都是敌人，都想冲上去拼个你死我活。别的连队的战士进了屋子，本想说点什么，可看到几个人的眼神，就慌忙走掉了。

晚饭时间过后，团政委来到营房看望大家。他对连长说，你们打得很顽强。虽然一个连快打光了，可敌人付出的代价更大，而且，高地还在我们手里……连长突然发了疯似的站起来，一脚把装饭菜的铁锅踢翻。他声嘶力竭地喊道，我去你妈的！别对我说这些屁话！政委冷冷地看着连长。慢慢地，他眼中的怒火熄灭，抹掉溅在肩上的菜叶子，轻轻拍了拍连长的后背，走出营房。

后来，总部授予了树生小子这个连一面锦旗。有营房的时候，这面锦旗就挂在屋子里。可不知为什么，树生小子特别怕见到它。

那一仗之后，连队剩下的人进行休整，等待伤员归队和补充新兵。树生小子没什么事儿，被老韩叫去帮忙。这样，每天三顿饭的工夫，他就和老韩蹲在电台旁边的石头上边吃边看风景。连队上高地的时候，队伍整齐，精神抖擞。过上三两天，连队下来了，人就少了，稀稀拉拉的，许多人肩上背着三五支枪。每次看到这情景，树生小子就端上碗往屋里走。

约莫过了十天，轻伤员陆续回来了，一大堆剃着青皮光头的新兵也住到了空铺位上。连队的人数又恢复到了一百二十九个。树生小子静静听着营房里的讲话声。过去，说说笑笑的都是山东口音，现在，吵吵巴火儿的全是黑土地上的苞米大碴子味儿。

树生小子当上了副班长。孩子兵被分回了这个连，树生小子便把他要到了自己的班里。那天晚上，树生小子帮孩子兵铺好铺盖，打来了一盆热水，给他洗脚。树生小子有些遗憾的是，白天没行军，孩子兵的脚好好的，没起泡，自然也不需要挑脚泡。洗了脚之后，树生小子又送了一块白毛巾给孩子兵，那是他用自己的津贴买的。做完这些事情，他回忆着老班长，看自己做的和老班长像不像。他觉得，事情还是那些事情，可自己做不出老班长那种大哥一般的味道。

孩子兵很少说话，但做事非常小心仔细。树生小子观察着他，觉得他不说话也未必就是在心里琢磨着什么不可告人的事，比如开小差，比如拖了枪再跑回国民党军那边。把孩子兵排在后半夜站哨，他肯定是一直把眼睛睁得大大的，连闭一下都不敢。让孩子兵帮厨，把铁锅刷干净，他一定是用沙子把锅里锅外都蹭得一点嘎巴都没有，光亮得赶上镜子。他的铺位一直都干干净净整整齐齐。紧急集合、打背包也总是全班前几名，到了集合地点，直挺挺地往那一站，目不斜视，大气不喘，像根高挑的竹竿子。连长跟他开玩笑，说，不用总这么紧张，看得我也累。来，你给我喘口气看看！孩子兵就张大嘴巴喘着气，胸脯一挺一挺，像条出了水的鱼似的。

如果赶上饭菜很差，他便吃得很放心，狼吞虎咽，一会儿就吃完了。如果赶上了好吃的，他就有点不放心，慢慢地吃。看到班长和大家都吃完了，他才放心地吃下去。有一天正赶上发津贴，每人都能领到五角钱纸币。孩子兵手捧着那几张纸片，也不敢装进兜里。

想了好半天，他凑到班长那儿，抽出两张，往班长的怀里塞。班长是个老山东。他把烟袋锅儿握在手里，瞪着眼睛，道，唉你这个孩子兵，你这是要干什么呀？孩子兵低着头，浑身僵硬，挺害怕的样子，也不知哪儿惹着班长生气了。班长把口气柔和下来，说，别害怕，没事的，以后别这样了。

这天晚上，饭菜是萝卜炖白菜，一大锅里也没几片肉。树生小子把盛到自己盆子里的一片肥肉夹出来，放在孩子兵的高粱米饭上。孩子兵连忙把肉夹了回来，树生小子又放了回去。于是，孩子兵就只是吃饭，吃到最后，盆子里还剩了那块肉片。班长下了命令，他才吃掉。

在河沟边刷盆子的时候，他冷不丁对树生小子说，副班长，别再这样对我了。我知道，你这样对我，是为了让我死的时候别眨眼。树生小子半张着嘴，一时间不知道该说点啥。他觉得孩子兵说得也对，也不对，不过还是有些东西说中了自己的心事。他犹豫着说，我的老班长就是这么对我的，所以，我也这么对你。而且，他都已经死了……

孩子兵低着头，不言语。树生小子道，反正也没什么事儿，要不咱说会儿话吧。两人坐在河边，雪早化干净了，水也不深，哗哗的水流声从夜色里传来。不想家，也不想打仗的事，一直看到西边的天空从浓红色慢慢变成淡蓝色，再变成暗黑色。星星和月亮从另一头悄悄移上头顶。

孩子兵道，副班长，你要讲话，我就跟你讲话。不知该讲什么，也不知该从哪儿讲起。我就讲讲咱俩第一回碰面的事儿吧。树生小子来了精神，说，第一回是哪一回？孩子兵道，你忘啦？就是你从我手里夺下手榴弹的那一回。

树生小子嗯了一声。孩子兵继续说道，其实，这已经是我第二次从手榴弹下面捡回命了。树生小子的身体震了一下。两人肩并着肩，这一下震动也传到了孩子兵身上。他看了一眼树生小子，说，那是在云南。我们连要攻占一处日军工事。那工事在山上，鬼子两年前就建好了，有几层深。如果不是重炮直接打中，根本就没法摧毁它。就算把顶层炸坏了，躲在下面的鬼子还是能爬出来，继续射击。而且，他们的防御工事实在是太厉害了。冲上山时，看着是一片丛林，可枝叶后面便是碉堡。机枪像割韭菜似的打死了好多人，你还看不清他们在哪儿。大碉堡周围是小碉堡，中间的空地是火力网。那里是地狱，也是坟场。一个连冲上去，能下来的不到一个排。

孩子兵说，那一仗打了几个月，消灭了鬼子差不多一个连队，而我们死的人却是他们的几倍。几乎就是几条命换鬼子的一条命，这样一条命一条命换来的胜利。我也报了敢死队，和这次一模一样，光着膀子，端着冲锋枪，腰里挂着手雷，缠着钞票。我糊里糊涂地滚进了一条战壕里，有个鬼子端了一条挺长的刺刀，嗷嗷大叫着向我冲来。我没来得及开枪，他也没刺中我。我们两个就抱在一块儿。那是鬼子投降的前一年，那个时候的鬼子有点不行了。可我跟鬼子抱在一起，还是有点害怕。这种害怕是骨子里的。那鬼子像什么呢？就像已经死过一回了，死了又活过来跟你拼命似的。你明明是跟一个活人搏斗，可你看他的眼神，又分明是个死人。他发了疯一样的嚎叫，眼睛却不瞅你，空洞洞的，不知在看什么。我当时就在想，他是不是真的看见鬼啦？就是这种感觉，真是吓人啊！

我搞不清楚，鬼子是怎么变成这个样子的。我人小，身子骨也单薄，渐渐不行了。我看他总要扭回身，捡起什么东西来杀我。我也顾不了那么多了，反正也是个死，要死一起死。我摘下手雷，就拽开了拉火环。我双手护着手雷，盯着鬼子。鬼子也盯着我，眼神还像个活死人一般。几秒钟过去了，可真是漫长呀！最后那一刻，鬼子死人一样的眼珠子动了一下，突然就像个活人了，有了点犹豫，有了点胆怯，有了点慌张，还有了点迷惘。然后，他一下子扔下我，逃走了。我呢，也就在那一瞬间把手雷扔到战壕外面，捡了一条命回来。

孩子兵道，你说我当时就真的打定主意和鬼子一块儿死吗？后来我反复回想，应该是没犹豫过。虽然只是几秒钟的事儿，但没掺假，也没打算只是吓唬吓唬鬼子。

孩子兵又说，这一回，当老兵把我踩在地上，准备刺死我时，我又下意识地拉着了手雷。老兵犹豫了，可我没犹豫。也是初生牛犊子不怕虎吧。但你扑过来夺我的手雷时，我心里动了一下。刚才，我是抱定一死。可现在，你是不想让我死。那我自己呢？我到底是想死，还是不想死呢？心里一动的工夫，就松手了……

孩子兵问，你呢？你当时咋想的？树生小子说，一眨眼的工夫，仔细想想，应该也是没犹豫过。死这东西，这么近看它的机会一辈子也没几回，每一回都是头一回。

孩子兵道，虽说那一瞬间脑子里是一片空白，可认真琢磨琢磨，其实还是注定了的。为什么鬼子犹豫了，我没犹豫？为什么我犹豫了，你就没犹豫？现在，我觉得犹豫那一下子，倒是犹豫得对了。不知那鬼子还活没活着，他会不会也和我一样想？

孩子兵问，你有没有想过，为什么在那一瞬间，你就不怕死了？树生小子困惑地瞧着孩子兵，暗想，别看他平时不说话，傻呆呆的，心里却在琢磨着这些东西。树生小子说，没想过，没工夫，也太费脑子。

孩子兵说，我这股子不怕死的劲儿是给打出来的。记得刚下到班里时，就赶上我们团枪毙逃兵。全团集合到一块儿，前面捆了六个人。但只响了四枪，剩下两个人是陪杀的。团长指着死人问那两个陪杀的，还跑不跑了？两个人痴痴地摇头。团长给了他们一人一个耳光，又问，站起来！回答，还跑不跑啦？两个人这才清醒过来，挺直腰说，报告团长，不跑了！死也不跑了！团长又问，再跑怎么办？答，报告团长，像这四个一样！

我们班下来三个新兵，第一天晚上就被班长揍了一顿。也没什么正经理由，新兵嘛，吃饭慢了，撒尿回来晚了，子弹带没挂正，都是理由。班长照着我的脸就蹭了一脚，我都不知因为啥，就天旋地转地躺在地上。还不能躺着，躺着就继续挨拳脚，得马上爬起来，站直身体，回答自己错在哪儿了。实在不知道错在哪儿，就说反正是错了，班长打得对，应该受罚。

第一年挨揍是家常便饭。哪一天班长老兵们要是没动手，倒是有点心慌。我左边腮帮子最后一颗大牙，就是那个时候给打掉的。晚上不敢睡觉，吓得一直睁着眼，瞅屋顶，瞅窗户，瞅月亮，瞅星星。神经都快出毛病了。偶尔睡着一小会儿，也是做噩梦，梦见狼追，鬼追，怎么跑也跑不动，腿上绑了铅似的。后面黑乎乎的东西一口就咬在了腰上，肠子就流出来了。

什么脏活儿累活儿都让我们几个新兵做。比如修工事、搞清洁、运弹药，比驴马都累。比如一个人御一火车皮弹药，比如背两百斤水泥袋上山，比如半夜不让睡觉刷粪桶。可也奇怪，我们几个都心甘情愿去做这些事儿，派给我们这些活儿时，都像得了天大的好处似的。因为那个时候，才会离班长老兵们远一点，可以放心地干活，不必担心抽冷子挨上一拳一脚。干一天活儿，累瘫了，班长老兵们的脾气才会好一些，不再横挑鼻子竖挑眼。

孩子兵又说，而且，那边的部队都虚报兵员数字。比如一个团实际有三千五百人，就上报五千人。一个师实际有八千人，就上报一万一千人。多出来的人头军饷，就是师长团长们的收入。班长们没有这些收入，我们就会从每月的津贴中抽出一点给他们。

那个时候，我们都觉得这是挺正常的事。在家时都吃不上饭，到了这儿，不光有饭吃了，还按月给钱花，给班长几个钱，又算得了什么呢？退一步说，就算连钱都让长官们拿走了，那不还有饭吃呢吗？比在家挨饿还是要好的吧？

后来，新兵当成老兵了，班长对我也就好了。教了我不少道道儿，打仗时也护着我。在闲聊时，班长说，其实，我也不想打你们。可我当新兵那会儿，我的班长就这么打我们，我当了班长，也想不出更好的办法。而且，这办法管用啊！不舍得打手下的兵，那打仗的时候，兵都是一窝贪生怕死的熊货。

孩子兵笑笑，说，我自己也认这个理儿。我们部队有文化教员，上课讲三民主义，可我听不懂，也不大信，主要是因为离我的生活太远了。古训不是讲么，棍棒之下出孝子。人这玩意儿也真是怪了，你用蜂蜜水娇惯着他，他是逆子窝囊废。你让他吃尽了苦头，他倒成了器。我当敢死队员冲锋那会儿，前面是日本人的机枪子弹，后面是督战队的机枪子弹。后退，肯定是个死。往前冲，没准腰里的钞票就是自己的了。有的老兵每次打恶仗都报名当敢死队员，挣了大把的票子就跑到县城喝花酒逛窑子，说他就愿意过这种生活。既为国家尽忠，又过得快活，挺好。

从外面看，我们部队的军风军纪也不差。进沈阳城时，上边下过杀头令，抢老百姓东西的，侮辱女人的，都要枪毙。市民们举着花和小旗子欢迎我们的队伍。他们说，"正牌"不光穿得好，武器好，纪律也好，卡车、坦克、大炮海了去了，有得天下的做派。大姑娘争着嫁给穿黄呢子军服的年轻军官。

讲老实话，子弹在头顶上飞，炮弹在身边炸，我不怕，腿肚子没抖过。为啥？那些东西再吓人，能有班长往死里打你的拳头吓人吗？能有你半夜不敢睡觉，或睡着了做噩梦吓人吗？所以，我说我那股子不怕死的劲儿，是让班长给生生揍出来的。

孩子兵说，到了这边之后，我才发现你们和我们不太一样。至于哪里不一样，我还没有琢磨明白。都是当兵的，你们不怕死，我们也不怕死，这股子不怕死的劲儿大家都有。可细想想，你们的不怕死和我们的不怕死终究是不一样，就好比我们的不怕死和鬼子的不怕死也不一样。

真是到了拼命的时候，就像刀刃对刀刃，谁的刃口更硬呢？

六

仗一直在打。连队上去了，打光了，拉下来，补充新兵，伤员归队，整训，一支新的连队便又重建了。敌人开始向四平城进攻了，听说打得更惨烈。白天，棋盘一样的方形大城上空到处飘荡着浓烟。入夜，你会看到城里像除夕的夜晚，闪着白光。白光像天上的银河，有疏有密，有的地方却还是一片漆黑。从这些如沸水一般的白光中，可以看得出敌人攻到了哪里，哪里还在我们手中。

立夏之后十来天吧，树生小子记不清具体日子了。黑土地上的气候和关内不同，此时，这里的风才不再那么打骨头，山上大树小树慢慢冒出嫩绿色的枝叶。那绿色像初生的婴儿，薄得透亮，泛着溪水的闪光，在呼呼作响的春风里散发出略带苦味的芬芳。山下的平原也绿了，满眼的青草丛中点缀着粉红色、淡紫色、雪白色、橘黄色的小花。大风抚过，它们像海面一样掀起层层叠叠的波纹。远离城市的地方，很多人家已经播下了种子，柔弱的青苗钻出黑土，轻轻摇摆，仿佛从来不知生死，不知四季，一切都是新的。树生小子和战友们一样，还穿着薄棉袄。袖口和衣襟油亮油亮的，这个地方补过，那个地方又咧开嘴，一团棉花便冒了出来。中午太阳底下，会捂得出汗，早晚时分，又凉得打战。棉袄缝里，全是虱子，抖也抖不掉，抓也抓不干净。树生小子就脱光了膀子，把棉袄铺在大青石上，用圆形的石子沿着接缝滚一遍。只听一串串嘎嘣嘎嘣脆响，虱子被碾死，石子也给染红了。

这天，连长接到命令，带着新组建的连队上山，坚守高地四十八小时，掩护大部队向北撤退。四十八小时之后，可自行撤离，到高地以北一百五十里外的某县城找旅部。后来得知，东北民主联军付出极大代价坚守四平之后，在力量处于下风的情况下，决定放弃四平，不计较一城一地的得失，继续向北移动，把根子扎在更广阔的黑土地农村之中。连队上山的时候，树生小子又看到了电台的老韩。他正忙着往马车上装物资，旁边有半截汽油桶，桶里冒出浓烟，烧着带不走的文件。连长问，这城不要啦？老韩说，总部来电，不要了。死守一座城，得不偿失。说这话时，老韩的脸色不太好。他又抱出一堆文件，粗粗瞅瞅，哗地一下子都投进了汽油桶。腾起的烟灰呛得他一阵咳嗽。

阻击敌人，掩护撤退的事，大多是九死一生。打了许多年仗，有进攻就一定会有先头部队，有撤退也一定会有掩护部队。无论下命令的还是接受命令的，都不会多说什么，一个眼神，对方就明白了。入夜，树生小子向山下望去。城里的枪炮闪光和声响已变得零零星星，部队驻地的炊烟和火光也不见了，一团漆黑，一片寂静。心头涌起一丝惆怅，他也顾不得多想，赶紧抓起铲子，把战壕挖得再深一点……

不过，很意外的是，两天之中敌人既没有向山上攻击，也没有从山下公路路过。城里边早已安静，想来敌人已经进城了。他们大概是把这座失去战略价值的高地忘记了。连长带领连队下山，沿着穿山土路向北走出十几里，不禁大吃一惊。原来在山这边还有一条公路，军用卡车一辆接着一辆，装满了敌人的士兵和物资，正向北驶去。路边是步行的队伍，绵延几十里，一眼望不到头。灰黄色的烟尘腾空而起，弥漫在大山之间。仔细看去，公路两侧的制高点上都已经有了警戒哨。散布在路边的小屯子里，也住进了敌人的士兵，正支起铁锅做饭。

连长急忙把队伍拉回山里，也不敢走现成的路，哪里不好走就走哪里。在一处悬崖边，大家停下来休息。树生小子低头一看，薄薄的棉袄棉裤给矮树枝刮出了许多口子，裤脚的地方还豁开了，棉花没了，只剩下几绺烂布条。再看看孩子兵，他的棉裤刮破了老长一条口子，屁股都露出来了。连长和几个连队干部在林子里开了个会。大家觉得，敌人早已经远远地超了过去，现在是落在了敌后。再向北走，不仅找不到自己的部队，反而会一头撞上敌人。那么，向哪边走呢？向北向南都不行。向西有西满军区，可路太远，而且都是平原，两条腿跑不过敌人四个轱辘。向东是大山，听说有咱们的主力部队在那边，春天来了，冻不死也饿不死。在山里打一段日子游击，再瞅空子钻回北方去。于是，决定向东走。

一个来月之后。刚过中午，树生小子感觉肩上的枪比背着个死人还沉。脑子晕乎乎，无缘无故就会一脚踩空，摔个跟头，或撞在树上。眼睛不自觉地向上下左右看，看树上有没有什么能吃的东西。好几顿都没吃上了，再吃不上，又得啃树皮。连长在前面喊，让大家停下来。树生小子从树叶缝隙间向山下看去，有个十几户人家的小屯子。又观察了一会儿，能看得见的地方很平静，没有尘土，也有声响。于是，连长决定去屯子里找点吃的。

屯子西面有一大片苞米地，秧子长了一米多高，还没结穗。进得屯子，敲开一户人家，开门的是个中年男人，个子又瘦又高，脸皮黑黑的，阳光一照，微微有些发亮，想来是个常年在田里种地的把式。一看到眼前的这群人，他身体僵硬，强撑着，等待对方先讲话。

连长走到头里，回头看了一眼，忙说，我们不是坏人，也不是土匪。你不知道我们没关系，我们只想跟你借点粮食。连长知道对方为什么害怕。在山里钻了一个多月，每个人头发胡子老长，乱蓬蓬的，还挂着草秆灰尘。脸也没洗过，一个个黑不溜秋，根本认不出谁是谁。再看穿着，还是一个月前的那身薄棉袄，不过，棉袄变成了棉坎肩，棉裤也变成了棉短裤，露着大半截小腿。仅剩下的部分也给刮得稀里哗啦，早已经黑乎乎的棉絮挂在外面，也所剩不多。要不是每个人还背着一杆枪，那就是一群叫花子。可背枪的叫花子更吓人。

中年男人把连长领到下屋，打开吱吱呀呀的木头门。里面堆着犁子、镐头、木桶等旧物件，墙角里有两只半满的麻袋。他解开麻袋口，指着里面的苞米说，只剩下这么多了，现在青黄不接的，你们要是全拿走，可就得饿死人了。连长说，老乡你放心，我们不抢东西。你只管我们一顿稀的就行。说完，一旁的新任指导员从腰里掏出一叠纸币，放在中年男人手里。这是旅里下达阻击命令后，给连里留下的经费。中年男人看了看，说，在这儿，印出来的钱早就不能花啦！算了，过兵纳粮，天经地义。你们也是仁义兵，吃吧，吃吧。连长又从破了的窗户纸上撕下一片，写上某年某月某日，某旅某连借苞米十斤，交给中年男人。中年男人苦笑了一下，问，这借条找谁兑呀！连长说，你要让我讲良心话，我也不知道。是那么个意思吧，只要我还活着，这借条就管用。

中年男人从麻袋里舀出半木盆苞米粒儿，添柴、烧水、煮饭。连长走到屋外，对大家说，以班为单位，到老乡家借粮食吃饭去吧。

中年男人冷不丁冒了一句，你们是文明胡子吧？连长一愣，没听懂。树生小子明白，忙对连长说，这地方的人管老抗联叫文明胡子，也叫政治胡子。他又对中年男人说，我们是从关内来的八路军，现在叫解放军，和老抗联是一家。杨靖宇、赵尚志。中年男人说，杨大个子、赵小个子，打日本子，尿性啊！我就说看你们这做派像谁呢！吃吧，吃吧，不够再添。家里就这点东西啦，照顾不周。

树生小子他们班来到屯子后面，开门的是半大老娘们。烧上火，饭下锅，她就到当院晒太阳去了。班里的几个人席地坐在灶坑旁边，闻着苞米碴子味道，一分一秒地挨着时间。树生小子靠着门坐，看见半大老娘们和她两个十五六岁的闺女靠在木板围成的院墙下面，大大咧咧地说笑。下午的阳光正照在她们身上。三个女人半敞着怀儿，一人一支铜烟袋锅子，说笑之间，吧嗒吧嗒地抽着。

半大老娘们抽了一袋烟，回屋揭了锅盖，熟了。她家里只有三只碗，不够用。钻了老长时间山沟子，除了打仗的武器，能扔的都扔了。于是，有的用瓢，有的用锅盖，有的干脆让半大老娘们把高粱米盛在衣襟上。班长找不着什么东西盛饭，看墙角有把炉灰铲子，拿起来，磕掉黑灰，也盛了一铲子高粱米饭。

半大老娘们咂咂嘴，说，你们这是咋整的呀！

班长用手指往嘴里塞了一团饭，嘴角挂着黑灰，说，大婶子，谢谢啦！

半大老娘们又撇撇嘴，道，别整那个虚情假意的了。你们背着枪，我还能不给你们做饭咋的？

班长说，唉，反正你是个好人，这个情，俺们是记下了。

屋里一片狼吞虎咽吧唧嘴声儿。半大老娘们又说，你们吃完了，可得快点走哇。可不是婶子赶老弟你们走，屯子外面的公路上，天天过"正牌儿"。

班长鼓着腮帮子，道，放心，放心，要打到外面去打，绝不在屯子里打。

沉默片刻，半大老娘们叹了口气，说，照俺们老百姓看，你说你们"正牌儿""二大布衫子"打个什么劲儿？过去打日本子，那没说的，鬼子本来就是牲口。可鬼子打跑了，自家人咋还打上了呢？咱们这地界过兵可过得多了去啦，老毛子、日本子、老张家的、黄皮子、黑皮子、红皮子，胡子比正经人还多，可把俺们折腾坏了。大家都盼着过上消停日子呢啊！

班长说，大婶子，要是说不打就能不打，那早就不打了。这仗，俺早打得够够儿的了。

半大老娘们嘿嘿一乐，说，要不，你们留下俩？我有两个闺女还没主儿呢。我一个寡妇，这些年可吃老了家里没男人的亏啦。

大家也嘿嘿一乐。班长说，大婶子，你看俺咋样？

半大老娘们回屋拿来了针线笸箩，说，你就跟你大婶子穷逗吧。来，来，我给你缝几针。你们这些老弟啊，也真尿性，仗都打成这个样儿了，还打。跟俺们东北老娘们一样，烈性，招人稀罕。

她一转头，对两丫头说，你俩别傻站着，也给老弟们缝一缝。回过头，她对班长说，要说亲近，还是觉得和你们亲近，说话做事都不隔路。唉——

她缝了几针，又说，不过呢，也难说。当年，我就瞅着文明胡子那帮人不错，心里亲近。鬼子势力大，才几年，不也完犊子了吗？

半大老娘们把脸贴在班长后脖梗子上，咬断线头，说，反正不管怎么的吧，你们就是最后打输了，还回来，婶子这儿管饭。

她把孩子兵拉起来，前前后后看了看他的棉衣棉裤，照着他的屁股响亮地拍了一下，说道，哈哈，咋整的？这孩子的屁股都露外面来啦！缝了一会儿，她又大声说，你这孩子，咋老往婶子怀里瞅呢！哈哈，看看，小脸儿都臊红了。

她的小闺女拽了个小板凳，从笸箩里挑出两块灰色布条，坐在树生小子面前。小闺女的手胖胖的，有点黑，挺粗糙。她拉起树生小子的胳膊，放在自己的大腿上，将布条比他的袖口，一针一线地纳结实。她的眼睛圆圆的，专注地瞅着针脚，偶尔看一眼树生小子，便翘起嘴角笑一下。树生小子觉得自己的手像只小鸡，或者小猫小狗，被面前的女孩子小心地爱护着。同时，这手又僵硬着不敢动，眼睛也不敢往她那个方向瞅，因为小臂就贴着她圆滚滚热乎乎的大腿，手也差不多就在她的怀里，稍一动弹，就要碰到对方的乳房。

补好了一条袖子，小闺女把树生小子的胳膊甩下，又把另一条胳膊放在腿上。全都补好之后，拉起树生小子的双手，仔细看了一遍。树生小子窘得不行，小闺女又把他按在板凳上，找来了一把大铁剪子，含了一口水，喷到剪子上，将他的头发喷湿，咔嚓咔嚓剪起来。三下五除二剪好之后，她双手捧着树生小子的耳朵，左左右右前前后后看了又看，满意地轻轻摸了摸他的脸。树生小子以为这就完了，小闺女又拽起他的手掌，用大铁剪子将他又黑又长的手指甲修剪整齐。忙活着给其他人补衣服的时候，小闺女也总是瞅着树生小子，笑一下，像糖一样甜，像刀一样锋利。

连长那边一直没什么动静，大家便放心休息着。肚子里有了食儿，闭上眼睛，太阳光也暖暖和和的，稍不注意就睡着了。小闺女坐在树生小子旁边，肩并着肩，也不说话。那肩头却暗暗地向他倾斜着，整个身体都靠在他身上。背后，她的手悄悄拉住了树生小子的手。树生小子的心怦怦跳，真想这时间过得慢一点。

终于，前屯传来了集合的哨声。树生小子站起来，小闺女的手还紧紧拉着他。她的眼睛红红的，闪着泪珠。树生小子想了想，一咬牙，趁人不注意，从腰间扯下一枚手榴弹，偷偷塞进小闺女手里，小声说，记住，拧开盖子，拉下铁环，投出去，自己也要趴下。数一二三，它就爆炸。他刚要往屋外走，猛地被她拉回来。小闺女紧紧搂住他的脖子，在他嘴唇上使劲亲了很久才松开手……

七

连长饥肠辘辘地向山下看了看，对指导员说，既然总有敌人的车队从这儿过，咱们就抽冷子劫他一家伙。从这个山头跑到那个山头，这个屯子吃一顿，那个屯子吃一顿，不是长久之计。而且，这么做，也算是袭扰敌人后方的运输线，给前方打仗做了贡献。你瞧着咋样？

连长看好了一处公路拐弯的地方。三个排各抽一个班占领三处路边高地，剩下的藏在大树、岩石和草丛里，离路面只有几米远。等了一天，到黄昏时分，才有四辆敌人的卡车从这里经过。三个排一个拦头，一个断尾，一个强攻。敌人车上的一个押送班没怎么抵抗，就举枪投降了。树生小子连看都没看蹲在地上的敌人，一脚蹬在卡车轮胎上，鱼一样跳进堆了满满物资的后车厢里。他扒开一只纸箱子，是罐头。摇一摇，带水声不要，沙沙响的不要，轻的不要，剩下的，使出吃奶的劲儿往外头扔。还有大米白面，推到车外，一袋一百斤，正好一个人背。大家像背着亲娘一样，一口气背走了几千斤。前后也就是半个小时，来时一阵风，去时一阵风。临走时，早有人打开汽油箱，一把火，将带不走的物资烧了。

几天之内得手两回，抢到了一些弹药和粮食。敌人觉察到这一带山里活动着一支小队伍，便悄悄设下了圈套。这一次，敌人的卡车上没装物资，而是堆满筑工事的沙袋。两个班的士兵抵抗很顽强，有机枪，还有冲锋枪。我们的人埋伏在公路边，不仅冲不到卡车近前，反倒是被密集的火力压制在那儿，动弹不得。只见卡车上的机枪一个点射，又一个点射，每个点射三发子弹，不多不少。响一次，就必定有伤亡。看得出来，机枪手是一个非常厉害的角色。

十几分钟后，从公路两头又驶来了七八辆卡车，跳下两百多个敌人。他们离开公路，远远地插到山脚下，组成了一个很大的包围圈。连长惊叫道，坏啦！中计了。真不该太贪心。他转身对指导员说，你带一排二排先走，我带三排留下。我要是回不来，你把队伍领出去，活着见咱旅长。指导员说，我就撤到山顶，给你守着退路。你顶一会儿，赶紧走！

打到下午，连队才冲出包围圈。不想，在去往另一座山的路上，撞上了敌人的暗堡群，又吃了大亏。黄昏时分，敌人才不追了。清点一下人数，还能跟着队伍走的，不到一个月前的一半。不能跟着队伍走的，大多留在了山里，给他们留下几听罐头，或几捧米。不少战友牺牲了，尸体落在了敌人那边，也只能一边走，一边回头看，没法抢回来。

下午突围时，树生小子的脚让什么东西扎穿了，没看清是树枝还是树根，一咬牙，拔下来，也没觉得疼。现在，疼劲儿上来了，肿得和小腿一样粗。他有股不祥之感，现在，什么坏了都不怕，就怕腿脚坏了。他从棉袄大襟上扯下一条布，紧紧捆住脚掌。脚掌勒得麻木了，试一试，还能走得了路。

上半夜，树生小子和孩子兵一同站朝北方向的哨儿。后半夜，下了哨回来，两人又一起躺在草丛里，头枕着石头。旁边有人在不停翻身，压响了树枝草秆，有人在咬牙呻吟，从牙齿间吐着气，有人突然坐起来，又慢慢躺下。看得出来，都睡不着。

树生小子低声问孩子兵，你脖子上戴的是个什么东西？黄灿灿的，像是个金家伙。孩子兵道，是颗鬼子的金牙，在云南时，我的老班长给我的。那个时候，我们的部队里有美国军官，他们会收集死掉鬼子的头骨，寄回国去当作纪念品。我的老班长给我这东西时，说戴着它，鬼子的子弹打过来就会转弯。不过，他也死了。说起来，还是为了保护我。那一次，我们冲进鬼子的机枪工事。里面只剩下一个活的鬼子，那鬼子哇哇喊了句什么，就用手雷把自己炸死了。老班长在前，我在后。我眼看着比太阳还亮的白光闪了一下，气浪和弹片把班长的四肢和衣服撕碎，血肉溅了我一脸。我想和老班长说点什么都不行了，因为他早给炸得面目全非。

孩子兵又说，我还记得我们师有个少校情报官，潜入县城时被鬼子抓住了。受了很多酷刑是不必说的了，但他什么也没讲。鬼子最后要枪毙他，敬佩他的坚强，允许他提一个要求。他说，他要穿着军服，戴着少校军衔，站着死。鬼子问他，这个少校军衔为什么这么重要？他说，我是农家子弟，没门路也没家底，这军衔是靠着舍生忘死换来的，是我最高的荣誉。鬼子把他枪毙后，将他的尸体绑在十字柱上，在县城大门口立了一个多月。

沉默了一会儿，树生小子说，我想问你一句，你别生气。你会跑吗？孩子兵也沉默了一会儿，说，不会。跟着谁打仗就像嫁人一样，得有死在一块儿的心。不能说今天看这家好就嫁给这家，明天看那家好就嫁给那家，那成什么了？在你冒死把我的手榴弹夺走时，我就把心给你们了。

树生小子说，从今往后，我再也不会问你这个问题了。

天刚蒙蒙亮，有人急急忙忙叫大家起来集合，说连长有事要讲。一旁的人小声嘀咕，树生小子支起耳朵听着，原来是副连长和他的几个老乡不见了。说是不见了，其实就是跑了。在队伍里，哪有没有命令就找不到人的呢？况且还是在这种情况下，是可以枪毙的。

树生小子把头伸出草丛，看见连长站在三五步远的一棵树下，垂着头，似乎在想着什么，脸一会儿对着树，一会儿又猛地转身，对着大山之外。

集合之后，连长让大家席地坐下。树生小子坐在第一排，旁边是孩子兵，再过去是班长。连长站在他面前一米远的地方，鞋子尖儿破了个大洞，一根又黑又粗的大脚趾支楞在外面，用力夹着蹭着搓着鞋底。

说话之前，连长左手端着一支步枪，右手拎了一把盒子枪。他大声喝道，过去，咱们老旅长曾经对我说过，当了连队干部，手里要有两把枪，长枪用来打敌人，短枪呢？你们知道干什么吗？短枪，用来杀叛徒！话说完，大家心里一紧。

但是，连长把步枪扔到树生小子怀里，把盒子枪往腰里一别，又喝道，不过，今天我把这两支枪都收起来。咱们只讲道理！

连长把脚一跺。树生小子看见他的大脚趾这下子夹稳了，也不蹭也不搓。他大声道，不错，现在咱们是被国民党撵着跑。可是，让我投降，刀架脖子上我也不干！跟大家讲清楚，现在的目标只有一个，钻出去，活着去见咱们老旅长！

大道理我不会讲，指导员比我讲得明白。可是，要跑的你好好想一想，你良心上过得去吗？咱一起打鬼子，一起打国民党，一口锅里吃饭，一个坑里拉屎。谁没用过别人的东西？谁没被别人帮过？你能活到现在，不就是因为有那么多兄弟替你挨了子弹，替你死了吗？你现在跑了，你对得起他们吗？你就不怕后半辈子做梦梦见他们吗？

连长又说，咱得明白自己是谁。咱就是一伙儿穷棒子，咱就是给自己打仗，打赢了才能过上好日子，打输了还是穷棒子。这是咱的队伍，山下的不是咱的队伍！就算是饿死了，咱穷棒子也要有根硬骨头啊！

指导员接着说。说着说着，他就哭了，不少人也跟着哭了，站起来，说自己绝不逃跑，也绝不投降，还有的骂起了国民党。这时，有个三排的老兵朝孩子兵的后背踹了一脚，说，这个国民党的小崽子，是不是要跑哇？孩子兵趴在地上不敢动，也不敢往四周看。树生小子跳起来，向老兵扑了过去，推开了他，冷冷地说，谁跑谁不跑还不一定呢！俺们班自己的兄弟，俺们自己管。别看你是老同志，再这么动手动脚的，我可跟你不客气啦！

连队在大山、草原、田地、沼泽、密林以及一个屯子一个屯子之间转了将近两个月，从春天到夏天，遇到过一支同样被留在敌后的队伍。那支队伍是一个团的团部，带着电台和直属队，只是电台的电池用尽了，和大部队联系不上。两支队伍一起走，在一座县城里，听说有个店铺里有日本人留下的电池。急急忙忙去打听，人家说，电池有，可以换，不过，得五十条枪。连长一听就把手拍在了盒子枪套上。团里的干部按住连长，转过身说，换！

电台接通后，上级指示队伍往西北走，穿过草原，到某某县城，那里有部队接应。队伍调头向西北走了快两千里地，终于见到了自己人。树生小子远远看到来接应的部队，头里是刘瘸子和他的毛驴。于是，一群叫花子一样的士兵再也顾不上队形，发了疯似的穿过长满青草和五彩斑斓小花的旷野，朝自己的部队跑过去。大家抱在一起，笑着，哭着……

八

树生小子又到了松花江边，这里，曾是他无数次死里逃生的地方。夏天，几里宽的江水是灰色的，对岸是一条细细的黄线。夏风吹过，江面上泛起细碎的波纹，有硕大的鱼露出脊背，或张开嘴，冒出一串串气泡。远远看去，有柳叶大小的木船浮在江上，仿佛一动不动。如果是一条铁壳轮船驶过，那么不久之后，便会有一排一排浪头打向岸边，发出江水撞击岩石时的轰轰哗哗声。

不过，现在正是深冬。江面略略窄了一些，却仍然一眼望不到对岸。江水冻实心了，暗蓝色，比晴空还要幽深。狂风卷着大雪，有的地方雪积住了，有的地方还裸露着冰面，形成各式各样奇异的图案。

此刻，树生小子是站在了江北岸。他有一种不太寻常的感觉，夏天是黑色的，而冬天却是绿色的。这种感觉由来已久，让他对夏天充满恐惧，而进了冬天，却总有绝处逢生的欣喜。他隐约觉察到，这种感觉其实是来自于敌人。因为敌人喜欢夏天，那个时候，他们兵强马壮，他们的心像烈火一样凶猛。而到了寒冬，他们就累了倦了乏了困了，心像木柴烧到最后剩下的那一点白白的火苗。这个时候，整个天地间才属于树生小子，无论在别人看来是多么艰难恶劣。树生小子的心中有大树，有野花，有大山，有平原，有森林，有野兽，而所有这一切只在寒冬里才能自由自在无忧无虑快快活活地生长，严寒是绿色的，是一种生机勃勃的颜色。

东北民主联军，也就是后来的东北野战军进入东北一年有余。他们背靠兴安岭，在黑土地上的农村扎下根子，建立了大片的根据地，兵源和给养都有了可靠的保障。树生小子听说过些日子，部队将要打过江去，向南岸几座敌人据守的县城发起进攻。树生小子觉得，这一仗和过去所有的仗都不同，因为这一次是真正的进攻。你看看，大家说话时的神情不一样了，谈论的话题也不一样了。部队就像一棵小苗，根子越长越丰满。旅变成了师，从几千人发展到近万人。几个师合编为纵队，一个纵队几万人。无论这棵小苗过去多么骨瘦如柴弱不禁风孤苦伶仃，只要能在这片肥沃的土地上扎下根，就总有一天能长成参天大树。就像刘瘸子说的那样，黑土地上什么都有，她什么都能给你，她能把自己的儿子养活成血脉偾张的男人。

刚进腊月，几号记不清楚了。半夜里，树生小子趴在一座坟堆后面。一个连队都趴在这附近，几百米远的地方，是一条被雪埋着的小河，再过去，是公路。所见之处，是一片灰白色，稀稀疏疏几棵树，几十座坟包，还有收割之后剩下的，支楞在雪地之上如尖刀一样的苞米秆。天空被大风吹得特别干净，像水晶一样，看得见月牙儿上的斑纹，还有闪着寒光的星星。原野上覆盖着一个冬天都不曾融化的雪，大风吹过，干硬的雪花像蒸汽一样在空中飘扬，刮在脸上，如同无数只针刺一般。黑土地上的人管这种天气叫"大烟泡"。这里的"大烟"不是指鸦片，而是说雪被风吹到空中，像很大的白烟。这样的天气最冷也最可怕。

在雪地里根本趴不住。趁着敌人还没有影子，连长让所有人都站起来，跳一跳蹦一蹦。他大喊着，想活命，就一直活动。重机枪手弯着腰，颠着碎步在蹦，也不敢迈大步走到远处去。连长说，有尿你就尿呗，别憋着了。重机枪手说，嘿嘿，要是敌人来了，全仗着这泡热尿呢！有这泡热尿浇在顶针上，机枪就能响，没有，就不响。再说，好歹是点热乎气儿，撒出去可惜了。说这话时，他的脸都给冻僵了，使出好大劲儿才能做出一点表情，笑比哭还像哭。

树生小子一直把步枪大栓夹在腋窝里，不敢离了身。临离开宿营地时，他将被子、毯子、毛巾所有能御寒的家什儿都裹在了身上，此时笨重得像头狗熊。只在眼睛和嘴巴那里留出一条缝隙，这条窄窄的缝隙上也结了厚厚的白霜。他费力地伸出胳膊，用圆鼓鼓的棉手闷子碰了碰孩子兵的肩膀，问，在爪哇国时，没想到天底下还有这么冷的地方吧？孩子兵的脑袋上也捂着毛毯子，他的嘴在毯子后面说，那边热得能死人，这边冷得能死人，反正都不是人待的地方。树生小子又问，你老家那地方有什么好吃的没有，给咱讲讲。孩子兵道，要说最好吃的，得数麻辣米粉。一早上起来，一碗白花花的米粉，浇上红亮亮的辣椒油，倒上点醋和盐，撒上点脆黄豆，其他的什么都不要放，包管你吃得甜嘴麻舌。树生小子说，大清早就吃辣的？肚子不吃拉稀了？孩子兵说，才不会呢？我们那儿的人，没辣的才受不了呢！还有麻辣抄手，想不想听。

树生小子咽了口口水，道，你说吧。两个人没话找话，一直不让自己闲着。树生小子又问一个刚从敌人那边俘虏过来的南方兵，你的脚疼不疼？那个南方兵回答，没啥感觉。树生小子连忙拉下他的棉鞋，半个脚掌已经紫黑色了。他扯下棉手闷子，抓起一把雪，发了疯似的给南方兵搓脚，可几乎就是一眨眼，自己的手也没了知觉。树生小子干脆把对方的脚塞进自己的衣服里，一个劲儿地问疼不疼。南方兵说，没事儿的，你别管我了，要不，我自己来搓。树生小子木木地转过身，向黑漆漆一片的野地望了望，悄悄擦了把泪，连忙将另一个坐在雪地里的战友推醒。

天快亮时，树生小子实在是走不动，也说不动了，渐渐进入了一种半梦半醒的状态。心里虽然害怕，可就是无法抵抗。他也知道许多战友的处境非常危险，有的已经再也醒不过来了。可是，他自己也慢慢地落入黑暗之中……那一晚，他的后脚跟冻黑了，像黑土地上的人冬天里常吃的冻梨，一按上去，稀囊稀囊的，从裂开的皮肤中流出黄稠的脓水。许多年里，这两个脚跟让他一直都没办法稳稳站住。

一声尖厉，甚至听上去有些凄厉的喇叭声响起，把树生小子从一片昏暗中惊醒。他本能地跳起来，在迷迷糊糊之中找准方向。冲锋开始了，大家纷纷从雪坑里跳出来，顺着连长指着的方向奔跑。

树生小子踉踉跄跄跑了几步，脚下一晃，一头栽在雪里。他奋力爬起，照着双腿狠砸几下，有了知觉。然后，又猛地把系着棉被、毛毯的绳子解开，把笨重的东西甩在地上，什么也顾不上了，拼尽全力向前冲去。寒风夹着毛雪，立刻顺着脖子灌进棉袄里。

他只有一个念头，冲吧，活着就冲，冲也是为了活着。一只脚迈进积雪覆盖的小河时，他又摔倒了。河水早给冻实了心儿，大风把雪都吹进了河床里，冰面上积了齐腰深的厚雪。他像野兽一样，手脚并用向前爬，冰冷透骨的雪从裤腿和袖口挤进来。后背上的步枪比铁拳还要硬，使劲捶着他的脊梁骨。

刚爬上河岸，头从雪堆里露出来，敌人的重机枪就响了。中了埋伏的敌人聚集在坟地里，用弹药箱堆起工事，很快反击了。更厉害的是他们的炮兵，虽被袭击，但丝毫不乱。炮打得很准，直接落到了树生小子连队的进攻路线上。我们看不见他们的炮兵，敌人的炮弹却长了眼睛似的。有的炮弹竟然能够在空中爆炸，一下子炸倒了一大片。树生小子觉得，就是当年的鬼子，都不能把炮打到这样的火候。

机枪子弹把头顶上的雪打得四处飞溅，抬不起头，更站不起身。一个排的人都趴在河床里，动弹不得。而另一个排的进攻路线是要穿过那片开阔的苞米地，树生小子看过去，他们也都趴在那儿。在亮亮的雪地里，像撒了一大把黑豆子，格外显眼。进攻被阻了一个多小时，连长说团里去调迫击炮了，先等一等。

可趴在雪里更可怕。树生小子慢慢爬到河床最底下，也不敢站起来，来来回回在河床里爬。有热乎气儿了，再搓手搓脚。棉袄棉裤被汗水和雪水打湿了，和铁片一样，不光不御寒，还更冷了。他抱着枪，哆嗦着，一分一秒地挨着时间，盼着进攻再次开始。

调来的迫击炮终于响了，几颗炮弹落在了坟堆里，敌人的重机枪哑了，只有零星的步枪、冲锋枪在射击。喇叭声再次响起，树生小子跃出河床，向公路对面冲过去。他稍稍偏过头，向苞米地方向扫了一眼。趴在那边雪地里的战友仍在趴着，再没爬起来发起进攻……

树生小子把子弹打光，将枪扔掉，差不多是赤手空拳冲到坟堆前。那一刻，他都搞不清楚自己拼命跑到这儿是来干什么。是杀死敌人？是不想被冻死？是为了敌人的棉大衣？或者很简单，就是要跑到坟堆敌人那里去？站在那儿就行？他的手指完全僵硬了，根本端不住长枪，也握不住刺刀。他一下子跳过几个弹药箱垒成的工事，和一个很强壮的敌人滚在一起。

敌人也冻僵了，抓不住树生小子的胳膊，抽不出身上的匕首。两人伸出粗笨的双臂，像残疾人一样，你打我一下，我打你一下，或者你用脑袋撞我一下，我用脑袋撞你一下，谁也没法致对于死地。可是敌人巨大的身躯却非常有力量，几下子就把树生小子推倒在地，摔得他头昏眼花。树生小子知道，再这样下去自己非死不可。他拼尽最后一点力气，死死搂住对方的脖子，一口向那根热热的跳动着的动脉血管咬下去。血喷了树生小子一脸，敌人的身体软了，手臂无力地将树生小子一推，烂泥一样倒在地上。树生小子呆呆地看着敌人嗷嗷大叫，无望地在雪地上打滚儿，最后抽搐着死掉。他用小得听不见的声音对敌人说，如果你不死，就得我死。

敌人很顽强。他们用和孩子兵一样的口音叫骂着，直到只剩下十几个人才不抵抗了，抱着头，在雪地里蹲成一排。树生小子急忙开始扒死尸身上的棉大衣、棉靴子、毛围脖，其他战友也一样。刚才为了打仗，大家把身上多余的东西都扔掉了。当一件沾了血的棉大衣裹在身上的那一刻，树生小子两眼一红，两颗泪珠就掉下来了。有股热气透过来，将他包了起来，还有一阵眩晕，腾云驾雾一般。

他靠在一棵树上，两腿发软打战，心里很高兴，自己没死，可又很难过，周围倒了那么多死尸，有敌人的，还有自己人的。

红彤彤的太阳在不远处升起，圆圆的，仿佛这世上唯一有热乎气儿的东西。树生小子站在坟圈子外面。白茫茫的雪地上有一大块一大块黑，那是炮弹和手榴弹炸出来的。还有一大摊一大摊血迹，冻上了，鲜红鲜红的。南方兵死了，倒在一棵枯树下。他的鞋不知何时跑掉了，露出那双冻得黑紫黑紫的脚……

九

树生小子坐在火车闷罐厢里，背靠着木板，屁股下边的车轮子重重地撞击着铁轨。一个新兵从无数后背和肩膀中间挤过来，说，班长，我有尿。树生小子掰开车厢门栓上的粗铁丝，推开胳膊粗细的一道缝，道，对着外面，尿吧。新兵解开腰带，站了一会儿，说，班长，风太大，尿不出来。树生小子说，那你就站着，啥时尿出来，啥时回去。好一会儿，新兵面带笑容地转过脸，说，班长，尿完了。

树生小子欠起身，顺着缝隙向外望去。正是夏天，平原上一大片一大片绿色的庄稼正在太阳下面静静地生长。虽说都是绿色，但每一块地上的绿色又都不一样，有深绿，有嫩绿，有黄绿，有棕绿，有紫绿，有高高的绿色，还有矮矮的绿色。这些绿色组成了大地上的花纹，从眼前一直延伸到天边，起起伏伏，仿佛一张旷世巨大的地毯。地里有零零星星黄色的小点，那是戴草帽的农人，看见火车经过，正直起腰，向这边张望。黑土地真是有着惊人的生命力，你不敢相信，这里曾有过炮火，有过鲜血，有过死亡。现在，在你眼前的是一片生机盎然的田野。

平原缓缓地向后面移动。树生小子暗想，时间过得可真快，两年前，也是夏季，我还在这一带像叫花子一样找自己的部队。而眼下，队伍正在全速南下，往关外和关里之间的锦州城那边赶。为什么去那儿呢？有人说，此时，国民党在关外的兵力只剩下长春、沈阳和锦州三大坨。锦州城是喉咙，卡住了喉咙，国民党在关外最后的本钱也就彻底输掉了。才两年工夫，说话的口气竟然变化得这么大！

松花江正在远去，火车向着树生小子从未去过的南方飞驰，这一切快得似乎有些不太真实。他还记得那个冬天里的松花江，也不过是一年半以前的事。当时，部队过江攻击一座城市，久攻不下，敌人几个师迎面而来。部队遂放弃了围攻，准备撤回江北。没有想到的是，敌人打开了松花江上游的一座水库。本已结冰的江面突然暴发洪水，部队一下子失去了北撤的归路。

树生小子随部队撤到江边时，惊呆了。他生平第一次看到，冬天里的江水竟然成了这个样子。原本浅蓝色结冰的江面被一片灰蒙蒙的大水覆盖着，冒着腾腾的白色雾气，几米外便看不清景物。江水不似夏天时的平静，而是翻滚着的，一个浪头接着一个浪头，争先恐后地向西边奔腾。一个冬天冻起来的厚冰被水浸泡着，发出巨大的嘎巴嘎巴声，突然就裂开了，从裂口里涌出黑色的水流，向空中喷出几米高。江底的淤泥、枯草、冻死的鱼还有各种各样的废弃物，被洪水翻到了江面上，污浊而又可怕。成百上千似卡车大小的冰块，漂浮着，摇晃着，缓缓移动，沉浮之间激起尺把高的大浪头。

那一刻，树生小子似乎没有听到下达过江的命令，就毫不犹豫地跳进了江水里。因为他觉得即便是跳进江里就得死，也不可能再有其他的命令。江水一下子浸透了棉袄棉裤。真奇怪，一切没有结冰的东西竟然都是温暖的！江水也一样，虽然很沉，一个劲儿地把他往水底下拉，但水是暖洋洋的，像娘的怀抱。水上漂着的污物挂在他的头发上，往他的嘴里灌，还时不时蒙上他的眼睛。水面与脖子平齐，树生小子奋力踮着脚尖，踏着水下残留的冰层，可冰层非常滑，几乎无法站立或向前走。他睁大眼睛向四周察看，好几次，巨大的冰块把他撞进了水下，几经挣扎才浮起来。水从鼻孔、嘴里、耳朵里，甚至是从眼睛里流出时，树生小子分不清自己是不是已经死了。

敌人就在十几里外，与阻击部队交火。炮弹已经打到了江面上，每一次爆炸都像有一只力大无穷的手，将江水猛地摇晃一下。冲击波经过，树生小子会晕一下子，眼前一黑。发现自己还活着，就继续拼命向前划水。

终于，水面越来越浅。树生小子爬上了岸，靠在一块岩石上，浑身上下只剩下一杆枪。棉袄棉裤迅速变成一只冰壳子，流下来的水结成薄冰。他无法动弹，喘着气，望着江面，脑袋里一片空白。江面上有无数个士兵正在奋力地向前游，他们的脑袋如同一个个密密麻麻的黑色小点，在江水里或沉或浮。一颗炮弹爆炸过后，就会有一片黑色小点消失在水面。有十几辆大车陷在江里，马冻僵了，车身也歪了，谁也顾不上它。马把脖子伸出水面，一边挣扎，一边惊恐地大叫着，声音传出很远。大约一里地之外，还传来女人的尖叫声。后来才知道，那是战地医院的医生和护士在过江。那声音是从一个个哑了的嗓子里喊出来的，像是惨叫，又像是在哭，挺瘆人的。树生小子一辈子都忘不了。

大部队过了江。江面上慢慢寂静下来，水流从雾气中流到眼前，流到远方，复又消失在雾气中。水面上漂着帽子、鞋子、大衣、挎包、纸张，还有从水下浮起来的手、脸，或者大张着的嘴、眼睛，都结上了薄薄的冰。

树生小子跟着部队离开江岸，修筑防御工事。他在对岸等了很久，等着敌人过江。可是，敌人终始也没过来。那一仗，敌人总是夸耀说他们打赢了。树生小子清楚，只有过了江的那支队伍，才是真正的胜利者，哪怕表面上他是打输了，撤退了，因为他们的心气儿还旺，骨头还在，拳头还硬。

树生小子的思绪渐渐回到了眼前。火车不能坐了，便靠两条腿行军。每天走一百三四十里地，似乎不过是一转眼的工夫，也就到了千里之外。平原少了，路上看到的多是连绵不绝的大山。翻一翻地图，你会发现这是一条从关外到关里的狭长通道，被称为辽西走廊。西面是大山，东面是大海。通道的南面是山海关，而通道的北面就是眼前的锦州城。人们习惯于把山海关看作一道关，其实，锦州城也是一道关。唐代诗人常建有一首《吊王将军墓》是写发生在这一带战事的：

嫖姚北伐时，深入强千里。
战馀落日黄，军败鼓声死。
尝闻汉飞将，可夺单于垒。
今与山鬼邻，残兵哭辽水。

明末清初四十余年间，这里经历九十余次战火。锦州城南四十里处有座松山。十三万明军与清兵战于此，大败。此一役成为明亡清兴的关键之战，为清朝入主中原，扫清了道路。这座城西南六十里处有座塔山。清太宗崇德四年（？年），多尔衮曾率兵战于此。所以，这里历来是旌旗变幻，鼓角不绝，遍地白骨埋刀枪的古战场。

锦州城北两里，有处标高八十多米的高地。高地上建有一个配水池子。这个钢筋混凝土铸造而成的庞然大物呈长方形，一部分在地下，一部分在地上，地上部分高六米，厚一米，宽几十米，实际上就是这个城市的大供水箱，命脉所在。在配水池子与城里之间，有一条可以四人并行的水泥通道。平时，水从这里流进城内，战时，城内援兵可以从这里过来。敌人把水放干，在墙上凿出射击孔，这里便成了非常坚固的堡垒。攻击之前，部队曾到前沿观察过地形。孩子兵说，这可是场恶仗。对面的云南兵把鬼子修碉堡的本事都学到家了。

以配水池为中心，有大小十余个明堡和暗堡，形成了密不透风的火力网。没开枪之前，你看那里只是一片安静开阔的空地。可等到轻重火力齐射时，所有冲进去的人就都成了被死亡这只黑色大网罩住的鸟儿，再难逃生。各类碉堡之外，是几道铁丝网组成的障碍。再向外，是宽三米深两米的环形壕沟。即便没有冒着枪林弹雨，爬过这条大沟也不是易事。

炮火轰击之后，树生小子跳出战壕，随着连队沿主攻方向冲锋。这种战壕被称为交通壕，主要挖在离敌人前沿六十米左右的地方，以手榴弹或手雷投不到为准。一般来说，如果进攻出发地与攻击目标有着较长距离，并且中间有较大的开阔地，那么，进攻部队通过时就必然产生较大的伤亡。还未等到达目标前，就可能失去进攻能力。而交通壕可以很好的解决这个问题，一天挖一点，个把星期之后，就可以把战壕挖到敌人眼皮之下，又让敌人毫无办法。

子弹在树生小子的耳边飞过，像一只只马蜂嗡地叫了一声。还未冲到外围环形壕沟，已经有人中弹扑倒在地。树生小子压低了身子，紧紧盯着前方几十米外一块黑色的石块。脚边的干土让子弹打得噗噗冒烟。跑到石块那里，他像跳进河里一样，来不及多想，也来不及犹豫，就一个猛子滚进了深沟。左左右右都是一个接一个跳进来的战友，像从山上滚落的石头。大家摔得头晕眼花，所幸没有中弹，连忙检查枪弹，准备攻击下一道工事。

突然，七八米远的地方亮起一道黑色的光，然后是迎面而来的狂风和巨响，还有沙土、浓烟、弹片，一下子就灌满了整个壕沟，遮天蔽日。树生小子看见有人被炸上了十几米高空，落下来的是一块块残缺不全的身躯和肢体。后来才知道，这是一种重磅航空炸弹，可以电子引爆。从轰炸机上投下去，可以轻易炸塌一座楼。更危险的是，在环形壕沟里，敌人竟然还有暗堡，可以毫无遮拦地对战友进行扫射。

一股力大无穷的气浪将树生小子推出几米远，翻了几个跟头，又跌进了一个深坑里。他昏昏沉沉地睁开眼，明白敌人在壕沟里又挖了不少陷坑，每个坑里都用铁丝固定着手榴弹、手雷。树生小子眼瞅着一颗捆在铁钎子上的手榴弹在脚下冒烟。他想把手榴弹连同铁钎子扔到外面去，可铁钎子是用水泥铸在坑底的。他拼尽力气站进来，却怎么也爬不出一人多高的陷坑，也没处躲藏。他低下头，瞪大着眼，盯着手榴弹冒出的青烟。青烟散尽，手榴弹没有爆炸，他瘫坐在坑底下，心想，又活了一回。

树生小子朝坑外大喊大叫，有战友递下步枪，把他拉了上去。壕底的景象触目惊心。有一半的人都挂了彩，拥拥挤挤地倚坐在战壕壁下，壕沟里的水都是红的。敌人在壕沟里的暗堡虽然被炸掉了，但一个连也被压在这儿，向前拱不动，向后也退不得。跃出壕沟的人刚扒开铁丝网，就被打倒在地。树生小子寻找自己班上的人，旁边一只手扯住了他的大腿。是小六子，他满脸是血，肚子上也冒着血，用手掌捂着，血又从手指间流出来。小六子说，我要是死了，你回去跟我娘说，我是死在配水池子这儿啦！树生小子蹲下来，大声说，你就在这儿，哪也不要去，等我回来。一定要坚持住啊！他再也想不出该说些什么了，一咬牙，从怀里掏出急救包，塞在小六子手里说，自己包扎一下，等我回来！在战场上，大部分伤员并不是当时就牺牲了，而是死于失血过多。有了急救包，很多时候就能活下来，坚持到送往后方医院，而少了急救包，就很可能阴阳两隔。仗打起来，怀里有只急救包，心里头踏实。连长曾经对树生小子说过，打鬼子的时候，有一回他大腿上的动脉被弹片击中了，血一下冒出来几尺远。幸好卫生员当时就在跟前，马上给扎住了，而且半天之后就送到了战地医院。一位洋大夫技术好，把他的血管给缝上了。否则，也就没人跟你说这些了。连长还说，最怕在寒冬腊月里受伤，流着血在雪地里躺着，用不了多久人就没了。

十

不久，来了命令。暂缓这里的攻击，主攻方向改为主碉堡东北侧一百米处的红房子。红房子是红砖盖成的一排四间平房，原来是配水池子值班人员的办公室和宿舍。它的颜色相对于灰色的混凝土配水池子很显眼，所以被叫作红房子。

树生小子和战友到这里时，上一支连队已经占领了红房子。朝北的门开着，树生小子冲了进去，里面灰尘弥漫，呛得人喘不过气，几步之外看不见人。他向南面的屋子跑，只觉得脚下踩到了软软的东西，并且传来一声痛苦恼怒的叫喊。他低头凑近了一看，原来是走廊墙角下，坐着躺着一溜二十多个重伤员。

屋顶被炸穿了，下午的阳光如剑，穿过厚厚的烟雾照进来。在一条条一束束光线中，匆匆忙忙地跑动着人影。一会儿向外射击，一会儿投手榴弹爆破筒，一会儿又躲在墙后观察。树生小子仔细一看，营长也在这儿，抓着电话，对着话筒声嘶力竭地大喊。他反复地吼着几个词，手榴弹，手榴弹，手榴弹，开炮，开炮，开炮……

树生小子跑进一间屋子，从窗子向外看去。敌人开始反击，竟然已经冲到十几米远的地方。这些云南兵个子不高，身材也不壮，但动作非常敏捷，几步就到了眼前。他们的脸黑乎乎的，但钢盔下面的眼神非常凶狠。紧紧盯着这边，眼睛都不眨一下。前边的人倒下了，后边的人继续冲，剩下的人不多了，冲不动了，就把尸体挡在前面，推着尸体一点一点向前挪。树生小子抓起一根竖在墙角的爆破筒，扔了出去，炸倒几个敌人。敌人趴了一会儿，爬起来又往这边跑。树生小子急忙又抓起一根，仔细一看竟然是杆铁锹，急忙之中顾不得换，也猛地扔了出去。外面的敌人连忙趴下，好一会儿才敢站起来。

敌人几波反击被打退之后，力量渐渐弱了。营长组织进攻。他提了一篮子手榴弹，弯着腰，第一个从窗子跳了出去。

仗打到黄昏时分，预备队三营加入战斗，最终拿下了配水池子。打扫战场时，营长带着树生小子点燃一支火把，下到配水池子底部。这里黑黢黢的，血腥气重得呛人，密密麻麻堆着敌人的尸体。

炊事班抬来了柳条筐，里面装的是直冒热气的肉包子和胡椒汤。各个班领走了自己的一份，还剩下大半筐。炊事班老铁锅坐在那儿不说话，一边吧嗒吧嗒抽烟袋锅子，一边掉泪。

以配水池子为中心的阵地上，每一个碉堡，每一条壕沟，每一道铁丝网都是用血肉铺过去的。配水池子里大部分是敌人的尸体，红房子以外大部分是牺牲战友的遗体，配水池子至红房子之间，有敌人的，也有战友的。树生小子盆子里有六个白白胖胖的大肉包子，平时，风卷残云不在话下。可现在，胸口堵得慌，咬下一口，看见油汪汪的肉馅，怎么也尝不出滋味，却猛地感到一阵恶心。

寒风在空旷的野地里盘旋。炸弹、手榴弹、子弹把无数战士的棉袄棉裤撕扯碎了，棉絮飞出来。铁丝网上、枯草秆上、树枝上，到处是薄雪一样的棉絮，以至于阵地上像刚下过一场小雪似的，白花花的。这些棉絮随着大风到处飞，飞到高空，飞进壕沟，迷了人的眼睛。尤其是在一个大洼地里，棉絮积得像很深的湖水一样，一层压着一层，下层堆得实了，上层还随着冬风缓缓地打转滚动。

树生小子看见坡下沟里站着一只母羊，乳房鼓鼓的，没人理它。他突然想起了小六子，猛地跑过去，扔掉了肉包子，用盆子接了满满的羊奶。他向环形外壕走去，心里忐忑不安。他隐隐感到，打了一天仗，应该不会有奇迹出现，可他又盼着奇迹出现。下到壕沟底部，他看到小六子坐在那儿，肩上半披着一件军大衣，眼睛直愣愣地望着天空，身子下的血冻成了一大摊薄冰。

第三天，树生小子随队伍从北面进城。当时是夜间，城墙被炸开十几米宽的口子，像老人的牙齿。先头攻击部队已经打进去了，城里各处打着照明弹，一颗还未熄灭，另一颗又打上高空。炸弹、机枪的亮光一闪一闪，从远及近，从不间断。当爆炸的亮光闪起时，身边的人影亮如白纸，而亮光熄灭时又一团漆黑。城中有一座尖顶红砖教堂，与一众平房相比如鹤立鸡群。远远望去，当红色的信号弹亮起，它是红色的，当绿色的信号弹亮起，它又是绿色的。在密集而又炫目的爆炸闪光中，它不断地变幻着颜色，时而在黑色夜幕中闪现，时而又消失得无影无踪。周围一片震耳欲聋的轰鸣，有重炮声，有迫击炮声，有山炮声，有爆破筒声，有炸药包声，有手榴弹声，有机枪声，有步枪声。

树生小子的正前方，是一座四层红砖混凝土结构的大楼。部队的攻击方向是大楼的背面，也就是北面。大楼这一方向最下部，有一面斜坡，斜坡下面有条沟，还有地下室。敌人的重机枪子弹贴着地面飞过来，却看不到工事在哪里。楼上更不用说，每扇窗子就是一个天然射击口。照明弹亮起时，可看到红墙上布满了大大小小的弹孔，窗子却是黑黑的，阴森恐怖。你不知道会从里面飞出来什么东西，或是子弹，或是炮弹，或是手雷，甚至是炉子、门板、桌子、椅子。

进攻从上午持续到晚上，前面已经有两拨攻击部队打光了，拉了下去。爆破手小李把拉火环交到树生小子手里，笑着说，班长，炸药包放好了，等着敌人坐土飞机上天吧。可是，等了十分钟，也没听到爆炸声。这时，团里打来电话，限两个小时内必须拿下大楼。

前面已经牺牲了一个爆破手。第二个炸药包没响。从营里领了第三只炸药包。小李上来要抢这只炸药包，树生小子把他推开，说，这个你们谁也别跟我抢了。我是班长，我上。他脱下棉袄，交到副班长手上。

冲出战壕之前，营长将他叫住，把一顶钢盔扣在他头上，使劲儿在他的脸巴子上掐了一掐，说，小班长，冷静，一定要冷静。树生小子抱着炸药包，沿着一条大弧线冲到了楼下斜坡上。在这里，他找到了牺牲的爆破手留下的炸药包，和小李刚才没有爆炸的那一包。

楼上像下饺子一样扔手雷，有两颗砸到了树生小子的钢盔和后背上。其他的叮叮咣咣地落到脚边，砸在水泥斜面上。可奇怪的是，尽管手雷离他这么近，竟然没有一枚炸到他。树生小子来不及多想是怎么回事，也不知道害怕。心里只有一个像刀子一般雪亮的念头，反正不是你死，就是我死。你没把我炸死，我就得把你炸死！

他将三只炸药包捆在一起，里里外外检查了几遍，才拉着导火索，瞅着它们烧到只剩下两寸，才转身跑开。当时，真恨不得一直盯着导火索烧完。跑出去十几步，背后一声巨响，树生小子是被气浪推倒在地的。这次战斗结束后好几天，他在梦里被惊醒，突然想到那么多手榴弹砸在身边，自己为什么没死？他一身冷汗，又跑回到这座楼前，在爆炸的地方看了看，才知道，原来是那一面斜坡救了他。手雷落在上面后没有马上爆炸，而是滚进了斜坡下面的深沟里。他想，其实敌人也有办法炸死他。比如，拉开手雷的保险销子之后等两秒再扔，可敌人愣就没有那样的胆量。

孩子兵是在部队突破敌人的第二道防线时牺牲的。那道防线依托铁路路基修建而成，两侧筑着前后左右相联系的碉堡群。孩子兵拎着爆破筒冲到碉堡前，从射击孔塞了进去。敌人又将爆破筒推了出来。两个来回之后，孩子兵转过身，用后背抵住了射击孔，直到爆炸。当时，正飞着满天的照明弹，把孩子兵的表情映得亮亮堂堂。那张脸永远地刻在了树生小子的心里，时间越久越清晰。孩子兵的脸上有留恋，有悲伤，有感激，还有不舍。树生小子越回忆他的脸，就越能读出更多的内容，以至于他不敢随随便便想起孩子兵来。在后来的岁月里，他无数次和自己的战友在战场上道别。他发现，那道别时的表情就是他们这一辈子的缩影。他们是怎样过完一生的，就会有怎样的表情。

在这一带，树生小子还遇到一个人。当时，树生小子推开一间屋子的门，炕上炕下挤了几十个老百姓，一脸惊恐地看着他。他转过身，向外走，一个人浑身是血，向他走来。这个人迷迷糊糊的，用手枪敲着树生小子的后背，推着他，大声说，快，快，往那边冲。

树生小子看了眼他的手枪，枪击锤和套筒打开着，没子弹了。树生小子说，你别急，前面的敌人都已经投降了，没敌人啦！这个人眼睛血红，还是一个劲地推着树生小子，说，快，快，冲，冲，走，走！树生小子和他比画着，隐隐约约听明白，这个人是一个营的营长，找不到自己的士兵了，也好像是一个营都打光了，只剩下他一个人。树生小子看着这个人伤痕累累的样子，更相信是后者。

又打了一个白天，到了第二天晚上，城里才寂静下来。树生小子他们营在一处空院子里安顿住宿，只用了五六间屋子。平时，这些屋子一个连都住不下。树生小子困极了，累极了，沾着床铺就迷糊过去。可半个来小时，惊醒过来，瞅瞅躺在旁边的人，大部分都是别的连队的，不认识。再闭上眼睛睡过去，可还是半个来小时，他又给惊醒，想想，好像是梦见战友了，有受伤的，有牺牲的，都活生生的。如此睡过去，醒过来，挨到了中午，脑子里好像一锅粥。有人在屋外大喊，开饭了。没人起来，继续睡。

树生小子从一片呼噜声中爬起来，一脸茫然地坐在门槛上。打了一盆子白菜汤，用筷子串了两个窝头，没心思吃，放在青石台阶上。他来到院门口，看见营长坐在大门外的石狮子下面，旁边也放了一盆白菜汤、两个窝头。营长扭过头，很和气地说，小班长，过来坐会儿。那说话的口气，像变了个人似的。

营长有点不着边际地问，你知道啥是代理制度吗？树生小子说，知道，就是战前要指定自己牺牲后的代理人。营长又问，那你知道啥是保留干部吗？树生小子说，不知道。营长说，保留干部就是在打大仗之前，把一些骨干，比如副营长、副教导员、副连长等等留在后方。这一仗如果前方的干部都牺牲了，那下一仗，就是保留干部上。我从班长到营长，一步一步的，算下来，都是接的烈士的班。

树生小子点点头，心里却不大明白营长为什么跟他唠这些。营长说，活到现在，负过五次大伤。他揭开棉袄领子，脖子旁边扎着一条新绷带，渗着血。他说，这是昨天添的。有个地下室里藏了几十号敌人，不投降，塞了一颗手榴弹进去，投降了。我站在地下室出口，一手高举着手榴弹，得把他们镇住。不想，飞来一发子弹，正打在肩上。我咬牙站着没动，朝卫生员使眼色。他也明白了，等敌人都出来了，交了枪，才悄悄把我扶到没人的地方，给我包扎。那个时候，我得站着。我要是倒了，不光咱们的人要慌，敌人也可能趁乱打咱们。

营长说，子弹要是再偏一点，那保留干部就等不到下一仗了，这一仗就得用上。

他又说，啥时去见马克思呢？枪林弹雨中，那是想也不用想，也不能想的。每个瞬间都可能有颗子弹，或者弹片什么的，把我送去见马克思。战前，当我把战斗部署、方案，可能出现的几种过程、结果及意外，都尽量想到，头脑逐渐轻松下来，我就会不自觉地闪过一个念头，这会不会是我的最后一仗呢？仗打完了，我还活着，我就又会想，不错！这次不是最后一仗。仗打多了，这种念头每次都闪。不过，闪得多了，也就成了习惯，闪过也就闪过了。

营长流泪了，泪珠儿噗噗地往棉袄上落。他说，教导员牺牲啦，打配水池子时，冲出交通壕没有十米，胸上就中了弹。我对他说话，他说不出来话，嘴里一个劲儿地冒血，就这么死了。我还有多少话要对他说呢，还有多少事要和他商量呢，他就这么死了。我的通信员也牺牲了。冲过环形战壕时，他帮我举起铁丝网，让我从下面钻过去。就这么几秒钟的工夫，他的额头就中弹了。也是连一句道别的话都没说上。还有一连长也牺牲了。从红房子向配水池子冲时，他刚跳出窗子就被炸倒了。昨天后半夜，我招集全营干部来开会。过去，一个屋子坐得挤挤擦擦的。这回，我一个，二连指导员一个，还有三连一个排长。就俺们仨……

两天后，树生小子被派到城西南六十里塔山一带掩埋牺牲的战友。黑土地上的老百姓家里，一般都有大木柜，一人来高，装衣服、装米，或各种需要储藏之物。取的时候，需要站在凳子上，身子探到里面。山脚下，摆满了这种大柜子，听说附近几十里老百姓家里头的柜子都给买来了。安葬完了战友的遗体之后，把国民党士兵的尸体也搬到一处，通知对方来抬回去。于是，公路边、田野里，一排排码着尸体，冻得硬邦邦的，灰黄色的一大片。在一处叫饮马河的河沟洼地里，摆得密密麻麻，若是在夏天，就把河道堵上了。据国民党方面称，塔山一战，他们弃尸七千具。当夜，下起了大雪，把大地覆盖在一片白色之中。饮马河一带的老百姓说，深夜，寒风在洼地里刮起"大烟泡"的时候，就听见有哭声、喊声、骂声、呻吟声，高高低低、大大小小、南腔北调的。他们在可着劲儿地大叫，我要回家，我要回家，我要回家！

十一

有一天，树生小子带着一个班在村子附近的土路上巡逻。那时，这一带到处是国民党的士兵，都扔掉了武器，见到野战军的人就投降，一下子便有几百上千人跟着你走。树生小子看到有个人赶着头毛驴沿着小路走来。到了近处，仔细打量，毛驴背上驮了两袋农作物，大概是花生。这人头戴一顶半旧的毡帽，穿一件破棉袍，油亮油亮的。他摘下毡帽，捂在胸前，向树生小子鞠了一个躬，道，我叫胡庆祥，是厉家窝棚的农民，听说城里没粮食，去那边换点钱。树生小子盯着对方头发稀疏的头顶和黑色厚边眼镜，听着那努力遮掩的湖南口音，轻轻地说，跟我们回去一趟，有点事情要问你。

那人叹了口气，点点头。后来，树生小子知道自己抓了一条大鱼。此人是国民党在黑土地上最后一支重兵集团的长官。抗战后期国民党在缅甸和云南的所有精锐几乎都在这支重兵集团里头，这些精锐当年把日军打得落花流水。

几天之后，树生小子又奉命将此人送到野战军总部。午后，灰白的太阳照在枯黄的平原上，有的地方有积雪，有的地方雪化了，远远近近反射过来的光有些刺眼。路边的旷野里，丢着敌人密密麻麻横七竖八的尸体，一只只野狗歪着脑袋咧着嘴在啃着，牙齿血红，一只只乌鸦在大叫。不少尸体都光溜溜的，衣服被附近穷苦的老百姓扒走穿去了。还有战马的尸体，缺肢少腿，是被人割去吃了。不久前，国民党十几万人被围困在这一带狭长的地方，无法突围，也缺吃少食，只得以杀马为生。

那个人坐在一辆摇晃颠簸的马车后面，后背挺直，头却垂着，一滴一滴眼泪落到了老棉裤上。树生小子听他喃喃地说，要是打鬼子的时候死在缅甸的原始森林里就好了。

第三章　钟山

　　一九三七年冬天的南京城里，有位年轻的妈妈睁开双眼。太阳如晃动的钢水，一滴一滴溅在大地上，满世界是红彤彤的热浪。一杆日本三八式步枪抵在她的眉心，枪口磨得发亮，沾了几点泥污。刹那间，黑暗从枪口里冲出，世界剧烈扭曲，仅剩下一线微弱的光亮，然后是彻底的寂静。在万籁俱寂的中心，一团黑红色的火光骤然而出，铜皮包裹的铅丸仿佛舞台上的大幕，轻轻一撩，或更像情人的嘴唇，一缕呵气温柔地抚过，漫长的夜晚便来临了，直到不知何年何月，世界再一次重生。

　　她腹中躺着一个婴儿。枪声把他惊醒了，又是一阵晃动，羊水像恶浪翻滚的海洋，乌黑的浪头拍打他柔嫩的肌肤，比沸水烫着还疼痛。他想哭，想叫喊，想抓住什么，可是做不到。他好像找到了出口，于是吃力地伸出手，想摸一摸外面的世界。可是，这条柔软的通道里塞满了石子、土块、粗树枝，他失望地抽回手，默不作声，一滴泪珠从老人般褶皱的眼皮中挤出来，融解在慢慢变冷的羊水里。

　　婴儿觉得再没什么希望了。他将在黑暗里生，在黑暗里死，生命就是黑暗，世界也是黑暗。这时，黑暗被利刃划了一条大口子，光亮像硫酸一样涌进来。然后，一支冷冰冰的刺刀插进他的肩膀。只一下子，婴儿就从黑暗跃入无限的明亮，好似一条鱼，从海中跳进晨曦。来不及疼痛，婴儿竟有些兴奋，他挥动着沾满黏液的小手，想触摸这五彩斑斓的世界。他朦朦胧胧看到有个穿日本军服的人，把他举在刺刀顶端，大笑着打量着他，那笑容里倒仿佛有那么一点鼓舞，那么一点慈祥，像是一个父亲要让他的儿子经历一下人世间最可怕的事，这样，他就再也不会害怕了。那笑声像风中断裂的枯叶，像馒头锅里冒出的蒸汽，像一只在干涸的河床里爬行的蚂蚁。疼痛再一次使世界渐入黑暗，婴儿想，大千世界原来就是这个样子！他微笑了一下，用自己的语言说，我要回去了。

这时，婴儿看见另一个穿中国军服的男人拉响手雷，扑倒了自己身下高举刺刀的人。一股气浪将婴儿抛向天空。在天空里，他看到太阳像水滴一样小，战抖着，闪着微弱的光芒。一只在腕子处炸断的手在他脸上轻轻爱抚了一下，又落回尘土中。婴儿明白了，这是来自人世间的第一声问候。

婴儿掉进江里。寒冷的水浪一下一下推着他。他想哭，可嘴仿佛冻住了。没办法，只好仰望着苍灰色的天空，等待着不知会从哪里来的奇迹。江水是红色的，有股不知从何而来的腥味。那红色一条条一道道，是温暖的，有着人身体的热度。血水包裹着婴儿，像母亲的怀抱，婴儿吐出一口气，觉得自己有救了。一条黑色的鱼嗅着血腥气游过来，咬在婴儿的脐带上。他哇地哭出声，一口腥苦的水灌进气管里。慌乱之中，他抓住一具浮尸的头发，另一只手又抓住了不知什么人的脚。虽说是冷冰冰的，但他终于可以把嘴探出水面。视线所及，是密密层层的尸体，像落在水中的枯叶，随波摇动。婴儿挣扎着，在尸体的缝隙中游向江岸。终于，他透明的红色小手抓住干枯的苇草，拼命用力，晃晃悠悠地站在了昏黄的血色夕阳里。

婴儿想找到他的母亲，可是，羊水里的气味、温度、柔软统统不见了。他徘徊在沉默的尸体中间，呼呼的寒风刮过耳畔。他看到一只艳红色的皮鞋，再远处，是一只小巧白皙的脚。婴儿知道那不是他的母亲，而是和母亲相似的人。他跌倒了，爬过去，抱住那个人的小腿，然后是大腿。他把脸贴在还残留着一丝热气的赤裸腹部，使劲向里面钻，无望地想回到暖洋洋的羊水里。好一会儿，他明白这做不到，苍白色尸体正在变凉，那温暖的小窝渐渐远去。

婴儿的嘴唇又找到一只不算太大的乳房。他双手捧着乳房，吃力地吸吮，却没尝到什么香甜的滋味。从乳尖流出来的似乎是江水味、血腥味、污泥味，还有那么一点泪水味。不过，一两下轻轻的颤动从乳房下面传来，撞到了婴儿的舌尖。他用小手搂住尸体脖子，奋力抬起沉重的头，打量她的脸。长长黑发铺散在岸边的碎石上，另一些浸在江水中，随波荡漾，无声无息。一只洁白的手，手心朝上盖在双眼上，仿佛躲避刺眼的光线。婴儿用力推掉她的手，看到一双大睁着的眼睛，原本漆黑的瞳仁慢慢变淡，成了灰白色。顺着瞳孔望进去，那里是无边无际的黑暗，在黑暗里，坐着个浑身发抖、一丝不挂，暗自哭泣的少女。女孩子抬起头，向天空的顶端看过去。她看到一双好奇、纯净，且充满了善意的眼睛，仿佛在说什么，可又没法彻底说清楚。女孩子站起来，想离那双眼睛近一点，一瞬间，她看到另一个光彩夺目的世界。

在同一刻，婴儿也看到了一个世界，那个世界光明璀璨，让人睁不开眼。恍惚之中，他闻到一缕花香，隐隐看见一片金黄色花瓣……

霓　云

　　我穿上新买的红皮鞋，和纸坊街李医生家的女孩子到城北钟山上去玩，回来时偷偷溜到秦淮河边，还尝了一小杯酒。她的脖子和手腕红了一大块一大块，还傻傻地对我笑。我想，我大概也是这个样子吧？

　　我太喜欢这双红皮鞋了，别人家的女孩子都没有，是爸爸从法国给我带回来的。晚上，我把它放在床头，鞋子里散发出一阵阵我们这里没有的香气，还暗暗弥漫着微光，像是夜色里开放的花朵。现在，我穿着它，轻飘飘的，浑身长出一层初生小鸟那样的绒毛，只要挥一下手臂，就能飞进浓稠的，带着水色和树叶味道的空气里。

　　春日午后，秦淮河里的水浪悠闲地拍打着青石板，水和青石都是浓绿色的，不时把几片浮萍推到脚下。我昂起下巴，闭上眼迎着柔软的春光，一股饱饱的暖风把我团团裹住，这个世界给了我一个大大的拥抱。一时间，我竟然很惆怅，眼角被半颗泪珠打湿了。因为这拥抱是人世间没有的，一年只有一次，人生在世也不过才能享受几十回。人老了，身上的皮肉一定麻木了，就再也感受不到来自春天里的似水柔情。

　　河水像吃饱了似的，涨得满满的，水中央仿佛是它绿色的肚皮，又光亮又鼓胀，不时出现几个小船卷起的漩涡。漩涡平静之后，我看见河水中映出大片大片的金黄色。这金黄色像是熔化的金水，变动不居，到处流淌，慢慢把整条河都染成了金黄色，连半个天空都变得灿烂耀眼。我抬起头，猛然发现，河对岸生着层层叠叠的桂花。每一只小小的花朵都好似一个婴儿在唱歌，于是那金黄色，那浓烈的香气，就像炸药爆炸了一样向外狂涌。

我拉起女伴儿的手，穿过鲜红色的木桥，跑进了那个香气四溢的金灿灿世界。这里一片寂静，但如梦如幻。这里自成一个世界，把我隔绝在人世间之外。

　　我望着枝头的金色小花，一时间把什么都忘了，眼中只有它们。它们说不上强大，也活不了多久，可这世界因为有了它们，竟然变得如此光辉。在让人睁不开眼睛的明亮里，这些花儿对我说了无数秘密，而且只对我一个人，因为只有我一个人懂。它们不停地说，把古往今来旷世的秘密都说了出来，我幸福地倾听，毫不费力，发现原来这些秘密都是如此简单、美丽，而且充满情意，我们笨重的头脑绝无领会它们的可能。

　　不知过了多久，午后阳光开始变淡，空气冷了起来。这个金灿灿的世界正在消失，一个庸常世间又将把我吞没。我绝望地对这些花儿说，跟我回家吧，有一天，你们会和我一起重生！

　　我伸出手，手指碰到了一朵小花。手仿佛被火烫了一样，我想，它们还不愿离开枝头，被风吹干，然后死去。于是，我咬破一根手指头，让指尖流出大大的血珠。我流着泪，把手指举到小花面前，说，喝下这酒吧，醉了之后跟我走。我保证，你会在某个午夜复活，那一刻，你将更加惊艳销魂。你还会发现，你死在这一刻，却可以比其他不得不死在漫长痛苦的时间河流中的花朵，得到更多的爱。

　　我摘下十几朵小花，手指上的血干涸了。我不再要了，把它们带回去，和今年的春茶一同封在小瓷罐里，贴上纸条，用小楷写了我的名字。我觉得我的灵魂就在里面。

少　年

　　没有找到能让自己活下去的东西，婴儿继续向前爬。不远处有只木轮平板车，轮子裂了，斜着丢在岸边。十几具尸体的肩胛骨被小手指粗细的铁丝拴着，有的躺在泥污里，有的浸在江水里。有个男孩子的尸体倒挂在车子上，头朝下，双脚伸向天空。两只又小又瘦的脚丫在黯淡夕阳里，像两朵黑色的花。

莫名其妙地，婴儿就觉得这男孩子与刚才见到的少女尸体有关系。他爬过去，端详着那张倒置的脸。脸上没有眼睛，眼睛处是两只黑黑的，且向外流血的洞。婴儿想，没了眼睛，就像一个世界没了门，没了窗子，我恐怕是什么都看不到，也找不到了。可是，很奇异地，两个黑洞像隧道，共同通向某个世界，那里发出一缕若有若无的光亮，光亮里有只手……

我坐在一条木船上。船头慢悠悠地摇摆，生着绿苔的桨推起一圈圈涟漪。这本是个很普通的午后，我拿着一包父亲给买的饼干，一边啃，一边用它沾河里的水。几块饼干渣浮在绿色水面，然后下沉，竟引来了一条银灰色大鱼。它猛甩几下尾巴，溅了我一脸水。

我擦了下脸，睁开眼，惊呆了。岸上站着隔壁家的姐姐，白褂子、蓝裙子，还有一双红亮亮的皮鞋。当然，她没看我，而是失神地望着对岸。我顺着她的眼光看去，那边是黄灿灿的桂花<u>丛</u>，映黄了整条河。

霓云姐姐变了。过去，她会不经意地看我几眼，那眼神和早晨稀薄的空气一样清冷。可是现在，她的周围充满了紫色光晕，香得发苦，我不能走近，一接近就会头晕目眩。她的嗓音让人想起一根燃着的沉香落在水中，香气还在，可火已经熄灭。漂浮在水面上的沉香慢慢吸饱水，静静沉入幽暗水底，仿佛一条死去的银鱼。

我闻得见这令人窒息的香味，可是这气息并不单单属于我。这香气里有一缕霓云姐姐指尖的热气，有她眼睛里的情意，还有她脸颊上的红晕，可这一切也都不单单属于我一个人。它属于每个人，可能是个麻木迟钝，操劳于日常生活的中年妇女，也可能是个猥琐贪婪，沉迷于色欲无法自拔的老男人。它还可能属于一块无知无觉的石头，一棵静静不动的树。总之，全世界都能得到霓云姐姐，会因为她发丝尖上的一缕颤动而心旌荡漾。

船靠了岸，我怯生生地回到她站过的地方，人已不见踪影。我站在那儿，挺直身体，努力和她一样高。在空气里，我闻到了她嘴唇的味道，因为她的嘴唇在片刻之前，曾停留在这里。

眼前一片灰白的水色，天地辽阔。突然，这世界仿佛以我的身体为轴，转了小半圈。当它转到某个角度时，仿佛与另一个世界重合了，霓云姐姐一下子出现在不远处，向我这里走来，然后停下，望着对岸的桂花。而我，就站在她透明的身体里，额头轻靠着她的胸口。过了一小会儿，霓云姐姐走开了。世界又以我的身体为轴，转了一下子。她消失了。天地依然如故。

霓 云

隔壁家的小男孩儿一直在看我。可他又不过来。有天早晨，剃头匠家的黄狗对我吼了几声，把我裤脚咬坏了。第二天，我发现那条狗死了，嘴角流血，吊在放学路上的石桥栏上。

那个男孩子很漂亮，眼角是尖的，微微向上翘，嘴唇潮红，像是刚从很热的地方来。今年元宵节那天，他突然敲开我家的门，往我手里塞了只白羽毛的红嘴小鸟。不一会儿，又一群男孩子追过来，他抓起门口的一块木炭，抱在怀里，跑开了。那只红嘴小鸟不会飞，我把它放在桌子上，发现它的一条腿缩在肚子下，肯定是受伤了。我找来棉絮铺在一只瓷碗里，红嘴小鸟竟闭着眼睛跳了进去，小心地蹲下，翅膀尖儿一抖一抖。不一会儿，它一动不动，好像睡着了。

黄昏的时候，男孩子又来了，眼眶黑青，嘴唇破了。他不知从哪儿找来一只烂鸟笼子，用铁丝补了补，放在我家窗台上。昏黄的电灯泡下，他下巴挂在手背上，痴痴地看着碗里熟睡的小鸟，一言不发。男孩子的另一只手摊在桌子上，指甲里沾了泥，很稚气，很白净。我发现这不再仅仅是一只小孩子的手，它已经很有力量了。我心里一阵慌张，顺着那只手看上去，又看到了男孩子的额头。这额头雪白饱满，棱角分明，眉毛的末端像炭条一样浓。他突然抬眼看了我一下，又直白，又锋利。我有点儿喘不过气来，好像有什么东西竟然被这个比我小的男孩子看穿了，发现了。

夏天以来，我发现他有什么地方和从前不太一样。比如他站在那儿看我的时候，我总觉得他身上有把很快的刀。我知道，即使真的有刀也绝不会伤害我一丝一毫。所以，并不是害怕，只是有点儿忐忑不安。

少　年

我真的是在找一把快刀，现在找到了。那天，看见黄狗咬霓云姐姐时，心很疼，就像咬在自己身上。似乎比这还疼，有点伤心，有点惆怅。我愿意她永远都是优雅的样子，谁都不应该让她惊慌失措。她有一部分是透明的，比钻石还亮，只有我看得见。

我用耗子药加一个肉包子杀了那条不知好歹的狗。后来，我想，我应该有把刀，这样，我就可以像个勇敢的人那样杀了它，而不是用这种下三滥的手段。我偷了家里的钱，买了把杀猪刀。可这种刀总是磨不快，就像一个很笨的人，不能指望他领悟一些很精深的道理。我来到铁匠铺，想让老瘸子重新打一打。我觉得烧得越红、打得越多的刀才是好刀，这和人差不多。老瘸子看过我的刀，像痴呆一样咧嘴笑笑，说，你这刀没盼头了。我没走，从兜里摸出一块大洋钱。我知道，如果把它花掉，晚上回家一定有顿胖揍。可我还是拿出引颈就戮的劲儿，把银光闪闪的稀罕物使劲按在老瘸子长着木炭一样老茧的手里。老瘸子看样子是给吓着了，又拿起杀猪刀，看了看，叹了口气，连同大洋钱一起丢给我，说，你是个能下狠劲儿的小东西，这样吧，我刚给佟掌柜的打了把剃刀。这嘟噜铁是剩下的，你要是有恒心，就拿去吧，白送。

这坨铁扁平，饺子形状，表面裹了厚厚的煤渣状东西，还有焦糖一样的气泡。我掂了掂，很沉，可我还是怀疑老瘸子用一块废料就把我打发走了。我来到河边，在青石上敲掉了渣壳，还真的找到一枚金属片，有半个小圆镜子大小。我试着磨了下，青石板上留下深深的沟痕，而金属片上的毛刺却纹丝未动。我在它身上花了小半年光景，试过磨刀石、砂纸、牛皮、草纸等等所有能使这东西变锐利的材料。现在，它成了一个半圆形铁片，圆的一侧是刃口，直的一侧有饺子皮儿厚。在亮灰色的金属表面，有黑色的虎皮斑纹。似乎找不到什么能让它更快了，我把它夹在食指和中指间，在空中一挥，只有空气可以磨磨它。

我在床上找到几根油亮的黑发，是母亲的。这头发只要在刃口上轻轻一滑，就悄无声息地成了两截。我还抓了几只蚂蚁，让它们爬过我的手指，爬过指间的利刃。蚂蚁一踩上去，那黑细的腿就断了，可它还浑然不觉，继续向前爬，只好扭动着身子，怎么也没法前行一丁点儿。

我在寸把远的地方，瞪大眼睛盯着金属片。可无论怎么使劲，我都没法看清它的锋刃，那里是一片虚空，一片无限，一个旷世的迷，一扇通往另一个世界的门。可是，我的肉眼、肉身都无比笨重，永远达不到那里。那里有霓云姐姐的美丽，我能感觉到，可我得不到。如果我得到，那一定是把她毁了。

霓 云

转眼到了十二月，天空成了灰色，又矮又薄。我走出门，看见小美弟弟站在梧桐树下，背对着我，把一片又潮又大的树皮放在鼻子前闻。他身上仍然有刀刃的气息，让我不愿意走得太近。可我又不忍离去，那样，似乎就辜负了他，背叛了他。

我拿出手绢，远远递过去。

少 年

我用黄牛皮缝了个小囊，正好装得下那片利刃。尽管没有人能用凡胎肉眼看到，但它躁动不安、无坚不摧、烫如火炭，只有又干又硬又厚的牛皮能锁得住。我把它挂在脖子上，就好像有个凶猛寂静的银色精灵趴在胸口。

一个水色的声音传来，小美，给你。霓云姐姐的音调略带歉意伤心，像夏末的稠风，吹透了我的身体，在心房一抚而过。我颤抖着嘴唇，不知说什么好，转过身。她笑了一下，脸比太阳还耀眼。接着，一块雪白的手绢落到我面前。她的手指像绿色湖水中穿过的船头，划破冬天湿冷的空气，将一团桂花味的热气推到我脸上。

我伸手去接那手绢，可吓了一跳。我的指甲里沾了不少泥污、草屑，和白手绢上的几朵小梅花相比，真是丑得可怕。我自惭形秽地矮了一截，一言不发，拼命跑回家，仔仔细细把手洗干净。回到原地，姐姐还在等我。我拿好手绢，想大着胆子拉她的手。可我没敢，她的手像牛皮囊里的利刃，你只能远远地看一看，悄悄地想一想，永远都别指望碰一下。

我的额头刚好高过姐姐的肩膀一点。我看见她耳垂上有朵红宝石镶嵌的小金花。有个声音在灰白色的天空里说道，咱们俩，去秦淮河边走走吧。

霓　云

我和小美站在河边，冬季的地平线很远很淡，空气里飘着浅粉色的雾。浓厚的河水润湿了脚下的青石，一下一下悄无声息地拍打着它。水的气味很凉，吸进鼻子里让人微微发抖。我想对弟弟说点什么，可怎么也张不开口。

前方，无限辽阔遥远的水面和天空仿佛一扇大门，通往将来。可是我们推不开它，只能站在此时此地，不能移动半毫。想到这儿，我竟有一阵幸福感，这一刻只属于我和弟弟，不必想将来，也不必想过去，整个世界就是我俩的家！

有个东西落在河水里，然后是啪的一声，清脆得像耳光。但只一瞬间，世界就进入了绝对的寂静，一阵阵鸣响从耳朵深处传来。周围罩在无比明亮的白光中，好似水做的笼子。到处都是水，我看见无数水花、水滴、水浪悬浮在空中，千变万化，横冲直撞。一颗水滴的力量比一个男人都大，数不清的水珠把我推得踉踉跄跄。我和弟弟在不辨方向的水晶宫里晕头转向，不能呼吸，慌不择路，充满怜惜地看着对方。在水浪中，我看见一枚黑色弹片拍碎无数水滴，从我和弟弟眼前划过。它滋滋作响，散发着红色的蒸汽，怪叫着，从另一个方向钻出了水的世界。

我拉起小美，躲进窄巷子里。墙壁又湿又冷，我像一条累得筋疲力尽的鱼，战抖着靠在上面。弟弟浑身湿透了，一颗颗小手指甲大小的水珠挂在发尖。他脸色苍白，眼睛格外大，奇怪地看着我。我发现自己也湿透了，衣服鱼皮一样紧贴在身上，黏黏的。

他身上有把快刀，碰到我一定会流血。可我还是不顾一切地把他的头搂在胸前，心猛烈地跳，好像不是我的。又一颗炸弹落进水中，气浪水浪把世界涂得一片晶白。我稍稍低下身子，吻住弟弟凉凉的嘴唇。

父　亲

婴儿看着少年脸上血色的黑洞，像是趴在一口老井的井沿向下望。他看到这一幕幕，心想，这世界看起来还不错，不仅仅有寒冷、刺刀、炸药，还有嘴唇、情意、香气。他生出一丝留下来的念头，继续向前爬。前面躺着一个成年男人，穿着长衫，脖子上有几寸长的口子，血把长衫染了半边，成为绛红色。这男人紧闭着眼，嘴角微翘，面无表情。婴儿从他身上怎么也找不到通向另一个世界的入口。这时，他发现男人指尖沾着几点干涸的墨色，这墨色碰到江水，浸染得丝丝缕缕，幻化出无穷多种形状。猛然间，婴儿看到一个雪白刺眼的世界……

儿子的悟性很好。让他临习颜真卿的《多宝塔》，别看横竖写得鼓鼓囊囊，但笔法倒有几分古人的意思。这点古朴的味道，现在是闻不到了。我还看到个很奇怪的现象，儿子用的黄草纸是裁过的。边缘锋快，没有一丝绒毛，指尖触摸，竟然有点寒意。什么利刃才能做得到呢？反正家里没有。改天，一定要问问他。

下午的阳光带点金色，很绵，把远远近近的噪音都吸净了。我从书架上抽出一张宣纸，巨大的白光一晃，在上面看到了自己的影子。一阵风从木窗外吹进来，宣纸一角哗哗作响。我用手掌把那角纸展平，仿佛抚过夏末的湖水、春天的草原、奔跑的马背，还闻到制作这纸的竹子味、麻茎味，一滴滴明亮的水珠从叶子尖端滴下、砸碎，映出无数个太阳、星辰。

一只小虫子爬上白色宣纸，惶惶地转了几圈，不辨方向。我微笑着，取出一块巴掌大的天青色端溪老水岩砚，滴上几滴水，还不急于把它从白色沙漠中解救出来。又挑了半块乾隆年间的老墨，吹吹浮灰，轻轻磨起来。只一下，清澈的水中便扯出几缕漂动的墨迹。几圈过后，水黑了，亮了，饱胀起来，像颗要发芽的种子。砚堂里寂静无声，描金老墨仿佛利刃割在猪大油里似的稳稳滑动。片刻，墨水便如油般稠了，墨块滑过砚石之后，懒懒地伏着，迟迟不肯合拢。

我抽出一本字帖，端详着，也让磨好的墨水静一静，吸一吸浓重的金红色阳光。这样的墨水更饱满。出了会儿神，我提起笔，蘸上墨，在老水岩砚堂上雕出的莲花池里，把笔尖抿得干干的。我喜欢又瘦又硬的字，像公鸡的爪子。

可笔锋触到纸的那一瞬，我却犹豫了。白晃晃的纸上留下一颗似有似无的小点，像深夜里的灯光。我沮丧地发现，古人的一笔有万斤重量，而我的一笔，连十斤都不到。一横一竖，一撇一捺，样子还是那个样子，可一千年前写的字里面藏着炸药，而我写出的字里不过是沾了些猪血一样臭不可闻的腥气。

我惊呆了，等回过神来，墨水已经干涸。我困惑地拿起一管狼毫笔，迎着将要落下去的夕阳，端详上面一根根散开的毛锋。毫毛轻轻战抖，刺进浓红色的太阳里。我看不清它的尖端，就像我不能说得清这世界是如何无中生有的。但我知道，墨水顺着这极细微以至于虚无的地方把世间万事万物带到了纸上。浩瀚宇宙变成了墨，以墨迹的样子重建，比真实的世界更纯粹、更惊艳。一根头发丝细的墨色线条里能生出电闪雷鸣，运笔平直的一横可以支撑起一个国家，一丝不苟的一点让成千上万人决心赴死，而枯笔累累的一捺说尽了宇宙亿万年间的秘密。

不知不觉竟已到深夜，我从书架上取下一只樟木盒子。樟脑味扑面而来，细细闻去，其中夹杂着陈纸的潮朽味，让人想起深秋的雨水，或是浸在湿土中的老砖。把手卷打开，纸已经黯淡无光，但墨迹仍然隐隐泛着亮紫色，仿佛夜里的闪电。字里行间盖着密密麻麻的暗红色印章，有大有小，有方有圆，全是历朝历代赫赫有名的大人物，在古书里活了上千年。盯着这些印章，仿佛他们都活了过来，让人胆战心惊。

夜风潮冷，我用冰冷手指触摸古纸上的字迹。我相信，几百年上千年里，一定有无数个人曾像我一样，在深夜里，以这样的方式做相同的事。字迹像血一样烫手，有什么东西顺着指尖流向我的心脏，我的头顶。周围一亮，一切有形之物全部消失，几千年历史一瞬间堆积在夜空里，重重叠叠，如梦如幻。像一条惊涛汹涌的大河，从我身边流过，而我就置身于大风大浪之中。我心潮澎湃，极目望去，每一个细节都纤毫毕现。我一会儿站在金碧辉煌的宫殿里，一会儿站在血流漂杵的古战场中，一会儿与帝王将相同处一室，一会儿又窥见红绡帐中的如画美人。我特别困惑，又特别震撼，那一刻，一下子瞥见了自己的灵魂。

一股白色气浪将木窗吹破，木屑四溅。我看见手卷飘在半空中，慢慢碎裂，化作点点金光。夜空里亿万个历史瞬间如黑暗的旋涡，猛烈地旋转收缩，在气浪的中心处凝聚成一个亮点，一闪，寂静无声地消失了。

婴 儿

　　婴儿冷了，饿了，外面的世界如同五彩斑斓的硫酸汁液，烧蚀着肌肤。他明白，如果再找不到赖以生存的东西，他就将与这个冰冷的世界融为一体。当然，这倒也没多么可怕，只是他还不愿这么做。

　　他爬了几步，前方的鹅卵石被烧黑了，密布着焦色的火药渣子。两具被炸掉一半的尸体紧贴着，像两只红色的碗。肉皮囊里空空如也，隐隐可见几根断掉的肋骨、脊骨。凝固了的血浆里，散落着几粒红铜色子弹，枪管扭曲了的勃朗宁手枪，断成两截的刺刀。他们身上的军服被气浪、被炸药扯得丝丝缕缕，衣不蔽体，和泥土、血水粘在一起，不辨颜色。仔细看去，一个人的金属军衔在脖子处，另一个人的在肩上。黄铜蒙着一层血污，隐隐映出落日的余晖。

　　婴儿觉得这里很熟悉，他就是从这儿飞上了天空。果然，他闻到了羊水的味道，看到了那个曾经包裹着自己的女人身体。这个皮囊赤裸着，肚子被齐齐划开，皮肉瘪瘪地陷下去，溅满了血花。婴儿想，原来自己就是从这个血淋淋的地方爬出来的。可它过去不是这样子，它像温暖的海洋，一片寂静，出奇的柔软光滑。这是怎么回事？

　　他又奋力地挪了几下，石头上的火药渣子刮破了肌肤，流了血。他哭了几下，可四下无人，而且哭起来也很累，索性不哭了。流血似乎也不是什么可怕的事，周围的人都流了血，这里就是个血的世界。婴儿趴在母亲尚有温度的乳房上，吸了几下，一股又暖又甜的汁液流进嘴里。他像只小兽一样浑身紧绷，兴奋地战抖，嘴里发出啪啪的吮吸声，几颗眼泪蒙住了眼睛。

奶水渐冷，一只乳房瘪了，就吸另一只，直到再也吸不出。婴儿不慌张了，后背紧贴着母亲的尸体，蜷缩着躺下，寒风从头顶吹过。他惶惑地睁着眼，看几步远处那两具残破的男人尸体。他们两个好像真的彻底死了，再没留下什么。婴儿失望地打量浓红色的天空，有几朵团状的黑云。它们要飘到哪儿去？夜就要来了，天还会亮吗？

鬼　子

婴儿发现，从两个男人的尸体血肉里飘来两团热气。这热气像火焰上方的热力，你看不见它，但它让光线发生了折射，改变了世界的样子。两团热气向自己靠近，不说话不言语，没有形状也没有颜色，也不试图告诉自己什么。但是，当这两团热气一前一后来到他的眼睛上方时，婴儿发现这世界变了，变成了另一个人的世界。他想，人死了之后原来就是这个样子，他们不会再有肉身，也不会对你说点什么，但他们会带来一个又一个世界。如果你能看到所有人的灵魂，你就会看到亿万个世界。

南京城的一角炸塌了，我沿着高高堆起的砖块翻过城墙。城里的士兵失去了指挥，不再抵抗。我路过一座寺院，墙皮脱落，墙基青石上生着苔藓，门口倒着几具尸体，血把青绿色的苔藓染成绛红色。我发现，这座城很古老。

一队交出武器的士兵垂着头，与我们相向而过。一等兵永泽突然失去控制，狂怒地跑出队伍，用刺刀捅倒了几个俘虏。那几个俘虏发出牛一样的叫声，很轻很闷，就倒地死了。其他人只是稍稍向后躲了躲，仿佛躲过这次灾难就能活下去。走了几步，又有一个士兵冲出队伍，用三八式步枪顶着俘虏后脑开了枪。俘虏扑在地上，死了，其他人继续沉默前行。不一会儿，这队俘虏便死光了，横尸在马路上。

我带着队伍进入一条湿漉漉的小巷子。有个女孩子突然从院子里跑出来，看见我们，吓呆了，扶住墙，瞪大了眼睛。她弱弱的，花朵一样干净，脚上有双红皮鞋，似乎是这里唯一有颜色的东西。女孩子轻轻地喘着气，像幅画似的映在我眼中。

午夜，我站在院子中央，倾听远远近近的声音。机关枪一刻不停地哒哒哒响，嚎叫、惨叫、嘶叫、痛叫以至于怪叫，混合在一起，仿佛有了颜色，把夜空染成了浓紫色，并且浓得成了黏稠汁液，一滴一滴从天空里落下来，砸在地上，冒出强酸一般的刺鼻蒸汽。

我走出院门，脚下又湿又滑，巷子里横七竖八地倒着尸体。我来到女孩子站着的那座木门口，里面血淋淋的，即使在黑夜里也泛着浅红色的光。我有一丝无奈和痛恨，我的士兵总也不能领悟畜牲和人的区别。他们总是用一些愚蠢、粗野的手段去得到人世间华光一现的珍宝，结果他们总是把很美的东西变得很丑陋，而且永远也得不到。

我失望地走进院子里，迈过几具尸体，窗台上蹲着一只黑色的猫，眼睛发出金黄的光。屋子里竟然还亮着一盏油灯，摇摇晃晃，朦朦胧胧。我进了屋子，一片狼藉，几个人死在地上、床上、桌子上，连厨房的大铁锅都趴着一个死人。

有个小房间，隐隐飘出一缕香气，在一片血腥之中很特别。我走进去，大概是闺房，不过一切都很零乱，书本、胭脂、花朵撒了一地。我抬起头，在很高的书架顶端，摆着一只白色的小瓷罐，还写了几个汉字。真是个奇迹，竟没人去碰它。我忍不住踩着一只木凳子爬上去。瓷罐很小，拳头大，罐口用纸条封着。小楷字写得很秀美，我觉得一定是那个女孩子写的。这两个字是"霓云"，真美。

我稍用力，拔开了塞子，一股幽暗的香气扑来。我恍若隔世，忙又盖上了塞子，生怕不知自己身在何地，身处何时。我准备走了，把小罐子轻放在桌上，过不了多久，又会有人来这里抢掠一番。走了几步，我忍不住转身，把小瓷罐拿起来，揣进兜里。

中国兵

婴儿身上的黏液风干了，又脆又硬。母亲的尸体可以挡住寒风，但挡不住寒冷。他茫然地睁大眼睛，打量着夜空，也打量着江岸。被水浪打湿的岩石一会儿结冰，一会儿融化，在漆黑一团中散发出薄薄的雾气。一群饿坏了的家狗悄悄跑过来，又小心又胆怯地舔着尸体上的血，继而战战兢兢地咧开嘴，用槽牙咬断僵硬的手指脚趾，嘎嘎嘣嘣地嚼起来。慢慢地，它们胆子大了，从破开的肚子里扯出肠子，从大腿上撕下一整块一整块肉。

一条黑狗来到婴儿身旁。石块上沾满了被炸药烧焦的碎肉，它焦急地把它们啃下来，一下一下费力地咬。在黑暗里，它吓了一跳，发现一个婴儿睁着眼，无神地看着它。一只满是血腥的黑色大鼻子凑近婴儿，嗅了嗅，又往后退了退。一条红色的舌头在婴儿的脸上、脖子上舔了几下。婴儿看到一双焦黄色的大眼睛，流着泪，哀伤地看着他。好一会儿，一个毛绒绒的黑色身躯躺在婴儿身边。这下好了，寒冷、大风、刺痛、恐惧统统不见了。婴儿使劲往这个温暖所在的中心处钻，他碰到一排和母亲一样的乳头，就把嘴吮了上去，又有一股热热的汁水流进嘴里。婴儿暗想，有乳房就有整个世界。

一声孤零零的枪响传来，狗群吓得散了。乳头猛地从婴儿嘴里抽出去，像一个巴掌打在脸上。黑狗跑了几步，又犹豫着回来。两排牙齿软绵绵地把婴儿托起，放在江水里。说也奇怪，江水竟是热的。只有脸能露在外面，婴儿看见黑狗对他张了几下嘴，摇了摇鼻子，一扭身跑掉了。他很伤心，默默地仰望苍穹。夜空格外低矮，一颗一颗星星亮得刺眼，仿佛一伸舌尖就能舔到金黄色的满月。天幕在脸上方左左右右地摇晃，周围的江水里片片银光。

婴儿哇的一声哭了，声音击碎江面上的亮光，挤满夜空。他发现，他和这个冷冰冰的世界不一样，那一大群热气腾腾的生命也和这个世界不一样。一团热气飘来，他在黑色天幕里看到一只沾满泥污的手。他想起来了，被炸药气浪推上高空时，这只断手曾经抚摸过他的脸。

我是在放下枪的那一刻开始后悔的。虽然我不相信仅仅依靠理性、正义、仁慈这些东西就能给世间带来和平，但放下枪，却意味着从此要把自己的命运交到别人手中，无论那是一些什么人，也无论他们会怎样对待你。

当然，放下枪，我有一阵轻松。我望着冬季灰蒙蒙的天空，看着那颗淡淡的黄太阳，心想，我肩扛着这座城，我也扛着死亡。现在，这座城里的芸芸众生将像野花一样和大地生长在一起，他们不再崇高，他们将什么也不代表，他们剩下的仅仅是好好活下去。我，再也不把你们扛在肩上了，我也不把死亡扛在肩上。

我的双手捆着麻绳，和十几个军人拴成一串，面无表情地走在街头。我发现我们还算好的，相向而行的一串男男女女就没那么幸运了。一根小手指粗的铁丝穿过锁骨，三三两两拥成一团，像将要放到火上烤的竹鼠。一个襁褓里的婴儿被从二楼扔下来，只哇了一声就一动不动了，头部溅了一团血迹，像束红艳艳的玫瑰。婴儿就落在我两步远的地方，我斜眼看了看，仰望天空，心想，你已不在我肩上了。安息吧，大地将要被血洗过，你不过是一朵漂在血海上的小花。

又一个身材微胖、浑身赤裸的少妇从楼上掉下来。她的肚子给划了一道长口子，身体落地时，肠子摔出来，甩了老远。她尖叫过一下，又大睁着眼，一声不吭。一个气急败坏的日本兵跑过来，用刺刀撬开她的嘴，取出一块被咬掉的耳朵，捂着半边脸跑远了。我扭头看了看那个残破的，已没了人形的女人，生出一丝敬意。

莫名其妙地，天空里落下一滴水，砸在我的额头上。我用被缚的手背抹了一下，这水珠里竟有一缕幽香。一瞬间，这座城成了玻璃城。远远近近的建筑物透明了，什么也遮掩不住。这样，我就不仅仅听得见一浪高过一浪的叫喊声，还能看见各种各样世所罕见稀奇古怪千姿百态超乎想象的杀戮和惨死……

我一阵眩晕，轻轻叹了口气。我低声说，你们也都不在我的肩上了。你们现在是大地的子民，但大地能养育你们，却不能保护你们。她让鲜花怒放，也让杂草丛生。她让骏马奔驰，也让豺狼横行。有一天，她还会洪水滔天，那时，我们的肩上什么都没有，只有死亡。

前方，捆着一溜俘虏，跪在街边，呈杀头的姿态。几个日本兵按住一个俘虏的肩膀，以防他扭动身体或逃跑，笑着对几步远的少年日本兵大叫了什么。那个少年日本兵还没有上了刺刀的三八式步枪高，他犹豫几次，稚嫩地嘶叫着，将刺刀插入俘虏的胸膛。一下刺得不深，便像刷浆糊一般地把枪托乱推，把自己也吓得半死。

被捅的中国俘虏半闭着眼，竟出奇地能忍耐，不大叫，也不咧嘴。他迷茫地看着戳进自己胸膛的刺刀，不知他心里想的啥，仿佛快点死掉也是件好事。日本兵高叫一声，手指指向我们。那个少年日本兵端起刺刀，急急地向我们跑来，刀尖一会儿指向左，一会儿指向右，不知最终会指向谁。

刺刀尖掠过我的肚子，捅进身后李大个子的腰。李大个子嗷嗷叫了几声，声音不大，嘴里吸着凉气，好像连死的时候都怕惊动了谁。他扑通一下倒在路边，痛苦地蜷起身，仿佛得了什么重病。我回头看他，他挣扎着抽出一只手，向外摆了摆，算是道了个别。似乎这条路还有那么一丁点儿盼头，他命不好，走不过去了，而我们都还有救。

又走了十几步，一个矮个子身材敦实的日本兵发了狂似的冲过来，扑哧一声，老兵上官富贵的瘦皮囊也给戳穿了。他怪叫一声，像冬天里吊在树杈上的老狗，得吊好一会儿才能死。他嘴里咕哝几句，讨好地对那个日本兵笑了笑，自己拔出刺刀，爬了几步，靠在路边的梧桐树下坐好。日本兵赶上去，还想补上几下。上官富贵憨厚地笑了笑，指了指自己的肚子，大概是想告诉日本兵，他活不成了，早晚是个死，开开恩，让我死得好受一点。

事不过三，这下该轮到我了吧？我们这一队俘虏就像块香喷喷油汪汪的肥肉，扔进了饿了半个月的野狗堆里。一个日军少尉大大咧咧地走过来，用王八盒子顶住我的后脑勺。我麻木地向前走，赶紧看一看这座城和残存在寒风里的一草一木，这有可能就是最后一眼了。

我以为，放下枪我就能好好活下去了。现在看，也未必，只有一直把死亡扛着的人才会更想活下去。满世界都是灰白色，冬天的雾气把我罩得严严实实，我看不到好好活下去的希望。人世间没有给我一个出口，我爬不出去。不生也不死，不痛苦也不快乐，浑身是一种持久的钝痛，似乎只盼着这一切快点结束。

鬼　子

　　那天晚上，我揣着小瓷罐，徜徉在暗红色夜里。我相信"霓云"一定就是那个女孩子的名字。有个院子还亮着灯火，让人诧异。我走进去，是间书房，有个穿长衫的中年男人立在长桌前，对着一张雪白的宣纸发愣。看见我，他没有害怕。虽然他依旧盯着那张宣纸，眼神却告诉我，他的心被什么搅动了。

　　我走上前去，桌上摆着一只半开的手卷。我用军刀刀鞘慢慢把手卷摊开，一股樟木和陈纸味扑来，这是一件稀世珍宝。人间最难得的是旧时光，这手卷里就有旧时光，而且还是以很美的样子呈现的旧时光。我很羡慕他，也羡慕这座城里的人。我默默地用刀鞘合上手卷，看了他一眼，无声地转身。我希望这旧时光能永远留着，甚至自欺欺人地想，只要我离开这间屋子，这男人就没事了。他可以一直对着宣纸发呆，仿佛发生在夜色里的一切可怖与他没有关系。

　　转身的一刻，有个东西重重地砸在我的脖子上。这男人肯定没杀过人，那个东西应该砸在我的后脑勺上才对，一个训练有素的士兵可以一下子把我击晕，或者干脆敲碎我的脑壳。在眩晕的一瞬间，我拔出军刀。等我可以看清周围的景物时，刀刃已经从男人的脖子处掠过。他趴在桌上，眼大睁。血像瀑布一样从动脉里喷出来，在雪白的宣纸上溅出大大小小的圆点。又是一股血涌出来，仿佛一桶红色墨汁浇在纸上，浸透纸背，那形状竟然像一座孤立的山。男人一句话也没说。一股一股血浆持续涌出来，变成一条河，从那座红色的大山下流过，又变成大片大片连绵起伏的土地，隐隐约约有无数形态各异的生物的轮廓。

　　砸我的是块砚台，掉在地上碎成几块。我弯下腰，一一拾起，拼好。这是块上好的端砚，满满的鱼肚白，酥油一样滑腻，远远胜过日本的赤间砚。我弄坏了一个世间少有的珍宝。

一阵伤感，而且这伤感竟然无法收拾！怎么说呢？它不仅仅是对不可挽回的事情的难过，还有一种解脱。有一种强烈的情绪在释放出来，我的心就像开闸的洪水，没什么锁得住它。

我知道，这洪水迟早要以最残酷、最丑陋的方式毁掉我。可是我管不住自己了，还有谁来挡住我的去路呢？我的刀刃啊！我终生依赖的信仰，你为何离我越来越远？你为何不来拉住我啊？

我没有擦去军刀上的血，而是提着它，以一种可怕的姿态走到大街上。迎面走来两个抬尸体的人，胆怯地低着头，生怕我注意到他们。我拦住去路，不问青红皂白地砍断了前面那个人的颈动脉。他像咳嗽一样哀嚎几下，腿一软，跪在地上死掉了。

我知道我做得不对，我正在做世间最可怕的事情。可是有人管我吗？谁来主持正义？现在，我的军刀只有刀刃，没有刀背。我又在街上随便杀了两个人，太容易了！一条鱼、一只鸡在被宰掉之前还知道垂死挣扎，而一个人却不知道。他们是怎么一回事？

这可真是世间最大的谜。不过，我不想了，也来不及想。我的身体像要炸开了似的，有股猛烈的情绪带着我在墨汁一样黏稠的黑夜里走。夜色像淤泥，陷着我的脚，可越是这样，我就越想迈开大步，死命往前走。

我的步子终于轻了，毫无挂碍。到处在杀人，各种各样的杀法。在大部分时候，当你做不正义的事情时，你会后怕这不正义的事将落到自己头上，当你给他人施加恐惧时，这恐惧同样会施加给自己。可是现在，完全不必有这样的担心。夜色里没有对与错，任何凶手都在黑暗中无形无迹。我怀疑在梦中，可发现真实竟然比梦境还震撼。这震撼一会儿带来悲伤，一会儿带来兴奋，一会儿带来绝望，一会儿又带来狂喜。真是去他妈的！其实这一切情绪全是假的，他们不过是人身上披着的画皮，是来自人世间的人心里残存的唯一一点记忆。现在，各种各样的情绪正在白热化，分不清你我，只剩下钢水一样的东西。

到处是我们的人，但不是我的部下，一个都不认识。但无所谓，现在只有我们是站立着的，可以称之为人。其他的，是梦中的影子，白天一来，就会消失得无影无踪，仿佛不曾存在过。我的前方，大街中央，十几个士兵在他们少尉的带领下，把一个赤裸瘦削的小姑娘围在中间。她捂着胸部，蜷起腰身，痛哭流涕……

少　年

早晨，我呆站在街头，看见日本人进城了。他们的队伍很整齐，又很古怪。当我看到军用卡车径直把一个腿脚不利索的老太太碾死在大街上时，就预感到，这座城的末日来了。我扭身跑回家，看见父亲正静静地端详着一幅古字，仿佛现在这座城里什么都没发生似的。我悲伤地望着他，他对我笑笑，远远地说道，你过来，写几笔，看看有没有长进。我三心二意地涂了几个字，父亲没再训斥我，而是说，小小年纪，写得倒像古人，你来看看这张手卷，讲讲他们是怎么下笔的？

我伸出手指，不想就在泛黄的手卷上面留下一小片泥印迹。父亲平日最爱这东西了，可他这回却哈哈大笑，有点异样，说道，这画已经有一千年了，若是再有一千年，后人大概会绞尽脑汁地想，这是哪个先贤大德留下的呢？记住，所有的字讲究一个骨，骨头的骨，骨气的骨，风骨的骨，有骨就有中华。说完，他不再理我，又陷入到那幅手卷中去了。许久，他对我说，你去玩吧。在我跑出门的那一刻，他看了我一眼，那眼神就变成了永恒的画面，映着黯淡的阳光，沉在时间的河底。

末日里，我想和姐姐在一起。这念头只是一闪，就跑到了姐姐家门口，我发现，这才是一直以来想要的。姐姐回头看了看，一咬嘴唇，便拉住我的手，往秦淮河边跑。那里有个很隐秘的所在。在两座青砖房子中间，有条通向河边的窄过道，只容得下一个人的肩膀。那户人家把过道砌死了，里面堆着稻草和杂物。夏天时，我偷偷来过，有只黄色大猫带着一窝没睁眼的小猫住在这儿。

曲曲弯弯的小巷子又潮又冷，薄雪落在青石上，慢慢融化消失，若有若无。我跌倒了，胳膊和膝盖被泥水浸透。我又焦躁又沮丧，心想，死在这样一个天气里真是不好受。姐姐拉我起来，手暖暖的，我使劲朝灰白色的天空里望了望，不知这个世界会怎样结束。

到处空荡荡的，寂静无声。看不到一个人，准确地说，是看不到一个活着的人。有个院子门敞开着，我和姐姐溜进去，又害怕，又好奇。草丛里横横竖竖地倒着几具尸体，井沿边上甩了一只黑色的皮鞋。我顺着井口望下去，一个男人也仰头望着我，不过他已经死了，大睁着眼，脸皮像鱼肚皮一样白，头发漂在水面上，仿佛一层黑色的苔藓。

在房子里，有个赤裸女人趴在地上。她也死了，头发被人掩在门缝上，身体蜷曲，双手捂着胸。从双腿间流出很多血，干涸了，在痂一样的污血中间，伸出一根棍子，像是从身体里长出来似的。我第一次见裸体女人，也是第一次见这样死去的女人。她身体苍白，好似某种岩石，姿态古怪又吓人，不知受了多大的苦楚才死去。我转过头，看见了活生生的姐姐。一瞬间，就好像看到了她另一副样子，我忙闭上眼，向院子外跑去。我们跑啊，跑啊，空气中有一股股火药味，雾气很大，不辨方向。我俩就像迷宫中的小白鼠，到处

151

乱闯，不知会有什么可怕的东西从雾中跑出来。

终于到了！两道墙之间堆满了稻草，比人还高，一直顶到房檐。我和姐姐看了一眼，我先爬上去，然后拉着她的手，一起滚落进稻草堆深处，好像两只小鸟回了窝。靠近秦淮河的那一边，墙很厚。从青砖缝里，看得见空无一人的河岸，看得见拍打着青石的水浪，有只无家可归的黄色小狗孤零零地立在岸边，四处张望，不知去哪里。

霓云姐姐背靠着墙，站在我的斜对面。我使劲挤了挤，想挪到她面前。两面墙之间真是太窄，等我终于能和她相视一笑时，我们的身体已经死死贴在一起了，连动都没法动一下。几个月之间，我又长高了一点，现在，额头大概与姐姐的嘴巴平齐。她张开手臂，把我的头搂在胸前，很暖和。我也想抱着她的腰身，可是没半点缝隙。我只好伸出手，抚摸她的眉毛，鼻尖，嘴唇，掠过肩膀，停在她的腰畔。她的身体抖了一下。

我把脸贴在姐姐脖子上，她青色的细血管像小号狼毫在白宣纸上画出的线条，凉凉的，有一缕幽香。她的发髻散了，长发铺天盖地，把我罩在一片昏暗里。我的身体有了异样，可又动弹不得，姐姐一定是发现了。我羞愧地看了她一眼，胀红了脸，难过得流下一行泪。她微微一笑，抬起我的脸，用带树叶味的雪白牙齿轻咬我的鼻尖。她的身体似乎也在膨胀，每呼吸一下，我都有快窒息的感觉。要不是这两堵墙，我们一定会做出另外一些事。我就像浸在繁星下的湖水里，四周围又温暖，又寂静，还有粼粼波光。我倾听着万事万物的声响，到处都有姐姐的气息。真好，我没把姐姐弄脏了，她本就不属于我。

姐姐问我脖子上的牛皮绳子拴了什么？我费力地抽出来，把那块薄薄的灰色金属片放在手心，举到她眼前。姐姐有点惊喜，又将锋刃托在自己手中，仔细端详。她说，你看它像不像黎明前的天空，带着点乌蓝色，又带着一丝光亮。看见它，你就知道一切有了希望，新的一天来了！

墙外传来枪响，姐姐的手臂战抖了一下。回过神来，她的手心里多了道伤口，一颗一颗细小的血珠慢慢渗出来。我呆住了。谁知，她竟使劲将手握起，闭上眼，嘴唇抖动着说，花开了就会落，但落了还会再开。也许有一天，姐姐不是现在的样子，但我们还会再逢。你看，绿色的光遇见红色的光会成为黄色的光，两片云彩抱在一起成了一朵更大的云彩，南边来的风碰上北边来的风是春天里的风，你身上的味道和我身上的味道混合在一起，是相爱的气味！

中国兵

当我们这队俘虏走到秦淮河边时，只剩下九个人了。我一点都不怀疑，我们没有一个人能走到终点，实际上也根本就没什么终点。头里的日本兵一横刺刀，让我们停下，九个人就愣住不动了。日本兵又指着座青砖房子，大叫了几声。我们就面对着那房子站好。砰的一声枪响，站在队首的老兵罗三闯死了。这个家伙爱逃跑，枪一响，撒腿就跑，仗打完了，再回来领银元。打了这么多仗，竟然活得好好的，比一条野狗命都大。他还爱骂骂咧咧的，骂司令，骂军长，骂师长，骂团长，骂连长，骂排长，骂他们贪了大头兵的钱，骂他们贪生怕死。这回，他是真死了，最后骂了一回日本人，然后后脑勺上挨了一枪。地上喷了一团血浆，一副血里透白的牙齿甩在泥里，上上下下地动了几下，最后像煮熟的河蚌一样咧着不动了。

我木然地盯着眼前的青砖房子。挺怪的，两幢房子之间间隔很窄，用砖封住了，砖缝很大，要是躲了人，恐怕是任谁也找不到。这个地方真好，要不是穿过一身军装，我也会藏到这里的。带上我的媳妇、儿子，带上几个馒头，带上点水，兴许就活过去了。可现在，我是无处可逃了。不是不想逃，也不是不能逃，而是逃走比死了还痛苦。我已经后悔一次了，不想再后悔。我的脑袋欠了一颗子弹，不论是谁打了这颗子弹，日本人也好，战友也好，都是我应得的。

正想着，第二声枪就响了。二斗伢子也死了。不过，他站在第三个，看来鬼子是隔一个开一枪的。二斗伢子是个孩子，不超过十五岁吧，是我把他抓过来的。我知道这不对，刚开始时，他哭着要回家找爹娘。可我还是狠心把他捆起来了，国家没了，你有爹娘又有什么用？你看，我就是这么混蛋。开始时，二斗伢子还恨我，可吃了牛肉罐头，领了几块大洋之后，他就不想走。当然，我知道，他并不是因为这些个东西才不走的，他有更好的理由，和我一样，但我们都说不好这理由是什么。现在，二斗伢子的脑袋也给打开花了，你别恨我，让你爹娘也别恨我。当初就是放你走了，你现在也还是这个样子。

鬼子杀个人还弄个门道出来。一会儿是隔一个杀一个，一会儿是一排全杀掉。一会儿是放狼狗咬，一会儿是用刺刀刺，一会儿是用军刀砍，一会儿是用机枪扫。反正是随你们了。也是，你放下枪了呀！一支枪不是正义，两支枪才是正义。你还没明白？一个人手里有枪没有正义，两个人手里都有枪才有正义。你放下枪了，你灵魂里没有枪了，你对着屠刀歌唱吧，你把优雅献给子弹吧。可是，炸药是一个贪婪的怪物，除非你能让它也害怕，否则它永不知足！

我站在了第九个，也是最后一个。只听见击锤清脆的声音，也没耳鸣，也没眩晕，世界如故。枪卡壳了，日本兵拉了下枪筒，一枚红黄色的子弹落到我面前，我知道，另一枚子弹上膛了。又是一下击锤响，可我的脑袋还没被打碎，我木然地打量着这周围。日本兵有点急躁了，拉了几下枪筒，只留最后一发子弹在里面。他不相信我竟然有这样好的运气，也明白，只要有一发子弹响了，我也就完蛋了。怎么说呢，我们这些俘虏有点像一车要被卸掉的货物，早卸完早了事。

第三枪也没响，我的脑壳还是完整的，鬼子气急败坏地用枪把砸我的头，我的脖子，我的肩，想把我弄死，却气得忘了用他的军刀。额头上流出的血糊住了我的一只眼睛。我望着天空，一半是灰白色，一半是红色，几只不知谁家的鸽子从白色的天空飞进红色的天空，又从红色的天空飞进白色的天空。

日本人的狼狗对着窄墙叫起来，里面肯定是有人。我失望地想，又要看一次杀人了。一个被日本人抓来的向导用中国话喊道，我们知道里面藏着人，你们快出来吧！

我的胃一阵翻腾，头一次听见有人把我熟悉的中国话说得这样脏，这样让人心碎。我虽然听得懂其中的意思，又觉得不是中国话，而是一个刚从胎盘里落下来的小怪物，血淋淋的，又瘦弱，又吓人。好一会儿，一个年岁不大的男孩子从稻草中爬出来。他孤零零地立在几把刺刀前，有个日军少尉走上前说了什么。耳边又响起那种很脏的中国话，你叫什么名字？你的家在哪里？里面还有人吗？少年没说话。狼狗还在叫。有人往稻草上浇了些煤油，放起火来……

霓　云

日本人的狼狗猛地叫出声，我窒息了。剃头匠家的黄狗对我叫时，我吓得不敢动，但这回更可怕。狼狗很凶猛，也很有力气，它们的叫声可以贯穿耳膜和脑髓，叫人脑中一片空白。

小美弟弟把我的手摇了一下，说道，姐姐别怕。说也奇怪，一阵眩晕之后，这句话就像久渴之人舌尖上的一滴水，我一下轻飘飘的了。明晃晃的刺刀，日本人粗鲁的笑容，还有惨不忍睹的尸体，这些都吓不着我了。怎么说呢？就像一颗子弹打不死一团火，一枚炸弹炸不毁一束光，一柄军刀砍不断一缕香气一样。如果我的心不再害怕了，那还有什么能让我害怕呢？

我推了小美一下，说道，你还有机会，出去吧。小美低着头，不走。我把手腕放在他鼻子前，说，闻一闻，这是相爱的味道，永远不会消散。小美说，一起走吧。我说，我不想被他们弄脏了，再死。而且，也说不定……

在火光中，我看到小美死了。剧烈的疼痛，但我忍住没吭声，觉得惨叫声有点丑。我愿意死得美一些。最后一刻，我明白了，我的担心是不必要的，因为烈火没办法伤及美丽一分一毫。

父　亲

我的儿子小美走了，仿佛手里抓着我的筋，跑出门时，也把我的筋抽掉了。罢，罢，你走吧，像小鸟一样飞得越远越好，别让什么伤了你的翅膀。

我呆坐在书房，盯着书架。它像蓝白相间的四面高墙，一直顶到天棚。太阳从东边的窗子里照进来，浓红色，不知过了多久，又从西边的窗子里照进来，血红色。夕阳仿佛从天而来的红色大河，把滚滚鲜血倾倒在人世间，也灌进我的书房。我坐在一片血泊里，那些书籍就像血泊中的孤城，芸芸众生在城里生老病死。我看见他们，他们却看不见我。他们生生不息，而我，将走向黑暗。但这一切并不可怕，黑暗不过是另一片土地，鲜血不过是土地上的河流湖泊。阳光再一次来的时候，万事万物将从黑暗中获得新生。

我明白了，这座城如要重生，就必须与四面高墙来个了断。其实原本如此，她是淡金色的，比晨曦还要淡，谁也不能与之媲美。她不惧火焰，那不过是一泓清水，将她的老态洗去。这个念头是如此荒诞不经，我的书房却瞬间被烈火吞没。一页页发黄发脆的纸在火中卷曲，变成炭，变成灰。一座惊艳的红楼烧着了，栋梁烧得通红，嘎嘣一声，巨木断了，整座楼倒塌，一团黑烟带着火星蹿向天空。一声声哭号不知从何处传来，有人倒在大火中，肌肤烧焦、脆裂，有油脂从黑色的伤口处流出。我还听见马匹的嘶叫声，看见钉着铁掌的马蹄踏在城里的青石板上，砸出点点火星。一颗人头滚落在眼前……

一切露出他们本来的面目。优美雅致的文字，不过是这座老城的残垣断壁。叱咤风云的英雄豪杰，不过是舞台上戴着假面的戏子。柔美销魂的莺歌燕舞，不过是挂满蛛网的旧床上的枯骨。直率性情的骚客文人，原也竟是一脸媚笑的下贱奴才。他们已统统落进黑色的深渊，再也爬不出来。谁无惧烈火带来的剧痛，谁才能滴着血活生生地站在我面前。

那个日本军人进来时，我知道，阎王派他的牛头马面来了。对一个鬼，我没什么好说的，无论他看起来多么仁慈。我只想说，此时，你千万莫要发什么慈悲心，做你该做的。这座城终会重生，你们拦不住，你快放把火，让那一刻快点来。

鬼啊！带我走吧。让我在漆黑一团的地狱里走一遭，让我在油锅里炸一遍，让我在血水里泡一通，让我在千刀万剐中疼一次，把我的皮扒掉再重新长好，把我的筋骨打断再让它更强健，让我脸面无存再给我尊严，让我生无可望再让我明白新生的可贵！

那个日本军人想离开。他的恻隐之心像夜里的一点灯火，但这一点火光怎么能让黑夜不来呢？我打算伸出手拍拍他的肩膀，又知道他不会理解。于是我用砚台代替了手。

婴　儿

婴儿浮在银光粼粼的江面上，望着黑沉沉的天空，心想，原来世界是这个样子的。它只做一件事，那就是毁灭。不停的毁灭，从一次毁灭，到另一次毁灭。当然。婴儿的脑子里是没有语言的，他也可能会用别的什么词汇来代替它，比如，死掉，腐烂，烧毁，倒塌，消失，不见，蒸发，爆炸，流血，残缺，严寒，惨叫，黑夜，哭号……其实婴儿也不需要什么语言，他本就在随心所欲地看这个世界。

那么，我来到人世间，大概也是来接受一次毁灭的吧。刚才，那把刺刀差点要了我的命，又是一股爆炸的气浪把我抛上天空，可我都没死。对了，有只断掉了的手摸了我一把，那只手可真丑，真吓人，可它的抚摸却有种说不出的暖意。它属于一个已经被毁灭了的人吧？那个人想告诉我什么呢？对了，对了，我怎么给忘了。还有乳房，还有奶水，还有母亲的身体。

婴儿咂了一下嘴，一滴口水流进江里。水是暖的，江面上飘着白色蒸汽。有股暗流不知从何处涌来，推着婴儿的后背、屁股，把他带向江面深处。这里宽阔了，没有密密层层的浮尸，没有枯黄的矮草，没有浓稠的血水。婴儿随着波浪一上一下浮动，他生平第一次在水中尿了泡尿，引来一大群鱼。这些黑色的大鱼挤在一起，又壮又滑的脊背托着婴儿，快要把他拱出水面。婴儿伸出手，抚摸着这些长满了黏液的肌肤，发现它们活泼泼的，腰身有力又有弹性，只要一扭，就能把他举出水面。

大概已漂到江心，看不到岸。江的一侧映红了，另一侧黑漆漆的。火光血色越来越远，越来越暗，最后只剩下窄窄的一抹，那里是人世间。这里静悄悄的，有清脆的水流声，有鱼尾拍打水面声，有鱼嘴巴的吧唧声。满天星星压得很低，像一口铁锅底部沾着的水珠，又大又亮，垂垂欲滴。天地间有轰隆隆的声响，隐隐约约，不清不楚，不知从哪里来，也不知要向哪里去。

婴儿发现，这条江是活的。她温暖，流动不息，柔软，对生命没有敌意。黑鱼们游走了，婴儿想看一看水下面的世界，那里一定更灿烂。他沉到水下面，发现从江底发出微弱的亮光，把水下的世界照亮。婴儿呆住了，一时间忘记呼吸。

这个世界也很大，朦朦胧胧之中，有鱼贴着身体游过，像天上飞的鸟。有水草立在水中，和地上的树一样。江底是一片亮色，仿佛有个光源。一个很大的乳白色物体迎面而来，慢慢浮上水面。等它到了眼前，婴儿发现这是两具紧紧抱在一起的尸体。一个男人，一个女人，眼睛大睁着，肌肤白白胀胀的，像某种鱼类的皮。婴儿向四周看了看，才发现，水下面到处是人类的尸体，有的沉在淤泥里，有的悬浮在水中，有的被暗流带着，不知要漂流到哪里。他们的神态也不一样，有的睁着眼，有的闭着，有的大张着嘴在大声叫喊，一脸恐惧，有的很绝望，只等着来一个解脱。还有一个女孩子在对婴儿笑，她手里拈着一片梧桐叶子，水面斑驳的影子映在她身上，不停地晃动。这里俨然是另一个人世间，只是这里的人都不会说话，这里一片静默。

眨眼间，婴儿就落进了两个人的怀抱中，一起浮出水面。这时，他才感到窒息的恐惧，原来人是要呼吸的。他猛烈地咳嗽起来，吐出气管里的水，心想，毁灭无处不在，我又一次与它擦肩而过。

中国兵

这队俘虏终于只剩下最后一个人，这个人就是我。我被一众日本兵簇拥着，跌跌撞撞走到江边，像只被牵来展览的猴子。他们呢，也算是完成了任务，谁也不能说日本人把俘虏全杀光了。

现在的我，不害怕，不难过，不疼痛，不害臊，不渴，不饿，不想张嘴，不想睁眼，摇摇晃晃地往前走。我用肿胀的眼缝瞧了瞧鬼子的刺刀。上面的血干了，刀刃好久没磨过，被血水锈蚀得发黑，竟有几只苍蝇蹲在上面。这座城被血水煮沸了，连苍蝇都活了过来。如此钝的刺刀捅进身体里，想必是剧痛无比的吧？不过，这样的痛才正合心思，如果鬼子给我一刺刀，我大概会有嘴里含块糖的感觉。

鬼子的淡黄色军服上也有血，喷溅状，有几颗椭圆形的血迹格外大。这种红色格外恐怖。比如，血流到江水里是一种红色，血喷在草丛上是一种红色，血洒在黑土里是一种红色，血溅在绿色的叶子上是一种红色，血流过刀刃是一种红色，可是，所有这些红色都没有淡黄色军服上的血色毛骨悚然。这是来自虚无的恐怖，永远也洗不掉，那种红色会变黑，变成一块污渍，最后把军服布料腐蚀掉，变成黑洞。

我打量鬼子抓着步枪的手。指甲很厚，积着油污，手背开裂，像是干了多年的农活。一双又丑又瘦，像老树枝一样干枯的手杀起人来，大多是毫无恻隐之心的。那些手摸惯了枪，已经是三八式步枪的一部分，也是刺刀的一部分。他们的灵魂已不在自己躯体里，而是在枪身上。有个鬼子扫了我一眼，大概是想看看我还能活多久。那眼睛里带着一丝笑意，但不是人与人之间的交流。看到了这种笑意，你就会对生不再抱任何希望。

我被甩在一群人中间。有俘虏，有平民。不少人被麻绳拴着，或用铁丝穿着肩胛骨。日本人开始架机关枪，远远听见子弹链哗哗的响声。人群一阵骚动，但不是逃跑，因为无处可逃。人们在相互道别。

我身旁的一个老兵从怀里拿出一封家信，看了我一眼，迎风把信撕了。那眼神我真熟悉，是后悔，是难过，又一言难尽。有一对母女在低声说话。母亲的肩被铁丝穿着，她似乎也不疼了，有气无力地对女孩子说，等一会儿枪响了，娘用身子压住你，你装死，待到天黑了，往城外逃，千万莫回城。还有一个穿长衫的男人，从怀里摸出一块田黄石印章，爱惜地端详了一下，对我笑了笑。这笑容我也读懂了，有一丝希望他也会留着这个东西，现在呢，是一丝希望也没有了。男人把印章高高举起，砸碎在石头上。

重机枪响了，响个不停，就像有人在广阔的江面上甩鞭子。子弹从耳边、头顶、脸颊旁边嗖嗖地飞过，那么近，我简直看得见它们，只要伸手一抓，就能像抓蚊子一样把它们抓下来。我前面一个高个子男人的后脑勺，像摔在地上的西瓜迸开了，溅了我一脸血和脑浆。他重重地倒下时，把我也拦腰压在下面。

枪响了很久，我睁着眼睛，望着天上的云，不时有子弹打着人的肉身，发出噗噗的声音。我要睡着了，重机枪才停下来。日本兵端着刺刀，军官拿着手枪或军刀，踏着遍地尸体检查有没有活着的。

我晕晕乎乎地站起来。我本来也不想活了，更不想躺着被鬼子捅上一刺刀再死。一个日军少尉看见了，又不急于过来。他踢了一个俘虏一脚，老兵转过满是血的脸，费力地睁开一只瞎眼，用黑色的眼缝看了看他。少尉朝着老兵的额头开了一枪。他又来到那对母女身旁，用军刀劈了下母亲的大腿。这女人死了。他又看了看尸体下面的女孩子，想了想，竖起军刀，向下一压。刀刃穿过母亲的腹部，又穿过女孩子胸口。那女孩子嘤嘤地哭了几声，死了。

少尉走到我面前，歪着脑袋，嘲讽地看着我。他认出了我，是他押着我来这里的。他的冷笑中又有一丝诧异，好像在问，你怎么还活着？他困惑地摇了摇头，把我扔在那儿，似乎知道我已是个活死人了，不会逃跑。

人杀光了。这个少尉递给我一只黑亮的铁钩子，生硬地说，你来，收尸。

鬼 子

我从梦中惊醒，外面下雪了。浑身的燥汗，遇上午夜的冰冷空气，让我不住地战栗。周遭盖着薄薄一层雪，朦朦胧胧的，闪着白白冷冷的光。我呆住了，问自己，现在是何年何月？这是在哪里？我来这儿干什么？

这几个问题让我惶恐万分。我每天的任务就是杀人，一个分队一天要杀掉千把人，用机枪，用汽油，用手枪，用刺刀。我的军刀刀刃钝了磨，磨了钝，短短半个月，竟然磨去了一个小手指头宽。我现在不像个军人，倒像个重体力工人。

我的神经仿佛一根拉到了极限的皮筋，又扛起了块千斤钢锭，随时会垮掉。疲劳至极的时候，我盼着赶快入睡，现实简直就是噩梦，我站在噩梦里，蒙头大睡倒是一种解脱。可是，我时常会从梦里惊醒，次数越来越多。有一次梦到一只蚂蚁在爬，想踩它，却一脚踩空。有一次梦见妈妈站在山下的土路边，她望着远方，却没看我。梦境好似昏黄的照片，像是发生在很久很久以前。

我拿出铝饭盒，从房檐，从枝头，从墙顶上收集了满满的白雪。我想喝一口干净的水。这座城里的一切都沾上了血腥味，哪怕是吃一口用这里的水蒸的米饭，嚼一口肉，甚至是穿着用这里的水洗过的衣服，都能闻到人血味，听到惨叫声，看到他们死时的痛苦表情。唯有这天上来的水，能让我短暂地忘掉这一切。

我昏昏沉沉地回到屋子里，点上一根红蜡烛，呆坐在木头方桌前。雪水慢慢融化，我突然想，要是能喝上一口雪水煮的茶该多好！这个念头吓得我一激灵，因为行军包里一直藏着一罐茶。我战抖着把它取出来，放在影影绰绰的烛火下端详。拔掉塞子，一缕香气飘出，在幽暗的夜里四处游荡。

我抓了一小撮茶叶，放在瓷杯里，又塞好盖子。这香气在被血腥味浸透了的屋子里，真是太刺鼻了。雪水在铝壶里变热，咕嘟咕嘟响，一下一下喷着蒸汽。

在几十片暗绿色的茶叶中间，有一朵淡黄色的小花。它干枯着，但颜色依然新鲜，花瓣有些皱纹，却很娇美惊艳，竟然比它活着的时候还栩栩如生。雪水滚沸了，我把它倒进杯子里。茶叶和黄色的小花在水中上下翻了几下，渐渐饱满，沉入水底。

我凑近杯子，水中的花瓣像是活了，活在了枝头，随着水光的荡漾，变换着它的表情。它散发着芬芳，气味中有水汽，而不仅仅是一朵枯萎的小花。这香味是活的，它很伤心，却也在微笑。它沉默不语，但心声被我听得一清二楚。它把我带回到花朵还在枝头的那一刻，那一刻黄色的小花对着太阳笑，对着天空笑。那时是春天，到处是嫩绿色，万物复苏，生机勃勃，世界奔涌向前。那时是黑暗来临的前一刻……

穿红皮靴的女孩子没有死，也不会死，她把千言万语都留在了这淡黄色的花瓣里。现在，我终于听懂了。我闭上眼，心想，灭顶之灾已经不远。我们家祖祖辈辈都是刀匠，只因这战争，才出了一个军官。还是老老实实回去做个刀匠吧，躲进深山，在月夜里品味着刀刃，也倾听来自天际的旷世秘密。如果那样，也算是大福气。

我拿起刚磨好的军刀，把右手腕砍断了。

婴　儿

婴儿躺在两具抱在一起的浮尸中间，仰望着天上。他发现，夜空在慢慢移动。无数星星拥挤着，从天顶坠落到天际，消失在昏暗的地平线上，像是有张大嘴把他们吞掉。从黑暗里传来一声鸟叫，叫声贴着水面掠过，又在黑暗里无影无踪。婴儿想，万事万物都在毁灭，谁也不能例外。你看看这江水，它不会待在一个地方，它不知要流向何处，最终会在某个地方干涸。谁也改变不了这个命运，那么好吧，就让江水带着我流进万事万物毁灭的地方。

婴儿听见几声含含糊糊的狗叫。借着微弱的月光，他发现有只狗崽在水中挣扎，并且拼命向浮尸这边游。婴儿对狗崽呀呀叫，希望它能游过来。声音里有一丝鼓励，也有一丝焦急。狗崽游近了，终于用前爪搭在尸体的肩膀上，整个头露出了水面。它甩了甩脑袋，打了个喷嚏，感激地看着婴儿。

婴儿喜欢狗崽的眼神，很善良，很单纯，还有一汪泪水。他把小手伸向狗崽，狗崽嗅了嗅，又用红红的小舌头舔了舔。有一阵热乎乎的感觉传来，很柔软，很细腻，小心翼翼的，仿佛生怕失去了对方。婴儿又对狗崽呀呀地叫了几声，狗崽也盯着他看，张了张嘴。婴儿懂了，它在说，咱们俩要一起活下去。

　　婴儿默不做声，他想告诉狗崽，黑暗是永恒的，谁也逃不脱毁灭的命运。一切情意、友爱、良善在毁灭面前，都微不足道。他们像一团团柔弱的火光，在黑暗面前，终会熄灭。可他发现，狗崽远比他乐观。一旦得救，狗崽就觉得一切有了希望，它仰起脖子，对着夜空清脆地叫了几声，还看了看婴儿，眼中满是喜悦。不一会儿，狗崽冷了，想爬到浮尸上来。它向上一蹿一蹿，奋力把后腿踩在尸体的胳膊上。可那上面太滑，狗崽呜呜了几声，还是落回水里。婴儿探出身子，用还不灵活的手紧紧揪住狗崽脖子后面的一缕又湿又长的毛，狠狠地向自己这边拽。终于，狗崽痛叫几声，落进两具浮尸的怀里。

　　婴儿和狗崽搂在一起。狗崽的皮毛浸透了江水，很冷，可是有一股热气从它的身体深处传来，还有一个东西在悸动。这时，婴儿发现江水流淌的方向在慢慢发亮，也就是说，浮尸在向一个有光亮的地方漂流，把黑暗甩在了后面。前方不仅发亮，而且在发红。这红色不是血色，它不代表死亡，它有一丝温暖。这世界仿佛有两张嘴，一张嘴在吞掉月亮、星星，在吞掉人世间，可另一张嘴却在吐着光明，把万事万物嚼了个稀巴烂再重新吐出来。这是怎么一回事？难道这世界除了毁灭还有另外一种命运么？

中国兵

　　幸好是冬天，要不这座城很快就要发臭了。大街上满是运送尸体的车子，有汽车，有牛车，有人拉的平板车，每辆车子都装得满满的。脚下遍地干涸的血迹，用什么办法也洗不去了，只有日日月月、岁岁年年能将它们抹去，用夏天的瓢泼大雨，用冬季干枯的雪，用春季泛滥的潮风，用秋季的沙砾和尘土。那个时候，任凭最疯狂的脑袋也不敢想象现在的景象。

我用铁钩子勾住一具一具尸体的小腿或下巴或肩膀，把他们拖到江水里或车子边。我知道，他们不会痛。最初的几钩子下去，我的心头战栗了几次，现在麻木了。无数的悲欢离合、生离死别都沉默了，只有大张着的嘴，空洞的眼睛，死鱼一样的肌肤。浅红色的江水舔着尸体上的伤口，还有穿过肉身的铁丝。铁丝在生锈，长出一朵朵深红色的小花，小鱼啃了几口，就肚皮朝上死掉了。父亲拉着儿子，母亲搂着孩子，情侣相拥而别，老人已不抱希望，生的场所变成死的场所。到处是鱼肚子一样的苍白尸体，闪着鳞光，仿佛这里是个养鱼场，所有的鱼中了剧毒，被遗弃在岸上。

我的躯壳仿佛被硫酸洗过，现在空了，不仅是空了，而且是真空。我不愿想任何事情，不愿呼吸，不愿休息，不愿吃饭。只等着这残存的肉身耗尽最后一点力气，然后像这些尸体一样，死在街头。这是我应得的。

我记起了那个少年，我不能让他孤零零地躺在小院子里。我找到了他只剩下半个身子的尸体，小心翼翼地抱上平板车。半截烧焦了的牛皮绳落在地上，发出清脆的一声响。我拾起那片亮晶晶的金属片，使劲一握，心里好受多了。我猛地喘了口气，仿佛刚从海水里挣扎出来一样。

我扒开烧光了的稻草堆，在黑黑的草木灰中找到几颗五颜六色的晶体，还有半只红皮靴。我把它们收好，带到江边，撒到江水里。在雾气里，有个女孩子躺在那儿，浸在水中。她像只游累了的半人半鱼，在岸边休息。

婴　儿

天空慢慢变亮的时候，周围似乎更冷了。婴儿的皮肤上结了层薄冰，并且渐渐失去知觉。更可怕的是，一群有蛇样斑纹的黑鱼游过来，撕咬婴儿身下的浮尸。浮尸越来越肿胀，滑溜溜的手臂不再抱得那么紧，白色的圆肚皮把彼此推得更远。狗崽焦躁不安地呜呜叫，婴儿想，这世界哪有另外一种命运呢？毁灭之后还是毁灭？只不过是另一种样子的毁灭，有了光明的毁灭。

江水流去的方向，升起一轮浓红色的太阳。阳光像油彩一样倾倒在江面上，无数破碎的红色、金色、乌蓝色流淌在一起。浮尸分开了，渐行渐远。婴儿闭上眼，等待自己沉进水底。

这时，他听见有细碎的水浪拍打声。一条破木船划开暗红色的江水，无声地驶过来。一只干枯粗糙的手把婴儿拉出水面，扔在一堆稻草上，又盖上旧短衫。短衫有股浓浓的汗酸味，不过异常温暖，婴儿几乎一下就睡着了。他想，要是那条狗崽也一起得救该多好。正想着，狗崽就湿漉漉地被丢在身边，溅了他一脸水。婴儿掀开破衣服，狗崽偷偷钻了进去，在他怀里不停地战抖。

婴儿倾听着木船下面的水流声，回想起一双双救过他的手，明白了，毁灭之后不仅仅是毁灭，还会有新生。现在，一个新的轮回开始了。

霓　云

霓云伤痕累累地爬上了钟山峰顶，回望山下那血红色的城市。她一只脚光着，红皮靴在大火中烧焦了。她的亲人以及小美弟弟都和那只红皮靴一样，留在血泊中。霓云出神地望了一夜，最后抹了把泪水，下山向西北走了。不仅是因为难民们都向那里逃，而是她冥冥之中感受到，那边有种力量，像初升的朝阳，像滔滔的江水一样生生不息，能把苦难中的人们解救出来……

第四章　大别山

　　王大心的家乡在大别山西部一个小山冲里。这个小山冲像只水碗，如果不是因为一件事情，或许就会世世代代地平静下去，如同小村子周围那些千年万年不变的群山一样。那件事情发生了，水碗仿佛被无形的手猛地倾斜了一下，于是，碗里的水来回翻涌，相互激荡，一颗颗水珠儿飞溅出去，落到其他碗里，复又掀起无穷水浪，以至于最终汇聚成了滔天狂潮。那年，王大心三岁，刚记事儿。甚至可以说，当年记下的几个片段就是他这辈子记忆开始的地方。他坐在父亲的肩头，看见远远近近村子里的人向县城走。到处是人，人山人海，路上是人，山沟里是人，收割后的田野里是人。有人拎着铁叉子，有人扛着锄头，有人举着鸟铳，有人打着红旗。对了，记忆里有大块大块的红色，不光是红旗，还有胳膊上缠着的红布条，铁扎枪头子上的红布条，有的人在额头上也系了红布条。人群里隐隐约约走着一些威风凛凛的人，他们腰里系着很宽的牛皮武装带，肩扛真正的长枪，胸前交叉束着子弹带和土黄色挎包带。人们高喊着什么，震耳欲聋。许多年后，王大心随着部队打到了大海边，遇到过一回台风。那声音，就是海啸的声音。父亲手里握着一根扁担，扁担一头绑了根细细的红带子。家里没有红布，父亲早上杀了一只鸡，撕下一条布褂子大襟，用鸡血染红的。天灰蒙蒙的，王大心记得那根深红色的布带在铅灰色的天空里飞舞，这颜色跟了他一辈子。后来，传来了尖脆的枪声和沉闷的爆炸声，县城大门被打开了。再后来，人们聚在县城外，有红色的横幅，有红色的旗子，有像麦子一样密集的铁叉、锄头、扎枪、木棍。还有枪响，在人们排山倒海一般的呐喊声中，有人被枪毙了。在一片湿滑的翠绿色草地上，溅上了被枪毙的人暗红色的血。然后，是一车又一车从县城里运出来的白米，有的麻袋散了，白花花的米撒了一地，白得晃眼睛。回来的路上，父亲的扁担上一前一后多了两袋米，扁担头上的红布带一上一下跳跃着，指着回家的路。王大心依然坐在父亲的肩头，父亲的腰身是那样有力。他一手扠着腰，一手扶着儿子的肩膀，稳稳地走了几十里路也没歇口气。第二天，王大心香香饱饱地吃上了一顿白米饭，还有昨天早上杀掉的那只鸡。

一

这是父亲留在王大心记忆里最后的一点印象。父亲的肩头很硬，但很结实。他的头上缠了条灰色布带，脖子黑黝黝的，隐隐看得见几条筋肉和血管在一跳一跳。尤其是他的手，像大树一样有力量，把王大心牢牢扶在肩膀上，无论如何也不必担心掉下去。但父亲永远是侧着脸的，只能看到他棱角分明的颧骨和下巴，还有望着前方的眼睛。无数次，王大心希望父亲能转过头，让自己看清楚他的模样。可这幅画面始终无法改变，反而随着时间的久远，愈加黯淡和模糊下去。王大心问过母亲，问过大哥，可通过他们的话，却怎么也无法复原出父亲的脸。那件事不久之后，父亲就死了。听家人说是以一种非常血腥，非常残忍的方式死的，因为他是苏维埃下的人。父亲怎么死的，王大心没看到。但后来，在漫长的岁月里，他看到过许许多多苏维埃下的人被杀，这些场面大概都是差不多的吧。比如说，李家冲的李老大，他被捆在树上，胸前吊了五颗手榴弹，一起拉响。爆炸过后，大树的皮被轰掉了，白色的树干上满是鲜血和碎肉，几十步开外的树枝上还挂着五脏六腑。比如说，董罗锅儿家的二女儿，被豁开了肚子，红红白白的肠子流到了外面，就这么赤条条地吊在山下大路边的碉堡外。足足吊了半个月，才允许收尸。比如说，王大心的大伯，两手两脚被竹签钉在树上，惨叫了三天两夜才死。还比如，那些苏维埃下的人特别多的村子会给杀得一干二净。几十户、几百户人家，整族整姓的从此灭绝了。一年两年，都没人敢进那些个村子去看，灶台上、门槛上、草铺上、茅坑里，到处是被杀死的人。野狗从山上跑进村子来吃死尸，吃得两眼血红，又肥又壮。

王大心的父亲死后，二哥三哥跟红军走了，大哥进了保安团，在几十里外的炮楼里当兵。两个姐姐被卖到武汉，从此没了消息。要不是有大哥在保安团，王大心这条命肯定也保不住。母亲说，苏维埃下的人家就像鸡崽子，老鹰都盯着呢！今天给你叼走一只，明天给你叼走一只，早晚都给你绝根儿喽！老七呀，快点长大吧，要么学你大哥，要么学你二哥三哥，反正别在家里等着让人杀啦。

有一年，董罗锅儿家的大小子对王大心说，山北的大红军回来了，正在围攻县城，把几路援军都打惨了，那可真叫厉害！现在，苏维埃让咱们没收刘家湾刘鹤年的家产，你敢不敢去！王大心想，这个家早晚都待不下去，像娘说的，要么学大哥，要么学二哥三哥，老老实实当顺民是没活路的。他就说，敢，我跟你走。和他们一起

171

去的还有同村的女孩子，是那家最小的女儿，没有名字，大家都叫她七毛。七毛家和王大心家差不多，父亲是苏维埃下的人，家人被杀被抓被卖得差不多了。

刘鹤年是前清举人，再上几代，几乎每代人都出过举人。若不是进了他家的青砖大院，王大心可能一辈子都见不到这个人。刘鹤年穿着藏青色长衫，六十多岁，花白头发梳得一丝不乱，言语也不甚严厉，甚至可以说是和和气气的。他家的青砖院子是三进的，两层楠木柱子的小楼。红漆楼梯被踏得光亮亮的，两寸厚的水曲柳台阶中间凹了下去。雨珠儿从青瓦檐上淅淅沥沥地滴下来，打在天井里的大青石上，静静地听，啪啪声传得很远。他家墙上挂了很多字和画，多是发黄了的，最老的有一两百年，其中一张据说还是乾隆皇帝的御笔。他家有很多樟木书架，上面摆了满满的书，包裹着蓝色的布封套。看样子，他是认真读过这些书的，几乎每套书上都插着几张、十几张窄纸条，还留有字迹。宽大的紫檀桌面上，摆着几叠黄纸书稿，工工整整地抄着蝇头小字，圈圈点点，他自己说是利用闲暇时光给《孟子》做的注疏，叫《孟子别解》。

董大小子、王大心、七毛，还有村子里的年轻人把刘鹤年家的家具、粮食都搬进靠近大门的院子里，贴上了封条。刘鹤年请求把那些书和手稿给他留下，说那是他的命。董大小子看看他恳切的神情，答应了。王大心和七毛的任务是每人拿着一杆铁扎枪，看好这个院子，不准少了东西。他们俩的左臂上还拴了根红布条，这样，就算是苏维埃下的人了。

刘鹤年一直坐在二楼上，不愿下来。屋子里虽然半空了，却仍然坐在一张矮凳上看书，只在上午和下午，有个佣人给他送两顿饭。一天夜里，王大心见楼上的灯还亮着，遂起了好奇心，想看看老人这么晚了，还在做着什么。他轻手轻脚地爬上楼梯，从门缝里望进去，不发出一点响动。老人一直在安详地看书，除了翻书页，身体一动不动，仿佛一尊石像。半夜里，王大心看得有些昏昏欲睡。这时，老人站起来，把矮凳搬到房屋正中央，抓起一条白布带，抛向房梁上。他不慌不忙地把白布带打上结，使劲拽了拽，然后把头伸了进去。

在刘鹤年用脚尖蹬倒凳子的一瞬间，王大心吓得清醒过来。他推开门，站到刘鹤年身下，拼命抱住老人的双腿，撑着身体向上用力。刘鹤年不说话，也不挣扎。王大心渐渐没了力气，他说，你不要死呀！我快没力气了，我救不了你啦！好一会儿，老人似乎听进了他的话，用脚找到了凳子，双手扯住白布带，松开脖子，脸色惨白地坐了下来。喘过气来，他感激地对王大心说，你去吧，我不会死了。

又过了两天，黄昏时分，刘鹤年意外地下得楼来，走到王大心和七毛面前，问道，两位小友，想不想学写字？我没别的本事，肚子里还有些没了用处的大字。七毛说，好吧，那你就教我们写"苏维埃"三个字！刘鹤年蹲下来，用手指蘸上雨水，在房檐下干燥的青石上写下了这三个字。他写得很慢，一顿一挫，仿佛在用毛笔写字。渐渐的，字迹干了，不见了。王大心有些奇怪，问道，我们把你的家产没收了，你不恨我们吗？

老人轻松地笑笑，说，我倒是挺想说说，只是不知二位愿不愿意听？王大心给他搬了把竹椅，道，你说吧。刘鹤年道，我那天上吊自戕，并不是因为你们没收了我的家业。大清朝虽然没了，可在我这样的人的心里，它却一直还在。想当年，它可是世界上一等一的天朝。现在呢？我们连一个小小虾夷日本都打不过。还有屋子里的那些书，我读了一辈子。过去，读了那些书可以授翰林，能当道台、巡抚、总督、中堂。现在却是一堆无人理睬的废纸。每天早上醒来，都有个黑黢黢的声音对我说，你的大清朝完蛋了，你的诗书礼乐完蛋了，你也完蛋了。这个声音总是跟着我，让我一刻也安不下心来。清晨，我走到河边，河岸上有高高的青草，水面上飘着薄薄的白雾。我在想，如今天下大乱，人们都不相信仁义。谁有枪杆子，谁有金条，谁有大烟土，大家就跟着谁走。可是，没有仁，不讲义的天下是多么糟糕的天下啊！那个时候，我真想跳进水里，和我的大清朝，和我的学问一起沉到河底。我想像屈原那样独守清白，可我又问自己，你真的和他一样吗？真的是"世人皆醉我独醒"吗？

刘鹤年说，那天晚上，你抱住了我的腿。我就在想，谁说天下人不相信仁义了呢？连一个孩子都对将死之人产生了恻隐之心。或许，他就是上天派来告诉我这些话的吧！

老人接着说，这些天，我又认真地想了想。我想通了，大清朝是真的完了，可仁义并没有完。现在，天下行的是大仁大义。《周易》讲，否极泰来，《吕氏》讲，物极必反。这世界从来都不平静，就像那大湖大海，受的苦久了，就必然起浪头，受的苦越重，那浪头就越大，这道理亘古不易。现在的世道，早就该起大浪了。这才是大仁大义！

老人急着把要说的话一口气说完了，才开始回答王大心的问题。他说，你刚才问我恨不恨你们。现在我来告诉你，是人就有私心，有了私心也就会产生怨恨。可看看这天地万物，哪一件又是你的？要是想清楚了，其实哪一件都不是你的。你是你，他们还是他们。我甚至认为，私心就是历朝历代自我毁灭的根源。当一些人把越来越多本不属于他们的财产据为己有时，上天就会以最猛烈的方式摧毁他们。我家这个院子已经传了两百多年，也到了该败掉的时候了。这是天道，谁也拦不住。

老人说，过去，我猜想这家里可能会出一两个无能的不肖子，把个偌大家业给败光，所以，我对儿子们管教得一向很严。可谁会想到，这家业会被你们分掉呢？但仔细一想，这不就是天道吗？天道终究会实现，但以什么方式实现，却是你根本逆料不到的。

老人和蔼可亲地摸了下王大心的头，对他笑笑。那笑容很安详，甚至透露着点诀别的味道。他说，这位小友，你的名字起得真好。大心，大心，宇宙万物也包括人，都有心，而且是同一颗心。人如果有一颗明净、善良、正直、无畏的心，而不被私心、贪欲、怨恨、淫邪所蒙蔽，那他的心就与宇宙万物之心息息相通。努力吧，你会体悟到天地之心的。

老人又说，大心小友，你觉得当今中华需要什么样的人物？

王大心摇摇头。老人似乎也没期待得到回答，继续说道，子曰："智者乐水，仁者乐山。"意思是说，有智慧的人大多愿意向水学习，努力洞察历史潮流的走势，寻找历史大河中最有力量的一脉，然后顺势而为，上可做一世豪杰，下可保一生平安。而有大仁大义的人却更愿意向山学习。他们有对宇宙的理解，有对人生的执着。所以，他们更愿意从自己的信仰出发，去改造这个世界。他们像山一样巍峨高大，足以让大江大河按照自己的理想向前奔流。他们尊重历史发展的大潮，但他们更有勇气为历史发展的大潮定立规则，并且不惜牺牲生命去践行心中的信仰。他们不惧苦难，哪怕那苦难像山一样沉重，他们也有胆量去推倒它，最后自己也变成了山。

他人说，所以，我认为当今中华更需要山一样的人物！

老人抚了几下楼梯的花梨木围栏，那上面被无数人手摸得光亮如镜。他接着说道，至于我自己么，金银啊，房院啊，田亩啊，妻妾啊，酒肉啊什么的，都是身外之物，今天属于你们，明天又会属于他们。有些人看不开，我是早看明白了，所以呢，不怨恨，也不难过。说到底，本来就是你们的，也该你们拿走了。从今往后，老爷做不得，还可以做个穷教书先生，撒下些诗书礼乐的种子，也算是践行小仁小义了。

老人说的话王大心不太懂。即使过了许多年，他长大了，其中很多话也还是不能理解。但有两个比喻他记住了。这世道确实是起了大风大浪，由不得你再过四平八稳的日子。浪尖什么样？浪底什么样？这大风大浪要往哪里去？谁也不知道，可谁都在其中，概莫能外。对于另外一个比喻，王大心此后一直在想，山一样的人物会是怎样的人物呢？

又过了段日子，老人的儿子刘朗山从南京回来了。他二十多岁，穿着黑色学生装，短发又黑又密，看起来很英俊。他在南京上大学，学法律。王大心不知道法律是个什么东西，老人告诉他，法律和道理差不多，凡事都得讲个理，法律也是这样，人们得按法律办事。做对了才能平安，做错了就要受到惩罚。

王大心觉得刘朗山和他父亲是一类人，比较通情达理。刘朗山回来之后，就不让佣人送饭了，而是由自己把饭端进父亲屋里，并与父亲长谈。每次谈话的时间都很久，但从来没争吵过，平平静静的。有的时候，他还把从南京带回来的点心分给王大心和七毛，然后蹲下来，和和气气地与他们聊天。连王大心也觉得奇怪，仿佛这家产不是他家的。

刘朗山给王大心讲大山外面的事，讲南京城里面的事。比如说，有种东西叫电影，一块白色的大布里有一个和真实的世界一模一样的世界，人可以说话，车子可以动。那里面的人都很漂亮，发生的事情也很美，比外面的世界还好。对了，还有种东西叫汽车，烧油，跑起来很快，能撞死人。南京城外的长江里面还有钢铁做成的大船，比家乡的木船大多了，怎么说呢，像小山一样大，从外国运来的货物一下子就能把县城堆满。还有，南京城里的女孩子穿红皮鞋，穿旗袍，夏天可以露出胳膊和腿来，很好看，城里没人会说她们不要脸的。

刘朗山还对王大心讲了一些别的东西，比如封建啊，文明啊，开化啊，三民主义啊什么的。他说，现在，西方的东西比我们先进得太多了。他们一百年前就知道，必须让穷苦人过上好日子，国家才能强大，世界才能进步。想想看，如果占大多数的穷苦人都活不好，那谁来打仗？谁来保卫国家？还有他们的科学技术，领先我们也不是一星半点，简直是远古人和现代人的差距。过去，几万清军士兵被几千英军士兵打得落花流水，原因就在这里。想想看，马刀长矛怎么打得过火枪大炮呢？封建主义那些规矩是行不通了，什么仁义道德，什么诗书礼乐，说穿了就是裹小脚、纳小妾，通通都是喝人血、吃人肉的东西，必须彻底抛弃，能消灭多干净，就消灭多干净。我们要学习西方的东西，不是一枝一节地学，而是要统统拿过来学。旧中国已经病入膏肓，必须下猛药才行。这样，我们这个民族才有救。

这些道理王大心也是听得半明白半不明白，不过，觉得总还是好的。只是，这些好的东西似乎离自己太远了，看不到，摸不到，不在土里，也不在树上，雾蒙蒙的。他斗着胆子问了刘朗山同样的话，苏维埃没收了你们家的东西，你怎么不恨我们呢？刘朗山说，这个家我早就不想要了，当年去南京上大学时就盼着一把火把它烧了。现在，连火也不用我点了。过段时间，我打算去南京，在那里安家，不回来了。父亲如果愿意走，我就把他也接走。

不过，后来发生的事情王大心没有想到。刘鹤年和另外两个大地主一起被枪毙了。那天，人山人海，董大小子对人群高喊枪毙这三个人。他说，要是不枪毙他们，就没人敢要他们家的东西。吃了他们家的鲫鱼，将来，还要给他们家吐鲤鱼。要是不枪毙他们，乡亲们就不相信红军是保护老百姓的军队。于是，枪在山呼海啸中响了。老人的脸血肉模糊，脑子里的那些四书五经也随着灰飞烟灭了。王大心想说点什么，可那时他太小了，不知该怎么说。而且在人声鼎沸之中，说什么也听不清楚，也没人听他的。

刘朗山逃走了。不过，后来他又回来了，回来之后彻底变成了另外一个人。

二

有红军在这一带，甲长、保长们对苏维埃下的人客气多了。仗还在打，但保安团没工夫来村子里，也没胆量去搜山。王大心听着大山外面隐隐约约的枪炮声，真希望它们不要稀落下来，不要停下来。枪炮声那边，不仅仅有红军，还有他两个哥哥。他们还好吗？还活着吗？母亲最近总说，王大心是这个窝里最后一只鸟，等他远走高飞了，她就不活了。这天中午，董大小子把王大心叫到家里，给他看了件东西。这是只深黄色扁长木盒子，有条牛皮挎带，看样子用过许久了，木头外壳和上面的黄铜铆钉油亮油亮的。董大小子打开木盒一端的盖子，抽出一把德国造二十响镜面匣子枪。枪管乌亮乌亮的，有股很呛人的化学油脂味儿，那气势就很逼人。王大心吃惊地看着董大小子，说不出话。

董大小子盯着王大心好一会儿，待他冷静下来，才说，这枪是苏维埃发给我的。现在，我是刘家冲东区便衣三队的正式队员。我们队有五个人，有队长，有指导员，但这五个人是谁我不能告诉你，这是苏维埃的秘密。王大心后来才慢慢清楚，便衣队是大别山地方党组织掌握的一种武装力量。他们与红军主力部队不同，队伍小巧精悍，队员熟悉地形，穿山越岭，来无影去无踪，能够精准击杀敌人，给敌人造成了极大的心理震慑。尤其是在大别山地区的红军主力长征以后，便衣队就成了与敌斗争的主要力量。

董大小子接着说，我交给你一项任务，你能保证，无论在什么情况下都能完成吗？王大心有些激动，不由自主地点点头。董大小子说，天堂岭一带隐蔽着红军医院，有五十几名伤员在那里养伤。你的任务是给他们送米送菜送盐，不能走现成的路，不能留下任何痕迹，宁死也不能把医院的地点泄露出去。还有，记住我给你的暗号，没有暗号，你就是摸到了人家眼皮底下，人家也是不应的。

入夜，母亲把水缸挪开，掘出下面的米桶，往布袋里装了一斗白米。布袋是长条形的，正好挎在王大心肩上。她又用油纸裹了拳头大的一包粗盐，塞在他兜里，拍了拍他的屁股说，记住喽，一会儿从咱家菜园子后面直接进山，有路的地方不走，要穿林子。有河沟的地方不走边上，要走水里。走过有高草的地方，要把踩倒的草扶起来，这样才能不留脚印。

盛夏的夜晚，山里面水气蒸蒸。月光照射在树叶上，洒下片片银色。只要仔细听，到处都有声响。有鸟儿的爪子抓在树枝上的声音，有蛇肚皮蹭在草丛上的声音，有蝉在叫，有发情的野猫在叫。实际上，如果你耳朵足够灵，你甚至能听到大山蠕动，听到树木生长，听到月亮星辰在空中滑动。大自然的一切都会发出声响。王大心屏住呼吸，轻手轻脚，让耳朵能听到一切声音，却唯独听不到自己发出的声音，这才是最安全的。董大小子告诉他，保安团在山里有暗哨，不固定，要多加小心才行。王大心走一会儿，停一会儿，在大自然发出的声响之外，捕捉一切可疑的声音。这时，他听见斜下方树丛里有衣服刮扯在树枝上的嚓嚓声。他忙甩下粮食袋，趴在一块岩石后。那个身影也是走走停停，小心翼翼。待慢慢靠近，王大心才看清楚，来人原来是七毛。他明白了，董大小子安排了不止他一个人给山上红军伤员送粮食，为了以防万一，大家彼此之间并不知道。

王大心悄悄拣起三块石头，向草丛里投去，发出三声噗噗声。那身影停住了，躲到一棵树后，也向草丛里投去三颗石子。王大心猫下腰，向七毛走过去。七毛瞪着亮亮的眼睛，压低声音，惊喜地说，原来还有你！王大心看着她直喘粗气，知道她累了，便也压低声音说，天气还早，要不咱歇会儿吧。俩人肩并肩坐在一块大岩石下，一动不动地等了很久，才放松下来，仿佛这天地间只剩下他们俩了。七毛把头靠在王大心的肩上，轻轻叫了声，哥。王大心心里热热的，应了一声，嗯。七毛问，这山里会有保安团的哨儿吗？王大心说，会吧。但他们也就是在应付差事，不当真的。我大哥在保安团，他就说，在那儿当兵的都是为了混上口饱饭吃，都是穷人家的，没人真的和苏维埃有仇。何苦那么上心，还要把命搭上呢？七毛点点头。又过了一会儿，她站起来，说，哥，路太黑了，你拉着我走，好么？说罢，她主动牵上了王大心的手。王大心感到脸颊烫烫的，幸好在夜里，谁也看不到。走了几步，他说，咱不能这么赶路，太危险。这样吧，我在前面走，你和我隔二十步远。如果遇到危险，我就大声说，我是上山打柴的，你呢，马上趴下别动。如果你在后面找不到路了，还是投三块石头，我就回来接你。

摸到了天堂岭，林子里黑黢黢的，连人影子也看不到。王大心轻轻地投了三块石头，竟然从草丛里同时冒出了五个人，围成半圆形向两个人走来。其中有一个是董大小子，他拍拍王大心的肩，又摸了摸七毛的头，说，好样的！跟我来吧，去见林院长。这五个人想来就是董大小子说的便衣队，在夜色里，看不太清楚，隐约有个人像是村里头的。既然是苏维埃的秘密，王大心也就自觉地把脸别到一边，不去看个究竟了。

林院长五十来岁，戴了副厚厚的眼镜，头发长长的，乱七八糟，看上去很憔悴。他的身旁站了两个年轻姑娘，是护士。她俩每人身上背了个皮箱，这就是红军医院了。至于伤员，都分散在附近几个山头的草丛里和山洞里，一个地方只隐藏两三个人，防止敌人搜山时给一起抓住。林院长从兜里摸出两个洋桃，在衣襟上蹭蹭，递给王大心和七毛，笑了下，说，尝尝，酸甜苦涩都占全了，你们不来，伤员们就靠这个填肚子。大哥过去给王大心摘过，不过得先在自家的米缸里焐过几天才能吃，也从来没当饭吃过。王大心咬了一口，其他味道倒是没吃出来，那酸味儿可真是酸得钻心！他的嘴紧紧咬着，脸扭成一团。林院长哈哈一笑，说，小男子汉，你还真是笑呵呵的啊！哈哈，咱们这里的秀才编了首歌，你们听听：

> 洋桃树上洋桃多，
> 大家一见笑呵呵。
> 甜酸苦涩虽占尽，
> 能充饥来能止渴。
> 洋桃树，洋桃果，
> 人们吃你笑呵呵。
> 不怕你的味道酸死我，
> 我们坚决找你来合伙。

笑着笑着，林院长猛然弓起腰，剧烈地咳嗽起来，那声音像烟囱里积满了炭灰，仿佛肺叶都碎成了块儿，一咳嗽，就能把一小片一小片带血的肺子咳出来似的。他撑起上身，有气无力地对王大心和七毛说，还得麻烦两位小同志，帮忙把饭煮了，趁天黑给伤员们送去。这几个山头好好跑跑，别漏下了，漏下了可就给饿死啦！那边有个山洞，在里面煮吧，火光透不出来。

王大心和七毛跟着两个护士在山里转了一夜。每到一处，投下三块石头，于是，会从你最意想不到的地方也投下三块石头。有的是在悬崖壁上，有的是在树上，还有的是在石洞里。那石洞口只有水桶粗细，还长着茂盛的青草，勉强可以钻进去一个人。但里面很宽大，能躺下三五个人。据说原来是狼窝，也只有狼才能找到这样隐秘的地方。林院长没开玩笑，伤员们真的是已经吃了好几天野果子充饥，大多奄奄一息。有的伤员见了食物也爬不起来，只好让护士抱在怀里，一口水一口冷饭喂下去。在一处草窠子里，王大心被软软的东西绊倒了，一头栽进积满水的泥坑。他回头一看，那里并排躺着两名伤员，一个两条腿锯掉了，一个肚子上捆着浸透血的粗布带，静悄悄的，都已经死了。

天亮之后，又抬上来几名伤员，其中一个是被子弹打中的胳膊，弹头还留在里面。林院长指着一块稍平整些的岩石对伤员说，坐在这上面吧，咱们开始手术。说罢，他从皮箱里取出一把剃刀，在油石上来回磨了几下，又在牛皮荡刀布上刮刮，试试足够锋利了。护士取出一只木碗，放进一把刚带上来的盐，把剃刀泡上。又拿出一条白布裰子，从衣襟处扯下大拇指宽窄的布带。一切准备就绪，林院长笑着问，怎么样？用不用找个人按着？伤员把手搭在身旁的树杈上，让胳膊横起来，伤口朝上，说道，又不是第一次了，你就来吧！

林院长先把筷子粗细的伤口切开，向里面探了探，像使勺子一样挖那颗弹头。挖了几下，他说，子弹打断了一根骨头，现在在另一边，你忍着点，我要把这一边也切开，才好取出来。伤员额头上冒出豆大的汗珠子，咬着牙说，没事，割吧！林院长把另一侧的皮肉切开，将剃刀伸了进去，小心地一点一点往外刮那颗弹头。弹头变了形，扁扁的，粘连着脓血和肉丝。伤员吐了口气，林院长又说，再坚持一下，还有几块碎骨头，不取出来，你这伤口长不好。他一会儿刮，一会儿挖，一会儿割，终于取出了三块小手指甲大小的骨茬，在血水里，惨白惨白的。他说，你还得再忍着点，伤口里进泥水了，得消毒才能包扎，要不你这胳膊还是保不住。说完，他用盐水把伤口冲干净，把一根布条搓成细绳，蘸上酒精，从伤口穿进去，在另一侧穿出来，反复拉扯四五次，将里面的污泥沙子清理掉。最后，林院长找来几根树枝，把伤员的胳膊固定好，缠上布带，并且挂在他的脖子上。那伤员脸色苍白，对林院长笑笑说，这没被敌人打死，倒是差点被你折腾死。林院长说，吃的苦多，好得才快，这最后一点酒精让你赶上了，要是没了，你想受这罪还受不上呢！伤员又说，要是脑袋掉了，你也能接好，俺们就啥也不怕了！林院长苦笑一下，向上扶了扶眼镜，又给下一个伤员做手术去了。

王大心和七毛在山上睡了一个下午，准备天黑透了再回去。但黄昏时分，又从山下来了三十多号人，有十个多重伤员，是抬上山的。林院长和护士忙着给他们处理伤口，并且给王大心和七毛派了任务。把所有伤员都安顿好之后，已经是后半夜。王大心坐在一个胳膊缠绷带的大胡子旁边。大胡子头靠在岩石上，闭着眼睛，似乎是睡着了。突然，他说，小家伙，怕死吗？王大心惊奇地看着他，摇摇头。大胡子笑笑，说，我姓李，是这个连的连长。这仗打得苦啊！打一仗就要牺牲很多战友，而敌人却一天比一天多。

大胡子李连长接着说，可是让我投降，这事我不干，刀架脖子上我也不干！投国民党？那我就得变成另外一个人，而且是我最恨的那种人。我得带着敌人来抓你们，我得亲眼瞅着敌人杀你们。我良心上过不去。跑回老家吧？本来我就是不愿受欺负才跑出来当红军的，现在让我回去？就算地主老财们不弄死我，我也没法再照着老日子过下去了。当土匪去？倒是逍遥自在，可那不是正道，吃喝嫖赌过一辈子，心里头总不甘心。所以，我这条命是给定红军了！红军啊，红军啊，离开了，可就再也回不来啦！

李连长说完，从兜里摸出两片皱皱巴巴的粗布红领章，递给王大心，说，小家伙儿，你拿去吧！记住喽，啥时候咱也别掉队……

王大心没想到的是，差不多二十年后，他在朝鲜战场上又见到了李连长。李连长成了李副军长。不过，那是后话了。

三

转眼间，三年过去了。先后有两支大红军离开这里。他们先是向东，然后向北，听说是绕道去陕西了。陕西在哪儿，王大心当然是不知道的。他最远去过县城，县城之外是什么样子，只能闭上眼睛去想了。七毛跟着红军走了。她流着泪，拉着王大心的手，让他跟着红军一起走。王大心说，我哪儿也不去，我的娘还在这儿。谁敢动你，我一定要让他拿命来还。

有一天半夜，大哥回来了。他把母亲和王大心摇醒，急急慌慌地说，刘朗山从南京回来了。本来让他当县参议，他不干，非要当保安团的大队长。这人已经疯了。他手里有枪，苏维埃下的人这回是一个都活不了啦！王大心爬起来，想点灯。母亲这回特别镇定，说，别点灯，咱们娘仨就摸黑再坐一会儿吧。她流着泪，一手拉着大哥，一手拉着王大心说，大红军走了，咱们这山冲子里怕是又要被血洗一遍。大心，你这回真得走了。你要不走，娘死给你看。

大哥接着说，还有一件事儿，这边来了东北军一个师，广西军一个师。有了国民党正规军站在后边，保安团可就啥都敢干啦！母亲说，过去，娘赶你走，那是嘴上说说，心里还是想把你留在身边。还指望着你能平平安安长大，死在我后头，给我送终呢。不过，我是看明白了，现在不是个太平世道，这点念想，趁早别指望了。

母亲又说，我瞅着，你大哥为什么当兵？他是为了我，是为了有口饭吃。他人忠厚，心善，不会干害人的事儿。你二哥三哥为什么当兵？是为了不受气。你大哥这兵好当，你二哥三哥这兵不好当。村里老辈儿人都见过当年杀太平军，河边跪了一排又一排，各种各样的杀法都有，河水红了半个月才变清。而今上山，还能找到太平军留下的物件儿。可是，别看这冲子小，世世代代都有为了不受气去打仗的汉子。虽然结局都不好，但这就是咱们的血脉。还有，冲子里的人不恋家。大山东南面有个安庆府，过去能造铁枪铁炮，现在能造铁车铁船，年轻娃子都跑到那边学技术、讨生活，还有的继续向东走，漂洋过海，去了外国，在大洋子那头扎下了根。一方水土养一方人，多少年了，老家人这脾性都没变。

母亲说，大心，娘的话都说完了。你走吧，投苏维埃也好，找红军也好，这个家你不要再回来了。娘是死是活你从此不要再管，干你想干的事去！

那一夜，王大心钻进了莽莽大山，像条鱼儿游进了汹涌澎湃的大海。他进山之后，母亲才点起了小灯。王大心回头看了看，那如豆小灯暖暖的，告诉他，他永远都有家。

王大心最先想到的，是去天堂岭。他听说大红军走的时候，把伤员留下了。可是到了天堂岭，投过三块石头，四周依然寂静，不远处有只蛤蟆呱呱地叫了几下，仿佛在告诉他，这里没人。王大心在草丛里蹲了很久，月亮从一个树杈到了另一个树杈，他才壮着胆子继续向前摸。爬过几块大岩石，他隐约闻到一股烧焦的味道，之后是一股股浓重的恶臭味儿。怎么说呢，那味道就是杀猪时，血从猪脖子喷出来那一瞬间发出的血腥味儿。借着月光，他看到脚下的青草上有一个个血红的脚印。草丛下的泥里，缓缓流着一股股溪水，溪水是红色的，脚踩上去，就染了一脚板儿血水。拨开一片树丛，出现了一块林中空地。空地中央，有十几具烧焦的尸体，用铁丝捆着，背靠背挤成一团。黑色的骷髅脸朝天，嘴大张着，露出焦黑的牙齿。王大心胆战心惊地继续走，一棵树上挂着林院长，胸前有几处血痕。在树下的石头上，王大心发现了林院长的眼镜，两块镜片都摔坏了，上面有闪电似的裂纹。月光一照，格外刺眼。不远处泥路边，丢着敞开的皮箱子，所剩不多的一点药品和医疗用具散落一地。草丛里伸出一截苍白的小腿和脚，王大心知道这是那个女护士，但不敢再拨开矮草向里面看个究竟。

他急忙离了天堂岭，向牛角崖悄悄潜去。那里悬崖上有个狼洞，住着两名伤员，不知他们是否还活着。路上，他看见山下的湾里、塝里、冲子里燃起火光，细弱地传来哭号声。王大心找到了狼洞子，里面没有声音，爬了进去，只摸到一具尸体，另一个伤员不知去向。狼洞子里漆黑一团，一丝光亮也照不进来。王大心不敢生火，只能离尸体远远地找块地方坐下。向洞外张望，洞口银光一片，像只亮亮的白瓷盘子。半夜里，洞外的草丛发出沙沙声，似是有什么体形不大的东西在接近这里。它警觉地停住了，但并没走，而是耐心地等待着机会。王大心想，或许是死尸的味道把它招引来的吧，可他没有任何武器，如果这东西冲进来，自己肯定得被它咬死。顾不得害怕，也顾不得怜惜，他把死尸拖到洞口，头朝外推出了半个身子，好歹算是把洞口堵住了。于是，那东西开始啃食尸体，咯吱、咯吱、嘎嘣、嘎嘣，尸体被它撕扯得乱颤。在洞口与尸体的缝隙间，王大心看到一双绿色的眼睛恶狠狠地向里面瞧，嘴边的白毛粘满了血。它愤怒地用喉咙咕噜着，打着瘆人的响鼻，向占了它巢穴的人示威。

天渐渐大亮，那东西走了。外面的强光刺眼，洞里也跟着亮了一些。王大心不敢把尸体抛到外面，那样，保安团搜山时就会找到这里。他把尸体拖进洞，用死者睡过的稻草盖住血肉模糊的上身。这时，他发现稻草下面有一只牛皮挎包，里面有双崭新的布鞋，几张纸币，和印有斧头、镰刀的布告。上面有油印的字，但除了刘鹤年教过他的"苏维埃"三个字之外，王大心一个都不认得。大红军在时，村口、路边、树下经常能看到这样的布告。他又看了看尸体伸在稻草外面的脚，黑黝黝的，布满裂纹，被水泡得发胀，就知道，死者生前是多么爱惜这双新布鞋。

王大心一动不动地坐了一整个白天。洞口从暗变亮，又从亮变暗。他不饿，也不渴，浑身紧绷绷的，心缩成了一团，所有的心思都集中在辨别细微的声响上，几里外、几十里外传来的动静，都能把他吓得一哆嗦。直到夜色再来，他才感到一阵渴，溜到溪水边，趴着喝了几口水，又感到饿。离家前，娘给他带了两块玉米糊塌子，勒紧腰带，只吃了半块。就这样在狼洞里过了三天，所有吃的都没了。饿得狠了，灌一肚子凉水，可不一会儿，又头晕眼花。王大心知道，如果留在这里，一定会和那个伤员一样，饿死在这里。趁着还能动，赶快走。他相信，这连绵起伏的大山里头一定还有苏维埃。

最难熬的是饿。进山之后，王大心一直向北边摸。他知道，自己再没回头路可走。山下的村庄已经很陌生，不知住着哪家哪户，也不知到了哪儿的地界。偶尔见了进山种地打柴的人，不知底细，也不敢从树丛里钻出来上前搭话，怕那人回去向保安团报告。一天早上，他试着站起来，可手脚发软，身体晃晃悠悠的。肚子像塞满了石头一样，早没了饿的感觉。正在绝望之时，他看见地上落了几颗烂了的洋桃果。他又抬起头，只见树上结了不少，一串串，有青的，有黄的。想起林院长唱的"洋桃歌"，王大心觉得有救了，使尽力气爬上树，趴在树干上，把洋桃果树枝拉向自己，一颗一颗啃起来。酸啊，苦啊，涩啊什么的味道早尝不出来了，只觉得肚子像只空的米口袋，这回一点点儿给填上东西，慢慢撑了起来，又渐渐地有了知觉。一根树枝吃完，挪一挪位置，再拉过另一根继续吃，一直吃到手脚有了力气才长出了一口气，心想，这下死不了了。在后来的岁月里，王大心慢慢发现，山里能吃的果子还有不少。有矮枝上的乌苞，有红色的茅莓，有八月楂，有一串一串的秤砣子，有狗屎梨，有鸡脚爪，有毛栗子，有野柿子，有桑葚，很多很多。只要不是在落了雪的冬天，人都能在大山里活命。老辈儿人常说，这大山最养人，只要你摸透了它的脾气，它就是你的家。王大心现在明白了这个道理，心里也踏实了，白天在草窠子、石洞、大树杈上睡觉，晚上悄悄摸过一道又一道山岭……

有一天半夜，王大心正聚精会神地走山路，一丁点儿异常的响动都没察觉。突然有一只手从后面捂住了他的嘴，另一只手将他拦腰搂住，拖进了树丛深处。一把匕首抵在王大心的脖子上，有人低声道，说！你是干什么的？电光火石之间，王大心觉得这人好像是老家那边便衣队的。为什么呢？说不太清楚。似乎影影绰绰地见过一回，身形和声音有点像。保安团的人也不会这么勤快，大半夜的还隐藏得这么好。王大心决定豁出去搏一回，要是错过了，再想找到苏维埃就难了。他说，我的两个哥哥是红军，大红军走了，我在家里待不下去。我是来找苏维埃的。刀子慢慢从王大心的脖子上移开，一团稻草塞进他的嘴里，双眼给一条布带蒙上，被那人推着，跌跌撞撞向前走。来到一棵树下，一根绳子套到王大心脖子上，另一头甩到树上。那人问，你身上的牛皮包是哪来的？你怎么有红军指挥员的东西？那人把绳子拽了拽，说，这来龙去脉你要是说不清楚，今晚就得吊死在这儿。王大心想起了李连长，一阵委屈。但李连长身上还有另一些东西，又不仅仅是委屈。王大心镇定下来，说，我是从天堂岭那边过来的。牛角崖上有红军伤员，不过已经死了。这牛皮包是他的。林院长被杀了，两个护士死了，我还看到十几具被烧死的红军伤员尸体，剩下的，我不知道去哪儿了。我叫王大心，我大哥叫王大树，在保安团，我二哥三哥叫王大山、王大河，是红军。现在，我说完了，没一句假话。你要是苏维埃，就留下我。不是的话，就别啰嗦了，动手吧！

传来一阵嚓嚓响，绳子从树上扯了下来。那人推了推王大心，低声道，听声音，跟着我走。不知拐了多少道弯儿，王大心的眼睛依然给蒙着。他听到三块石头抛进草丛的声音，心里才踏实下来。又走了一小段路，眼睛上的布给解下来。他看到眼前站了七个人，其中有一个人认识，是董大小子。董大小子借着月光仔细瞧了瞧王大心，转身对站在中间的一个人说，这是我们的同志。刚才要吊死王大心的人一把把他搂在怀里，扭头呵呵笑着说，这小子骨头硬，吓不住，是咱们的人。

四

站在中间的那个人递给王大心一块玉米饼子，说，饿坏了吧？坐下来歇会儿。然后，他对其他人说，大家还是散开吧。董大小子留下了，有四个人朝四个方向摸过去，消失在林子里，放隐蔽哨儿去了。董大小子坐下来，让王大心也坐在自己身前，抽出一把刺刀，顺着刃口在石头上磨了磨。他说，你的头发太长了，像只猴子。我来给你割一割吧。说罢，他揪起王大心的一缕乱发，来来回回地割起来。王大心疼得咧起嘴，瞥见一把把割下来的头发扔在地上。

王大心一边忍着痛，一边把牛皮包递给董大小子。董大小子说了声，老何，你看看吧。说完，把皮包又递给了刚才站在中间的那个人。后来，王大心从别人谈话时漏出的一句半句中得知，老何是这一片山区苏维埃的书记，原本姓冯，山东面冯家塝的冯家老四。冯家塝离王大心的老家不远。进了山以后，地方党组织成员以及便衣队队员相互之间都不叫真名，老何是他的代号。后来，老何也给王大心起了个代号，叫老七。老何把皮包里里外外看了一遍，将新鞋子拿出来，递给王大心，说，这双鞋就给你吧，你年岁小，把脚保护好。这皮包呢，给区委的钱秘书吧，他经常和文件打交道，用得着这个。小同志，你有意见吗？

王大心摇摇头，说，没有。老何说，小同志，有几句话，你要记住。苏维埃和红军是一家，规矩也一样。抓到俘虏不准搜腰包，哪怕他们带着金砖银砖，也绝不准动一手指头。苏维埃只打土豪的秋风，饿死也不拿穷人的东西。缴获的东西要交给苏维埃，一根针也不能私自留下。苏维埃的纪律是铁的纪律，任何人不能违反，也包括我自己。我违反了，任何人看到，随时都可以枪毙我。

王大心又问，那几张布告上写的什么？老何说，这是红军主力北上之前留下的最后一批布告。大意是说，红军走了，苏维埃不走。这大别山里头，永远都有苏维埃。老何笑呵呵地问，小同志，你敢不敢和我们一起坚持下去呀？

王大心知道今后的大别山里肯定是血雨腥风，可一看到老何的笑容，心里就暖洋洋的，恐惧之心烟消云散，情不自禁地点点头。老何温和地说，别看现在红军弱小，可是有大山当咱们的家，咱们就坚持得下去。不光大别山里有红军，湘赣井冈山里也有红军，全国各地的大山里都有红军。红军是大山的孩子，是在自己家里。有了这个广阔无边的家，敌人就拿咱们没办法，也打不垮咱们。而且，早晚有一天，咱们会走出大山，成长为和大山一样强大的队伍！

老何说，我们三个人要开个会，你往那边走，和便衣队的叔伯们一起放隐蔽哨儿去吧。

王大心在一块山石旁边趴到了天亮。这山石在悬崖顶上，向四周能望出去很远。夜里风很凉爽，不比白天的风，又闷又潮，吹到身上重重的，像又蒙上了一条厚被子。在夜风的吹拂下，漫山遍野的大树青草像海洋那样翻起层层波浪，发出哗哗的声响。有那么一刻，王大心想，这是多么大的一片天，一片地啊！我要是一条鱼，就是游上十年八年也游不完这大山里的每一块地方。你们得撒下多大的网才能把我网住啊！想到这儿，他的心里涌起一阵莫名的快乐。王大心又歪过头，看见昨晚要吊死他的便衣队员正仔细地瞅着树海，脸旁边的地上摆了三块石头，一支镜面匣子枪口朝前，一直握在手里，从未松开过。他的代号叫老锅巴，据说是因为做饭的手艺不行，经常把饭煮煳，锅巴结得特别厚。所以，他得了这样一个外号兼代号。王大心悄无声息地爬上他的后背，在他的脖子与肩膀之间的肉上又慢又狠地咬下去。开始，老锅巴一声不吭，微微咧咧嘴，身体一动不动。实在咬得深了，他才低声说，好了，好了，是我冤枉了你，行了吧？你是好小子！王大心眼里流下两颗泪珠儿，这才慢慢从老锅巴的后背上下来，爬回原地。

天亮了，老何爬过来，替换老锅巴和王大心，让他们回去睡觉。

王大心觉得自己的眼睛刚一闭上就又醒了。太阳已经到了树林的顶上，一大片光斑正照在后背和屁股上，一脸一身的汗，衣服被打湿了，贴在皮肉上，脑袋迷迷登登的，身体像是一块快要被煮熟了的肉。老锅巴来到他身边，摇了摇他的肩膀说，快醒醒，一会儿有行动，你跟着我们一起走。两人来到一条山间小溪旁，脸扎进水里喝了几口水。大家都没有吃的了，扯下些野果子填肚子，塞个半饱便出发了。

绕了几道山弯，山下有条河和一座很大的水塘，隐约看得见有条船在水面上。到了河边，老锅巴让老何带着大家留在后面，自己到河边打探一下情况。他问王大心，会水吗？王大心点点头。他说，好，你跟着我。两人游到水塘中心的小船边，露出头。老锅巴抹了把脸，说，李大伯，在网鱼呢？我也替你捉了两条。说完，他往船舱里扔了两条鲢鱼。王大心也摸到了一条巴掌大的青鱼，学着老锅巴的样子扔进船舱。李大伯仔细一看，吓得面如土色，动也不敢动，两腿发战，说，这不是李二小子吗？你还在干民国十六年的事呢?！大红军走后，村子里又给杀了一茬儿，都快杀光啦！

老锅巴呵呵一笑，说，李大伯，我就是帮您抓两条鱼，您怎么吓成这样？李大伯瞪大眼睛，说，吓成这样？和你们说话那都是杀头的罪过呀！老锅巴又问，当年您不也参加暴动了吗？咋了？怕啦？李大伯吐了口唾沫，说，还有啥可怕的？我全家杀得就剩我一个老头子和一个小丫头了。你俩赶快把头沉到水下面去，游到那边的岩石下，我把船靠过去，咱们到那边谈。

老锅巴在船与大青石之间的缝隙里露出脑袋，说，李大伯，我知道您的日子过得惨，您要是不愿干了，我们绝不为难您。李大伯长叹了一口气，说，快别说这么生分的话，我的心还在苏维埃这边呢！老锅巴说，这样吧，李大伯，我们好几天没吃东西了，给弄口吃的吧。李大伯咬咬牙，说，好，一会儿我在我家菜地后边藏一锅饭，你们晚上来拿。千万记得，吃完了要把锅啊、碗啊什么的家伙什儿放回菜园子里头。藏好了，别带上山，更别乱扔。要是让白狗子们认出来了，我这条老命早不想要了，可小丫头子就没人养啦，非被他们卖了不可，最后一点血脉了！老锅巴点点头，说，李大伯，谢谢您。记得一件事，今后有谁敢欺负您，告诉我们，便衣队给您讨债！李大伯说，记得了，记得了，你们快走吧。老锅巴又说，如果夜里有人在您家后窗投三块石子，那就是我们，你只管放心开门。如果没投，就是保安团的人在诈你。你就装作不认识，骂苏维埃，骂便衣队，骂红军都行，让他们滚就是了。

　　老锅巴带着王大心潜回村子转了一遭，又回到山上，见到了老何，说，我们村的房子都给烧了。挨刀子的，一进村，到处黑乎乎的，屋子没顶，房梁只剩下半截。村子里原来有五十来户，现在只剩下几个老头子老太太，还有几个娘们带着吃奶的崽子。我三叔和他儿子的脑袋现在还挂在他们家的院门上，大白天也阴森森的。我们进村的时候，正看见一头从山上跑下来的野猪啃死人骨头，见了人，叼着一根惨白惨白的大腿骨就往树丛里钻，伸出嘴巴的长牙血红血红的。我进了一家屋子，里面只有一个女人，怀里抱着个孩子，上身没穿衣服。屋子里黑咕隆咚的，她可能以为我是保安团的，吓得浑身直哆嗦，放下孩子就往木床上躺……

　　天黑之后，董大小子也带着几个便衣队员回来了。队员刘木根说，今天回家，娘抱着我一个劲儿地哭，可就是不敢和我说一句话，也不敢收留我。一户和苏维埃有瓜葛，十户杀头。临走时，娘把五斤稻谷种子给了我们，可我怎么能拿啊！这不是要了娘的命吗？又留下了。八个人围坐一圈，默默吃着李大伯的冷饭，谁也不说话。倒是老何开怀一笑，说，红军主力走了也不是一回两回了，没关系，当年撒下了那么多种子，不会让敌人几铲子就给铲光的。而且，这次红军主力走的时候，把一部分骨干留下了。按照以往的惯例，很快就会重建一支同样番号的红军。董大小子说，我们村还有个老李大娘，两个儿子跟红军走了，只剩下一个媳妇。老李大娘一直对我不错，从小把我当亲儿子对待。明天我再潜回去一趟，看能不能在她家落下脚。

睡了一个白天，日落时分，董大小子从山下回来，告诉老何，老李大娘同意便衣队今后在她家落脚。他还说，要不，咱今晚上就去见见老人家，也唠唠村子里头现在到底咋样了。下山的路上，董大小子又说，老何，咱得明白，人家可是豁出命来帮俺们啊！我有一个亲娘，老李大娘是我另一个亲娘。老何眼睛湿湿的，说，我懂，我懂。咱苏维埃的枪，就是给这样的人讨生活的。

老李大娘的房子背靠山脚。董大小子投了三块石子，房子后窗打开，四个人留在周围放哨，四个人从窗子爬了进去。屋子里黑漆漆的，老何摸索着握住老李大娘的手，塞了十块银元，说，感谢老人家啦！这点钱，拿去买些米盐吧。老李大娘不收，老锅巴说，大娘，便衣队今后少不了麻烦您，这钱是需要的呀！老李大娘小声叫媳妇黄大梅点灯。老何说，不能点灯，咱们就唠一小会儿，晚上也不在您这儿住，天亮之前还要回到山里去。老李大娘说，好吧，好吧，下午我做了几升饭，让大梅用笸箩装好，你们带走。

老何在墙下摸到了一张条凳，扶着老李大娘坐下，便和其他人蹲在地上，围成一圈。他说，大娘，现在过得还好吗？有什么需要我们帮忙的？老李大娘说，现在，村里人见面都不敢说话。可嘴上不说，那谁好谁坏，谁对谁错，心里能不明白吗？苏维埃做的事，问问良心，那是对的。我是早活够了，啥也不怕了。

老何问，大家见面为什么不敢说话？老李大娘说，这甲长保长保安团长们啊，把抓苏维埃都当成买卖来做啦。说你是你就是，先抓起来再说。你想要人，就拿钱保出来。这些人啊，心好的还行，大红军在不在都一个样，那心不好的，大红军一走就没人样了。那个何保长，从村子里一口气抓走了二十几个人，烧红军家属的房子，足足用光了三盒火柴，你想想吧，得烧掉了多少房子？这几天瞅我儿媳妇大梅的眼神儿，跟狼瞅羊似的。

　　老何想了想，说，大娘，我听明白了，这样，您现在可以把灯点上了，把甲长叫过来，我们有话跟他讲。老李大娘犹豫着问，这能行吗？老何笑笑说，您只管放心，告诉他，苏维埃的便衣队请他来唠唠。不一会儿，李甲长规规矩矩地进了屋。老何坐在屋中间的条凳上，左右各站了两名肩挎盒子炮，腰扎牛皮武装带的便衣队员。老何威严地说，李甲长，先自我介绍一下。我是这一片山区苏维埃的老何。今后，咱们还要多打交道，希望你多支持帮助。李甲长看起来老实巴交的，腿先哆嗦起来，说，老何大人，我可从来没做过对不起苏维埃的事情啊！您可以问问老李大娘，是不是这样。老何微微一笑，道，这个我知道，否则就不会请你来。手上沾着苏维埃的血的人，我们会找上门去的。一会儿，我们走了以后，你是不是要给何保长报信儿去啊？李甲长浑身哆嗦着，说，不敢不敢，今晚，我就没进过老李大娘的家门。老何点点头，说，好，好，谢谢你的配合。有件事提前跟你透露一下，说不好几天之后，或者五天，或者七天，何保长兴许就会躺在牛角崖下的山路上，有可能活着，也有可能死了，不好说。他这人，向苏维埃动过刀子。你呢，到时可以带人到那儿找找，找到了，没准能得到几个赏钱！

　　李甲长吓得面色死灰，嘴唇抖着，不知该说什么。老何又说，就不啰嗦了，我们得走了。记住喽，老李大娘是我的亲娘，你不准动她一根手指头。大梅是我的亲妹子，那何保长要是敢打什么坏主

195

意——算了，不说了，他也没这个机会了……

李甲长离开以后，老何也要带着人回山里头。老李大娘吹熄了灯，拉着他的手说，我的孩儿呀！咱可不兴杀人啊！吓唬吓唬就行了。这杀人可不像别的，说停就能停下来。它就跟拉锯一样，你拉过来，我就一定要拉过去，永远没有完呢！老何说，大娘，我知道您心善。可是苏维埃有苏维埃的法庭！他们杀穷人杀得血流成河，怎么反过来，倒是穷人不能杀他们了呢？过去，他们是想把穷人杀怕，从此不敢再起来造反！现在，我们也要把他们杀怕，让他们听到苏维埃的名字就尿裤子！大家要牢牢记住，俺们要是怂了，穷人可就再没有出头之日啦！

五

几天后的一个晚上，老锅巴从山下取饭回来，对老何说，黄大梅告诉了他一条信息。九月初十晚上，何保长要到红学会的大把头老红灯笼家喝酒。老何问，老红灯笼是个什么样的人？老锅巴说，大梅讲，过去，红军主力在时，老红灯笼和这里的苏维埃很亲热，管书记老贺叫大哥。可红军主力一走，这老小子马上翻脸，出卖了老贺，老贺被抓了，死在县城监狱里。这种人，墙头草，谁给利就跟谁。最近，他又带着红学会的人上山砍树，说等晾干了就开始烧山，要把游击队烧死在山里。

董大小子说，烧死咱们倒没那么容易，可山烧秃了，就不容易隐藏了。就等于把塘子里的水放干再抓鱼，那鱼还往哪儿游？这招毒啊！老何说，咱苏维埃不能乱杀人，可像老红灯笼这种见红军失了势就落井下石的人，最可恨！而且，他还欠了苏维埃的血债。那就先把他敲掉！杀一个，要让方圆上百里地界震动一下子，那些甲长保长们才能老实下来。杀了这种人，老乡们才能相信苏维埃还牢牢扎根在这大山里。董大小子说，可咱们只有八个人，县委的同志和老七不会用枪，就只有六个人了。老红灯笼住寨子里头，强攻肯定是不行的。老锅巴说，大梅有个胞哥在寨子里当杂役。但他胆子小，估计不会帮咱们。大梅打算那天晚上进去给哥哥送东西，一进一出有两次机会，趁大门开的时候，你们想办法进去。那个寨子大梅进去过，她给我画了地形。说罢，老锅巴在地上把寨子里的情况画了一遍。老何说，就这么定了，你明天取饭时告诉大梅，我们就利用她出来的时机进去。也让她在里面把情况瞧准了，看老红灯笼和何保长在不在，在哪里。约定个暗号，人在，咱们就干，不在，行动取消。

九月初十晚上，便衣队的七个人趴在老红灯笼寨子外的水沟里。没有多余的枪，发给了王大心两枚木柄手榴弹，约定如果出了意外，就用手榴弹炸开寨子大门向外突围。那晚有月亮，大门外好似铺了一层银色的霜。只听里面黄大梅高声冲哨丁打着招呼，门吱呀开了。黄大梅挎着筐箩往外走，突然脚下一扭，正摔在大门正中间，使得门板没法再关上。老锅巴朝老何点点头。老何一挥手，董大小子带着两个便衣队员顺着寨墙的阴影摸到大门口，悄无声息地将两名哨丁制服。剩下的人迅速冲了进去。黄大梅站起来，回过身指着寨子里唯一的一座三层木楼，小声说道，都在二层呢，院子里没什么人，你们直接上去就行。

王大心把手榴弹木柄上的盖子拧了下来，将拉环套在小手指头上。他跟着老何几步来到木楼下，真是奇怪，腿和脚轻飘飘的，像在银色的地面上飞舞着的一片纸。老何慢下脚步，调整了下呼吸，一步一步慢慢上楼。来到二楼，从一道窗缝望进去，屋子里灯影绰绰，正中有张红木圆桌，坐了几个人，四周围站着二十几个身穿红衣的壮汉,把屋子都塞满了。热气蒸蒸,酒气熏天,吵吵闹闹。老何镇定地敲敲门,有人问,谁呀?老何换了副胆怯又很恭敬的腔调回答,回大把头,小的是拜香堂的。又有人满不在乎地打开门,只见老红灯笼正与何保长说话,连正眼也不瞅进来的人。只一眨眼的工夫,董大小子就贴到近前,枪口抵住他的前额,不容他说话,就开枪了。老红灯笼的光头像只生鸡蛋,被铁锤砸了一下,红的黄的向四面八方飞溅。他一声没吭,身子软绵绵地滑在地上,一抖一抖,便死了。

屋里顿时乱作一团,红学会的人不使火枪,只用刀或用拳。他们相信,只要烧香念咒,会员们就能刀枪不入。二十几个红衣壮汉把老何和便衣队员围在中央,王大心闯到人群前面,威风凛凛地举起手榴弹,另一只手将拉环绳拉直,瞪着对方,随时准备拉响。红学会的人见大把头已死,而且看起来也不是刀枪不入,竟是被一粒子弹打死,所以,一时间竟没人敢上前动手。老锅巴用胳膊卡住何保长的脖子,把他倒拖到楼下,慢慢移出寨子外面,一路上也未遇到阻拦。

老何不慌不忙地坐下来,给自己倒了一杯酒,一饮而尽。猛地用拳捶了一下桌子,把众人吓得一哆嗦。他大声说,今晚之后,大家给俺传个话儿。我就是这一片山区里苏维埃的老何!老红灯笼受过红军的恩,现在反过来杀苏维埃的人。对待这样的人,我们绝不手下留情!你们要是有亲戚在当甲长保长联保主任的,也把这话转告给他们,白天欺负红军家属,晚上就有枪口找上床头。另外,也告诉大家,大红军虽然走了,但便衣队还在,我们的枪永远给穷苦人撑腰!想把苏维埃杀绝了,那你们就等着鸡长角的那一天吧!

便衣队毫发无损地撤出了寨子。走出几里路,后边才闹腾起来,可能家丁们觉得不装装样子,将来不好交待。走了大半夜,到牛角崖。董大小子把何保长眼睛上的布扯下来，冷笑了一下，道，这个地方认识吧？山崖上曾经被你们烧死了十几名红军伤员。好好想想，还有什么要说的？我们一定给你家人带到。何保长一路走来，腿早就软了，差不多是给拖到这里来的。他一下子跪在地上，抱着董大小子的腿道，冤枉啊！这地界早不归我保啦！老锅巴蹲下来，盯着他道，听说，你烧红军家属的房子，足足用掉了三盒火柴？当狗腿子你可真是上心呢！何保长又转过来抱住老锅巴的大腿，道，烧红军家属房子不假，可那是上头的命令，谁敢不从啊！我手上没有一条苏维埃的人命，这个大人们可以去查，查到了砍我十次脑袋，我也不喊冤。

老何走上前去，道，你站起来。何保长使了几次劲，用哭腔说，腿瘫了，实在站不起来喽！老何说，我先来问你，是老红灯笼的脑壳硬，还是你的脑壳硬？何保长忙答，老红灯笼脑壳硬，老红灯笼脑壳硬。老何说，他那么硬的脑壳都让我们给敲碎了，你还在话下吗？何保长连声说，不在话下，不在话下。老何说，便衣队个个是常山赵子龙，百万军中取上将人头，就是他蒋介石来了，我们也敢在他床上撒泡尿。所以，做坏事时想想便衣队，打早别动坏心眼子。何保长又是连声说，只要我能活命，今后就给大人们做事。老何呵呵一笑，道，你这话说满了。我们不强人所难，也让你好做事。今后，你白天是国民党的人，晚上是苏维埃的人，你能做到吗？何保长使尽最后一点力气，站起来，给老何作了三个揖，说，一定做到，一定做到。

老何又说，照着苏维埃的法律，你这罪是死罪。如今，账记着，命先暂且饶你。回去之后，给李家村的老李大娘磕三个头，好好养着她一家。要不是她心善，为你求了情，今晚你还真的活不成。何保长一迭声地说，从今往后，老李大娘家的差役捐税全由我来承担。

老何问，说话算话？何保长指着脑袋说，用它担保。董大小子在何保长脚外面画了一个圈，笑着说，我们走了以后，不准出这个圈。否则，被人打死我们概不负责。天亮之后，会有人来找你的。

任务完成后，王大心向老何请了个假。他要回家看看，告诉娘，他还活着，并且找到了苏维埃，就在这方圆百里的地界上活动。老何沉思了一会儿，没说话。王大心说，如果还有行动，我就不回去了。老何摇摇头，说，你回去一趟吧。有些事情你现在不懂，将来会懂的。王大心很困惑，不知老何要说啥。老何说，回去的路上注意安全，不能住在家里，还要像现在一样，睡在山里、草里、河沟边。牢牢记住，大山才是你最可依靠的家。进了村子，要像进狼窝一样警惕，才能不出意外。

王大心答应着，老何又说，如果十天之内你能回来，就还在这一带找我们。如果回不来，就到翠竹园、天堂岭那一带找。说完，老何从怀里掏出一卷纸币，递给王大心，道，你们村子里如果有红军家属，就用这笔钱救济。要让他们知道，无论多困难，多险恶，苏维埃都不会抛下他们不管。

王大心找回村子后，在山上藏了一个白天。他从茂密的叶子后面看着山脚下自家的泥房子和那一小块菜园。他看见母亲从屋子里出来，头发花白，腰弓着，吃力地从河边挑水回来，又蹲在房前，用斧头劈柴。忙完这些，她拿出一只小板凳，靠坐在房前树下，缝补衣服，缝一会儿，向四周的大山望一会儿。有那么几次，王大心看到娘向这边望过来，仔细地瞅着，似乎看到了自己。他心急如焚，几行眼泪不知不觉间流下来。他一遍又一遍暗念，娘，再等一会儿，天黑你就见到我了。

在山里，太阳落得早。王大心咬牙等到月亮从山边出来，才悄悄摸到自家菜园子后面，翻过树枝围成的栅栏，来到了房子后窗下边。他把木窗推开一条缝，小声喊，娘，我是大心，我回来了。他听见屋子里有声音，却不见娘答应。声音越来越近，在窗子后停下来，又是许久的寂静。王大心又说，娘，我是大心，真的是我呀！母亲没有说话，把木窗推开，悄声道，快爬进来说话！王大心跳了进去，趴在墙角里，喘着粗气。母亲慢慢把窗子合上，不让一点儿声音发出来。她一把把王大心搂在怀里，心在怦怦跳。她哭得身体一抽一抽的，却不敢发出一丁点儿声音。

母亲用小得不能再小的声音说，你们走以后，村子又被血洗过一遍呢！咱们家房前这几户，都空啦！木匠家二小子给抓到县城之后，被打死在牢里了。他娘出去要饭，有人看见尸首也倒在路边啦！我们这些人，就像筛子上的豆豆，筛过来，筛过去，早晚都要给筛到锅里煮了吃的。

母亲又像呵气那样轻地说，儿啊！你怎么样了啊？王大心说，活得好好的！我找到苏维埃了，跟着他们干呢！母亲焦急地问，听人说，老红灯笼让人在自己寨子里给打死了，是苏维埃干的。有个小伢子捆了一身的手榴弹，要和红学会的人同归于尽，生生把他们给吓住了。王大心说，这事情是我们便衣队干的，那个小伢子就是我。可我哪来的一身手榴弹啊？只有两颗。母亲把王大心的头放在胸前，抚摸着他的头发，一边流着泪说，你这是要把娘吓死啊！你们这几个挨千刀的儿子，我这心呀，让你们扯得碎成渣渣啦！庄稼割了还能再种，命没了可就没了。你总不能让我这个白发人，把你们黑发人一个个的都送走吧？王大心说，娘，不会的，不还有我大哥在你身边嘛。母亲沉默了很久，低低地说，只怕有一天……唉，不敢往深里想呢！

王大心说，娘，以后我可能不常回来了，回来了也可能不进这个家门。咱们约定个暗号，如果有人在咱家后窗上敲三下，就是在告诉你，我没事，一切都好。母亲点点头，问，你今晚还走吗？王大心说，得走，住在家里不安全，还连累你和大哥。母亲说，那你等会儿再走，我给你带上些干粮。另外，你大哥今晚回来。前几天听说老红灯笼让苏维埃的人打死了，我担心你，就让他去打听打听，看这事儿里头有你没有。

月亮到了头顶，大哥回来了。仍然是没有点灯。母亲在装干粮袋，王大心与大哥并肩坐在墙下的一堆干稻草上。大哥张开手臂，王大心就枕在他结实的臂弯里。聊了几句老红灯笼的事，这回搞出来的动静挺大，方圆百里都传遍了。大哥仰起脸，盯着黑漆漆的屋顶，说，你们可要小心啊！现在可不比以往，县里给各个保安团下了死命令，哪个地方出事情，哪个地方的联保主任要抓起来，不动真格的不行啦。

王大心用手拍拍大哥的胸脯说，放心吧，山里头大着呢，想捉住我们可没那么容易。便衣队就像只鹰，坏人抓不着，还得小心被啄瞎眼。大哥叹了口气，说，今后，真怕在山里头遇上你啊！

王大心沉默了。大哥说，最近总是睡不着觉。我就在想，当初为啥去了保安团当兵呢？娘年岁大了，咱家又出了两个红军，我要是不去保安团，娘就活不成了。去了保安团，每月能得三块钱，足够养活娘，还能吃上白米饭。可是那地方，越待就越待不下去。从团长到小队长，吃喝嫖赌全沾，拉关系，请酒席，送财礼，正经人在里面待上几年也都学坏了。这些人的身子骨啊，早就糟了，抽大烟喝大酒，也不训练，还不如一个庄稼人。要不是仗着有几条枪，一个村的青年小子聚集起来就能把他们给灭喽。

大哥说，像俺这样没根基，又不会动歪脑筋的人，永远只能当大头兵。要命的事儿来了顶在最前面，好事来了都没你的。唉，要不是娘活着，我真不想干了。

大哥接着说，有时想想，是当红军好呢？还是当保安团好呢？当红军那是脑袋别在裤腰带上干的事儿，可是痛快！穷人的枪杆子为穷人，这理儿放哪儿都说得通。当保安团能有口饭吃，就当养家过日子了。可人过得憋屈。我有时真恨不得放把火，把保安团的炮楼子给烧干净喽！哪一天，要是那团长、大队长什么的落到红军手里，我救都不救，没准还会抽冷子给补一枪。有时睡不着，瞎琢磨，还挺羡慕二弟三弟的。这红军要是能得天下就好了！可是，这世上能有这种好事儿吗？

听着听着，王大心就有点迷迷糊糊的了。母亲推醒他，流着泪说，真想让你睡到天亮，可是不行啊！赶紧打起精神，把干粮袋背上，回山里头去吧！王大心记起了老何的话，也是吓得一激灵，连忙起身从后窗户钻出去，进山了。

六

自从打死了老红灯笼，又教训了几个甲长保长之后，"苏维埃的老何"和便衣队的名声在这一带山区甚是让敌人胆寒。各个村子里"苏维埃下的人"悄悄地联系上了，还吸收了年轻人加入便衣队。一些地主大户主动找上门来，表示愿意缴"红军粮"。老何看苏维埃在这一带有了根基，便把县委的同志和几名便衣队员留下，自己带着七八个人向大山西南麓走。据说在那边，红军主力走后留下的骨干又重建起了一支红军队伍。

有一天晚上，老何在便衣队员刘木根家里开会。到了后半夜，两名便衣队员分别在两个方向上放哨，剩下的人便睡了。董大小子和老锅巴睡在堂屋，一个靠在水缸沿上，一个蜷在柴火垛旁边。老何和王大心睡在下屋，屋里堆了不少破烂儿，磨盘、车轱辘、木盆子、鸡笼子，落满了灰。王大心抱着一捆干草，后背抵着土墙睡着了。迷迷糊糊之中，他听到一声枪响，就在院子里。他向外爬了几步，脑子里一闪，趴在墙根下不动了。堂屋门大开着，有月光照进来。有个黑影站在那儿，举起枪。老锅巴问，你这岗怎么站的？人进来了才报告？话还没问完，那个黑影照着老锅巴开了一枪。接着，他又连开几枪，睡在堂屋的便衣队员都不动了。

外面人声嘈杂，像是保安团把这里包围了，三五个人冲了进来，在黑暗里胡乱开枪。王大心手里没有枪，情急之下，拉响了手榴弹，投了出去。手榴弹在堂屋里爆炸，离他几米远。他也顾不得害怕，只要能炸死对方就行。气浪像一个狂怒的壮汉子，一把就将王大心掀出了几尺远，摔在了一块磨盘石上。弹片、石块、碎木头在空中横飞，密集得像冰雹。那一瞬间里，一片雪亮，听不到任何声音，也看不到任何东西。奇怪的是，王大心一点都感觉不到疼，挣扎着爬起来，又投出了一颗手榴弹。

两次爆炸之后，屋里只剩下呻吟声，浓烟直呛鼻子。王大心打算从屋门冲出去，被老何按住。老何指了指一侧墙壁，他看过去，隐隐看见那面墙被炸裂了一道缝。老何用肩膀撞了几下，缝隙越裂越大。王大心也跟着撞了上去，几坨土坯砖砸到后背上。要在平时，肯定是把他砸得爬不起来。可现在，王大心抖了抖土，一下子蹿起来向墙上撞去，那劲头，就是撞碎脑袋瓜子也要把墙撞开。他摔倒时摸到了一具尸体，也顾不得分辨是谁。匆忙之间从那人腰间拽出枪，爬起来，跟着老何从撞出来的墙洞里冲了出去。

保安团的枪都对着房门和窗子，没想到墙会被撞出一个洞。有人在房上看见了人影，胡乱地高声大喊，老何向后山跑啦！有几颗子弹打了过来，由于夜色很重，只是瞎猫碰死耗子似的在空中飞过，偏得很远。老何在前，王大心紧紧跟着。他回头看了一眼，隐约看到后面还跑出来一个人。剩下的，就都被围在了屋子里。他脚踏着菜园子里的白菜，撞倒了一大片豇豆架子，一个翻身，翻到了栅栏外面。不想外面是个小河沟，沟底是很硬的带尖的石头。王大心眼前一黑，心里闪过一个念头，这下如果爬不起来，肯定被抓住打死。他的腿在战抖，拼命用上一点力气，双手着地，像只猴子那样爬着过了河，又爬着钻进林子。抬头一看，不见了老何的踪影。深吸了一口气，憋住劲，向山上爬过去。爬着爬着，后面的呐喊声渐渐消失了，两腿也顶上了力气。他不敢稍停一停，一口气翻过了两个山头，直到所有的声音都听不见了，只有大自然的风声和草木声，才一屁股坐到树下，像死人一样木木地瞅着夜空。

浑身是树枝和岩石刮出来的伤口，衣服被浸透了，分不清是血水还是汗水。肩头的皮肉裂出来一道白肉，慢慢地向外涌着血。王大心照着林院长教给他的办法，把衣襟撕成布条，将伤口处的血管扎住，才止住了血。等天明之后，再采些金银花、猪牙草、水马桑覆上消毒，以免皮肉烂掉。

一阵前所未有的陌生恐惧，像冰冷刺骨的河水，快要把王大心淹没。不是因为差点儿被打死，而是因为那个不知是谁的黑漆漆的人影。老锅巴曾喊，这岗是怎么站的？所以，这人肯定是自己人。王大心一张脸一张脸回忆着，猜测可能是哪一个队员出卖了大家。这些脸像天上的云，像夜空里的星星，像树枝上的叶子，在脑海里快速旋转飞舞，最后想得头昏脑涨，也没有结论。王大心难过得想哭，可眼泪流下来的时候，那种深入骨髓的恐惧便又一次袭上心房。他真想把那个向老锅巴开枪的人揪到跟前，好好问问他，怎么下得去手打死曾经和自己出生入死的战友？他们可是救过你的命，替你挡过子弹的。如此牢固的友情都拽不回你的心吗？到底是什么让你狠下心，也昧起了良心，把大家伙儿的性命一股脑儿出卖给了敌人？

真是可怕呀！王大心想不通，生平第一次感到如此地脆弱与孤单。他抱着冷冰冰的匣子枪，晕乎乎地躺在一块青石上。这枪又冷又重，也不会说话。他抚摸着，虽然不会用，但摸到上面累累的磕痕、擦痕、撞痕，又觉得它必定无比忠诚。想到这儿，王大心使劲把枪往怀里搂了搂。

　　太阳升起来了，丛林之中又恢复了闷热与潮湿。阳光仿佛也特别疲倦，格外恍惚与迷离。整整一天，王大心一动未动。朦朦胧胧之中，他在想，老何去哪儿了？那个跟着他们一起冲出来的黑影子是谁？这时，他格外思念老何。老何这人似乎什么也不怕，有很多办法，还总是那么高高兴兴的。跟他在一起，你永远都不会知道悲伤难受是咋回事。你看他，领着三五个人就敢进老红灯笼的寨子，取了老红灯笼的性命。这不，前些日子县城大门上又多了告示，老何的人头现在是五千块银洋。老何得知之后，哈哈大笑，说，要不是老蒋，咱还真不知道自己脑袋值这么多钱，这下，可不敢轻易死喽！说完，他往嘴里扒了一口饭，捅了捅董大小子，说，我要是死了，你可得把我埋好，这么贵重的东西，不能让保安团得了去呀！

　　这时，山下传来嘈杂声。王大心从树叶间向下望去，四个方向都有保安团。他们拉成一条黑色的长线，一点一点向山上梳了过来。王大心急得团团转，心脏猛烈地跳着，一下一下撞着喉咙。他强迫自己冷静下来想办法，否则自己一定会被打死。他仔细观察了一会儿，发觉西南方向山脚下有一处缺口，那里的人并不多。朝那个方向钻了很远，离保安团的人越来越近，近得能听到他们叫喊和用木棍敲打草丛的声音。有人喝道，快出来吧，都看见你啦！这回县党部有令，不杀苏维埃。王大心知道他们在虚张声势，其实啥也没找到，也没看到。而且保安团的人也知道，藏在草丛中的人早把枪口对准了自己，一旦打上照面，对方暴露了，枪就先响了。不过，面前的方向上足足有十几个人，从这么密集的网子中钻过去实在是太难。王大心悄悄退回了山顶，情急之下，找到一处泥坑，上面长着几尺高的藤草。他下半身浸在泥水里，脖子和头藏在浓密的叶子下面。

脚步声和说话声越发近了，十几步远，几步远……王大心紧紧掐住鼻子，大张着嘴，用力地箍住胸腔，一丝一丝吸气，然后一丝一丝吐气。可气却越来越不够用，差一点眩晕过去。有个人走到近处，能听见他用棍子一下一下戳着可疑的地方。他说道，这天气真是热死人了，不知要找到什么时候？带来的干粮都馊了。这说话声像雷一样，王大心瞪大眼睛望出去，原来是大哥。他把头慢慢地向上探，脸朝上。如果大哥朝这个方向过来，一眼就能认出他来。果然，就在大哥高高举起棍子向藤草里戳时，那棍子稍稍犹豫了一下，偏了偏，擦着王大心的身体戳了下去。走了几步，大哥似乎想起了什么，说道，唉我说，我有点发昏，坐一下子，喝口水，马上赶过去。你先走，帮我照顾照顾着啊！那人答应着，走了过去。大哥坐在水坑边上，装作喝水，然后将干粮袋解了下来，甩进草丛里，低声说，朝我来的方向走，天堂岭那边没有人。喝完水，大哥高喊道，你到哪儿去了，等等我。喊完，他紧跑了几步，消失在树丛里。

王大心泪流满面。他哭着，也只能使劲儿捂住嘴，悄无声息地哭。又在泥水里趴了很久，保安团搜山的队伍向山那边去了，他才扒开藤草，走一段路，藏一会儿，听听动静，再继续走。他记得上次回家看老娘之前，老何说过要去天堂岭的。那一片大山，也算是个能会合的地点。

当天半夜，王大心便摸上了天堂岭。他找到了一处山洞，里面空无一物。即使苏维埃的人在里面待过，走时也会清理干净，不留任何痕迹。他没敢进山洞，而是在旁边找了棵大树，蜷在树下深草里，向山坡下面投出三块石子。没有回应。月亮向山边落下去，他悄悄换了个地方，又投出三块石子，依然没有回应。

这样在山里转了一夜，没有任何动静。可奇怪的是，王大心却总觉得老何就在这山里。比如走小道时，泥地上没有脚印，仔细看道边高草的草根，却是折断的。也就是说，有人把高草踏倒了，但为了不留下踪迹，又特意把它们扶了起来。能做这种事的人，只有老何和便衣队的队员。还比如，山里有不太宽的溪水，刚刚没过脚脖子。乍一看上去，溪水是清澈的，可蹲下来认真打量，你会发现里面的石头并不在泥窝里，而是翻了一个面，有苔藓的一面朝向下。顺着溪水走一段路，里面的石子大都这样。有现成的路不走，而是蹚着水沟走的，也只有老何和便衣队的人。

躲了一个白天，又摸了一个黑夜，沿着山顶转了一个大圈，情况依然如此。王大心满山地找，老何他们虽然不见踪影，又似乎就在哪个地方看着他，观察着他。这是为什么？天快亮时，他有些不安地投出了三块石子。这次，有了回应。王大心抬头看去，悬崖壁上长满了爬山虎，并且被一棵巨大的槐树树冠挡着。那里似乎什么也没有，但爬上去，王大心在密密的草丛后面，发现一个天然的石窝，刚刚可以蜷下两个人。正是老何和董大小子。老何头上缠着布条，被血浸透了，胳膊上、前胸上也有伤，横着竖着用撕下来的衣袖子勒了两道。董大小子身上有几道刮痕，没什么大伤。他赤裸着膀子，看来是把衣服撕了，给老何包扎了伤口。

王大心本来是想一下子扑进老何的怀里，但董大小子一把将他拽到身前，扭在腿上，用盒子枪牛皮挎带套住他的脖子狠狠地问，你回家都见谁了？董大小子像换了个人，眼睛血红，嘴唇战抖，手指使劲拉着皮带，要勒死一条狗似的。王大心一下子蒙了，又一下子明白了，可喉咙像是要压碎了一样，半句话也说不出来，只能呜呜地喘气。老何喝道，混小子，你要干什么？董大小子说，这小崽子，大哥是保安团二大队三棵树堡子里头的，前天保安团搜山时也一起上山了。我都听见他说话了，对咱便衣队比谁都了解。

老何又喝道，我再说一遍，你马上把老七给我放开！董大小子放开了手，却一脚把王大心踹到了悬崖下。好在悬崖只有丈把高，又牢牢地长了很多爬山虎，王大心摔得不重。他费力地爬起来，抹了把眼泪，留恋地望了一眼悬崖上的洞，狠了狠心，一瘸一拐地向山下走。他不顾一切地哭出声来，这辈子从未这么伤心过。走了几步，却不知该去哪儿，因为他就是来这儿找苏维埃，找老何的，可老何就在这里啊！他仰起脸，咧开嘴，无助地放声大哭，把树上的鸟儿都惊了起来。

老何费力地从崖上滑下来，跛着脚追上王大心。他一把把王大心搂在怀里，用一只手盖住了他的嘴，说，这孩子，谁说不要你了的？快别哭了，再哭把白狗子招来啦！老何领着王大心回到石窝子，三个人挤在一起，董大小子向外靠了靠，不愿挨王大心太近。

老何说，看见了吧，咱们虽然敲掉了老红灯笼，让敌人胆寒了，可他们做梦都盼着咱们死呢！这次，以为住在自己队员家里就安全了，没想到反倒是出了事。是身子骨懒了。过去，咱们不管啥情况，都要到外面去住，住草里，住树上，住山里，都安全。

董大小子说，肯定是出叛徒了，要不保安团就那么盯盯地摸到咱队员家里，而且进屋就开枪？老何说，过去，打了败仗，吃了亏，就说队伍里出了叛徒。眼睛跟你现在一样，都快冒血了，脑子就跟开水锅一样，看谁都像叛徒。抓起来一个劲儿往死里打，扛不住就乱招供，结果越招叛徒就越多，也越招越荒诞不经。那些同志都是一起出生入死的呀！替自己挡过子弹，从火线上把自己背下来，没有他们，命早没了。可是，转眼间，他们就成了反革命。反革命的

209

后果是什么你知道……下不去手啊！眼里淌着泪，手哆嗦，宁肯那刀子扎在自己心窝子里头。你没法子也不敢去看同志们的眼睛……

老何停了一下，重重地说，我有过亲身的经历。那时我是红军连长，因为对作战计划提了点意见，就被抓了起来，说我是反革命。在砍头前一刻，才被老师长从大刀下救了下来。从那时起，我就下定决心，无论情况有多危急，也绝不用那种办法，绝—对—不用！我就是豁出命去，也一定要用另一种东西把队伍带起来！

董大小子说，他大哥是保安团怎么说？老何道，那我家还是冯家塝有名的大户呢！我不也出来跟着苏维埃干了吗？董大小子问，老七，我问你，要是你大哥今后杀咱们的同志怎么办？王大心说，我大哥不会的，他是个好人，他参加保安团是为了养家，为了保护俺娘。董大小子又问，你怎么知道不会，如果有一天他真的杀了咱们的同志呢？王大心说，如果他杀了咱们的同志，我也……说到这里，他怎么也说不下去了。他想起大哥救自己时的一幕，抓着大哥甩给自己的干粮袋，哇的一声又哭起来。

老何又说，大小子，你牢牢记住，子弹刀子能杀人，这不假。它的恐怖能吓唬住人，让人服从你，让人家闭嘴。可是这东西服不了人心。能让人家真心实意地跟着你干革命，那才是正道。这大别山出来闹革命的，哪个是怕掉脑袋的？哪个也不是。最艰难困苦的时刻，靠杀人聚不了人心。这样搞的人，他自己的下场也不会好！要让大家看到希望，要用热情感染大家，要用自己的为人赢得大家的信任，让大家都满怀信心地跟着你走，这才是真正的苏维埃！

七

老何从兜里掏出一把野果子，有熟的，也有半生不熟的。他笑

210

眯眯地对王大心说，饿了没有，咱们俩比一比，看谁吃得多。王大心收住哭声，抽咽地笑着，接过几颗野果子，就着泪珠，嘎嘣嘎嘣啃起来。老何轻轻拍着王大心的后背，用很低的声音哼道：

> 洋桃树上洋桃多，
> 大家一见笑呵呵。
> 甜酸苦涩虽占尽，
> 能充饥来能止渴。
> 洋桃树，洋桃果，
> 人们吃你笑呵呵。
> 不怕你的味道酸死我，
> 我们坚决找你来合伙。

王大心问，你也会唱？我听林院长唱过。老何说，因为大家都靠吃洋桃解饥嘛！哈哈。笑过之后，老何说，大小子，这事过去了几天，保安团估计撤走了。你潜回刘木根家里，摸摸情况。注意，如果刘木根还活着，不要直接去见他。他们村的韩五哥是咱们的人，你夜里去他家，投三块石，对上暗号后再和他说话。

三天后，董大小子回来了。他说，刘木根当叛徒了。那晚是他站哨，把保安团给领来了。老锅巴，还有两名没冲出来的便衣队员都牺牲了。我找韩五哥的时候，投了三块石子，他明明在家，可是不出来。我觉得蹊跷，就到他家水田边上的沟里趴了一夜一天，差点给晒死在里面。傍晚，韩五哥来地里干活，才说上话。他说，刘木根现在不在村里，去了刘朗山的保安团一大队，当了个小头目。上次老何和便衣队中埋伏，就是刘木根把消息告诉了刘朗山，然后由刘朗山亲自指挥保安团干的。另外，老暗号也不安全了，刘木根叛变后，经常用老暗号去敲红军家属的门，谁出来说话就把谁抓起来。我和他约定了新暗号，朝窗子投六块石子，三慢三快。

老何说，也好，以后就都换成新暗号吧。董大小子很感慨地叹了口气，说，刘朗山变化可太大了。过去，这小子白白净净斯斯文文的，在南京上过大学，有文化。张口闭口的都是为国家谋生存，为人民谋福利，什么文明啊，自由啊，什么女子应该穿得漂漂亮亮的。有段时间还声明自愿舍弃家产，散给老百姓。现在，整个变成了一条红眼疯狗，比国民党还国民党，比保安团还保安团。天天喝大酒、吃大肉、抽大烟，身子也胖走了样，肚子圆得像猪尿泡，腰带都陷到了肉里，脸又红又黑，一层油腻。要是没人说，谁也想不到这就是当年那个帅气有文化的刘朗山。

董大小子又说，过去，这小子还能叫个人，现在，已经不是人啦！听韩五哥说，他看上了东大塝边上一户人家的媳妇，生生给占了。鸡蛋里挑了块骨头，把那家男人派到五道山外的东北军一个团里头当兵，半年一载也回不来一次。这段日子，他没事就去那个媳妇家里过夜。

老何冷笑了一声，道，既然他刘朗山这么猖狂，那咱们就这么办……估计靠咱们俩，加上老七，人手是不够的。先从别的区调几个人来吧！人手嘛，都是打出来的。只要你敢打又会打，人就慢慢聚拢过来了。

半个月之后的一个傍晚，韩五哥让他的闺女上山送饭，并且告诉老何，刘朗山下午就到那个媳妇家去了，现在还没走。刚才又让韩五哥给他买酒和肉，估计晚上也不准备走了。老何又问刘朗山带了多少人？韩五哥闺女说，一个副官，两个卫兵。老何点点头，三口五口吃完了饭，往韩五哥闺女篮子里塞了一大捆木柴，遇到保安团搜山时也有解释。

东大塝有片很大的水塘。西边一侧挤满了荷叶、荷花和一人多高的苇草，水面上飘着淡淡的雾气。波光粼粼的塘水好似镜子，满满地映着月亮和远处的群山，把夜空也洒上了银色的光辉。在苇草中间，有个用木板搭成的停船码头，中秋一过，采莲蓬、莲藕的木船都要从这里出发，并回到这里，每次都能满载而归。王大心和董大小子悄无声息地潜入水中，从一片巨大的荷叶下面，来到另一片巨大的荷叶下面，缓缓向那家媳妇的房后柴火垛游过去。塘里的水暖暖的，像丝绸一样裹着身体。水草抚摸着腰身和四肢，不时有小鱼撞到皮肤上，一阵麻酥酥的痒。

上了岸，王大心背靠着柴火垛，身上的水顺着青草流下去，小溪水一样。不远处，刘朗山的一个卫兵坐在石头上睡着了，旁边放了只酒瓶子。他大张着嘴，打着重重的鼾，时断时续，酒肉混杂的气味儿传得老远。董大小子按住王大心，指了指耳朵。王大心仔细向房前听过去，隐约有脚步声，而且是两个人的。照约定，老何带两个新调来的便衣队员包抄前门，董大小子和王大心从后门打进去。估计老何此时正躲在草丛里，静静地观察着那两个人。董大小子又指了指房子的后窗，指了指自己，指了指酣睡中的卫兵，又指了指王大心。王大心明白了，那意思是待会让他负责制服那个还在醉乡中的卫兵。

只见房前草丛里黑影一闪，两名便衣队员从眼皮底下钻出来，将刘朗山的副官和卫兵扑倒。副官倒在地上，嘴里还在喊，你们个混蛋，这是刘队长……话还没说完，就被一拳打得没了声息。在同一瞬间，董大小子从后窗撞进去，与老何一前一后将刘朗山擒在床上。王大心高高举起一块石头，不想那卫兵舔了舔嘴唇，竟然摇摇身子，躺倒在地，继续死睡起来。

不一会儿工夫，便衣队员将副官和两个卫兵捆了起来，拖到屋子里。王大心也进了屋，在昏黄的油灯下，再一次见到了刘朗山。一眼看过去，真是让王大心吃惊不小。刘朗山像个套了黑绸子布的皮球，堆在床上。眼皮浮肿，头发稀疏，皮肉透着虚弱的浮白，并且在吃力地喘着气。这个人真的是刘朗山吗？王大心怀疑着，使劲儿地打量着，终于从眉眼和嘴角间，依稀辨认出了一点儿刘朗山当年的样子。记得两年前和刘朗山在月夜里的那次谈话，他穿着黑色学生服，眼睛亮晶晶的，充满希望，几缕卷发垂在额头，一举一动敏捷有力，简直是一个让所有女孩子都着迷的英俊年轻人。不知为什么，王大心心头竟然涌起一阵悲哀。

老何走到刘朗山面前，冷冷地问道，知道我们是谁吗？刘朗山一点也不害怕，用一种灰心而绝望的眼神看了看老何，冷静地说，如果没猜错的话，你就是苏维埃的老何，对吗？老何说，没错，鄙人就是。知道为什么抓你吗？刘朗山眼里寒光一闪，像钉子那样与老何对视着，说，知道，我欠你们人命。老何点点头，说，这就好，咱们把话都说清楚了，谁也没有冤枉谁。现在，跟我们走！刘朗山笑笑说，还是别费事儿了，在这儿把我打死就行啦！省得他们还得满山遍野地找我的尸首。老何说，这可由不得你。捆上，带走！

走了一天两夜，直到远远地走出了刘朗山所管的地界，才找了个山顶清凉处停下来。董大小子把刘朗山牢牢捆好，拴在一棵大树下，让王大心和另一名便衣队员看守。他和老何到别处商量事情去了。刘朗山脸色惨白，汗珠子像漏了水的桶似的，一股接一股往下流。终于把气喘过来了，他对王大心说，小弟，我认识你，当年在我家大院子里，咱们谈过话。

王大心往上提了提枪，答道，我记得你。刘朗山问，那个小妹妹呢？王大心说，她跟着大红军向西北走了。刘朗山说，你知道吗？那股大红军还在，他们过秦岭，现在到陕北去了。但愿那个小妹妹还好好的。王大心问，你怎么知道的？刘朗山说，我看报纸呀！

刘朗山长叹了一口气，说，真想回到从前啊！可是回不去啦！王大心以为他要接着说下去，但刘朗山闭上眼睛，背靠着树，像是睡着了，可眼皮却在剧烈地战抖着。

太阳慢慢落山，山风渐凉，身上的汗都干透了。借着夕阳亮红色的光，王大心看见刘朗山的脸上流下两道泪水，像两条浅浅的小溪水，微微闪着薄光。可刘朗山仍然闭着眼，一动不动。夜色降临，王大心往刘朗山的膝头放了一小块玉米糊塌子。刘朗山疲惫地睁开眼，小声说，要死的人啦，不吃了，留给你们吧。

当月亮升上树梢时，刘朗山突然喃喃地说，其实，当年我们是可以一起革命的。王大心不知他在对谁说，也好像是在对自己说。刘朗山接着说，我们是为了让人民生活得更好，你们是为了普天下穷人翻身做主人，我甚至更钦佩你们，因为你们做得更彻底，未来应该像你们的主义描绘的那样才好。

他用一种很沉痛的语气说，可是，你们杀了我的父亲。那之后，我这个人就疯了。我一心想报仇，我本不适合带兵打仗，可还是争到了保安团大队长的位置。这是个什么地方呀，你不吃，你不喝，你不嫖，你不赌，你就带不了队伍。我痛恨这些东西，可又离不了这些东西。真是奇怪，你只有变成一个十恶不赦的坏蛋，你才能让手下怕你，才能让他们服服帖帖地听你的话。就拿这个小媳妇来说吧，我真心想娶的是一个文明高雅的女子，我在南京上大学时有自己的恋人。可是，我只有霸占她，才能显示我的坏，别人才不会说，这小子还是个学生官、小白脸儿。可一跟她喝上酒，上了床，又觉得一切都很好。我就像一头猪，在泥水里打滚也觉得很舒服。

他又说，看看我现在这个样子，如果回到南京，我的爱人一定都认不出我来了。这两年，我都干了什么呀！有时早晨从床上惊醒，我的良心还清醒着，它就对我说，你的理想呢？你的主义呢？你把它们都丢到哪儿去了？你在往自己的良心上捅刀子呢！

刘朗山接着说，有时，我对自己说，要想实现理想，实现主义就得先学会过这种猪一样的生活。可我越来越清醒了，我是在自己骗自己。正是这种生活毁了我的理想，我的主义，也彻彻底底地毁了我。我觉得自己就像一个病人，却被人逼着喝毒药治病，每喝一口，就离死更近一步。现在，我终于走到了这一步！再也没有希望了！

刘朗山一直在说，想到了什么就说什么，时断时续，却一直没停。后半夜时，王大心的眼睛突然粘上了一下。等他惊慌地再次睁开眼时，发现刘朗山把自己的脖子卡在一个树杈上，半跪着吊在那儿，已经死了。

八

两年后的冬天，天空里滚动着铅灰色的浓云。不久，便无声无息地下起了雪。天地间一片白茫茫，说也奇怪，雪像一道巨大的幕布，把所有的声音都隔在了天外。枝头草叶挂上了雪，半绿半白，不一会儿，便融化出了水滴。王大心在一片野葡萄藤下找到了干草，拾掇拾掇，便蜷在上面睡着了。半夜里，听见远山外传来叮叮当当声，坐起来，又看到一闪一闪的火光。原来是过年了！他靠在岩石上，想着娘，想着大哥，猛然发现离开家这么久了。

老何从山下回来，手里拎了两只猪后腿。他对王大心说，等天亮了，咱们到何家冲去。山北边的红军主力来了，给他们送点填肚子的东西。听到老何说红军主力，王大心便想到了二哥三哥，一时间有点恍惚。他也知道，他二哥三哥参加的红军主力部队早已离开山区，去了陕北。而老何现在说的红军主力，是当年他们走时留下的骨干所重建的队伍。王大心一边走神，一边念叨着，大红军，大红军。突然，他着急地说，老何，我求求你了，让我参加红军吧！老何也是吃了一惊。他看了王大心一眼，低下头，许久沉默不语。王大心觉得他是在责备自己，有点不安地说，如果你要我留在大山里头，我就不走了。老何皱了皱眉，眼睛红红的，说，不是的，小鹰的翅膀早晚都会硬起来的。我只是有点受不了跟自己的同志道别。有的同志在战斗中牺牲了，这是不需要道别的，他们说走就走了，不管你愿意不愿意。可像你这样，道别之后就不知何时再见啦！

老何又笑了笑，说，革命本来就是这个样子嘛！我这是怎么了？天亮之后，王大心和老何，还有便衣队去了何家冲。山路旁边有片开阔地，已经集合了几百人。走到近处，王大心看到这些人非常疲惫，衣衫褴褛，有的穿着带有红领章的灰黑色军服，大部分穿的是农家短衫，或干脆赤裸着上身。即使是军服，也撕开了许多口子，袖口和裤腿是烂的，补丁叠着补丁。如果不是每个人手里有杆长枪，你肯定看不出这是一支要打仗的部队。他们的身材干瘦，皮肤黝黑，脸颊深陷，显得颧骨很高，也显得眼珠子和牙齿特别白，双臂和腿脚特别长。

待老何走到近前时，从队伍中走出一个穿军装，扎牛皮带，挎着短枪的人。这人也没说话，走到老何面前，两个人一下子就抱在一起。好一会儿，这人才吸了吸鼻涕，抹了把眼泪，说，我说冯老四，你个王八盖儿上长绿毛的还活得好好的呢！老何说，你不也一样嘛！那人说，啥一样啊？差一点你就见不到我了！这"差一点"，不知多少回啦！

老何把猪腿塞给那人，说，快把锅支上，先把肚子吃饱。那人说，我这个团几百人可好几天没吃上饭了呢！两只猪腿不够。老何说，你别着急，一会儿，方圆几十里地主大户的红军粮就缴过来了，够你们吃的。果然，没过多久，就见到有人挑着粮食从山路上过来，三三两两，也不集中，仿佛是小生意人要把粮食送到山外去卖。地主大户不敢明着缴红军粮，怕县政府和保安团查办他们，就和苏维埃达成协议，以这种方式暗中把粮食送过来。

老何又问，在这儿能待多久？那人说，听军首长的命令吧，恐怕待不了多久，国民党几个师在屁股后面紧追着呢！老何把王大心拉到那人面前，先对王大心说，这是老杨，红军的团政委。当年，我当连长，他当指导员，俺们是老两口子。哈哈。你不是想当红军吗？这事儿得找他。

王大心窘得不会说话了。老何又把他向前推了推，说，别看他才十三岁，可已经是打了三年游击的老便衣队员了。有一回打老红灯笼，他握着手榴弹要跟红学会的人同归于尽，把一屋子的壮汉都给震住了。杨政委把王大心拉过去，捏了捏他的肩膀和胳膊，问道，你叫什么名字？给我当通信员愿意吗？王大心脸胀得通红，使劲儿地点头，结结巴巴地说，我叫王大心，我大哥叫王大树，我二哥三哥叫王大山，王大河。杨政委又拍了拍他腰间挎着的匣子枪，笑着说，大心，枪不错嘛。王大心有点不知所措地看着老何，意思是说，在便衣队，大家都不叫真正的名字的。老何也明白了，说，这是红军，大家都叫真名字。杨政委说，大心，大心，大大的心，善良的心，正直的心，勇敢的心，不屈的心，忠诚的心，宽广的心，很好的名字呀！

这时，从山路上又来了一个百十来人的队伍。老何对杨政委说，人我也给你们带来了。这些人，有的是红军留下来的伤员，给你们照顾得好好的，现在可以归队了，一根汗毛也没缺。还有的是一直跟着苏维埃的老便衣队员，我把好的都挑出来了，连人带枪，你们全领走！杨政委很吃惊，说道，这可都是宝贝啊！好人好枪都让我带走了，你们地方党组织还怎么工作？老何说，别说一下子给了你们这么多人和枪，就是要走一人一枪，也比割我心头肉都疼。可我们不就是干这个的嘛！我们的日子过得苦，你们不也是一样。红军主力越打越少怎么行？快领走吧，小心我后悔！

老何从布袋里掏出一只白瓷瓶，递给杨政委，道，这是咱老家的酒，还是那个味儿。杨政委问，要走了？老何答，嗯，一会儿我就不回头，也不打招呼了。你也不要看我，也不要说什么。杨政委道，好！那就不说了。老何低下头，像是在思量着什么，道，嗯，不说了……

临行前，老何端详着王大心，说，看看，三年了，你都和我一般高喽！我琢磨着，你这只小鹰啥时把翅膀摔打硬了，还是要飞回这大山里头的。我老何盼着你回来！王大心泪水盈眶，一句话也说不出。他扭过身，从挎包里取出两片粗布红领章和一根针、一截线，递给老何。这红领章是几年前在天堂岭，红军"突击队"的李连长送给他的。老何明白了，拍了拍王大心的后背，让他挺起胸，然后一针一线地把红领章缝在了他破旧的衣领上。老何缝得很仔细，又很慢，一下一下像锯子似的割着王大心的心。王大心忍着心中的剧痛，紧闭着嘴，生怕自己说出什么没骨气的话，生怕这话一出口，自己就没勇气离开老何了。终于，老何缝完了。他双手捧着王大心的领子，用大拇指使劲地将两片皱皱巴巴的红领章抹平，让它们看上去更精神更漂亮。老何使尽力气说道，我在这大山里头等着你！说罢，他便头也不回地走了，直到身影越来越小，上了山，又在树林里消失，也再没回头看一眼。

第二天天还没亮，王大心就跟着杨政委出发了。仅仅一天一夜之后，国民党一个师的前卫营就尾随着到达这里。大山被甩在了后头，天和地都变宽了。田野青翠，一眼望不到边的冬麦地里已经长出尺把高的青苗。干黄的土上面覆盖着一大块一大块薄雪，太阳一出来，就融化成水，再不用担心干旱。油菜地也是如此，要不了多久，春风一吹，那广阔无边的浓绿之中，就会开出一大片一大片黄得像火似的油菜花。

在大山里，王大心觉得那一座座山就像大海中的波涛，而自己是一条敏捷的小鱼，从一个浪尖游到另一个浪尖。不管敌人撒下多大的网，也绝对抓不住他。而在平原上，他更像是一匹小马，必须不停地行军。一天八九十、上百里地，一刻也不歇着。如果情况紧急，一天一夜要赶路两百里。他的脚打了血泡，血泡破了之后生了老茧，老茧开裂之后露出又红又白的血肉。可奇怪的是，脚到了这个地步反倒是不疼了，无论是踩在泥水里，还是踩在树枝上、岩石上，甚至是荆棘上，都像穿着双铁鞋子一样。杨政委把王大心的脚抬起来端详了一番，又把自己的脚给他看，笑着说，瞅瞅，这下咱俩都一样了，这才是红军的脚板子嘛！

除了睡觉，队伍大部分时间都在行军。杨政委和团长他们开会，很少找个屋子，大家坐下来四平八稳地开，而是边行军边商量，一边盯着前方的路，一边往嘴里塞干粮，一边说自己的意见。会开完了，营长连长跑回自己的队伍，也是一边赶路一边交待任务。等到了目的地，大家已经子弹上膛，手榴弹拧开了盖子，准备打仗了。王大心一刻也不敢离了杨政委。别看红军战士一个个破衣烂衫、瘦骨嶙峋，但赶起路来却快如飞。大家不声不响，一个人紧挨着另一个人，仿佛夜色里一条长长的黑线，无声无息之间，就走出了几十里。有一次，王大心在半夜途中短休时一下子睡了过去，醒来时队伍早已不见踪影。他追了三天也没追上。后来，部队为了钻出包围圈，又原路折了回来，才撞见了王大心。从那以后，他每次睡觉之前，都会在手腕上系一条细麻绳，另一头拴在马尾巴上，或别人的步枪上。这样，部队出发时就会把他拽醒。有时，在行军路上有了尿，王大心也不敢离开队伍去撒，边走边尿，走过十几里路后，裤子也就干了。后来，他发现急行军时别人也是这样，谁都不会笑话谁。

有一天夜里，部队准备宿营。王大心烧了一锅热水，让杨政委泡过脚再睡。杨政委说，部队又没粮了，哪里还睡得着呀！咱们再向前走走，筹些粮食去。两里开外有片很大的湖，湖边有座很高的坝子。坝子下是一个小村子，几十户人家。杨政委去敲门，可没一户点灯，也没一户开门。他耐心地敲了好一会儿，门里有了动静，门却没开。他对着门缝小声说，我们是红军，不抢东西也不抓人，只想向您借些粮食，部队已经饿了好几天啦。里边有男人说话，行行好吧，你们快走吧，给红军一粒米都是要杀头的。又有一个女人的声音说道，门外有半盆凉饭，我可只当你是个饿肚子的过路人，拿去吧！杨政委说，老乡，我们有几百人呢，这些不够啊！屋里再不吭声了。

王大心觉得这女人声音有些耳熟，却怎么也想不起是谁。他灵机一动，拿起六块石子，三慢三快地朝这家后窗投了去。门开了，一个人出来，假装谁也没看到，坐到一辆马车架子上抽烟。烟火星一亮一暗，他四处看了看，确定没人，赶紧把杨政委和王大心两人拉进了屋。进了屋也没点灯。女人问，你们是苏维埃的人么？这下，王大心听清楚了，这个女人就是老李大娘的儿媳妇黄大梅，只是不知她为什么到了这里。问过之后，大梅说，她是一年前被卖到这里的。丈夫是个木匠，老实人，凡事都听她的。杨政委问，你受了不少气吧？大梅笑道，俺可不是受气的女人。刚来时，村里人看我是红军家属，又是给卖过来的，总是不给我好脸色看。可红军家属又不是坏人，卖到这里也不是我愿意的，怎么我就非得受他们的气！买媳妇又不是买了头牲口，想欺负俺？他可敢！

黄大梅捅了捅他男人，说，这是俺的亲人，咱给大红军出二百斤粮食。他男人闷闷地嗯了一声。杨政委忙说，红军买老乡的东西是付钱的，暂时没有钱，也给打条子。条子是红军的脸面，将来拿着条子找红军要钱也算数。说完，他掏出一沓细绳扎着的钞票，也没数，递给了黄大梅。她男人想了想，说，俺天亮时再跟族人商量一下，给你们凑一千斤。村子小，红军大人多包涵。到时，我们趁天黑把粮食埋在湖东边的歪脖柳树下，你们行军路过时起走就行了，千万别说是从我们村拿的。钱不钱的，对庄稼人用处不大。

临走时，黄大梅对杨政委说，既然我来了，这儿就是一个点儿。她又指了指大山的西面，说，如果你在那边见了老何，告诉他，苏维埃的人以后还可以在这儿落脚。

九

不久，军首长下达了命令，进攻大山西南方的一座县城。这座县城离黄大梅的村子三十几里路，南面是条江，东面是湖，北面靠着大山。不过，杨政委看地形时，却钻进了大山，离县城越走越远。这里，有一座山谷，一条上下山的石子路从山谷正中穿过，像绿叶上的一缕淡白色叶脉。路两边树高林密，四五米远处便看不见人或动物的踪迹。在这里埋伏，可以离敌人很近，鼻尖简直都可以碰到对方的衣大襟。像杨政委常说的，向敌人发起攻击时，刺刀一亮出来，就得扎在他们的肚皮上。

杨政委带着王大心把几座山头认认真真摸了一遍。他举起望远镜，看见山谷对面的几座山上也有人在侦察，是红军。军首长在这里放了一个团、三个独立营，加上一个由便衣队和康复的轻伤员组建的教导营，共五支队伍。杨政委笑笑，说，打县城是假，打伏击才是真。县城那个东西不会跑，也挪不动，打下来用处不大，总不能像王八驮石碑那样背着它满世界跑吧？咱红军不干那傻事儿，也干不了。

杨政委道，我问你，要是花狸猫和老狗熊打架，谁能赢？王大心答，不好说，花狸猫爪子快，一爪子把老狗熊眼睛抓瞎了也不是不可能。杨政委说，现在，红军是花狸猫，国民党正规军就是老狗熊。花狸猫的身手是很敏捷，可你还要看到它身上有另一种东西，那个东西才是真正厉害。这小家伙儿，胆子凶得很！牙一呲，须子一炸，嗷那么一叫，怕过谁？活生生就是一头老虎崽子！

入夜，晚冬的山风很凉。可在硬刺刺的风口里，又隐隐透着股又潮又热又饱又胀的暖和劲儿，吹在身上，不再那么刺骨，反倒让你的心头涌起那么一点快乐。王大心知道，当山上刮起了这种风时，春天就快来了。苍翠的大山将要变淡变浅，生出新绿，生出嫩绿，以至生出五颜六色。身边的人都一动不动地趴在半山腰，嘴里咬着树枝，不准说话，不准生火，不准拉枪栓，即使咳嗽，也要紧紧捂住嘴和鼻孔，把它死死闷在胸腔里。出发之前，所有人把装备挂在身上之后，都要蹦一蹦跳一跳，看有什么物件会发出声响。能发出动静的，赶紧扔掉。

月亮离开山顶半尺高时，山外正南方向闪起火光，像一盆火炭扬在了夜色里，到处是飞溅的火星。不一会儿，又传来噼噼啪啪的脆响，仿佛成千上万根竹子燃烧时发出的声音。杨政委朝县城那边看了一下，便不再关注那个方向。他侧过耳朵，仔细地辨别山北的动静。那边，驻扎着广西来的一个师，不知他们会出动多少兵力增援县城。军首长在这里摆四个团，是算准了要吃掉他们一个团。或许，军首长的判断是准确的吧。虽说有一个师在这里，但都是一个营一个连分散在各个碉堡里，想一下子集中起来不容易。

天快亮时，北面的天空慢慢变成乌蓝色，大部分星星隐去不见，只剩下几颗最亮的星。天空与大山交界处还要更亮一些，透出亮红色。不久，从这亮红色之中，可以辨认出比芝麻尖还要小的人影和火光。在两座山之间的路上，大队的人马开始通过。他们比较小心，先是让队伍停了下来，派侦察队向两侧山峰搜索。也不知是侦察队胆怯，还是敌人忙着增援县城，队伍稍停片刻，便又急急忙忙前进，连火把也没熄灭。一时间，山下的路上人马拥挤，喧闹嘈杂。

敌人的先头部队开了过去，用不上半天，就会走出大山，进入平原。杨政委朝山北望去，那里还有敌人后续的部队。他喃喃道，这可不是一个团啊！后面还跟着一个团，搞不好还有保安团。这仗军首长准备怎么打呢？他抬头望了望，山对面没有动静。那里隐蔽着这次战斗的前线指挥部，一切都看他们的信号。

打，还是不打？杨政委侧过头，与团长对视了一眼。他琢磨着，此时军首长会下怎样的决心呢？想了一会儿，他对团长点点头，那意思是说，这仗一定会打的。依着军首长的脾气，是绝对不会因为这点意外而打退堂鼓的。既然要打，那下一步怎么个打法，他打了这么些年仗，心里早有数了。

此时，天色放亮，山下人马已看得清楚。山对面先开了枪，四个方面上也几乎同时跟着开枪了。一头一尾截住了去路和归路，两侧夹击，敌人的一个团给装进了口袋。可一阵枪响过后，王大心发现这支广西来的部队并未四散奔逃，也没慌不择路。他们乱了一下，便一个连一个排地组织成小队伍，躲在树后和岩石后头向山上还击。这一小股一小股部队甚至还训练有素地按进攻队形向山上发起了冲锋，进攻方向直指山顶，拼尽全力要拿下制高点。如果山顶被敌人拿下，他们就能打开缺口，或突围，或反击，这仗就悬了。

杨政委站起来，拍了拍一个红军士兵的后背，喊道，到这边集合！他一路走，一路狠狠地拍着战士们的肩，大喊道，参加突击队的跟我走！不一会儿，他身边围住了几十号人，个个把大刀抽了出来。还有战士抽出大刀往突击队里挤，被杨政委拦了回去。他对团长说，后面的敌人正在往包围圈里面杀，让他们杀进来这仗就打黏糊了。时间不等人，我带一梯队，你带二梯队，先把他们团部打残了。他又对团长说，我要是死了，这一仗就由你来拍板。

杨政委带着人向山下冲去。王大心把肩上的牛皮公文包甩在地上，抓起两颗手榴弹，也跟着跑了下去。团长一把拽住他的胳膊，还未来得及说话，手腕就被王大心咬了一口。王大心挣脱团长的手，连滚带爬地来到山下。

这里乱成一团。石子路上、草丛里，到处都有扭打在一起的人。广西兵非常凶猛，虽然身材和衣着都很单薄，有的甚至还穿着只到膝盖的短裤，动作却非常敏捷。有个红军战士挥舞着大刀向一个广西兵砍去。那个广西兵转身就跑，却暗中抽出了腰间的刺刀。待跑到树丛中，大刀施展不开，他装上刺刀，一个突刺，将红军战士刺倒。

王大心在混乱的人群中观察着。远处有几匹马，马中间围着几名戴银色军衔的军官。他们猫着腰，一边躲避着子弹，一边沉着地向四周山上望去，不时对传令兵说着什么。传令兵向分散在四周的营连跑去，传达着命令，敌人的进攻慢慢有序起来。那几匹马的周围护着大约一百多个短枪卫兵，杨政委带着突击队杀得浑身是血，突破重重人墙，却始终也没法杀到最核心当中去。有的红军战士被短枪打倒在地，在拥挤的人群中被乱刀刺死。这时，团长组织的第二梯队也冲下山来，不想却被敌人的进攻队伍阻在了山脚下。

225

王大心拧开了手榴弹盖子，将这两个铁家伙搂在怀里，一点一点从人群当中向那几匹马爬去。不时有人踩到他，有受伤的人倒下来压着他，他都死死盯着那几匹马和马后面的几个人，一点也不敢松劲儿。爬到近处，他拉开手榴弹引信环子，才猛地爬起来，向马围成的圆圈中央投去。待他趴在地上，沙土和血肉像暴雨似的从头顶掠过……

王大心有记忆时，已经是夕阳西下了。敌人被围的一个团失去了指挥，大部分投降被俘，有小股队伍从两座山间钻了出去。后面的一个团和一个保安团见前锋团溃散了，不敢再贸然进攻，心惊胆战地退回山北去了。

石子路上，还有路边草丛里，到处是两两抱在一块儿的广西兵和红军战士。夕阳的红光染红了他们的衣服、脸庞，阵阵冷冰冰的山风从他们或睁或闭的眼睛上抚过。王大心和大家伙儿一起，把他们的遗体分开，红军战士的遗体掩埋起来，广西兵的遗体放在路边，他们的队伍会来收尸。王大心看到红军战士遗体的衣着破烂不堪，大部分光着脚，脚板上裹满了泥水。腰身精瘦精瘦的，草绳做的腰带松松地勒在髋骨间，要掉了似的。满是裂口的衣服裹在如柴的身子骨上，显得格外宽大。看一看广西兵，也并没好到哪里去。他们大部分也是光着脚，穿短裤，脸颊深深地陷下去，皮肤灰黑，嘴大张着，嘴唇干得起了刨花。一个广西兵上衣兜半敞着，露出一角白色的硬纸片。王大心抽出来，原来是一张被血染红的照片。一个头上扎着布巾的山里女人抱着孩子，站在一棵大树下，想必是这个死去的广西人的妻儿。这照片上没有任何名字和地址，王大心把它原样塞了回去。他们的部队收尸时，或许会帮这个广西人把照片保管好吧？

有担架从王大心身后路过，上面躺着重伤员。有的胳膊或腿断了，有的胸膛、腹部被刺刀刺中，被子弹击穿，被炸药炸伤，肠子流了出来。一些重伤员注定活不了，可同志们不忍丢下他们，一边吃力地抬着，一边听着他们大声呻吟、叫喊，走上几里路，翻过几座山，这呻吟声、叫喊声便永远地消失了……

有人在身后叫王大心。他回过头，是杨政委。他躺在担架上，打着白色绷带，灰黑色军服浸满了暗红色的血迹。杨政委问，没见过一次战斗牺牲这么多同志吧？王大心点点头。杨政委沉默了一下，说，捡支好枪换上吧，多搜罗些子弹。刚收到消息，敌人几个师已经围上来，咱们又要开始长途急行军啦！

十

杨政委躺在担架上，白天有时还清醒，可以和团长商量行军打仗筹粮的事情。到了晚上，便浑身滚烫，神志不清。他会突然骂人，用你根本没听过的脏话骂人，好像醉汉一样。他会突然说些事情，比如当年大红军走的时候把枪支弹药和黄金银元埋在了一处山崖下。那地点说得有鼻子有眼，好像到了那地方，你真的就能找到一样。杨政委还突然把王大心的领子揪起来，恶狠狠地问他，广西猴子，还有多远啦？说！你个杂种，不交代，老子把你吊死在这儿。那语气，那眼神，根本没认出王大心，仿佛他就是一个广西兵俘虏。

王大心记得最深的是，杨政委在迷迷糊糊之中突然大叫起来，这政委老子不干啦！你们谁愿意干谁干！老子明天就当逃兵！×团长，你个龟孙子，你他娘卖×的就是这么打仗的吗？一仗死了多少人？你是后娘养的吗？你不通人性吗？还有×××，你他娘卖×的就知道瞎指挥，别人说的话你一句也听不进去。你说，这仗是给我自己打的吗？还不都是为了红军好么？你个鳖羔子王八蛋死脑壳喂花鲢鱼的，小心惹急了老子哪一天打你黑枪！叫喊完了，杨政委放声大哭起来。警卫排长大鳌吓得连忙把他的嘴捂上，怕他挣扎掉到地上，又用一根布条把他捆在了担架上。

翻过一座山时，遇到了几支守卫碉堡的小队伍。不远处响起了枪声，亮光一闪一闪，映出一队一队人影。追击的敌人发现了目标，山下亮起了火把，排成一条线，向山上围了过来。大鳌把杨政委从担架上解了下来，架在后背上，又用一条布单子裹好，在自己的胸前一横一竖使劲系了两个死扣子。他恶狠狠地盯着自己排里的战士，说，我在，杨政委就在，杨政委不在了，大家都别活了！说完，他猫下腰，左手举着短枪，右手拎着大刀，指挥警卫排下山，从包围圈的缝隙里钻出去。

在枪声和呐喊声中，杨政委醒了，但他依然神志不清，死命揪着大鳌的头发和耳朵，喊道，你这是要去哪里？部队在哪里？为什么不报告？你要带着我投敌吗？混蛋！把我放下来！我命令你把我放下来！我枪毙了你！大鳌忍着疼，在昏黑的树丛里飞奔。据他后来说，杨政委身体轻得像个婴儿，跑起来竟然一点也没觉出累。在颠簸中，杨政委又一次昏死过去。

天慢慢灰蒙蒙地亮起来。警卫排是较早地突出包围圈的队伍。大鳌在几十里外一处村子口遇到了团长，决定停下来，等待后面的部队。王大心望见远处湖边的高坝子，发现队伍又兜了个几百里的大圈子，到了黄大梅家的村子。杨政委醒了过来，面色灰白，干枯如纸，好像一下子老了几十岁。他费力地笑笑，说，昨晚好像做了一堆乱七八糟的梦，一会儿水深火热，一会儿冰天雪地，一会儿走投无路，一会儿又绝处逢生。大鳌憨厚地笑了，用粗大的手指头给杨政委捋了捋头发，说，也不一定是在做梦呢！

大鳌揭开杨政委的衣服，又着急起来。才三五天，杨政委身上几处很深的刀伤烂了，皮肉发白，隐隐看得见里面蠕动着米粒大小的白虫子。王大心找来了黄大梅，黄大梅想了想说，村子里只有一个劁猪倌算是见过血，其他人都帮不上忙。劁猪倌来了之后，瞅了瞅杨政委的伤口说，早几天来缝上，现在都快好了。大鳌掏出匣子枪，抵在劁猪倌的头顶，说，你的嘴怎么这么油啊？到底能不能医？劁猪倌脖子顿时矮了一截，说，人没医过，但给千把头猪缝过蛋蛋窝，没出过事儿。

杨政委朝大鳌挥挥手，说，你干什么！不准把枪对着老乡。他又对劁猪倌说，千把头猪都没事，我也不会有事。你就动手吧。劁猪倌又说，给猪割蛋蛋时，都是一闷棍打晕过去的，总不成也给您一闷棍吧？大鳌气急败坏地扯起劁猪倌的衣领子，把他的身子都拽离了地，说，你再讲鬼话，老子把你扔湖里去！杨政委半闭上眼睛，又挥挥手，说，我说老乡，你就当我是头死猪，动手吧，保证不动一下，不叫一声。

大家把杨政委抬到了黄大梅家，烧了一锅开水。劁猪倌回家取了一只铁剪子，一把巴掌大的圆头黑铁刀片，一卷细麻绳，还有一根比铁钎子细不了多少的长针。他把这些东西放锅里煮了一会儿，又问，有盐吗？黄大梅打了一盆水，往里面放了一块盐。劁猪倌摇摇头，道，不够。黄大梅把埋在地里的盐罐挖出来，盐全倒进了木盆里。

劁猪倌从开水中捞出铁剪子，把杨政委烂掉的皮肉齐根剪掉。又用黑铁刀片把烂肉削干净，将白虫子刮掉。然后，他把木盆放在杨政委身体下面，说，这下子可是最疼的，您可要吃住劲儿。杨政委咬咬牙。劁猪倌用木勺舀出浓盐水，一下一下浇在伤口上。杨政委身体一颤，忙说，没事，没事。好久，劁猪倌把他身上的伤口都洗过一遍，木盆里的水又红又黑，漂着碎皮肉和白虫子。他把细麻绳举到大鳖眼前，说，这可是俺家最细的麻线了，给猪缝蛋蛋窝用的麻线比这粗多了。大鳖眼睛一瞪，劁猪倌忙把手缩了回来。

大概一顿饭工夫，劁猪倌把杨政委身上四五处伤口都缝好了。针脚细密整齐，比手巧的媳妇缝出来的还好。劁猪倌端详着自己的手艺，得意地说，好了！静静养七天，保证一点毛病都落不下。说罢，他又从兜里拿出一包晾干的草药，放在杨政委担架上，说，过去，割完了猪蛋蛋，把这东西和在猪食里头，猪吃了蛋蛋窝不出炎症。杨政委虚弱地笑笑，擦擦额头的汗水，对大鳖说，手艺不赖，给老乡一块银洋作酬劳吧。大鳖打开背包，从一条哗哗作响的布袋子里头掏出一块银洋，交到劁猪倌手中。劁猪倌道过谢，要走。大鳖道，慢着！劁猪倌吓得变了脸色。大鳖从怀里摸出一只红布包，打开，里面有三块银洋。他拿出一块，按在劁猪倌手里，说，拿着，这是我给你的。他用紫茄子粗细的手指捏捏劁猪倌的肩膀，笑着说，谢谢你啦！劁猪倌咧着嘴，似在笑似在疼，忙道过谢走掉了。

本来是件很痛苦的事，倒让大家难得地轻松了片刻。可就是这片刻工夫也非常短暂，后续钻出包围圈的队伍告诉杨政委，敌人正在收拢人马，向这边追过来，半天就能赶到这里。部队又开始了向西北方向的急行军，时而走平原，时而钻大山。敌人的几个师始终从多个方向缓缓地跟着，甩也甩不脱，就像一张稳稳抛出的大网，看似不紧不慢，漫无边际，可哪条小鱼稍一迟疑，就会被缠进网中。

三天之后的中午，部队刚刚翻过几座山峰，迎面是一条河，穿过峡谷。王大心认识这条河，它流过他家的村子，还灌着一个水塘。村子的人在河里洗衣、洗澡，夏秋时节，还能从里面网出几寸长的小鱼，用油煎了最好吃。可在峡谷里，这条河却是另外一个样子。两岸是几丈高的峭壁，人没法从山上下到河里。岸边的石头像是刚刚滚落到河水里，尖锐而且棱角分明，脚踏在上面，或身体碰在上面，就会被刮得皮开肉绽。浪头打着漩涡，墨绿色的河水深不见底，向浪眼里扔一片叶子，瞬间就被卷进河底，无影无踪。即使站在山上，也能听见一层接着一层的水浪撞击岩石时发出的沉重轰鸣声，在山峰之间远远地回荡。

此处过不了河，部队又沿着山背向北走了半天，才找到一座铁索吊桥。不过，桥对面已经建起碉堡，有保安团在站哨。桥后面的山脚下隐隐看得见营房，飘着炊烟，大约有一个营的兵力驻守在那里。团长蹲在杨政委的担架旁，手扶着竹竿，食指微微颤动。他说，实在不行，咱们就硬冲过去吧。杨政委拄着木棍，挣扎着站起来，向山下望去。山南面的路上，敌人已经赶过来了，一条浅黄色的长线蜿蜒在山下，如果被他们抄到了前头，包围圈就又形成了。

这时，河对岸传来尖尖的哨子声，敌人从营房里跑出来，匆忙地紧急集合。看样子，已经得到了消息，要把红军堵在这里。杨政委想了想，说，要硬打的话，咱们最少损失一半人。他转过身，看着大家，说，再想想办法！这时，一直给队伍当向导的黄大梅指着山下说，你们看，这桥上有过路的人。是不是山那边有集呀？

大鳌一拍大腿，说，有了！咱们派人扮成老乡过桥，先把对面的卡子打掉，大部队随后冲过去。黄大梅指着大鳌说，你把绑腿松了，皮带解了，系上布带，给我当丈夫！再拿两颗手榴弹，我装箩筐里。

大鳌对杨政委说，这招儿我看行，就让我们去吧！没时间啦！正说着，桥上又过了两三个挑着扁担的农家人。卡子稍加盘查，就放了过去。杨政委看了一眼团长，团长点点头。杨政委说，你们去吧。我们组成一个突击队，隐蔽在桥边树丛里，紧跟着你们冲过去。

大鳌最先开了枪，打倒一个哨兵。突击队的二十几名士兵便向桥上冲过去。黄大梅向保安团的营房扔了一颗手榴弹，待爆炸之后，她又冲进了房子里。又一声爆炸，几个保安团的团丁捂着脸和肚子，浑身是血地逃出来。有的出了门就一头栽倒在地，再没起来。接着，轰的一声，房子塌了，腾起一团黑色的烟。

王大心随着大部队过桥时，看见大鳌靠坐在一块大青石下，身下流了很大一摊血。杨政委挣扎着从担架上爬下来，跪在大鳌面前，握住他的手。大鳌说，埋我的时候，头要朝着西南方，最好是能看到山，我娘在那边。我还有话对她说……

杨政委拄着木棍一瘸一拐地走，让战士用自己的担架抬着大鳌。翻过几个山头，他流着泪说，停下来吧！一前一后两个战士好像没听见，继续向前走。走过几里山路，杨政委呜咽着又说了一遍。两个战士仍然抬着大鳌向前走。当杨政委说第三遍时，两个人哇的一声哭了起来。

在山顶一棵大树下，大家把大鳌头朝西南方向埋下了。有人用刺刀刮下一块树皮，刻上了大鳌的名字。在另一棵树下，把黄大梅的筐箩埋下了，也刻上了她的名字。

十一

部队一直在打仗，一直在急行军，一会儿拼死冲出敌人的包围圈，一会儿又设下埋伏，狠狠地转回身咬上敌人一口。真的就好像杨政委所说，是一只花狸猫和一头狗熊在以命相搏。漫长的路在脚下走过，昼与夜仿佛陀螺，飞快地在头顶上翻滚；生与死好似老熟人，每天都有战友永远离别；喜与悲像是顿顿都要喝的汤水，渐渐就尝不出了滋味。某一天，王大心向远处望了一眼，猛然间发现四季又轮回了一遭，夏天早已经到来。山里的空气湿得好像要滴水一样，树叶和草丛使劲在生长，越长越肥厚，越长越浓翠。雾气薄薄

232

的，在林子间游荡，十几步外就辨不清人。山路潮滑，青石上长满绿苔，稍不注意，就会一下子跌倒在地。衣衫紧贴在皮肉上，鱼皮一样不透气，人也越走越重。大家大口喘着气，但进入肺叶子里的空气好像浸满了水，只是把胸膛填满了，人却越发憋闷。

杨政委把战斗营班长王大心找了去，说，过几天，你就能见到老何了。王大心的心荡了一下，记起了某些心事，却又说不清那心事是啥。杨政委继续说，我们团要去大山西南面，和那里的便衣队一起打碉堡。敌人把村子烧了，把村子里的人都赶到碉堡里去住。他们是想把池塘里的水放干，好抓鱼。苏维埃就是鱼。这事儿绝对不能让他们搞成。

王大心犹豫了一下，说，如果见了老何，我想留在他那里。杨政委问，在战斗营打仗，你是怕了么？王大心摇摇头，说，便衣队和红军一样苦，一样危险，那些苦和那些危险只有经历过才知道。我不是怕了，只是觉得老何现在可能更需要我。我是大山里的人，我想回到大山里头去。

红军先是打了一个炮楼。但并未全力进攻，只是放了几枪，装装样子，在山路上伏击了一支前来救援的保安团中队。缴了枪之后，红军一个营换上了保安团的衣服，一枪未放便进了碉堡围子。待制伏守军之后，便一把火，将围子里的房屋、仓库、栅栏全都烧了个干净。有的碉堡围子里有便衣队的内应，红军一到，大门便开了。这样，一天跑了上百里，一口气烧掉了八个碉堡围子。敌人想再建起来，也得花上半年一载。

打最后一个围子时，太阳已经偏西，离山顶只有尺把远。昏黄色的光毛茸茸的，在树枝和草叶间散漫地飘荡。这个围子里的敌人已经得到了消息，闭上大门，向外放枪。有路过的老百姓讲，山南和山北两个方向都来了大队的国民党正规军，距这里不过一二十里路。杨政委和团长决定烧了这个围子之后再走。便衣队从围子靠山脚下的那一边翻墙进去，很快里面响起了枪声。红军把八颗或十颗手榴弹捆成一捆，也炸开了围子大门。

王大心带着战斗班冲了进去。先是把电话室里的电话线拔断，然后放火烧房子。这时，他听见有人在大喊，快来人啊！老何不行啦！王大心的手一抖，火柴掉在了地上。他发了疯似的跑到房子外头，见一群人围在一起。是老何，他躺在董大小子的怀里，肚子上中了几枪，嘴里呜呜地想说什么，却怎么也说不出来。每张一下嘴，便有黏稠的血水从里面涌出来。王大心跪在老何面前，握着他的手，一个劲地说，我回来了，我回来了，你看见了吧，我回来啦！老何似乎明白自己已经说不出话来了，便不再挣扎着要说话，而是平静下来，小心地呼吸。他的手上全是血，又湿又滑。他轻轻地握着王大心的手，看了看他，又看了看周围的大山，看了看浓红色的天空，又看了看他。许久，老何长出了一口气，慢慢闭上了眼睛。

董大小子拿起一挺轻机枪，向围子一角的碉堡跑去，见到保安团的士兵不管投降没投降，开枪就打。他冲进碉堡，里面传来密集的枪声。王大心也拿起一挺轻机枪，带着战斗班冲向另一角的碉堡。他先向里面投了两颗手榴弹，黑烟过后，有人慌慌张张地向外跑。他毫不犹豫地扣动扳机。人影在枪口的火光里扭动着倒下。他红了眼睛，冲上碉堡二层，又一个人从烟雾里走出来。这个人举着双手，没有拿武器。王大心还是毫不留情地开了枪。在连续不停的枪声和闪光中，他看到对方的嘴在说着什么。这一瞬间，他脑中一片空白，因为他发现这人是他大哥。

他扔下枪，把大哥抱在怀里。大哥的嘴里一直说着，七弟，七弟，是我，你大哥啊！你怎么对我也开枪啊？

部队撤退的路上，董大小子背着老何，王大心背着大哥。血一直在流，顺着后背，小腿，后脚跟，一直淌到地上。后来，血不流了，后背上的人也变得很轻。

在离老何家乡最近的一处山顶，董大小子把他埋下了。王大心把大哥背到山脚下，在一处水塘和稻田交汇的地方把大哥埋下。他呆呆地喃喃道，大哥，我不敢见你了，你以后也不要来找我。你一辈子都对别人好，唯独忘了对自己好。这里有鱼、有米，不愁吃也不愁喝，你就在这里过过好日子吧。王大心一直不敢去回想自己向大哥开枪的那一刻，无论是在记忆里，还是在梦里。因为想起那一刻，他就会无法控制地向自己问无穷无尽的问题，而那些问题一直都没有答案。

后来，他总是对娘说，别听他们瞎扯，我亲眼看见大哥跟着红军走了，没有错的。又过了许多年，娘越来越老了。她总是问大哥二哥三哥回来了没有？有什么消息没有？王大心就对她说，他们都活着呢，现在，不叫红军了，叫八路军……叫解放军……叫志愿军……

后来，王大心去了朝鲜。他写信跟娘说，我在朝鲜看见我大哥二哥三哥了。他们都很好，没缺胳膊也没少腿，仗打完就回来。直到娘去世，她也没见到这几个儿子。不过，她一直深信不疑他们都还活着，因为这是支撑她再多活一天的希望。

十二

差不多十年后，主力部队又回到了大别山。晋冀鲁豫野战军首长要见王大心。两位首长一个高个子，戴着眼镜，一颗眼珠不太转动，似乎只在看一个方向。一个小个子，剃着青皮光头，很精干，眼睛很有神。高个子首长惊讶地说，听说你已经在大山里打了十五年游击啦！没想到是这么年轻的小伙子！小个子首长笑着说，我们初来乍到，得向你这个老游击队员好好学习才行呢！停了一下，他又关切地问，你家里都还有些什么人呀？王大心答，只有一个娘了。

第五章　南岭

　　小美不知道自己真正的名字叫什么。或许就没有真正的名字。他的师傅对他说，十二年前的冬天，戏班子到漯河演出，在田边路上捡起的他。当时正下着雪，雪把他的襁褓都盖上了，只有脸上那一块不停地融化，露了出来。师傅本是不想把他抱回来的，因为戏班子已经很拮据，再难养活一张嘴。头一年，豫北刚受水灾，饥民比蝗虫还多。活一个人，死一个人，也不过是件很平常的事。可婴儿就一直哭，哭声尖厉嘹亮，走出一里地居然还能听得见。师傅浑身一激灵，心想，这孩子可天生就是唱戏的料啊！他跑了回去，发现婴儿的脸也被雪盖住了，只剩嘴巴上边还有手腕子粗细的一个窟窿。他拍掉雪，婴儿的襁褓是鲜红色的，胸口处有一块银元，此外再无一字一物。
　　小美被师傅养活大，也自然从小学戏。师傅的根基在西府调，小美也主要学西府调。其他腔调也学，比如豫东调，不精罢了。小美虽然是男孩子，但女人戏却唱得好，《打金枝》当中的公主，《秦雪梅》当中的秦雪梅，《拷红》当中的红娘，一举一动，一字一腔都有模有样。所以，师傅就给他起了小美这个名字。师傅私下里也有过这样的念头，虽说咱这是个草台野班子，但也说不好哪天就出了一个能到茶馆、戏楼唱戏的角儿呢？小美这孩子就有个好胚子，名字也好，像个角儿的名字。

不过，一个月前，师傅病了，躺在一座破庙子里的走廊上起不来。是什么病不清楚，反正他总是用手压着腰部，脸越来越黄，黄里透着黑，肚子越来越大，竟有点像个孕妇。师傅病倒之后，戏班子的事儿都由拉大弦的做主。功也没法练了，每天早上发一块巴掌大的玉米饼子，有时不发，让大家到外面找活路，晚上把挣来的钱上交，来给师傅看病。对小美来说，找活路差不多就是要饭。钱是要不到的，晚上或能带回一碗泔水样的米汤，或连自己也饿了一整天。有一天，小美发现戏班子里的十一弟不见了。拉大弦的对大家说，十一弟被老家人领走了。小美是不大信的，知道十一弟被卖掉了。这事儿不说破，大家心里似乎都好受点。小美有点心慌，可也等着那一天了。自己连被家人领走的份儿都没有，卖掉就卖掉吧，不过是换一个地方，换一个人家吃饭。十来天前，师傅死了。小美把师傅拖上草席的时候，觉得他的身体轻飘飘的，像片树叶一样。师傅身上的皮肤彻底黑了，又透明了，肚子里的黄水似乎都看得见，一荡一荡，像是要胀破肚皮流出来。师傅临死的时候对小美说，你以后要唱戏，要成角儿。小美心想，这一天恐怕是永远也来不了了。

一

小美坐在进城的大路边。身后，是破庙子。南面，远远的是那座扁扁的城，像一只趴着动不了了的灰色虫子。路两边的田野枯黄，春天来了，生出一些孤零零的青草，没有平添几分生机，倒是更显可怕，也不知道这地到底还有没有人来种了。稀疏的草丛里，躺着

238

几具黑黄色的死尸。说不清楚是些什么人，也不知道是怎么死的。反正，每年青黄不接之时，都会有死尸倒在那儿。死尸的肚子鼓鼓的，胳膊和腿却细得像麻秆。蜡黑色的脸上，眼睛和嘴张得大大的，露出一口焦黄色烂牙，那表情竟然像笑一样。有乌鸦站在死尸的肚子上，间或听到砰的一声响，肚子破了，喷出一股恶臭的浓绿色腐水。

春风吹得人身体轻飘飘的，人也饿得轻飘飘的。所以，那暖意之中又透露出一些令人不寒而栗的东西。小美想从大青石上站起来，可腿还没伸直，身体就晃了一晃，只得赶紧坐下来。地上有只蚂蚁，正拖着一条不知从哪里抓来的白虫子爬过小美脚下。小美真羡慕它，这饥荒年月还能有如此的收获。他直盯盯地看着蚂蚁，突然伸出手，把它连同白虫子一起放进嘴里。嚼了几下，除了有些酸苦的味道便再没别的了。小美的眼皮有点沉，可还撑着不闭上，生怕一闭上，这辈子就算过完了。

听人说，前段时间北面刚打了大仗。多大的仗呢？有几十万上百万人吧。这些天，小美见到路上有向南去的溃兵，破衣烂衫，大多拖着枪。他们想是也饿得慌了，用刺刀在小美面前的盆子里翻了翻，没找到能充饥的东西，又在小美的身上搜了搜，也没找到什么，就继续向南跑了。三三两两南逃的兵很多，远处的庄子里时不时传来哭声、骂声……

快到中午时，又开始过兵了。这些兵有队形，步子比较快，差不多就是一溜小跑。有时，队伍旁边有三五个人边跑边说话，像是在商量什么急事儿，说完话，又各自散到队伍里去。这些兵都穿着土黄色军装，不过细细看去，其中的土黄色也不大一样。有一些土黄色军装左胸前有块巴掌大的长方形白布，上面有字。另一些土黄色军装和那些溃兵身上穿的一样。也只是细细看时才能发现区别，猛一看过去，都差不多。肥肥大大，鼓鼓囊囊，灰头土脸，土黄色薄棉袄棉裤就是外衣外裤。不过，从他们的精气神儿来看，肯定不是溃兵。后来知道，这都是些解放军战士，俘虏过来之后军装都来不及换，就跟着解放军打仗了。

一片喘息声。队伍里的兵也是千姿百态。敏捷的，上身前倾，双眼紧盯前方，嘴巴微张，稳稳地控制着呼吸。有瘦弱的，有肥胖的，跑起来就摇摇晃晃，嘴朝天，脸通红，喘着粗气，像离了水的鱼一样。敏捷的背上背了两三支枪，还扛着那些走不动跑不动的人的胳膊，拖着他们向前赶。步兵过后有炮兵，炮都拆开了，由马拉着，有的驮炮管，有的驮炮架。还有的马拉着伤员，没见有好人骑在上面的。

离小美不远处停下来三个人，搬过几块石头，支起锅，点火做饭。水还冷着，就下了一锅底黄米。水烧开后，他们解开一只麻袋，向锅里倒了半麻袋嫩绿的榆树叶。一个中年汉子抽出刺刀，从麻袋里掏出一块树皮，把树皮里侧那层发白的瓢子削进沸水里。不一会儿，冒了尖的树叶树皮慢慢变成稠汤，沉到锅底。那人又抓出一块盐，扔进锅里，用一只木柄长勺搅和了一搅和，对行进中的一支队伍大喊道，饭好了，打饭啦！这支队伍马上离开大道，给后面继续前进的队伍让开路。士兵们拿出饭碗，到锅里打了饭，坐在田里的土埂上呵哧呵哧吃起来。

队伍不停地过。这支队伍吃完，走了，又来一支队伍坐到田埂里吃。有的队伍干脆不停下来，士兵们到路边打上饭，边走边吃。菜汤的气味随风飘过来，小美像被勾住魂儿似的，挣扎着站起来，拎着盆子走到队伍的大锅旁。他盯着大锅里翻滚着的黄绿色汤水，心里琢磨着，那个胡子老长的拿大勺子的会不会给自己点吃的？如果他不给，自己该怎么办？小美想好了，如果他不马上给，就等到最后，那么大一口锅，看上去没什么了，可刮一刮还有不少。对了，我还会唱戏。我给他们唱一段，说不定能换口汤喝。当然，要先喝上汤，否则一点力气也没有。

小美也不敢靠得太近。他知道当兵的有枪，有枪就都很凶。他就那么不远不近地站着，看着士兵们喝汤，一边不自觉地咽口水。所有人都打完了，那个拿大勺子的朝小美招招手，也没说话。小美战战兢兢地走过去，不知他什么时候看见自己的。拿大勺子的让小美把盆子放在地上，把铁锅倾斜起来，刮呀刮呀，真的刮下大半盆子稠汤。他又往锅里添了半碗水，晃了晃，也都倒进了小美的盆子里。这时，一直凶着脸的他突然笑了，伸手捏了一下小美的腮帮子，说，小伢子，饿了吧，快吃呀！

小美像得了个天大的好处似的，端起盆子，猛喝了一口。怎么说呢，那滋味儿就像一条干旱得开裂的河床，一下子就流进了水，整条河都活过来了，有了鱼，有了虾。小美一边喝一边哭，既不是难过，也不是害怕，就是那菜汤下肚的感觉太好了，眼泪止不住往下流。

拿大勺子的把铁锅捆在木头架子上，开始做出发准备。田里的士兵还在吃饭，吃得快的便把头枕在田埂上，倒头睡了。小美有了气力，小心地问拿大勺的，我会唱戏，给大军唱一段解解乏儿行不行？拿大勺的眼睛一亮，连忙兴高采烈地把小美推到地头，扯起脖子喊，大家伙儿精神精神喽，小伢子给俺们唱戏啦！

小美趁这工夫把最后几口菜汤灌进肚子，抹抹嘴，感觉肚子鼓鼓的，有水声。他一张嘴，身段儿和唱腔儿就都回来了。别看刚才还饿得昏头昏脑，唱起戏来却一点不敢含糊，也是师傅这么多年打出来的吧。先唱了一段《打金枝》，把公主的傲慢和俏皮演得活灵活现。吃饭的士兵伸长了脖子向这边看，躺下的也坐了起来，满是睡意的脸上咧出了笑容。唱完一段，有人喊，郭子仪的戏会不会唱？小美咳嗽了几下，换了个身段儿和腔调儿，照猫画虎地唱起来。唱过几句之后，士兵当中有懂梆子戏的叫起好来。又有人问，郭公子的戏会不会唱？皇帝老儿的戏会不会唱？士兵们问的戏都是《打金枝》里头的，小美学得最早，自然很熟。当他唱到唐代宗教训女儿要明事理懂规矩的时候，放了一个很响的屁，把听的人逗得哈哈大笑。

不一会儿，有个干部模样的人喊道，好啦，好啦，快集合吧，再不出发就完不成行军任务了。有人央求他说，指导员，再让大家伙儿听一段儿嘛。他咬咬牙，答应了。小美又唱了《秦雪梅》当中的一段。这一段很悲切，小美最拿手，也最入迷，过去每回唱到这里，都能得到连连叫好。他喜欢这里面的那股悲劲儿，仿佛它就是自己的。有的时候，他会幻想秦雪梅是自己的娘，而自己就是那个死了爹的孩子。尤其是唱到秦雪梅上门吊孝那一段，十回有九回，他都是真的在哭。

听完这一段儿，士兵们恋恋不舍地背上背包，拿起枪，拍拍屁股上的黄土，到路边集合整队，准备出发。小美隐隐约约听到有人对那个干部模样的人说，这小家伙儿要是演喜儿就绝啦！那个干部模样的人没说什么，转过身来，用袖口给小美擦了擦脸，从肩上解下粮食袋，往他的盆子里倒了一小把黄米。然后，转身追赶已经出发的士兵去了。小美望着远去的队伍，觉得好像丢了什么东西似的，突然间哇的一声大哭起来……

大军过了半个多月。这段日子，小美没挨过饿，看到哪儿支起锅，就在近处一站，都能得到一口吃的。东西有好有坏，有的菜汤里能漂着一些肥肉片，饭也是实实在在的稻米，有的连菜带饭一锅煮，稀稀溜溜的不经饿。小美还看见过几个带短枪和背长枪的人去打猎，打回来几条野狗，瘦骨嶙峋的。其中有一条不像狗，像只野猫，也让他们扒了皮，剁碎了，扔进锅里煮着吃了。小美分到了半盆子，汤上面漂着几块细细小小的骨头。他端详了几眼，那骨头太小了，肯定不是狗骨头，放在嘴里嚼了一嚼，也没啥特殊的味道，能顶住饿就不错了，管他呢！

经过的队伍稀疏下来，多是一些骡马拉着的麻袋、木箱、机器，想是大军快过完了。小美的心慌慌的，大军要是真的都走了之后，该干点啥？该去哪儿？这天，他从队伍里讨了一盆子饭，吃过之后，又给队伍里的人唱了几段戏。他们要走了，骡马大车吱吱嘎嘎地挪动起来。小美跑到大路边，觉得有些话堵在嗓子眼儿，却不知道这话是什么，又该怎么说出口。这时，他就看见秦雪梅来到眼前，伸出手臂把他搂在怀里，说道，我的孩儿啊，娘在这儿呢！

娘的怀里暖乎乎的，仿佛冰天雪地里的一座小茅草屋，又仿佛惊涛骇浪中的一条小船。小美觉得自己孤零零的，仰起脸，咧开嘴哭了起来。

这时，真的有双手捧住了小美的脸，一声清亮的嗓音从头顶传来，小弟弟，别哭啦！透过蒙眬的泪水，小美看到一张年轻姐姐的脸，又看不大清楚，只觉得这脸就是秦雪梅的脸，但比秦雪梅的脸更真实，更美丽。小美拼命地想把到了嘴边的话说出来，可偏就说不出口，于是，他便愈加用力地大声哭起来。

那声音问，小弟弟，你哪里疼吗？小美哭着摇摇头。那声音问，那你是饿了吗？小美摇摇头，哭得喘不过气来。那声音又问，你的爸爸妈妈呢？小美哭声更高了，浑身一颤一颤，一抖一抖的。

那声音问，小弟弟，你叫什么名字？小美抽噎着回答，小美。他突然感到对方的双手战栗了一下，然后拿出一块白色的手帕，擦掉他脸上的泪水和泥污。姐姐仔细地打量着他，把他的头发撩起来，又抚摸着他的鼻梁和脸颊，喃喃地问，你真的也叫小美吗？小美憋住哭，点点头。姐姐又问，刚刚是你在唱戏吗？小美又点点头。姐姐好像猛地下了决心，问道，小弟弟，你怕苦不怕苦？小美似乎预感到了什么，不过那预感正是自己想要的。于是他使劲摇摇头。姐姐又问，小弟弟，你愿不愿意跟我们走啊？小美哇的一声昏天黑地地哭了，因为堵在他心里头的原来就是这句话。

二

不久，部队进入大别山，准备从这里一路南下，到长江边。

此时，经过几次大的战役，敌人已无力在长江北岸作战。他们把主力撤到南岸，试图凭借这道又白又宽的大水保住长江以南的地方。

山路绵延在苍翠的大山里，绕几道弯，上了山，越过山顶，再绕几道弯，就到了另一座山。路两旁的大树与灌木又浓又密，向路的上方疯长，像是要把山路抱起来似的。空气又热又潮，让人呼吸起来很沉重，很快就大汗贴身。大别山里的村子星罗棋布，有几十户人家的，有上百户人家的，还有三五户人家的。路边有村子，大山深处的水塘子边、溪水边也有。只是老百姓都躲进山里了，剩下的人见了队伍也不说话，问什么都摇头，连向导也找不到。临进来之前，上级讲过，这里曾经是我们的队伍几进几出的地方，斗争很残酷。我们离开之后，敌人对帮助过我们的老百姓进行了血腥的报复。

霓云向大山的东面望去，那边是南京，是自己的老家。虽然回不去，但气候却越来越熟悉，让她记起了家乡的感觉和味道。她的身后是小美，虽然每天要走四五十里山路，却一直咬牙坚持着。

244

傍晚,部队在庄子里宿下营。霓云让小美坐在一张干草铺上,烧了盆开水,把他的脚烫得红红的。烫过之后,她坐在小板凳上,将脚放在自己膝盖上,捏了几分钟,用针把脚底板上的泡从两头刺破。泡里的水流干净之后,霓云来到屋外,在拉物资的马尾巴上拔下一根又粗又硬的长毛,仔细穿进水泡里。她对小美说,到灶坑那边坐着去吧,趁热把水泡上的皮烤硬,以后就不会疼了。别睡着了啊,小心把脚烧熟了,明天早上咱们可就吃烤猪蹄子啦!

　　另一间屋子里是师电台,刚刚架好,吵吵闹闹的,有嘀嘀嗒嗒声,有对着话筒喊话声,还有进进出出开门声、跑步声、吆喝声。霓云从大车上卸下来一只木板箱,放上油灯,开始刻钢板。这是师政治部办的小报。稿子师首长都看过了,也改过了。她画了一张版式的草图,师首长也没意见。师长亲自写了一篇稿子,有好几个错别字,有的字不会写,还画了个圈代替。他把稿子交到霓云手里,呵呵地笑着说,霓大干事,你文化高,给俺顺一顺。唉,政委交待的活儿,真不好干!叫俺打仗那行,百万军中取上将人头,绝不含糊。让俺写文章,这是他娘的要把我往死里逼啊!哎呀,说粗话啦,抱歉抱歉!哈哈,反正俺是把十分力气都使上了,你多费心啦!

　　刻上十几个字,霓云就要抬起头,看看正在烤脚的小美。他的脸映着跳动的火光,呈金色,眼睛亮晶晶的,显得眉眼特别浓重鲜明。霓云在心里念着一个名字,小美,小美。一九三七年冬天的南京城里,在那个日本兵屠杀的红色夜里,小美弟弟死了。为了救自己,被日本兵挖掉双眼,推进了秦淮河里。许多年过去了,眼前的这个男孩子也是十岁,也叫小美,难道他真的重生了?这些年里,小美弟弟的脸在记忆里时而模糊,时而清晰,永远都是当年的样子。可是,当霓云看到眼前这个男孩子的脸时,小美弟弟就变成了他的样子,再没分别。当年,我十一岁,现在,我二十三岁,小美弟弟依然还是十岁。而且永远都是十岁。

想着，刻着，霓云的眼皮就沉起来。行军一天，这本是很正常的事。可出小报却不能耽搁。刻错了字，如果及时发现还好。在刻错的地方抹上白蜡，拿木棍点上火远远一烤，蜡融化了再刻上正确的字就行。最怕是刻漏了字，或多刻了字，那就难办了。如果小报刻好了才发现，真是想死的心都有。还有一次，霓云实在撑不住，趴在钢板上睡着了，一觉醒来天已经快亮了。行军路上，就要把印好的小报发到连队去。怎么办?! 怎么办?! 那一回，霓云的头皮都炸了。从此，一有困意，反倒是更提心吊胆的了。

突然，堂屋里传来一声尖叫，是小美。霓云跑出门，见小美站在偏屋的门槛上，浑身发抖。旁边屋里司令部的几个参谋也跑了出来，看发生了什么。偏屋里黑洞洞的，一般来说，那里会装一些平时不用的农具或坛坛罐罐。一个参谋举起手枪，慢慢向里走，另一只手向前伸出火把。观察了一下，他把手枪插进腰里，走了进去，并且对霓云挥了一下手。霓云跑过去，借着火光，看见一个老太太正坐在半块石磨盘上，脸朝着墙，一动不动。

霓云把老太太扶出来，坐在灶台旁边的一只木箱上。有人拿来一只油灯，放在她旁边。大家仔细看去，才发现老太太是个瞎子。她哆嗦着，一只手挡在脸前，另一只手像是推着什么东西，颤颤巍巍疯疯癫癫地哀求道，大人们啊，行行好吧，不是他们的错呀! 别再杀人了，人都让你们杀光了呀! 她的声音脆弱沙哑，像一片枯黄的杨树叶，稍一碰，就要碎得七零八落。

老太太的耳朵也聋，一直重复着那几句话。

有人说，把侦察科的王参谋找来，他的老家是大别山的。王参谋叫王大心，过去一直在大别山里打游击，两年前加入从中原挺进大别山的晋冀鲁豫野战军，很快当上了连长。不久前，因为部队南下任务紧迫，上级考虑到他对这一带山区比较熟悉，便把他调到这支部队任师侦察参谋。

王大心靠近老太太的耳朵，喊道，奶奶，别怕，我们是大红军！老太太浑身一哆嗦，沉默了许久，轻声问，你们又回来啦？那声音里带着怨气。王大心答，我们回来啦！老太太说，民国十九年，你们走了，民国二十二年，你们走了，民国二十四年，你们走了。两年前，你们来了又走了。这回，你们到底还走不走啊？

王大心喊道，我们马上还要走！但是，这一回和过去不一样，敌人跑了，跑到长江南边去了，我们是去追他们！敌人回不来啦！

老太太喃喃地叨咕着什么，又问，可我怎么相信你的话呀？

王大心问，奶奶，你还记得苏维埃的老何吗？

老太太说，那是个好人，来过这一带山里面，土匪、保安团、东北军、广西兵都怕他。不过，死了也有十来年了吧？

王大心说，我过去就是他手下便衣队的。我一直在大别山。相信我，这回敌人是真的回不来啦！

老太太问，是真的吗？

王大心说，我用性命担保是真的。

老太太又问，我有个问题一直不敢问。现在，我豁出老命要问问你们。

王大心答，你问吧。

老太太说，我有一个儿子，民国十九年跟着大红军走了，如今快二十年啦！我要问问你们，知道一个叫李娃子的人吗？

站在人群前面的师政委走上前来，说，妈妈，他还活着，他在骑兵团当团长呢！那个团现在在大别山的东边，准备从那里过长江，离这儿几百里。

老太太问，你说什么？

师政委跪在老太太面前，大喊道，妈妈，你儿子还活着呢！他当团长啦！

也不知是老太太真的听错了，还是想儿子想迷了心窍，她糊里糊涂地把师政委当成了自己的儿子，用手摸着他的脸，嘴唇战抖着问，真的是你吗？

老太太突然扯住他的头发，疯疯癫癫地使劲揪着摇着，哭嚎着喊道，小狼崽子啊！你这一走，可把你爹你娘你兄弟姐妹都给坑死了呀！

老太太又一把把政委的头搂在怀里，喊道，我的儿呀！我的儿呀！我的儿呀！你快把我一枪打死吧！见了你，我就活够啦！

这时，从人群里钻出一个营长，也跪在老太太面前，焦急地问，妈妈，你还记得李家塝子吗？那里有个水塘，塘子边有一户人家专门做鱼虾酱，都卖到南京去了。那家男人叫李虾虾。

老太太说，记得，向北隔两座山，就是李家塝。李虾虾这个人早死了，可怎么死的记不得了。别说是他，那个村子都给烧了。

营长又问，我还有个妹子，叫李小鱼，她怎么样了？

老太太说，小鱼儿么？那是个漂亮孩子。她死得可是惨啊！是叫白狗子用马刀给劈死的。这广西兵，真兽性啊！

又有人问老太太一些人和事情，她含含糊糊地说，许多年前的事还记得，这些年的事都记不清楚啦！

营长一屁股坐在地上，眼睛愣愣地瞅着屋顶。被人拽回去之后，一宿没睡，就这么直勾勾地看着大山。

半夜里，有人摸进了营长住的屋里。那人点亮灯，对营长说，还记得我吗？我是老五。营长端详了他一会儿，说，记得，咱们一起当的红军。我还以为你牺牲了呢，原来是跑回家了。那人说，当年回家之后，没办法，又去做了土匪。我就是想问问你，如今大红

248

军回来了，苏维埃会怎么处置我？营长沉默了许久，说，那就看你做没做过祸害红军，祸害苏维埃下的人的事情了。那人低下头，不说话，悄悄地走了。

第二天清晨，队伍离开村子时，人们看见老五在村口大槐树上上吊死了，树下倚着一杆枪……

三

长江，绕着大别山南麓走了一个大弯，然后向东向北，流向苏南浙北那片富庶之地，最终归入大海。

小美坐在一条装有柴油马达的机帆船上，于茫茫夜色里前进。大别山在身后缓缓远去，宽广无边的深蓝色江水摇摇晃晃地托举着小船，一声声水浪悠扬地撞击着船舷。霓云坐在他的旁边，两人都不会水，怀里各抱着竹筒，如果船给炸翻了炸沉了，这个东西可以让你浮在水上。

暗沉沉的江对岸，有炮弹爆炸时发出的橙红色火光，离得很远，像一团团发亮的棉花球。红光闪过许久，才有一声接着一声闷闷的爆炸声传来。对岸山上也有炮弹打在江里，掀起米缸粗细的水柱，水花落下时把江面拍打得噼噼啪啪脆响。随之而来的是大浪，把船举上浪头，又抛入浪底，像摇篮一样上下翻飞。有船被击中了，在一团耀眼的火光中，看到船体裂成两段，或一下子碎成几块，无数木板飞上了天，还有很多人落入水中。于是，就听见大叫声、拍水声，有许多个人脑袋在闪光的水面上挣扎。有人被救上了船，有人漂向了下游，水上漂着无数帽子、纸片、木板，还有一团团一股股一缕缕血水。

浪花像暴雨一样劈头盖脸而来，几下子就把人淋得湿透了。霓云坐在船底，小心着不让大浪把自己掀到江里，又昏头转向地呕吐起来。颠簸之中，她一手抓着油布包，里面装着钢板、蜡纸和印好的小报，另一条胳膊抱着小美的头，把他搂在怀里。小美把脸贴在霓云的臂弯里，闭上眼，双臂使劲儿抱着她的腰，听着她的心在怦怦跳。说也怪，抱在一起就真的不怕。霓云想起十几年前的冬天，自己从南京城里逃出来。那次，身后是着火的六朝古都，是死了的亲人，还失去了小美弟弟。她一个人孤孤零零地过江，捡回一条命，却不知该向哪里去。现在，小美弟弟就在怀里，再也不分别了。想到这儿，霓云的心一下子安定下来，也就觉得没什么好怕的了。

几颗照明弹在空中亮起来，江面上密密麻麻都是向南岸进发的船只。敌人的抵抗并不如想象中的那么强大，或许他们早就没了决一死战的心气儿了吧？南岸打过一阵子炮之后，就被江北的炮火打得不声不响了。下游方向过来几只军舰，开了几炮，就又走掉了，全没有拼命的架势。天快亮时，渡江先头部队已经抢占了滩头阵地，并且继续向南前进了几十里。只一上午的工夫，就有几万人从这里过了江。

船到南岸，霓云跳进水里，又从几个浪头里钻出来，爬上了江滩。小美先站起来，把霓云拖到一块大青石下。不远处的山上树林里还响着枪声，不时有冷枪子弹打在水里。霓云吃力地喘着气，望着苍白色的江面。终于，她感到十几年前的记忆不再让她恐惧疼痛了，那些充满血腥、烈火、惨叫的情景与眼前的景象重合在一起，被另一种略带着幸福的感觉所取代。她站起来，抹了一把脸上的水，拉起小美的手，说道，弟弟，咱们走吧，可不能掉了队！

在小美的印象里，过了长江以后，就是一重接着一重的大山，还有永远也走不完的山路。这天上午刚刚开始行军，山里雾蒙蒙的，雾像是雨，雨又像是雾。水汽迎面打在脸上、身上，很快就像掉到水里又给捞出来似的。吸进一口空气，就会在嘴里、喉咙里、鼻孔里积下一层雾水，越积越厚，以至于总是怕呛着。小美大张着嘴，奋力呼吸。他肩上斜背着粮食袋，重重地压在胸口，喘不过气来。霓云走在他的身后，不仅背着钢板、油墨，还替小美背着一杆步枪。她的衣服早打湿了，紧紧箍在身上，额上的头发也一缕一缕贴在洁白的皮肤上。她对小美说，不要回头看，也不要说话，只管往前走。说完，便沉默了。

十几天前，他俩都得了疟疾，发烧时浑身哆嗦得像筛子。所幸的是，两人发烧的时间不一样，小美在傍晚，霓云在中午，时间很固定。所以，他俩把打摆子叫"上班"，谁上班了，就由另一个扶着行军。现在，上班的时间没到，但还有一种病让他很心焦——疥疮。这段日子，衣服和身体似乎就没干过，总是潮乎乎的，疥疮大概就是这么得的。开始是大腿根儿生出几颗红点，很痒。挠了几下，越挠越痒，挠出了血也止不住痒。而且，红点迅速扩大，变成一大串，一大片，痒的面积也随之迅速扩大。从大腿根儿向屁股沟，然后向小腹蔓延，不知怎么回事，现在连腋下都有了。那种痒是钻心的痒，让你没法睡觉，没法想事情，没心思吃饭，没心思干事，必须无时无刻全力去对付它。把所有地方抓挠过一遍之后，汗水把血淋淋的皮肤蜇得剧痛，那痒劲儿才稍减一些。可过了一会儿，那种奇痒便再次如洪水一样袭来，让你心生绝望。小美想，如果照这样下去，紫红色的斑块很快就会越过脖子，连脸上都要有。那样的话，这张脸也要烂掉了。

还有拉肚子。刚刚站起来，没走上几步，肠子一阵凉，有股稀水就要喷出来，憋也憋不住。几泡之后，腿也软了，头重脚轻，肩上的米袋子千斤重，压得脊梁骨快断了。有无数次，小美坐在地上，心想，再也爬不起来了，死在这儿算了。每在这当口，都是霓云走回来，拽他起身。扶着他走一会儿，或者等他一会儿。有一次，霓云对小美说，我死都不会丢下你不管的。打那儿之后，小美就再也没动过放弃的念头。

山里的天气说变就变，狂风在头顶吹过，从山峰上传来呜呜的鸣响。雨一样的雾就散开了，天空是水洗过的蓝色，太阳好像平平常常地挂在半空中。小美也是最近才尝到这大太阳的厉害，知道了在南方的大山里，最可怕的还不是潮湿、瘟病和永远不见尽头的山路，而是酷热。

太阳出来不一会儿，浑身的汗水像沸腾了似的，还是那么潮湿，也不干，但就好似一盆开水泼到了身上，还好像你下到一个滚烫的澡池子，泡几分钟，出一点汗还很舒服，可要是把你按在里面，你无论怎么挣扎也出不来，那可就要命了。头顶、脖子、后背给晒得发烫，不能碰，一碰就像是要把皮肤也蹭掉似的。喉咙干透了，身体晃晃悠悠，脑子昏昏沉沉，只有一个念头，那就是水。水！水！水！霓云身上有一只缴获来的美式军用铝水壶，但是装满了水却连半天都支撑不住。

路两旁三三两两地坐着、躺着、趴着中暑的、发病的、受伤的战士。意识比较清醒的，就使尽最后一点力气，往林子里、草丛里爬，那地方没太阳，晒不死。坚持一下，可以等到后面的收容队来。而那些神志不清的，则伸着四肢，直接暴晒在太阳下，霓云走上前去一个一个推，有的睁开眼瞅瞅她，嘴里咕哝几句，有的连眼睛都睁不开，嘴巴吸进一些气，又吐出一些气，吸的没有吐的多。还有很多拉肚子的，就蹲在路边。霓云别过脸去，不往那边看。蹲着的战士们看看她，也不脸红，低下头，用油布遮一遮，就当作相互看不见。小美看见一个士兵蹲在那儿，上身晃了几晃，蹲不住了，侧着身子倒下去。小美还以为他是昏死过去了，上前摇了摇他的脑袋。

这个战士笑着对他说，小家伙儿，我只是休息一会儿，把肚子拉干净了，就继续往前走。

在一处下坡路边有座竹棚子，棚子旁有个水洼。小美看到一群士兵趴在水洼旁边，撅着屁股喝水。两个拿着短枪，干部模样的人在后面高声大喊，这水不能喝呀！要命就不能喝呀！两人见高喊没用，就用力拽着士兵们的领子，一个一个把他们拖到水洼远处。而士兵们真是渴疯了，拖走了，又一个猛子窜回来，头扎在水洼里不顾一切地喝。一个干部向天上放了三枪，声嘶力竭地大吼道，都过来集合，谁再喝一口，就地枪毙！

士兵们看了看他，又恋恋不舍地看了眼水洼，抹抹嘴，慢慢爬起来，排成队伍远去了。小美和霓云走过去，看了看，水洼里生满了红色的、绿色的小虫子，拇指长，还漂着几只野猫、野鼠的尸体，边缘漂着几堆黄色的东西，仔细一看，竟是粪便。不知是人还是动物留下的。两人呆呆地瞅着洼里的水，小美突然把嘴埋进水里喝起来。霓云使劲咽了口唾沫，犹豫了一下，然后拼命拉住小美的一条胳膊，把他拖到了十步开外的地方。小美像疯了一样看着霓云，咬她的手，推她，踢她，但霓云咬紧牙，任他怎么挣扎也绝不松开手。小美折腾了几下，自己也晕了，身体软下来。霓云躺在那儿喘着粗气，动弹不得。

不知躺了多久，两人回到山路边时，师部已经走远了。后面上来的是炮团的队伍。红土路经过无数人的踩踏，又稀又滑，加上又渴又饿又累，晕头转向，即使是精力十分集中，也会时不时栽上一个大仰八叉。所以，山路上都是一身红泥巴的泥人。炮团的山炮都拆成大部件，捆在马背上驮着。马有美国马、日本马和中原马，前两种马是从敌人那里缴获来的，后一种马是从北方带过来的。美国马身板最壮，也最能驮，炮架子、炮管子都放在它们背上。日本马娇贵，爱生病，过了江之后走独木桥都打哆嗦，生病的更多。它们和人一样，发烧，拉稀，肠子打结。肠子打结是要命的病，轻的要用蒿草熏鼻子，重的要由人来掏，就是在手臂上抹上油，从肛门里伸进去，把肠子捋通了。

前面哐当一声响，一匹马倒下了，背上的炮管子脱离了绳索，蹦蹦跳跳地滚下山去。两名战士连忙去追，剩下的围在倒地的马旁边。马努力地想站起来，脖子一翘一翘，眼睛睁得大大的，可怎么也立不起腿。一股股白沫子从嘴里冒出来，打着大喷嚏。一个战士急得直流眼泪，从腰间抽出水壶，对着马嘴往里灌。可水流不进去，马一边挣扎着，一边从嘴里吐白沫，从鼻孔里流血水。没过多久，马就不动弹了。一个背着铁锅的人拎着砍刀，犹豫着问，要不，咱带走两条马腿吧？真的是没粮食了呀！几个战士瞪着血红的眼珠子说道，你给我滚！吃谁的肉也不能吃马肉！得给它挖个坟，你们要是干不动了，我们来挖！

霓云和小美继续向前走时，那几名战士刚刚用手在红土坡挖出了一个浅坑。一名战士抱着马脖子，号啕大哭。另外几个战士把马拉到坑里，一边填土一边给马磕头。其他马匹远远地瞅着，对着大山长长地嘶叫……

四

傍晚时分，两人才走下山。不过，听人说师部也在前面不远处宿营了。太阳在山峰上只剩下红彤彤的一半，空气中的潮热却一点不减，人就像被扣在一只蒸锅里。

霓云解下装钢板和小报的油布包，把枪靠在树下。小美把粮食袋挂在树杈上，也坐了下来。两人背靠着背，衣服湿淋淋的，一句

254

话也不想说。可不管怎么样，这一天的行军算是结束了。小美眼皮沉沉的，浑身有种很舒服的感觉。

这时，有人走了过来。小美抬头看了看，隐约记得是供给处管军装被褥的军需助理员老崔，山东人。他的一条腿被子弹打了个洞，骨头没接好，整天流脓水，只能拄着树枝走，而且越走越慢，渐渐跟不上队伍了。他的疥疮也生得特别严重，脖子紫红紫红的，抓出的血把领子都染红了。他把粮食袋、雨布挂在树上，从背包上抽出两双草鞋，也挂在了树上，认真仔细地理了理。

老崔对小美笑了笑，把短枪连同皮带皮套从腰间解下来，递给小美，说，小娃子，送给你吧！跟着队伍走，别掉队。说完，他慢慢向路边的林子深处走。过了一会儿，林子里传来轰的一声响，冒出一股灰黑色浓烟。小美后来想想，当时已经觉出他说的话不对劲儿，也猜到了他想干什么。只是一路上见到太多的生死，觉得说什么都无益了。

夜深时分，霓云才在一片树丛里找到了师政委。他坐在一块青石上，面前摆了两只装手榴弹的木箱子，上面有盏马灯。头顶上，在几棵树之间拉着块桐油雨布，可以遮风挡雨。他的额头上还挂着豆大的汗珠子，一脸苍白，说话的声音有些虚弱，看样子是刚打过摆子。他使劲笑了一下，说，哎呀！是你们俩啊！真是太好了。

政委又说，没掉队就是好样的！哎呀，哎呀，见到你们俩真是亲啊！

刚才还没觉得有什么，让政委这么一说，霓云的眼睛倒是红了。政委笑了，说，哎呀，看看你，老同志了还哭鼻子。我这有水，烧过的。我还没喝呢，让你俩赶上了，快喝吧！

霓云说，来的路上，看见老崔死了，自己拉了手榴弹。政委低下头，想了半天，说，老崔我知道，他是不想连累别人。

政委把马灯挂在树枝上，拍了拍木箱子，说，坐会儿吧，歇歇。

他又说，老崔和我是一年当兵的，能走到今天不容易。他要是不想活了，那就是真的没法子了。过雪山之前，我的膝盖给子弹打穿了，一瘸一拐走不了路。上级给了我几块银元，让我留下来养伤。我不干，挂着木头棍子跟着队伍走。上了雪山之后，老崔的眼睛看不见了，雪盲。我俩一个瘸子一个瞎子，相互搀扶着，两只眼睛三条腿，竟也翻了过来。那个雪山啊，有的人坐在路边休息，坐着坐着就起不来了。有的人刚才还好好的，突然就一头栽在地上，也起不来了。唉，真想上去扶一把啊！可是，你要是去扶了，可能也就倒在那里了。那种滋味儿，没经过的说不明白。后来听说，红军留在大别山的伤员，还有留在长征途中的伤员，大多都没活下来，让地主或追兵搜出来就给杀掉了。你想想，伤员嘛，躲不了，藏不了，落到他们手里……

过草地的时候，没吃的。人饿得裤腰带都系不住，怎么系都往下掉，也真是奇怪，现在也没琢磨明白是咋回事。路边就有三个五个坐着走不动的战友。他们说，你们先走，我们养足了力气追你们。可谁都知道，这茫茫草地，几百里都没人烟，走出去就走出去了，停下来就是等死。当时还下着大雨，回头看着战友坐在大草地里，一个个瘦骨嶙峋，心里头就跟他们道别啦！那可真是生离死别啊！道过别，再回过头想想自己，自己就一定能走出去吗？所以，咬着牙往前走吧！不敢停下来，一步都不敢停。二过三过草地的时候，战友们的尸体还在那儿呢，相互靠在一起。可也就是远远地看一看，心里打个招呼，不敢上前去给挖个坟，立个碑什么的，身体不允许啊！

政委擦了一下眼睛，说，哎呀，这么多年，眼泪早哭干了，也不知怎么就对你们说起这个了。以后，你们要是发现谁见了战友牺牲还是那么木呆呆的，不哭也不吭气儿，就知道是咋回事儿了。

他勒了勒皮带，把风纪扣扣上，使劲站起来，说，实话跟你们讲，现在的情况不大好。虽然敌人是一路逃，咱们是一路追，基本没打过什么大仗，可敌人的主力还在，他们是在往家跑，而咱们是要打到他们家里去。你想想，他们能不跟你拼命吗？而且，他们这一路逃，把沿途的粮食物资都搜刮干净了，带不走的也给烧了，咱们没粮啦！这样下去，饿也把部队给饿垮了！

他又说，半夜里有个征粮会，你们跟我去吧。这事有危险，本是不应该安排女同志去的。可是干革命嘛，也没工夫分什么男同志女同志了。活着干，死了算。任务来了，不管行不行，你就硬着头皮顶上去干吧！哎呀，咱们得出发了。

向前二十里，翻过一座山，有个县城。征粮队已经提前出发了，由地方党组织的同志把方圆几十里的保长甲长都招集在一起。说是半夜开会，政委带着两个警卫员，还有霓云和小美，天快亮才到，一身泥水，疲惫不堪。

开会的地方不在县城内，不安全，而是在城外庄子的一家祠堂里。过去，红军力量还很弱的时候，路过乡村镇子大多不住老百姓家里，而是住在祠堂里。一来是不想给老百姓添麻烦，二来谁家要是住了红军，或给红军饭吃，谁家就要被杀头。政委坐在长条桌的正中，征粮队和地方党组织的同志，还有霓云坐在两边。政委悄悄对霓云说，知道为什么叫你来吗？有个女同志在，老百姓不害怕。

政委示意地方党组织的陈同志先讲。陈同志点点头，突然拔出匣子枪，咣当拍在桌子上，大喝道，在座的都是这地方上有头有脸的人物，你们都给我听好了，白狗子这回是彻底地完蛋啦！现在，是大红军坐天下，是穷人坐天下！

他放低声音，说，我知道，你们当中还有人动着心思，盼着白狗子回来给你们撑腰。他猛地用拳头捶了一下长条桌，吼道，你们趁早都死了这条心！

陈同志大声道，我再说一遍，红军的粮，一粒也不能少！谁想糊弄俺，你就问问这铁家伙答应不答应！说完，他拿起枪，在屋里放了一枪，把头顶上的瓦片打碎了。枪声过后，一缕缕灰尘在昏暗的火把光里飘着，祠堂里鸦雀无声。

这一声枪响把霓云吓了一跳。她的心怦怦跳着，手暗暗捏着衣襟。小美站在她的身后，手放在她的肩上，微微发抖。霓云强迫自己镇定下来，轻轻拍了拍小美的手背。

陈同志又大声问，有交不上来的吗？还是一片寂静。他大声说，那就散会！

人走了之后，政委对陈同志说，哎呀，我说同志！你说话好凶啊！咱党的同志可不能这么跟群众讲话！

陈同志看了一眼政委，没说话。他走到祠堂门口，看看人都走干净了，又关上门，转身一把抱住政委，大哭起来。他哽咽着说，我们这些干地方党的人，都是血雨腥风，九死一生过来的。首长，你能明白么？

他抓起政委的手，放在自己的胸口上，说，红军来了走，走了来，可我们不能走，就是油锅等着俺，也不能走啊！当年，这里是根据地，现在，活下来的老同志用巴掌都能数得过来！

陈同志抹了一把脸上的泪水，道，不解释了，只盼着能把粮食吃到咱战士们的嘴里。这么多年，从没把自己的命当回事儿过。你们快打胜仗，俺好活着看一眼苏维埃在太阳底下坐天下。

政委拍拍他的后背，说，放心吧，放心吧，这一天马上就到了。

五

同志哥，

别掉队，

高山大海无所畏！

同志哥，

你看他，

一三五团的刘齐家，

疥疮疟疾都不怕。

上午打摆子下午拉肚子，

拄着木棍还往山上爬！

同志哥，

加油啊！

最后一仗啦！

打到大海边，

解放全中华！

　　早晨，霓云向老乡借了块门板，贴上黄麻纸，用锅炭水写了五个大字"解放全中华"。她把门板立在路边的一棵树下。小美一边打竹板，一边唱起霓云教给他的顺口溜。顺口溜是现编的，都是真人真事儿，比如这个刘齐家，昨晚刚被作为全师通报表扬的对象印到了小报上。两个人唱着，眼睛也注意分辨路过的队伍，心里头数着，一营过去了，二营过去了，三营也过去了。等到他们跟着的那个团快过完了，也得赶快还了门板，带上东西，跟着队伍一起走。在这大山里头，掉了队可是要没命的。

小美唱了一会儿，霓云开始唱。小美看了看她，低下头，从身上的薄棉袄棉裤洞里往外拽棉花。从豫南出发后，部队就发了这么一套衣服。那个时候穿着正好，进了湘赣可就热得不行，跟夏天裹了棉被差不多。那也得穿，因为没有别的衣服，而且大家也都这么穿。小美拽满一把，捅了捅霓云，把棉花递给她。霓云低头看了看，哎呀一声，连忙抓起那把棉花，躲到树后去了。原来她的裤子被血浸透了，正从裤脚往下滴血。

小美像什么都没发生过似的，继续唱着。不久，霓云从树丛里钻出来，裤子湿淋淋的，肯定是找了个河沟涮了涮，又穿上了。她笑着对小美说，看不出来，你还什么都懂。小美说，我过去可是唱旦角的，女子的事情当然什么都懂。他指了指身上的薄棉袄棉裤，说，够你用一阵子的了，棉絮没了，倒是凉快。

虽然战士们又病又饿又热又疲惫，但大家的心情却是高兴的。就像小美在那段顺口溜里唱的：这是"最后一仗"啦！过去，是在枪林弹雨里生活，经历过无数生生死死，没指望过活着见到好日子到来的那一天。现在不一样了，好日子近在眼前，好像伸手就能摸得着。很多人都想着，这仗快打完吧，不图大富大贵，三亩地一头牛，老婆孩子热炕头的日子还是有得过的。

这段日子，师长和司令部跟前卫团一起行军，副师长和后勤部跟中间一个团，政委和政治部跟后卫团。敌人一直不见踪影，偶尔有一小股，穿着大裤衩子、短袖上衣，脚上蹬草鞋，放几枪就跑，翻山越岭比猴子还灵活，一晃就消失在密林里。南方女人也一样，光脚走在水田里，五根脚指头张着，挑着百十来斤重的扁担还能在田间路上小跑着前进。北方来的队伍就只有干瞪眼的份儿，身上虽是轻装，可脚陷在泥里硬是拔不出来，还时不时滑个大仰八叉，更别提小跑着前进了。

霓云和小美追上了队伍，看见政委拄了根棍子，和后卫团团长走在一块儿。他的马驮着宣传科的油印机，团长的马驮着四袋粮食。此时，路两旁的山越来越高，山峰顶上飘着灰白色的乌云，慢慢移动，随时都会下雨。前方的大山拐了几道弯，路也消失在山坳里。每个团之间相隔四五里路，前卫团与后卫团之间差不多有一二十里的距离。尤其在拐弯处，电台信号时强时弱，联系起来非常困难。

政委仰头向山上的云雾间望去，对团长说，要说怕，现在就是我最怕的时候。敌人都躲在哪儿呢？难不成他们就甘心一直撤到大海边？那可能吗？我要是敌人，那一定是现在，就在这里，扑上来，往死里咬上一口。因为，虽然我们是在追敌人，可也是我们最脆弱的时候。

政委的话刚讲完，前面的山坳里便腾起浓烟，接着传来密集的爆炸声。不大一会儿，又有炮弹落到山路上行军的队伍里。仰头望去，敌人的炮兵埋伏在了大山顶峰。炮击过后，密密麻麻的穿草鞋和大裤衩子的士兵从半山腰，从山脚下向山路上冲过来，像一股股土黄色的泥石流。

林子里传来哒哒哒，哒哒哒的机枪响声，子弹嗖嗖地在头顶飞过。小美慌忙躲到一匹马肚子下，只听见政委对团长说，三个营占领正南、西南还有东南三座主峰，电台跟着我走。小美低下头再抬起头的工夫，政委和团长已经不知去向。人群迅速散开，山路上只留下一些牺牲战士的遗体，还有大车和一群不知所措的马匹。

小美晕头晕脑地趴在地上。霓云把他拉起来，跟着最大的一股队伍向山上跑。傍晚时分，部队占领了山顶。霓云靠坐在一门炸了膛的山炮轮子上，旁边倒着两具穿大裤衩子的敌人尸体。营长和副营长都牺牲了，副团长在这里指挥。还有几个熟悉的人，都是师部的，混杂地坐在一块儿，气喘吁吁。防御阵地已经部署好了，敌人停止了进攻，山下亮起火把和篝火。向远方望去，另外几处山脚下也闪起了一团团一簇簇火光，山路上的火把像长龙一样移动，隐约传来汽车声响。偶尔有几发炮弹胡乱打在山上，发出"嘓"的一声长响。很久，才消匿在夜色里。

霓云的手腕青紫了一大块。上山的时候，一个敌人突然从草丛里窜出来，扭住了她的胳膊，差点把她掐死，是小美开枪打死了敌人。她又看了看挎包，所有的东西都颠丢了，只剩下刻字用的钢板和一块洗疥疮用的硫磺。

不远处，副团长用电台和师部联系，等待命令。午夜，师部传来消息，各团应立即组织反击，坚决消灭反扑之敌，指挥机关继续前进，在密林中开出山路，在南面九十里外的一处山地集结，建立前线指挥所。很快，队伍出发，轻伤员拄着拐杖跟着走，或被战友搀着走，重伤员藏在树林深处，留下几天的口粮，还有一枚手榴弹。

头顶是一轮明月，把银辉洒在山谷里。前方，是砍刀砍树枝和灌木的咔嚓声。没人说话，附近是鞋子衣裤摩擦草丛发出的沙沙声。不久，身后的大山上映出火光，噼噼啪啪，轰轰隆隆。敌人在烧山，几座山峰红得发亮，大火之中隐隐听得到零星几声枪响和手榴弹爆炸的闷响。

小美拉住霓云的手，说道，姐，我冷。霓云吓了一跳，让出小路，和小美来到一边。在月光下，小美的嘴唇鲜红，哆嗦着，脸色像大理石，白得让人害怕。霓云使劲儿扶了他一下，可他的身体软软的，慢慢从臂弯滑到草丛里。霓云把小美背起来，他的身体轻飘飘的。可只走了一小会儿，霓云就吃不消了。她咬着牙，命令自己的腿再向前迈一步，可腿发着抖，别说向前走，随时都可能脚下一软，把两个人甩到山下去。没法子，霓云和小美坐在草丛里，依偎着。她把小美搂在怀里，好让他战抖得不那么厉害。

小美把额头贴在霓云的脖子上，睁开双眼，迷迷糊糊地说，姐，要不你先走吧。敌人追得紧，总不能咱两个都搭上。霓云低下头，端详着小美。他的眉毛浓浓的，黑黑的，眼睛里仿佛蒙着一层清澈的水，映着月亮的影子，显得格外明亮。她的心一阵刺痛，把小美搂得更紧了，脸贴着小美滚烫的脸，说，别说傻话了，姐就是死也不会抛下你不管的。霓云拦住了一个政治部的同志，从他那里要了一枚手榴弹。那个同志看了看她，又看了看小美，抿着嘴，说了声，多保重吧。霓云从挎包里拿出钢板，递给他，说，这个出报纸用得上。那个同志把钢板收好，从挎包里掏出一块玉米饼子，递给霓云，说，我只是替你收着，将来还得你回来刻。

渐渐地，队伍远去了，窸窸窣窣的声音复归寂静。而另一头，几座山在燃烧，有枪响，有炮声，还有人在喊叫。不过，这些声音越来越远，越来越弱，慢慢消失，慢慢被大自然的声响代替。月亮仿佛更明亮了，金灿灿的，清晰得简直能看到上面的斑纹。有虫子在扇动着翅膀，在起劲地鸣叫。有山风掠过枝叶，发出哗哗的声响。小美在霓云的怀里战抖着，腾云驾雾，一会儿仿佛掉进了火红的铁水里，一会儿又仿佛钻进了银白的雪洞里，浑身僵硬无力，任由无常的冷热把自己抛来抛去。可是，无论周围多么可怕，总有那么一缕温暖的幽香徘徊在自己周围，给自己安慰，从未远去，也总有那么一声声柔软的嗓音呼唤着自己，让自己不迷失方向，始终都记得向光亮处走。

天快亮了，小美的烧才退，汗水把没了棉花的薄棉袄都浸透了。两人顺着前边队伍砍出来的小路向前赶，沿途草丛里不时有张纸片，有块布头，有只草鞋什么的，大概是同志故意扔下给后面的人指路的。

可是两天以后的傍晚，他们突然找不到路了。树林越走越密，不像是有人路过的样子。太阳落山之后，也没什么东西可以指引方向。静下来，向四周倾听，没有枪炮声、叫喊声，不知队伍向哪里去了。硬着头皮向前摸索了好一阵子，找到了一片林中空地，空地里有片不大的水塘。原来是到了山谷里，周围的大山黑黝黝的，天空暗蓝色，中央静静地挂着大大的一轮月亮。

霓云坐在水塘边一棵大树高出地面的树根上，把手摸到挎包里，抓出一把路上摘的野果子，递给小美几枚。果子酸得很，吃到肚子里，一阵阵烧烧慌，直想吐出来。小美酸得直流眼泪，问道，天亮了咱们往哪里走啊？霓云说，我也拿不准，向南走吧，大部队都在向南走，总是没错的。小美说，要是走不出去呢？霓云把头靠在树上，说，还早着呢，坚持下去吧。就算真的走不出去，也和这大山里的一草一木一样，没什么好难过的。

霓云又把手摸进挎包抓果子，在底部碰到了那一小块儿硫磺。她想了想，说，小美弟弟，你把衣服脱了吧，我用硫磺给你洗洗身上，看让你挠的？小美吃了一惊，脸红了，道，啊？霓云笑笑，说，别害羞了，连鬼影子都没一个。要死，咱也要干干净净地死！

小美把上衣脱了，霓云用指尖抚摸着他的后背，说，看看，这么一大片。小美站起身，往水塘里走。霓云叫住他，说，把裤子也脱了，你想穿着湿淋淋的裤子吗？小美小声说，不。霓云给小美理了理头发，说，你好好看看姐姐，有什么好害羞的？

小美脱光了身体，下半身浸在水里。霓云脱掉草鞋，卷起裤腿，蹲在水塘边给他擦洗身上。月光照在小美身上，皮肤上的疥疮一大片一大片，紫红色斑块上，有密密的红点和小眼，向外渗着血。当硫磺水抹在上面时，小美疼得嘶嘶吸气。不过，痛过之后，那痒劲儿就差了许多。池塘里的水又暖又柔和，像丝绸一样包裹着小美的身体。擦过上身之后，霓云把硫磺交到小美手里，道，剩下的自己来擦洗吧，记得啊，要仔细，这样才好得快。说完，她拿起小美的衣服，回到树下，借着月光，专心抓虱子。只见衣服缝里，趴着一串串红红的胖胖的鼓鼓的虱子，喝人血喝得饱饱的。霓云用小手指甲轻轻一扣，向外一撬，便有四五只弹了出去，落进草丛里。

小美洗完了，虱子也捉完了。霓云背过脸，把衣服递给小美，说，把身上晾干再穿上啊！小美拿过衣服，躲到大树后面去了。夜风慢慢把他身上吹干了，真是奇怪，用硫磺洗过之后，身上像缎子一样滑，感觉麻酥酥的，竟然一点也不痒了，还带着点略苦的香味。这时，霓云道，你歇着吧，姐姐也要洗啦。

池塘那边传来哗哗的水声。小美忙闭上眼，心里慌慌的，感觉到身上干了，赶快把衣服穿好。不一会儿，姐姐来到身边坐下。小美觉得鼻子里飘来一阵湿漉漉的水气和硫磺香味。霓云问，你知道小美的美字怎么写吗？小美答，不知道。霓云说，两个点，下面三横一竖。然后，再加上一个大字。咱们来个约定，等走出了大山，我要教你学写字。等你学会了写字，我再教你英文。啥是英文？英文就是英国人和美国人，还有其他一些国家的人用的文字。比如美，英文就是碧缇夫。

小美睁开眼，想问一句什么，连忙又闭上了。姐姐的后背上洒着月亮的光辉，像银子铸成的一样。一道锋锐的白光刺痛了小美的眼睛，却让他永远也忘不了这一幕。霓云接着说，我给你讲个故事吧，你边听边睡。小美侧过身去，嗯了一声。

霓云讲着讲着，小美就进入了梦乡。他梦见和姐姐在一个桃树林里跑着，那是个春天，到处是嫩绿色，只有桃花是粉红色的。两个人高兴地跑啊跑，漫天飞舞着桃花……

又过了两天，霓云和小美依旧没有走出大山。中午，两人坐在一块岩石下，没有吃的，也没有一点力气，真不知道自己是在休息，还是在等死。这时，霓云看到不远处的草丛在动。她拿出手榴弹，对小美说，你坐着别动。我到那边去，把人引开。我要是死了，你自己走出去，别放弃！霓云悄悄爬到十几米外，把手榴弹柄上的铁皮盖拧下来，将拉火环套在中指上，双手紧紧握住，盯着草丛。从树后出来三个人，其中一个她认识，是司令部的侦察参谋王大心。

六

王大心把霓云和小美带回师部的时候，发现师首长都在，但气氛很沉闷。他顾不上多想，进了这间临时搭起来的草棚就大声说道，看看我把谁给找回来啦！师长先抬起头，刚才还很阴沉的眼睛里闪闪发亮，一把把小美搂进怀里，大声说，你们两个呀！宝贝一样的人儿啊！大家都给我瞅瞅，一个弱女子和一个娃娃都没掉队，这才是咱们师的人！什么叫拖不垮砸不烂，这就叫拖不垮砸不烂！

说完，师长竟然把脸埋在小美怀里，当着众人的面哭了起来。流了一会儿眼泪，他站起来，从警卫员那里要了两块玉米饼子，又问，我记得咱还有一块腊肉吧？警卫员嗯了一声，没动作。师长说，别小气，快拿出来！警卫员从挎包里摸出一块一寸见方的腊肉，递给他。师长喜气洋洋地把饼子和腊肉塞到霓云和小美手里，说，赶紧吃饱肚子，好好休息！我这里还有大事情急着要办。说罢，很亲热地把二人推到了棚子外面。

师长转身进了棚子，脸色马上又黑了起来。他问作战科长，南边的二门槛子山打下来没有？作战科长答，还没有。从上午打到现在，他们团长说，负责攻坚的是一个新连长，有点犹豫。再打不下来，他准备换一个连上。师长抓起对讲机，问，马团长吗？告诉你们三连长，让他不要再犹豫了！今晚六时前必须拿下二门槛子山主峰。你打算怎么跟他说？什么，原话跟他说？什么原话！你马上跟他讲，今晚六时前拿不下二门槛子山主峰，我魏大骡子就要枪毙他啦！

这时，电台送来电报，上级命令该师继续向北移动，向另外两个师靠拢。师长不痛快地用食指指甲扣了一下虎牙，有点惋惜地对参谋长说，这可咋办？咱们想往南，上头让咱们往北。

参谋长不说话。师长皱着眉，看着草棚顶，自言自语地念叨，过去，咱们是满世界找敌人的主力都找不到，现在，敌人主力自己出来了。咱们师是一不小心被敌人咬了一下，可瘦死的骆驼比马大，牙口还在，骨头还是能啃得动的。你说是不是？

他在草棚里一圈接着一圈地转，又念叨着，我来问问你，现在，是咱们腿肚子打哆嗦，还是敌人腿肚子打哆嗦？肯定是敌人呀！敌人的心思是，咬你一口马上跑。你把他们拖住了，他们不心虚吗？为什么要往南去，为什么非要打下那个二门槛子山？那是敌人南逃的退路呀！这个时候向北走，那不是给敌人放了一条生路吗？

参谋长问，那怎么办？师长咬咬牙，道，再等等！看看二门槛子山那边的情况。

时间一分一秒地过了两个小时，太阳已经偏西，如果是急行军的话，队伍已经走出几十里地了。

师长从树上摘下枪套，把手枪端详了半天，猛地上了膛。他刚要说什么，又咽下了。慢慢用力，把枪管后方的击锤退了回去。接着，他把弹匣弹出来，退下一粒子弹，用手指反复揉搓着。好半天，他狠狠地说，再去问问，狗×的到底把二门槛子山给我打下来没有？

267

话音刚落，对讲机响了，那个连长带着队伍刚把二门槛子山打下来，正在修筑防御工事。

同时，上级的电报也来了，询问向北移动的先头部队到哪了？

师长用拳头往当桌子的弹药箱上一砸，喊道，谁他娘卖×的再说往北移动，老子先枪毙了他。给三个团下命令，能扔的东西全扔掉，立刻轻装向二门槛子山方向急行军，把敌人先给我堵住喽！

他又说，给上级发电报，告诉他们，现在，不是咱们师向另外两个师靠拢，而是那两个师向咱们师靠拢，千载难逢的机会就在眼前，这下子让白狗子把最后一点儿家当都给我赔在这儿！

霓云、小美随政治部隐蔽在一处高地上。高地南面，是二门槛子山主峰。高地下面，是夹山而走的山路，在这里拐了一个大弯。向北望去，山路边有一大片稻田，像一块光洁的翡翠，映着夕阳的红光。敌人的队伍正轰轰隆隆地从这里经过。张干事有一部二十倍的德国造望远镜，从里面看过去，敌人就像在眼前晃悠。他们人人穿着大裤衩子、皮胶鞋，扛着卡宾枪。山路上行驶着卡车、装甲车，还有汽车拉着的各种口径大炮，全是美国货。

大山静默着，连绵起伏的山脊在暮霭之中模模糊糊，好似剪影。一声尖厉的军号声打破了这一切，紧接着，团里的号长，营里的号目，连里的号兵，几十支上百支军号在大山中间一齐响起，此起彼伏。一群群鸟被惊吓得飞上半空盘旋，黑压压一片。听见这声音，很难说清是什么感觉，惊心动魄，胆战心惊，热血奔腾，生死不惧，也或许是这种种感觉混杂在一起。一队队士兵从路两边的山坡上、树林里、草丛里、稻田里向敌人冲过去，把敌人的队伍截成几段。枪炮声就此响起，大地群山为之震撼……

透过望远镜，再向二门槛子山方向望过去。那里的敌人散开了，组织向山顶进攻，漫山遍野都是穿黄绿色短裤，嗷嗷大叫的士兵。

他们深知，如果几万人给憋在这狭长的山谷里，就只剩下一条死路。分辨不清每个人的叫喊声，但所有人的叫喊声汇聚在一起，就成了另外一种声音，像狂风刮过山谷，巨浪拍过堤岸，呼啸着，震耳欲聋。也分辨不出每个人的样子，但一点点黄绿色密密地集合在一起，就变成了汹涌的洪水，把大山都改换了颜色。山上向山下打炮，山下也向山上开炮，在沸腾的山谷里更添上一种沉重的巨响。

这时，一支军里派来的医疗队从山后路过，要向二门槛子山方向去。霓云、小美和几名政治部的同志也加入了其中。到达二门槛子山下时，正是午夜。月亮挂在天空正中，把山谷照得雪亮。

在半山腰，最先闻到的是一种血腥味和焦糊味混合在一起的气味。能看到一些大树的树皮被打穿或被弹片刮掉，露出白色的树干。还有一些死鸟倒挂在树枝上。再往前走一段路，一阵阵肉搏的声音从黑暗里远远地传来。这不是一种人在最有力气的时候发出的底气十足的大吼声，而是在筋疲力尽的时候，挣扎着发出的嘶叫声。在夜里倾听，更像是鬼哭狼嚎般的惨叫。那一声声"杀"，早没有了军事训练时的整齐划一、地动山摇，而是拼尽了最后一点气力，把刺刀捅进对方身体里时才有的声嘶力竭、不顾一切。

从山顶向下望去，无数刺刀在闪着亮光，炮弹和爆破筒在密集地爆炸。十余里山路上硝烟弥漫，每棵树下、每片草丛、每道沟坎，都在喷吐火焰。敌人乱了，我们也乱了。建制班散了，就两三个人成一个战斗小组，或者干脆各自为战。黑暗里，不容易分清敌我，但敌人穿大裤衩子总是不会搞错的。人的眼睛是红色的，破烂的军装也被鲜血染红。树林、草丛还有岩石也仿佛成了红色。抬头望去，挂在天上的月亮竟然也好像是红色的，慢慢地，一滴一滴地向大地落下血水。

一个夜晚，又加上一个白天，敌人的进攻一直没有停歇，一波接着一波像潮水一样。小美后来听很多老战士说，这些广西人真是能打，不怕死，受了重伤不能动弹了，也要拉响手雷抱着你一块儿死。你向他开枪，他也不躲，三步五步冲到你面前，刺刀也就捅过来了。但无论如何，我们也没有让任何一支敌人的队伍突围出去。到了下午时分，增援的部队从四面八方陆续赶到，总攻开始，从各个高地向山谷里开炮。方圆几十里宽窄的凹地，就像一只被烧滚了的大油锅。

敌人的建制被打散了，再也无力抵抗。剩下的事情，就是漫山遍野抓俘虏。小美跟随医疗队下山救治伤员，看到敌人真是无心再打了。几十个上百个俘虏站在那儿，直勾勾地瞅着你，也不说话。我们的战士就在稻田地里画了个大圈，让他们站在圈儿里面等着。在上山下山的路上，在那些茂密的草丛里，还有山洞里、岩缝里、树枝上，到处都躲着俘虏。还有一次，小美到河边打水，看见水草在动。扒开草丛一看，水下还藏着人，一双一双眼睛在水下惊恐万状地盯着小美看。

有的俘虏还藏到了老百姓的地窖、猪圈里，被发现时，一身泥、一身粪，只剩下眼珠子和牙齿是白的。到了夜里，小美跟着队伍，用山竹蘸上煤油，打着火把，对着密林大喊，让俘虏出来投降。怕广西兵听不懂，就找来老乡或俘虏来喊。这些俘虏从山洞、林子里爬出来后，连把步枪举过头顶的劲儿都没有了，将枪往地上一扔，第一句话就是，快饿死了，有没有吃的？给一口吧……

七

这一仗打完后，这个方向上的敌人再无精兵可用，也再无力做像样子的抵抗。所有人都看得出来，敌人确实是气数已尽，连咬人的牙口都没有了。还有一则故事是关于那个打二门槛子山的连长的。几十年后，他也成了军首长，仍然提起这件事。他说，幸亏师长这一吓唬，一个上午没解决的战斗，两个小时就打完了，也让他明白了怎么打仗，怎么当指挥员，怎么完成好上级交给的任务。如果没有这一吓唬，别说军首长，就是连长也当不成了。或许至今还是一个黏黏糊糊碌碌无为的小干部，也或许就糊里糊涂无声无息地在某次战斗中牺牲了。所以，他打心眼儿里感激师长。

与此同时，整个南下兵团都停止了追击，在湘赣一带进行为期一个月的休整，等待粮食、被服、药品等物资运上来，也使北方来的士兵适应南方的气候。师里成立了四五个休养连，安置在山里，每个连一百多人，这一片树林里一个连，那一片树林里一个连。有在这次战斗中受伤的伤员，也有过江之后患病迟迟不好的重病号。

小美记得自己第一次和霓云去抬伤员，是在傍晚。山下的公路上，有三五辆被打坏的卡车，南逃的敌人被堵在了这儿。他们想占领高地，一拨一拨穿大裤衩子的士兵把身体压得很低，不要命地向上面冲。草丛里到处躺着受伤的战友。子弹和爆炸的弹片啪啪啪地从周围飞过，打断了草秆和树枝。不时，有血淋淋的手伸过来，抓住他的衣服，吃力地说，娃子，有没有急救包？我这胳膊断了，血流得跟漏了似的。有人拍拍他的肩，指了指自己的肚子，说，肚子破了，你能不能给我扎一扎？小美看过去，只见那人的肚子真的被炸开了。对方倒是一点也不害怕，似乎也不疼，无奈地问，你看，我还有救吗？

没过多久，小美浑身上下就被血浸湿了。他手脚打着抖，身体一点劲儿也没有，伤员说话也听不大清楚。有一个伤员腿部的血管给打断了，一直在喷血。小美打开急救包，把绷带捂在上面，绕了几下，手指抖得怎么也系不上扣子。伤员一把推开他，自己把绷带勒紧了。

　　喷出来的血溅到小美的眼睛上。他擦了擦，看清了周围的景象，只是一切又都给染上了一层淡淡的红色。霓云在不远处喊他。小美爬过去，和霓云一起，把一个头部中弹的伤员拖到高地下面。有颗子弹从他的上嘴唇打了进去，从后脑勺下边钻了出去，把两枚门牙打掉了。他出奇地镇定，头脑也清醒，张开豁了的嘴唇和霓云讲话。他一边吐着血水，一边指着自己的嘴说，给俺包一包呗！小美掭出一块纱布，向冒血的伤口垫上去，手指尖碰到了一枚只连着点儿筋肉的牙齿时，手猛地一抖。血水立刻渗了过来，好像不垫纱布还好，越垫流得越猛。伤员哎呦了一下，含含糊糊地说，我的兄弟啊，你可千万别抖，你这一抖，我可疼得更厉害啦！

　　挣扎着给这个伤员包扎完，小美慢慢就不怕了。再可怕的伤口都敢看，也敢摸。他老练地寻找着伤员，揭开他们的衣服帮他们检查伤口。伤重的，就喊人来把他们抬走。伤轻的，就安慰道，叔儿啊！你别急，你这伤没大事儿，那边还有几个要命的，我把他们安顿好了，马上过来帮你。这有消毒药粉，你自己先撒上。记得伤口别沾上泥水啊！

　　在一处半山腰上的老乡草房子里，搭建了临时手术室。房子外面烧着一只大锅，锅里煮着纱布、手术器械。一张木箱子叠起来的手术台旁边，站着医生、护士。医生胸前的白工作服上，溅满了血点，一层盖住一层，越积越厚，以至于成了浓红色。

　　在这里，小手术是不用麻药的。比如缝合伤口，接血管和筋肉，还有截掉手指脚趾什么的。做过手术之后，伤员们被抬到休养队安置下来。霓云和小美又被派到那里照顾伤病员。在那儿，很少听见有人大声叫喊或说话。因为所有人都知道，能被处理好伤口，并且安全送到这里来的已经是最幸运的人了。

在休养连角落里的一处草铺上，小美又见到了那个嘴被子弹打豁了的伤员。医生告诉小美，对那些特别危险的重伤员，要多和他们聊天，别让他们睡着了。于是，小美就搬了一只木箱子，坐在他身边，故意问这问那。这个伤员是个排长，老家在豫西南召。说着说着，他就睡着了。小美把他推醒，继续和他说话。小美总觉得他肯定是活不了，子弹从脑袋瓜子穿过去，那还能好吗？所以对他特别好，喂水喂饭，端屎端尿，非常细心。后来，这个排长竟然奇迹般地恢复了。小美在朝鲜时还遇见了他，并且在一个坑道里守卫过高地。

过了一段日子，充足的药品从后方运了过来。一些南方病，像疟疾、疥疮、寄生虫，等等，都有了特效药。过去几个月都不好，现在吃上就好了。许多伤病员恢复之后，回到了连队，休养连也就不那么紧张了。

这天，侦察参谋王大心带着民工队送来了二十多个伤员。

他对霓云说，这些同志是从东北来的老大哥部队和咱们一起作战时留下的重伤员，要好好照顾。他们的大部队已经南下，这些伤员养好后，估计就留在咱们这儿了。

有个伤员一直在发高烧，脸涨得通红，不停地说胡话。小美的任务是拿一块湿手巾盖在他的额头上，每隔一会儿再给他擦擦脖子和胸口，防止他烧坏了脑子和内脏。这个伤员断断续续地说着什么事儿，又在叫着一些人的名字，有老秃脚子、9号、石老三、小张医生、小张妹妹、小野医生、司令，还有铁锅老舅、孩子兵、刘瘸子、小六子、连长、营长，叫得最多的是个叫小闺女的人。一遍一遍地叫，叫着的时候就有了点气力，不叫的时候就昏昏沉沉的。小美坐在他身边，手拄着下巴，入神地听他叫那一个个名字。

打了退烧针，又吃了消炎药，这个伤员三天后才清醒过来。他对小美说，我叫树生，叫我树生小子也行，大家都这么叫。

半夜里，伤员们都睡着了。霓云把小美推醒，说，走，跟我洗衣服去。小美含含糊糊地说，困死了，明天洗不行吗？霓云说，白天哪有时间啊？快起来。小美道，实在爬不起来啦。霓云问，你想让我一个人去？小美眼珠儿动了动，爬了起来。

山下四五里外，有条小河。霓云拎着两只木桶，里面装着伤员的衣服，还有硬邦邦带血的绷带。脱掉鞋子，站在河边的鹅卵石上，人一下子就清凉了许多。河水哗哗地响，月光把整条河都染成了银色，亮光竟然刺得人睁不开眼睛。把手放进水里，或者把衣服浸在水里，也一样变得闪闪发亮，晶莹剔透，像宝石一样。

霓云把衣服泡上水，拿出一件，放在大鹅卵石上揉搓起来。她从桶底拿出一块硫磺，递给蹲在一边的小美，说，去，到那边好好洗洗。小美说，疥疮快好了，也不痒了，不想洗。霓云道，知道吗？不洗澡，皮肤还会得病的。不论在什么情况下，一个人都要爱干净，身体干干净净的，心里才能干干净净的。

小美远远地找了一块从山上滚落下来的大石头，在后面脱了衣服，泡进河水里。他的脸朝天，看着又黄又大的月亮，周围一片寂静，只有不远处姐姐揉搓衣服发出的水声。一时间，小美有点出神了，问自己，我这是在哪儿呀？这里曾经打过仗吗？河水里有一群寸把长的小鱼，一条跟着一条，围着小美的身体游，时不时撞在他的身上，咬他的皮肤。

洗好了，小美回到霓云身边。她把衣服和绷带也都洗好了。衣服和绷带都拧成麻花状，整整齐齐竖着码在桶里。霓云笑了一下，说，你小心看着桶，我也要去凉快凉快啦！小美道，哈哈，是你想跑出来洗澡吧？还讲那么多大道理。霓云又笑了一下，说，小美弟弟，一定要记住这句话！不论在什么情况下，一个人都要爱干净，身体干干净净的，心里才能干干净净的。小美把两只木桶拖到树下，躺下来，分辨着天上的星星，心想，这夜色可真美啊！

从此，他便多了一项任务，那就是在夜深人静的时候，背着枪保护霓云悄悄来河边洗澡……

八

几十年后，有人问小美，过了长江之后，敌人是怎么被你们打垮的？小美说，其实他们也不是被打垮的，而是被我们追垮的。

在小美的印象里，自打部队在湘赣一带休整过后，兵也强了，马也壮了，对南方的气候也适应了。给部队发了一种正方形的生铁圈，下面带四个爪，上山下山走稀泥路时捆在草鞋底上，又快又稳，被大家叫作"铁马脚子"。过了湘赣，在两广追击敌人时，每天一两百里地，最多一天跑过二百八十里。路两边都是跑不动的敌人，一个个灰头土脸、衣衫褴褛、憔悴不堪，几十个人一堆，上百个人一队，枪一扔，就等着我们的人去接收。可部队哪有工夫去管他们呀？上级把目的地都在地图上标好了，撒开脚丫子往前赶吧！

这些俘虏见没人管，就不声不响跟着队伍走。让他们不要跟着了，他们还跟着，因为跟着队伍走有吃的。散兵游勇在大山里走，不光会被饿死，还会被当地的山民和土匪扒去衣服，要了性命。这里的民风非常彪悍，老百姓也穷，更恨当兵的，所以对落了单的士兵下手非常凶残。

有一天，部队刚刚驻扎下来，小美到司令部取文件。进了一座泥垒的草房子，见到几个参谋和警卫排的战士围了一圈，正撅着屁股看什么东西。挤进去一看，人群中间的木箱子上有张一比五百万的全国地图。每个人都在上面找自己的家乡。河南籍的战士用手指一戳地图上河南的位置，找到了开封，再往下找老家县城，找不到了。他就惊叹道，好家伙儿呀！咱们都走这么远啦！河北籍、山东籍的士兵还得往上找，找到了，高兴地叫道，哎呀！我的亲娘哟，这是从北走到南啊！最远的是刚养好伤的树生，大家都叫他树生小子。在原来的部队他是班长，目前被分了警卫排。他老家在小兴安岭的松花江边上，再往上一巴掌就是苏联。他直起身子，愣了一下子，说，敢情这是用两条腿走过来了呀？跟谁说谁都不信啊！

屋里吵吵闹闹的，隔壁就是电台，有人在大声喊话。这时，师长进来了，乐呵呵地问大家在干啥？大家挺起身板站好，有个参谋说在地图上找老家。师长刚要说什么，电台的同志跑进来，急急忙忙地对他说，上级来了通知，咱们的国家成立啦！师长一时没听明白，瞪大眼睛问，你说啥？那个参谋说，咱们的新国家成立了，叫中华人民共和国，首都北京。毛主席在北京天安门城楼上都宣布啦！

师长想了一会儿，抱住头，蹲在墙角哭了。不是一般地哭，而是号啕大哭。他一边哭一边说，这才是咱的国家呀！像我这样的小叫花子，要不是当年铁了心跟队伍走，还当师长？早他娘卖×地饿死了。这下心里踏实啦！能过上好日子了！这要是叫国民党坐了天下，非把咱们这些造反的穷鬼都给宰喽不可呀！为了这个新国家，可是死了不少人啊！

那段日子，师长老是跟身边的人说起过去牺牲的战友。从他刚跟着红军走时的老班长，到排长、营长、团长、师长、政委，甚至还有军长、军团长。从深山老林、大河湖泊，到雪山草地、黄土戈壁，年年岁岁，到处都有他死去的战友。师长叹息着，流着泪，出着神，发着呆，总是说，唉，他们都没看到这个新的国家……

部队到了一座大城市郊外。师政委把霓云找了过去，说，有个事情，你得去做一下。这座大城市刚打下来，现在里面乱糟糟的，需要马上恢复秩序。有许多工厂，比如粮油加工厂、自来水厂、电厂必须马上开工，否则这座城市可就不得了了。

霓云有点困惑地问，那我能去做什么呢？政委说，中央从北方选了一大批干部南下接管这些城市。可部队的行动太快，每天不知有多少城市要接收。所以，组织决定从部队里选一批人先去把城市接收下来，等南下干部到了，再把你们要回来。

霓云问，那大部队呢？

政委说，大部队就不进城了，还要继续西进追击敌人，只能留下很少的兵力来协助你们。

霓云抿着嘴，说，我只有一个条件，南下干部一到，你可得把我要回来，说话要算数！

政委松了口气，笑了，说，一定，一定，肯定把你要回来。要不回来，我还舍不得呢！

霓云说，那我就去。

政委从木箱子上拿起一只装着勃朗宁手枪的皮套，挂在霓云肩上，说，记住，这任务是有危险的。城里很乱，接收干部人手也不够，很可能你一个人就得去接管一个工厂。所以，要保护好自己，这根弦每一分每一秒都要绷紧呀！做地方工作不容易。在东北的时候，土匪把我们一个县委的同志都给绑到城外枪杀了。那是个冬天，十几具尸首在树上挂了半个多月。这回在湘西，有两个南下的大学生干部，到了县城里，风土人情和北方大不一样，看啥都新鲜，便放松了警惕。一个人上土厕所，一个人在外面等着。等了半天也不出来，喊也没动静，进去一看，那个人的头都给割走了。

政委又说，实在不该派你一个女同志去的，可还是那句话，干革命都是硬着头皮干成的，本就没有容易的事情。还有什么需要帮你解决的事吗？

277

霓云说，我想让小美跟我去，他虽然年纪小，可个子也和我差不多高了。他有枪，可以给我当个警卫员。

政委叹了口气，说，行啊！真是迫不得已。去供给处领两套新军装吧，当了军代表不比行军打仗，得有个精精神神儿的样子。多保重吧！

要说怕死，霓云是不怕的。入了伍天天打仗，贪生怕死这一关过不了不行。记得刚到部队那会儿，宣传科长就教过她怎么过生死关。那是一次遭遇战，政治部的同志被敌人堵住，必须通过一块几十米宽的空地才能突围出去。霓云躲在一座土包后面，看着子弹打在干硬的土地上腾起的一股股灰尘。她浑身僵硬，动弹不得。科长对她说，咬紧牙，放低身子，瞅准敌人射击的间隙，从这块空地上跑过去，你就再也不会怕了。跑不过去，你在这支队伍里也待不下去。那一次，霓云记不得是怎么穿过封锁线的，身体像腾云驾雾一般。那颗心也一样，像只鹰，在几万米高空飞过一圈，真的就再也不怕了。这之后，无论是听到枪声、炮声、爆炸声，还是见到伤员、死人、鲜血、创伤，也都慢慢地不怕了。

进城的路上，到处散落着敌人丢弃的文件、军用地图、公文包、电台，还有女人和孩子的照片。一脚踏上去，脏兮兮的，躲也躲不开，把路面都覆盖了。要是过去，那些文件和军用地图都是最有价值的，一仗下来，先要搜集它们。现在，敌人兵败如山倒，这些东西也没人关心了。路两旁三三两两站着或坐着国民党的大兵，枪扔在一边，茫茫然没有表情，像看西洋景一样看着进城的解放军队伍，仿佛打了败仗的不是他们，这场战争与他们没什么关系似的。

再往城里走，大街上挤满了女人和孩子，都是敌人败逃后带不走的家属。哭哭啼啼、吵吵闹闹，让人听了心碎。马路边上坐着个三四岁的孩子，一个人仰着脸大哭。霓云跑上去抱起他，他只知道爸爸的名字。旁边的人说，这孩子的爸爸是国民党军队里的一个卡车司机，已经好几天没见着人了。霓云犹豫着，小美一把把那孩子抢过来，领着就走。霓云想对小美说什么，可看到小美的眼里闪着泪光，也就不再说了。他们俩把那个孩子带了一个多月，买了不少吃的和穿的，后来交给军管会了。

人群前面还有不少穿着制服的国民党军军官，集中起来站着，等待我们的士兵甄别。他们的家属以为要把他们带走枪毙，拉着丈夫的手不敢放开，大哭着，一个劲儿往士兵的手里塞金条、金戒指。霓云还看到几个国民党军女军官，手里拉着一脸泪珠儿的孩子。有的孩子还小，女军官正解开军装给孩子喂奶。

有个戴着少将军衔的男人拦住队伍，非常吃力地拎着一只大皮箱，请求接受他起义。队伍里的树生对他说，城市解放之前可以起义，现在解放军都进城了，就只能是投降。那男人说，投降也行，我跟你们走。树生说，那你把皮箱打开，检查一下。男人打开皮箱，里面竟然码了半箱子金条、银元和美元。打开之后，他还连声道，奉送长官，奉送长官。树生冷着脸说，解放军有规定，私人的东西不准动。你跟着我们走也行，皮箱自己拎着吧。走了几百步，那男人就拎不动了，哀求着对树生说，长官，实在拎不动了。树生装作没听见，继续向前走。只见那男人走到路边，打开皮箱，把里面的东西都倾倒进河沟里，倒完之后，哈哈大笑。然后，连箱子也一脚踢进河里了。回到队伍里，他流着泪，对树生说，当年，我也是从缅甸的原始森林里钻出来的，打鬼子出生入死，当时觉得可以风风光光过一辈子了，谁想，竟然落魄到如此地步。真是世事难料啊！

九

到军管会报到之后，开了个短会，算是分配了任务。霓云、树生、小美三个人负责一家纺纱厂。厂主姓赵，是国民党省政府的副主席，名下不止这一处产业，也正因为产业很多，所以没跟着国民党军队一起跑。第一次见霓云，他把腰弯得低低的，客客气气地说，长官，办公室和住处都给您备好了，我带您去。

霓云心里直打鼓，知道对方是国民党高官，混迹官场多年，又有这么多产业，必定不是一般人。她强迫自己镇定下来，平静地说，老赵，解放军不叫长官，咱们也不好相互称同志。这样吧，你就叫我霓云。老赵和善地笑笑，说，怎么敢直呼您的尊姓大名呢？霓云说，就叫霓云吧，没关系的，咱们之间不用客套。老赵一笑，哈着腰，说，恭敬不如从命，那就多有冒犯了。

到了办公室，霓云瞅了一眼，说，这个办公室太豪华了，刚才来的时候，咱们不是路过一个库房吗？里外两间，正好，连住带办公，都在一起。我在里间，他们俩在外间。有张桌子就行，有床更好，没床有张草垫子也能住。

老赵大吃一惊，也不敢多说什么，忙道，床有，床有，桌子和椅子也都有，马上叫人给您搬过去。霓云又问，什么时候能够复工？老赵说，国军走的时候炸毁了不少东西，所幸我的工厂还都完好无损。机器都在，原料也运得进来，只是工人都跑了，得重新招工。说到这儿，老赵微微停顿了一下，但霓云没有觉察到。于是，他接着说，不过，那也花不了多长时间，毕竟，人得赚钱吃饭养家嘛！

头天晚上就这么过去了。霓云的小屋子里放了一张床，一张桌子，若是要办公，床便也是椅子。她端详着政委临来时给她的那把手枪，来回扳了几下保险，又拉了一下枪套筒，很重，又很费力。她想了想，把手枪放回枪套，塞进了抽屉。这一路上，她身上都没带过枪，进城时也没带。她觉得，一个人保护自己的最高境界，是细心地察觉所有潜在的危险，并且运用智慧让自己置身于安全的环境里。等到要用枪的时候，那几乎都是凶多吉少了。

树生小心翼翼地坐在床铺上，盯着天花板上的电灯泡发呆。进了这座城，什么都新鲜，像刘姥姥进了大观园。就拿这灯泡来说，咋就这么亮呢？照得人明晃晃的，每根毫毛都看得清清楚楚。看看霓云，好像还是她，又好像变了个人，和原来不一样了。还有这床，这床单，又软又干净，有点舍不得往上面躺。最让人不舒服的是厕所，地面上镶着白色瓷片，水冲得亮晶晶的，哪像撒尿拉屎的地方？蹲便还可以，那坐便可真让人心烦，本来挺急的，坐上去倒拉不出来了。上过几回之后，树生便总是在半夜里，找个墙角挖个坑大便，那拉得叫一个痛快。他总想着，赶紧离开这里吧，又热又潮又不舒服，真是太他妈遭罪啦！

有一天天刚蒙蒙亮，霓云早饭也没吃，出了工厂大门，去军管会开会。大门口黑压压地挤满了两条人流，大多是女工。出去的一队是刚刚下了夜班的，而往里走的则是上班的。在门口，有两个中年女人，在搜进出工人的身。身上摸过，还要看兜子、饭盒，有的鞋子也要脱掉看一看。空气湿漉漉的，让人喘不过气来。人群拥挤，却没什么声音，人们低着头，或摆弄着衣角，或踢地上的石子，死气沉沉的。有个女工手里牵着个四五岁的男孩子，男孩子在哭。女工打了他一巴掌，男孩子还是哭。

霓云心里很不是滋味，走过去。那女工瘦瘦的，袖子很短，露出一截又瘦又细的胳膊。霓云问男孩子，你怎么了？男孩子说，我饿。霓云也没多问，把饭盒里准备带到军管会吃的一块白米发糕给了男孩子。这一天里，她都在想着这事儿，总觉得哪里不对劲儿。晚上回来的时候，又赶上纺纱厂的工人换班，白班的往外走，夜班的往里走，凌晨时搜身的一幕再次出现。不过，这次搜身的竟是两个壮男人，腰里别着一根短棍子。

霓云恍然大悟，马上找到了老赵。她说，女工们也是人，不是贼，不是犯人，怎么能搜身呢？你想过没有？对待什么人才去搜身？老赵迟疑地说，这办法也不是用了一年两年了，一直都是这个样子的呀！如果盯得不紧了，我的厂子真是会丢东西的。他把"我的厂子"说得挺重，那意思挺明显，要告诉霓云，厂子是他的，有了损失得他去承担。

霓云说，不管怎么样，搜身这种事情必须马上停止！防止丢东西，你可以教育，也可以想其他的办法，但就是不能再像对待囚犯一样对待女工们啦！

老赵的脸一阵红一阵白，垂着脸，头一回没有马上答应霓云的要求。他说，人的本性是很难改的，人穷了，就会……他抬头看了霓云一眼，看见她脸色绯红，眼睛一眨不眨地盯着自己，知道她这回是真生气了。

他停了一下，说，而且，您要知道，偷懒是人骨子里的东西，你我都一样，没有看管，没有惩罚，人就不会尽心尽力地干活儿。霓云说，那些女工之所以过不上人一样的日子，并不是因为她们懒，而是因为她们即使是拼尽了所有的气力，依然过不上人一样的日子。她们不是贼，不是犯人，而是一群为了活命拼命挣扎的人。可她们还是过不上好日子，这是为什么？

老赵又试着说，我五十多岁了，这是经验之谈……没等他说完，霓云大声道，你好好看看吧，解放军已经进城啦！老赵咬起嘴唇，点点头，嘴里说道，是，是，我马上照办，马上照办！

小美在老赵身后看着霓云，发现姐姐和过去不一样了。她生气的样子竟然那么美！

第二天一大早，霓云跑到工厂门口，看到两个壮汉气势汹汹地站在人流两侧，拎着棍子，瞪着进进出出的女工，但不再搜她们的身上了。霓云在那儿站了很久，直到没人了，才放下心来。她对两个壮汉说，以后，你们的任务是维持秩序，不要再拎着棍子，也不要再吓唬女工们了。

壮汉点头答应着，那眼角里的神色却是轻蔑的。霓云看到了，翘着嘴角笑笑，出门办事情去了。快到中午吃饭时间，她往回走，在工厂附近的街边上，看到一个女人带着一个孩子，面前摆着二十几双草鞋。霓云会编草鞋，所以看得出，这女人的手艺还真不赖，草叶里缠着棉布条，更紧实更耐穿。草鞋尖上还缝了只红绿相间的棉花球，使得本不值钱的东西显得很漂亮。霓云走到近前，打量了一眼女人和孩子，问，你好像是这个厂子里的女工吧？怎么不上班了？

女人说，这一带所有工厂码头航运招工，都是由七老虎和他的兄弟们管着。工厂直接招不来工人，你到工厂去找活计干，工厂也不敢收你，一切都得听七老虎他们安排。被七老虎安排进工厂的工人，每个月薪水自己领不到，都是先被七老虎领走，一半他扣下，另一半才能让工人拿走。

霓云皱着眉，猛然记起那天老赵说到招工的事情，迟疑了那么一下子。她点点头，又问，那你为什么不去上班了？

女人说，七老虎的人跟我说，让我不要去了。我也不知为什么，也不敢问，肯定是安排进去别的人了呗。

霓云蹲下来，翻看着草鞋，问，你这个多少钱一双？

女人说，银毫子的话二分五一双，纸币的话三百元一双。

霓云说，鞋子我都要了，你帮我捆好吧。另外，明天一早来上班，还做原来的工作。

下午，霓云找到老赵，说，有个女工叫李花花，无缘无故被辞退了，我又安排她上班了。老赵没说什么，点点头。霓云又说，还有一个事情，估计麻烦一些。我想让纺纱厂的工人重新登记造册，今后每个月的薪水必须本人才能来领。

老赵瞪大眼睛，问，你知道七老虎的事情了？霓云平静地说，知道了。老赵又问，你知道他是谁吗？霓云道，我不知道，也不想知道。老赵软下了口气，说，姑娘啊！这可不是闹着玩的。说句旧话，我这堂堂国民党省政府副主席也得让他三分，没有他，几个厂子真就不敢招工啊！七老虎这个人可是个狠角色。人都说，上海有黄金荣，咱这儿是七老虎。我可不想啥时候收到个木盒子，里面装着什么人的人头啊！

霓云的手微微抖着，说，明天就把重新登记造册的告示贴出去吧！

两天之后的傍晚，有个清瘦的男人来到霓云的屋子里。他身穿白色竹布长衫，头戴灰色礼帽，左手拿着把湘妃竹扇子，后面跟了十几名带枪带刀的壮汉，把小屋和过道都挤满了。男人轻轻摆手，所有人都恭恭敬敬退到了走廊里，一声不响。

男人微微点头，道，鄙人七老虎。想必，您就是霓云先生。

霓云的心在狂跳，使劲把脸冷着，说，不是什么先生，我是霓云。她又大声说，小美，给这位先生找把椅子来。椅子拿来了，小美用抹布胡乱擦了擦，放在七老虎身边。七老虎看看椅子，皱了下眉，还是坐下了。他说，今天我来，就是想请您收回成命，可否？

霓云说，我知道，你能亲自来，用你们的话讲，叫给足了我面子。如果按着这个道理讲，我是应该撤回告示的。可我要是撤回了告示，我就对不起厂子里的穷苦工人！

男人说，您想一想，现在城里头这么乱，由我们帮着你们管理工人，不是件好事情吗？

霓云说，如果你们把从工人手里拿走的薪水还给他们，我会接受你的帮助。

男人问，还是不能收回成命喽？

霓云道，我不能撤回告示。

男人轻轻地问，当真？

霓云盯着他，道，当真。

男人慢慢站起身，说道，那就就此别过了！

霓云说，等等！男人停住身体，但没有回过脸，想必眼神应该是冷森森的。霓云从抽屉里拿出枪，咣当放在桌子上，说，你是不是在想，你有了这个东西就可以吓唬住我？男人不说话。霓云说，这个东西我也有，可我不稀罕，也从来不用。男人沉默着，掸了掸衣角，向屋外迈出了三五步。

霓云大声问，你不看报吗？男人依旧不说话。霓云从桌子上拿起一张报纸，很轻地，但又是一字一句地说，你难道不知道，连杜月笙都逃到香港去了么？

那天晚上，霓云和树生、小美是在另一间屋子里过的夜。谁也没睡着，霓云瞪大眼睛，倾听着来自远方这座城市里的各种声音。有枪声、爆炸声、叫喊声、哭闹声、消防警报声，隐隐约约混杂在一起，告诉你这夜色里的城市的不安。第二天早晨，霓云回到了办公室，恍如隔世。不过，这里一点也没变，没人来过，桌子、床，还有摊在桌面上的纸张、墨水瓶都没被动过。她又来到工厂大门口，工人们在闷热潮湿的晨雾中上班下班，没有人再搜女工们的身了。那两个壮汉也不知去向。

老赵消失了七八天时间。他回到厂子里时，眼光躲躲闪闪地不敢和霓云对视。他说他到其他厂子去照顾业务了。但霓云不大信。老赵还带回来一个消息。七老虎指使他的人放火烧解放军的一座粮食仓库，被抓住了。昨天晚上已被公审枪毙了。老赵站在门口，弯着腰，用指尖擦了一下额角的汗，说，我真是不明白，七老虎为什么不来报复，照他以往的脾气，不应该的。

老赵困惑地问，你就不怕么？那天你顶撞他，可真是把我吓着了。七老虎想让谁死，那人是很难再活着了。

霓云说，我们常说一句话，干革命都是硬着头皮干成的。咱们不是一路人，说的也不是一路话，不知道你能不能听得懂。有些事情，说复杂也复杂，可说简单也简单。就一条，解放军进了城得让穷人过上好日子。看见女工被人搜身，我心里就不好受，还管他什么七老虎八老虎九老虎么？在解放军面前，没有老虎！

老赵听后，沉默不语。许久，他说，令人折服，令人折服，哪天方便，还想和您深入谈谈。

十

一个月后，纺纱厂一切进入了轨道。军管会表扬了霓云，又把造纸厂和粮油加工厂交给了她。这一天在做交接事宜，霓云请了一天假，准备带着树生和小美到江边走走，看看当年革命留下的遗迹。听说，部队里不少首长都是这个城市里一座军事学校毕业的。树生在东北时的老部队也奉命进城维持秩序。他和一个老战友碰巧相遇，便留在厂子里和战友叙旧了。

中午时分，霓云和小美坐在江边的青石板上。江水拍打着石头，发出细碎的声响，倒显得江面异常宁静。一艘艘趸船缓缓经过，悠悠然鸣几下沉重的汽笛，那闷响也很快就飘远了。霓云从挎包里拿出饭盒，里面整齐地码着刚买的马蹄糕。她把饭盒递到小美面前，看着他把一块跳跳弹弹的糕点放进嘴里，说，吃完了多动弹，这里的人说，吃了马蹄糕的人身上会有种气味儿，招蚊子。

霓云往自己嘴里也放了一块，从挎包里拿出一只硬壳笔记本，放在膝盖上，写了几行字。写完了，她对小美说，现在，我要开始教你认字写字，这样你能干的事情就多了。小美品尝着美味，很吃惊，世间竟有这么好吃的东西。他问，你那本子里记的啥呀？霓云说，这是我的日记本，写点每天发生的事儿。这样吧，我写过一些小诗，给你念念，你听听好不好？

霓云把本子翻到最后边，用手指着，读了起来。开始的两首叫《新中国的样子》和《孩子，你要好好活下去》。两首诗都很短，三五句，一听就明白。前一首讲的是在行军途中听到新中国成立时的心情，并且想象新中国今后的样子，后一首是对捡来的国民党军遗孤的祝福。

小美记得有一首叫《春天里，有朵野花死了》：

> 春风吹过一望无际的草地，
> 五彩缤纷的野花像波涛汹涌的大海。
> 我不小心踏倒了一朵，
> 于是，
> 她在欢笑的海洋里死去了。

有一首叫《孤儿》：

> 我的世界的地基是一块空无，

没人来过，
只有我一个人知道是怎么回事。
也正因为如此，
它很坚固。

还有一首叫《红夜》：

如果你经历了那一夜，
世界上就再也没有夜晚。

霓云读完，叹了口气，说，真不敢相信，不久前还在打仗，还在钻大山。仔细想想，那时，随时都能死，却没想过死。现在，死不了了，倒是想起死这个东西来了。

小美说，姐，咱们永远也不分开。

霓云说，仗还没打完，不要说永远。她坐起身，扶住小美的肩头，在他的嘴唇上吻了一下，又说，其实就是死了，也是永远。

小美呆了好一阵子，说，姐，我给你唱一段《秦雪梅吊孝》吧。

商郎啊！
你不想前不想后就不想我，
不念名不念利你就不念娇娥？
你可见那春日柳梢燕飞过？
你可见那冬阳树下舞双鹊？
你可见那绿水池边鸳鸯卧？
你可见那青山崖前白鹭掠？

是飞鸟它还知不离伙伴。

商郎啊！
你怎忍心把小妹一旦舍割？
哭商郎哭得我咽哑喉锁，
哭夫君哭得我失去知觉。
左瞻望右顾盼棺材一个，
阴森森情惨凄使人难活。
闭目去只见那洪水烈火，
睁眼来又见那鬼怪妖魔。
心恍惚眼花乱肝肠欲破。

我的商郎夫啊！
咱不能同生也要鸳鸯同穴。
恍惚间只听得叫声喧嚷，
商郎夫他一死能否再还阳？

回到城里，街上人来人往，店铺开张，饭馆营业，让人觉得这里还是那座活力四射的城市。不远处，霓云看到有解放军战士在太阳底下站岗，后背、前胸和腋下的军装全都被浸湿了一大片。岗哨旁边，站着两个穿旗袍的年轻姑娘，手里拎着收起来的洋伞，眼睛红红的。霓云走了过去，问是怎么一回事。战士问，你是谁呀？为什么要告诉你？霓云把证件给他看过。那战士把霓云拉到一边，说，俺们在这儿维护秩序晒得一身臭汗，这太太小姐当着俺们的面捂鼻子。那俺们要是也有洋伞，天天能洗上澡，身上能有味儿吗？好吧，俺让她们也晒一会儿，体会体会这大太阳的滋味儿。

霓云瞪了他一眼，说，可别胡闹了！你凭什么让两个女孩子在这儿站着呀？怎么的？有枪了，进城了，什么事儿都敢干啦？老子把天下打下来了，这下看谁还敢瞧不起老子？是不是这么想的？你身上可是穿着军装呢！

战士嘴里嘟囔着，如果天下还是老样子，那还不如不打了。过去低人一等，将来还低人一等，流血牺牲这事儿谁还干啊？

霓云微微一笑，说，人家捂一下鼻子就是看不起你了？这个你放心，不会的，所有打天下的人都不会答应的。现在，你马上把人给放了！

天色不知不觉间黑下来了。路边树下有人支起了摊子，卖肠粉、牛杂面、艇仔粥、姜撞奶等小吃。小美咽了口口水，说，要不咱们吃完了再回去吧。霓云答应了，选了个卖肠粉的摊子坐下来。街对面吵吵闹闹，有几张桌子，围着许多人，有推牌九的，有打麻将的，还有玩色子、猜纸牌的。有人声嘶力竭地大喊大叫，肯定是输的输得血本无归，赢的也赢得满盆满钵。人群中，有个女人坐在桌子上，浓妆艳抹，穿着皮短裤、皮短上衣，露着大腿和双肩。她吸了口烟，向夜空里吐出去，也留心着周围的人。

女人把烟扔掉，走了过来，坐到霓云桌旁的小马扎上。她大大咧咧地说道，来碗肠粉，要带虾仁的。她看了眼霓云，没说话，又点起了一支烟，吸了几大口，用涂了红指甲油的指尖把烟灰弹在地上。

好像犹豫了一下，她开口道，我见过你，我在纺纱厂干过一些日子。霓云抬起头，问，怎么不干了？是七老虎不让你干了？女人轻蔑地撇嘴笑笑，说，不是，他不是给你们枪毙了吗？是我自己不想干了。霓云惊讶地问，为什么？女人说，挣不了几个钱，还是干这个好。反正也都不是人干的活儿。

290

霓云一时无语，又问，你是南京人？女人显然听出霓云也是，便答道，老乡见老乡，两眼泪汪汪哟。霓云说，我一九三七年冬天逃出来，再没回去过。女人说，我知道，我也是，那年我七岁，全家六口，只活下来我一个。我是抓着一只漂在江里的死猪尾巴逃到江北岸的。江水是红的，江面上到处是死人。有一具女尸，脸朝上漂着，嘴巴张得老大，眼睛瞪着。开始还挺害怕，后来觉得和江上浮着的一块木板也没啥区别。

这时，从街对面走过一群男人，最前面的一个揪住女人的头发，扇了几个耳光，对着肚子又是一拳。后面跟着的，每个人手里拎着尺把长三寸宽的片刀，亮晃晃的。霓云一把抓住那个男人的手腕子，大叫，不许打人！男人转过手，反手抓住霓云的小臂，说，你是谁？要管闲事么？霓云道，你不要管我是谁，反正不要再打她了！男人一下子把霓云推倒在地，说，不管你是谁，不要再管闲事，刀不长眼……

一声枪响，小美从衣服下面掏出枪，对着天放了一枪。他又从挎包里摸出两枚手榴弹，用腋下夹住，另一只手去拧手榴弹柄上的铁皮盖子。他大喝道，都把手放开！这枪里还有九发子弹，谁动她谁死！要还不够，这儿还有两只大的，想死的咱就一块儿死！说罢，他已经把手榴弹的拉环套在小手指上。

不一会儿，一队穿黑色制服、戴着"警穗"标志的警察，和三名解放军战士赶到。为首的男人还想和过去一样，走上前去和警察打招呼。可这回警察没和他说话，直接把他铐了起来，带走了。拿片刀的汉子们见到这番景象，一哄而散，逃掉了。接着，解放军战士指挥警察把对面的桌子、轮盘、牌九、麻将都收了，在大门上贴了封条。

女人抹了一下嘴角上的血迹，又给自己点了一支烟，说，这个小哥哥还挺有胆气的嘛！小美道，在战场上打过仗，再看这些地痞无赖，就跟看一群娘们似的。刚才，我可是一句假话都没讲，他们要是敢动手，我可就真开枪，一点不含糊！

霓云一笑，转过头对女人说，还是回纺纱厂上班吧，我去跟他们说，能行的。女人凄凉地笑笑，说，要是想开了，不把自己当人，干啥都一样。这个世界上，从古到今啥时还能缺了女人？男人有钱了，就会干这事儿，和大烟啊，牌九啊，都是一个道理，这是人的本性。我呢，当婊子当了好多年了，习惯了，不想再干别的了。脏就脏点呗，当女工还不是一样？

女人又说，那些天，我得知你不让他们搜女工们的身了，还真是实实在在地感动了一下子。可又一想，世界就能让你们翻个底儿朝天？这城里谁没来过？可谁来了还不都是一个样儿？算了，等我老了，没男人要了，再去当女工也不迟。

霓云说，要是有个新世界，在那个世界里，女工是人了，没人欺负她们了，你会不会去当女工？

女人吐了口烟，想想，道，会吧？

霓云说，看见路对面的封条了吧，相信我，回纺纱厂去吧。

女人问，那你呢？你以后干什么？

霓云说，部队在向西走，等城里的工厂都复了工，我们就回部队去了。

女人问，你们那儿还要人吗？我才十九岁，身体很好。我想跟你们走！

霓云说，这仗不知还要打多久呢！打仗是要死人的，能活下来的只是少数。听我的话，新世界已经开始了，你还是学点手艺，好好生活吧。

十一

两个月后，南下干部陆续到了。军管会把从野战军借来的干部都送回了老部队。临行前，树生在一处码头附近买了串香蕉，准备带回去给战友尝尝。卖香蕉的是个乡下人，只听得懂粤语，也只说粤语。树生跟他比画了半天，也没买成香蕉。眼见着队伍越走越远，他急得额头上冒了汗。旁边走过来一个女孩子，问，你也是跟着东北大军过来的？她的嘴里一口东北味儿，让树生格外惊讶，也特别亲切。他说，是的。女孩子又问，你是哪儿的人？树生答，我是巴彦的，在松花江边。女孩子很忧郁的脸上现出一丝笑意，她说，我是长春人。

女孩子又说，你要买多少？我跟卖香蕉的说。香蕉买完了，树生望着熙熙攘攘的异乡人，问，你怎么就到这儿来了？女孩子说，长春被围困的时候，国民党军六十军的一个少校军官娶了我。他给了我们家粮食，我爸我妈我姊妹几个都没饿死。六十军投降之后，他不想再打仗了，就带着我回广西老家过下半辈子。本想从湖南走的，但听说那边仗打得更凶，就先来这边，绕道走。

女孩子说，可谁想到，十几天前，他说去买船票，让我在这儿等着，就再也没回来。树生从胸前兜里掏出十万元钞票，是他两个月的津贴，交到女孩子手里。他说，老乡，你可要多保重呀！这时，远处有人在喊他，催促他快些归队。女孩子一把抓住他的手不放，眼泪汪汪的，想说什么。树生扭过头，一咬牙，甩脱了女孩子的手，向队伍跑去了……

霓云坐在晃晃荡荡的卡车驾驶室里，向西而行。卡车就像只喘着粗气的老牛，在连绵不断的大山里，压着稀溜溜的红土，蹒跚而行。车后大厢里坐满了人，被抛来甩去。小美和树生，抱着膝盖，昏昏欲睡。

霓云回想着离开这座城市的前一晚，老赵给她送行时的情景。那天晚上，老赵跟她说话时，依然是点头哈腰的。可是这点头哈腰和刚见面时的点头哈腰又不太一样，少了些虚假，多了些真诚。他送了霓云一支黑色的派克钢笔，说道，您要走了，一点心意，不成敬意。我也知道，我是资本家，你是共产党的干部，也不敢送您什么贵重的东西，但这份心意是很虔诚的。

老赵又说，前段日子，我就想和您深入谈谈，今晚要是再不谈，今后恐怕就没机会了。霓云问，那你想谈什么呢？老赵说，谈点心里话，没有其他用意的心里话。他说，首先，从您身上，我就看出贵党能成事。一个弱女子就敢来接管工厂，还管得好好的，想想看，贵党是多么有本事啊！

老赵说，这三个月，我注意了一下，您除了上级规定的食宿标准之外，没多吃多用一分钱。吃得最好的一次，是和那位小同志一起吃了四块白米糕点心，还是自己花钱买的。足见贵党内部纪律之森严。

霓云说，外人看，可能和我们自己的感受不一样吧。我倒没觉得什么纪律不纪律的，总觉得那样做不太好意思罢了。外面执勤站岗的战士那么辛苦，我怎么忍心吃好的住好的，还贪污本该给他们花的钱呢？况且，多年行军打仗苦惯了，觉得进了城，日子好过得太多了。

老赵说，那天你说没床睡草垫子也行，可是让我吃惊不小。

霓云说，当时说的也是真心话。在山里，恐怕连草垫子也难找啊！

老赵话锋一转，说，其实今晚是想谈点别的。依您看，战争这个东西对中国近一百年来的历史走向影响有多大？

霓云说，应该是很大的，这一百年，用个词来形容，就叫，战火连年。

老赵说，我相信有历史潮流这么一个东西，可是在中国，历史潮流就是通过战争来实现的。可以说，是战争塑造了中国这一百年来的历史。战争胜负看似偶然，但又是必然，看似是战略战术，天时地利，但人心向背又代表着人间大潮。

他又说，我总是在想，历史的走向掌握在什么人手里？是帝王将相？是高官将领？不是，我以为，历史其实掌握在那些手里拿着枪的普通人手里。他们最想让这个世界成为什么样子，他们的愿望是什么，他们才最有发言权。其他的人，比方说儒子、豪商、土匪、士绅，他们说什么有用吗？基本上没什么用。

老赵越说越激动，他说，而贵党最厉害的是，让穷人，让那些最想造反的人拿起了枪杆子。想一想，这样一支军队该有多么可怕呀？谁能打得过这样一支军队呀？他们只有取得胜利才能活下来，才能过上好日子，而失败了，等待他们的是血腥的屠杀，穷人还要世世代代当牛做马。所以，除了拼命，他们再没别的路可走。

霓云说，这个世界本来就应该是不分什么穷人与富人，所有的人都应该像人一样平等地生活才对。这才是历史的潮流。所以，我们的愿望没什么不对的，尽管我们是用枪杆子争取来的。

老赵说，如果没有你们这支穷人的军队，这个世界怕是过上一百年也不会有你说的那样的日子。过去，我还在你们和蒋介石之间犹豫过，说句心里话，我觉得你们做得太过彻底和激进，未必合时宜。但是现在，所有的犹豫都是不必要的了，因为历史已经用枪杆子做了选择。我所要做的，就是如何去顺应这个历史潮流。有人觉得蒋介石坐拥四五百万军队，却败给了弱小很多的共产党军队，是件不可思议的事情。他们觉得你们的胜利只是军事上的巧合、运气、意外，历史也就是被这些巧合、运气、意外所左右的。还有人觉得"胜者王侯败者寇"，你们是胜利者，想怎么说就怎么说。其实不对，他们都没有看到那些能够改变历史的最有力量的东西！

老赵说，只是还有一件事不明，想向您请教请教，其实，前几天我们也争论过了。我想问的是，这世上，真的能彻底地平等吗？一千个人一万个人当中，总有懒汉、无赖、傻瓜、呆子，难道要让聪明人、勤快人、善良人和他们一样平等吗？那样公平吗？

霓云说，在旧世界里，穷人无论怎么样勤劳也改变不了他们的命运。而在新世界里，穷人可以通过努力过上人一样的生活。他们不是懒汉、无赖、傻瓜、呆子。这就是旧世界和新世界的区别！

霓云回忆着对话的内容，觉得老赵是个很有头脑的人，他的话也很真诚。这番对话给她留下了深刻的印象。

霓云的左侧是驾驶员，右侧坐着侦察参谋王大心。他负责把借调走的干部接回师里。一路上，王大心很少说话，眼睛盯着路两旁的山坡和树丛。这时，路前方的沟里翻着七八辆卡车，烧得黑黑的。有几辆车半截淹没在水塘里，水里散落着不少木箱子、麻袋、布匹。王大心指着水塘，对霓云说，这地方土匪特别多，这些车辆就是被他们打坏的。前些天，卡车旁边还躺着十几具押车士兵的遗体，衣服都被土匪扒走了，枪支弹药也给抢走了。

王大心说，这里的土匪多到什么程度呢？差不多家家户户都有人当土匪。前几天，我们刚击毙了一个土匪头子，名字叫"要葫芦"。葫芦就是人脑袋，就是说，你要不参加他的队伍，他就要你的脑袋。那些村长、甲长、保长，平时是官，进了山就是土匪。大山里贫困，穷苦人想出人头地，或兵或匪，也没有啥其他出路。另外，还有桂系军队几万人在这一带潜伏下来，和土匪一样，脱了军装，跟你打游击战。这边的老百姓把广西以外的人一律叫作北方佬，土匪们有几句口号叫"赶跑北方佬""杀光北方佬"，听起来挺恐怖的。他们可不是说说而已，别说咱们，就是桂系的溃兵也是宁可跟着解放军的队伍走，也不敢一两个人或三五个人在山路上走，否则多半得让土匪杀掉。

他接着说，这地方不光土匪多，枪也多。咱们师刚来那会儿，进了一个县城，路边有铁匠铺，叮叮当当有人在打铁。我们想着，估计是在打锄头、镐子、犁尖、菜刀之类的东西吧？走近一看，好家伙，是在造枪呢！这地方有许多村镇都造枪，仿汉阳造，仿美式步枪，一支左轮三块大洋。像玉林那一带，家家户户世代干铁匠营生，都成了能工巧匠。造出来的枪，精度、耐用性，都不比真家伙差，那蓝发得，特别漂亮。集市上还卖枪，长短枪就挂在墙上，或者摆在桌子上，竟然还有机枪，架在地摊上，有钱就能买。所以，这里每家每户都有枪。有枪，民风也凶。有一说一，广西人有股子血性。当年两广打仗的时候，老百姓抱起团儿向粤军开枪，粤军是正规军，就硬是进不了广西。后来，中央军想进广西，也没进来。你就想想吧，这边是啥情况！那可绝对不仅仅是因为桂系军队能打仗的缘故。

这时，前面传来枪响。卡车越往前走，响声越密集。王大心命令车子停下来，路上有往东逃的老百姓。找过来一问，是个镇子让土匪包围了，土匪有一千多人。王大心知道，这个镇子上驻扎着一个营部和一个侦察连，不到两百人。而眼下的两辆卡车上，有一个加强班，带着机枪和冲锋枪，还有几十名干部，只有短枪。力量虽然单薄，可总不能眼睁睁着自己的队伍被围在里头。他征求了一下其他干部的意见。这些干部里头有不少连长、指导员，即使是那些参谋、干事，也都是连长、指导员出身，打仗不在话下。大家一致要求前去解围。况且，这条路穿镇子而过，不先解围，也无法继续前进。

王大心指挥大家把机枪架在前车车头，冲锋枪在后车厢两侧，一路向镇子驶去。进了镇子，看到一座带土墙的大院子外头人山人海，里三层外三层，有拿步枪的，更多的是拿着鸟铳、梭镖、大砍刀。他们穿着草鞋、短裤，头用黑布条裹着，拥挤地向前拱着，似灰黑色的大浪头拍打着河岸。枪声此起彼伏，像过年的鞭炮，但细听过去，杂乱无序，缺少章法。有人高举着长竹竿子，上面挂着人头，还有满是血迹的浅黄色解放军军装。有人用嘶哑的嗓子高喊，抓住北方佬，把他们的心挖出来，腊起来！一声两声以至于无数个这样的喊声聚集起来，几里外都听得见那震耳欲聋的声音，很是瘆人。

离院子还有两三百米的距离上，卡车加了速，机枪冲锋枪一起响起来。围在院墙外的土匪看到卡车没有停下来的架势，慌忙闪开一条路。司机也是铁了心绝不减速，压着被打死的土匪尸首向大门冲过去。卡车颠来颠去来到门口，门里面的战友知道是自己人来了，却一时间搬不开堆在门后面的麻袋。司机一咬牙，直接撞开大门冲了进去。后面一辆车也跟着冲了进来。人都下来之后，后面一辆车又倒回去，用车身把大门堵了起来。

霓云从卡车驾驶室里跳下来，子弹在头顶几尺远的上空飞，听得见吱吱的声响。她看到，大院里面的战士怀里抱着冲锋枪，一小队一小队地蹲在院子四个角的墙下，倾听着外面的叫喊声。只有少数人站在木箱上，从高墙上掏出的洞里向外射击。

院子一头有排红砖青瓦房，这在贫瘠的大山里头不多见，听说是当地大户人家的。一间屋子门口挂了块木牌子，上面用墨写着"剿匪司令部"，另一间屋子门口也挂了块木牌子，上面写着"自新

298

登记处"。在里面看见了这个营的营长。他对王大心说，这土匪暴动肯定是算计好了的，给上级报告，话刚说一半，电话线就给剪断了。不过，团里肯定也听明白了。

他又说，土匪虽然人多，但战斗力不是很强。幸亏这院子里驻扎的是侦察连，配的是冲锋枪，每人三百发子弹。但也不敢随便打，不知道增援的部队啥时候能来，得撑下去。别看这土匪打仗不行，杀人可一点不含糊，你没枪没弹了，落到他们手里，那可就死得惨喽！

霓云和侦察队的战士一起蹲在土墙下面。她的肩靠在墙壁上，感觉到大地在震动，墙外人声鼎沸、杀气腾腾，让人心惊肉跳。小美拍拍她的肩，问，你的枪呢？霓云说，在背包里，下车时太着急了，忘了拿了。小美说，我给你拿去。霓云一把扯住小美的衣襟，说，别去了，我不用那个东西。

土匪虽然人多，但没有重武器，攻了半天也没攻进来。有人找来梯子，刚爬到墙头，就被一梭子子弹打落下去，后面的再也不敢上来了。傍晚时分，团政委带着一个营赶来营救，对着土匪聚集的地方打了几发炮弹。爆炸声一响，土匪便轰的一下子散了，向四面八方的深山密林里奔逃。就是一眨眼的工夫，除了伤的死的，一个人影都不见了。你简直不敢相信，这里刚刚还啸聚着密密麻麻的土匪。

入夜，远远近近的大山里传来枪响。每座山上都驻扎有我们的战士，一个山顶一个班，有机枪、山炮。一个镇子一个排，一个村子一个班，专门和土匪打游击战。枪声响起，说明跑进山里的土匪碰见了我们的小队伍。

在挂有"自新登记处"牌子的屋里，团政委审问抓到的俘虏。他问一个俘虏，你们为什么总喊着杀光北方佬？俘虏说，北方佬要占俺们的地盘。政委说，现在，咱们都是一个国家，不存在谁占谁的地盘。来来来，拿一张中国地图来，让他看看。

政委指着地图下方，说，你看看，这是广西。再往上，还有湖南、河南、山东、河北，中国的地方大了去啦！你看看，这位同志是从东北来的。你看看，东北在哪儿呢？

政委指着站在屋里的树生，对俘虏说，这位同志的老家冬天河面上要结几尺厚的冰，尿撒出来落到地上就结冰，这个，你见过吗？

那个俘虏问，那东北人还是中国人吗？

政委哭笑不得，说，让这位同志给你写几个中国字，看看他是不是中国人。

树生说，当年，俺们抗联打鬼子的时候，我的老班长专门送了我一张中国地图，为的就是让我不要忘了，东北人是中国人！

十二

审问俘虏得知，土匪的这次暴动不仅仅是要包围这个镇子，五十里外的另一个镇子也在计划里。那个镇子电话不通，而且只驻守了一个排，还有十几名刚到的南下干部。团政委决定，连夜带队去增援。王大心和树生参加了增援队伍，霓云和小美留了下来。

这里的山都是馒头山，和北方连绵不绝的大山不一样。就像在平原上用碗扣出来的一个一个馒头，这个山和那个山之间并不连接在一起。你要是想到另一座山上去，就必须下到山下，再上山。而在北方，比如在兴安岭，只需从山脊上过去就行了。山下是夏天，山上是冬天，刚才还浑身是汗，过了山腰就越走越冷，到了山顶便打起哆嗦来了。

打过暗号，山顶上的小队伍就知道是自己人来了。树生上去一看，蹲在山上的日子也苦得很。每人一块一米见方的黄色油布，睡觉时铺在身下，下雨时遮在头顶。出河南时发的那套薄棉袄棉裤，过湖北时因为天气太热，换成了单衣。现在到了山上，就不行了，晚上得两个人抱在一块儿取暖才睡得着。最难的是搞吃的，晚上不能动明火，白天不能冒烟，还时常断粮，断了粮就得吃野果子。剿匪队伍被袭击最多的，就是下山买粮食的后勤人员。到了集市，你看着人群熙熙攘攘、热热闹闹，可只要稍微放松了警惕，就可能有人向你打黑枪。土匪朝你打一梭子子弹，然后往人堆里一钻，就没影了。

临下山的时候，树生和山上的战友拥抱告别。他们的身上、脸上、头发湿漉漉的，浑身冰凉。他们说，山上啥都不好，只有一点好，清静，看看风景，这一天就过去了。团政委跟他们握了握手，说，我知道你们苦，你们难，可也要想到，土匪们更苦更难。只有这样，才能把他们困住，让他们无处可藏。把土匪最后一点油水儿耗干净，咱们就胜利了。加油啊！我的好同志们。

他又指了指身边的王大心说，这是咱们师的侦察参谋，在大别山里打了十几年游击，想想，那得多苦。咱们现在是兵强马壮，他们那时可是要啥没啥呀！大心，给大伙儿说几句吧。王大心道，在大山里打游击，说难也难，说简单也简单，就两个字，坚持！你吃野果子是坚持，睡草丛是坚持，哪怕渴得饿得只能在山里躺一天，那也是坚持。谁坚持到底，谁胜利！

凌晨时到达镇子。夹山的土路上灰蒙蒙的，飘着水气，泛着淡蓝色的微光。一片寂静，偶尔看到有几个老百姓，见了部队马上躲进路两边的草房或木楼里面，关上门和窗子，从缝隙里向外看。离那个排的驻地近了，街上丢着砸坏的步枪零件，撕碎的旗子，还有帽子、鞋子、挎包。

进了院子，还有未熄的火苗，铜印章和文件纸张散了一地。到处躺着遗体，有解放军战士的，还有南下干部的。

正在收拾现场，从院门口一瘸一拐走进来三个人，血迹斑斑。一个是解放军战士，另两个看样子是地方干部。团政委把他们三个让进屋里，那个解放军战士一把抱住他，大哭起来，咬着牙说道，三排就我一个人冲出来了，给我们报仇啊！一个地方干部说，我们三个人跑进山才活下来了。昨夜啊！惨啊！

沉默了一会儿，团政委说，要不，你们先跟我们走吧，等情况好了再回来。那个地方干部疲惫地摇摇头，说，我们做地方工作的，是到了这儿，就死在这儿，埋在这儿，没有说遇到危险就抬屁股走人的。给我们补几支枪，几百发子弹，我们还要在这儿干下去。团政委眼睛湿了，说，好样的！还有什么要求吗？那人说，你们能不能下午再走，让我们踏踏实实地睡上一个白天？

王大心低着头，踱到院子外面。大门对面的二层木楼下，坐着一个人。这四周围空空旷旷阴阴森森的，冷不丁看见一个活人在那里，倒十分古怪。他走过去，见这人坐在一只竹凳上，脸朝着天，嘴张着，嘴角有口水流下来。他的眼睛处是两个红色的洞，没有眼珠，伤口也未完全愈合。王大心认出了这个人。他是一个多月前抓住的土匪。关押期间，他把自己的眼睛抠瞎了，对审查干部说，你们就把我放了吧。看看我，眼珠子都没了，回去也干不成土匪了。说这话时，他满脸的血，由不得人不信。

王大心问，昨晚听见枪声了吗？那人说，响了一夜，也杀了一夜人。王大心问，那你怎么还在这儿？那人说，我不能走，我一走，他们要杀我一族。我只能坐这儿，对面院子里来了多少人，过了多少车，我都得向他们报告。不说的话，他们还要杀我一族。

王大心拔出枪，顶在他的脑袋上，说，知道我是谁吗？那人说，知道，你是解放军，来报仇的。王大心道，说实话，他们去哪儿了？那人说，我只能告诉你，他们在北边的一座山上，那山上有个几十丈高的悬崖，悬崖上有个洞，只有顺着藤才能下到洞里。多了我也不知道。王大心绕过他，进了木楼。在阴面窗户口处，横着一根竹杆，上面用麻绳吊着十来颗拳头大小的心脏。他一阵眩晕，猛地冲出来，再次用枪顶住那人的脑袋，问，这心是什么人的！那人平静地答道，都是对面院子里的。不是我干的，是他们放在我这儿的。我要是不让他们放，他们要杀我一族。我没有办法。

不久，解放军进行了一次对土匪的大清剿。大约有上万名军人和动员来的老百姓包围了瞎子说的那座山，三五米一个人，拉着几层大网向山顶搜去。王大心带着侦察连，用绳索吊到洞口，向里面扔了几颗手榴弹，趁着烟雾未散，冲了进去。打死十几个土匪，抓住了三名俘虏，但这一带最大的土匪头子杨五郎却从山洞尽头的隧道跑掉了。连续围了七天，杨五郎饿急了，派人下山找吃的，被解放军抓住，问出了藏身之处，才把他抓住。那一次，王大心受伤了，右臂被土枪打出来的铁砂击中了。他说，当时，胳膊就像被棍子抡了一下似的，不是特别疼，但不能动弹了。他受过很多次伤，有经验，知道这时不能逞能，赶紧靠在一边，用包扎带把伤口捆住。他说，流了血必须及时止血，很多人都是因为轻伤不注意，结果流血过多牺牲了。

霓云也参加了那次大清剿。下午时分，她身边的人大喊，这儿有一个国民党军官！于是，众人都向那个方向跑了过去。扒开草丛，一个五十多岁的男人躺在那儿，不过已经死了。后来，有俘虏指认，这人竟是桂系的一个军长。有人说他是饿死的，有人说他是病死的。抬走他的尸体时，霓云看见他身边的草丛里散落了几十根金条，沾满了泥水，爬满了蛆虫。从那以后，霓云就对金银一类的贵重物品，比方说银元、首饰等等特别反感，从不把它们带在身上，若必须带现金，也只带上很少几张。

又过了段日子，部队组织了空前规模的公审大会。那天正是集日。县城城门楼子下面的灰墙上，贴了整整一面墙的白色布告，每张布告上面写着土匪的名字，盖着鲜红色的大印。人山人海，讲话声、叫喊声、口号声震得大地颤动，以至于听不到任何其他的声音。到处竖立着红旗，让你觉得一切都是红色的。上百个土匪头目被五花大绑，后背插着纸牌，写着名字，打着鲜红色的叉。公审之后，响起了一阵接一阵的枪声。杨五郎挺着身不跪，被政治部主任一脚踹在地上，跪下了。

那一天实在是太震撼了，给小美留下了深刻的印象，直到他古稀之年依然记得所有的细节。他想，那一天也肯定给方圆几十里上百里莽莽群山中的大大小小土匪们留下了同样深刻的印象！

十三

不久，部队到达了海边。成百上千没见过大海的解放军战士呐喊着欢笑着向海水里冲去。小美拉着霓云的手，踏着白色沙滩，在拥挤的人群中忐忑不安地向前走。终于，他看见了。远方，有一条白色的线，上下都是蓝色的。海的蓝色和天的蓝色一样宽广无边，让人心生震撼。遥远的海面上有细碎的刺眼银光，银光之中寂静地漂着几片叶子大小的渔船。两个人一直向海里走，直到海水把大腿以下的裤子都打湿了。小美闭上眼，海风是热的，柔软地轻抚着脸庞。海水轻轻摇晃，像婴儿的摇篮一般。

他一下子就睡着了，梦见自己变成一只白色的红嘴鸟儿，飞进了碧空里。头顶是蓝天，身下是大海，耳边是呼呼的风声，不远处有薄薄的云彩。浑身轻飘飘的，被高空里的阳光晒得睁不开眼睛。隐约看到身下的大地，在海中越来越小，离自己越来越远。突然天空一阵晃动，有人把他推醒了。小美发现自己的头正枕在霓云腿上，躺在岸边沙滩上睡着了。他迷迷糊糊地睁开眼，问，还打仗吗？咱们要去哪儿呀……

第六章　上甘岭（上）

霓云觉得，南方的山和北方的山不一样，即便是过了长江，南方的山和南方的山也不一样。比如湘赣的山，原始、凶悍，广西的山，尖利、血性。而部队到了黔西，虽然还是要剿匪，那山的感觉却变了。一眼看过去，群山还是连绵起伏、莽莽苍苍，但其中却多了些俊秀，似乎闻得到花草香，还有茅台酒、腊肉、溪鱼汤混合在一起的味道。这天，警卫排派出一个班，到县城外村子里去帮助老乡家干活。这个村子在半山腰，年轻人都躲进山了，只剩下一些上了年纪的老人守在家里。这个班由班长树生带队，把村子里的每口缸都挑满水，把柴劈好，码在土屋门口，将院子、菜园也收拾得整整齐齐。他们还从山下河滩上担来了碎石，把几户人家出门的泥路变成了石子路。中午，一个班的人从肩上解下粮食袋，用老乡家的锅和柴火做了一顿米饭。临走时，在灶台上压了块纸条和几张纸币。

霓云和小美也跟着去了。两人负责的是个七十多岁的婆婆和她的孙女。头回来的时候，把小美吓了一跳。半石半泥垒成的房子里黑咕隆咚的，一丝丝光亮从窗户木板缝里照进来，一老一小坐在木床上，床上铺着干稻草。好半天，他才看清楚，老人穿着衣服，女孩子赤裸着身体，皮肤黝黑，骨瘦如柴。肩骨、肋骨和胯骨高高地凸起着，留下深深的影子，像只害了病的狗崽子。正是冬天，女孩子蜷在木床一角，见了生人似乎习以为常，木呆呆地看着你。婆婆往女孩子身上撩了几把稻草，把她挡在身后，也用差不多的眼神看着你。小美把在河南时发的薄棉袄棉裤给了女孩子。那套薄棉衣现在成了单衣，每个月，小美都要从里面抽一些棉花给霓云用，早已经掏空了。

今早来，两人从各自的米袋子里匀出一半口粮，倒进了婆婆家的米缸里。霓云拿出半只拳头大小的黄色盐块儿放在灶台上的陶碗里。小美爬上房，用稻草把房顶上的窟窿堵严实。接着，霓云拎上一只木桶，和小美来到河边。大山是翠绿色的，山顶飘着云一样的薄雾。河水不深，清澈见底，一块块圆圆的五彩石头在水下活泼地晃动着。河水最深处及腰，淡绿色的水中，有不大的鱼儿在快速地顺流而下。霓云脱掉鞋子，挽起裤腿，来到河水中。小美连裤子也脱了，只穿大裤衩，站在霓云身后一米远的水里。他把脱下来的裤腿扎紧，双手抓住裤腰，贴着河面。霓云大声喊道，鱼来了，快抓呀！小美便一下子把裤子像网一般罩进水里，裤腰在前，裤腿在后。一瞬间，河水便把裤子鼓了起来，一条小鱼也顺着河水游进了裤筒里。然后，小美立刻把裤腰收紧，拼命地往河边拽，待爬上岸，河水也流尽了，只剩下活蹦乱跳的鱼儿在湿布料下挣扎。

不长时间，便逮到了十来条巴掌大的小鱼。有灰色的，有红色的，还有一种黄色带斑纹的鱼，鱼鳍比较大，像透明的翅膀，长着怪怪的样子。不过，他俩在水中也待不住了。河水凉得刺骨，脚趾、脚踝像用木头棍子敲过似的疼。还有一种痛，顺着大腿抵达腰部和胸部，让人浑身猛烈地收缩，逼得人喘不过气来。也别看河水浅，没有多大的声音，没有多大的浪头，但那水却沉沉的、稳稳的，力道很大，把人推得东倒西歪。如果脚下一滑，保准给冲到下游去。霓云和小美把木桶抬回婆婆家。婆婆指着那条黄色带斑纹的小鱼说，这种鱼叫猴头鱼。你把它捞起来，从正面看，就能看见黑黑的眼睛、小小的嘴，还有带斑点的耳朵，和猴子脸一样。小美握住小鱼，脸对着脸一看，还真是。不过，你说它像猴子也行，像小鸟也行，像小猫小狗都行，反正活灵活现地像一种小动物。

婆婆说，你们两个冻坏了吧？我告诉你怎么做这鱼，吃完了就暖和了。去屋后林子里多摘些酸角，菜园子里有几棵香葱，把房前挂着的红辣椒也都拿来。锅里倒上水，等水热了，用这些东西切碎烧汤。你尝一尝，觉得这汤够酸够辣了，再把鱼放进去。本来还可以放一些其他东西的，比如说烤竹笋、洋辣子、姜什么的，可家里几年都没见着了。对了，我这还有一样东西，你们也尝一尝。说完，婆婆从生了蜘蛛网的木柜子里掏出一只布袋，倒出一小把和北方的黄米大小差不多的黑紫色颗粒，放在碗里。她说，等水热了，像冲茶一样喝，热病湿病都找不上你们。

照着婆婆说的，鱼汤做好了，又稠又白，像奶一样。霓云给婆婆和小女孩儿盛了一碗，把树生和他们班的战友叫过来，把剩下的鱼汤一起喝了。鱼肉没多少，可也奇怪，几口鱼汤下肚，额头上便冒出细细的汗珠。即使现在是冬天，又是在山上，依然觉得浑身热气腾腾，像喝了酒一样。战士们把鱼汤浇在饭上，吃得稀稀溜溜的一片响声。树生把那条猴头鱼夹出来，端详了半天，给小女孩儿了。

婆婆冲了一碗刚才倒出来的黑紫色颗粒递给树生，说，这叫蚕茶，尝尝。树生吹吹热气，小心地喝了一口。他借着昏暗的光线瞅了瞅茶水，呈暗红色，仿佛快要落山的夕阳。茶水味道有点酸苦，但咽下去后，舌头尖又觉得很甜，有点淡淡的橘子皮味道。他递给班里的战友，让他们也都尝了一口。大家都说好喝，喝过之后，又冒了一层汗，浑身舒坦。树生问，啥叫蚕茶啊？婆婆笑了，说，蚕茶就是蚕拉的屎，收集起来，当茶一样喝。树生看到其他人面有悔色，便咂咂嘴，说，想不到，蚕屎还是个好东西。婆婆说，你可不要嫌脏，这可是野蚕的蚕屎，难收集得很，一大片林子也找不出这一小把。每年冬天最冷的那几天，山里人都要喝它呢！

婆婆接着说，还有这个汤，叫酸辣猴头鱼汤。快二十年前，红军从这儿过时，我给他们做过。那时天冷，河水也急，红军都背着东西，过河不容易。可娃子们喝了这汤，身上有了热气，就过了河了。她指着小美，说，还有很多小娃子，一点点大，和他差不多，一路都是拽着马尾巴走，破衣烂衫、瞌睡迷西的，好可怜哟！

婆婆又说，真是想不到，当年让人追着打追着杀的队伍又回来了。还是那个样子，不剥皮，不古倒，说话也不日气古古的。看来，这日子还能过下去，明早我就上山，把儿子和孙子叫回来。

午后，霓云和小美坐在一块山间大青岩上。远远看得见山下的河，湿漉漉的雾气从额头和耳边飘过，把头发都打上了水珠儿。太阳在云朵上方，把冬天的大山烤暖了。雾气里有树根味儿、叶子味儿，还有树林之中生长的蘑菇味儿、青竹笋味儿，从土腥之中透出嫩芽的香气，惹人浑身放松、昏昏欲睡。小美说，要是将来不打仗了，这里也不错。虽然很穷，但有山有水，过上几年，就啥都有了。他又说，就是太热太潮了，生疥疮生得胆寒了。要是再得一回，真怕自己像老崔那样钻到林子里头，拉上一颗手榴弹。唉，还是北方好啊！

霓云知道，小美说这话是有来由的。前段日子，师里刚刚学习了兵团首长的讲话，主要意思是说，全国解放了，再也不打仗了，部队就留在这儿，大家伙儿要有思想准备，从此永远成为这里的人。她说，仗打完了，咱还活着，比什么都好。气候呢，住上几年就没啥感觉了。你看我是南京人，在晋冀鲁豫转了好多年，早不觉得了。刚到北方时，嘴唇、脸颊干得直起皮，入了秋，大树光秃秃的，天地一片荒凉，跟昭君出塞似的，直想哭。现在，你瞧瞧这山这水，才有心思好好看看，多美呀！下回来，我要借上一张渔网，抓几条大鱼，把婆婆说的调料都找齐，美美做上一锅酸辣鱼。

小美看着雾蒙蒙的大山，说，咱都是没爹没娘没家的人，到了哪儿就在哪儿待下，到了哪儿哪儿就是家。想想这儿将来就是家啦！也不错。

霓云说，你还小，仗打完了，你就上学吧。好好学习，将来上大学。小美说，那你呢？你将来想干点啥？霓云说，不打仗了，想来也要不了这么多的部队了。你看看这大山里头，将来要修公路、修大桥、修水库、还要建学校、建工厂、建公园、建电影院，这里要有纺织厂、兵工厂、发电厂、无线电厂、粮食加工厂，要干的事情很多呢。或者在哪个工厂里当个技术员什么的，也很有可能。我大学是学造桥的，或许将来就去造桥了。让我看看啊，那边两座山之间可以造一座大跨度桥，能省去几百里盘山公路。还有那边，河上可以造一座石拱桥，不管是人是大车还是卡车，一溜烟就过去了。你家住河这边，我家住河那边，两家一起吃顿饭，连鞋子都不湿。

霓云又说，年龄也不小了，将来还是要嫁人的……她看到小美噘起嘴，有泪珠儿在眼里转，说道，唉，以前打仗有今天没明天的，倒过得不管不顾快快活活的，现在知道以后的日子长久了，人却蠢了。要不，我等着你，等你长大了娶我，行不行？

这时，有个警卫排的战士跑过来，气喘吁吁地说，赶快回师部！师首长让马上收拢部队，整理行装。咱们要北上啦！

一

　　天空是铅灰色的，黑色的云挤成一团一团，大白天也很昏暗。不久，雪花结成一簇一簇，从天而降。大雪雷霆万钧、铺天盖地，遮住了太阳，遮住了平原，遮住了世间万事万物。从南方来的战友说，下雪时的风又冷又硬，但树生却觉得此时的风是那么温暖湿润，既不像大雨那样把你淋得湿透，又像一条厚厚的被子，把你保护起来。当树生的脚踏上这越来越厚的雪时，他觉得自己又活过来了。过去在抗联打鬼子的时候，他无数次差一点在雪地里死掉，可他还是离不开雪，就像种子离不开大地。他回到家乡了，一切都熟悉了，那种亲切的感觉无孔不入。他像一棵快干死的小苗，被重新浸在了水中，浑身膨胀，生气勃勃。棉鞋踏在厚雪上发出的嘎吱嘎吱声是那么的可爱！

　　离鸭绿江边越来越近。树生问旁边一个从黔西入伍的战友，你们那儿话里头的剐皮、古倒、日气古古是什么意思？我听一位婆婆说过，当时没明白。那位战友说，剐皮是抢东西的意思，古倒是蛮横不讲理的意思，日气古古呢，差不多就是生气挺吓人的样子。树生哦了一声，琢磨明白了婆婆的话。前段日子部队在河北驻扎时，他主动要求离开警卫排，下到作战连队，被任命为班长。

　　不久前，树生按照上级规定把军装上的姓名、籍贯、番号涂掉，把军用水壶上的八一军徽刮掉，在随身带的东西上也没有任何中国字和中国军队的标志。也就是说，进入朝鲜之后，为了隐藏中国军人的身份，所有人都成了无名无姓的人。身上背的物资很重，除了穿着的棉军服、棉大衣，还要背上棉被褥、防水雨布、步枪、子弹、手榴弹、十字镐、水壶、挎包、急救包、咸菜、食盐、胶鞋、黄球鞋，还有够二十多天吃的炒面和几盒牛肉罐头。除此之外，为了支援处境困难的朝鲜人民军，每个人还要另外背上一周的口粮，黄豆小麦炒面和牛肉罐头。这些东西加起来七八十斤，像重机枪手、迫击炮手，还要背枪炮、背弹药，得一百多斤，全靠两条腿走到前线。出发不一会儿，每个人的头上便冒出了蒸蒸的白雾，像一个个小小的火车头，而这一个个小小的火车头汇聚在一块儿，就成了雾气腾腾的长龙。不少战士脚下一滑，摔倒在地上，或滚到路边的沟里，靠自己的力量根本起不来，只能像只着急的王八那样蹬着手脚，等待战友把自己扶起来。中途小休息的时候，也不让把物资卸下来，大家把背包靠在树上或路边岩石上，蹲着或坐着歇一会儿，喘口气儿。五分钟或十分钟，就得你扶起我，我扶起你，站起来继续向前走。

到江边时，虽是早春，但江面依然结冰积雪，远远看见那座被炸断了的铁桥。树生还看见了小美，小小的身子上背着比自己还大的被装，在路边一步一步吃力地走着。他的身后跟着霓云，除了背包之外，还有一只装油印机的铁皮箱子。树生走出队伍，从小美的肩上卸下炒面袋，又把霓云的铁皮箱子背在身上。他说，正好大家一起走，我帮你们背一会儿吧。正说着，司令部的队伍也从后面赶过来，作战参谋王大心把霓云的炒面袋背了过去。也是在河北驻扎期间，师首长把他从侦察科调到了作战科，转行当了作战参谋。

路对面，走着另一个入朝作战的师。这个师在四川剿匪，后来就驻扎在那里，离重庆挺近。队伍里的小战士看起来都是巴蜀之地的娃娃，年纪不大。他们刚入伍不久，估计还没学会部队的歌儿，嘴里哼的都是家乡的小调儿：

斑竹丫，慈竹丫，

对门对户打亲家。
亲家儿子会写字，
亲家女儿会绣花。
儿子扛枪上前线，
女儿舍死要顾家。

黄斯蚂蚂，请你家公家婆来吃戛戛。
大蚂不来小蚂来，
吹吹打打一路来。
干螺蛳，快出来，
有人偷你的青杠柴，
我跟你逮到，你快出来！

今天出门好灵光，
看到幺妹洗衣裳。
手中拿根捶衣棒，
活像一个孙二娘。
打得鱼儿满河跑，
打得虾儿钻裤裆。
唯独对我眯眯笑，
笑得哥哥心发慌。

春风吹得菜花黄，
河边站个幺姑娘。
身上穿着阴丹布，
绣花鞋儿三寸长。

两个奶奶圆滚滚，
一对眼睛水汪汪。
天生一个荷包嘴，
东张西望要过江。

后面来了一辆吉普车，路过霓云和小美，嘎吱停了下来。一个中年男人用很亮堂的声音说道，小家伙，上来带你走一程！小美歪过头看了他一眼，说，首长，不用了，我能走得动。中年男人说，别逗能哈，路可长着呢！小美憋红了脸，说，不用啦，上了你这车，怕以后真的走不动了。中年男人大笑，下了车，走到小美面前，先是揭下了小美的棉帽子，一看是青皮光头。又揭下了树生的棉帽子，一看也是青皮光头。接着，他掀下了王大心的棉帽子，还是青皮光头。他满意地大笑，把自己的棉帽子也摘了下来，让大家看他亮亮的大光头，说，这就对了嘛，一声令下，所有人都一样。奶奶的，老子原来可是二十年的大胡子，这下豁出去啦！

王大心突然记起中年男人是谁了。他是从四川来的这个师的师长，姓李。入朝前，该师归入自己所在的军指挥，一同赴前线作战，李师长升任副军长。这个师过去隶属于其他部队，南下的路线和王大心他们师也相距很远。驻扎下来后，一个在四川，一个在贵州，所以，彼此间从没见过面。若不是此次一同入朝作战，恐怕这辈子也未必见得到。

王大心从李副军长话语间听出了大别山的乡音，感到很亲切。部队中有不少从大别山出来的人，倒也并不稀奇。但是当李副军长说起自己二十年的大胡子时，王大心猛地一震，脱口而出道，首长，你还记得我吗？在大别山的时候，你是连长，我在天堂岭上见过你。李副军长挠挠头，说，那个时候我倒确实当过连长，可实在是记不得了。王大心说，你负伤了，在林院长那里，还记得吗？李副军长拳头一挥，说，奶奶的，想起来了。林院长，林院长他还好吗？王大心说，红军走后，林院长在敌人搜山时牺牲了。李副军长点点头，说，唉，留下来的人，九死一生啊！

王大心从挎包里掏出一只油布包，打开，里面放着两片粗布红领章，红领章下面还有一缕头发，用红布条系着。王大心说，这是你当年给我的，现在军装上没这个了，我也一直带在身上。李副军长竟然当着大家的面流了泪，说道，那回，我真是没想到还能活下来，一个连的人没剩下几个喽！哎呀，哎呀，想不到啊，两片红布带出来一个娃娃。

李副军长用手指头捏起那缕头发，问，嘿呀！这是哪个闺女的啊？王大心说，是我一个村的，叫七毛，很早就跟着红军走了。李副军长念叨着，七毛，七毛，大别山的闺女可都叫五毛六毛七毛的呀！想了好一会儿也没想出个所以然来，他大声说，正好，车上有报社记者，让他给你们照个相片。来，来，这个小家伙，还有你，小班长，一起来，还有那个女同志，一起照。

于是，王大心、树生、霓云、小美几个连背包也没卸下，就匆忙之间在鸭绿江边阴差阳错地合了一张影。背景是几里宽的冰冻江面和正在行军的队伍，十几米远的地方，是江上的钢铁断桥。说也奇怪，当时路过的队伍正好是树生的那个连队，连长和指导员笑着看着镜头，还有很多调皮的新兵扭过头对着镜头做鬼脸。

李副军长看了看队伍，皱了一下眉，说道，是累了咋的？一个个都在闷着头走。传令下去，马上过江了，大家回头对着老家吼两嗓子。吼啥都行，骂人也行。这一过江，可就没名没姓啦！说完，他自己先跑到路边，对着北方大喊道，我李大胡子是个放牛娃，从大别山出来的。这回，我要跟红眉毛绿眼睛的美国鬼子拼命啦！

李副军长喊完，有人喊道，我叫王大心，娘啊，等我回来，这一仗打完我哪也不去了，再也不离开您啦！有人喊道，我叫树生，老家在兴安岭下松花江边，打日本子的时候没怕过，现在也没怕。我要是能活着回来，就去找我的小闺女去。她家住在长春东边二百里水库边的大榆树屯子！有人喊，娃他娘哎，俺想死你了！今天老子出国了，你要把俺娘俺娃照料好。俺要是回不来了，你就改嫁吧！还有人喊，媳妇唉，咱家的地你要伺候好，分到几亩不容易，要把粮垛子填得满满的！远远近近的队伍里也响起了此起彼伏的吼声，河北河南的唱梆子，四川的唱川戏，陕西的唱信天游，东北的唱二人转，哗哗啦啦响成一片。

小美迎着风雪喊道，我叫小美，老家河南的，这一仗打完我就长大啦！霓云也喊道，我叫霓云，生在南京，这一仗打完我就嫁人啦！

二

入朝之后，部队改为夜间行军，白天休息。每到一处休息地，王大心首先铺好军用地图，再和各团联络，向师首长汇报各部队所在位置，以及向下级传达之后的行军路线。今天，前线指挥所设在山脚下一个废弃的矿洞里。王大心盯着朝鲜半岛的地图有些出神。片刻，他又走到角落里，从木箱子里找出一张中国地图，端详着位于东北方向的这一块地方。如果把眼光向下移动一条胳膊的距离，就会看到台湾岛。

这时，政委来到前线指挥所，带着笑意，问，看见咱们的文工队了吗？王大心答，看到了，一过江就看到了。乐队演奏军歌，还有一大群人合唱《志愿军战歌》，老远就听得到。政委问，没仔细看看文工队的女队员吗？王大心说，首长你又开玩笑，那么远，都穿着军装，一个样子嘛！政委说，李副军长让我带话，说七毛他给你找到了。原来就在他们师的文工队，不过早不叫七毛了，现在叫英子。给你，这是英子给你的信！

政委道，哈哈，真是天上掉下了个林妹妹。李副军长发话了，今后谁也不准再打英子的主意，这个媒人他是做定了。王大心犹豫着说，可是，我的级别还不到。政委说，又没让你马上结婚，赶快回封信，我去军里开会时给你捎上。

王大心不说话。政委打量了他一下，收起笑意，说，我知道你想的是啥。你是觉得这一仗还不知是生是死，不想让人家和你睡几天就守一辈子活寡，对不对？王大心点点头。政委叹了口气，说，你这个人啊，唉！他又说，出征前，我们有些人急着结婚。有一个看上人家姑娘，人家姑娘没看上他，居然还让我这个政委出面去找女方谈话。可转念一想，那个打了一辈子仗的老光棍团长嗷嗷叫着上战场，也不知回不回得来，得给他留下种儿。我这个政委只能板起脸，狠下心去做女方的工作。别怪我铁石心肠，这是打仗啊！

停了一下，政委又说，干革命嘛，就是这样，别想不通。好了，不要黏黏糊糊的啦！你马上写信，我给你捎过去。

正说着，师长也走进了矿洞。他不说话，皱着眉，来到铺着作战地图的木箱前，扫了一眼已经做出的标记，又用食指在地图上，从鸭绿江到三八线画了一下。他像是给自己打气，也像是给部队打气，自言自语说道，从边境到前线，一千五百里。要是在国内，这点路算个啥？不够十天跑的。可到了这儿，山多，背得重，把人当骡子用，可真是一顿好走！

他扭过头，问，王参谋，我问你几个问题。王大心身上一紧，道，首长您问吧。师长从裤裆里抓出一只虱子，借着烛光仔细地瞅瞅，如释重负地把它掐死，在衣襟上蹭了一下指甲上的血。他问，现在的朝鲜战场上，已经打了几次战役啦？王大心心头一震，本以为师长会问些行军备战方面的事，没想到问得这么远。他答道，目前已经打了四次战役，咱们是第二批入朝的部队，是奔着去打第五次战役的。师长问，前四次战役你研究过没有？王大心又是一慌，答道，在作战地图上比画过，不是特别深入。师长说，这怎么行！你是作战参谋，不能只是接接电话，标标图，往下传个命令，整个朝鲜战局都得装在你的脑袋里。光有朝鲜还不行，苏联、日本、台湾，再往远点，西太平洋，美国、加拿大，也得在脑子里。还要看报纸，国内国际的都要看。

王大心嗯了一声。师长又问，你对美军怎么看？王大心道，跟保安团打过，跟日本鬼子打过，跟国民党打过，可没跟美国人打过。不过，既然能把小日本儿揍得服服帖帖的，那他们的拳头肯定也很硬。

师长翘了一下嘴角，笑笑，说道，这就对了！毛主席说美国佬是纸老虎，那是从战略高度上讲的。可咱拿枪打仗的，必须把敌人琢磨透了。就得像熟悉自己老婆一样了解敌人，她哪天来事儿你要清楚，她一噘嘴，你得知道她为啥生气。

师长说，我可是把前四次战役认真鼓捣了一遍。这四次战役，咱们和老美打的是长拳，一拳打出去，进退都在几百里。一顿长拳下来，咱们才把美国大兵揍回了三八线。而且，看这个架势，第五次战役肯定还是要打长拳。

俗话说，外行看热闹，内行看门道。这几个回合是怎么打的，可得好好瞧真亮。解放军是穷棒子出身，靠梭镖、大刀起家，所以骨子里有股砸锅卖铁豁出去干到底的狠劲儿，也没怕过谁。咱们来朝鲜，是先把刀子藏起来。可刀子一旦亮出来就把对手给捅了个透心凉，分割了敌人的东西两线，一个师插到了他们的后方。这一刀子下去，估计是让美国人胆寒了，一口气向南撤了几百里。咱们接着又捅了敌人几刀子，彻底把他们给扎蒙了，连汉城都他娘的丢了。

师长接着说，这几刀子要是放在国内，搁在解放战争那会儿，早把国民党几个兵团都干掉了。可是在朝鲜，大多数都是一次吃掉美军一个排、一个连，跟咬铁核桃一样。一次消灭美军一个建制团的战例也就那么一回。这说明什么？这说明咱们的刀口还没那么硬啊！人家是机械化重装师，咱们是把炒面袋背在肩上的轻步兵师。在长津湖，我们一个兵团围住了美军一个师，可愣是没啃动，眼睁睁让他们撤退几百里，跑掉了。我们有的连冻伤冻死只剩下几十个人，就这样，还在追。可你手里的是几十条步枪，靠着两条腿。人家是飞机坦克，坐着四个轮子。有个连队占领了美军退路上的制高点，算是把敌人堵住了。可是没有防寒装备，山上下了一夜大雪，这个连队的人没有一个后退，最后全部冻死在高地上了。

师长沉重地说，咱们得明白，美国人可不光是拳头硬，他们的指挥层也都是些聪明人。美军和国民党军最大的不同就在于，美军从来不既想当婊子又想立牌坊，看到危险来了，马上就撤，毫不犹豫。不像国民党，打个仗，还要顾及国际观瞻，好好一手牌给打得稀烂。美军的特点是该撤就撤，保存有生力量，这一仗打输了，下一仗一定要狠狠报复你。所以，前四次战役，咱们几组长拳打得精彩，把老美打得晕头转向。可老美也不是草包，虽然被打了个乌眼儿青，可也在暗中观察着咱们招式中的纰漏。前几次战役，咱们有时出拳走点样，打偏了，问题都不大。可是今后，一招一式都容不得半点差错！

三

在大山里行军半个月。内地已是春天，可朝鲜的山上依然寒冷，树下留着冬天的积雪，山风刮来，把每个人的五官都吹僵了。白天，山路上一片寂静，队伍和车辆都隐藏在路两侧的山中树林里。偶尔飞过几架敌人的侦察机，转上几圈，便懒洋洋地飞走了。天空是灰色的，太阳也是灰色的，只不过比天空更亮一些。

一觉醒来，霓云从棉大衣的领口探出头。头晕乎乎的，每个关节似乎都在痛，周围的一切很熟悉，又很陌生。她挣扎着爬起来，拉了拉棉衣，又转过身，把棉大衣里的小美摇了摇，催他快醒过来。林子里睡觉的人都起来了，天一黑，就要继续行军。进入朝鲜以后，由于天气寒冷，而且是野外宿营，上级要求睡觉时两个人或几个人靠在一起，头对着脚，脚对着头，脚抱在对方怀里，以便相互取暖。师部只有霓云一个女同志，所以，和霓云搭伙宿营的任务就交给了小美。头一天睡觉时，小美有点害羞，对霓云说，姐，我脚臭烘烘的，你别抱在怀里了。霓云的头蒙在棉大衣下面，说道，别瞎说了，这么冷的天，把脚冻坏了可就糟了。她一边捏着小美的脚，一边哼着歌儿。不一会儿，小美觉得冻得实心儿了的双脚又有了知觉，像烤在炉火上一样温暖。他偷偷解开自己的棉衣扣子，也把霓云的脚搂在怀里。

小美只记得太阳刚升起时，自己精疲力竭地钻进棉大衣里。不过是一眨眼的工夫，太阳就偏西了。他听见霓云的声音在很遥远的地方隐约响了几声，身体晃动了几下，就又沉沉地进入了睡乡。霓云没再推他，找来三块石头，把一顶捡来的美军钢盔倒着放在上面，抓出几把炒面，又从挎包里掏出行军路上采的马尾松针叶和一些带水分的草根，还有向阳坡刚长出来的蕨草，一古脑儿投进钢盔里煮起来。出发前带的口粮吃得差不多了，而且是强行军，照这样下去，走不到前线，就要断粮了。很多人得了夜盲症，到了黑天行军时就啥也看不到，必须一个牵着一个，睁眼瞎一样摸着向前走。用马尾松针叶煮水治夜盲症这个方子，是师里边一个从太行山来的老兵提供的，很管用，就在全师推广开了。这东西吃起来很苦，有股松油子味儿，也有点像薄荷味儿，用它煮出的粥绿油油的，吃下去很久，牙齿、舌头上还涩涩的。

炒面糊糊开了。霓云走到小美身旁，像拽一只瘦猫一样把小美提溜起来。看着他浑身软得像根面条，摇摇晃晃地睁不开眼睛，又从树下抓了把雪，在他的脸上抹了抹。她自己也昏昏沉沉的，额头冒虚汗，脚下酸软像空的一样，稍不注意，就会关节打弯，摔倒在地。

第一口炒面糊糊下肚，小美就被一股异样的美味勾得清醒了。肚子里，胸腔里，还有浑身上下的每一个细胞似乎都成了脱缰的野马，争先恐后地往味道飘来的方向跑，想去吃这炒面糊糊。在寒冷的山上，只要是热的东西，就是世上最美味的食物。霓云还在炒面糊糊里加了拇指甲盖大小的一块牛油，那味道就更无法用语言来形容了。在安东过江时，每人发了几桶牛肉罐头。有的部队为了轻装赶路，把罐头给扔了，路边就能看到零零星星散落的铁盒子。可想不到，后方像小山一样的物资运不到前线，出发时不当回事的东西，到了前方却比金子还贵重。霓云也拾了几桶罐头，可走不出十里，实在太重，只得又扔掉了。当时只留了一小盒美军的牛油罐头，现在差不多成了救命的了。有了这点油水和没有这点油水可是大不一样。

吃完糊糊，天也黑透了，哨子响起，师部的队伍准备出发。霓云把又高又大的背包压在小美肩上，道，说好了啊，咱谁都不能掉队。几乎是在同时，附近响起了各种各样的声音，一支一支队伍从山腰上，从林子里走出来，来到山谷中央的公路上。队伍走在路两边，中央是卡车和骡马拉的大车。似乎公路一下子就从荒无人烟变成了喧闹嘈杂，喇叭声、赶车声、吆喝声、叫骂声混杂在一起。几支来自不同部队的行军队伍走在一起，几万人在一条公路上你挤我赶，都生怕落了后，无法按时到达前线。

小美手臂上系着条白毛巾，也不左顾右盼，眼睛紧紧盯着走在前面的人的白毛巾，小心地迈着步子，把握着步子的节奏。经过这一两年的长途行军，他也摸到了规律。行军最紧要之处，就是两个字，节奏。你观察那些老兵吧，总是不紧不慢的，走一里地是那个样子，走几十里还是那个样子，面无表情，大气也不喘。他们走路的姿势也不一样，有的矫健，挺胸抬头，有的好笑，像大马猴一样，背弯着，胸缩着。可无一例外，这都是他们最放松的姿势，一举一动都不会浪费一分一毫气力。走出了节奏，一天走上百里也能撑下来，走不出节奏，一里路就得掉队。

走着，走着，小美想起了十几天前，刚进入朝鲜时的情景。鸭绿江对岸，是朝鲜的城市新义州。进了那座城市，真有从天堂来到地狱之感。当时是在夜间。城市里燃烧着大火，到处是瓦砾和废墟，时不时有成片成片的楼房轰轰隆隆地倒塌，腾起更大的浓烟和烈火。城里的街道上布满几米十几米的大弹坑，根本无法行军或开过车辆，必须绕道而行。更骇人的是，在火光中，可以看到路边的大树上，散挂着人的残肢断臂，明晃晃白花花的。树下躺着无数被炸死的人，路边和脚下都是尸体，路面上积着一洼一洼血迹。稍不注意，就会踏到，或被尸体绊倒。一些很小的孩子坐在尸体旁边哭着，哭声令人心碎。这些孩子几乎还是婴儿，如果没人管，很快就会饿死，或者被下一轮轰炸炸死。冰冻的江湾里停着渔船，渔船上也燃着大火，火光中看得见船上躺着渔人的尸体。

小美这辈子从未见过如此大的火和如此多的尸体。更令他一辈子也忘不了的是一架美军轰炸机。在墨蓝色的夜空里，这个钢铁怪兽展开巨大的身躯，遮住了半面天空。它飞得很低，可以看见上面一闪一闪的小灯。一阵震耳欲聋撕心裂肺鬼哭狼嚎的怪叫声传来，又是一阵能把房屋大树吹跑的强风吹来，像给了你一记重拳。有那么一瞬间，脑子里一片空白，什么也听不见，也看不见，特别的亮，又特别的黑。然后，从机腹里一个接一个掉下来巨形的圆桶状炸弹，飘飘悠悠的。炸弹落地的时候，发出地动山摇的爆炸声，同时形成一个个直径几十米上百米比楼房还要大的明亮火球，迅速膨胀，滚滚热浪向人袭来。同时，从烈火中飞溅出一团团胶状物，沾在火球范围内的所有物体上，猛烈地燃烧。在橙红色的冲天大火中，小美看见卡车在燃烧，骡马在狂奔，还有人在惨叫。这种火无法扑灭，也没法去解救，那样只会把凝固的汽油粘在其他战友身上，烧伤更多的人。天亮之后，你会看到卡车、枪支上的钢铁都熔化了，歪歪扭扭，还有烧成炭的车辆、马匹，还有横七竖八的尸体。他们是黑色的，保持着死前挣扎的姿势，一碰就碎掉。

眼前的景象让小美刻骨铭心。他觉得，只有来过了，看到了，才能明白什么是战争。

小美把思绪拉回到眼前，心里默背着霓云为全师编写的《战地英语常用语》和《战地朝语常用语》，也算是行军途中难得的一点有趣的事。比如，"汉子，阿坡！"是"举起手来！""撒网的，爱勿得揩尔油！"是"投降，我不杀你！"霓云教的美国话很好记，讲一遍，就明白了。比如，你就想，美国兵是一群叫"阿坡"的汉子。见了那些没活路儿的，你就这样离老远儿扯起脖子大喊，美国兵一看你认识他们，不害怕了，也就投降了。再比如，你还可以想，美国兵都是打鱼的渔民，挣了些小钱儿，我们志愿军有"三大纪律八项注意"，爱护俘虏，不搜他们的腰包，不揩他们的油。美国兵知道咱们优待俘虏，就愿意投降了。还比如，朝语的"喂，你好!"是"幺保西要!"或者"安娘阿西米嘎?""前方有美军吗?"是"呵—呸! 米鬼已死米嘎?""不许动，立即投降!"是"撒拉，翁基克基么拉!"这是霓云和朝鲜向导一起编写的。

后半夜，行军的气势就弱了。连大路中间的车喇叭也响得有气无力。路两边的林子里，开始有队伍停下来，黑漆漆一团。若是一两百人，就是整支连队在休息，若是一两个人、三五个人，那就是掉队的。小美憋了泡尿，眼瞅着路边有棵很大的白树，也不知道是什么树，在莽莽一片松树当中很醒目。他走进林子，周围传来嘶哧嘶哧的喘息声，咕咚咕咚的喝水声，叮叮咣咣枪支弹药相撞声，还有抱怨声、骂人声、放屁声。他也不敢放下背包，使劲解开腰带，对着一棵松树长长地尿起来。

有人大叫，往哪尿呢? 这躺着人呢! 小美赶紧把身子一偏，往另一个方向把尿尿完。他说了声，对不起。那人说，这小娃子，你尿得可真准，全尿我干粮袋上了，这往后，炒面糊糊倒是不用放盐了。小美又说了声对不起，系好棉裤上的麻绳准备走。

有人问了句，我说李大棉裤，你两边都待过，你说说，共产党的军队和国民党的军队有啥不同? 那个叫李大棉裤的人说，我呢，是打过鬼子的，要不是是从那边过来的，都能当营长团长了。有人说，那你在那边当的啥? 李大棉裤说，我当连长。有人说，哈哈，你可别吹牛×了。过来的又不是你一个人，我都打听过了，你在那边就是个大头兵。过去，你还吹牛说你家里有一百亩地，现在你咋不吹了呢? 李大棉裤结结巴巴地辩解道，那边都兴说自己家里地多粮多，越多越受尊重，这边不是不兴说这个了嘛。

听到这儿，小美的脚迈不动了，把背包靠在树上，闭上眼睛听那几个人说话。李大棉裤接着说，当官有什么好？你知道咱连长是怎么当上这个连长的不？有人问，怎么当上的？李大棉裤说，在江西时有一次守高地，上去一百来人，最后打得只剩下十几个人，还是好几个连队的。连长、指导员都死了，阵地上没干部。咱连长当时就是个吹号的，他喊了一嗓子，说，现在我就是连长，大家听我指挥！你还别说，这十几个人还真就把高地给守住了，山下的卡车堵了几十辆，敌人一个团都给打散了。仗打完了，师长问他，听说你自己给自己封了连长？咱连长说，首长你可别怪我，我就是给自己封个军长又有啥用？山下的敌人多得像蚂蟥，拼了命地要把高地打下来，我当时都没想过能活着回来呀！师长点点头，说，军长我可不敢让你当，我要是让你当了军长，咱军长得把我毙喽。你就还当你的连长吧！就这样，咱连长没当过班长，没当过排长，直接就干上连长了。

李大棉裤说，你问我共产党的军队和国民党的军队有啥不同？要我说就一句话，共产党的军队是当官的苦，国民党的军队是当兵的苦。你就看看咱连长，敢去接班长、排长、连长、指导员班干的，还真得有点胆量。一个大仗下来，先没的都是他们。反正，这官我是当不了，我也没这本事。在那边，你要是当个连长，那可威风了，有勤杂兵，腰里别着勃朗宁。眼睛一瞪，脚一跺，县城都得晃三晃。来钱的道儿多，往家寄的钱也多，亲戚都能跟着沾上光。大头兵可就不行了，军饷不被当官的给扣了就不错。过去，就觉着长官威风，咱也跟着威风。现在想想，长官威风跟你有个毬毛关系？那时也真他娘的够呆够傻的。

听这位叫李大棉裤的老兵说了会儿话，小美心里一惊，记起还要赶路，连忙挺直腰身，走出林子。这时，远处响起了枪声。夜空里又出现轰炸机那庞大的黑色身躯。山谷上空，先是亮起上百颗照明弹，挂在一只只小降落伞上，慢慢地下落。周围一下子给强光照得异常刺眼，人脸雪白，影子黝黑。在亮光照射下，所有的颜色都变成了白色，所有没有光的地方都变成了黑色，仿佛进了地狱一样。行军的队伍一下子散开，人群开始向林子里跑。卡车也慌不择路，一下子拐下公路，有的还翻到了山坡下面，物资散得七零八落。

接着，从天上掉下来一个个重型炸弹。有的落在小美前面，有的落在他身后。炸弹砸进地下之后才爆炸，只觉得群山大地猛地颤动了一下，脚下一个趔趄。又紧接着，颤动接踵而来，把人摇得七扭八歪，站立不得。一阵强光射来，之后是和狂风差不多的巨响。一只直径几十米的火球腾空而起，留下浓烟，像烟花一样向高空蹿去。炸弹投得很准，公路上每隔百十多米就会落上一枚。小美回头望去，刚才自己待过的那棵白色的大树不见了，那里浓烟四起，燃烧着大火，许多身上着火的人大叫着从烟尘里冲出来，在地上打滚。小美大张着嘴，脑袋里一片空白。

他转过身，痴痴地向前走了几步，眼前又闪过一道明亮的强光，一时间，世界消失了，万事万物都罩在了滚烫的白光之中。耳朵轰鸣，却什么也听不见。小美看见自己前方几尺远处走着的一个人，突然间就消失了，无影无踪，仿佛从来就没存在过一样。然后，扑面而来的是暴雨一样的鲜血和碎肉，像石头和沙子一样打在身上、脸上。冲击波过后，小美飞到了路边大树下。他觉得自己的身体和脸颊是麻木的，正面的军装被血水浸透，并且被撕开了，大大小小的血肉、器官粘在布料上、身上。小美的手战抖着，从裂开的军装掏进去，抓出一把一把滴着血的糊状物，并且在自己的身体上摸着。摸索了很久，身体上似乎并没有伤口，麻木感消失，也没有随之而来的疼痛感。小美长吐了一口气，挣扎着站起来，汇入了继续前进的队伍中，庆幸自己又活了一次。多年以后他才知道，这次爆炸虽然没有要了他的命，但还是把一枚黄豆粒大小的弹片嵌在了他的腰椎骨上。

四

轰炸过后，霓云回来找过小美。行军的队伍乱哄哄地向前走，路边和林子里三三两两站着奉命留下来打扫散落物资和收遗体的士兵。他们弯着腰，在树下、草丛里摸索着，把伤员和死者抬到路边。遗体收集好之后，记好数量，所属部队番号，开始在山脚下挖坑掩埋。

霓云一个遗体一个遗体看过去。她记得小美昨晚起来时，穿的是一双黄橡胶球鞋，很结实，很适合走山路，只有自己所在的兵团才发。所以，每看到一个脚上穿着黄橡胶球鞋的遗体，她都胆战心惊地向上看去。从蛛丝马迹中努力摸索着辨认着。

天快亮了，饱受折磨的霓云反倒是有一丝欣慰，虽然不能真的确定小美还活着，可毕竟没亲眼看到他的遗体。打扫战场的队伍完成了任务，继续追赶大部队。霓云也只好失魂落魄地跟着他们一起走。她的心空落落的，像有只手揪得她剧痛，时时刻刻提醒她，她丢了什么很重要的东西，而且这件东西可能永远也找不回来了。这种空落落的感觉和害怕、惊慌、绝望都不一样，她不是因为看到了战场上的惨状而来，而是让她突然意识到，阴阳两隔竟然是那么的容易。这种阴阳两隔不是和别人，而是和自己最牵挂的人。

走着，走着，霓云似乎出现了幻觉。她竟然在很认真地考虑，如果小美真的死了，不久之后，是不是还会有一个叫小美的男孩子出现在她的面前？

出了山口，公路边有个小村子，炸成了一片瓦砾废墟。村子往前不远处，有个志愿军的中转仓库，昨晚也给炸毁了，正燃着大火。火光之中可以看见成捆的军装、鞋子，还有一袋袋粮食，一箱箱罐头，一桶桶食用油在火中燃烧，空气中弥漫着浓烈的焦臭味。更远的地方，弹药库也被点燃了，大的爆炸看来已经过去，还有零零星星的手榴弹和子弹发出或沉闷或清脆的爆响。沿公路两侧，堆着大量的粮食袋和成箱的罐头。粮食麻袋被刺刀割开，罐头箱也被撬开，大部分已经被拿空，路面上散落着黄黄的炒面、白白的大米，还有被踏扁了的罐头。这些物资是昨晚从大火中抢出来的，放在行军的途中，让路过的队伍自行拿走补充。

仓库附近歪歪斜斜停着十几辆卡车，燃烧着大火。走到近处，霓云看到卡车驾驶员身上全是血，趴在方向盘上。车下轮子旁边坐着一个战士，头垂着，胸膛被血浸湿。还有一具具遗体零乱地倒在周围的地上。一辆被炸到沟里的一二二榴弹炮炮车上趴着两个战士，一挺机枪架在前面战士的背上，枪口朝天，后面的那个战士抱着枪筒，侧脸趴在轮胎上，两只眼睛怒睁着，下巴上一滴一滴往下淌着血。看样子他们是想对着空袭的轰炸机射击，却被航空机枪击中，已经牺牲了。战士最恨的就是这些轰炸机，又拿它们没办法，常常愤怒地向空中开枪，可命中的机率却微乎其微。

借着火光，霓云辨认着那些牺牲了的战士的面容，也打量着走不动掉了队，三三两两坐在路边的士兵。东方的天空开始慢慢变亮变红，部队就要停下来宿营。霓云越来越感到小美还活着。前方有一座废弃的矿洞，洞口聚集着几十个人。霓云昏昏沉沉地从这里走过，本不想停下来，而是继续去追赶师部。可听到有人说洞里有两百多具尸体，不禁大吃一惊，连忙走了进去。走到深处，有人点着火把，清点着尸体的数量，向上级报告。

原来，这不是志愿军战士的遗体，而是前几次战役美军来不及运走而留下的尸体。几个月前，这里是前线，现在已经是我军的后方，也足见美军撤退得有多匆忙。影影绰绰之中，矿洞的石壁上渗着水珠儿，恶臭得让人窒息。石洞最深处，一层一层码着尸体，层层叠叠，堆积如小山。

眼看着这幅情景，霓云默默转过身，向洞外走去。一名师军务参谋指挥战士把美军尸体抬出洞外，挖了一条很大很长的坑，把他们掩埋了。那名军务参谋在坑附近立了一块松木板，记录下尸体的数量和国籍，并在背面写下一段话，请后来的部队方便时将尸骨移交给美方。他还让霓云用英文把同样的意思也写在了木板背面，其用意不言而喻。

不久，霓云找到了师部的宿营地。在一棵树下，她看到小美坐在那里，浑身泥灰血污，刚放下军用水壶，正把手掌握成碗状，往嘴里倒炒面。霓云真想跑上去，一把将小美搂在怀里。可她忍住了，感觉十分疲惫，装作若无其事地坐在小美身边，低着头，不让别人看到眼里的泪水，小声问道，你受伤了没有？

从边境到前线，一共走了十八天。到了前线之后，虽未弹尽，但出发时带的口粮却已吃得差不多了。小美的粮食袋里还剩下几块拳头大的炒面疙瘩，浸了好几次水，硬得像块灰色的石头。尤其是志愿军马上要发起第五次战役，后面的粮食又迟迟运不上来。师里要求所有人勒紧裤腰带，把余下的粮食交出来，给一线的作战部队。现在，这东西已经不能叫主食，每次熬树皮草根汤时敲下来一小块，只当作是调调味儿。

好在，天气暖了，冰雪融化，树上长出嫩叶，一些小动物也过了冬眠期，钻出洞来了。每天一早，小美和警卫排的战士都会到附近山里摘树叶、挖野菜，抓青蛙、老鼠和蛇，有的小溪水里还漂着被炮火炸死的小鱼小虾，也都成果腹之物。过去，小美是很怕蛇的。现在，别说是蛇，哪怕是个活的东西出现在草丛里、田野间，都会有种打心眼儿里冒出来的兴奋，根本没有一点害怕。警卫排有个广东兵，抓蛇有一套。每抓住一条，几个人立刻把蛇皮剥了，用刺刀剁成几截，一人分上一节。蛇肉拿回去晾干了，也不会腐坏。有一次，小美逮住了一只翠绿色的小青蛙。那小青蛙也不挣扎，用黑色的小眼睛盯着他，似乎并不害怕。小美也未多想，当时就把它填进了嘴里。大多数的时候，小美都是一边找吃的，一边往嘴里塞。还有好几次，小美在不知是人的还是马的粪便里发现了几颗花生和黄豆，也抠出来吃进肚子里了。找吃的，成了那段日子最大的任务。

饥饿的后果不仅是夜盲，还有打瞌睡。打瞌睡不是爱睡觉，而是时不时地发昏发呆，犯迷糊。比如刚刚接过电话，放下话筒竟然就想不起上级来电当中的时间、地点、名字和要求，甚至是把接过电话这回事情都给忘了。有时听到了炮弹飞过来的声音，还是傻愣着站在原地，也想不起来卧倒或躲到掩体里去。有时宣传科长让小美帮忙抄写一些东西，可明明不久前霓云教给他的生字，就是记不得什么意思了。而且，还会办一些平时看起来愚蠢至极、不可思议的事情。比如喝水时，搪瓷缸子总是莫名其妙地脱手掉在地上，进掩体时，脑袋总是稀里糊涂地撞在木梁上，无论你怎么小心谨慎，总会有那么一刻，脑子里空荡荡的，古怪的事情就发生了。前一刻，小美还在和政治部的同志有说有笑，后一刻，就身子一歪，眼一闭，睡着了。

慢慢地，人们发现抽烟是治瞌睡病的好办法，哪怕闻着烟味儿，脑袋瓜子也比平时清醒。师首长那里有一些供给烟，不少人壮着胆子到师长那里蹭烟抽，一般能蹭到一支半支的，那些从前线回来的团长、营长、连长们还能蹭到一盒两盒。看到大家犯困了，师长就拿出一支，点上，一人一口，所有人围成一个小圈，把烟雾拢住了，你吐出来我还能闻一下。烟屁股留着，烟丝攒起来还能再卷一支。师首长也把烟分给连队，不过，一支连队也只能分到三支五支的。大多数连队还是没有烟，很多人把桑树叶、青杠树叶晾干当烟抽提神，抽多了头昏眼花、鼻子流血。你要是有真正的烟，那可比罐头还贵重。

第五次战役发起之前，军文工团和各师文工队还联合排练了节目，到部队慰问演出。古稀之年，小美回忆起那段日子，还十分感慨。他说，那时候，有个非常让人吃惊的现象，就是，物质是物质，精神是精神，生是生，死是死，就仿佛物质与精神，生与死之间没什么联系似的。你看，那时我们饿成那个样子，可一听到看节目，马上就来了精神，一个个兴高采烈的。向上级写的汇报材料里头，很少提及生活有多么多么苦，总是写歼敌多少，同志们的士气有多么高昂，杀敌立功的心有多么急切。你要光看那些汇报材料，打坏脑袋也想不到部队的生活是那么苦。平时你看那人都饿得迷迷糊糊病病恹恹的，可上了战场，马上换了个人，交血书，交立功决心书，交入党申请书，哪个连队的连长指导员挎包里都装着几十封上百封的。自己不会写字的，还请人代写，然后咬破指头按血手印。

他说，那个时候，战场上最常讲的还有一句话，叫，明天一早死了，今晚该干啥还干啥。还真是这样。明天要打仗了，今天该开会开会，该写材料写材料，该挖掩体挖掩体，该学文化学文化，该洗衣服洗衣服，总之是该干啥干啥，外甥打灯笼——一切照旧。没见谁明天要上战场了，今晚饭也不吃了，脸也不洗了，牙也不刷了，活儿也不干了，连长指导员的话也不听了，没有这样的。反倒是知道明天要总攻了，今晚做什么事都更认真更仔细更周到更小心，平时脾气暴躁的，说话也和和气气的了。你说人能不怕死吗？谁都不愿意死。可那时候的人就能有这种心态！

　　文艺演出是在午后三点多钟，阳光正好。场地选在山谷深处一块茂密的松林中。这里的松树看上去有几十年上百年的树龄，一道道阳光像剑一样从交错缠绕的树枝间射到地上。为了不被敌人的侦察机发现，工兵连在不砍倒树的情况下，挑了一块较大空地，埋上木箱，铺上木板，用彩布拉上两米左右高的帷幕，插上彩旗，就成了一个很像样子的舞台。来看演出的队伍远远近近地分散在松树下，前面的坐着，后面的站着，还有许多战士爬到树上去看。

　　演出的节目有快板、小合唱、舞蹈、大鼓书、梆子、小话剧。比如有大鼓《歌唱英雄大功连》、表演唱《红旗飘扬在高地》、京剧《挑滑车》，还有朝鲜舞《阿里郎》和俄罗斯民歌《小路》《山楂树》。有一个节目叫《采茶扑蝶》，由四个身穿天青色绣花绸衣、腰系荷花围裙的女文工队员来表演。她们挥舞着扇子，在一道道如剑的阳光中轻盈起舞，真的像是飞在花丛之中的蝴蝶，让人有恍若隔世如梦如幻之感。意想不到的是，其中一个女孩子晕倒在舞台上。原来，文工队的伙食也不好，她是给饿昏的。台下的战士得知之后，感动得流了泪。当天晚上，那个女文工队员收到了来自各个连队保存下来的十几只罐头。

　　还有一个节目是湖南花鼓戏《刘海砍樵》。只见樵夫问道，胡大姐，你把我比作什么人啰哟？姑娘答道，我把你，比作了，亲人志愿军嗱喂！樵夫愣了一下，因为姑娘没按词唱有点措手不及。不过，他马上又问道，胡大姐，你说那个志愿军是个什么人嗱喂？姑娘走下舞台，拽起一位年轻战士，拉着他的手说，哥哥呀，弟弟呀，你们是我心中最可爱的人嗱喂！歌声刚落，树林里的战士们一下子热血沸腾。他们鼓着掌，流着泪，向舞台拥挤过去，把姑娘围在了中间。许多年后，小美说，在战场那种极端环境里的人啊，特别单纯，特别脆弱，也特别容易被感动。现在看来很平常不过的节目，那时却能让战友们哭得稀里哗啦的。

在小话剧《一把铁锹》里，小美看到了英子。故事的内容是讲一个朝鲜家庭，儿子上了前线，家里只剩下母亲、女儿和儿媳三个女人，为了争着去修被美军飞机炸毁的公路，三人把铁锹藏来藏去的故事。话剧的内容很真实，这一路走来，大家随时能看到三五成群的朝鲜妇女冒着生命危险，拿着锹镐，填平公路上一个又一个弹坑。

英子扮演儿媳。小美爬到了松树上，坐在一根横过来的松枝上看演出。他认真端详着英子。虽然她的脸上抹了粉、涂了红、画了眉，但小美也唱过戏，仍然能从剧妆后面，品味出这到底是个怎样的女子。英子个子不高，但很泼辣，声音很甜，又很响亮，在舞台上很抢眼。她一张嘴，一扬眉，台下的战士们就不由自主地笑开了，有魔力似的。尤其是英子的眼睛，又圆又大，小美没见过这么锋利，这么有神采的眼睛，看上你一眼，你就觉得自己什么秘密都没有了，或者，很黯淡的心里面一下子有阳光了。小美心想，王大心参谋有这么一个爱人也真是不错。还有，他最近好像变了个人似的。过去，只觉得他打过很多仗，是个很沉着又很有胆量的一个人。但近来却发现他竟然还是个很沉默又很容易害羞的人。难得闲暇的时候，他会对着作战地图一个人想什么事情，想着想着脸上就有了笑意，耳朵根子上透出难以觉察的红晕。小美琢磨着，人长大了大概是会变的吧？

小美扭过头，瞅见王大心站在人群中间，弯着腰，透过密集的头和肩膀的缝隙向舞台望过去。王大心认真地看着英子，眼睛慢慢睁大，渐渐有了泪光。小美悄悄看着他，从王大心的眼神里分明能辨认出热滚滚的思念和爱慕。片刻之后，王大心低下身子，转身向后面挤了出去。

师政委四处寻找着向这边走来，抬起头，问小美，见着作战科的王参谋了没有？小美答道，他看了一会儿就走了。临走时，他对我说是察看部队战备情况去了。师政委骂道，这个混蛋小子，又让他跑掉了。

五

昭阳江是树生在朝鲜渡过的最南面一条江。回想起来，树生已经渡过了无数条江河。入朝之后，有清川江、大同江、临津江、北汉江，在国内，有松花江、辽河、海河、黄河、淮河、长江、珠江，还有地图上不大好找或根本找不到的大大小小河流溪水。每每忆起，都会惊讶地对自己说，竟然已过了这么多年了。家乡的县城边上有一条少凌河，小时候还以为世界上只有这一条河呢！

在第三次战役中，志愿军与朝鲜人民军全线大踏步越过三八线，将敌人驱逐至三七线地区，并占领汉城。在第四次战役中，我军北移至三八线南北地区，实施积极防御作战，将敌人的反攻阻止在三八线附近。在此次第五次战役中，我军再次全线向三八线以南进攻，西线兵团逼近汉城。师长说得没错，第五次战役又是打的长拳。四月下旬到月末，打了第一拳，稍加喘息，五月中旬开始到现在，又打出第二拳。

说来可能没人信，前几天，第一批后方来的粮食才运到前线。出发时十八辆卡车物资，全是给树生这个师的，只有两辆到达前线。这两车粮食对一个马上要发动进攻的饥饿之师来说，还是杯水车薪。更多的时候，还是各个连队、各个班排自己找粮食。挖野菜、摘树叶是必须的，正是青黄不接之时，朝鲜老百姓那里也没有多少粮食。树生记得有一次，他那个班行军路过一家邮局，南朝鲜的职员早已逃走。屋里屋外全是美钞和南朝鲜钞，撒了一地，没人要，人们在上面踏来踏去，如同废纸。这时，有个河北入伍的新兵发现在一大堆信件下面压着半麻袋黄豆。他像找到了失散多年的亲人一样冲出来向树生报告。这样，班里每个人的粮食袋就又鼓了一点。还有一次，一个老人的房子着火了，树生指挥班里的人帮他灭了火。临走时，老人从房后地窖里挖出两只南瓜送给了战士们。后来树生他们发现，从逃得空无一人的村子里也能找到粮食。那些粮食都埋在地下，有时在灶坑边，有时在水缸下，有时在菜园里，有时在村口水井旁，每个地方藏得也不多，都是三五斤的样子。

翻拣美军遗弃的阵地也能发现不少东西。有各式各样的罐头，比如肉罐头、糖水水果罐头。有的罐头里装着美国士兵一天的伙食，像饼干、巧克力、红茶粉、咖啡、口香糖什么的。尤其是水果罐头，特别甜特别好吃。树生第一回吃时，吃着吃着，眼睛就红了。也不知道为啥，可能是因为它太好吃，而自己也太饿了吧。还有许多东西不认识，问过懂英文的文化教员才知道。有的铁罐里装的是杀虫剂，还以为是奶粉，幸亏味道很苦，尝一尝便扔掉了。后来才明白，这东西对付虱子最管用，再捡到后就不扔了。有时还能在美军尸体衣兜里找到几包饼干。这东西用油纸包着，体积不大，随时可以吃，也很好吃，很受欢迎。每个人拾到后，都把它保存到最紧要关头才填进肚子里。

树生这个师过昭阳江，就是要打第五次战役的第二拳。第一拳打是打了，可出拳还不够狠，没有抓住敌人的有生力量。而且，出现了一个非常危险的征兆，每攻到一地，那里的敌人就已经向南撤走了。但并不像过去那样，一撤就是大撤退。这一次，他们每天只撤四五十里，刚好是志愿军一天攻击的距离。给人一种感觉，美军已经掌握了志愿军作战的某种规律，并且准备按照这种规律进行狠狠的反击。所以，第一拳打完，战线虽然向前推进了一两百里，却总觉得打在了棉花上，没有把敌人打伤。

第二拳，上级要求出拳要猛，一刀子下去就得把敌人刺透了，然后毫不犹豫地穿插到后方去，堵住他们南撤的退路。树生趴在昭阳江北岸的渡江出发阵地上，等待着夜色的到来。江上有雾，夕阳把江水染得红彤彤的，泛着血色的粼粼波光。树生身上有两件东西让他很安心，一个是肩上的粮食袋儿，一个是腰里的急救包。他不由自主地摸了摸粮食袋儿，下半截是炒面，上半截是刚摘的野菜和树叶。于是，他轻轻地舒了口气。

不久，夕阳落尽，江水变成了暗蓝色，一团一团的浓雾在江面上移动。渡江的命令下达，树生脱掉棉裤，围在脖子上，把枪和手榴弹举过头顶，缓缓进入水中。周围的人也和他一样，无声无息地下到江里，弯着腰，向水中央走去。雾很重，一两米之外看不到人影，只听得见哗哗的细碎水声。江水刺骨，不一会儿，大腿根儿处被冰凉的水流激得生疼。虽然水面没有浪花，但水面之下的涌流却力大无穷，把身体冲得歪歪斜斜。

到达江心之后，水没到了胸部。后面传来命令，让把距离再拉开一些。树生扭过头，向后瞅了一眼。全班分为三个战斗小组，他带着三个人，是第一组。副班长和一个老兵各带着两个人，是第二组、第三组，跟在后面。三个战斗小组呈倒三角形，箭头指向前方。树生的心怦怦跳，江面太寂静了，寂静得瘆人。

只听咚的一声，像是远处有人在敲鼓。一发信号弹蹿上了高空，拉出一道红色的光带。接着又是几发绿色、黄色信号亮起。几乎是眨眼之间，上百发照亮弹沿江岸腾空而起，把整个江面都照得透明了。之后，密密麻麻的炮弹落入水中，轰起粗大的水花。更可怕的是飞机投下的燃烧弹，呼呼着火的凝固汽油漂在水面上，所到之处尽成一片火海。黄色的火焰中，红色的雾气中，有无数黑色的人影拼命向对岸挣扎着前进。这些人影扭动着身躯，一跳一跳，逃避着烈火和爆炸。

树生大喊了几声，可在爆炸和燃烧声中，却听不到自己的声音。他不喊了，低下头，使出吃奶的力气向岸边跑。腿在水下划，脚踏在石头上直打滑，心急如焚。在火光之中，他隐约看见有人被冒火的凝固汽油沾上了，剧烈地扭动身体。有人在爆炸的水花中被抛上了半空。还有牺牲的遗体，炸烂的棉衣，破碎的帽子、鞋子在自己面前漂过。在重机枪的扫射下，身前身后一个个人影无声无息地倒下，被江水冲走。他顾不上去看，也不能去救，只能埋头向前走。

钻出水面的那一刻，他觉得身体死沉死沉的，一下子跌倒在地。有子弹打在身边的石头上，啪啪冒着火星。他气也没喘上一口，又跌跌撞撞地向前冲了几十米，嗵的一声摔在一块从山上滚落下来的岩石后面。敌人的机枪向这里射击，火花密集得像夏天的暴雨打在水面上砸出的气泡。

不久，机枪转移了目标。趁着这个间隙，树生爬起来，又跑出去几十米，进了山脚下的林子里。陆续过江的部队向山顶上敌人的机枪碉堡发起了进攻。按照渡江前的安排，树生所在的九连要马不停蹄地从山口穿过去，向敌人的大后方渗透。

渐渐地，枪炮声和火光被甩在了身后，越来越弱，越来越暗。过江之后，一百二十多人的连队集合起来，还有八十多人。山间的气候变化不定，即便现在已是春天，但寒风一吹，仍然会飘起薄雪。中午太阳出来，雪又会融化，露出新长出来的草叶嫩芽。山路湿滑，前面的人抬一下鞋子，就会甩后面的人一身一脸泥水。不管出了什么情况，都不准说话、咳嗽、点火，以及发出亮光。出发前，把能发出声响的东西都扔掉了，实在不能扔的，也用布包起来。然后，跳一跳，跑一跑，检查一下还能不能再发出动静。树生压住喘息声，倾听着山谷里各种各样的声音。他还必须注意脚下，看有没有敌人埋下的地雷。发现之后，要为后面跟上的队伍做出显眼的标记。

树生偶尔抬起头，看一眼黑黢黢的山谷，总是在想，下一刻，会不会突然飞出几颗照亮弹，然后，成千上万颗子弹下雨一样朝这里飞来？走在这碗一样的谷底，简直就是走进死地。

走了两天三夜，穿过一条公路，翻过了四五座山，向敌后穿插了一百多里。有时听见前方有敌人的说话声，或看见他们抽烟时发出的亮光，也不惊动他们，悄悄绕过防御工事，继续向南走。有一次，树生离敌人只有十几米远，从帐篷缝隙里发出的昏黄灯光，还有一名美国军人拿着电话筒说着什么。还有一次，是在白天，山下有一条小河，几个美军士兵赤裸着身体，在河边洗澡。他们把汽油桶割成两半，用石头架起来，下面点上火，人躺在里面泡着热水澡。

到了第三个晚上，队伍爬到半山腰，草丛里有铁丝网，隐约听见上面有人在说笑。向南望去，又是一个很大的山谷。谷里有灯火，像是一个小村子。但又不同寻常，因为前线拉锯地带的村子大多十室九空，就算有人在住，夜里也很少点灯。

连长摸到前面来，悄悄指了指斜上方，仔细看过去，那里有顶钢盔和玻璃镜片的反光。他用呵气般的声音对树生说，抓一个活的回来，问问村子里的情况，也问问咱这是到哪儿了。树生带着班上一名叫大老张的老兵压低身体，一寸一寸向上面移过去，用了半个小时才到了美国兵的鼻子下面。这个戴着眼镜的美国兵看上去年龄不大，只顾着向远处望，竟然一边放哨还一边嚼着饼干。大老张深吸一口气，猛地蹿起来，用胳膊肘一把卡住了美国兵的脖子。美国兵呜咽着发不出声音，眼镜掉了，眼珠子往外突，猛烈地战抖着。

把美国兵拖到山脚下，让文化教员一问，眼前这个村子里竟然驻扎着几千美军，而且，正在准备发动反击！连长大吃一惊，连忙打开电台，向上级报告了这个发现，并且让队伍停止前进，等待命令。天一点一点亮起来，眼前的一幕把所有人都震惊了。雾气蒙蒙的山谷里不仅有一排排的美军帐篷，还有上百辆坦克、卡车和轮式牵引火炮，围成了一个巨大的方形环状工事。山谷周围的顶峰上有黑褐色的工事和灰白色的炊烟。

六

上午十时，上级回电，命令九连立即占领山谷东南方高地，并坚守二十四小时。在九连西面不远处山里，还有一支连队，那支连队将占领山谷西南方高地。两处高地合成一把锁头，锁住山谷向南撤退的公路。师主力已经在向这里强行军，昼夜不停，二十四小时之内将到达。

九连从山谷外围绕了个大圈子，太阳偏西时，到达西南高地下方潜伏下来。天一黑下来，就发起了占领高地的进攻。或许是因为昨晚失踪了一名哨兵，高地上的美军比较警惕。攻击第一梯队的一个班被四座机枪暗堡围在了中间，全部牺牲了。树生班里还剩下八个人，他和副班长各带三人，分一左一右两路向主堡摸过去。刚刚爬出去十几米，副班长那边就有人踩上地雷了。只见黑暗里有个人影从爆炸的火光中站起来，一瘸一拐地向前跑，接二连三地踏响了地雷。他在高喊着什么，可听不清楚，接着，有零星的碎肉飞过来，打在树生趴着的草丛里。

趁着机枪被吸引过去的间隙，树生跑到机枪暗堡背后，跳进了交通壕里。接近了暗堡，也没看清里面的情况，就扔了一颗手榴弹进去。这之后，他的记忆就不是那么清晰了。他记得自己弯着腰在交通壕里小跑，膝盖都快要顶到胸口了。黑暗里，他看见自己的刺刀插进了敌人的肚子里。他的工兵铲砍在了好几个敌人的脑壳上、肩膀上，边缘都卷了起来。在机枪的闪光中，他还朝一个敌人开了枪。那个敌人大张着嘴，跪在战壕里，似乎已经举起了手。可这个画面一闪而过，涂满了血一样的红色，好像在梦境中一样。子弹和弹片在头顶、脖子附近吱吱地飞过，真不知为什么没打中自己。

剩下的敌人向山下逃走了。树生坐在战壕里喘着粗气，把旁边美军尸体上的手雷摘下来，挂在腰间。他又在尸体衣兜里摸了摸，找出两包饼干，也塞进了挎包里。这时，连长急急忙忙地跑过来，对树生说，刚才一排长牺牲了，现在，你是排长！说完，他又忙三火四地走了，指挥全连剩下的五十多人加固工事。

几乎就在同时，山谷下面沸腾了起来。敌人从营房里跑出来，有的向山上射击，有的往卡车上装东西，准备突围。坦克开到山坡下面，车身向上，抬起炮管，朝锁住山口的高地开炮。树生检查了一下身上的弹药，共有一枚莫洛托夫反坦克手榴弹、一根爆破筒、三枚普通手榴弹、五颗美军手雷，不到三十发子弹。想来其他人也是如此。连长命令敌人不到三十米距离之内不准射击，并且组成了一支十人反坦克小组，把所有反坦克手榴弹都集中在他们那里。十个人在夜色中下了高地，埋伏在出山口的公路边。

这一夜，树生就仿佛做了一个长长的、由血腥、烈火、爆炸组成的噩梦。这个梦，比他过去和日本子、国军、土匪打仗时所有做过的噩梦加起来都要长。梦醒的时候，他总是在问自己一个问题，就如同一个活了一百五十岁的老人在问的问题，我为什么还活着？我早就应该死一百回了，可我为什么还活着？

黎明时分，师主力部队陆续到达，堵住了所有出路，并开始了总攻。当师长和作战科的人上高地时，九连能站起来的，只剩下七个人。此时，树生的身上没有一粒子弹、一枚手榴弹，刺刀是弯曲的，真不知道自己在刺死敌人时到底使出了多大的力气。在和师长握手时，他的手掌和下半截袖子是红色的，全是凝固的血。树生记得在后半夜时，山下冲上来三十多个美军士兵。他没子弹，也没手榴弹了，黑暗中只摸到了一只爆破筒。他抓起爆破筒冲出战壕，准备和美国兵一起死，连长一把拉住了他。他挣扎了一下，连长把他拦腰抱住。后来，连长对他说，打红眼的时候，死容易，但冷静下来不容易。你是骨干，任何时候都不能轻易地去死。你将来还要当连长，当指导员，上了战场不能头脑发热，不能干蠢事，否则，你手下的兵都得跟你一起无谓地牺牲。连长这一下子，把树生从阎王那里拉了回来。他也把连长的话牢牢记在了心里。

　　半夜里，突然刮起了寒风，下了一阵子薄雪。山谷变成浅白色。连长和树生，还有剩下的几个人下山寻找爆破组的十个人。出山口的公路上，丢弃了无数敌人的坦克、卡车。先头的坦克是被炸毁的，被后面的坦克推进了路边的沟里，但随即后面的坦克也被炸毁。火焰未熄，焦臭骇人。十个人全部被找到了。有三个人压在了坦克下面，覆带外面露出上半截身体，或者只露出胸膛、脑袋。有的趴在坦克发动机上面，身体正面被炸得血肉模糊，被炙热的发动机烤得焦黑了。还有的半截身体被气浪推到了路边的草丛里，双腿却不见了。树生找呀，找呀！他爬到坦克下面，小心翼翼地把所有碾碎了的肢体掏出来，终于把十个人的上半身抱到了路边，却只凑全了八双腿，另外两个人的腿无论如何也找不到了。树生的鞋子踩在坦克附近的薄雪上，脚印是深红色的。

　　这一仗，美军死伤一千多人，被俘两百多人。志愿军掩埋了自己战友的遗体，把美军尸体和伤员放在路边。然后撤到了山谷以北，让美军过来收尸。审问俘虏时，一个美军少校困惑地问，我们得到的情报说是志愿军已经弹尽粮绝，可你们怎么还能进攻？进攻的应该是我们啊？师长听后，沉默不语。

树生押着俘虏向北走，待出了山谷之后，把他们交给军部派来的押解人员。他发现，对于美国大兵来说，从缴械投降的那一刻起，作战任务也就结束了。他们很放松，有的还在笑，坐在地上点上一支烟，静静地等待着今后的命运。那神情，就像干了一天重活儿的人，终于可以躺在自家的床上休息了。

这时，还发生了一件事情。中午吃饭时，树生往行军锅里倒进专门配给俘虏吃的精粉炒面，加上水，开始熬粥。这种精粉炒面原料比志愿军吃的普通炒面原料多，有黄豆、核桃、板栗、白面和砂糖。临来前，军务科的参谋还给了树生两包烟，也是给俘虏抽的。炒面糊糊熬好后，一名叫巴克的美军上尉竟然一脚踢翻了行军锅，嘴里骂着什么。翻译告诉树生，巴克说志愿军虐待俘虏。巴克指着树生肩上的粮食袋，说要吃那里边的东西。树生手指搭在步枪扳机上，几经忍耐，却很难压住怒火。打了一夜仗，现在，他的情绪非常激动，有点呕吐的感觉，只想对什么人开枪。那些极端的情绪，比如怜惜和仇恨，高兴和哀伤，舒服和剧痛，此刻此时彼此之间只有一步之遥。他可以怜悯一个俘虏，也可以一下子开枪打死他。树生低着头，不看巴克，怕看了一眼敌人，真的就忍不住杀了他。他打开粮食袋，抓了一把树叶，放到巴克手里。巴克不信，又自己掏了掏，只在袋子底部摸到几块板结的黑色炒面疙瘩。他把树叶放进嘴里，嚼了几下，一脸迷茫。树生又突然非常伤心，只想大哭。他掏出一包烟，小心撕开锡纸，抖出一支烟，递给巴克，并且死死地盯着对方的眼睛……

回师部的路上，师长和王大心走在一块儿。路边树下和向阳坡上，又多了一簇一簇新坟。一条长长的担架队静静地向北走，呻吟声、要水声、咳嗽声、哭泣声连成一片。

两个人默默地走了很久，王大心问师长，首长，您有没有注意到那个被俘虏的少校说的一句话？师长猛地一抬头，吃惊地问，什么话，快说！王大心道，那个少校说，他们最开始得到的命令是准备发起进攻的，只因咱们出其不意地穿插到了他们的身后，才决定突围撤退。这说明什么？

师长一拍大腿，大叫道，哎呀娘哟！我怎么没想到？敌人这是把咱们吃得透透的啦！刚才我摸了摸战士们身上的子弹袋、干粮袋，很多人一发子弹、一颗手榴弹、一把炒面都没有了，步枪都成了烧火棍。敌人要在这个当口反击，咱们可就是赤手空拳了呀！

师长原地转了几圈，道，这可不行！得赶紧把这个情况跟军里汇报，不能再这么打下去了。现在，咱们这一拳打得有点太长，而且很明显，敌人已经瞅出来了。他们现在是咬着牙要从咱们的大腿上往下啃肉呢！

师长又沉默了几分钟，似乎在盘算着什么。有了主意之后，他对王大心说，你知道我这个师长最难下的命令是什么吗？王大心摇摇头。师长说，这辈子最难下的命令是让一个连、一个营留下来打阻击。很多时候，让他们阻击敌人，实际上就等于让他们和敌人同归于尽。我当连长、营长那会儿，执行过不少次这样的任务。那时，我领完任务，总是笑着对上级说，首长，那就再见了啊！

师长又说，首长也笑笑，不说话。我也不再多说什么。大家心里都清楚，为了大部队能撤到安全的地方，总要有一支队伍留下来。我也没想过要死，心里琢磨最多的是怎么分配火力，骨干牺牲了谁来顶替，自己牺牲了谁来顶替我，阻击任务完成了，撤退的路线怎样选。等把这些事情都前前后后想明白了，才有那么一瞬间想到，这一次自己是不是要死了？那一瞬间，就像屁股底下有道悬崖，人就在空荡荡黑乎乎的万丈深渊之上。不过，就是这一瞬间，也是一闪而过。

他说，所以，我能明白那些留下来的人的心情，就像明白自己的心思。不过，干革命嘛，不需要说太多，也不需要解释太多，千言万语都在一个命令里头了。

师长拍拍王大心的肩，说，我听说你和文工队的那个女同志的事情了，好好珍惜。可生死无情，两人瞅对心思了，也别太黏糊，省得将来后悔。我这个人命硬，老婆都死了三个了。可现在还是最想老家的那个，让小鬼子抓去，给杀了。她叫小桃子，是俺们村顶漂亮的女人。她家里有个哥哥能看书识字，所以她给我讲了不少外面的事，我才知道，原来外面的世界那么大呀！要不是她给我讲，我可能还参不了军。记得有一年摘苹果，她坐在树上，阳光照在她的白绸衣上，透明了似的。她甜甜地对我笑，那笑容比花还好看。胸脯鼓鼓的，汗水浸透了白衣裳，两颗奶头像大红枣一样，把我都看呆了。小桃子往我的头顶扔过来一只苹果，笑着对我说，看什么看，坏东西！这一只苹果才把我砸醒，忙把眼光移到了她的脸上。我说，你给我当媳妇吧，她就答应了。她的身子小小的，抱在怀里像只猫，也不挣扎，只知道乱咬人。我们那时都还小，十四五岁，直到我跟着队伍走时，也没成亲。况且我这么一个穷小子，哪里拿得出彩礼？唉，好好一个心上人，没啦！真是想，像心头涂了一层苦药，也不疼，就是苦苦的，年头越久越苦。总之，还是那句话，两人瞅对心思了，就别黏糊，省得将来后悔。

七

当天夜里，师部收到上级电报，第五次战役作战已经结束，迅速向北移至"三八线"附近某地集结。同时，应留下阻击力量，确保主力部队的安全。

此时，树生正在师防御纵深最南端的一个高地上。高地之下，有条公路蜿蜒而过，再向南，就是美军的前沿阵地。连长、指导员跟随着营长去团部受领命令去了。树生远远望着美军的战线，卡车灯一直在动，探照灯像能戳破夜空的粗棍子，比平时多，也比平时亮，来来回回地摇动。一般来说，美军在防御的状态下，探照灯多是向阵地附近的天空中照射，角度垂直。而今晚，探照灯却一直向北方晃，时不时把夜幕中的山峰撩上一下。每隔一小会儿，天空中会亮起信号弹，贴着群山山顶，悠远地传来几声轰响。

半山腰，炮队的战士把一匹匹骡马从大车上解下来，搂着它们的脖子流泪，然后使劲拍拍它们的屁股，把它们往林子深处赶。这些牲口愣愣地不肯走，一个战士便牵着其中领头的一匹，远远地带走，其他的骡马也嘶叫着跟着走了。看到这一幕，树生知道，部队肯定是要撤退了。一般来说，这个时候是要杀掉骡马，毁掉大车和山炮，但战士们下不去手，便把它们悄悄放掉了。有一匹红色的马不声不响地走到高地上，站在战壕边的一棵树下静静地看着树生。树生认识它，全团的战士也都认识它。它驮过很多伤员，也帮着无数体弱的士兵驮过枪和背包，没有它，很多人都活不到今天。树生走过去，从粮食袋里掏出一块炒面疙瘩，喂到它的嘴里，对它说，快走吧，这里要打大仗了。朝没有枪炮声的地方去，找一户人家，在那里过下半辈子吧。那匹红马眨了眨又大又亮的眼睛，像是听明白了，转身消失在树林里。

后半夜，连长带回了两个步兵排，一个机枪排，加上在山谷阻击美军时剩下的三十多个人，组成了一个加强连。上级命令九连坚守高地两天，堵住公路，之后可以自行撤离。连长安排好各个班排的火力点之后，天就亮了。在淡白色的黎明光线照射下，公路上腾起尘土，传来坦克发动机沉闷的嘶叫声。仔细观察，这支千把人的美军队伍没有徒步走路的步兵，先头是坦克，之后有摩托、卡车，行军速度非常快。前锋还没到树生所在的高地，轰炸机就已经往这里投下了炸弹。后来树生才知道，这是美军专门为了追击志愿军队伍而组建的快速特遣队。志愿军的攻势结束后，大多弹尽粮绝，非常脆弱。此时，敌军的快速特遣队就最先发起攻击，以切断志愿军归路。

阻击战打了一个上午。这支美军的快速特遣队退走了。又来了一支南朝鲜军队，攻击了一个下午，傍晚时分，阵地仍然在志愿军手中。出人意料的是，这一夜异常的安静。树生分辨着方圆几十里上百里的枪炮声。西面依然激烈，北面的爆炸声越来越远，东面已经完全寂静下来。北方的夜空里有白光一闪一闪，像只沸腾的油锅。起初，闪光很急，天快亮时，就稀落下来，以至于连爆炸声也完全听不到了。树生猜想，那支美军部队肯定已经换了条路线，向北远远地插过去了。

仗又打了一天。晚上，连长把树生叫过去，说，指导员牺牲了，干部只剩下咱们俩。上级让守两天，时间到了。况且，美军的追击队伍早从这里绕过去了，再守下去也没啥意义。现在，咱们是一支孤军悬在敌人后方。我看，应该考虑怎么突围出去。你同意吗？树生点点头。连长又说，我数了一下，手脚利索的还剩下三十多个人。我，你，还有你们班的大老张，组成党支部。我还是连长，指导员没了，你平时学习文化最积极，连里文化水平数你最高，大道理小道理讲得也明白，大家都服气，你来当指导员。树生想说什么。连长打断了他，道，这个时候不要推辞了，谁都知道不是个好干的活儿。

树生把大老张叫过来，三人蹲成一个圈。连长说，要撤咱就快点撤。我主张不马上向北走，而是先向西，那里有枪炮声，说明有咱们的队伍，很可能是友军留下的阻击部队。和他们会合之后，再一起向北走。大老张问，伤员怎么办？连长说，轻伤的跟着走，重伤的背着，牺牲的埋了。从现在起，咱们要变成游击队，在敌人后方打游击战。这个都懂吧？

树生从指导员挎包里找出沾了血的花名册，把牺牲的、受伤的士兵的名字标记出来，然后塞进自己的挎包里。大家把牺牲战友的弹药带和粮食袋解下来，大多只剩下一两发子弹或几把树叶。然后，把他们的遗体一层一层码进战壕里，鞠三个躬，填上土，压上一块石头。后半夜，连长带领着小分队下山，避开公路，悄悄向西而去。

在山里辗转了两天，疲惫不堪，没有粮食，重伤员差不多都已牺牲，埋在了山里。树生的挎包里又多了一些家信和照片。黎明时，一条公路展现在眼前，静悄悄的，路面上飘浮着稀薄的雾气。小分队来到山脚下，看见公路两侧丢弃着无数背包、枪支、鞋子、罐头、迫击炮管等物资，倒着许多战友的遗体。路边的沟里，有翻掉的大车和死去的骡马。向公路两头望去，路上的遗体和物资绵延几里地，一眼看不到头。在山脚下的丛林里，还有不少伤员坐在树下，不过都已经牺牲了。大家躲在树后，不时有过往的敌人坦克、卡车经过，把遗体压得残缺不全。树生在牺牲战友的衣兜里找到了几个笔记本和日记本，察明他们正是友邻一个军的阻击部队。他发现这些战友也和自己一样，身上大多没有一发子弹，没有一粒粮食。

小分队赶忙回到了半山腰的树林里。连长观察了一些时候，对树生说，这里刚打过仗，我瞅着美军控制得还不紧，公路两侧的制高点上都没有哨。要不，咱们就不翻山越岭了，实在太疲劳，没有粮食，还带着伤员。他用刺刀撬开一听美军糖水罐头，用炮弹壳打成的勺子喂给坐在旁边的一名伤员。他说，这是受领任务时团长给我的，一直没舍得吃。说完，他自己也吮了下勺子，骂道，真他娘的甜。他又给伤员喂了一口，继续说道，从现在起，咱们沿着公路走，白天在林子里休息，晚上摸着路边前进，美军车队来了，就躲进山里。

第二天晚上走了一整夜，也没发现友邻部队，看来他们是走远了。小分队行进到一处山坳，里面有大火烧过的余烬，在夜色中红彤彤的。离得很远，就闻得到一阵一阵粮食、油料、布料烧焦的味道。向火场处摸过去，看来这里曾经是一处临时的物资仓库。小分队队员掰下树枝，从灰烬中翻拣能吃的东西，很幸运地找到了未烤糊的炒面、鞋子，还有几玻璃瓶豆油。

树生在几步远的一棵松树下发现了只医药箱，打开一看，竟然有消毒药水、消炎药和维生素药片，用纸袋装着，码得整整齐齐，写着药品的名字。他一抬头，又看见树林中间似乎有间黑洞洞的木板棚，便端起枪，慢慢向那里走过去。里面没有声音，但迎面扑来一股强烈的恶臭。他点燃松枝，向木板棚里走进去，看到棚子里搭着长长的地铺。地铺上一个挨一个紧贴着躺着差不多有两百名伤员，有的头上缠着绷带，有的胳膊上缠着绷带。不过，他们都死了。凑到近处看，每个人身上都有数个枪眼，渗出一大片血迹。显然，他们是躺在地铺上，被机枪扫射打死的。走到木板棚尽头，有另一道门，通向山脚下。门外十几米处的松树下，倒着两名赤裸着身体的女人，大概是包扎所的医生或护士，也已经死了。她们的身上丢着军棉袄，草草盖着身体。大家都跑过来看，连长扫了一眼，转过身，吐了口唾沫，冷冷地说道，以后抓到鬼子，不管是美国鬼子还是南朝鲜鬼子，抓一个杀一个！

向北渡江时，小分队找了一个很荒凉的地方。也可能因为这里已经成了后方，敌人没什么警戒。有人在江边捡到一捆美军丢下的电话线。一个水性好的战士先过江，将电话线两根合成一股，绑在岸边的大石头上，后面的队员，还有伤员，一次只过一个，最后都很顺利地过来了。

树生仍旧是将棉裤缠在脖子上，将枪举过头顶，光脚踩在滑溜溜的江底石头上。江还是那条江，只不过十多天前向南强渡时，江面上炮火连天，而现在，除了水浪的哗哗声，一片寂静。月亮正在头顶，把每片浪花都洒上了银光，江面上竟然亮得刺眼，恍若白昼。江水清澈见底，看得见自己的脚和逆水而游的鱼。

在连长的带领下，小分队顺利过江，又沿着公路走了一个晚上，来到一处山口。在这里，小分队第一次见到了友邻部队。山口朝东，正对着南北走向的公路。山口后面是一座海拔一千多米的山峰。后来听友邻部队的战友们讲，这座山叫鹰峰山。山峰和周围几座稍矮些的山顶上都已经被敌人占领，探照灯光柱又粗又亮，把群山和公路照得纤毫毕现，哪怕是一只蚂蚁，也绝对逃不出敌人的视线。在不断扫过的光柱下，能看到路面上有炸毁的坦克，有爆炸后留下的大坑，有牺牲的志愿军战士遗体。可以断定，这里刚刚发生过激烈的战斗。

树生躲在一棵树后面，倾听着远方的枪炮声。那声音似乎在慢慢移动，向西北方向远去。这时，山顶上敌人的探照灯一晃，照在了前方的公路上。有一支大约四五十人的志愿军小队伍刚刚从山口中出来，便暴露在灯光下。紧接着，公路两侧的机枪响起，山顶上的大炮也向这里射击。更让人惊骇的是从黑暗中冲出来八九辆坦克，一边扫射，一边径直向人群碾压过去。从前方传来惨叫声，不光有男人，竟然还有女人，声音毛骨悚然，大概队伍里有后勤或医务人员。片刻，这四五十人便被打死在公路边上，没有人再动弹一下……

八

看来，公路不能再走了。连长把人收拢在一起，离开公路，悄悄钻进山里，打算再次翻山向我军战线靠近。翻过山顶下到谷底，可以看到山口那边通亮，探照灯如同剪刀一般来回地闪。山谷里黑漆漆的，但有浓烈的硝烟味和血腥味。快到谷底时，借着远处的灯光，可以看到有大片大片的松树被炸倒，留着直径十几米的大弹坑，坑里还缓缓地冒着烫人的热气。朝松树上细细望去，上面挂着人的肢体、内脏、皮带和碎布片。脚下的泥土黏稠湿滑，鞋子陷进去需要很大力气才拔得出来，还时时从脚上脱落。清理鞋子上的淤泥时，那泥水竟然是红色的，一滴一滴往下掉。树下、草丛里，还有踩出来的小路上到处是尸体，软乎乎、滑溜溜的，很容易被绊倒。一不小心踩到了，哧的一下就滑倒在泥水里。每隔一会儿，山谷上空就会落下几枚照亮弹，并且从周围的山顶上胡乱打过几发炮弹。

有人在树林深处犹犹豫豫地叫了一声，能不能带上俺们一起走？树生走进林子，看到树下坐着二三十个伤员，三五一群地靠在一起。连长走过去，问，你们这是怎么了，为什么还不走？有人答，我们是奉命留下来的阻击部队。任务完成后走到这里，被敌人包围了。有小股队伍零散地突围出去，我们这些伤员走不动了。

连长说，能站起来的就跟我们一起走吧，有我们一口吃的，就有你们一口吃的。伤员呻吟着站起来，有的相互扶着，有的挂着树枝，慢慢向前走。连长又朝林子里望了望，有五六个人坐在黑影里不动弹，便大声问，你们不想走吗？有人回答，都六七天没吃东西了，走不动啦！连长生气地说，美国兵马上就要进来搜山啦！想当俘虏吗？那五六个人不吱声，许久才有一个人问，李大棉裤，咱们都是一块儿过来的，你说咱们跟不跟着一起走？叫李大棉裤的人说道，自己的队伍，哪能不跟着走呢？于是，那五六个人站起来，跟在队伍尾部。树生冷眼看过去，这几个人走路慢吞吞的，但不像有伤的样子。

走出几步，身后有重伤员说道，给俺留一颗手榴弹吧。连长叹了口气，走回去，蹲在那人面前，说，真对不住，手榴弹是没有了。我这有一发子弹，是留给自己的，给你吧！说罢，他把子弹放在那人手中，又把他的手掌慢慢合上。停了一下，连长想把那枚子弹抠出来，犹豫着说道，要不，你就那啥了吧，这不怪你……那只手掌立即紧紧握住了。

在大山里又钻了几个昼夜。敌人的封锁倒不严重，每个山头上有大约一两个班兵力的机枪工事，有时夜晚还亮着灯。只要敌人不搜山，深山密林里差不多就像一片海洋那样安全。大家倾听着炮火声，发现轰轰隆隆的声音不再向西北移动，而是僵持在几道山梁之外。这说明战线稳定住了。要想找到老部队，就得想办法穿过敌人的前沿阵地，回到我方防线里去。

最难挨的是饥饿。一个一百多米高的山坡，平时一口气就能上去。现在，眼睁睁地爬一步，往下滑两步，四肢趴在泥水里，就是抬不起来。伤员就更难了，有好几个坐在树下一声不吭地死了。脸、脖子和四肢肿胀得像灌进了水一样，皮肤透明发亮，一按一个大坑。还有几个饥不择食，吃了有毒的蘑菇，发了一夜高烧死了。连长把骨干找过去，说，这样下去咱们都得饿死在山里头，看来，得主动出去找吃的了。

大家分头观察，没发现这一带有村子，但在对面山腰上发现了一个敌人用来囤积物资的隐蔽所。那里只有三五个人在活动，离山顶的机枪工事有几十米远。那三五个人警惕性也不高，时常把半截身子露出战壕外，活动腿脚，有时还单身一人下到谷底打水。于是，连长决定今天晚上偷袭这个物资隐蔽所。半夜里，清点了一下人数，小分队五十多个人，战斗兵只有十多个人，把所有子弹集中起来，战斗兵每人只有五发子弹。听说要抢敌人的物资，每个人病恹恹的身体竟然又有了力气。就像匹老马，只要不口吐白沫死掉，就总能挤出些气力把车往前拉几步。

战斗兵都摇摇晃晃地站了起来，李大棉裤也站了起来，可跟着他一起来的那几个兵却没站起来。连长冷冷地说，你们怎么啦？站起来！那几个兵说，实在是站不起来了。你要是能给我一口吃的，你指到哪儿，我就打到哪儿。连长吼道，你们他娘了个×的说的是什么话？有你们这么说话的么？他的手在五一式手枪把上捏了捏，又松开了。想了想，连长愤怒又无奈地一转身，冷笑了一下，挥着手说，个狗日的，咱们走！

偷袭得很顺利。一个十五六岁的南朝鲜士兵被打晕后拖下山。先把隐蔽所外面的电话线砸断，里面还有四个南朝鲜老兵在睡觉，都被战斗兵用刺刀和木桩子给打死了。树生背了两支卡宾枪，抓了四五颗手雷。隐蔽所角落里有只麻袋，全是罐头，也一下子甩到背上，然后急急忙忙往外跑。下山时有人踢翻了南朝鲜士兵放在草丛里的空罐头盒，山顶上的机枪响了，还有人在大喊，但没有人冲下来。在黑夜里，敌人也很害怕。树生趴在草丛里，机枪子弹胡乱地在头顶身前身后飞，有几发打到了背上的罐头上，不一会儿，就有液体流到了身上，黏糊糊的。

　　小分队每个人都分到了吃的。大老张本是不主张把食物分给那几个不想站起来的兵的，连长对他摇了摇头。树生撕开一只纸盒装的单兵军粮，吃光了饼干和巧克力。那包咖啡粉虽然很苦，但既然美军能吃，谅也不会有毒，于是嚼了几口便生生咽进肚子里去了。

　　这时，连长靠在一块石头下，对树生招了招手。树生爬过去，见连长什么也没吃，有点奇怪。连长说，这回抓的南朝鲜小兵说，西北面那条山梁就是美军战线的最前沿，翻过去，就是咱们的阵地了。明天白天好好休养一下，晚上找个空当插过去，是死是活就这一下子啦！

　　树生觉得连长和平时说话不一样，有点有气无力的。连长又说，那几个兵，你要注意。他们是从国民党军队过来的，和美国兵穿过一样的衣服，平时看不出来，到了现在生死关头，不能不防。虽说干部对兵要一视同仁，不分过去是八路还是国军，可这一带都是美军，枪一响，队伍一乱，想跑过去真是太容易了。这还是好的，在后面打你黑枪也不是不可能。给你提个醒！

　　连长说，在战场上，冲锋号一响，就得向前冲，哪有说站不起来的？这事，有第一回，没有第二回。再有这事，你就得狠下心，崩了几个龟儿子。

　　树生着急地问，连长，你这是怎么啦？你是受伤了吗？连长说，给我开一盒糖水罐头。树生连忙从麻袋中找来一盒，撬开，递给连长。连长从腰间摸出自己那把用炮弹壳打成的勺子，吃了几块，又喝了几口糖水，放下，说，真甜啊！

　　连长揭开棉袄，说，我可能不行了，这回是把肚子打破了。树生凑过去，啥也看不见，用手去摸，连长的肚子上稀滑滑的全是血，还有流出来的一团肠子。树生忙去找急救包，大老张那里还有一个。树生把纱布按在连长的肚子上，脱下棉袄，撕下大襟和袖子，拦腰把他的肚子缠了起来。可一点也不管用，不一会儿，只觉得连长的身子下面积起了一摊血。

连长费力地说，别忙活了。能喝着糖水死，也值了。我想，将来人们都过上好日子，那也不过是能整天喝上糖水。我呢，算是提前过上好日子了。

连长接着说，我一点都不难受。咱们这种人，早就该死一千回了，能活到现在，也不亏。我死以后，你要当好指导员，把大家都带回去……

连长断断续续说了一会儿，便不再言语了。

树生坐在连长对面，默默地想了许久。他不仅想到了眼前的连长，还想到了在东北时，带着他在敌后打游击的那个连长。真是意想不到，两个连长是那么像。那一回，自己还是个孩子，现在，自己手里将掌握着一个小分队五十多个人的命运。他把连长的手枪从草丛里拿起来，检查了一下子弹，竟然是空枪。他把手枪塞回枪套，系在腰间，猛地站起身，对大家说，集合起来，咱们开个会！

队员们过来之前，树生一个人站在松树下，面朝树干。他忐忑不安，不知自己将要说的话会有什么后果。他想起了东北的老连长在给大家说话时的样子，脚趾也不由自主地缩起来。他的小腿肚子还在暗暗打抖。

人都坐成一圈，树生觉得自己再无退路，整理了一下手枪皮带，站在众人面前说道，连长牺牲了，现在，我是指导员！

说完，树生的脚趾一下子放开了。他放心了，终于把该说的话说出了口。他转身指着北面的山梁，接着说，那边就是敌人的前沿阵地，明天晚上，咱们就翻过去。一会儿，各班长留下来，研究一下穿插的路线。

他放松了一下胸膛，接着说，这里是前沿，所以，我们等于是穿插到敌人的阵地中，从他们的眼皮底下过去。有两种结果，或者穿插过去，或者被敌人打死。

树生缓了下语气，慢慢说，还有一种结果，那就是有人扔掉枪，举起手，跑到敌人阵地里去！

树生说，我在东北野战军当班长的时候，班里有不少从国民党军队过来的同志。我从来都是一视同仁，把所有人当作亲兄弟爱护。共产党没有亏待过来的同志，一直当自己人一样对待，只要好好干，立功、入党、当骨干一样不会落下，所有进步的路都是通着的。现在，班长、排长、连长都有当上的了。

树生又说，过去，从国民党的军队到共产党的军队中来，不丢人，因为毕竟大家还都是中国人。可你现在要是投敌了，你可就不把自己当中国人啦！还有的人可能会琢磨着，投敌了，还可以去台湾找自己的老部队。可你问问自己的良心，为什么早不动这样的念头，这个时候才动这样的念头？要我说，你这是在给自己脸上贴金，你就是个孬种！

树生说完，那五六个人当中有人在冷笑。有个人说，指导员，我觉得你话里话外都在敲打我们这些从那边过来的兵。你讲的都是大道理，可我要说，突围的时候弹尽粮绝了。那个时候有投降的，但投降的可不都是我们这样从那边过来人！我们这几个弟兄都在湖南打过日本鬼子，生生死死多少回了，不是孬种，只是觉得活下来不容易。

那个人接着说，我倒是要问问你，在这种情况下，留下来打阻击的那不就是个死吗？十天十夜没饭吃还要打仗，难道那身体不是肉长的么？你是长官，我跟你要口饭吃，有什么错？

这人正是和李大棉裤一起加入小分队的兵。大老张和几个战斗兵缓缓站起来，拔出刺刀，把他围起来。他一点也不害怕，仍旧挺着腰板坐着。

树生说道，我回答你，但你可能不相信，共产党的兵从来不问这两个问题。如果我们问了，共产党的军队就没有今天！

树生把大老张和几个战斗兵推开，手搭在这人的肩上，使劲往下一按，道，不要以为只有自己是从死人堆里爬出来的。我跟你说的都是掏心窝子的话，每个字都用血洗过。你如果相信我，就好好琢磨琢磨。

经过第二天一个白天的观察，最终确定了两条穿插路线。树生带一组，大老张带一组。从敌人的物资隐蔽所背回来四支全自动卡宾枪，一个小组两支。还有十来支自己的步枪，每支步枪三五发子弹。树生问李大棉裤，你们几个是一起走，还是分在两组走？李大棉裤回头看了看，几个人都说，要活一起活，要死死一块。树生点点头，说，那你们几个就跟着我吧。

摸到山口时，大老张那边有人踏响了地雷，接着响起机枪声。树生一压手臂，所有人都躲进了草丛里。很快，有一小队美国兵沿着小路，向枪响地方跑过去。树生钻出树丛，带着队伍继续向前走。透过树叶的缝隙，看见山下有条很浅的小河，银光闪闪，有一块一块黑色的大石头立在河边。一只乌鸦停在石头上，哇哇地叫，穿过河谷传出老远。

下到半山腰，眼前是一片开阔地。树生知道，从这片开阔地开始到河对岸，就是敌人的封锁区，也是死亡之地。冲过去就冲过去了，冲不过去也没有回头路可走。他把一组人又分成了三个小组，每个小组六七个人，沿着三条路线，从三个地点过河。这样，可以分散敌人的注意力，也不至于所有人都让炮火给揾在阵地上。

春天里新长出来的草尖刮着树生的脸。有个红色的瓢虫趴在上面，在月光下展开壳子，张开透明的翅膀，跃跃欲飞。树生观察到前方不远处，有两个敌人的机枪暗堡，里面有美国兵在低头坐着，估计没想到身后会有人，而且摸到了这么近的地方。树生爬到李大棉裤身旁，给了他一颗手雷，示意他和自己一人负责炸一个暗堡。他又爬到昨晚和他争吵的那个兵身旁，告诉他，暗堡前方的开阔地里一般会有地雷，现在，悄悄爬过去，想办法把有地雷的地方标记出来。

等了大约十分钟，没有出意外。树生对李大棉裤点点头，分别向两个机枪暗堡爬过去。朝里面扔了一颗手雷之后，树生又对着烟雾打了两个点射。然后，他并没有马上走，而是向周围的黑暗里望过去，看还有没有其他敌人。李大棉裤那边的手雷也响了。小组的其他人冲过雷区，有人趴在铁丝网上，让后面的人踩着后背翻过去，过去的人再把他从铁丝网上拽下来。

差不多只有十几秒的工夫，树生带着小组来到河中央。天空亮起了照亮弹，身后高地上的大大小小机枪碉堡开始扫射，还有炮弹落在水中。河水很浅，没有爆炸激起的水花，碎石飞溅，比弹片还锋利。树生一口气冲进了河对岸的树林里，在一棵大树下喘了几口粗气，不敢停歇，又拼尽力气爬到了半山腰。他一脚踩空，掉到了一条战壕里。有几个战士从黑暗里扑出来，一下子把他按在了地上。树生终于安心了，心里在大声地欢笑，却精疲力竭，一句话也说不出来。他沉默了好一会儿，才张口道，我们是某某军某某师留下来打阻击的，刚刚突围出来。

前沿阵地安静下来。数了数，树生这个组突围出来十九个人，而大老张那个组则一个也没有。树生想想，受领阻击任务时一个加强连，现在回来的，就只有这些人了，其中还包括友邻部队后来加入的士兵。天亮时，他看到了那个和他争吵的兵，坐在坑里，垂着头，搓着手指头上的泥土。昨晚，这个兵过火线时一直背着一个腿被炸断的战友，摔倒了几次，每次都把战友重新背好，才继续向前跑。树生坐到他身边，问，你叫什么名字？这个兵盯着树生看，树生也瞅着他的眼睛，许久，双方的眼神慢慢被信任填满。他说，我叫二六，一二的二，一二三四五六的六。我家那地方穷，名字随便起。树生嗯了一声。

九

就在树生和小分队突围之时，他们师接到了上级的紧急命令，要求该师迅速在铁原—金化—平康"铁三角"地区以南某处山峰建立防御阵地，阻止美军继续北进。"铁三角"地区是朝鲜中部咽喉，守住这个咽喉，朝鲜战局从此将稳定在三八线上，守不住，东西两线兵团就会被分割。更严重的是，"铁三角"东南狭长地带，此刻还有志愿军和人民军约二十万人。咽喉一失，东线兵团这二十万人北归的道路便会被堵死。

师长把王大心找了过去，说，咱们师入朝时一万人，现在数量减半。而朝着我们来的，是加拿大旅、美25师、美3师、南朝鲜9师，后面还跟着美7师、美24师、美空降187团。他们是瞅准了咱们身后这块地方啦！千钧一发呀！

师长说，现在，你下到团里去，主要任务是和我这里保持联络，随时把前线真实的情况报告给我，让我心里有数。

王大心点点头，转身向外走。师长叫住他，说，你要去的那个团是防御第一梯队，很可能会打光，多注意安全。记住，咱当兵的命不分三六九等，但你的职责不是参加战斗，而是向我汇报前线的形势。

夜里，王大心和两个护送他的战士沿着公路南行。迎面而来的，是北归的部队。哪个兵团的都有，各支部队拥挤在公路上，有人在招呼着自己的兵，有人在为争路而吵架，有人在边走边开会，有人跑到路边拉屎撒尿，路边散落着一只只鞋子。路中间的卡车、炮车一下接一下地按着喇叭，拉大车的骡马打着响鼻，赶车的车夫焦急地大喊大叫。路上的尘土呛人，空气中飘浮着浓烈的汗臭味儿，夜色中传来此起彼伏的脚掌踏在路面上的噼噼啪啪声，像大海中的波涛。

不久，王大心到达团部，见到马团长和政委。该团所要把守的是两座山峰，一条由南向北的公路从中间穿过，然后分成两条，分别通向"铁三角"的两个前角。两座山峰以北，还有两座高地，盘山公路在高地之下蜿蜒而过。

这里的山和国内的山不太一样。很多高地的标高只有几百米，且从半山腰到山下有很长很开阔的缓坡。缓坡上只有灌木，没有大树。坦克可以在步兵的协同下，开到离主峰很近的地方。这些开阔的缓坡仿佛上天在人间铺下的绿色毯子，平坦之中微带起伏。若不是打仗，你简直会觉得，你可以凭借双腿径直走到山顶。

天色微明，王大心爬到了主峰之上。东方乌蓝色的天空缓缓泛白，并且微微有了浅红色。黑色的大地扁扁的，通向天际。虽已是五月末，但山风依然冰冷，吹得人一个激灵，一时间不知身在何处。山下的公路上，泥石流一样的行军队伍喧哗吵闹，缓缓前行。向南望去，远处有炮声和火光，那是阻击部队在与敌人战斗。若不是他们，鲜朝半岛上并不大的纵深，摩托化的敌人随时都可以杀到这里。

王大心能想到，军师首长，乃至志愿军首长此时此刻该是多么心急如焚！

两天之后，一个美军师首先赶到，并且发动了进攻。绿色的山岭上腾起一团团黑烟。遍布着星星点点野花的草地被炸出直径十几米的黑色深坑，鲜嫩的野花野草在上千度的高温中被烤焦，变成灰烬，孕育着生机的潮湿黄土成为焦土，冒出黑色的浓烟。炮火越来越密集，白天在山峰上看到的美景荡然无存，充满着诗情画意的鲜绿色地毯被黑漆漆的火光和硝烟所罩照。烈火和黑雾形成了一个巨大的罩子，把山峰遮了起来。大地群山那生气勃勃的身躯，像一只落入陷阱的野兽，被无情地砍杀。人间的春天，似乎转眼间就成了炼狱。

美军的步兵跟在坦克后面，密密麻麻地向山上而来。坦克一直开到半山腰，抬起炮管，向防御工事射击。战士们缺少重武器，手头只有迫击炮，有的连炮座都没了，情急之下只能用手扶着，夹在两腿间发射。手榴弹成了最有效的武器，把敌人放到四五十米距离以内，投到他们密集的进攻队形里，一枚就能撂倒好几个人。从下午开始，有的阵地就开始了肉搏战，从战壕里传来撕心裂肺的叫喊声。王大心从主峰看过去，能看到前沿阵地上的战士拿着刺刀、工兵铲、十字镐在和敌人厮杀。僵持了许久，增援小分队到了，才把敌人打退。有一支百人的敌人队伍竟然冲到了山脊背后的团指挥部所在地，团长打电话叫一个连的预备队从侧后杀过去，才解了围。

王大心的身边是师敌工科的见习员，四川入伍的大学生，姓韩，会英语，现在正对着高音喇叭的话筒念着英文稿子。他念的啥，王大心听不懂。但敌人肯定是非常恨这个大喇叭，炮弹一个劲儿地往这里落。念上十分钟八分钟，喇叭的电线就会被炸断。有两个战士专门负责维护电线，此时，就会钻出掩体，把炸成一截一截的电线找到并且接上。趁着这一会儿，小韩和王大心并肩坐在土墙下。他对王大心说，你听，他们也在对咱们广播，那边有台湾派过来的政治作战人员。如果是南朝鲜的人广播，会说"中国的士兵们"，而台湾来的人则会喊"共军的士兵们"。

片刻，接线的战士回来了，有一个胳膊给炸伤了。小韩连忙掏出急救包，给他止住血。然后，他掏出稿子，翻到新的一页，口齿清晰地念起来。炮弹在附近连续爆炸，什么也听不见。小韩蹲在坑道下方，上身紧缩着，头上身上薄薄的一层土，但嘴却贴在话筒上，一直在动。

傍晚时分，美国兵用树枝挑着白布条，在阵地下晃来晃去。没有任何命令，阵地上的士兵们端着枪，手里握着手榴弹，死死盯着山下。不久，敌人缓缓从坦克后面走出来，走到阵地中央，把伤员和死者的尸体拖回去。有的来到战壕前十几米外，低着头，垂着脸，也不敢朝这边看，小心翼翼地拽着尸体的胳膊或腿，慢慢地往山下走。有个美国兵用一只手晃着白布条，竟然走到战壕前。战士们举枪盯着他，他也试探地望着战士们，谁也没有动，仿佛对方不存在一样。等了一会儿，那个美国兵壮着胆子迈进战壕，把自己人的尸体推了出去。又过来几个他的战友，把战壕里弄出来的尸体运走了。临走时，似乎是在不经意间，从美国兵兜里掉落下一包纸烟，烟盒上印了只骆驼。

入夜，美军停止了进攻。他们用坦克、卡车、摩托车围成一个大圈，在圈里搭起帐篷宿营，在圈外拉上铁丝网，埋下地雷。这种防御圈很坚固，通常被包围之后也能坚守很长时间，一直等到援兵到来。

王大心再一次从主峰下来，把各阵地走了一遍，记录下各连队的伤亡情况。他和师长通了一次电话，把看到的情况作了汇报。他说，攻坚之前，美军炮火的猛烈程度是在国内从未经历过的。朝鲜的山多是土山，且坡度较缓，在表面挖出的战壕和隐蔽所经不起炮轰。前一夜挖出一人多深的战壕，炮轰过后很快就被填满或炸塌，变成松软的黄土，半个身子都藏不住。

王大心说，所以，前线伤亡很大，一个连队守一个阵地，一天就打得差不多了。照这个速度，一个团三天之内必然打光！师长听后，叹了口气，低声说，咱们身前身后左左右右还有几十万弹尽粮绝的部队呢！这两座山要是丢了，那可是把豺狼放进羊群啦！

师长又说，上级发给咱们师的电报是，没有命令，不准撤退，哪怕打到最后一兵一卒！军长对我说，魏大骡子，我告诉你，这道关口要是没守住，你可不好回来见我呀！他是咬着牙对我说的，咔嚓咔嚓磨牙的声音我都听得见，听得我胆发寒。多少年了，从没见军长这么对我讲过话哟！

王大心与师长通过电话，准备回主峰阵地。马团长让王大心晚上就睡在团部，以便与师部联系。王大心拒绝了，说，山上也有电话，明天天一亮，仗打起来，反倒不好上去了。

去主峰的路上，月光很亮，地面洒满银辉，一个山峰接着另一个山峰，远远近近朦朦胧胧，仿佛银海上的小岛。王大心路过一个隐蔽所。这个隐蔽所是从徒坡上向下挖两米，上面用圆木支撑，盖上厚土，留下出入口和机枪射口。经过一天的炮火没有塌，还比较坚固。里面有人在低声哼着歌：

资州有个上河坝，
铁匠妹儿美如花。
泸州有个蓝田坝。

最好吃是猪儿粑。

合江荔枝圆又大，

豆花水粉麻又辣。

一个人唱完，另一个接着唱：

月亮走，我也走，

我跟月亮打烧酒。

烧酒辣，卖黄蜡；

黄蜡苦，卖豆腐；

豆腐薄，卖菱角；

菱角尖，尖上天。

天又高，好耍刀；

刀又快，好切菜；

菜又青，好点灯；

灯又亮，好算账；

一算算到大天亮。

月光之下，歌声异常真切。王大心忍不住停下脚步，细听了一会儿，他决定留在这个隐蔽所里。从入口钻进去，隐约看见里面坐了十多个战士。王大心做了自我介绍，但没人吭声。王大心笑着说，今晚没地方去了，让我在你们这儿歇歇脚吧，谢谢啦！有个声音说，首长你就坐在最里面吧，那里有条狗皮褥子，隔潮，省得明早起来腰疼。

王大心向里面爬过去，左侧是战士，借着月光可以看到一半都有伤。战士脚前有尺把宽的空地，放着弹药箱、背包和其他一些东西。爬了几步，手掌和膝盖下面撑到了软软的东西。他明白了，这是牺牲战士的遗体。他继续爬，在最里面坐下。这时，又有人唱起歌：

> 大月亮、小月亮，
> 哥哥起来学木匠。
> 嫂嫂起来打鞋底，
> 婆婆起来舂糯米。
> 糯米舂得喷喷香，
> 敲锣打鼓接婆娘，
> 婆娘下河点高粱。

　　最里面坐着两个人，中间有一个空位。王大心就坐在这里，扭了扭腰身，一下子不累了。这时，最里面的那个头一垂，靠在他的肩上，身体软软的。王大心也没在意，入神地看着战士在唱歌。另一侧的战士转过头，小声对王大心说，你旁边的那个是下午牺牲的，你要是觉得挤，把他放平也行。王大心猛地转过头，细细看了一下靠在自己肩上的脸，心在剧烈地跳。

　　王大心没说话，也没动弹一下。他知道，所有的不自然都是对这里的人，无论是活人，还是死人的不尊敬。片刻之后，他镇静下来，小声说，没关系，挺好的，大家不都这么坐着呢吗？说完，王大心长吐了一口气，把身体的重量慢慢靠在了牺牲战士的遗体上，把头枕在了死者的额头上。他心里涌起一阵感激之情，觉得自己到现在还活着，是因为身边牺牲的战士替自己死了。在遗体的怀里，他彻底放松下来，轻轻地闭上眼睛。原来，他觉得自己像大海上的一叶小舟，可现在，却觉得躺在了一块巨大而安稳的基石上，再也不担心无依无靠，再也不担心天崩地裂。

　　想着想着，在其他战士的歌声里，王大心难得的迷迷糊糊睡着了，一直到东方泛红。

十

　　第二天夜里，王大心坐在主峰隐蔽所的角落里。他用被子把周围遮住，只留下很小的空间，然后点上蜡烛，在笔记本上记下白天在阵地上看到的情况。守卫阵地的连队伤亡人数大得惊人，大多只剩下二三十名战士，有的只有几名战士。王大心把一个个数字画上圈，标记上日期，再写上新的数字。写了片刻，他闭上眼睛，眼光似乎穿过厚厚的土墙，一下子看到了茫茫的夜空。数字可以勾掉，也可以重写，但每个数字后面，都是一个个曾经活蹦乱跳的士兵。如果意识到了这一点，你就会发现，更改每个数字都是如此的难以下笔。

　　突然，从棉被下方骨碌进来一个东西，王大心一下子跳了起来，准备冲到外面去，心想难道美军也敢夜里来摸阵地了么？仔细看去，却是块黄土疙瘩。外面有人在低声笑，像是用手把嘴捂住了。王大心心中一慌，愣愣地站在那儿。果然，又从棉被下方滚进来一块黄土疙瘩。王大心的脸一下子胀红了，忙用手压了压朝天支楞着的头发，悄悄坐下，装作在看笔记本。第三块黄土疙瘩给扔进来的时候，棉裤也给撩了起来。英子站在王大心眼前，大声说，你这个坏蛋，为什么总躲着不见我？

　　英子的脸映在烛光里，嘴角轻轻翘起，笑得甜甜的，眼睛特别明亮。看多了战壕里布满血丝、疲惫不堪，或睡意蒙眬，或焦躁不安的眼睛之后，再看到这双亮晶晶甜丝丝的大眼睛，王大心觉得世界都变了个样子，刚才还乌云滚滚，现在却阳光明媚。一股暖意，像溪水流过干涸的河床一样，不可阻挡地流进了自己的心里。十七年前跟着大红军走了的那个小七毛，她的脸像个发光的水晶，时而清晰，时而模糊，牢牢地嵌在王大心的心头。总的来说，他已经无法纤毫毕现地回忆起那张在时间的河流里慢慢远去的脸。可当英子站在他面前时，那个当年在树丛里和他并肩而坐，轻轻叫他哥的小姑娘，又回来了。虽然模样变了，但她还是她。

英子的身后，站着两个英俊的男兵，一个肩上背着一只手风琴，另一个手里拿着一只黑管，想来也是文工队的队员。英子说，军里选了一批文工队员，编成几个小分队，派到前线来了。白天刚到师里，师长却不让他们到前沿阵地上来，只给师部的警卫通信连和运输连演了节目。

英子笑了，接着说，我不干了，去找师长。师长说，前方正在打恶仗，阵地都是反复易手，我把你个女兵派上去，被敌人抓去怎么办？我说，女兵不是兵啊？军里派我们来，就是上前线给战士们打气鼓劲儿的。师政委也同意我们上来，说，干革命嘛，哪有没危险的呀！师长想了想，松口了，说，奶奶的，穷棒子不能怕死，怕死可就没有翻身的机会喽！

英子说，但师长要我们天亮之前，必须从阵地下来。他说正巧你在阵地上，地形熟，让我们来找你。他还说，这下看你还往哪儿跑？你们这个师长，笑得可真够坏的。现在，别耽误时间了，你快领我们到战壕里面去吧。

王大心把三个人领到了昨夜睡过觉的那个隐蔽所。里面坐着七八个战士，正在擦枪，检查弹药。听王大心说明了来意，高兴得连忙往隐蔽所深处挤了又挤，让出最外面能坐两三个人的空地。英子充当独唱兼主持兼报幕。空地狭小，顶棚又矮，英子只能双膝跪在地上，低声说话。后面的两个男队员是单膝跪地，用胳膊肘撑住膝盖，用很小的音量演奏乐器。

其中一个男队员从小学过京剧，功底很深，听说是从别的兵团京剧队调过来的。他首先表演了《长坂坡》，当中赵云和糜夫人对白的那一段。他一个人唱两个人的角色：

赵　云：马来！

　　　　四面八方曹兵阵，

　　　　耳听墙内有妇人声，

　　　　催马向北来看定。

糜夫人：墙外可是四将军么？

赵　云：哎呀！

　　　　　　果然怀抱小主人。

　　　　　　主母不必啼哭，云在此！

糜夫人：子龙，我来问你，此时皇叔在否？

赵　云：在桥后柳林。

糜夫人：但不知何人跟随呢？

赵　云：翼德同行。

……

赵　云：主母不必悲痛，请骑战马，待云步战，杀出重围，
　　　　保定主母，去见主公要紧。

糜夫人：千万不可以我为念，速保此子去见他父，就是刘
　　　　氏的祖先，也感你的大恩。况且大将交锋，岂可
　　　　无马？

赵　云：主母啊！

　　　　千言万语不肯听，

曹兵杀来怎样行？

哎呀，主母啊！快些上马，那曹兵他——杀来了！

......

糜夫人：啊，将军，那旁曹兵来了！

赵　云：在哪里？

糜夫人：在那里。

赵　云：哎呀！

一见主母落了井，

哭坏常山将赵云，

推倒土墙遮掩井……

这个男队员唱过之后，隐蔽所里的战士顾不得伤痛，齐声叫好。尽管他的声音很低，但还是把附近战壕里的士兵吸引了过来，射击孔处多了三五个脑袋。英子道，我们带来了十个节目。下一个节目本是舞蹈，但这里一点空地都没有了，就换一下，给大家唱一首苏联歌曲，名字叫《喀秋莎》。她朝抱着手风琴的男队员点点头，手风琴声便低低响起。接着，一声纤细而又柔美的声音便在夜色中响起，仿佛闪着片片银光。听着这个声音，有那么一刻，你会忘了身边还有死亡、伤残、流血和剧痛。

正当梨花开遍了天涯，

河上飘起柔漫的轻纱，

喀秋莎站在峻峭的岸上，

歌声好像明媚的春光。

......

姑娘唱着美妙的歌曲，

她在歌唱草原的雄鹰，

她在歌唱心爱的人儿，

她还藏着爱人的书信。

……

守卫高地年轻的战士，

心中怀念遥远的姑娘，

勇敢战斗保卫祖国，

喀秋莎的爱情永远属于他。

唱了两段之后，战士们也跟着低声哼唱起来。英子也不停下来，和大家一起一遍接着一遍唱了下去。隐蔽所外聚集的战士越来越多，他们简直有些痴迷了，摇着脑袋，晃着手掌，边唱边流泪。王大心对他们说，大家别聚集在这儿，这样很危险。大家先回去，我们一条战壕，一条战壕地演，保证谁也不落下。可战士们仿佛没听见，仍然挤在这里不肯走。直到驻守在这个阵地上的营长来了，虎着声音说道，快回去！这么多人，一炮就都得给捂在这儿！急什么？放一百个心，咱们的仙女儿会和所有人见上面的，一个都少不了。快回去，快回去，再不走，炮弹可就来啦！

营长赶走了一些人，但还有几人躲到了隐蔽所另一头。他看见了，也不再管了。营长无奈地对英子说，你可不知道，你们能到阵地上来，咱们的兵有多高兴啊！

之后，他说不下去了，哽咽着连声道，谢谢啦！谢谢啦！

英子低着头，想了一会儿，但没再说什么。她接着唱了一首江苏民歌《鲜花调》：

好一朵鲜花，

好一朵鲜花，

有朝一日落在我家。

你若是不开放，

对着鲜花骂。

好一朵茉莉花，

好一朵茉莉花，

满园的花开赛不过她。

本待要采一朵戴，

又恐看花的骂。

　　除此之外，三个人还表演了大鼓《歌唱英雄大功连》、河南坠子《三练三防》、歌曲《阿里郎》《红旗飘扬在高地》等。他们还背上去了一些书，有《呐喊》《朝花夕拾》《家》《春》《秋》《子夜》《小二黑结婚》《太阳照在桑干河上》《日日夜夜》《青年近卫军》《铁流》《列宁格勒日记》，还有刊登着《谁是最可爱的人》的《人民日报》，或转载这篇通讯的战地小报，等等，一个战壕里留下一本书或一张报纸。天快亮时，每条战壕都走了一遍，有的战壕里只有一两个战士，也一样演了节目。英子的挎包里多了许多东西，是战士们送给她的，有炮弹壳做的鸽子，有自己写的诗，有本人的照片，有缴获的饼干巧克力，有配发的盐块儿和急救包，都是他们认为最珍贵的东西……

　　英子印象最深刻的是，离开一条战壕的时候，有个小战士害羞地说，他有个愿望，就是和英子握一下手。这个小战士额头和脸包扎着绷带，手上全是黄土。他使劲搓了搓，又在衣服上蹭了蹭，有点犹豫不知该不该伸出手。英子一把把他搂在怀里，在他的脸上亲了一下。那个小战士惊叫了一声，然后就哭了，一边抽泣，一边抹眼泪。英子也哭了。有个老兵捏着小战士的后脖梗子，笑着说，你小伢子胆子真够大的，俺们老同志不敢提的要求你敢提！别哭了，看你没出息的。

天蒙蒙亮，王大心，还有两个护送的战士，把三个文工队的队员送到山北面的下山路上。默默地走了许久，王大心停下了脚步。再往前几百米，有个山洞，那里就是团指挥部。王大心让两个战士把三个队员安全送到团指挥部再回来。他看了眼英子，说，一路平安！

英子一直低着头。这时，她抬起脸，望着王大心，突然说，我不走了，我要跟你回高地上去！

十一

第三天中午，马团长给师长打电话，说，师长，刚才，我把预备队的最后一个连也用上了。你能不能给我个准话儿，要我们守到什么时候？师长道，上级也没说，但命令还是照旧，打到最后一兵一卒，绝不放弃阵地。马团长沉默了一下，说，明白啦！

放下电话，马团长把团指挥部又向前方移了几百米，卡在了山背面的半山腰处。他把各营营长、教导员都叫了来，说道，我身后这道线就是咱们团最后的防线，谁过了线枪毙谁，我过了线，政委枪毙我！

这三天里，先是一个美军师发动进攻。攻一天，这个美军师东调，换上加拿大旅。加拿大旅攻一天，再东调，再换上一个美军师。每一天，进攻的敌人都是生力军。

第三天下午三时，除主峰之外的大部分高地失守。负责对敌宣传的小韩被一枚弹片击中了颌骨，打掉了好几颗牙齿，弹片卡在了骨头上，合不上嘴，也发不出声音。英子接替他的工作，唱起了歌。整整一个下午，阵地上都响着《鲜花调》的歌声。敌人的大炮集中到了高音喇叭方向，并且派出了小分队，要活捉唱歌的中国女军人。距英子所在的隐蔽所几十米开外，就可以看到美国兵。英子从角落里捡起一枚手榴弹，交到王大心手里，说，要是敌人冲上来了，你抱着我，咱俩一块死！

不时有炮弹落到隐蔽所附近。王大心和英子背靠土墙坐下来。他一手拉着英子的手，另一手握着已经扭开了铁皮盖子的手榴弹。英子把一只手交到王大心手中，五指相扣，另一只手攥着扬声器的话筒。她甩掉头上肩上的土石，一边唱着《鲜花调》，一边笑着看王大心。王大心觉得自己此时此刻又坐在了故乡的大山上，英子的眼睛像月夜里小池塘中映出来的星星，又明亮，又温暖。他感到了一种前所未有的甜蜜，就是拉响手榴弹这辈子也值了。

此时，马团长把警通排、大车排、炊事班、团部的干部、抬担架的民工，还有所有能站起来的轻伤员都集中起来，一共两百多人。他把这两百多人分成两队，他带第一队，政委带第二队，向山上发起反冲击，夺回失守的阵地。他吼道，你们这些大老爷们都支起耳朵给我听一听，咱们的仙女儿还在山顶上唱着歌呢！要是夺不回阵地，咱们可都不如她啦！

夺回阵地后，坚守到入夜，美军停止进攻，带领第二队的团政委牺牲了。团长命令一个战斗班专门上主峰高地，是死是活绝不让英子落到敌人手中。这个战斗班以牺牲五个人的代价，把英子抢了回来。当夜，师长命令该团撤下阵地，由第二梯队接替守卫主峰及周围高地。下了阵地之后，马团长把自己关在一处圆木搭成的房子里，独自喝了一军用水壶朝鲜村民酿的地瓜烧酒。后半夜，他拉了一个战士过来，因为他的警卫员牺牲了。马团长叫这个战士抽他的耳刮子，抽得轻了还不行，要挨骂，必须狠狠抽。左一下，右一下，马团长边挨耳刮子边哭，鬼哭狼嚎了一夜。

后来，王大心他们师在"铁三角"以南阻敌七天七夜，使得后方部队有时间建立起牢固的防线。该师调到后方休整补充时，志愿军总部从二线部队调来了一个师，把这个二线师所有连队的第二排抽出来，补充给该师。而对于马团长这个团，则是拉过来整整一个满编团，到了之后，干部骨干带回去，所有士兵留下，统统补充进这个团。

第五次战役结束后，朝鲜半岛上进退几百里的运动战基本结束，双方的战线稳定在了三八线附近。霓云因为会讲英语，被调到军部参与审问俘虏的工作。地点是在一处日本占领时期挖的铁矿洞里。外面已经是夏天，洞里却冷森森的，很潮湿，时不时会从洞顶的岩石上滴下水珠，砸在头发上、脸上。慢慢的，霓云发现，审问俘虏能让你更深入地理解人性，并且在这个过程中，你自己也变得更加成熟。比如有一次，她参与审问一个美军飞行员。这个美军飞行员很蔑视中国士兵，不回答问题，而且经常胡闹。主审的敌工处干事便取消了对他的一切特殊优待，把他同南朝鲜战俘关在了一起。几天之后，他主动找到霓云，承认是他的态度不好，今后会遵守战俘纪律，请求不要把他和南朝鲜士兵关在一起。有一次，有个黑人士兵什么也不肯说。霓云很耐心地和他谈了很久。黑人士兵谈到了他在国内遭遇到的种族歧视，以及在美军之中的不公平对待。慢慢地，他敞开了心扉，回答了许多问题。还有一次，有个年纪不大的志愿军看守士兵看到美军战俘的鼻梁很高，没见过，很有趣，就用小手指头刮了几下。霓云看到了，批评了那个志愿军士兵。在后来的审问中，被刮鼻梁的美军战俘还专门为此事向霓云道了谢。

有一天下午，快到晚饭时间。主审的敌工处干事出去接首长电话，霓云借着桌子上的烛光，整理刚刚记录下来的笔记。她的身后，站着两个全副武装的战士。这时，坐在桌子对面的美军战俘突然道，我能问你几个问题吗？霓云吃了一惊，抬起头，仔细打量这个战俘。这一天，她参与审问了二十多个战俘，头晕脑涨，慢慢地就记不起每个战俘的特征。这个战俘叫巴克，是个美军上尉。他的头发是金色的，眼珠儿是淡蓝的，鼻尖和脸颊上散布着一些雀斑。现在，他穿着志愿军发的新薄棉袄棉裤，用浅黄色帆布腰带束着棉裤腰，脚上是一双黄胶鞋，有种很古怪，甚至是很好笑的感觉。霓云小时候上教会学校，以及后来上大学时，见过不少外国人。她觉得淡蓝色或浅绿色的瞳孔，像波光粼粼的井水，能看见水底的石头和水草，看起来要比黑眼珠儿更斑斓深邃一些。

霓云点点头，答道，你当然可以问。

巴克噘了一下嘴角，又皱了下眉，问道，你受过良好的教育吗？

霓云答，我上过大学，学的是造桥专业。

巴克若有所思地点点头，说，我也上过大学。那我就开始问你问题了。我一直不能理解，为什么志愿军给我们吃的东西，要比给自己的士兵吃的东西好，而且好很多？你们不怕自己的士兵愤怒吗？还是你们很爱面子，不愿让敌人知道自己的士兵吃得是这么差？

霓云微笑着问，什么是面子？

巴克答，我也不知道，美国人的词汇里没有这个词，但别人都跟我说，中国人好面子。我觉得，面子大概就是和虚荣、自欺、伪善、懦弱差不多吧？

霓云答，说到面子，我更愿意用尊严、自尊来解释它的意思。当然，讲老实话，在中国人的词汇里，面子这个词也不是常常被提起，我想，将来会越来越少被提起。有些人，你动他一块金子，他未必当回事。而有些人，你抢了他一根针，他会和你拼命。并不是他觉得一根针比他的性命还重要，而是他觉得一根针代表着他的尊严，他不惜丢掉性命也要捍卫自己的尊严。

霓云说，你只有了解了清政府和大英帝国鸦片战争以来一百多年的中国历史，你才能真正了解中国人。鸦片对于任何一个国家的人民来说都是致命的，可荒唐的是，清政府竟然不能去阻止英国商人向中国卖鸦片，只因为英国人有军舰和大炮。日本和俄国在中国的土地上打了一仗，而中国竟然还要煞有介事地宣布不偏不倚，保持中立。更荒谬的是，德俄法英日意等国家竟然在中国土地上光明正大地拥有自己的一块势力范围，像蝗虫一样啃食着这片丰饶的土地。这就是一百年来的中国历史！一九三七年的冬天，我是一个十一岁的小姑娘。日本人攻陷南京城后，屠杀了三十万人。那几个夜晚，我看到的是卷了刃的军刀，打红了的机枪管，遍地的，死法五花八门的死尸，还有黑夜里连绵不绝的无辜的人的惨叫声。那些夜晚不是黑色的，而是红色的。

你们可以讲各种各样的道理，来证明你们是对的，你们是先进的，中国就应该遭受这些苦难。可是，中国的老百姓看到的，承受的，却是实实在在的伤害。所以，他们根本就不相信你们！他们只相信那些能够带领他们脱离苦难，并且像人一样有尊严地生活的人！

霓云说，用一个你们的词汇来说，中国人是文明人，而不是野蛮人。我们给你们的食物要远远比给自己士兵的食物好。这是事实，我们的士兵起初也很愤怒，可一经解释，他们就理解了，而且无怨无悔地把这些东西拿出来给你们。没错，从技术层面来说，这是一种对敌工作的手段，是让美国士兵看到，放下武器，就能得到中国军队的优待。但是从心底来讲，我们是很真诚地想让你们明白，和你们打仗的是一群文明人，而不是野蛮人。这是对世界理解不同的两群文明人之间的战争，而不是文明人和野蛮人之间的战争，更不是先进的国家与蒙昧的国家之间的战争。

巴克想了想，说道，的确，这是一个让我非常非常困惑的问题。我参加过第二次世界大战。那时，我是少尉，在太平洋战场和欧洲战场都打过仗。我觉得德国人从总体上来说是文明人，但他们被纳粹思想欺骗了，变成了野兽。日本人不是文明人，他们对待俘虏的办法是对着后脑勺来上一枪，如果子弹不够了，就用刺刀杀死。我们的盟友也好不到哪儿去。有一次，我亲眼看见南朝鲜军人对着一大群躺在门板上不能动弹的中国伤员开枪扫射。而中国军队的做法与他们完全不同。有一次，中国士兵甚至将重伤员用担架放在公路上，而后撤走，在我方医护人员乘卡车到那里接运伤员时，你们也没向我们射击。中国人是坚强而凶狠的斗士，你们常常不顾伤亡地发起攻击，但你们却能和战俘分享仅有的食物，并且友善地对待俘虏。这些都是事实，我不愿撒谎，所以，我不得不承认，你们是更加文明的敌人。

巴克继续说，来朝鲜之后，我发现我根本不了解中国人，我没法从你们的做事方式上看出你们的所思所想。当然，作为一名军人，需要的是夺取战争的胜利，并不需要了解敌人的所思所想。可作为一名外国人，又总是不免很有好奇心。因为从现在开始，朝鲜战争对我来说，已经是一段不太一样的人生经历了。那么，我想问你第二个问题。

霓云说，你问吧。

巴克问道，中国为什么要选择共产主义？在我理解，共产主义就代表着极权与奴役。中国人难道会心甘情愿地当奴隶吗？

霓云说，你知道，中国的穷苦人最想要什么吗？他们最想要的就是有自己的地，吃上饭，对他们来说，这就意味着共产主义。共产主义能让穷苦人有自己的地，吃上饭，所以，中国的穷苦人选择了共产主义！而且，中国的穷苦人加入了中国人民解放军，他们愿意豁出命去保卫这个他们自己的国家，就是这么简单的道理。不久以前，有个资本家和我谈过一个差不多一样的问题。他说，中国历史的走向掌握在那些手里拿着枪的普通人手里。他们最想让这个世界成为什么样子，他们的愿望是什么，他们才最有发言权。我觉得他说得很有道理，更进一步说，是那些占中国人大多数的穷苦人拿起了枪杆子，是他们主动选择了共产主义！

你现在可以去问问随便哪一个中国士兵，看看有没有人会回答你，他觉得自己是在当奴隶！

霓云接着说，你可能会觉得中国军队是在不人道地强迫着缺吃少穿的人去打仗，其实不是的，恰恰相反，是那些缺吃少穿的人为了改变自己的命运而去打仗。他们在战场上没有粮食也能在忍饥受冻之中发起进攻，并不是因为像国民党军队或你们的军队那样有督战队的机枪枪口在后面对着他们，而是因为他们过去的生活比现在还要困苦可怕，他们之所以能够这样做，是因为他们想为自己争取一个更好的新生活！

所以，我觉得一个文明的社会，一定是个穷苦人也能过上好日子的社会。不断实现这个目标的历史，就是人类的历史。

巴克盯着霓云看了一会儿，没有就这个问题再追问下去，而是说，那么，我就问最后一个问题了。

霓云点点头。

巴克问道，你认为中国和美国应该在朝鲜半岛上打这一仗吗？

霓云说，不应该。

巴克吃了一惊，他没料到霓云回答得如此干脆。他说，我觉得你是个内心强硬的女性，所以，你大概说的不是真心话。

霓云说，我说的是真心话。

巴克问，那你为什么这么回答？

霓云说，中国已经打了太多的仗了。

巴克想了一下，说道，感谢你耐心地和我说了这么多话。我想，我们是两个陌生人，谁也不了解谁，谁也没有说服谁，就像中国和美国一样。今后，我们之间要做的，也许不是战争，而是相互之间多了解，多沟通，多对话，甚至是多学习，多帮助。当然，我知道这种想法很幼稚，可能永远也无法实现。

霓云说，不，我非常赞同你的想法。我们不是敌人，只是对这个世界的理解不同。我们希望和平，世间最正确的道理、最有力量的东西往往都出自那些最简单的愿望。

巴克的眼神里流露出很柔软的东西，问道，真的是很意外，我突然还想问你一个问题。

霓云点点头。

巴克说，你是个女人，而战争是个很残忍的东西，你觉得你应该参与到这场战争中来吗？

霓云说，我作为一个女人亲历了日本人在南京的屠杀，我亲眼看到了太多战争中女人的不幸。也正因为如此，我觉得战争还有它的另一面。我是作为一个希望改变命运的女人而加入到这场战争中来的，无论经历多少苦难，这个希望从未破灭。

霓云接着说，我能问你一个问题吗？

巴克很意外。他说，当然可以。

霓云问，你今后想做些什么？

巴克说，我是个战俘，当然，这并不是什么不光彩的事情，但我今后的军旅生涯大概是就此终结了。如果落到了德国人、日本人的手里，我是不可能指望回家的。但是现在，我可以想想回家以后的事情了。

第七章　上甘岭（下）

　　小美坐在一处山崖下的草丛里。盛夏，这里的野花野草又密又高。碧绿色的草，紫粉色的花，湛蓝色的天空，在耀眼的阳光映照下，异常鲜艳分明。连绵起伏的绿色山地上，生着一簇簇或浅粉色，或浓紫色，或金黄色，或浓，或淡的金达莱。那些花丛连成一片，铺天盖地。一片片覆盖了大半个或整个山峰的巨大花丛像一片陆地上的汪洋大海，各种颜色的波涛相互激荡，飞溅出形态各异的浪花。坐在草丛里，身体被青草的气味包围，一股股潮湿的微涩的温暖的气息钻入浑身的汗毛孔，皮肤麻酥酥的，让疲惫虚弱的身子好似慢慢膨胀起来了。

　　这处山崖面朝北方，小美所坐的地方是敌人炮火射击的死角。向北望去，在一片翠绿之中，有土黄色的带状公路，有灰黑色的古镇，在山下的树林里，还有深绿色的小村子。现在，小美就在这个小村子里养伤。天空之下一片寂静，没有枪炮声，没有厮杀声，没有惨叫声，只有微风划空而过的声音，只有慢慢飘过头顶的云朵。那个高丽古镇有着悠久的历史，是朝鲜南北交通的必经之地。青瓦木柱，高墙深宅，还有许多干栏式的木质建筑，让人觉察到久远年代留下的痕迹。有一个野战医院曾经设在那里，小美不久前还在里面的地铺上住过。不过，那个古镇被美军的飞机轰炸了，炸死了不少伤员和医生。小美分辨得出轰炸机的声音，腿也没有受伤，所以及时从木屋里跑了出来，侥幸捡了一条命。趴在一百多米外的树林中，他看见野战医院的木屋和里面的人被凝固汽油燃烧弹烧成了黑炭，烈火比熔化了的钢水还猛烈，一切只发生在一瞬间。小美还记得一个排长，和他躺在一块儿，在部队向三八线北移的时候给炮弹炸伤了一条腿，截肢了。养伤那段时间，他们时常聊天。排长觉得自己的腿伤不重，没想到就给锯掉了，更不愿意连美国兵的面都没见着，就给运回国。他大骂过医生，拒绝被抬上向后方去的卡车。野战医院被轰炸之后，小美再没见到他。

小美采了几十朵花，编成一只花冠，戴到坐在身旁的霓云头上。他在山坡上找了很久，每朵花的颜色都不一样，五颜六色。他望着远方绿色的山峦，出神地问道，姐，你想过会死吗？霓云也出神了一会儿，说，想过，不过想得不多。小美问，你会害怕吗？霓云说，也不是害怕。就像遥远的天边有一条地平线，地平线这边的风景很美，可地平线那边总有一团飘飘悠悠的雾气。雾气里有什么，你看不清，可你知道，早晚有一天，你得走到地平线上。有的人需要走一辈子，可也有的人下一刻就走到了。你会看到无数人间美景，可你也会时不时有那么一阵心慌。

霓云问，你呢？你害怕吗？小美说，我也不害怕。霓云说，我们都认认真真地活下去吧！可你也得明白，当你谈信仰的时候，你就不能再谈生死了。这句话你能明白吗？小美眼里落下一串泪珠儿，说道，不能明白，但似乎也能明白。霓云说，大多数人是可以的，他们可以一边谈信仰，一边谈生死，但咱们这些人已经不能了。小美似乎冥冥之中理解了霓云的话，泪水模糊了双眼，眼前的景色仿佛水中的倒影，被投进了一枚石子，恍惚不清了。

霓云掏出手绢，给小美擦掉了泪水，说，不谈这些了。你的伤养得怎么样了？小美说，不知为什么，就是总在发烧，有时好些，有时又莫名其妙地烧起来。霓云说，我问师医院的医生了，他们说你的病可能是因为某个身体部位在发炎。在赣西时，你的脚不是被树枝扎过吗？好了么？霓云又从挎包里掏出一只纸袋装的消炎药和一只玻璃瓶装的酒精，说道，把鞋脱了，让我看看。说完，她把小美的脚放在自己的大腿上，使劲儿扯掉布袜，一看，脚面肿得和小腿差不多一样粗，通红发亮，被树枝刺过的伤口腐烂流脓，而且从脚心到脚背已经烂穿，隐隐有白色的小虫子在脓水中爬。霓云说，不是让你常常用盐水洗吗？怎么还会这样？

小美说，我住在朝鲜老乡家，人家把我照顾得好好的。看到他们没有盐，我就把自己的那块儿给他们了。霓云叹了口气，说，你忍着点吧，我给你上药。她先把伤口外面的脓水擦掉，用细树枝挑去上面的蛆虫，再把手绢撕成条，从伤口穿进去，来回拉几下，将里面的脓水也清理干净。小美疼得额头冒汗。霓云边擦伤口边说，现在，咱们师在驻地休整补充，情况好多了，能吃上从后方运来的炒面、大米，医院里的药品也有了。她把酒精涂在小美的脚上，用剩余的手绢给他包扎好，又看着他吃了一片消炎药。然后，霓云把所有带来的东西都塞进小美的兜里，说，你在这儿放心养病吧，别着急，只要我路过这儿，还会来看你的。

小美说，我住的那个小村子，有三十几户人家，大约只有两三个爷爷，剩下的都是女人。有一次，我看见他们在公路上填弹坑，每个人左臂上都系着黑布带，大多数人系一条，也有不少人系着两三条。每条黑布带代表着一个在战场上死去的亲人。

小美继续说，照顾我的那户人家，有一个阿妈妮，有一个年轻女人，带着一个不到两岁的女儿。年轻女人的丈夫是人民军上尉，牺牲在前线了。刚开始住在她们家里时，真是有点不太习惯。朝鲜人不分男女，一家人都睡在一条大炕上……

霓云笑了，说，朝鲜人和东北人差不多，由于天气寒冷，必须烧炕取暖，所以也就有了一家人睡在一条炕上的习惯。不过，朝鲜人能让你睡他们的炕，说明他们是把你当作家里人来看，外人他们是连里屋都不让你进的。小美说，他们对我确实很好。这半个多月，我竟然吃到了三个鸡蛋。所以，很过意不去，不仅把盐给了阿妈妮，还把黄胶鞋也送给了她。

一

一个月后，师作战科科长王大心把小美叫了去。在"铁三角"阻击敌人时，原师作战科科长被弹片炸穿胸部，牺牲了，由王大心接任。他让小美在作战室的松木大桌子前坐好，递给他一支黑色的自来水笔和一沓稿纸。王大心又拿出一份刚写的作战经验汇报材料，放在桌上，让小美照着抄一份。借着隐蔽所木门照射进来的不太亮的光，小美一字一句地抄起来。他写了几行字之后，王大心拿起来，上上下下端详了一阵子，说，写得还不错嘛！以前上过什么学？小美说，过去在戏班子里跟师傅学过几年，但都是戏文。这两年，霓云姐姐也教了我不少。

花了一下午时间，材料抄好了。王大心读了一遍，抄错了几个字。他一一给小美指出，并且告诉他正确的字应该怎么写。然后，他用小刀刀尖把错字刮掉，又用钢笔帽把刮起毛的地方压平，重新写上正确的字。这样，墨水就不会向周围洇渗了。王大心对小美说，多练练字，将来，你要是能够一个字都没抄错，我就把这支自来水笔给你。吃过晚饭后，师里要组织一次战评会，李副军长也参加，你过来协助我记录吧。

晚饭后，作战室木顶上吊着的汽灯点亮了，把隐蔽所内部照得通亮。它嘶嘶作响，飘出浓重的煤油味。为了防止灯光漏到外面，被敌机发现，隐蔽所入口处的木门框上罩了两条厚军毯。李副军长、师长、师政委，团营连军政主官，还有各级参谋人员，把作战室挤得满满的。大家脸色都很凝重，凝重之中甚至透着怒气。

会议一开始，大家伙儿的怒火就指向了师长，这让小美非常意外。有个营长说，怎么啦？你这个师长是当老了吗？过昭阳江时，进攻一时受挫，你竟然甩了团长一个耳光。行啊！国民党那一套作风都学来了呀！我问问你，你是想当军阀吗？

师长一听，脖子顿时矮了一截，背也弯了，慢慢往下缩。他用笔在记事本子上记着，可不少字都不会写，只好写几个字，又画好几个圆。又有个连长吼道，有一次我上交缴获的战利品，其中有一块瑞士手表。你把瑞士手表拿去戴了，交回一只德国造的老怀表。有没有这回事？

师长脸通红，额头冒出了豆大的汗珠子，小声说道，那只老怀表不是不准了嘛，我是一个师长，得指挥战斗啊！那个连长大吼道，师长就可以私藏战利品吗？谁允许你这么做的？我连一个罐头都不敢私自留下，你胆敢给自己留一只瑞士手表？

师长低下头，继续往本子上记着。他可能是怕忘了，想写一个字，便胆怯地问道，粗暴的暴字怎么写呀？有人回答，上边一个日，就是日你娘的日，下边这么这么写，再加一个水。师长还是没听明白，无助地向四周瞅了瞅。他看见了小美，小美连忙跑过去，扶着师长的手，在他的本子上写下了暴字。

一个供给处的助理员说道，还有，你总是后半夜让炊事班的老郭头给你下面条吃，人家不休息吗？前线的战士吃树叶，这面条你吃得下去吗？

一颗大汗珠子从师长的额头落下，正滴在他的记事本上，洇湿了好几个字。他连忙在那几个模糊的字上描了描，生怕漏下了什么内容。

作战室里安静了片刻。李副军长咳嗽一声，准备说话。马团长喝道，你先别说话，我还要给你提提意见！他一拍桌子，大声道，我问你，你们这些军指挥部里面的老爷们，是怎么指挥的？是用屁股指挥的么？战士们饿着肚子，你们把作战目标定得那么高，这不是赶着羊群去抓狼吗？还有，北移三八线的时候，你们一会儿让向东，一会儿让向西，我堂堂一个铁脚板的红军团差点就让你们给指挥瘫喽！那军令是儿戏吗？你们这命令变得真快啊！

李副军长也把要说的话咽回去了，老老实实坐在那儿，连忙往本子上记。战评会开到了后半夜，每个人脸上都红通通的，满是汗水。隐蔽所里热腾腾的，像蒸笼一样。散会之后，小美问王大心，这是咋回事儿呀？王大心说，战场上军令如山，可在平时，还要发扬军事民主。这是毛主席给咱们这支军队定下的规矩，通俗点讲，也叫洗洗澡，出出汗。你看师长老虎一样的人，可开战评会，还是头上直冒冷汗。大家要是不批得狠一点，首长是过不了关的。

会后，师长也不能休息，给他安排了一项任务，向他所在的党小组长汇报思想。他的党小组长就是炊事班的老郭头。老郭头比师长大几岁，资历和师长差不多，也参加过长征。他过去一直给部队养马，让他转行做指挥干部，他也不干，总是讲当官对他来说就是受罪。师长有了啥心事，就到老郭头那儿去，抽上一锅旱烟，踏踏实实地倾吐上一会子。

老郭头把炊事班的坑道收拾了一下，把锅碗瓢盆往边上推了推，拿出两只刚打的松木马扎。自己坐一只，面前放一只，说道，魏大骡子同志，你坐吧。现在，我代表党组织听取你近期的思想情况汇报。说完，老郭头往烟袋锅子里压进一撮刚从后方运上来的新烟叶，借着木箱子上的油灯点着了，不声不响地抽起来。

师长和老郭头脸对着脸坐下，理了理领子，系上了风纪扣，垂下头，看着地，说道，我魏大骡子，天不管，地不管，党管！这是他每次向老郭头汇报思想的开场白。

他接着说，今儿晚上，大家伙儿可是狠狠操了我一顿娘。我也知道，同志们都是为了我好，都是在帮我过关，没有哪一个人是报私仇、泄私愤。他们要是不操得狠了，组织上通不过。可细细想想，同志们说得在理不？就拿那块瑞士表来说吧，当时正在打仗，我的老怀表走走停停，一天快慢七八分钟，那边炮火准备都开始了，我这边还没到点。所以，也没当回事，心想我一个师长，手下万把来人，戴块瑞士手表怎么啦？还不都是为了打仗。要不是同志今天说，把我吓出一脑门子汗，我可能现在还觉得没什么事。一来，私藏战利品本来就是违纪的，是要判刑的。二来，我师长拿瑞士手表了，我下边的团长、营长、连长是不是也能拿了？这口子一开，咱们的兵就敢搜俘虏腰包，抢俘房东西，那美元、金货也就敢往自己兜里揣啦！这还了得？

师长突然哭了，用黑黑的手掌抹着眼泪，说，过去，我总是说穷棒子不能忘了本，可现在，我可真是穷棒子忘了本啦！

老郭头把烟袋锅递给师长，师长一边掉泪一边抽，说道，炒面不吃吃白面，老怀表不戴戴瑞士表，打仗还打人。唉！我也是真该给操操娘了。

他继续道，说着说着，我就想我的兵啦！过去，每打过一仗，只要战况允许，我都要回到前线，亲手挖坑埋几个牺牲的战士。不为别的，就是时时刻刻提醒自己不要忘了，这仗不是我魏大骡子打赢的，是咱们的战士用性命换来的。可最近这几仗，仗一打完，我就忙着写总结，出经验，向上级汇报，独独忘了回前线，亲手埋上几个死了的娃儿。那些娃儿呀！真是太朴实了，从大山里出来的，一点弯弯心眼子都没有，你让他顶着子弹往前冲，他绝不带犹豫的。那些娃儿呀！仗一打起来，你都得拉着他们点，要不，跟你说声再见，就能抱着爆破筒和美国鬼子一起死。

师长说，过去，我魏大骡子是出了名敢顶撞上级的，现在，人怂了，骨头也软了。任务来了嗷嗷叫，不让打主攻还生气。这当然是对的，没说的。可当上级安排的任务不切实际的时候，或者部队还没准备好的时候，我就不敢跟上级提意见了。有一次，攻一个高地。上级让晚上九点打，我心里清楚担任主攻的部队当时正在后方搞运输，连枪都放在了后头，根本没准备好，可我还是接受了任务。后来，部队进入了进攻出发地，上级又让提前两个小时，我知道许多营连干部连地形还没侦察过，进攻一旦发起，那就是蒙着打。可我，还是答应了。那一仗，高地是攻下来了。可是高地前方的开阔地里躺倒了多少人啊！如果我当时顶住了，再给营连干部两个小时，让他们把地形彻底摸清楚了，把进攻方案安排得再合理一些，就会少牺牲很多人。你说我是不是混蛋？我得死多少次才能换回那些牺牲了的战士们的性命啊！

师长道，说到底，是官当大了，眼睛往上看，不往下看啦！任务完成了，上级通报表扬，将来还能提拔。可牺牲了的那些战士呢？他们想骂我，他们还能张口说话吗？

师长抹了一把眼泪，又道，这么一看，今晚大家伙儿操我的娘还操得不够啊！

第二天上午，霓云在钢板上刻写战地小报的文章。她刚刚把一篇连队送上来的文章交给小美修改。不想，小美修改得很通顺，有条有理，看起来进步很快。照这样下去，她很快就可以派小美到一线连队采写新闻稿子了。前几天，霓云还找到了一本《战争与和平》，没头没尾，只是中间的一册。于是，她把这本俄罗斯小说交给小美，让他一边读一边学习更多的生字。

王大心在隐蔽所外面叫小美。小美跑出去，王大心对他说，后方往咱们师运了十几车粮食，可只到了三车，其他的都被炸了。这三辆卡车快到师部了，你跟我一起去接车。小美忙不迭地把书放回去，跟着王大心往山下走。

走出山口，远远看见土黄色的公路上扬起尘土，三个淡绿色小点间隔大概一里远，缓缓地向这边移动。大约还有三五里远近时，响起了防空警报，山谷里的高射机枪对空射击，传来哒哒哒的响声，虽然声音不大，但让人一下子紧张起来。接着，两架轰炸机猛地从山峰那边掠过来，对着三辆运粮卡车扫射。一辆卡车钻进了路边林子里，另两辆卡车当场被击毁在公路上。敌机飞走了，王大心带着警卫班来到卡车前，发现驾驶员满脸是血，趴在方向盘上，嘴里冒着带血的泡沫，却说不出一句话。后大厢上面有两个战士，怀里抱着机枪，趴在装粮食的麻袋上牺牲了。还有一个师部派去押车的参谋，及时跳下了车，但还是被航空枪机弹击中，打穿了腰部。他捂着肚子，脸色惨白，靠坐在车轮子边，干黄色的土路上，流了一大摊深红色的血。

大家赶快用剩下的一辆好车将粮食和伤员运回了师部，又把炸坏的汽车翻到路边壕沟里。从此，这两个铁家伙就孤零零地躺在山路边，生锈，长草。几年之后，有一次小美从志愿军总部到前线执行任务，从这里经过。它们依然躺在荒山野岭上，告诉你，这里曾经发生过战争。

下午，供给处通知师机关所属人员去山下领口粮。小美跑得很快。在山下密林空地上，有几十袋粮食，上面盖着几大张绿色帆布，帆布之上还有伪装的树枝。小美揭开帆布，有一只麻袋开了口子，里面是炒面，显然是有人已经领过了。他往自己的粮食袋里装了半截，又发现几步远之外有另一堆麻袋，麻袋上面有条条缕缕的血迹。那几只麻袋没有打开，但旁边散落着一些白色的大米。小美实在是太饿了，浑身上下像是长出了无数张小嘴，每张嘴都在哇哇大叫，吵着要吃的。于是，他把已经装进粮食袋的炒面倒了回去，鬼使神差地打了一袋大米，像着了魔一样一把一把往粮食袋里面抓。其实，供给处通知取口粮的时候，确实也没通知该拿炒面还是该拿大米，反正都一齐摆在那儿了。

正当小美趴在大米袋子上，痴迷地闻着米香，手指感受着粒粒大米带来的沉醉时，有人在背后怒吼，混蛋！你的良心被狗吃了吗？你没看见麻袋上还沾着血吗？嫌炒面难吃，想吃大米是吗？

小美顿时感到五雷轰顶，惊慌地回过头，看见王大心和张副师长站在自己身后，手里各拎着一只粮食袋。王大心怒火冲天，脸色涨红，手臂微微抬起，像是要打人的样子。小美站起来，脑袋里昏昏沉沉的一片空白。他从来没有这样无地自容过，想哭，却又觉得自己不配流泪。他低着头，像根木桩子那样默立着。

张副师长走上前来，拍拍小美的脸，哈哈大笑，说，小孩子贪嘴嘛！有什么了不起的。哪有完美无缺的人呀？人人都看见孔雀开屏很漂亮，可它转过身，就露出屁股眼儿了。谁都不能一下子得道成仙，人有七情六欲。别一棍子打死喽，咱们的同志可就越来越少啦！

他对小美说，小家伙，别害臊，我当年躲在山里，饿得不行，也偷过老百姓的鸡吃。有了毛病，咱就真心实意，实心实意地改，谁也别笑话谁，谁都有屁股眼儿，对不对？哈哈！

说完，张副师长和王大心各装了一袋炒面，回师部去了。

过了大约一周，小美又遇到了一件让他非常难过的事情。那一段时间里，师部总是被敌机轰炸。无论怎样迁移，敌人的轰炸机都像长了眼睛一样，炸弹跟在屁股后面响。同时，我方电子侦察人员听到，有人在附近用英语与美军联络，提供师部所在的坐标位置，为敌军轰炸机导航。这样，为了查出通敌的内奸，师首长组织了一个"锄奸小组"，并且决定暂时把全师所有会英文的人全部隔离看管起来，逐一甄别，通过甄别之后，再回原来的工作岗位。

不久，霓云和各团懂英文的干部被送到军保卫处接受审查，一共有十几个人。同时，有人通知小美，交出手枪以及记录本，由司令部李参谋带领，到运输连抬担架。在战场上，武器就是一个人的生命，而被勒令交出武器，差不多等于丧失了所有尊严。李参谋虽然不是怀疑对象，但也犯了一点错误。他倒是很乐观，不管多累，总是乐呵呵的，也不给小美安排什么重活儿，只要求他跟着担架队走就行了。他经常对小美说，多大点事情嘛，别愁眉苦脸的，你越是苦着脸，别人看你越像有事儿。

李参谋说，你看我，挨了处分，啥也不影响，吃得香，睡得实。小美问，你咋的啦？为啥受处分。李参谋来了兴趣，说道，这事说起来可长了。咱们师北移三八线时，师首长交待我在火线释放五名美军俘虏。我也没敢问为啥释放，我猜可能是因为行军急，带着俘虏不方便吧。规定我在公路上释放俘虏，并且保证俘虏不能受伤，要他们活着回去。到了那条公路，远远一看，我的娘哟，公路上全是美军的坦克，那炮弹打得跟雨点似的。于是，我找了一间土房，让俘虏都到里面躲着。这时，美军步兵就包抄过来了。我就对俘虏说，你们赶快跑吧，我管不了你们了，是死是活看造化啦！那几个俘虏大概也没听明白我的话，呆呆地挤在墙角里，怕我扔他们手榴弹似的。也来不及多说了，我拉起负责押护的警卫班长，撒丫子就跑回来了。

李参谋直说得嘴冒唾沫星子，又道，回来有人问，是在公路上释放的吗？我说，还差二里地。那人说，危急时刻，你丢下俘虏不管，要给你处分。我说，你站着说话不嫌腰疼，那当口，我要是管了俘虏，我可就不是去释放俘虏，我是去当俘虏啦！娘的没人听我解释，一定给我处分，你说气人不气人？后来我想，处分就处分呗，我又没做啥亏心事，身正不怕影子歪嘛！于是，我就愉快地接受了处分。哈哈……

几天后的一个晚上，小美正坐在地铺上发呆。王大心来到运输连，把他叫出去。两个人并肩坐在山坡上，晚风没有白天那么热了，很柔和，微微带着些草丛中的潮气。王大心从兜里掏出一只油纸包，里面竟然是一张肉饼。他说，今天是建军节，师部改善了一下伙食，我给你带了一张来。小美接过饼子，愣愣地看着，却没心思吃。王大心说，别难过，大家其实是很信任霓云和你的。师政委很惦念你，他让我转告你，他相信你不会干出对不起大家的事，让你放心在运输连等待结果，把身体养胖一些，养结实一些。

王大心低下头，瞅着小美的眼睛，笑着说，师政委还让我告诉你，他这么做，也是为了磨磨你的心性，让你更加坚强。他说，你这个小家伙，遇到危险不怕死，这是你的优点。可你脸皮薄，脾气偏，爱认死理儿，容易一条道跑到黑。所以，也是借这个机会摔打摔打你，把你的性格磨得再圆一点。

听到这话，几滴泪珠儿从小美眼睛里掉下来，落到了肉饼上。王大心说，我们都信任你，可个人感情代替不了组织程序。你只当是对自己的一次磨练吧。受了冤屈，就会产生怨恨，这是人之常情。

你也可以好好问问自己，在这个时刻，你是不是还一如既往地死心塌地地跟着队伍走？

王大心说，知道李副军长吗？当年他亲口对我说，红军啊，红军啊，离开了，可就再也回不来啦！他还说过，跟着党干革命可不是光有一腔血气就行，你会经历异常残酷的时刻，你得过杀头关、埋头关、出头关、白头关。认真想一想，这就是人的一辈子啊！

王大心接着说，小美，我想送你一句话，你现在不理解，将来却可以多想想。这句话是，你之所以选择一种信仰，是因为你真心实意地认为这种信仰是对的，而不是出于个人的恩怨得失。这句话想明白了，你也就不会再迷失了。

<h1 style="text-align:center">二</h1>

转眼间过了一个寒暑，已是初春，从国内传来一封电报，指出师政治部宣传科杨见习员是国民党潜伏下来的特务，要求立刻将其押送回国。但接到电报的前一天夜里，杨见习员逃走了，穿过防线，叛逃到了美军那边，丢下了一架小型电台。大家都大吃一惊，在这样艰苦卓绝的行军打仗之中，他竟然还能携带这么一件东西而不被发现，真是不可思议。更让大家想不到的是，他还带走了政治部另一名见习员。此人平时看起来很乖巧，对谁都很和气。大家叫他小李子。小李子大概是良心上过不去，留下了一封信，表达了忏悔，并且证实了正是杨见习员向敌方泄露了师部的位置。至此，真相大白，被审查的人员回到了各自的工作岗位。

有一天，王大心交给小美一套穿过的军装和一叠揉皱的纸团，让小美找个地方烧掉。烧过衣服之后，小美准备将纸团投入火中，发现上面有手写的字迹。原来，这就是小李子留下的信。信的抬头写道："叩拜叩拜再叩拜!"接下来的标题位置写着："一个死有余辜的罪犯的自白书"。接下来，是信的正文，字迹潦草，并似有泪水打湿的痕迹。信上小李子写道，他从小在农村长大，解放后受到革命思想启发，响应党的号召，志愿参加抗美援朝。刚进入朝鲜时，他跟着部队南征北战，从没装过孬种，没逃亡掉队。但第五次战役打过北汉江后，他背的炒面全吃光了，只好像牲口一样到处找野菜吃，实在饿得走不动时，全靠同志们匀些炒面来充饥。但总吃别人的也于心不忍，加之肺病复发，开始大口吐血，两眼昏花。

在这里，信上写了"我不想死"几个字，格外触目。他说，他不想病死沙场，更不想死后埋在国外。有一天行军，他和杨见习员聊了起来。杨见习员说，他早就是那边的人了。现在跟着他过去，还能活命。杨见习员还说，他已经跟我说了实话，如果不跟着走，就一枪打死我，尸体丢在山里喂狗。信的最后，小李子还说，杨见习员让他再加上几句话。杨见习员说，他这一年在共军里面混，各位领导和兄弟们对他确实很好。他这也是各为其主，希望兄弟们不要恨他。

匆匆扫过一眼后，小美把信烧掉了。这封信化作一缕青烟之后，就再没人知道信的内容。小美感到很震惊。他突然发现，人心是如此陌生。它可以像亲人一样温暖，但转瞬之间又可以像仇人一样冷酷，可以像英雄一样勇敢，但转瞬之间又可以像胆小鬼一样恐惧，可以充满斗志，但转瞬之间又信心全无。王大心曾经对小美说过，在大别山的时候，那些叛徒前一刻还和大家同生死共进退，在一口锅里吃饭，而后一刻，他们就领着敌人来屠杀自己的同志。而这一切，似乎仅仅一线之隔，人是怎样从线的这一边义无反顾地走到那一边，又从那一边灰心绝望地退回到这一边的呢？这封信就像一只尖利的爪子，一下子把小美的心撕出很深的伤口。之后的岁月里，他一直试着寻找答案。

回到师部，小美开始帮师情报所往各团传递信件，以及从国内送来的慰问品。马屁股上的麻袋鼓鼓的，装的慰问品也各式各样。有烟丝，有红领巾，有水彩画，有麦乳精，有水果糖，有小学生的成绩单。即使没有收到亲人来信，每个战士也能得到一封国内寄来的慰问信。大家找识字的同志念这些陌生人的来信，一个字一个字一个词一个词地听，生怕漏掉一丁点儿，听过之后，还要咂咂嘴，好好回味一番。他们把慰问信叠得整整齐齐，和自己或家人的相片一块儿，放在贴身的衬衣口袋里，有空时就拿出来看，不认字也要认真看。

小美在附近各部队驻地转了一大圈，最后转回师部。他见到了王大心，递给他一只布包，里面装着土块。小美说，这是英子给你的。这土可贵重了，是她托人从大别山寄过来的。她说你肠胃不好，以后喝水时，掰下来往水里放一点，就能把你的水土不服治好。王大心脸上没表情，收下了布包，从桌子上拿起一只硬壳笔记本，往里面夹了一对去年冬天摘的并蒂红枫叶。他温和地看着小美，说道，替我把这个交给英子吧。

王大心给小美倒了杯水，让他坐下歇会儿。小美问，听说咱们师休整补充就要结束了，是吗？王大心点点头，说，是呀！咱们师就要到前线换防了，在五圣山一带。五圣山前有个上甘岭，过去是个小村子，小村子炸没了，现在是两个高地。

小美想了想，突然说，我想去战斗部队当兵。王大心吃了一惊，认真看了他一眼，垂下眼光，说，你还小，不忙着下连队。小美说，我一直觉得是你们收留了我，而我一直都是个累赘。我不小了，我想长大成人。王大心双手捧着小美的脸，说，没有人觉得你是个累赘，大家都真心诚意地爱护你，盼着你将来有一天能顶起大梁来。

小美道，你不是说，听过三天炮响就不能算新兵，我都跟着大部队走了好几年了，是老兵啦。王大心说，打起仗来，一线部队的伤亡就像割韭菜一样，我不是舍不得你，而是不能让一个孩子糊里糊涂地死。小美流了泪，说，可这道鬼门关总是要过的呀？过不去，我就怎么也成不了这支队伍里的人。王大心低下头，看着地面，说，你去问问霓云，如果她同意，你就去。原来咱们师部警卫排的树生在连队当指导员，你要是非要下去，就到他那个连队去吧。

　　出乎小美的意料，霓云毫不犹豫地答应了。她站在小美面前，双手放在他的双肩上，说，看看，你都是十三岁的小男子汉了，和我一般高。是小鸟，又怎么能不让他飞呢？去吧，去吧！说完，她一下子把小美搂在怀里，无声地哭了。那一刻，小美发现自己其实不是小鸟。过去，他真的以为自己是小鸟一类的人，飞来飞去，无牵无挂，即使是爱、害怕、焦急这些情感，也像小鸟的翅膀一样轻快有力，仿佛扇一下，就会无影无踪。可是，现在不行了，有什么东西沉甸甸地压在心头，有点窒息，有点难过，有点恍惚，有点痛，让他不敢抬起头，再看一眼霓云的脸，甚至不敢抬头看一眼远方的天空……

　　很快，部队进驻前线。师部驻在五圣山以北，五圣山以南有两个高地，一高一矮。这两座高地之间，曾经有过一个叫作上甘岭的小村子。东面的高地标高五三七点七，矮一点，西面的高地标高五九七点九，高一点，两个高地分别被称为五三七点七和五九七点九。其中，五三七点七高地分为北山和南山，两山之间隔着一条下凹的山梁。北山高地由志愿军占领，南山高地被敌军占领，两军的阵地相隔几百米。站在标高一千多米的五圣山上，你会发现面前的两个高地像一个人伸出去的两条腿，并不多么雄伟，在朝鲜中部连绵起伏的群山中，只不过是两个并不起眼的小山。谁也未曾想到，一年之后，双方都投入几万人的那场战役将用这个小村子来命名。因为这两个高地实在是太小，也太普通了。若在平时，各需一个百人的连队守卫足矣。再胆大包天的脑袋，也肯定无法想象十万人该如何在这里作战。

树生的连队驻守在五九七点九高地上，高地呈 V 字形，主峰在 V 字尖上，尖头指向敌人前沿阵地，两条向东北和西北的山梁逐渐降低高度，延伸至五圣山前的山谷里。在高地主峰处，以及两条山梁上，大约有十几处坑道施工点，不时从翠绿色的山体上腾起一团白色灰烟。从这里向东望去，是稍低一些的五三七点七高地北山。主峰在中央，分别朝四个方向伸出四条山梁，呈一个不规则的十字形，其中一条山梁通向敌军占领的南山。每到朝阳初升的时候，总会看到一个敦实的山影映衬在红彤彤的天空里，几只黑色的鸟儿在山峰之上盘旋，尖声鸣叫。又有点像两个兄弟，共同守卫在这里，一扭头，就看见了弟弟那强壮结实的身影，让人很安心很踏实，相互之间隐隐产生生死相依的感情。树生把全连三个排中的一个排放在高地南面的战壕里，正对着敌人的南山阵地。另两个排住在高地北面的隐蔽所里，主要任务是挖坑道。这里在山阴面，背对着敌人的阵地，炮火打不到，相对安全一些，但坑道施工任务极其疲劳艰苦。每两个月，三个排轮换一次，换下来的连队都筋疲力尽。

小美到达连队之前，树生接到王大心的一个电话。了解了一下前沿阵地的情况之后，王大心话锋一转，道，我要你把小美保护好！树生静了一会儿，答道，我明白了。

小美一个人，背着七八十斤重的背包，带着介绍信，往五九七点九高地走。出了师部向南走几里山路，首先遇到的是五圣山。山上密林里有很多部队，战士们光着膀子，流着大汗，忙着修工事挖坑道。到处是坑道爆破过后腾起的尘土，人影在灰雾中来回闪动。

小美没有上五圣山，而是沿着山下的小路走了十几里，绕到山南面。五圣山南面有条开阔的山谷，那个叫上甘岭的小村子就在这里。由于战火，小村子早被炸得一干二净，经过这里时，只能依稀看到几根烧黑的半截木桩子寂寞地立在那儿。春季到来之后，高高的草丛像上涨的海水，快把这点遗迹也淹没掉了。小美知道山谷里很危险，南面敌人的炮火可以越过五三七点七和五九七点九高地打到这儿，山谷东侧还有一处敌人的炮兵阵地可以直接打过来。可眼前的美景实在令人沉迷，潮湿的春风吹得人昏昏沉沉，又莫名地涌起一阵幸福感。哪怕你知道死亡就在前面，你还是会感受到这种美景带来的欢乐。

　　小美快速通过山谷，再向南走不多远，就是五九七点九和五三七点七高地。尽管匆匆地迈着步子，可他还是悉心地听着草尖划过裤脚和衣襟的声音，用手心抚摸着遍布山谷的花朵。他和那一朵朵花一片片草打着招呼，说着心里话。这时，一只黑色的大鸟从五九七点九高地上空飞过来，尖叫着，展开几米长的翅膀，带着巨大的风声和气浪，掠过小美的头顶。有那么一瞬间，黑色大鸟的翅膀遮住了刺眼的阳光和广阔的天空，震撼着小美的心。他痴痴地抬着头，呆呆地望着黑色大鸟，不知它是鹰还是什么鸟类。它甚至可能并不是鸟类，而是别的什么人世间并不存在的东西。因为小美只在那一瞬间见过，而在后来一辈子也从未见过同样的生灵。黑色大鸟在小美的头顶盘旋了几圈，对着他尖叫着倾诉。

　　小美爬上了五九七点九高地，向南方望去，小美发现，在敌人的那一面又是一条山谷，山谷再向南是另一座山，鸡雄山。那座高山标高六零三点九，由敌人占领。过了鸡雄山就是朝鲜半岛中部城市金化。远远望去，翠绿色的山坳里平铺着一座米黄色的扁扁的城市，隐约可以看到其中有铅灰色的，或方或直的条纹，那是城里的街道。可以想象，这两座高地让那里的敌人多么惧怕与惶恐不安。

小美回过头，背后是高大的五圣山。他觉得五九七点九和五三七点七这两座小山是一个巨人挥出的拳头，或者说，两座小山是一个大人的孩子，又或者，两座小山是一个父亲的儿子。但他觉得这些比喻都不能准确表达内心的感受，并且始终也没找到一个合适的比喻。

小美进了树生住的连部隐蔽所，像个新兵对连首长那样，规规矩矩地给树生敬了一个军礼。然后，他端正地站在那里，等待连首长讲话。树生说，你就留在连部吧，给我当文书。小美说，报告首长，我想到战斗班里当兵。树生稍一停顿，道，好吧，尊重你的意见。现在二排三排在高地这边挖坑道，你到三排九班吧。你先喝口水，一会儿我叫九班长过来接你。记住，谁也不是一下子就成了个好兵，凡事要一点一点来，不准逞能。逞能不是好兵！

九班长二六替小美背起背包，把他带到一处临时隐蔽所。这处隐蔽所就是九班驻地，在 V 字形山梁靠西侧的那道山梁上。再向西，是同属一个军的友邻师的防御阵地。英子就在那个师的文工队，小美有时取送邮件包裹也会去那里。在隐蔽所的入口，小美看到一块大岩石，中央凿下去一米大小的石槽，上面用树枝编成的盖子盖着。揭开来看进去，石槽里有一小半积水，已经成了绿色。二六指着这些积水，对小美说，上了山可就要省着喝水啦。这方圆几十里没有水源，能进口的水都是从天上掉下来的。天不下雨，咱可就断水了。小美听后，下意识地掂了掂军用水壶，还有大半壶水。

二六又说，当然，也不是完全没有水源，高地西南方向，和敌人前沿阵地交界的地方，有一处断崖。崖下有一条小溪，溪水流过一块大山石下时，积成了个水潭，还挺清澈的。不过，无论是我们还是对面的美国兵，谁也不敢去那里取水。因为那个小水潭就在双方枪口下面，不用特等射手，就是新兵也能一枪一个准儿。

隐蔽所实际上也是一个简易坑道，入口一米方圆。二六先俯下身体爬进去，小美跟在后面。坑道四五米深，右左两边又挖出几条可以容下一两个人躺下的短坑道。形状有点像一片叶子的叶脉，一条主脉两侧会有许多支脉。这样，一个班十个人就都可以住在里面。二六往深处爬了一会儿，坐下，指着一条黑洞洞的短坑道说，你就住这儿吧。这里原来住的是一名河北老兵，前几天下山运粮时牺牲了，他留下的东西你都可以用。小美点点头。

二六又指着头顶，说，还有这个东西，你也得注意着点。小美借着已经不那么明亮的光线看过去，坑道角上的岩石突起一块，上面竟然有只鸟巢。一只白羽毛的红嘴小鸟一声不响，瞪着又圆又亮的眼睛看着自己，样子非常可爱。鸟巢旁边还贴了一张字条，上面写着，高个子经过此地请低头。

二六说，这个鸟巢你可千万别给碰掉了，这是咱们班老同志李大棉裤的宝贝，比亲儿子还亲。还有，你看那边。小美顺着二六的手指看过去，洞口处阳光刚刚能照得到的地方精心凿了一个一尺见方的小龛，像佛龛，不过里面摆的是一盆粉红色的小花。二六说，这是咱们班一个山东兵的花，都叫他小花匠。这花啊，只准看，不准碰。嘿嘿。为什么呢？小花匠的家里几代人都是花匠，靠养花卖花为生。别看他平时没啥嗑唠，一提起养花花草草，那精气神儿可全来了。最怪的是，你养花就养花呗，他养花养得神神叨叨的，说花有花神，这种花归这个花神管，那朵花归那个花神管。坑道里的水不够喝，他宁可自己干着渴着，也要把水省下来浇花。你说他这花养得吓人不？

二六说，更神奇的还是这盆花的来历。有一次，咱们班从高地南面向北面换防，不知从哪儿打来一排炮弹，小花匠给掀出去十几米。落了地，他连滚带爬躲到一块岩石后面，浑身一摸，竟然一点伤也没有。这时，从他怀里掉下来一枝花，连着根，根上还裹着一团拳头大的新鲜土，就是坑道里的这朵。小花匠说，这是花神在保护他呢！因为他家几代人都养花，对花好，花神感谢他。你再看看那只花盆，那是一整块岩石一点一点凿出来磨出来的，花的工夫可大了去了。白天挖一天坑道，晚上也不睡觉，洞里不点灯，他摸着黑儿弄。

二六接着说，还有啊，你要听谁问小花匠，你的朝鲜妹妹喝水不？那就是在说这盆花呢！嘿嘿。好啦！不说了，我要去坑道施工工地去了。你在这儿收拾收拾熟悉熟悉，等大家傍晚回来，我给你介绍。

二六班长离开了。小美摸着黑钻进属于自己的那条小坑道。坑道中间有棉褥子，摸到褥子下面，还有一张狗皮。在师部时就听说，前线部队向朝鲜老百姓买了很多狗皮，因为坑道里头潮湿阴暗，待久了，湿气比刀子还可怕，睡一晚，第二天一早仿佛断了腰一样。而狗皮很隔潮，棉被褥铺在上面多长时间也不会水淋淋的。

小美又向周围摸去，墙脚下摆着牙缸、瓷碗、牙粉盒、挎包、腰带、胶鞋，整整齐齐排成一溜儿，顺手就可以取到。再往上，墙上有个巴掌大的小洞，手伸进去，是一小截蜡烛。小美摸着黑，把自己的背包打开。老兵留下的东西一样也没动，放在原位，自己洗漱吃饭用具放在身体另一侧。小美把被褥覆盖在老兵的被褥上面，更厚一些，也更柔软一些，算是牺牲的老兵对自己的最后一次帮助吧。

他试着躺下去，身子挪了挪，还挺舒服。这时，他觉得靠近肩膀的地方稍有些厚，微微硌着身体。他侧过肩，用手掏进去，发现下边压着一本小笔记本，用布包着。小美一下子起了好奇心，抓着笔记本，来到洞口。午后的阳光一下子非常刺眼，眼珠生疼，眼前反倒是一片黑洞洞的，许久才看得见东西。能看见景物之后，他解开布包，看出这是块红布，四角缝着布带，中间绣着个"吉"字，原来是个娃娃的肚兜。笔记本是深蓝色油纸面的，第一页贴着一张灰色发黄的照片。一对老年夫妇坐在前排的木椅上，腿上抱着两个婴儿，后排站着七个年轻人，有男有女，大的已近中年，小的还是身子骨单薄的孩子。小美猜测，牺牲的河北老兵可能是这其中年龄较大的一个，红肚兜就是照片里的婴儿的。

小美入神地幻想着，端详着照片里每一个人的脸，努力地辨认着，是哪一个曾经躺在自己现在躺着的地方？有一刻，他仿佛做到了，他紧盯着的那张脸突然活了，可以开口说话了。可又过了一会儿，那张脸又变成了照片，回归到了扁平的样子。小美有些惆怅地打开笔记本，读着用铅笔写上去的字迹。里面记的大事情和自己经历的一样，毕竟在同一个师，比如从哪儿出发，何时出国，打了哪些仗，如何休整。但小事情上又很不一样，老兵在连队，而自己在师部，所经历的，一个在地上，一个在天上。比如，这个老兵在去年的日记中记载，在第五次战役后期的某次战斗后，这个班十个人只剩下四个人，分别是二六、李大棉裤、宋大锤子和他自己。班长、副班长全部牺牲，之后，二六接了班长，他自己接了副班长。其他的兵，全是休整时期新补充进来的。

日记停止在三月下旬。小美想了想，在半个月前。

第二天，小美便开始跟大家一起施工。挖坑道其实并不是一锹一镐地挖。朝鲜中北部多山，山体内部是坚硬的岩石，有许多日本鬼子当年挖的矿洞。坑道施工主要依靠爆破，先在岩石上凿出一个三十多厘米深的炮眼，然后装上炸药和雷管，将岩石炸裂后，再刨下来运出坑道，这样一点一点向深处掘进。

小美后来才明白，在朝鲜战场上，坑道并不仅仅是一个住的地方，而是一种针对美军这种武器装备现代化程度非常高的军队的特殊作战方式。朝鲜中部的山通常都不高，也不险峻，在飞机大炮坦克的轰炸之下，其实是易攻难守。花很长时间建立起来的地表防御工事，在短时间的炮火准备之后就被全部摧毁，表面阵地变得十分光滑，没有任何可据守的屏障。所以，志愿军通常使用正面阵地对敌情进行观察和牵制，而在山背后敌人炮火攻击的死角大规模挖掘坑道。这样，即使敌人的炮火把山头轰平，把所有工事都铲掉，志愿军仍然能够顽强生存，让敌人无可奈何。就算是敌人占领了表面阵地，我军剩余的兵力仍然可以埋伏在后坡的坑道里面，趁夜晚或我军主力反击时全力出击，迅速把表面阵地夺回来。

　　志愿军战士入伍之前大多是农民，对拿锹动镐的活计非常熟悉。所以，挖掘坑道的工作进度很快。二六让小美和班里老兵宋大锤子一组，一个扶钎子，一个抡大锤。小美身材瘦小，负责扶钎子，宋大锤子过去是河北一个煤矿的矿工，高大粗壮，手指头像紫黑色的茄子，自然把抡大锤的活儿揽了过去。他对爆破驾轻就熟，炮眼打在哪儿，需要多少药，都一清二楚。而且，在他嘴里，炸药不是用的，而是玩的。他总是说，炸药这东西，玩起来要胆大心细。可以做的事你就敞开胆子去做，不能做的事亲爹让做也不能做。不按规矩来，那可就不好玩喽！好像对他来说炸药不是一种工具，倒是一件熟悉得不能再熟悉的玩具。休息的时候，李大锤子会开玩笑地用手指头捏捏小美的后脖梗子，像捏一只小猫一样。在大家累的时候，小美也会给大家唱上一段梆子戏，很受欢迎。渐渐的，其他排其他班也都轮流把他找过去，听他唱戏。

　　小美参与施工的坑道在五九七点九高地的西北山梁上，离住的隐蔽所很近，由两个班二十多个士兵共同修建。这个坑道呈"卜"

型，一横一竖各长三十米。有三个出入口，分别朝北、朝东和朝南，其中朝北的出入口背对着敌人的炮火，朝东、朝南的出入口通向前沿阵地。坑道不足一人高，在里面站不起来，一米宽，可以并排躺下两个人。在主坑道两侧，有许多分支短坑道，和小美现在住的临时隐蔽所差不多。那些短坑道可以住人，可以储藏东西，也可以当会议室。

大家都知道这些坑道将来在战争中就是自己的庇护所，所以修建得十分用心，也花了相当多的心思去设计。靠近主峰的一号阵地坑道是五九七点九高地上最大的坑道。可以装下一个连，呈倒着写的"F"形，有三个洞口，一个朝北面的五圣山方向，两个朝南面的敌人阵地方向。坑道全长八十多米，高一点五米，宽一点二米，顶部是厚达三十五米的花岗岩。高地V字形山梁其他地方的坑道大多也可以保证一个排或一个班在里面衣食住行。主要坑道都挖有两个出入口，保证一个坑道口被炸毁后，另一个还可以备用。有的大坑道分支上挖出了很大的空室，可以容下十几人。可以说，上甘岭高地上的坑道是一座完整的坚固的实用的有效的地下防御工事。

坑道里点着油灯，在浓重的岩石灰尘中闪着朦朦胧胧的影子。小美推着用松木制成的独轮车，把凿下来的石块运到外面。他的头发上脖子上衣服上覆盖着厚厚的白灰，只有眼珠子是黑色的。他吐了口快成泥浆的唾沫，满嘴苦杏子味。已经是傍晚时分，太阳西落，班长二六喊着大家收拾家伙什儿，准备开饭。

这时，最可怕的事情发生了。小美拧开军用水壶，仰起脸，张开嘴，等了好半天，也没有一滴水从壶嘴里落下来。军用水壶被坑道里的热气蒸得烫烫的，蒸干了最后一点水分。干了一天重体力活儿，此时是不敢指望冲个澡的，可喝上一口水，坐在树下吹一阵晚风也是很快乐的事情。可是，连这点快乐也没有了。强烈的焦渴让人控制不住自己的情绪，小美只觉得一阵一阵的绝望，眼前发黑，站也不是，坐也不是，脑子里一片狂乱，不知该如何解脱。

晚饭又是炒面，很多人都没水了，所以也没几个人能吃下去。二六出去了一会儿，又回来，对大家说，我跟排长请示过了，这样下去不行。今晚，我要到阵地前沿的那个小水潭去打水。我当临时战斗小组的小组长，有谁愿意跟我去？大家黯淡无光的眼里一下子有了活蹦乱跳的神采，所有人都报名了。二六挑了一老一新两个兵，老兵是宋大锤子，新兵是一个叫戛戛的四川兵，和宋大锤子一样壮实。戛戛很喜欢哼一支蜀地的小曲，其中有一句"黄斯蚂蚂，请你家公家婆来吃戛戛"。你问他戛戛是啥，他也不知道，反正曲词里说吃戛戛，那肯定是能吃的东西。这样，大家就都叫他戛戛。

半夜里，三个人每人一支冲锋枪，宋大锤子和戛戛一人背五个军用水壶，二六背一只带盖铁桶。约定好，必须把军用水壶装满水，如果有人受伤，二六负责遮护，另一个人要把伤员背回来。班里剩下的人又抽出三人，组成战斗小组，由副班长指挥，在半山腰处负责接应。

小美趴在高地正面的战壕里，竭尽全力向小水潭方向望去。在月光的照耀下，小水潭仿佛一枚亮光闪闪的银币，被丢在一片黑黢黢的丛山野莽之中。过了好一会儿，也不知班长带的战斗小组到哪儿了。突然，空中亮起了三发照明弹，缓缓落下，像过年夜里的纱灯，把圆圆的山谷照亮了，好似漆黑的夜里又多了一只黄金色的大碗。接着，敌人那边的机枪、山炮响起一片，火焰和闪光把小水潭周围覆盖了。我方阵地也向敌人射击，以掩护取水的战友。

不久，枪炮声戛然停止，一切又回归寂静，只剩下月亮照在头顶，千古不变的景象。二六回到了山后的隐蔽所，铁桶给子弹打了好几个洞，水漏掉了大半。他忙把背上的铁桶放到洞口处的石槽里，把剩下的一小半水保存起来。戛戛被机枪子弹打穿了胸部，一身血，被宋大锤子背了回来。两人身上各背着出发时带去的五只军用水壶，里面的水倒是没漏一滴。大家急忙把戛戛放平，给他的胸腔压上包扎带，可血还是止不住。二六咬咬牙，命令副班长和小花匠把戛戛抬下山，送到五圣山后的师医院去。天没亮，副班长回来了，告诉二六，戛戛半路上就没气了。

那段时间，一到晚上，二六就带着全班的人趴在战壕上，枪口对着小水潭，看到人影就开枪打过去。有一次天亮之后，看到一个美军士兵的尸体倒在水潭边。班里的人架着枪，继续瞄准。果然，有几个美军士兵拿着绳子，想把战友的尸体抢回去。他们一露头，这边的枪就响，又把一个美国兵打死了。之后大约三四天的工夫，那两具尸体就一直留在水潭边，保持着临死前的姿态。二六说，算了，咱仇也报了，让他们把尸体运回去吧。这事儿才算罢休。

可是，依然没有水。大家渴得发慌发狂发疯，血管里的血液好似稠成了浆糊。和九班一起施工的八班有人干着活就突然倒下来，死掉了。说是热死的，其实也是渴死的。一天晚上，小美渴得心慌，坐在高地正面的战壕里乘凉。他把脖子、手臂、后背贴在潮湿的泥土上，以减轻心中的渴念。这时，阵地对面响起了一缕哀伤的口琴声，接着，是四五个美国兵在放开喉咙唱歌。黄昏里的前线是如此寂静，歌声清晰地传到了这边来。小美跟霓云学过一些英文，虽然并不能完全听懂歌曲的内容，但其中反复唱的歌词却还能明白。有一个多次出现的词，叫老人河。所以，他猜这首歌应该叫《老人河》。许多年以后，他还找到了歌词的全文：

> 我们这样痛苦、疲倦，
> 既害怕死亡，

又厌倦生活。

老人河啊，

老人河！

你知道一切，

但总是沉默，

你滚滚奔流，

从不停歇片刻。

听到这歌声，小美感到非常震撼。他没想到对面的敌人竟然会唱如此伤心的歌曲。他第一次感觉到他们也是一群活生生的人。过去，美国兵在小美眼里，要么是凶神恶煞的攻击者，要么是胆小如鼠的逃跑者，现在，他们是伤心的人，而且，这种伤心是可以传达，可以理解的。这时，旁边有人抬起步枪，朝着歌声的方向瞄准。有只手按住枪管，把那支枪拽了回来……

突然，小美有了个主意。他找来一张纸，在上面画了个钟表的表盘。表盘上方画一轮月亮。在九点钟到十二点钟的区间里，写了U.S.字样，然后在旁边画了一只志愿军用的轮盘式冲锋枪，在冲锋枪上打了个叉。在十二点钟到后半夜三点钟的区间里，写了CHINA字样，旁边画了一只美式卡宾枪，同样在上面打了个叉。

小美找到了二六，把这纸递给他，说，我想把这张纸放到水潭边上去，行吗？二六扫了一眼，紧咬着嘴唇，又盯着小美瞅了半天，道，先放在我这儿吧。

几天之后的一个晚上，二六找到小美，拿出那张纸，递给他，说，今晚，你跟我，咱们俩去完成这个任务。小美有些困惑，问，连里面同意了吗？二六答，这个不要问，将来有人追查，只说是咱们俩干的。小美点点头。

不久，前线部队开展了轰轰烈烈的狙击兵运动，号召广大官兵向敌人打冷枪冷炮，一天消灭几个，积少成多，也是不小的成绩。但小水潭那里却没再死过人，全连从此也没断过水。有一天，小美在后半夜去小水潭取水，看到水潭边的青石上有个黄灿灿的东西。原来是重机枪子弹壳做的十字架。十字架下面压了张明信片，明信片正面是美国某处大峡谷的风景照片，背面用墨水写着"Thank You！"小美把两样东西交到二六那里。二六上上下下翻看了几眼，没说什么。第二天，二六交给小美一张宣传画，不知从哪儿来的。画上面是一个男孩和一个女孩，胖乎乎的，手里捧着一只白色的鸽子。他让小美再取水时，把这画压到小水潭边的青石上去。

三

冬天来了，如波涛一样的群山变成了橘黄色。山坡上的黄土又干又硬，夏季肥得流汁的浓绿色青草枯萎成一丝丝一缕缕，倒伏在地上。大树落尽了叶子，光秃秃的树枝在寒风里发出尖厉的鸣响。此时，是十月下旬某一天，敌人向上甘岭五九七点九和五三七点七两座高地的进攻已经到了第五天。从五圣山上望过去，两座高地被罩在浓黑的硝烟里。明明群山上空是白云蓝天，但在高地上活下来的人的记忆里，那几天却一直都是黑云蔽日。浓烟像两只铸铁锅，倒扣在两座高地上，久久不散。浓烟里闪着此起彼伏的爆炸火光，向天地间传出打鼓一般沉闷震撼的巨响。

两个高地上开始了拉锯战。白天，敌人发起进攻，占领部分或全部高地表面阵地，志愿军退入坑道。夜间，增援部队在坑道部队的配合下发起反击，再夺回高地。如此反复。每个高地上一天就要打光或打残一支连队。到了这天下午，师长手里的预备队只剩下六个连。

师长从来没有过这样的经历，仅仅五天时间，师主力就基本耗尽。他想象不出，前方的仗打得该是怎样的惨烈。他想找几个从高地上下来的人，问一问情况，是不是可以改变一下打法，避免这样无底洞似的消耗下去。可令他震惊的是，上去那么多部队，下来的人却寥寥无几。

他琢磨着，过去，总是猜测敌人的主攻方向在哪里，现在，不用猜测了，主攻方向确定无疑地就在上甘岭两个高地上。敌人的战略意图是先拿下这两个高地，然后再攻占五圣山。如果敌人的战略意图实现，志愿军在三八线附近的防线就被从中间撕开了。因此，五圣山这道闸门必须守住。

他又想，可是，从道理上必须守住，和实际上能不能守住是两回事。照这样的消耗速度打下去，几天之内，师主力就拼光了。人都没了，还怎么打仗？

他惴惴不安地往下想，如果暂时放弃高地上的表面阵地，退入坑道防守，也不失为一个好办法。这本来就是志愿军预定的战术。坑道在我们手里，高地就在我们手里。进攻很容易，炮火准备之后，防御工事也给轰得差不多了，往上冲就是了。可防守就难了，阵地上光秃秃的，坡也很缓，美军坦克可以开到山脚下。

他又大着胆子推测下去，如果放弃这两个高地呢？后面的五圣山更高，更适合防守，何必要在这两个并不起眼的高地上牺牲这么多人呢？

这时，上级首长来了电话，问道，怎么样？顶不顶得住？

师长的脑袋里像锅开水，各种想法激荡着，没有哪种想法占据上峰。他停顿了一下，说道，这辈子没打过这样的仗……

电话那边说，要不，你下来，我让其他师顶上去？

这话一说完，师长就如同五雷轰顶，所有的想法都没了，脱口吼道，我不下！不下！打剩下一个营，我当营长。打剩下一个连，我当连长。打剩下一个班，我当班长。我就是死也要死在高地上。敌人要是想上五圣山，先从我尸体上迈过去！

电话那边哼笑了一声，道，那你说说看，为何不退？师长激动地说，后退更不行。现在的阵地是精心准备过的，坑道很坚固很完备，而后面的阵地基本没有什么像样的防御工事。与其守二线，不如死守一线。要是这么轻易放弃一线阵地，二线阵地也给敌人突破了，将来更难办！

电话那边又问道，那下一步你打算怎么办？师长说，今晚，我们准备夺回失去的阵地。如果将来预备队用光了，我们就进坑道。坑道在我们手里，高地就在我们手里！坑道在我们手里，敌人就不敢向前半步！

电话那边轻声道，还有一个事情我要告诉你，志愿军首长说，敌人成营成团地向我阵地冲击，是敌人用兵上的错误，是我歼灭敌人的良好时机，应抓住这一时机，大量杀伤敌人，我军继续坚决地斗争下去，可制敌于死地。

电话那边问，这些话的言下之义你理解么？

师长答，过去，咱们是找上前去给敌人放血，可总也抓不在手里。现在，敌人自己撞上门来，那咱们就好好给他们放放血。等敌人的血流干了，自然也就打不动了。

电话那边说，大致就是这个意思，运动战可以大量歼灭敌人有生力量，阵地战同样也可以大量歼灭敌人有生力量。过去，运动战从没干掉过一个完整建制的美军师，现在美七师来了，咱们要把上甘岭阵地变成绞肉机，把他们连骨头带肉都绞碎在这里。

师长答，明白了。

电话那边又说，以上都不是我想要对你说的。

师长大吃一惊，忙说道，首长请讲。

沉默了一会儿，电话那边说，这一战，美军一定会很痛，可我们也要准备承受比他们更大的苦……这个意思你明白了么？

师长冷静下来，答，明白。

电话那边说，你们坚决地打下去吧。我这里有一千二百名新兵，是给你们师的。不过，现在不给！

夜，刚刚黑透。树生与连队士兵走出屯兵隐蔽所，向五九七点九高地方向进发。他们要去五九七点九高地东北方向那条山梁，并收复山梁上的阵地。树生碰到了营参谋长。他姓张，带着通信员，准备随另一支连队收复五九七点九高地西北方向山梁上的阵地。通信员姓黄，四川人，个子不高，很敦实。人也很憨厚，经常被营首长派到各连去取送东西，和大家相处得很亲热，走一趟常常要帮别人背上百斤的物品。可他从不推辞，见了谁都是笑呵呵地问，有啥要送的吗？我还能再背点。树生对那个通信员说，小黄，你带来的包裹我转交给你的四川老乡啦，放心吧。小黄马上站直了身体，厚厚的嘴唇咧了咧，规规矩矩地笑着说道，指导员，真是谢谢您啦！

说话过后，两支连队分道扬镳。树生带领连队来到山脚下，前方是山谷。穿过山谷，才能到达五九七点九高地东北山梁下方。这一带是敌人的封锁区，时不时会射来冷炮。稍有动静，就会引来密集的炮火覆盖。有一次，一个运输班五个人背着炮弹从这里经过，每个人距离五六米。一发重炮炮弹打中了中间一人，结果五个人全部消失在那个巨大的弹坑周围了。

这一天正是阴历月初，没有月光，身前脚下一片朦朦胧胧的黑。连长带着一排，副连长带着二排，树生带着三排。穿过这片山谷时，每个人之间相隔三四十米，右臂缠上白毛巾，前一个走远了，后一个再跟上。树生站在出发地的大岩石下，猫着腰，指着夜色里五九七点九高地那巨大的身影，为每一名士兵引导正确的前进方向。一排的几名大个子兵各背上白面袋，走在前面，沿途撒出一条显眼的白色带状痕迹，以免后边的士兵在黑漆漆的夜色里匆忙间跑偏了方向。

二六先过去了。很快，他的影了就消失在黑暗里，再无一点踪迹。树生拍了拍李大棉裤的后背，指了指五九七点九高地下面一处石崖，悄声道，在那个方向。李大棉裤使劲瞅了瞅，啥也看不见。他提了提棉裤腰，使劲紧紧裤带。真是奇怪，李大棉裤的腰也不知是怎么长的，无论裤带勒得有多紧，都好像要掉下来似的。他又把背上背着的几百发子弹，以及几十枚手榴弹、手雷、爆破筒，还有步枪、粮食袋晃了晃，吃力地低声道，明白，明白，那我可就过去啦！说完，他像大马猴子一样，一蹦一跳，跃起又高又瘦的身体，一摇一摆地向树生指引的方向跑去。每个战士身上都要背这么多东西，因为攻上阵地之后还要有足够的粮食弹药坚守阵地，此时，五九七点九高地坑道里的物资已经耗尽了。

轮到小美了。树生掐了掐他的脸，把小美背上的步枪和粮食袋解了下来，道，这个我替你拿。别慌，两头都有咱们的人。

小美推开树生的手，低下身体跑出去。寒风从黑暗里迎面吹来，各种各样微弱的亮光从四面八方照射过来，仿佛这黑夜中还有无数游荡着的怪物。脚下绊绊磕磕的，有圆的，有尖的，有软绵绵的，有硬邦邦的，有无声无息的，还有一碰就哗啦哗啦作响。跑到山谷中央时，一枚照亮弹从低空中飘落，瞬时间，山谷里雪亮刺眼。

小美一下子趴在地上。眼前是一匹被炸破了肚子的马，肋骨白花花的像扇子骨一样向外支棱着。马腿上趴着一个人，已经牺牲了，三四个裂开了的木头炮弹箱压在他的后背上。周围的地上，是密密麻麻散落的白面饼子、包子、苹果、萝卜、香烟、饼干、军用水壶以及各种各样的物资。装大米、白面的麻袋被撕开大口子，撒得一大片一大片的，上面还溅着血迹。子弹像一摊一摊水一样铺在地上，发着紫红色的闪闪微光。有一根落在小美眼前的手臂上还戴着一只瑞士手表，亮晶晶的。最神奇的是，那只瑞士手表还在一跳一跳地，很活泼地走。

照明弹的光芒惨白恐怖，把山谷里的树木、草丛，还有人和万事万物都映得惨白恐怖。一切似是出现了幻觉，一切都像白纸一样薄，像戏里的画皮那样只是一层纸。不光看死人如此，看到活人也是如此。此时，你要是用刺刀杀死一个敌人，你会觉得自己捅破了一个放在坟前的纸人。

照明弹落下，敌人胡乱放了几排冷炮，落在小美身前身后不远处，但都没有伤着他。有弹片吱吱地从小美头上飞过去，有弹片打断了那匹死马的肋骨，还有几枚刺进了那个牺牲的运输员的身体里，让小美免受了弹片的伤害。但小美爬起来时，却失去了方向。照亮弹照射过后，周围反倒更加黑暗，黑暗里白茫茫的，看不见一丝一毫景物，人像瞎了一样。幸好，几十米外有人压着嗓子在叫他的名字。他像有娘叫的孩子一样，飞快向那里跑去。飞奔之中，一条胳膊从遗体上伸向天空，冻得又实又硬，手指头弯曲得像只钩子，一下子挂住了小美的棉裤腿儿。他一头栽倒，头重重地撞在了结霜的黄土地上。小美头昏眼花地摸索着，摸到了地上散落的子弹，摸到了尸体上的棉衣，摸到了一只棉鞋子。他奋力站起，向喊声方向奔跑，冲进五九七点九高地下方的黑暗里，一下子跌倒在李大棉裤的身体旁边。李大棉裤侧过身，嘿嘿一笑，拍拍他的头，道，小家伙儿还挺机灵的！

许久，最后一个士兵也到达高地下方。粗粗一算，连队通过封锁区足足花了两个多小时。虽然缓慢，但伤亡很小，只亡了六班一个老兵。不清楚敌人为什么没有密集地开炮，或许他们认为，山谷里孤零零地跑着一个人，并不值得开炮，只有密集行动的运输队或班排才值得开炮，或许他们也很无奈，不知该如何用重炮对付零星运动的散兵，或许也没有更多的原因，仅仅是他们没有开炮。

连长、副连长已经带着一排二排向高地上的坑道去了。树生叫大家检查一下武器装备，检查过后，也出发了。

从半山腰开始，小美见到了他此生难忘的景象。山上的空气是凛冽的，但脚下的土地却是温热的。他的小腿一下子陷进了土里，立刻没了大腿根儿。仔细看去，这些土是被成千上万颗炮弹炸成的粉末，像灶膛里烧过的稻草灰，稀松而又呛人。每走一步都像踏在沼泽地里一样，必须倾斜身体，使用全力，才能再跨一步。几尺深的暄软浮土之下也并不是坚实的土地，而是被埋在下面的弹药箱、打坏的枪支、手榴弹、麻袋包、钢筋、鞋子，还有无数死者的断肢残骸，早已冻硬，踩上去一不小心就会摔倒。密度之大，每走一步都会踏上，绝不落空。山腰以上全是焦土，再无片草，孤零零地立着几棵大树，只剩下半截树桩，树皮早被气浪和烈火扒光，伤痕累累的黑色树干上嵌着密密麻麻寒光闪闪的大大小小弹片，仿佛一根巨大的狼牙棒，来年无论春风怎样吹抚，也绝无可能再长出新枝绿芽。随便抓一把灰土，都会从里面抖落出几块边缘锋利如刀的弹片。这样的土地，小美之前没见过，之后也一辈子再没见过。

匍匐到了坑道口，士兵悄无声息地爬进去。小美看到，半年前挖的一人高的坑道口如今已经炸塌，只剩下汽油桶粗细的出入口。想进去，必须卧倒在地，或头先进，或腿先进，然后一点一点挪进坑道。坑道以上，到山梁顶部，被美军占领，黑暗之中，也不知他们在这几天里又建了多少明堡或暗堡。

钻进坑道，里面逐渐变高变宽，和过去一样。但一下子非常热，仿佛从雪地里猛地进了热气腾腾的澡堂子。先进来的人的额头和脖子都出了大汗，脸色潮红。扑面而来的，是一股可怕的气味，臭得发苦，让人胸腔像箍了一层铁板，无法呼吸，稍有犹豫，就会呕吐，让人毛骨悚然。坑道呈"M"形状，总长七八十米，两侧躺满了伤员，稍不留神就会踩到他们，引来一声声疼叫和咒骂。还有一些伤员坐在地上，手里握着手榴弹或步枪，眼神直勾勾凶巴巴的，仿佛来的不是战友而是敌人。如果再来一声喇叭响，他们一定会毫不犹豫地向你开枪，或拉响手榴弹和你同归于尽。再往里走，炮弹箱上垂着头，坐着一位连长，他无神地和树生握了握手，眼里浸着泪水。他是这个坑道里唯一没有受伤的人，剩下的二十多个全部是伤员，还有一半是重伤员。他们，就是这个阵地上连日与敌厮杀之后剩下的全部的人了。恶臭是从坑道深处传来的，三分之一的坑道用来堆放牺牲的战友的遗体。他们不忍心把战友的遗体抛到坑道外面，被密集的炮火炸得七零八落。另一方面，他们也没想着能活着走下高地，或迟或早，自己也要变成尸体。你怎么对待别人的尸体，别人也就怎么对待你的尸体。当然，小美后来在别的坑道看到，也有的连队把战友的遗体挪到了外面去。这不代表他们不尊重自己的战友，那是另外一种看待生死的态度了。并且，小美后来还发现，能把尸首保留在坑道里也要算幸运的了，大部分牺牲在阵地上的战友遗体都留在了外面。

不久，连长在坑道口喊道，突击排的同志到前面来！站在小美身边的二六、宋大锤子、小花匠还有一位姓欧阳的副排长应声向坑道口挤过去。墙壁上有根蜡烛，在缺氧的空气里只剩下豆大的火苗，蜡也被热气熔化了，歪歪扭扭地堆成一团。借着这微弱的火光，小美才发现，二六和宋大锤子今晚穿的都是新发的棉袄棉裤，前胸后

背处还带着崭新的叠痕。他们挤过小美的身体时，飘来一缕新鲜的
布料和棉絮味道……

四

连长看了看表，无声地一挥手，最先钻出坑道。小美出了坑道，
进入攻击出发地点。这里是山坡上的一处凹地，散落着几块从山顶
滚下来的大石头。左边是一排二排的战友，前方趴着突击排的同志。

我方炮火准备开始了。火力很猛，先是两个营的喀秋莎火箭炮
齐射，然后是上百门榴弹炮速射。山顶处通红发亮。敌人放起了照
亮弹，一发接着一发，一层盖着一层，把五九七点九高地两道山梁
上的所有阵地都罩在刺眼的亮光之中。小美看到，在银色的爆炸、
红色的烈火和黄色的气浪之中，漫天飞舞着敌人的钢盔，一根根敌
人建造碉堡用的钢筋、铁板，像筷子，像纸片，好似完全失去了重
量，轻巧地翻飞在夜空里。飞上天空的敌人的躯体，仿佛黑色的剪
纸，在火光里飞舞燃烧扯碎。

我方炮火慢慢向前推进，尖厉的喇叭声响起来。突击排的士兵
跃起身，向山梁顶部阵地冲去。此时，敌人的阻击炮火也打来了。
在我方炮火与敌人炮火之间，形成了一条一二十米宽，不断向山顶
移动的空隙地带。突击排的士兵义无反顾地钻进这个炮火空隙地带
里，跳过一个个冒着烟，闪着残火，喷着烫人热气的黑色弹坑，顶
着射来的子弹，紧跟着密集的炮火，向山梁顶部奔跑前进。

这时，发生了意外。敌人在山梁顶部修建的主碉堡以及子碉堡
并未完全被炮火摧毁，密集的机枪子弹向山坡下方射来。一发从高
地东北方向敌人炮兵阵地打来的炮弹落在了山坡上，将连长、副连
长、副指导员一起炸成了重伤，并且先后牺牲。

就在大家犹豫惊慌之际，突击排第二梯队的崔副排长高喊道，突击排现在由我指挥！大家都明白，此时，谁主动承担下指挥任务，谁就是给自己抢下了一个最先牺牲的机会。崔副排长命令宋大锤子和小花匠，还有一个新兵组成爆破小组，从右路上山梁，炸毁敌人的主碉堡和子碉堡。不久之后，在阻击敌人反攻时，崔副排长身负重伤，抱着一束手榴弹与敌人同归于尽了。

　　宋大锤子带领的右路爆破小组冲到主碉堡跟前，被机枪压制在一块岩石后面。那名新兵最先牺牲。宋大锤子在奔跑之中，身上多处中弹，摇摇晃晃地冲了几步，一头栽在岩石下面。他俯身对小花匠说了些什么，然后绕了个弯，一点一点向前爬。小花匠用冲锋枪向主碉堡射击，把那里的火力吸引到自己这边来。过了许久，后边的战友都以为宋大锤子已经死了。不料，他慢慢挪到了主碉堡侧面，攒足最后一点力气，像诈尸一般令人惊骇地站起来，拽出了挂在腰间的手榴弹拉环，跳进敌人的主碉堡里面。巨响过后，土块、石子飞出很远，纷纷落到了后边战友们的身上……

　　收复此处阵地之后，连队沿着东北山梁继续向五九七点九高地主峰进攻。山梁上有敌人大大小小十几座碉堡，大部分已被炮火或手榴弹摧毁。铁板翻开，插在地上，像从高空一头栽下来的风筝。钢筋铁轨散乱地戳在没了盖子的碉堡边缘，像麻花一样扭曲着。一个接一个大弹坑里还有一股股没有熄灭的残火，硝烟呛得肺叶子烧痛，好似肺部被烧红的钢刀搅了几搅，捣得稀碎稀碎的。

　　到达主峰敌人阵地前沿，遇到了另外一支攻击连队。他们伤亡很重，营首长命令树生带领士兵与该连队共同收复主峰阵地。

　　主峰东北侧有条两人高的石崖，石崖上有处突出的石檐子，只有攀上这个石檐子，才能接近敌人的主碉堡。

　　二六趴在最前沿。他回头看了看，小花匠已经受伤，胳膊上缠着绷带。他又看了看小美，小美爬到他跟前。二六说，我去炸碉堡，你用冲锋枪在后面掩护我。我从左面上去，你往右边去，把敌人的机枪引过去。

小美刚要说什么，一发炮弹落在了附近。等他清醒过来，抬起头，发现二六正看着他。一枚弹片正嵌在二六的颧骨上，掀掉了他的一大块脸皮，在火光的映照下，像河水一样，稀溜溜地淌着血，那块脸皮向下耷拉着，湿滑发亮。小美压住恐惧，说道，班长你受伤了，还是我去吧，你在后面掩护我！二六拉住小美的袖子，说道，看清楚喽！敌人的机枪有个死角，打到这里总有尺把高，不会再低了，你把身体贴在地面上，就是向前爬也是安全的。说完，二六检查了一下小美腰间的四枚手榴弹，又使劲捧住他的脸，喊道，小家伙，别慌！

小美压低身体往前爬，子弹从头顶，从后背吱吱呜呜地飞过，打在身后的浮土里，发出噗噗的闷响。他爬到了石崖下，头顶上就是那块尺把长短的石橛子。这里又黑又暗，没有子弹打过来，他咬着牙，连滚带爬地攀上来，蹲在石橛子上，小心翼翼地准备站起来。上方的岩石被子弹打得火星乱溅，碎石打在头皮上，硼在棉袄上，像针刺一样痛，像无数蝗虫在乱蹦乱跳。

这时，一发照亮弹在小美头顶上方三五米处亮起来。小美一下子从黑暗中来到了光亮的最中心，那一刻，他觉得惨白的光线像烈火一样，把自己照得浑身透明了。自己轻得像一缕烟，透得像一汪水，薄得像一张纸，脑袋里一片空白。他突然忘了自己为什么在这里，也不知下一步该干什么。他紧张得无法动弹一下，就像一个初次走上舞台的演员，无数道目光好似万箭穿心，千钧重量仿佛泰山压顶。小美惶恐不安地转过身，用目光向二六求助。

小美看到二六站起身，一边朝碉堡射击，一边绕着弯子向这边冲过来。可几秒钟之后，几条枪机子弹拉出的火线向二六身上抽去。二六倒在地上，再未爬起来。

小美瞪大眼睛，大张着嘴，泪水涌出眼眶。所有的恐惧、虚妄、乞求、不安，所有的激情、热切、失望、骚动都不见了，在强光之下，他看到了那个有血有肉的自己。这个自己很脆弱，可却是他自己。他明白，他已经不再需要求助，现在，是要用自己的生与死来承担起所有人的生与死的时刻。此刻，他突然明白，自己再也不是一个新兵，永永远远地都不再是个新兵了。

小美蹲在石橛子上，凭声音向碉堡方向扔出一枚手榴弹，趁着爆炸腾起的烟雾，义无反顾地站起身，爬上崖顶，向碉堡冲去。不知从哪里射来一发子弹，正中他的小腿。他感觉身体一下子悬空，并且跌倒。但他手脚并用，猛地又蹿了几步，来到碉堡下方。小美拉开手榴弹的拉环，愣愣地瞅了一秒钟，才塞进碉堡的射孔，然后躲到一边。碉堡猛地震颤了一下，他又冷静地向里面塞了第二颗手榴弹，第三颗手榴弹，直到里面彻底寂静下来，才爬起身，爬到一条壕沟里趴下，等待自己的战友冲上来。

树生带领不到一个排的士兵冲上主峰阵地。他掏出自己的急救包，把小美的小腿捆紧，并且让小美留在主峰阵地观察敌情。

主峰南侧，还有一个稍小的阵地，是五九七点九高地所有阵地中的最前沿，在"V"字形山梁的最尖端，与敌人靠得最近。经过简短的部署，树生指挥部队绕下山坡，准备收复此阵地。小美趴在主峰上，俯视着消失在黑暗里的队伍。这个阵地就在主峰之下十几米远处，不通电话。平时，大家吼几嗓子，就可以相互间通知消息。

攻击开始了。两个爆破组一左一右分别去炸敌人的碉堡。小美又看到了胳膊上缠着绷带的小花匠。在浓红色的火光之中，小花匠转过身，向后面看了看，招了招手，嘴巴动了动。那神情，还是那么腼腆，那么羞怯，那么沉静，那么专心致志。小美确信，他当时要说的一定是，再见了，战友们！那一刻，小花匠像是刚给心爱的花浇了一壶水，然后转身去干别的事情，像是被连队干部派去执行了一个小任务，一会儿就会回来，又像是请了半天假，进县城去买点日常用品，天黑之前就又能和战友们见面。总之，小花匠当时从容的神情像一张永不褪色的照片，一辈子鲜活地印在了小美的记忆里。每次想起，心里都一阵阵震撼，一阵阵战栗。

小花匠一手拿着爆破筒，一手撑着身体向前匍匐前进。这时，从敌人的碉堡里扔出几枚手雷，落到了小花匠附近。片刻之后，小花匠继续向前爬，不过身姿吃力笨重，攒足了力气，才能再挪动一步。到了碉堡射击孔前面之后，他拉着了爆破筒，塞了进去。不过，爆炸过后，小花匠却再没站起来……

接近凌晨，五九七点九高地表面阵地全部收复。东方的乌蓝色天空开始发白发亮，按照以往规律，天亮之后，美军的反击就要开始了。不过，总算是能够喘口气。这时，树生才不得不面对一个事实，连长、副连长、副指导员都死了。他愣着神，回想着最后和他们商议攻击方案时的情景，恍若隔世。现在，最紧迫的事情是赶快加固工事，以抵御敌人马上就要到来的进攻。

营张参谋长爬上主峰阵地。他带着另一个连队，沿着五九七点九高地西北山梁，一个阵地一个阵地攻上来的。树生看到他只身一人，问道，小黄呢？营张参谋长转过身，指着主峰西侧的一个阵地，说，小黄在那里牺牲了。他接着说，那个连队打到最后，差不多只剩下连长、指导员两个光杆司令啦！这两个人要亲自带队去炸上面的大地堡，被我拦住了。我说，你们去，接下来的仗怎么打？他俩说，我们不去，还有接下来的仗吗？

小黄是他们连出来的，看到连长指导员要去炸地堡，就主动把这个任务承担下来了。爆破小组三人一人牺牲，一人重伤，只剩下小黄一个人。他爬到大地堡前，左腿已经被子弹打断。他投了一颗手雷，但没炸毁。谁也没想到，他两手抓住敌人地堡的沙袋，缓缓用右腿立起来，斜过身子来向我们喊了句什么，但由于枪炮声太响，我没听清楚。就在那时，小黄移动身体，把胸膛挡在了机枪口前面。我们这才冲上去，占领了阵地。连长、指导员把小黄抱下来，他的胸膛前被火药烧黑，弹洞蜂窝一般。后背脊骨被机枪子弹打断，肉被带出来，形成一个很大的血洞。

营张参谋长边说边不住地点头。沉默许久，他疲惫地说，大家都要牢牢记住，小黄的名字叫黄继光。咱们的战士真是太英勇了，抓紧时间把英雄的事迹整理好，报到上级去。不能因为我们牺牲了，就把他们的故事埋没了。我要去其他阵地看一看，你们抓紧时间清点伤亡人数，加固阵地，添加弹药，天明之后又是一场恶仗。营张参谋长缓缓向山坡下方走去，不久之后，他在另一次反击中也牺牲了，是在各阵地之间穿梭跑动指挥战斗时，被敌人的炮弹炸死的。他提到的指导员也牺牲了，被敌人一排机枪子弹打中胸部。那个连长活到了回国。他在反击冲上阵地时，一排炮弹在附近炸响，通信员当场牺牲，一块两寸多长的炮弹皮飞过来，卡在他的嘴里，像一把发烫的铁锁，将他的上下颌骨紧紧锁住。他说不出来话，嘴张不开，闭不上，舌头也被烫伤了。他一咬牙，抓住弹片生生掰了下来。嘴是能动了，可血像漏了一样，呛得喘不过气，还是一句话也说不出来。伤好之后，这位连长用一辈子时光把英雄的故事一遍一遍讲述了下去……

五

敌人不再打照明弹了，高地上又恢复了黑暗，偶尔还有弹坑里的残火，成为这里不多的几处光源。向东望去，五三七点七高地的黑色身影映在泛着鱼肚白的夜空之下。高地上遍布尸体，每走几步都要踩上一条躯干，或一条被炸断的胳膊、大腿，有美军的，也有我们的，不大容易踩到空地上。一人高的战壕被敌方和我方的炮火轰平了，一段一段一截一截的，大多只有尺把来深，根本起不到防御保护作用。电话线被炸得七零八落，像一条条死了的蚯蚓，僵在蓬松的浮土上。

有士兵跑过来问树生，指导员，这土松得像面粉一样，挖不成战壕啊！咱可不可以把尸体砌起来顶一顶呀？天快亮啦！树生想了想，道，行啊！不过，只准用敌人的。士兵跑回去，大喊道，指导员同意啦！只准用敌人的。大家搬的时候先摸一摸脸和衣服，大鼻子，穿防寒服的抬上来，可别把咱们自己人砌到战壕里头去啦！

树生把东北山梁上的几个阵地都看了一遍，也清点了一下人数。重伤和牺牲的占一半，剩下的大部分都有轻伤，完全没受伤的很少。高地后山的岩洞里有一个包扎所，重伤员先抬到那里进行简单处理，然后运到后方医院。但仗打到激烈的时候，运下高地就很难了，运输线又被敌人炮火封锁得死死的，所以，重伤员的结局也很黯淡。这一次，师里的预备队都用上了，多少人攻下高地，就是多少人守卫高地，不能指望增援部队。

树生盘算着，不知不觉间天色越发亮了。他看见小美坐在战壕里，屁股下面是一只弹药箱。他跳了进去，坐在小美旁边，很放松地说，我也休息一会儿！就一小会儿。树生指了指小美的小腿，问，昨晚给你包扎的时候没仔细看，伤得重不重？小美说，卫生员给看了，子弹穿过去了，也没伤着骨头，不算重伤。树生点点头，说，轻伤也是伤，连里边的文书牺牲了，你回来给我当文书吧！小美咬咬嘴唇，道，不！

树生把后背使劲往战壕壁上靠了靠，看这战壕挖得是否坚固，一条僵硬的美军士兵胳膊肘硌着了他的腰眼。树生向左右两边看过去，这条用敌人尸体、空木箱子、断木桩子垒起的墙壁足有五六十米长。他问小美，这是第一次参加战斗吗？小美道，嗯，过去在师部，也放过枪，不过和这比，就不能叫战斗了。树生笑笑道，你挺勇敢的。

小美问，你是什么时候第一次参加战斗的？树生道，好多年前了，当时和你的年纪差不多。不过，那个时候和现在不一样。抗联的队伍小，环境差，入伍就是打仗，打仗就是生存，生存还是打仗，分不太清楚。

小美问，你想过会死吗？树生说，死过无数次了，现在不怎么想了。小美说，你害怕过吗？树生翘了一下嘴角，笑了，说，害怕过。但死的次数多了，那感觉又不太一样了。怎么说呢，就像一口棺材，要一遍一遍刷漆。每死一回，就要刷一层漆。开始的时候，漆很薄，你不觉得什么。但死的次数越来越多，那漆就很厚了，很沉重，压在你的心头，让你喘不过气来。

树生问小美，你呢？怕么？小美问，怕什么？树生道，死啊！你会怕么？小美拍拍头上的灰土，道，不怕。树生问，背后就是美国兵的尸体你不怕？小美道，人都死了，还有什么可怕的？树生问，坑道里头堆了那么多战友的遗体，你也不怕？小美道，当时只想给战友报仇，没感觉到怕。树生又问，一个晚上打掉半个连队，阵地上到处都是没脑袋没胳膊没大腿的尸体，你就不怕？小美道，死人见得多了，都麻木了。

树生把胳膊放在小美的肩上，望着没有月亮的夜空，说，没感觉到怕，并不是真的不怕。有一天，当你心里有了它，并且能够面对它的时候，才是真的不怕。

天色越发亮了。树生重新调整了守卫五九七点九高地的兵力部署。小美被派到了主峰阵地南面下方的阵地，小花匠便牺牲在这里。小美一瘸一拐地下了主峰，来到这个阵地，有一个班的人正在修复战壕。李大棉裤也在其中，那又高又瘦又弯的身材，小美一眼就辨认出来了。

小美上前推了他一把，李大棉裤生气地转过身，凑近仔细一看，笑了，说，嘿，我就知道你个小机灵鬼还活着。小美还嘴道，我就知道你个怕死鬼也还活着。李大棉裤也没生气，道，你个小家伙懂啥！还活着就是怕死鬼？

小美抢过李大棉裤的工兵铲，往木弹药箱里填土。李大棉裤有些发愁地说，这个阵地连藏身的地方都没有，明天美国鬼子的炸弹砸下来可怎么办？小美道，我从主峰下来时，看见咱们这个阵地背面立着几根木桩子，只露着桩子头，那里会不会有坑道啊？我记得，当初每个阵地上都是挖了坑道的呀！

李大棉裤一拍大腿，急忙找班长去了。大家到了那里扒开浮土，又向下挖了几米，果然找到了坑道。看来，美国兵也在里面待过，坑道中间叠放着美式弹药箱，墙壁下立着三五支卡宾枪，一地的铁皮罐头盒子，还有香烟、饼干。班长往弹药箱上一坐，舒了口气，道，总算他娘的有个躲炮弹的地方啦！

同样是闷热、缺氧、恶臭。有人点燃木棍向坑道深处走去。这是条小坑道，总长二十多米，里面拐两道弯。在这里，能看到志愿军战士使用过的东西，有竖条纹的棉衣棉裤，有硬壳笔记本，有被毁坏的转盘机关枪和步话机，有一只用来存水的汽油桶，里面装着小半桶水。墙壁上，还挂着党旗和军旗，还有战士们用毛笔写上去的豪言壮语。坑道最深处，堆放着尸体。从军服上看，有我方战士的，也有美军士兵的。

大家返回坑道口，班长命令所有人休息。小美嚼了两块饼干，又灌了一大口水。这一大口水给他留下了非常深刻的印象。因为不久以后，坑道里就连一滴水都没有了。每每想起自己这一大口水，小美都会又后悔又羡慕。

坑道里静静的，很沉闷，大家都不说话，想着心事。小美看见墙角里竖着一支卡宾枪，枪口上挂着一件美军防寒服。防寒服下衣兜露出一件黑色东西的一角。他好奇地取过衣服，伸手掏进去。是一厚一薄两个本子，巴掌大小，很精致，都是黑色真皮面的。厚的那个封面上用金粉烫着个十字架，印着"HOLY BIBLE"。小美知道，这是美国人的《圣经》，是他们的宗教信仰，和中国的《金刚经》《法华经》《道德经》《南华经》差不多。他又随手翻开那个薄本子，里面按日期记着一些事情，日期停止在昨天。看来，这是个很愿意记下点什么的美国兵。本子的封皮内侧，贴着一张黑白照片，里面是一个身材比较健壮的外国姑娘。应该说，很漂亮。她站在一棵大树下，脚下是草地，头上戴着一只用鲜花编成的花冠。她正对着镜头微笑，一点也不羞怯。还从笔记本里掉下来一张印花信纸，信的内容是用漂亮的花体字写成的。小美没大看懂，但记住了姑娘的名字叫 Alice。而且，在这个名字旁边，有一个鲜红的唇印……

小美还借着撒尿的机会，到小花匠牺牲的那个地堡处看了看。地堡口一片焦黑，残留着炸药味。丢着一支枪管扭曲的机枪，还有一顶裂开了的钢盔。只有美军和南朝鲜军才有钢盔，志愿军战士是没有的。从射击口看进去，地堡顶部被掀开一个大洞，里面一团漆

424

黑，飘出浓浓的血腥味儿。小美本是想找到一些小花匠遗留下的物品，看到这幅景象，他明白了，在这人世间，小花匠是再不会留下什么东西了。

小美回到坑道里坐下，胡思乱想了一小会儿，忽然就嗡地一下子睡过去了。又似乎只是一眨眼的工夫，敌人的炮火准备就把他震醒了。墙壁上燃着的一小点蜡烛火光熄灭了，坑道口里射进来黎明时的晨光，水桶粗细，又圆又冷又白。坑道里实在是太黑了，那本不明亮的光此时却白得出奇。不断有土块落下，那块光亮也在逐渐减小，越来越小。坑道里回荡着重型炸弹的巨响，像一只狂乱抖动的筛子，而里面的人只是那上面的一块石子一粒沙子，又像是波涛翻滚的乌黑大海，而海上的小船只能听天由命，没有一丝光亮可供指引。坑道的墙壁把人撞得生疼，可你即便张嘴大喊，也绝对听不见自己的声音。你只能感觉到自己像一颗半明半灭的小火星儿，在狂风中气若游丝，稍有松懈，就会随风而逝。

不久，敌人的炮火准备稍有减弱。可以听见轰炸机从头顶飞过时的哇哇怪叫声，还夹杂着坦克发动机发出的嗤嗤哧哧轰鸣声。有一张脸出现在洞口，急急忙忙地对着里面喊道，敌人的步兵开始进攻啦！这是坑道外面的观察哨，小美不知道他叫什么，甚至都记不得他长什么样子。只记得他向班长建议，外面的炮火太猛烈，不要让观察哨一直待在外面。班长采纳了他的建议，让观察哨每隔一会儿出去看一眼，快去快回。

这位观察哨的话音刚落，只见坑道口白光一闪，墙壁猛地颤了一下，随着气浪扑面而来如钢针一样的尘土和沙子，然后，就什么也看不见了……

坑道就像在巨浪中颠簸的船甲板。小美急急忙忙把子弹、手榴弹、手雷、爆破筒都带在身上，抓起枪，跟着大家一起爬。最前面的一个士兵扒开已被炸塌的坑道口，一下子冲进了光亮里。外面又是几声爆炸。小美的心忽悠了一下，但还是一咬牙，顶着狂风气浪冲了出去。外面的亮光实在刺眼，他飞快地向四周望了一下，第一个出去的战友趴在地上，其他的战友也顾不上他，向着各个阵地飞奔而去。小美跑出去七八米，一颗炮弹落在身后。他回头一看，那枚炮弹正落在坑道口，把自己后头的两名老兵给捂里头了。

跑到昨晚挖的战壕处，小美惊得脑袋里空荡荡的。垒战壕用的木弹药箱、木桩子、美军尸首、石块、麻袋，全部都被炸得无影无踪。一人高的战壕此时变成了尺把深的浅沟。连地形地貌都被轰得辨认不出来了，昨晚使了好大劲儿记住的半截大树和几块大岩石，都不见了。高地下面来了七八辆坦克，一顿一顿地仰起炮口向山上开炮。对面的鸡雄山上也有敌人的直瞄火炮打到这里，炮弹直直地轰在阵地上，大地像挨了一闷棍，猛地不停战抖。

炮火渐稀，这意味着敌人的攻击就要开始了。小美跳进一个冒着热气的大弹坑里，趴下时被烫得直咧嘴。他把所有武器弹药都卸下来，探出头，向下望去。

阵地下方有一百多美军，摇着几种颜色的旗子。他们分成几个小队，看来是要从几个方向向阵地进攻。小美的身后传来叫喊声、枪声和手榴弹的爆炸声，想来，美军对五九七点九高地其他阵地的进攻也同时开始了。

让小美有些困惑的是，阵地下面的美军似乎并不着急进攻。他想不出什么原因，一只手抓住他的腰带，喊道，快走，别趴在这儿！小美回头看，是李大棉裤。李大棉裤拉着他跑到山梁背后一块岩石下，刚趴好，敌人停下来的炮火就又来了，和上一波同样猛烈。李大棉裤抖抖头发里的土，对着小美笑笑。小美后来也明白了。这招，敌我双方都用。一般来说，炮火准备过后，就是步兵的进攻。此时，防御一方也会从坑道或工事里出来，准备阻击敌人。所以，炮兵有时就不按常理出牌，抽冷子来一个二次炮火覆盖，把跑到前沿阵地上的士兵炸死，这样做也更有利于己方步兵攻击。

当小美和李大棉裤跑回阵地时，敌人已经到了半山腰。小美向四周望了望，此时，阵地上加上自己也才四五个人，有的躲在岩石后，有的趴在弹坑里，各自孤零零地抵挡着一个方向上的敌人。而自己这个方向上来了一二十个美国兵，个子高高大大，爬坡晃晃悠悠，有点像李大棉裤的样子。敌人跑到近处，连眉毛眼睛都看得清清楚楚。小美焦急地想，我一个人可怎么对付这么多敌人啊！

有些让人安慰的是，我方的炮火也来了，把山下的敌军坦克击毁了几辆，剩下的，急急忙忙跌跌撞撞地开跑了。这时，身后的主峰高地上有人在大声喊，敌人都上来了，你们还不打？

小美开了几枪，就卡壳了，大概是阵地上尘土太重，把枪管都糊住了。他甩掉步枪，抓起手榴弹向山坡下方扔去。敌人还未靠近，而自己的力气也不大，所以，扔出去的几颗手榴弹都在敌人前方爆炸了。

小美就这么一颗接一颗没头没脑胡乱地扔着。他看到跑在最前边的美国兵大个子士兵摔倒了，再没爬起来，后面的，也跟着卧倒了，三五个人挤在一起，不再向前进攻。小美心想，这仗算是打过了，看来也没多难。

他吐了口气，倒是镇定下来，觉得伤也负过了，也杀过敌人了，最多不过是个死呗！想到这儿，一点也不着急，也不慌张了。他趁着敌人趴着，把四周的手榴弹、爆破筒都归拢过来，一枚一枚往自己的腰里塞。塞得结结实实的了，小美先是甩出一枚手榴弹，然后跃出弹坑，钻进烟雾，向美国兵趴着的地方冲过去。他边跑边往敌人堆里扔手榴弹，说也奇怪，敌人还是紧紧地挤在一起，越挨炸就越不想散开。几枚手榴弹投出去后，敌人炸了群，开始慌慌张张地向后退。他们撅着屁股往山下跑，蓬松的浮土上腾起滚滚尘土。在半山腰一处很大的凹地里，敌人又扎了堆，小美瞅准时机，往凹地里连投了三枚手榴弹。小美一边追一边甩手榴弹一边很奇怪地想，这高地上死个人跟死个蚂蚁似的，怎么还没把我炸死呢?

小美觉得后退那一刻的美国兵，像一群挤在一起的羊，只管往羊群里投手榴弹就行了。可如果真的是一群羊，还舍不得炸死他们呢! 美国兵一口气退到了山脚下，又被他们摇着小旗的督战队赶了回来，趴在半山腰，准备下一轮进攻。小美也赶紧跑回来，摔倒在弹坑里，才发觉自己受伤的那条腿在钻心地疼。他很清楚自己只是很侥幸，美国兵不是真的胆小如羊，他的排长、班长都是在和美国兵拼小刀子时牺牲的。在战场上，其实不分成人还是孩子，每个人都有惊慌失措的时刻。那么，如果敌人再上来，发现这个阵地上其实只有一个小孩子，又该怎么办呢?

小美向其他阵地瞄了瞄，有枪响，有爆炸声，有撕心裂肺的叫喊声，但看不到人影。接近中午时分，小美身边来了一位别的连的机枪班班长，带来一挺机枪，打退了敌人的几次进攻。不过，到了下午时，这个班长就牺牲了，被一发子弹击穿了头部。他连句完整的话都没对小美说过。尽管不认识这个班长，可他却是和小美在阵地上一起待得最久的人了。小美把班长的遗体拖到一条浅浅的战壕里，推了几把松土进去，算是草草埋了。

太阳惨白惨白的，在灰尘和硝烟中寂静地飘浮着。一时间，小美很孤独，阵地上只剩下他自己了。敌人并没有放弃进攻的征兆。事实上，敌人的原则是逢失必反，不打到彻底精疲力竭元气耗尽，绝不会轻易认输。

小美再一次把手榴弹、爆破筒归拢到身边，疲惫地躺在一个大弹坑里，望着硝烟弥漫的天空，等待着敌人的再一次进攻。他挑出一支爆破筒，放在一边，这是留给自己的。之后，他便侧耳倾听着山下敌人的动静。

美军的进攻开始了。小美从一个弹坑跳到另一个弹坑，像一只灵活的山猫，在整个阵地上跳跃。他把所有的手榴弹和爆破筒都扔了出去。然后，他坐在一个大弹坑的边缘，放松地望了一眼落下的夕阳。血红色的阳光把山川大地都染成了红色，除了这种颜色再无其他色彩。阳光如血，一点点一滴滴从空中，从岩石上，从阵地上残肢断臂的手指尖上慢慢坠落。小美心想，这就是我最后一眼看到的世界的样子。

这时，志愿军的炮火来了。因为炮兵认为阵地上已经没有我们的士兵。小美看到我方的炮火发了脾气，冲上阵地的敌人吃了大亏。他闭上眼，爆炸声竟然成了他此生难忘的最令人陶醉最悦耳的音乐。一层一层被炮弹掀起的土把他埋了起来。不知过了多久，李大棉裤把他从土堆里挖了出来，说道，可以撤了，指导员让咱们回主峰阵地。

六

傍晚时分，树生接到命令，可以撤入坑道继续坚守。他把主峰附近几个阵地上自己连队的士兵收拢了一下，共七人。五九七点九高地东北山梁上其他阵地上自己连队的兵还剩下二十一个。也就是说，进攻五九七点九高地时全连一百三十八人，现在，除牺牲和重伤之外，加上自己还有二十九人。

树生率领这七人进入主峰坑道，其他二十一人进入各自阵地附近的坑道。进入主峰坑道的还有另一个师所属连队的六名士兵，由连长率领，其他连队干部也全部伤亡了。阴差阳错，一个连长，一个指导员，虽然来自不同的连队，但两人一商量，决定成立临时党支部，共同管理指挥。

主峰坑道在五九七点九高地所有坑道之中并不算最大的，总长三四十米，有上下两个坑道口。此时，除阵地上撤下来的十多名战斗兵之外，还有六十多名重伤员、担架员、勤杂人员，都是这些天高地争夺战当中来不及撤下去的人。所以，坑道里总人数达到了八十多人，来自十多个连队、单位或部门。树生让小美把所有还活着的人一一登记，制成花名册。然后，把除重伤以外还能动弹的人编成七个组，有战斗组，有守备组，伤势较重的编为后备组，每个组都任命正副组长。树生任命小美为坑道部队的文书。这次，小美犹豫了一下，接受了。

随着我方部队退入坑道，美军占领了高地上的表面阵地。他们用钢轨和铁板恢复了山梁上的防御工事，建造了大大小小的明堡暗堡，重点把火力网对准了山梁下方的各处坑道口。看似一片寂静，但这只是假象，稍有异响，枪林弹雨便会覆盖这里。

这一夜，敌人没有向坑道进攻。坑道里的人抓紧时间清理了一番。又有几个重伤员没有了呼吸，战友们按老规矩，把他们挪到了坑道最深处。开始时是平铺着，数量多了以后是叠放着。再向外面一些，是重伤员们躺着的地方。他们躺在坑道两侧，头挨着头，脚挨着脚，中间留出一条能下脚的窄窄过道。有的重伤员不愿躺在这儿，就主动申请去守卫坑道口。

坑道中部，有一处较宽大的凹室，摆了几只弹药箱，上面点着蜡烛，是黑漆漆的坑道里为数不多的几处光亮，可以围坐四五个人。这里，是连长、指导员和其他骨干研究作战方案的地方。凹室对面，有几条短坑道，小美的栖身之地就在其中一条里面，在这里，可以听到连首长说话的声音。

连长说话有点漏风。借着烛光，可以看到他的嘴唇缺了一块，腮帮子上有块很大的红疤。而且，他的脖子似乎也受过伤，微微歪着，总是下意识地想扭正过来。小美走上前去，说道，连长，你还认得我么？豁嘴儿连长仔细看了看他，笑着摇头。小美问，你还记得在湘赣那一带的"兵强马壮"运动吗？豁嘴儿连长用手指点了点小美的额头，说，我想起来了，那一次，我受伤了，一颗子弹从脖子进来，从嘴巴出去。我迷迷糊糊的，总有个小家伙和我说话，怕我死喽。哈哈，就是你！你是不是以为我早就死啦？三年没见，长高了许多！

李大棉裤坐在坑道角落里，借着从远处射过来的一点亮光，从衣兜里摸出一包饼干，闻了闻，又小心翼翼地放回去。他打开粮食袋，抓出一把炒面，搓成一颗一颗小球，然后像吃中药丸一样，放在喉咙眼儿，使劲吞下去。小美坐到他身旁，问道，连口水都不喝？李大棉裤不屑地说，水？马上就要断水了。小美向四周看了看，坑道里热气腾腾的，有八十多个人，却只有一只汽油桶，里面残存着四分之一的浑水，可所有人似乎都没意识到这个问题。

小美捅了李大棉裤一下，问道，你可真能活，用的啥办法？告诉告诉我呗！李大棉裤撇撇嘴，毫不动怒，道，活着又不是啥丢人的事，咋啦？我活着你也瞅不顺眼啦？你盼着我死呢？小美笑着说，向老同志取取经嘛！李大棉裤见有人恭维他，来了兴致，高兴地说道，你要学会分辨美国人的炮弹。听我说啊，如果是"呜儿呜儿"发尖的声音，那是远炮，你不用理它。如果是"呼——噗"一下过来，带着风声，那就是近弹，你赶紧卧倒，能多快就多快，亲爹叫你也不要管。还有子弹的声音你也记着点，"吱儿吱儿"的声音说明它早就飞过去了。凡是打到你身上或近处的子弹，你根本就听不见。我说你个娃儿，别不当回事儿。跟你说句实话，多少人还没学会，就没了！

小美用肩膀拱了拱李大棉裤，问，老李，你怕死不？李大棉裤说，肯定怕呀！活人哪有不怕的呀？小美又问，那是啥感觉？李大棉裤说，每个人可能都不一样。我吧，就像喉咙里粘着一口痰，吐也吐不出来，总是让你喘不过气来，弄不好还能把你憋死。他接着说，不过，也有个好处。你虽然甩也甩不掉，可它却总在提醒你，别冲动，别逞能，只要仗还没打完，就时时刻刻都别放松了警惕，小心、小心再加小心。许多人的死，其实都是因为心里头那根弦儿松了。你比如说咱们连的机枪手老陈，打敌人打得起性了，把大半个身子都露在战壕外面，你想，那还能活吗？还比如有个新兵，也是咱们连的，拣了一颗美国人的手雷拿在手里玩，拔了铁销子也不知道往外扔，结果把自己炸死了。那手雷是干啥的？是用来杀人的，是用来玩的吗？尤其是他还不知道怎么用，一点害怕的心都没有。唉，许多人本是应该活得更长久的……

李大棉裤又说，我是个老兵，活到现在可不容易。

树生向坑道口爬过去，拐个弯之后，坑道里没有了光，彻底坠入黑暗。爬到坑道口，这里很冷，外面呼呼刮着山风。两个人趴在这儿，观察着外面的情况，有一个还是重伤员。树生问他，你伤得这么重，怎么在这儿啊？重伤员说，这儿挺好，能看到天，能听到风声，像回家了一样，心里舒坦。树生只说道，要提高警惕。

爬回凹室之后，树生吹灭了蜡烛，坑道里没了光亮。小美摸黑擦着枪，希望它不要再像昨天那样，关键时刻打不响。他静听着附近的声音。李大棉裤在摆弄着子弹，一颗一颗用手搓得油光发亮，发出清脆的声响。小美的右边，有人在小声嘀咕，并且发出牙齿相撞的声音。接着，是一拳打在胸口的声音，有人小声道，别胡毬琢磨！还有人在问，老赵，你有烟纸没？我想写封信。老赵问，灯都熄了，你怎么写呀？那人道，没亮也能写，想写呗！老赵说，别写了，你不都写过了吗？写来写去还是那点事儿。

有个人好像也在擦枪。他突然把枪托往地上一砸，道，娘的，大不了死一个痛快！

小美感到了黑暗里的焦躁不安。大家似乎都明白，这个窄窄的坑道，就是每个人最后的存身之所，再没退路了。此时的坑道，和前几天高地争夺战时的坑道，对所有人的意义是完全不一样的。那时的坑道是庇护所，而现在，坑道是什么呢？小美的心里隐约闪过几个词，但又不敢去细想。焦躁不安似乎在慢慢变成一种沾火就着不顾一切的愤怒。有点像关在笼子里的猛兽，瞪着血红的眼睛，对着笼子外的人咧着尖牙，哪怕刀尖已经刺到胸前，枪口已经顶到眉心，那怒火依然熊熊燃烧。

天亮之后，一百多名美军开始从上方前方，左右两侧围攻坑道口。第一次来进攻的是美军的先头班。待敌人走得近了，坑道口的机枪手开枪扫倒了几个。但更多的敌人躲在了机枪火力死角里，从坑道左右两侧向里面扔手雷。一名战斗组组长冒死端着冲锋枪冲出坑道口，向周围的敌人扫射，打退了他们。他自己也中了数弹，身负重伤，爬回坑道后不久便牺牲了。

敌人第二次进攻是一个排。弹片和子弹在坑道口横飞，撞在石壁上噼噼啪啪直响。从里面看不见外面，只有挨炸的份儿。战斗员让昨晚在坑道口放哨的那名重伤员回坑道深处去。这名重伤员说，向回爬我是爬不动了，向前爬还能爬几步。说完，他抓起机枪手旁边的手榴弹，攒足最后一点力气爬起来，四脚着地冲出坑道外，拉掉拉环，张开手臂向右边一扑，消失在大家的视野里。然后，是美国兵的惊叫声，是轰响和硝烟。一截躯干被气浪抛了回来，掉落在坑道口。

敌人向坑道口发起了四次攻击。每次攻击，坑道里都有人冲出去打退敌人的进攻。尽管冲出坑道口的人大多是有去无回，但还是先后有十多名战士义无反顾地冲了出去。下午时分，机枪手着急起来。枪管已经打红，子弹向外射时，慢吞吞地，在枪膛里打转，随时都有卡壳的危险。他大喊道，谁进来往枪管上尿点尿啊！

平时有尿就尿得出来。可这时，子弹在坑道口乱飞，就不大容易尿出来了。小美跑上去，站得高高的，后背贴在坑道壁上，朝发红的枪管尿过去。枪管滋滋啦啦直响，尿水四处飞溅，溅得机枪手脸上头发上湿漉漉的。机枪手用手抹了一把脸，对小美说道，好小伙子，尿性！

最后，敌人在坑道外弃尸四五十具，终于意识到，坑道里的人这回是真的跟他们拼命了。坑道口就是这些困兽犹斗者们的红线，谁要是去接近谁就得做好死的准备。敌人遂放弃了进攻，并且在此之后，再未以这种方式向坑道攻击过。

平静了一夜，第二天下午，坑道里的人听到外面传来窸窸窣窣哗哗啦啦的声音。从坑道口上方不断掉落稻草、树枝、木桩，很快就把那一片不大的光亮遮住了。然后，是咕嘟咕嘟的液体流淌声，很快就涌过来浓重的汽油味。有人哎呦一声惊叫，坑道口的大火已经燃起。大家猛地向后退，火舌热浪依然像海浪一样，一波一波向坑道深处舔。每个人大睁着眼睛，脸像夕阳一样红，很快就汗流浃背。

大火暂时还烧不死人，可是坑道里的温度却越来越高，好似慢慢烧开的水，早晚要沸腾。还有严重的缺氧，大家本已觉得喘气费力，现在，越发有些发晕。此时硬冲出去，会有很大伤亡，坑道里还有伤员。最重要的是，冲出去，等于放弃了坑道，也就等于放弃了阵地。树生焦急地大喊，谁有办法？

李大棉裤从后面挤上前来，有点不情愿地说，我在湖南打日本鬼子的时候，遇到过这种事。当时，我们被小鬼子堵在洞子里头。树生着急地叫道，说主要的！李大棉裤不慌不忙地说道，我们的办法是拿炸药炸，只要威力够，火就一定能给炸灭。

树生想了想，扭过头，问道，爆破筒咱有，谁愿意去？李大棉裤道，主意是我出的，我去吧！说完，他从一捆爆破筒中挑了一根最粗最长的，比他人还长，左左右右上上下下检查了一番。他紧了紧腰带鞋带，一点也不因火势凶猛而慌慌张张。树生拉住他，用瓷缸从汽油桶里舀了水出来，淋到他身上。李大棉裤一把推开，道，可别，过些日子，水可比血都金贵啦！谁要是有尿，赶快尿我身上得啦！树生没听他的，往他头上身上淋了好几缸子水。

李大棉裤嘀咕道，唉，又要上鬼门关闯一遭喽！说罢，他一猫腰，大吼道，大洋子上游过来的红毛龟儿子们，我给你们送终来啦——吼声未停，他就一头钻进火里头去了。

坑道口传来一阵枪响，李大棉裤又从火里头钻出来，像一只忽闪忽闪的大蝴蝶，来不及拍灭身上的火苗，就一头扑倒在地。接着，坑道震颤了一下，一股强大的气浪像一只拳头，向坑道里面重重地打了过来。大大小小的石块土块沙子叽里咕噜地向坑道深处滚。气浪过后，火头真的一下子就给拍灭了。李大棉裤抓起冲锋枪，说，娘的，又送走了好几个红毛龟儿子。走，跟我走！现在出去，还能干死他几个！

几天之后，美国兵在坑道口摆上了汽油桶，打开盖子，然后推倒。可能又烧起了橡胶轮胎之类的东西，很快就黑烟滚滚，往坑道里面涌。坑道里头眼尖的战士发现，在浓烟里头，美国兵又扔进了手榴弹大小的东西。这东西不爆炸，只冒浅黄色的烟，混在黑烟当中，不容易被察觉。很快，就有人流泪、咳嗽，有人扶着坑道壁，哇哇地呕吐。还有的人一个劲儿大叫喘不过气来，然后倒在地上浑身抽搐，像羊角风发作一般。

树生猛然想起这就是毒气弹。在战前培训时教官讲过，美军的毒气弹分很多种，对人的伤害也不相同。树生让大家赶快往坑道深处退，取出毛巾，撒上尿，把嘴巴鼻子捂上。有的战士实在撒不出尿，就用了汽油桶里最后一点存水。战斗组的士兵用湿毛巾捂住脸，在后脑勺处系了个疙瘩，像老年间的蒙面大盗一样。他们有的拿爆破筒、手榴弹冲向坑道口向外投，有的端着冲锋枪在后面掩护，趁着爆炸后的浓烟，向坑道口的上下左右各个方向扫射。守卫组的士兵拿着工兵锹，跟在后面，用土盖住汽油桶，熄灭火焰，将毒气弹扔到坑道外面去。

外面的美国兵吃过从坑道里扔出来的爆破筒、手榴弹的亏，也不愿和杀红了眼的志愿军士兵硬碰硬，因为他们亲身经历过，这些志愿军士兵时刻准备着拉响手榴弹和你同归于尽。他们认为，志愿军士兵疯了，或神志不清了，或吃了什么让人癫狂的药物。美国兵隐蔽在远处，用机枪向坑道口扫射，最后也只得看着大火被扑灭，毒气弹被扔出来。

不过，坑道里的伤亡也很严重。尤其是重伤员，他们动弹不了，体质虚弱，又无法像其他人那样蒙着湿毛巾奋力呼吸。战斗过后，小美看见不少重伤员蜷缩成一团，嘴里鼻孔里耳朵孔里淤积着黑紫色的血块，面色痛苦地死去了。有的人当时没死，但肺给烧烂了，后来慢慢咳血死掉了。

小美还见过一个师供给处的助理员兼审计，姓刘，都叫他刘审计。他往五九七点九高地运送弹药之后下不去了，就留在坑道里。刘审计过去是地方干部，没怎么打过仗。所以总是坐在角落里，眼神直勾勾的，对别人说的话也没啥反应。你叫他半天，他才猛地啊一声，好像才听见似的。有一次，刘审计趁大家不注意，爬到了坑道口，坐在那儿，点着了一支烟，手指头哆哆嗦嗦地抽起来。李大棉裤赶紧爬过去，一把把他拽了回来，给了他一拳头，吼道，黑灯瞎火的你在坑道口抽烟，你是不是活够啦！

七

敌人在使用强攻、放火、放毒等方法之后，没有消灭坑道里的士兵。更重要的是，我方炮火也在保护着坑道口。如果需要，坑道里的人可以通过步话机要求我方炮火覆盖，使得敌人不敢接近，只能在坑道口四周用火力封锁。尽管如此，进入坑道四五天之后，所有人还是遭遇了最艰难的时刻。

小美坐在一处能看到坑道口的地方。坑道口如今只剩下碗口大，从一片黑暗的坑道里向那儿望去，像望着月亮一样。如果坑道口是白的，那说明是白天，如果啥也看不到，那说明是夜里。刚才，小美是坐在坑道深处的。有个重伤员没有呼吸了，小美和另一个老兵把遗体往坑道最里面拖。这个老兵也负了伤，拖着拖着，他就趴在地上不动了，嘴里一个劲儿地轻声哼哼，哼哼了一会儿，老兵也死了。于是，小美一个人把死去的战友拖到了堆放尸体的地方。他觉得自己也很难受，喉咙干渴，渴得坐立不安，像发了疯一样，几次动过念头，想要拿起手榴弹，就这么冲出去，找到一个有水的地方，痛痛快快地喝一口，被敌人打死也心甘情愿。

这还不是最可怕的。小美突然发现自己的心里多了一个黑色的东西，那东西让你无法安宁，无法入睡，无法思考，它时时刻刻蹲在你心里的某个角落，并且出其不意地对你说，你就要完了，你做这些还有什么意义？这句话就像一柄利剑，一下子就把你刺了个透心凉。小美不知所措，他不知这个黑色的东西是什么，也不知该怎么办。

坐在拥挤的坑道深处，他猛地发觉那里是如此狭小，像是身处棺材里一样。那棺材马上就要合拢，并且钉上最后一根钉子，然后埋进土里。他喘不过气来，觉得黑色的坑道越来越窄，从四面八方向自己挤压而来。他甚至还有种感觉，他觉得一切都很陌生，不知眼前这些人都是些什么人，他们为什么在坑道里，为什么要如此拼死地待在这个不见天日的地方。他觉得自己的心就像一根拉紧的弦，苦苦地撑着，但只要稍加用力，就会一下子绷断。而更恐惧的是，他不知道那根弦绷断之后，自己会做出什么吓人的事情来。

就在小美最脆弱的时刻，一发炮弹打在了坑道口，接着又是一发。炮弹打得很准，全部钻了进来，敌人要用炮轰的办法来摧毁坑道。小美被震得昏昏沉沉的，慢慢向里面爬。坑道口处一口气落了十几发炮弹，小美身后的坑道一截一截地坍塌。头顶也传来了同样猛烈的爆炸声，上面的那个坑道口也被敌人炸了。

小美知道，自己的身后还有四五个守卫坑道口的战友，他们都被埋了。炮击停止后，他爬了回去，在坍塌的地方摸了摸，都是些尖利的磨盘大小的岩石。小美还摸到了一只大手，树根一样粗糙硬砺，骨节大大的，但筋却是软的。他使劲摇了摇，一点回应也没有。

小美的心沉沉的凉凉的，像要呕吐一样难受，但也吐不出来，胃里像被阳光暴晒过一样，干巴巴的，还有血管里的血液，快要凝固了似的。小美觉得自己的恐惧已经到了无以复加的极点，像一头怪兽，马上就会把自己撕碎。可奇怪的是，自己又疲惫到了极点，只想坐在那儿，任由恐惧信马由缰地狂奔下去。小美灰心丧气听天由命软弱无力地想，最后一点希望也没有了，干脆死了算了。现在，死还是件很可怕的事情吗？

小美感到有人爬到身边，然后对身后的人说道，大家都朝我这边来，咱们把坑道扒开。这是树生的声音。可是回应他的是一片沉默。小美知道，并不是坑道里的人都死了，而是大多数人都和自己现在的心境一样。大家都很脆弱，饥渴交加，并且不相信靠着这些个人手就能扒开坑道。

树生摸索了一阵子，在坑道壁上找到半截蜡烛。他把它掰下来，放在自己身前，点亮蜡烛，然后靠在坑道壁上坐好。一小点光亮竟是如此刺眼。树生轻声地对大家说，上了高地咱谁也没想过能活着下去，对不对？可是咱也不能随随便便地死啊？到了死的时候，咱就勇敢地死，没到死的时候，咱就顽强地活下去。现在这个时候，活着比死难！

树生道，你们以为，等死的滋味就那么好受？它就像狼一样，一点一点啃你的骨头喝你的血吃你的肉，直到你真的死了。这样的死法，你们愿意吗？为什么不想想怎样活下去呢？

树生又道，只要咱们不失掉信心，就总有办法。咱们是渴得站不起来了，但咱们还不能躺着挖吗？咱们是搬不动大石头了，可咱们还不能绕着挖吗？咱们是没有锹镐，可咱们不是还有手吗？大家好好想想，难道就这么放弃了吗？

坑道里剩下的几十个人慢慢地吃力地爬起来，按照各个组的分工开始扒坑道。大家一个挨着一个，或坐着，或跪着，前一个递过来石头或渣土，后一个往后传。坑道里装不下，就把几个分支上的短坑道填上了。

小美跟着大家一起干活儿，费力地把一块块石头向后挪。缓缓地，他的心境好了一些，有种新的东西飘进了他的心里。这是种很特殊的情绪，很难用语言形容。怎么说呢，有点像一块彻底干掉的泥巴滴上了一滴水，有点像一间寒冷的屋子里飘进一股热气，还有点像一个人寂寞难耐的时候却闻到了一缕花香。本来心头上压着成千上万块巨石，可仅仅是一句温暖的话，或一个可亲可爱的眼神，那成千上万块巨石就灰飞烟灭了。总之，这是一种不可思议的心境。

不过，让小美彻底恢复过来的，却是李大棉裤。休息的时候，小美听到李大棉裤那边的黑暗里传来哗哗啦啦的撒尿声，和咕隆咕隆的接尿声。然后，李大棉裤坐到小美身边，递过军用水壶，道，喝一口，说说啥滋味儿。

小美把壶嘴放到鼻尖处，也怪了，竟然没闻出啥特殊的味道。可能是因为在坑道里待的时间长了，而坑道里的味道比这还重吧。他试着尝了一口，不得了，嘴巴、喉咙、食管、胃、肠子，身体的每个部分都像张开了小嘴一样，发了疯似的叫着，要再喝一口。小美又灌了一口，流了泪，说道，是甜的，真甜啊！

一边流泪，小美一边感到心里头的千钧重负一歪，栽进万丈深渊里去了。周围还是那么黑暗和狭小，还是那么恶臭和憋闷，还是那么危险和无助，还是要面对饥渴和死亡，可在那一瞬间，他的心却一下子轻松了，胸膛里有了勇气，一下子可以挺起来，有股莫名的幸福感涌上心头，一切都恢复如初。他终于可以哭，也可以笑，可以伤心，也可以愤怒了。李大棉裤一把抢走了军用水壶，唠叨着说，省着点喝，还不知要待多少日子呢！

不知过了多久，最前面的战友小声地对后边的人说，挖开啦！大家无声地抱在一起，搂在一起，不敢发出一点动静。一根金箍棒一样的光柱射了进来，看样子是上午，太阳刚升起来。一个战友把鼻子凑了过去，贪婪地吸了几口冰冷的却是新鲜的空气。然后，他挪到后边去，让下一个战友过去吸气。大家排着队，一个接着一个，不慌不忙，不焦不躁，每个人品尝一小会儿。战友们把重伤员背到了这小小的洞口处，托起他们的头，让他们也尝一尝来自外面的甜美空气。

在小美的记忆里，这一次坑道坍塌是整个坑道岁月里对他触动最大的一回。他几乎丧失了信心，也头一回感到了那个黑色的东西。在后半辈子里，他一直在琢磨，那黑色的东西到底是什么？为何如此的可怕？该怎么面对它？也因此，他明白了，每个人都会害怕，但这并不可耻。从那以后，小美对那些感到害怕的人都格外地宽容和同情。他不会鄙视他们，也不会恐吓他们，他会给他们讲树生曾经给他讲过的道理，盼着他们坚强起来。用小美自己的话来说，这一次坑道坍塌让他"过来了"。有点像什么呢？有点像一大群凶神恶煞的人拽着你，要把你的头往铡刀底下送。你特别害怕，你大叫，你挣扎，你哀求。可铡刀下来了，你发现死无非就是脖子一凉，再没什么可怕的了。这就是"过来了"。坑道坍塌的那些日子，每一分每一秒人都处在崩溃的边缘，恶臭、尖叫、爆炸折磨着你的每一根神经。你想冲出去，你恨不得给自己来个了断。可是，人要是过来了，再面对同样的事情就镇静得许多了。甚至你还会发现，人的情绪和外部环境也并不一定是一致的，在绝境中，人仍然能活得乐观快乐。

小美就记住了一段让他终生难忘的对话。在坑道里，最难过的不是饿，而是渴。喉咙眼儿干得像砂纸，炒面、饼干什么的根本就咽不下去。所有人都喝过尿，说实在的，不喝尿，谁也坚持不了近半个月的坑道岁月。但尿也不是想喝就有的，第一泡还很多，第二泡、第三泡就少了，浑了，像酱油一样稠稠的。大家都把尿称为茶，叫作尿茶。这可不是为了让喝尿变得好听，起了个光鲜的名字，而是在坑道里，尿也确实像茶一样珍贵。

大家还想其他的办法。比如舔石头。在坑道底部，有些石头潮气比较大，可以说是湿乎乎的。就有人拿起一片，放在嘴里反复吮吸。能不能解渴不好说，多少能让焦躁的心情好一些。但坑道里的石头都是靠炸药炸开的，所以，石头也都是苦的，吮吸起来一嘴酸涩味。

李大棉裤想到了能吃下去饼干的办法。他把饼干铺在带潮气的石头上，然后兴致勃勃地看着它，一边哼着小曲，一边用手指尖按一按。饼干的一面吸了潮气变软，他就翻过一面，让另一面继续吸潮气。李大棉裤一边鼓捣着他的饼干，一边向别人介绍经验，还对小美说，心急吃不了热豆腐，多放一会儿，吃着更香。

李大棉裤还会从粮食袋里抓出一把炒面平摊在带潮气的石头上，等炒面也潮了，软了，就用他的老办法，把炒面搓成一粒一粒的小球，放在嗓子眼儿。这样，即使没水喝也能吞得下去。

地上丢着一听猪肉罐头，剩了大半罐，没人吃。小美试着吃过一口，油乎乎的，糊在嗓子眼儿非常难受，遂也丢下了。树生在挎包底下摸到了半盒牙膏精，打开一闻，凉丝丝的，抹在嘴唇上，渴意减弱了一些。他便把牙膏精给重伤员先抹了，这样，喊渴的人少了。树生还试过一个办法。他坐在某个人旁边，把手放在衣兜里，然后说，我手里抓了一把青杏子，要多酸有多酸。怎么样？流口水没？这个办法就像魔术一样，百试百灵。

有一天，也记不得是白天还是晚上了。小美听见李大棉裤和刘审计吵了起来。事情是这样的，李大棉裤实在渴得受不了了，就先向刘审计借了些尿喝。两个人约定，你先喝我的尿，等你有尿了，我再喝你的尿。可这天，李大棉裤喝了刘审计的尿之后，竟然好长时间再没尿出来。于是，刘审计不高兴了，没头没脑地对李大棉裤说道：

我说你这个同志咋这么不自觉呢？

咋的啦？

你说咋啦？你喝了我的尿，却不让我喝你的……

可我实在是尿不出来，你说咋办？

八

无论如何，靠坑道里残存的一点物资是维持不了生存的。最紧要的还是水。小美依稀记得，他们班负责修建的那个坑道在西北山梁上，也就是在现在所在的主峰坑道西北方向。有一次，他来这里交一份情况简报，看到主峰坑道之下四五十米处，有个小岩洞，当作伙房用。他还到这个小伙房给战友取过一回病号饭，记得小岩洞里有积水，把鞋子都弄湿了。而且，那个小岩洞在坑道下方，敌人不一定知道，知道也不一定敢过去。于是，小美把这个情况汇报给了树生。树生决定派出一个三人战斗小组到那里找水。

五九七点九高地上的其他坑道也都断水了。每个坑道都派人出去抢水，几乎每次都有伤亡。上级曾经下过命令，禁止坑道里的守卫部队再外出抢水，可是情势所迫，抢水的战斗依然在发生着。很多时候，士兵们用性命换回来的，仅仅是几军用水壶带绿沫子的死水。

看看时间到了下半夜，李大棉裤、小美，还有一个卫生员来到坑道口，每人背上背了七八只军用水壶。为了防止军用水壶在行进当中相撞发出声响，大家裁开棉被褥，将其包裹上。并把带子一个接一个地系好，像一串糖葫芦，斜挎在肩上。

李大棉裤悄悄扒开碗口粗的坑道口，向外望去。高地上一片漆黑寂静，高地北方的我军运输线上，却是一发照明弹接着一发照明弹地打，把山谷照得雪亮。机枪扫射的红线，炮弹爆炸的亮光，像除夕之夜的烟火一般，像水银沸腾了似的。在密集的闪光中，有黄豆大小的人影子、牲口影子，还有大车、小车的影子。他们或聚集，或散开，或默默地前行，或被炸上天空。可以想见，要通过敌人的封锁区把物资运上来该有多么困难。

把坑道口扒开肩膀宽窄之后，李大棉裤不再扒了。一股寒风吹进来，小美打了个冷战，意识到自己将要进入坑道外面的世界。小美记得，上五九七点九高地那天，天上没有月亮，而现在，天上挂着一弯月牙，又洁白又小巧，隐隐闪着银辉。看到这弯月牙，小美恍若隔世，在坑道里才不过四五天，却好似过了几十年一样。

李大棉裤无声无息地消失在黑暗里。小美也静悄悄地向那个方向爬去。身下的土还是那种又松又暄，像灶膛里的炉灰那样的浮土。到处是残缺不全的尸首和肢体，有敌人的，也有我们的。他们冻得坚硬如石头，静静地躺在那儿一动不动，保持着各种各样的姿态，栩栩如生。穿行在尸体堆里，小美看到有一个美国兵眼睛睁着，眼珠儿结了冰，像一对淡蓝色带有裂纹的玻璃球。小美和尸体对视了一眼，心里一动，继续向前爬去。

小美爬出了十几米，一颗照明弹令人胆战心惊地亮在了头顶，机枪子弹从四面八方打过来。不过，子弹并没有对着小美，而是打向身后。小美扭头扫了一眼，卫生员在惨白色的亮光里，一下子跳起来，又栽倒在地，腾起了一片尘土。小美也不敢多想，一个跟头向山坡下滚去。大地和天空在上下翻滚，身体撞在松土上，发出空空的响声。整个山坡上没有一棵树，也没有一块稍大点的石头，全都给炸光了。只有无数大大小小的弹片，硌着骨头。

也很巧，小美头昏眼花地抬起脑袋，发现自己正好滚落到了那个小岩洞旁边，便一下子钻了进去。敌人又打了几发照明弹，并且用机枪朝这个方向扫射了几下，便不再理睬了。

小岩洞里果然有积水。在身体沾上水的那一刻，小美就控制不住自己了，嘴埋进水里，发了疯似的吮吸着往肚子里灌水。李大棉裤一把把他拉了起来，低声道，忍一忍，咱先把军用水壶灌满了，再喝。坑道里还有几十个战友呢！

小美发了一会儿呆，开始灌水。积水只有一两寸高，下面还有淤泥。小美用手捧着水，尽量不把泥汤灌进军用水壶里。李大棉裤小声说，一会儿回去的时候，我要是被机枪打倒了，你别管我，自己进坑道。小美问，要是我被机枪打倒了呢？李大棉裤说，别问我这个。

不久，小美灌满了五六壶水，积水没了。李大棉裤说，没事，过两三天再来，就又有了。记得把水灌满喽，要不跑起来咣咣当当响，那可就要了命啦！小美起身想回去。李大棉裤又说，现在不能回，敌人正等着咱们呢？多待一会儿，跟他们泡泡蘑菇，天快亮时再走。那时，美国兵快开饭了，正在换岗，没心思顾咱们。

两人并肩坐在小岩洞里。李大棉裤用呵气一样小的声音说，你发现没？美国兵不是真心想打仗，也就是得过且过。想想也是，这又不是自己的国家，隔着一个大洋了，跑这么老远来干什么呢？他们也想活着回去呢！刚才，但凡美国兵上心一点，咱们俩都绝对不会活着坐在这儿说话的。

李大棉裤说，其实呢，美国兵也不是熊。我在湖南打日本鬼子的时候，身边就有美国教官，也和美国士兵打过交道，他们都是些很勇敢的人，也是些很有正义感的人。按约定，打仗的时候，他们在后面指导就行了，可打到最激烈的时候，有些美军教官就跑到前沿去了，结果也牺牲在了那里。你要是了解他们，就会觉得他们其实是一群很好玩的人。仗打完了，他们是逛窑子找乐子，样样不落。

李大棉裤接着说，咱们的兵呢，我是说一入伍就在解放军里头

445

的兵，最大的特点就是认真。命令一来，哪怕明知道是个死，也绝对不会说个不字，绝对不犹豫，绝对不含糊。这一点，我们这些解放过来的兵都差着劲儿。所以，如果单就兵来讲，那美国兵是远远比不上咱们的兵。

听着听着，小美竟然睡了过去。等李大棉裤推醒他的时候，东边的天空已经泛白了。李大棉裤说，一会儿你在前面，被美国兵发现了，我还能掩护你。我再跟你说一遍，到了坑道口赶紧钻进去，敌人开了枪也不要管我。

小美和李大棉裤拉开十几米的距离，不声不响地往上爬。由于昨天夜里是从山坡上滚下来的，所以快到山梁顶上时竟然找不到坑道口了。山坡上本就黑蒙蒙一团，坑道口也不过水桶粗细，找来找去也没找到。而且，这里的地形地貌已经彻底改变，大树、岩石、陡坡、战壕、悬崖等全部消失，修坑道时留下的记忆和现在完全对不上了。小美只好硬着头皮向上爬，突然听到上方有人在低声喊，到这里来撒，到这里来撒！那声音很像坑道里一位重伤员，只是不知这位重伤员怎么突然就到坑道口来了。

小美兴冲冲地往上爬了几步，抬头一看，发现头盔的微光一闪。他大吃一惊，在高地上，只有美军士兵有头盔，志愿军士兵都戴棉帽。小美马上一个跟头滚下去，随后上面打下来一个点射。又是很巧，滚了十几个跟头，最后一条腿踩进了坑道口里。一名战友一把把他拉了进来。小美把军用水壶交给了树生，也讲了刚才的事情。大家都很困惑，那名重伤员还躺在坑道里面，哪儿也没去。有人说，美国兵里头可能有台湾兵吧？他们会汉语，是专门做敌工工作的。小美说，那四川话讲得太地道了，谁能想到是敌人啊！

小美又跑到坑道口，等了很久，李大棉裤才回来。李大棉裤钻进坑道，说，我还抓了一个！大家把那个美国俘虏兵拖到了坑道深处。他被李大棉裤打昏了，浑身软软的。借着蜡烛光打量，这个俘虏兵金色的头发，身材瘦小，鼻尖微微翘着，脸颊上有不少雀斑，娃娃脸，看样子岁龄不大。李大棉裤说，他看见这个美国小兵正在拉屎，估计是看天快亮了，放松了警惕，就顺手将其打昏，拖了回来。李大棉裤边说边拍手上的灰，很是得意。

在五九七点九高地上的士兵为了生存而战斗时，后方也在全力地支援他们。一个团过来打仗，其中两个营负责作战，另一个营要负责向高地运输物资。等两个营打光了，负责运输的营接着上。通常情况下，让战斗部队搞运输是不允许的，但此次作战环境之恶劣程度早已超过以往历次战斗，也就不得不如此了。有一次，一个团接防高地之后三天，兵力便已耗尽，不得不匆忙之间把负责运输的营拉上高地。那个营的枪支都放在了后方，来不及取回来。结果该营战士是用手榴弹和爆破筒守住了高地。

树生的连队守卫坑道期间，军里和师里的警卫连也都被派上了高地，这是最后一点有生力量。自军成立以来，经历大仗恶仗无数，军长从未动用过警卫连，兵力之捉襟见肘可见一斑。其中，军警卫连通过敌人炮火封锁区时，九十六人伤亡七十二人，连长、指导员全部牺牲，一个副排长把剩余二十四人带入了坑道。

霓云找到了师政委，要求加入向五九七点九高地运送物资的队伍。师政委说，那里伤亡太大，师长是不允许女同志上去的。霓云说，炊事班老郭头都上去了，还牺牲了，我也能上去。说完，霓云流泪了。

师政委认真地看了她一眼，沉思良久，长叹了口气，说道，好吧，你去吧，我就做一次违反原则的事。

但师政委又很严肃地说，但是，霓云同志，你要记住，我不会再做违反原则的事情了！

447

霓云闭上眼,点点头,两行泪水从眼角流下。师政委缓和了一下语气,说,多注意安全!我也要带队伍向五圣山炮兵阵地运炮弹去了。

往上甘岭五九七点九高地和五三七点七高地运送物资的队伍是所有运输队当中伤亡最大的。出发前,运输队分为若干组,一些组上五九七点九高地,另一些组上五三七点七高地。每个组要进的坑道也事前分工好了,组长由上过高地,或从高地上撤下来的干部战士担任。带队干部宣布,每个人要带好急救包,通过敌人封锁区时,如果受伤要进行自救。

霓云主动要求去五九七点九高地主峰坑道,也就是树生的连队驻守的地方。她要背的物资是小组里最轻的,有一只医用药品器械箱,里面有许多重伤员急需的药品,还塞满了包扎带。除了这只箱子,霓云还背了一只挎包,装了满满一包国内寄来的慰问品。其他同志的背负就比较重了,有的是一个很大的铁皮水箱,腰间还要缠一只布袋,里面包了三五只大白萝卜。高地上缺水,上面的战士点名要这种能吃又解渴的东西。有的是一大袋肉包子,这东西既能当饭又能当菜,运输起来还很方便,到了坑道口,往里一扔就行了。还有的袋子里装的是罐头、苹果、香烟、蜡烛,反正什么东西好就往高地上运什么东西,不计代价,也不计损失。在整个朝鲜中部战线上,所有物资都优先往上甘岭方向运输。有些物资本来是给其他部队的,但听说上甘岭前线急需,也中途变了路线,往这边运过来了。当时,所有部队的物资都很紧缺,但听说自己的物资用来支援上甘岭前线了,大家都没有怨言。

一路上有干粮站和茶水站,一盆盆油饼和一桶桶茶水让路过的队伍随过随取。在五圣山附近,霓云看到了师政委带领的运输炮弹队伍。有的背四五只装炮弹的箱子,最多的能背七八只,而一只运输队的骡子才背八只箱子。所以，运输炮弹的队伍有个外号，叫"骡子队"。队伍里头所有人的腰都是弯的，上山时，鼻尖低得能蹭着山坡。大家都说，近期，部队要进行大反攻了，所以，才需要这么多炮弹。这消息可能是真的，因为"骡子队"队员们的表情很兴奋，像是有什么大事情要来了。

天黑透了。穿过封锁区之后，霓云这个小组的八个人还剩下五个人。他们来到五九七点九高地北面的山脚下，这里的一处小矿洞是临时包扎所。负责人是一个已经打光了的连的副指导员。走进矿洞深处，里面有蜡烛的微光，地上放着从高地上运下来的重伤员，奄奄一息。负责人的棉袄黑乎乎的，完全看不出本该有的浅黄色，黑色里又浸满了一条条一块块深红色血迹。他有些恍恍惚惚的，没认出来霓云几个人是运输队的。他似乎是认为，只要是站着的，就应该帮忙抬伤员。他满脸倦容地说，快到外面砍一些小树干来，缺担架，缺担架！快去呀！

爬上主峰坑道的那段路，又成了令人恐怖惊骇的旅程。头顶上是惨白的照明弹，子弹嗖嗖地擦身而过，不时有炮弹在近处爆炸。霓云向主峰爬行，连害怕的空隙都没有。身后传来呀的一声尖叫，她回头一看，一个队员半跪着，背上的铁皮水箱被打出了三五个弹孔，正向外冒着银色的水柱。那个队员往空中挣扎了几下，就一头栽在地上。还有一个队员正在往回爬，从一个受伤的队员身上解下背包，背在自己身上。有那么一瞬间，霓云想，外面尚且如此，坑道里面不知会怎样？

霓云和另外一名队员，共两个人爬进了坑道。其余的队员都不知去向，这之后也再没见到过。守卫坑道口的战友把两个人拽了进来，并且激动万分地向里面大喊，咱们的人给咱们送东西来啦！咱们的人给咱们送东西来啦！

霓云向坑道深处爬去，拐了个弯，渐渐有了光亮。第一眼看到坑道里的战友，霓云就流泪了。他们衣衫褴褛、蓬头垢面、骨瘦如柴，一个个脸黑黑的，一咧嘴，牙齿倒显出白色。最开始看霓云的时候，他们眼里无神，似乎根本就没认出来霓云，也没意识到霓云是从高地下边来的。发了好一会儿愣，战友们才慢慢爬过来，仔细打量着霓云，眼睛里滚出泪花。有一个重伤员听说高地下边来人了，竟然撑起身体爬了过来，哭着说，这炮火连天的，就是亲爹也不可能上来给俺们送东西呀！

和霓云一起进坑道的队员从肩下解下五只灌满水的军用水壶，交给树生。又从后背摘下一只装了肉包子的布袋子。不过，布袋子被弹片刮了个大口子，中途颠掉不少，只剩下了半袋肉包子。他还从横系在腰间的布袋子里拽出五只大白萝卜，一同放在树生手里。

这名队员从怀里掏出一只纸袋，上面印着"什锦水果糖"几个字，还带着一大片未干的血迹，滑溜溜的。他说，这糖是师里转到团里，团首长舍不得吃，让我们送到高地上来。本是和我们一起来的一名队员带着的，他在半路上被炸死了。我是从他身上拿过来的。

树生流着泪，激动得说不出话来。霓云把医药箱和装慰问品的挎包交给树生。她在坑道里寻找着，终于看见了，树生身后坐着一个小叫花子一样的小兵，是小美。霓云又哭了，她爬到小美身旁，从医药箱子里取出一只酒精棉球，捧起小美黑漆漆的脸，一点一点给他擦干净，擦到最后，酒精棉球也像炭一样黑了。但霓云没有再用一个新的。她掏出手绢，从自己的军用水壶里倒出水，用沾湿的水绢给小美擦脸。在她往手绢上倒水的一刻，旁边发出一声很响的咂嘴声。小美扶住霓云的手腕，说，姐，坑道里没有水了。

霓云把自己身上的军用水壶也交给了树生。她坐在小美身旁，擦净他的脸后，又一个手指头一个手指头地擦他的手，直到手绢也成了炭黑色。霓云解开小美小腿上的包扎带，新伤口已经化脓生蛆，一条条白色小虫在脓血里慢慢地爬。她用树枝挑掉蛆虫，又用嘴把贯穿小腿伤口深处的脓水吮吸干净。最后，她从怀里掏出自己的急救包，认认真真地把小美的小腿包扎好。

霓云在小美身旁坐了很久。和她一起进坑道的运输队员向树生要了一张证明收到物资的收条，对霓云说，咱们得走了，能不能活着回去还不一定呢……

九

一天晚上，小美觉得自己命若游丝，昏昏欲睡，最后一滴水也喝完了。他躺在短坑道里，闭上眼，一动也不敢动，小心地保存着体力，静听着坑道里的声音。脚的方向，树生坐在弹药箱旁，头扶着胳膊，不知在想什么，一颗豆大的烛光若明若灭地闪着，蜡油已经软软地成了一摊。

坐在小美脚旁边的美国俘虏身子一歪，咕咚一下子躺倒了。小美爬起来，把他的脸翻过来。美国小兵的眼皮半睁半闭，浅蓝色的眼珠子歪歪斜斜地向上翻着。小美知道，如果这样下去，他也会给拖到坑道最里面去。和这个美国小兵的交流不多。他被抓进来之后，就很害怕，也很暴躁，能喝一点水和饼干，但其他的东西一概不吃。这几天水没了，大家都喝尿，美国小兵不喝。小美本是想费些心思让他喝一点，可美国小兵闻了闻军用水壶的壶嘴儿，就呕吐起来，一把把军用水壶扔在了地上。小美摸着兜里的什锦水果糖，犹豫了一下，估计也不会被美国小兵当成好东西，就没拿出来。这糖每人分了两块，小美一直没舍得吃，刚拿到手时，糖纸的一角还留有血迹。

李大棉裤也爬过来，翻开美国小兵的眼皮看了看，对树生说，要不，让他走吧。咱们死在坑道里天经地义，可他呢？又何必呢？树生想了想，不语，却点了点头。

李大棉裤用自己的军用水壶给美国小兵灌了几口尿，和小美一起，把他拖到了坑道口。李大棉裤脱下棉衣，撕下里面已经泛黄的衬衫袖子。李大棉裤又摇了摇美国小兵，把美国小兵弄清醒后，解开了他的绳子，把衬衫袖子塞到他手里。小美对美国小兵说，YOU，GO！

无论美国小兵多么不解，但小美重复了很多遍之后，他还是明白了。美国小兵把那段泛黄的衬衫袖子伸到坑道外面，使劲摇了摇，然后慢慢爬出了坑道，消失在黑暗里。小美记得很清楚，那晚月亮已经胖胖的了，再有几天就是满月。坑道外面的山坡上一片亮闪闪的银光，像月下的河水。美国小兵在跳进战壕之前，匆匆回头看了一眼。

向黑暗里出神地望了许久，小美爬回坑道，见刘审计靠坐在坑道壁上，嘴里碎碎地念叨着什么。小美坐到他身边，他也没发觉。细细听过去，刘审计似乎在自言自语一些与吃有关的事情。刘审计老家是四川的，听说那里是天府之国，好吃的东西很多。

小美碰了他一下，说，刘审计，想过死没？

刘审计不念叨了，说，想过，现在不想了。

小美问，为啥不想了？

刘审计说，过去想的时候，就像往一个黑地方走，越走越害怕。被毒气弹熏过之后，一下子就亮了，脑袋嗡地一声响，全都忘了，就不想了。咱们都死不了，真的，会活得好好的。我都看到我下高地的样子了，穿着美国兵的防寒服，背着一捆枪，还扛着一杆旗。一路上都是给俺们鼓掌的人，那家伙，别提多风光喽！

小美嘿嘿一乐，说，你在做梦吧！

刘审计说，做什么梦？我看得清清楚楚的。

小美说，那看见我没？

刘审计说，看见你了，离我不到两米，咱俩脸对着脸。

小美继续跟他开玩笑，道，那怎么可能，咱俩不是一起下山的吗？不是应该看到我的后脑勺才对吗？那你还看见谁啦？

刘审计说，我还看见咱坑道里的豁嘴儿连长了，他肩上扛了个老长的东西，不知道是个啥？

小美叹了口气，又问，还有谁？

刘审计说，看不清了，那个旗子老把我的眼睛遮住，真讨厌！

不知为什么，听刘审计说着没头没脑的胡话，小美反倒挺踏实，原本很沉重的心情竟然莫名其妙地好了许多，像阴霾的天空一下子雨过天晴了似的。小美琢磨这是为什么，想了半天也没想个所以然。或许，刘审计是坑道里唯一一个心里没有害怕的人吧？跟一个心里没有害怕的人说话，你才能不被感染上恐惧。

小美舒舒服服地把头靠在刘审计肩上，说，老刘，你家乡有啥好吃的？给咱讲讲呗！

刘审计来了兴致，眼睛里一下子有了光，说道，我现在一闭上眼，第一个想到的是腊肉。我今年二十八岁，我吃过比我年岁还大的腊肉你信不？不信？我给你讲啊，我很小的时候，房西头草棚子里就挂了半边猪，黑红黑红的。一年间，只有春节时我爹才割下拳头大的一块来吃。我都二十多岁了，那半边猪才少了后屁股。有一回，我问我爹，这猪是啥时候挂上去的？我爹说，他小的时候，他爹挂上去的。这么一算，那半边猪得挂了四五十年啦！

小美迷迷糊糊地问，这样的猪肉还能吃呀？

刘审计一拍大腿，说，相当的巴适！我给你讲啊，那腊肉挂的时间越长越好吃，和酒一样，十年的腊肉和二十年的腊肉味道就大不相同。割下来的腊猪肉先用火燎。燎过之后，拿到河边用刷子刷。刷干净之后，猪皮透亮如玉，猪肉鲜红如花，要多好看有多好看。回去用刀切成薄片，就着香葱、青辣子一炒，让我进京城当皇帝我都不去！

小美在半梦半醒之间咂咂嘴，又问，还有啥好吃的……

这时，一直在上坑道口与上级联系的步话机员爬过来，对树生说，有命令，让你下高地，到后方去！

树生大吃一惊，怀疑自己听错了，大声问道，什么？你再说一遍！

步话机员重复道，上级来了命令，让你立即下高地，到后方去训练新兵，重建连队，准备大反攻！

树生这才放下心来，又问，还有吗？

步话机员说，上级要求你带上连队剩余的战斗骨干，组建新的连队要用。

豁嘴儿连长爬过来，着急地问，我呢？给我分配什么任务了吗？

步话机员说，上级命令你带领部队继续坚守坑道，到时配合反攻部队夺取高地。

听了这话，豁嘴儿连长失望地坐回去。树生把军用水壶、干粮，还有大部分弹药都留在了坑道里。爬出坑道前，他和豁嘴儿连长拥抱了一下，但彼此都没说话。也确实想不出该说啥，因为大家都知道，下了高地也未必就轻松。

树生和连队剩下的战斗骨干，一共九人穿过了敌人炮火封锁区，回到了后方。十几天前，树生带领连队通过这里上高地时，全连是一百三十八个人。

组建新连队加上训练，一共只有几天时间，也不允许有更多的时间。小美继续担任文书，其他从高地下来的人都当上了排长、班长或副班长。树生有太多的经验想教给这些看起来毛手毛脚的新兵。比如说，怎样穿过封锁区更安全，什么时机甩手榴弹效果最好，怎样辨认高地上残留的坑道口，怎样分辨美军的炮弹声，怎样分辨美军的侦察机和轰炸机，怎样……还比如，见了漫山遍野的尸体和残肢断臂不要惊慌失措，弹坑比战壕更能隐蔽自己……可是，不经过战火的洗礼，嘴上说出来的东西总是轻飘飘的。但是，经过了战火洗礼之后，又能剩下多少人能真正体会到这些经验是如此的宝贵呢？

经过短时间的整训，树生的连队被编入收复五九七点九高地的反攻梯队。几波反击之后，终于轮到了他们。此时，向五九七点九高地进攻的美军第七师因伤亡过重，已被调往别处换防。现在向高地进攻的是美军空降第一八七团。他们无论装备、攻击队形还是战术运用，都很不寻常，打起仗来一招一式都有板有眼，看起来很有章法。所有士兵都穿着防弹背心，拿着自动武器。发起进攻时，先放烟幕弹，然后是班、排规模的试探式进攻。当观察清楚我方的兵力和火力之后，再呼叫炮火支援，然后才是连、营规模的大规模攻击。如果进攻受挫，也不会乱了手脚，像过去的美军一样一口气撤到山下。而是退回我方火力范围之外，摆放 T 形对空指示板，引导空军对我方阵地进行轰炸扫射。之后，再发起进攻。

小美记得，他的这个连队出发前，所有人，也包括他自己，都换上了一次都没穿过的新棉衣棉裤。新兵们踊跃地上交请战书，树生的挎包里装了七八十封血书。尽管很臃肿，但他也没有把这些血书交给别人来保管，而是一直带在身上。他对小美说，如果他牺牲了，一定要把这些血书带回去，交给新任连长、指导员。新兵也彼此之间交换着照片，尤其是来自同一地区的老乡之间。这些照片的背后写着名字、日期和地址。他们相约，如果有谁回不去了，那别的人要把这些照片交给他们的亲人。

一切都和第一次上五九七点九高地时很相似，但又有各种各样的不同。小美还记得，爬上高地时，有一段路很陡，没有树，也没岩石，只有一具冻在土里的无名战友的遗体。大家是拽着遗体的胳膊，踩着他的头，才爬上去的。

半夜时分，连队收复主峰阵地。大家开始忙着加固防御阵地。小美来到了刚刚被炸毁的美军碉堡前。半个月以前，这个碉堡是他和二六一起炸毁的。那一次，二六牺牲了。小美走到近前，还是那道石崖，还是那个突出的石檄子。不过，这一次负责炸毁碉堡的爆破手却没有小美那么幸运。他牺牲了。小美爬上了石檄子，来到了碉堡前的空地上，仿佛把那次炸碉堡的过程重新经历了一遍。他回忆着当时头顶上惨白的照明弹，回忆着自己如何在这里被机枪击中小腿。然后，他蹲下来，抚摸着倒在地上已经牺牲了的那名爆破手。这名爆破手年龄也不大，瘦小的身材，胸前有四五个被血浸透的弹洞。小美继续抚摸着牺牲者的脸，似乎产生了幻觉，觉得牺牲的是自己，而活着的是另外一个人。小美在想，在无数次高地争夺战之中，这个石檄子得目睹多少牺牲的人啊！而高地呢？它不是目睹得更多么！

小美还找到了那半截依然立在阵地前方的木桩子。真是奇迹，经历了万千炮火的轰炸，它没了树枝，没了树皮，却还没倒下。抚摸上去，嵌在上面的弹片和子弹更密集了，像无数刀尖一样锋利刺手。

天色微明，小美用树生的望远镜向山下看去。美军的阵地上燃着孤零零的篝火。三五个美军士兵在篝火旁边瑟瑟发抖地烤火。在他们身后的黑暗里，胡乱叠放着几百具早就冻硬了的尸体。这些尸体姿态各异，保持着生前的样子，无人理睬……

十

一天凌晨，树生把小美叫到身边，将一只封好的牛皮纸文件袋交给他，说，我两次上高地，师部要我写一点作战经验。电话时断时续，也说不利索，我昨晚简单拟了几条，都是我认为非常重要的。现在，天还没亮透，你趁着这个时机下高地，把经验汇报交到师司令部作战科王大心科长手里。记住，这几条作战经验很重要，用上了，能少牺牲很多人，所以你务必在中午之前把文件送达。

小美有些疑虑地看着树生。树生拽出毛巾，半跪着身体，把小美的额头、脸颊、嘴角仔细地擦了擦。不知为什么，小美觉得他此时的眼光特别柔软。当然，树生平时对所有人都非常和气，从不发火打人骂人，但他的神情里却永远透露着严厉和强硬。这一刻不同，那些坚硬的东西似乎都暂时融化掉了，仿佛变成另外一个人。

树生掸了掸自己肩上的灰土，像是要卸掉什么重负似的说，我的故乡在兴安岭那边。夏天的时候，风吹过白桦林，巴掌大的树叶发出哗哗的响声，像海水一样。我躺在树下，看着伸向天空里的树枝树叶，看着湛蓝的天空，魂儿就飘起来了，在故乡的大山大河上飞着。我的故乡有大片大片的苞米地，夏天夜晚的空气又潮又湿，到处是狗叫虫子叫鸟儿叫。风儿飘飘悠悠的，像跳舞一样。大地像活了似的。它扭动着腰，摇摆着腿，动着脚，火辣辣的。黑土地肥得冒出了油，那上面长出来的麦子、亚麻、土豆、甜菜、黄瓜、倭瓜、茄子、豆角等个头都是大大的。吃了黑土地上打出来的粮食，男人女人们身体里都冒了火一样，一个个火气大得不得了，一个个健健壮壮精精神神的。谁也不敢惹他们，谁也不敢欺负他们！就是当年的日本子，也没有降伏得住他们的心。他们注定是一群自由自在生龙活虎桀骜不驯欢欢乐乐的人……

树生又说，我的娘，我已经离开她十六七年了。我只能在梦里再见到她啦！我当年怎么就离开她了呢？如果再长大几岁，我一定狠不下心走了。我经常在梦里看见她站在我家老屋前，背也弯了，头发也白了，一个人向远方望着。而我，就站在她的眼前，她却看不到我。我还看见她一个人出去要饭，碗里是泔水一样的菜汤。她老了，老得像个七老八十的老太太。她是盼着我快点长大的，要是没了我，她该怎么活下去呀！

说了一会儿，树生挺起腰，说道，小美，你帮我记下一件事情。我的家在松花江边的巴彦，记住了，是松花江边的巴彦。小美点点头。树生又对小美说，现在出发吧，天要亮了。

天空是灰黑色的，晨雾中有微微的浅蓝色。小美踏着薄雪下了高地、穿过山谷。这里被无数爆炸、烈火洗礼之后，再难看见完整的东西，大车、骡马、尸首都不见了，变成了更加细碎的木梁、缰绳、笼头、蹄脚、手臂、带着脚的鞋子、帽子、散落的子弹、被击穿的罐头盒。雪又将这一切都掩埋了。小美看到自己踩在雪地上留下的脚印不是黑色的，也不是土黄色的，而是暗红色的，并且慢慢结成血色的薄冰。

小美在白色的山谷里飞快地奔跑。一瞬间，他突然快乐无比，仿佛一只自由自在的小鸟，贴着广阔无边的海面飞翔。他知道，此时自己的身影就在敌人大炮或狙击步枪的准星里，可他还是那样兴奋。小美沿着一条曲线，跑几步，便一头扑倒在雪里，又马上跳起来，变换方向，继续向前跑。他觉得自己是在和敌人捉迷藏，或者，干脆就是和死神捉迷藏。这个游戏让他多么高兴啊！

有一次跌倒，他看见一只白萝卜躺在雪中，翠绿的缨子上结满了冰珠，像是它在冰天雪地之中又生长起来似的。他看见一队蚂蚁吃力地从一只破了口子的麻袋里叼出一粒粒白大米。它们很有秩序，排成一条长线，把白大米运回自己的巢里。他看见一只毛绒绒的肥胖田鼠嘴里叼着一块馒头，静静地看着自己。他还看见薄雪下面露出一只手，这只手里捏着一封信。不过，所有这些小美都不能去捡。他拼命地狂奔着，一口气跑到了对面山脚下的树林里。真是奇怪，敌人平时密集的炮火，竟然寂静了片刻。或许他们觉得雪地上这孤单的小黑点并不值得浪费炮弹吧。

走出十几里路，小美回头看了一眼。天空是灰白色的，群山是银白色的，不闻天籁，不闻鸟鸣，不闻人声，只有密集如敲鼓的炮声隐隐传来。远远地向上甘岭方向望去，白茫茫一片之中唯有两个高地被炮火炸成了黑色，恍若雪地上丢了两块烧过的煤渣，高地上空笼罩着一团团灰黑色的硝烟，久久不散。

小美找到了师部，将牛皮纸袋子交给了王大心。王大心打开袋子，里面有三张纸。其中两张纸上简要地写着树生总结的作战经验，剩下一张纸上是封信。树生写道：

作战科王科长：

你好！

现将两次高地作战经验简要汇报给你。不知妥否？请指示。

另外，我派小美将材料送给你。你把他留在师部吧，不要让他再回高地了。

我带领连队两上高地，经历攻守战斗数十次，至此，连队士兵已经换过两茬，干部骨干不计其数。我本人还能战斗至今，已实属意料之外。无论如何，只要上级要求我们继续打下去，我们就一定义无反顾地坚决打下去，直到敌人彻底屈服。

之所以把小美派还给你，并不是我徇私情，而是我真心觉得，这个孩子应该替我们看一看新世界的样子。

　　此致

军礼

　　　　　　　　　　　　　　四连指导员　树生

　　王大心读罢信，转过身，走到隐蔽所深处，擦掉眼泪，将信收好。他走到小美身前，说，这样吧，师医院现在非常缺人手，霓云已经去帮忙了，你就去协助她工作吧！小美摇摇头，说，给我一张文件签收条，我要回高地去！王大心慢慢地说，小美，你听好了，这是命令！小美固执地说，给我一张文件签收条，我要回高地去！你就是不给我，我一会儿也要回高地。

　　王大心愤怒地一拳砸在弹药箱上，吼道，你以为，只有你一个人不怕死吗？只有你一个人有胆气吗？你这个混蛋，你知道有多少人在爱护着你，在用生命保护着你吗？你要是敢离开这里半步，我马上枪毙了你！

　　小美吃惊地看到，王大心的眼里有泪水。

　　师医院在五圣山山脚下的一个大岩洞里。这附近有不少小岩洞，是伤员暂住的地方。在一处陡坡下的树林子里还有一排圆木搭建的小屋，供医务人员和伤员洗澡用。但已是深冬，烧水不便，也就弃置不用了。小美第一眼看到霓云时，她端着不锈钢盘子，站在手术台前，给做手术的李医生打下手。霓云的棉衣正面满是血迹，有干涸的，有新鲜的，一层叠着一层，一缕压着一缕。当她看见小美的时候，充满倦意的眼睛里才露出一丝欣喜。

　　重伤员能抬到高地之下包扎所里就已经很困难，能穿过封锁区运到师医院就更困难。但即便如此，手术台仍然在昼夜不停地运转着。做手术的伤员几乎没有子弹伤，大多是弹片伤，炸断胳膊的，炸断腿的，全部是粉碎性创伤，只连着一点点筋肉，再没有接好的可能。小美领受的第一项任务，就是用一只铁皮桶，把锯下来的断手断脚拎到外面，在雪地上挖一个大坑，然后埋掉。

小美还要负责照顾其他岩洞里的伤员。有烧伤，有截肢，有毒气伤，全部都是重伤员。但所有的伤员都静静的，不叫喊，不骂人，也不呻吟，他们都知道，自己是所有伤员中最幸运的人了。当然，烧伤伤员换药时，仍然会叫喊的。他们大多是大面积烧伤，浑身上下裹满了被血浸透的纱布。当揭下纱布时，也要带下刚结的痂，露出没有皮肤保护的肉。如此反复，愈合缓慢。有一次，从外面抬进来一名重伤员，抬担架的人也受伤了，满脸是血。重伤员已经在高地上待了十几天了。医生掀开棉被，下面的战友面色呈尸体一样的黑灰色，眼窝深陷，颧骨高高地突起，头发上满是尘土，乱蓬蓬地缠成一团，棉衣棉裤撕成一条一条的，露出黑黄色的棉絮。他的伤口已经溃烂化脓，散发出令人胆战心惊的气味，猛一看去，身体的轮廓如同担架上摆着一具枯瘦的木乃伊。小美给这位重伤员喂从国内运来的炼乳。重伤员吃力地咽了几口，猛地咳嗽起来。许久，他使出最后一点力气低低地道了声谢，眼角晃出两行薄薄的银色泪痕。

小美觉得霓云变得憔悴了。这种憔悴并不因疲劳而来，而是来自她的心。这天夜里，李医生处理完伤员，让大家休息一会儿。霓云和小美来到岩洞外面。雪后天晴，虽然越发寒冷凛冽，但夜空格外明净。刚过月中，月亮仍然圆圆的，挂在山峰顶上。

两人沿着山路从五圣山东侧上山，走了许久，来到峰顶之处。越过这里，是炮兵阵地。不远处有道不高的石崖，石崖下有几棵松树。霓云找了个避风处坐下，从这里可以看见薄雪覆盖下的大地群山，白净的月亮挂在天边，夜空下的世界里到处泛着银辉，一座座圆圆的山峰闪着洁白的微光。向南方望去，还可以隐隐看到上甘岭那两个焦黑色的高地。那里时不时亮起炮弹爆炸时的亮红色火光，并且稀稀疏疏地传来沉闷的响声。

霓云长舒了一口气，小声道，真美啊！然后，小美看见她的脸上流下两行泪水，像月色之下流过两条静静的溪水。他问，姐，你是不是很伤心？霓云点点头，是的，不知为什么，心里很难受，像淤泥一样，越积越厚，快挖不开了。

想了片刻，霓云问道，你觉得新世界会是个什么样子？

小美说，我也不清楚，应该是个很好的样子。

霓云说，我也想象不出来。可是你看这夜色里寂静的山川大地河流，它们不是很美吗？记住这一刻吧！看到了这一切，你就知道了什么是美，你也就知道了你想要的是什么。这就是新世界应该有的样子！

两人并肩坐着，出神地看着夜空。不久，东方的群山之上开始泛白，继而泛红，似有滚滚岩浆从黑色的山影之下喷涌而出。霓云又说，或许，当你看到了那个新世界的时候，你会发现她并不完美。这是多么正常的事情啊！人世间哪有完美无瑕的世界呢？可是，听一听自己的心声，你知道她应该有的样子，你会为她应该有的样子而争取，这不就是我们现在不惜牺牲生命去做的事情吗？

这天午后，伤员们都在睡觉。小美拎了两只铁桶来到山坡下。他寻找着那些干净的雪，然后一小点一小点仔细地捧进桶里。装满了两桶雪后，他在一个小岩洞里架上火，把雪水融化烧开。雪花慢慢消融，变成水，又从铁桶底部冒出一串串气泡。雪水清澈如镜，小美看见了自己的倒影，也似乎看见了万千世界在水中的倒影。他急忙跑出去，用衣襟兜了更多的干净雪回来，一捧一捧填进冒着白色雾气的水里。

小美把霓云拉到树林子里的小木屋门口，拉开木门。里面的灰尘、落叶已经打扫得干干净净。角落里，摆了两只散发着热气的铁桶。霓云看着小美，憔悴的眼神里露出一丝欣喜。她拉起小美的手，拍了拍他的手背，说，那就老规矩，你在门口给我放哨吧！

　　小美站在三五米之外的松树下，薅下一把松针，一根一根放在嘴里嚼着。味道虽然苦涩，却莫名其妙地有一丝甜甜的暖流流进了心里。有水流砸在木地板上的哗哗声，有水珠儿溅在木墙壁上的啪啪声，还有脚踏在水洼里的吧唧吧唧声。小美松了一口气，坐在松树下。他觉得自己的心和霓云一样，积满了淤泥，而现在，一双温暖柔软的手正一点一点把这些淤泥挖走，而另一股奔放不羁的热流正从心底如泉水一般涌出来。

　　这时，头顶悬崖上闪出一个遮天蔽日的黑色钢铁身影，然后是几枚粗滚滚的重磅炸弹从天而降。一片黑烟、碎石、气浪、巨响之中，小美向小木屋跑去。到了门口，他却犹豫了。门开了，白色的身影一闪，霓云把他拉了进去，并且护在怀里。有一枚重磅炸弹落在近处，爆炸的一刹那，小美觉得世界一下子变得漆黑，从漆黑的中心射出让人睁不开眼的耀眼火光。小木屋被撕碎了，原木炸成了木屑，铁桶扯成了铁皮，石块变成了沙砾，一块尺把长的弹片像长刀一样从太阳穴旁边飞过。刹那间，小美看见霓云的脸庞上闪烁着融化了的黄金一样的光芒。然后，一切坠入无边的黑暗……

十一

　　不知过了多久，小美苏醒过来。他睁开眼，看到自己躺在岩洞里，旁边一声不响地躺着伤员。岩洞里，李医生依然在做着手术，但旁边站着的护士却不是霓云。小美焦急地想知道霓云现在怎么样了，但又鼓不起勇气去问。他艰难地爬起来，向岩洞外爬去。此时，天正黄昏，太阳已经落下西山。天空是淡蓝色的，很遥远，很干净，并且泛着一丝丝夕阳的浅红色。有几朵亮黄色的云彩静静地飘在空中，云彩之下，闪耀着金色的霞光。小美痴痴地看着深邃的天空，注视着那几朵安静的云彩，仿佛看到了霓云姐姐。她还是那么亲近，那么勇敢，那么美丽。于是，小美默默地对自己说，不必再去问了，霓云姐姐在天上，她已经不在人世间了。

小美仰望着云霞，把手伸向天空，可什么都摸不到。时间如逝水，天色越来越暗，云朵慢慢飘向远方天际。寒风凛冽，吹得小美瑟瑟发抖。在严寒的夜里，他轻轻念了一首小诗。这首小诗开始很短，但他在之后几十年的岁月里不停地修改增补。

你带来了火焰

姐姐

只因你温暖的微笑

我跟着你踏上无尽长路

无论

高山大海

风雨雷电

烈火气浪

鲜血死亡

无论

饥渴伤痛

悲苦煎熬

惊恐战栗

灰心绝望

我从未停下脚步

只因

你走在我的前面

你手里拿着火焰

如今

你回到了天上

你看着人世间

你把最美的东西给了我

你也把我一个人丢在了黑暗里

姐姐

我害怕离别

我害怕长夜

我害怕孤单

可是

你在离去之前已经把蜡烛头扔在了我脚边

我别无选择

只有点亮它

拿着火焰

继续在长路上前行

姐姐

天上人间太过遥远

可我明白

这是你对我的爱

也是我对你的爱

虽然短暂

却是永恒

　　当天夜里，上级通知小美回师部报到。小美到达师部的第一件事，就是参加作战科科长王大心的追悼会。原来，就在师医院遭到敌机轰炸的同一天，五圣山一带遭到了大面积轰炸，各部队均有伤亡。王大心和参谋人员正在隐蔽所研究作战方案，隐蔽所被炸塌，几个人同时牺牲。追悼会很简单，王大心的遗体裹着白绸子，师政委致悼词，师长含泪听完，大步走到坑道外面，举起手枪向天空射击，直到打光所有子弹。大家走后，英子一直把头枕在王大心的胸前。许久，她慢慢掀开罩在王大心脸上的绸缎，用沾过水的手绢给他擦脸。小美一直站在旁边。他看到王大心的脸是残缺不全的，额骨深深陷下，眼眶里没有眼珠，半边脸的皮肤和肉被撕掉了，露出白白的牙齿和骨骼。小美胆战心惊地看着这一切，无法接受一个熟悉亲近的人变成如此模样。擦过脸之后，英子又给王大心擦手。可奇怪的是，他的一条胳膊一直弯曲着，怎么也伸不直。英子从兜里掏出她送给王大心的那包家乡土，塞进他的怀里。这是英子从王大心的遗物中找出来的。说也奇怪，王大心的手臂一下子放松了，任英子擦干净。英子把王大心身上的白绸子重新裹好。最后，她在王大心破碎的嘴唇上深深地吻了一下。

　　小美来到作战值班室隐蔽所，看到一切又恢复起来了，墙上重新挂上地图。王大心用过的木桌子断了一条腿，现在，断桌腿下面垫了两只木箱子。接替王大心的赵副科长正坐在桌子后面，入神地瞅着笔记本。电话铃声不停地响，新来的作战参谋接起电话或放下电话，然后用红笔或蓝笔在地图上标注。小美又打量了一下隐蔽所内部，门口处有一大片烧黑的土，门框外层是焦的。屋角处原来有一张床，铺着褥子和被。现在，床板砸了个大洞，铺盖也不见了，上面堆了三个文件箱。其中一个文件箱上面摆着一只挂钟，玻璃前罩碎了，里面进了土，只剩下一根指针。小美记得以前这钟是挂在墙上的。

赵副科长看到了小美，对他笑笑，说，你回来啦！小美昏昏沉沉，没有回答。赵副科长指着角落里一张凳子说，你先坐会儿，喝口水。我马上还要开会。正说着，外面来了人，问，在哪儿开会啊？他们有团长、政委、副团长，有营长、教导员、副营长，都是从前线下来的。这些人用拳头互相狠狠地捶着胸膛，笑着问，你他娘卖×的还活着呢？哈哈！

这天晚上，小美问了赵副科长一个问题。他问道，你想过会死吗？赵副科长笑了，说，想过啊！小美问，那你怕吗？赵副科长严肃地说，什么怕不怕的，明天要死了，今晚该干啥还干啥呗！

小美回到自己的住处。隐蔽所里的铺位还给他留着。小美俯身在地铺上，将被褥摊在上面。之后，小美躺下来，仰头向上看。地铺上方是一张松木钉成的又厚又大的桌子，平时放文件资料、照亮设备和通讯器材。小美把头偏了一下，他旁边的铺位就是王大心的，还空着，露着毛毛刺刺的新松木板子。他想起当初安排铺位时，是王大心把他安排在了松木桌子下方，并且靠在隐蔽所的最里端。小美突然明白了，王大心是把最安全的位置给了他。想到这儿，他的心房一阵剧痛，大叫着哭号起来……

在上甘岭战役中，小美所在部队动用了两个师，并在其他部队一个师另一个团的支援下，守住了上甘岭两个高地。美军和南鲜朝军在付出同样沉重的代价之后，没有攻占高地。五九七点九和五三七点七高地最终掌握在志愿军手中。此后，敌人在朝鲜半岛再未发动大规模的进攻作战。

半年之后的夏天，停战协定签字生效。小美受领了一项任务，跟随部队再次去上甘岭高地，整理那上面的烈士遗体。五九七点九高地的地形地貌改变很大，大部分标志物都被炮火炸没了。小美找了很久，才在高地西北山梁上找到了几根木桩，这下面就是当初他参与修建的坑道。大家顺着坑道口往深处挖了很久也没有挖通，看来这个坑道坍塌的长度实在太大。在上甘岭战役后期，坑道在长期炮火的轰炸下，岩层断裂松动。下了雪之后，坑道外面是严寒，里面却大汗淋漓，坑道口向外冒白气，成了敌人炮火的目标。也因此，个别坑道在敌人的集中轰击之下，出现了大的坍塌。

小美还记得那一天。他刚回师部，有人在外面喊，大家快出来呀！又有一队守卫高地的战友们下来啦！小美赶快跑出隐蔽所，跑到山脚下的小路边。路两边站了好些人，大家手里拿着慰问品，还有的拿着红花，准备戴在这些活下来的战友胸前。小美看见远远走过来二十多个人，后面还抬着不少伤员。他们一个个瘦弱不堪，棉袄棉裤满是口子，脸上涂了炭似的。看到有人欢迎他们，略略整了一下队伍，挺起胸，抬起头，换上庄严肃穆的神情。与他们相反的方向，上高地换防的部队正在快速行军。

小美第一个认出来的是刘审计。他走得摇摇晃晃，和后面的一个战友合伙抬着一大捆步枪。他肩上扛着一杆军旗，这军旗上少说有上百个弹洞，尾部被撕扯成一条一条的。刘审计对欢迎的战友们笑着，笑得很恍惚。这时，刘审计认出了站在人群中的小美。他笑着说，你看，我没骗你吧，咱们不是又见面了吗！

刘审计后面是豁嘴连长。他一直低着头，怕人们认出他似的。他的肩上扛着半截树桩子，上面密密麻麻嵌着大大小小各种各样的弹片、子弹，边缘锋利，寒光闪闪，让人胆寒。小美向人群后面望了一眼，没有找到树生。他跑到豁嘴连长面前，好半天才张开口问道，树生指导员呢？他是不是在医院？豁嘴连长把脸压得低低的，说，树生指导员后来和我们分开了，他到高地西北山梁上的阵地指挥战斗去了。我们再没见到过他……

小美跟着豁嘴连长走了几步，又痴痴地问道，那李大棉裤呢？豁嘴连长低着头说，他肯定是死了，咋死的我也没看见。高地上所有还活着的，就是我们这些人。小美还要问，豁嘴连长眼睛血红血红的，像被绳索套住了的狼一样，怒吼道，别问了！再问你一枪打死我算啦！

小美回过神来，向高地南面望去。不远处就是军事分界线，拉着红蓝两色的布带，几名美军兵站在自己阵地一边站岗。美军阵地上的炮弹壳堆得像小山头一样，像北方的麦垛子，在夏季太阳的照射下，闪着晃眼的金色光。他们的军用物资就堆在山上，仗打完了，什么也不往下运。

这个坑道已经挖了两天，还没挖通。有人说，要不……反正……小美打断了他的话，愤怒地大叫道，埋在坑道里头的可都是誓死保卫阵地的战友啊！那人不说话了。小美看了看参与任务的战友，他们大多是战役结束后补充进来的，在高地上战斗过的老兵不多了。后来，大家变了一种挖掘方式，从坑道上方打洞，一直向坑道中央挖，最后挖通了。

小美提着马蹄灯，从上方掘出的洞口跳进坑道。里面的气味骇人，坐着躺着各种各样姿式的遗体，但都已经高度腐烂，绝无辨认的可能性。小美向深处爬去，在坑道壁上有个凹进去的小洞，洞里摆着一盆金达莱。为了防止它掉落，花盆半埋在小洞里。金达莱已经枯萎，又干又脆，上面落满了硝烟尘土，看上去竟成了黑色的花朵。

坑道深处的墙壁上挂着一面党旗和一面军旗，两面旗子下面，叠放着三只木弹药箱。小美扒开覆盖在上面的土块和碎石，发现了一只挎包，挎包里塞了七八十封用血写成的请战书……

小美失神地站在高地上，看着周围一股一股飞上天空的滚滚汽油浓烟。一个干部模样的军人走过来，抓起一把土，抖了抖，对小美说，小同志，这仗打得可是凶啊！随便一把土里都有这么多弹片和碎骨头片。据说，这位军人是军事科学院的，前来实地考察，准备回去写战例。小美看了他一眼，苦笑一下，走开了。

小美随部队回国前，师政委把小美找了过去，递给他一封信，然后说道，小美同志，这封信是咱们师已经牺牲的两位同志，四连指导员树生写给师作战科长王大心的。信是从王大心的遗物中找到的，内容与你有关，并且不涉及军事秘密，所以，我把它转交给你，当作纪念。之所以这样做，还因为我觉得这封信写出了我们所有人的心声，希望你能用一辈子去读它。

尾　声

　　这个城市，一个世纪之前叫奉天，是东北有名的重工业城市。城市里有一个火车站，车站前曾经竖立着一个很高的白色大理石纪念碑，碑顶放置着一个铜铸的坦克。纪念碑的名字叫"苏联后贝加尔坦克军将士纪念碑"，是为了纪念当年苏联红军出兵东北歼灭日本关东军时牺牲的将士而立。这个城市里的人称它为"坦克碑"，外地来的亲朋好友下火车之后，通常都要在碑下照相留念。火车站周围，有许多民国时代的建筑，两层或三层，红砖砌制，层与层之间举架很高，窗子又长又大，每个房间都有木地板，由于年代久远，地板被鞋底磨得薄了，只有带树结的地方还鼓起一个疙瘩，踩上去很硌脚。楼梯有木制的，也有水磨石制的。给人印象深刻的是水磨石台阶中间部分光滑如镜，并且深深地凹陷下去。如今，当越来越多现代风格的建筑在这个城市里拔地而起时，这一带成了为数不多几个还可以感受到久远年代气息的地方。

　　从火车站向西不远，有几个巨大的球形储油罐，为了防火，储油罐周围竖着高高的铁栅栏。以此为标志，再向西的很大一片区域里，曾经有过很多家动辄上万人的工厂。街道两旁，是这些工厂的职工宿舍。这些宿舍楼通常不高，三层五层，红砖架构，大多是筒子楼，一条长长的过道两侧，分住着一家家一户户。许多年后，随着这些工厂的倒闭或迁移，红砖楼也剩下不多了。拆掉之后，原地建起了各式各样可以自由买卖的商业住宅小区。

在一处热闹的街道边上，就还留有这么一排红砖楼。红砖楼一层最靠边的窗子被改造了一下，装上了一扇铝合金门，这样，屋子里的人推开门就可以直接来到街上。窗子玻璃上贴了三个红字"小卖部"。向里面望去，屋子不大，有一张单人床，一张桌子，剩下的空间里放了几个铁架子，上面摆着方便面、面包、香烟、盐、酱油、雪花啤酒、可乐、雪碧、花生米、锅巴、面巾纸等经常有人买的小商品。这栋红砖楼前是一片空地，到了夏季，就变成了人声鼎沸的大排档，要持续到后半夜两三点钟，才能安静下来。有时，还会有喝醉了的爷们在这里争吵、打架、掀桌子、摔啤酒瓶子，叮叮咣咣哗哗啦啦的响声，也是夏夜里必有的声音，和树上的昆虫的叫声一样。

小卖部的主人是一位跛脚老人。他已经在这栋红砖楼的这个房间里住了四十多年。天气寒冷时，他从玻璃窗里静静地看着外面的景物。天气暖和时，他会打开铝合金门，一瘸一拐地走到外面，坐在小板凳上观察过往的路人。他搜索着记忆，四十多年来，这窗外的风景变化真是很大。红砖楼刚刚建成时，自己才三十岁出头，这里是一片巨大的宿舍区，远远看得见工厂的烟囱。每日清晨和傍晚，无数身穿深蓝色工作服的工人或步行，或骑自行车，汇聚成密集的人流，流进工厂，或流出工厂。后来，一条很宽的柏油马路穿过楼前，通了公共汽车，去市中心更方便了。过了许多年，工厂拆掉了，每天再不见上班下班的拥挤人流。再后来，很多红砖楼也拆掉了，街道两边出现了饭馆、商铺、电影院、KTV，还有高大密集的住宅楼。人也变了。过去，人们穿的是清一色的工作服，现在，则花花绿绿，再没有统一的样式。

红砖楼围成了一个天井。总有三五个女孩子在下午三四点钟醒来，穿着睡衣坐在天井里的大树下，泡上桶装的方便面，配上红塑料皮火腿肠，一边骂骂咧咧地说话，一边呼噜呼噜地吃面。天黑之后，老人看见这些女孩子穿着皮短裤皮上衣，浓妆艳抹地向夜色里而去。人老了，觉也少。天蒙蒙亮的时候，老人又能看见她们醉醺醺地回来，摇摇晃晃，有时一头摔倒，趴在地上好久也不起来。这些女孩子经常到老人的小卖部买东西，主要是买方便面。某年夏季深夜，一个女孩子醉眼蒙眬地敲开玻璃窗，递给老人一张钞票，傻笑了一下，说道，老头，来桶面，再来瓶老雪。老人不语，把东西和零钱递给女孩子。

过了一会儿，外面传来哭叫声。一个戴金链子的年轻小伙儿揪着女孩子的头发，打着她的耳光，吃大排档的人围在四周，却没人劝阻。老人一瘸一拐地跑过去，一把推开年轻小伙儿。年轻小伙儿皱着眉，拎起一只空酒瓶向老人走来。老人也不躲闪，挺起胸，挡在前面，说道，我看你敢动我？年轻小伙儿上上下下打量着老人，片刻之后，冷笑道，大爷，我知道你是这个小卖部的，我也是这一块儿的，认识你。你管这闲事干啥？

老人冷着脸，道，既然认识我，也听我一句劝，别动不动就动拳头。你有拳头，别人没有？你有刀子，别人没有？今后多干点正经事儿，要不早晚会出大事儿。年轻小伙儿扭过脸，走掉了。老人回到小卖部前面，坐在小板凳上。女孩子也跟了过来，坐在老人身旁的水泥台阶上，头枕在老人肩上。她号啕大哭了好一阵子，说道，活着真没意思啊！干脆死了算啦！

老人静静地听着女孩子哭。她哭得精疲力竭，喘不过气来，看上去要昏死过去似的。老人拍了拍女孩子的肩，说道，孩子，歇歇吧，再哭就哭坏身体了。

他又说，相信我，如果你能豁出命去像人一样生活，你就一定能过上那样的日子。

女孩子似乎听进心里了，压下了哭泣，问，老头，你年轻时是干什么的？

老人说，我也没干过什么。我的很多战友都是为了争取一个能让所有人都像人一样生活的新世界而牺牲的。我只是想对你说，其实你知道好的生活应该是什么样子的，既然你知道，那你就努力把它变成你真正的生活。你年轻，你心里有火焰，别让它熄灭了。我一直都相信，你们心中火焰照出的样子，就是新世界应该有的样子。

女孩子说，老头，我觉得你说话和别人不一样。

老人继续说道，孩子，记住，年轻时不要悲伤，要鼓起勇气，因为当你老了的那一天，你会发现老人的每一次悲伤，都是过去所有悲伤的总和……

女孩子去睡了。老人不困，睁着眼等到了天明。一个中年男人路过小卖部，和老人打了个招呼。远处的工厂还在的时候，老人和中年男人都是那里的工人，老人是师傅，中年男人是他的徒弟。当初还是十八九岁的毛头小伙儿。而今，中年男人已五十多岁了。时间过得真快！

老人问，这么早就去门市啦？中年男人道，上午要给一个政府机关的整幢大楼装照明，大活儿，得早点去啊！老人说，这个岁数，正是身体着病的时候，别累着了。中年男人答，上有老，下有小，哪敢休息啊！可不是过去喽！说罢，中年男人匆匆消失在灰蒙蒙的晨雾里。

这时，小卖部窗台上的座机电话响了。电话上方的墙壁上，电信部门钉着一块白色铁牌子，印着"公用电话"几个字。大家都有手机了，现在只有零星外地来打工的人和一些老年人才会偶尔花上几毛钱，使用这部公用电话。

老人有些疲倦地站起身，拿起落了不少灰的绿色塑料电话筒，轻轻地喂了一声。起初，话筒里没有声音，老人又喂了一声，准备挂断。有人低低地问道，是小美吗？老人挺起胸，深呼了一口气，问道，你是谁？对方说，我可不可以不说我是谁？老人说，那你想干什么？对方说，我想问几个人，想知道他们是不是还好。老人答，可以，你问吧。

咱们师作战科王大心科长怎么样了？

他牺牲在朝鲜了。

政治部的霓云干事呢？

她也牺牲在朝鲜了。

电话那头又一次沉默了。老人搜索着自己的记忆，说道，我知道你是谁了。你是不是师部的杨见习员？对方说，不是，杨某某到了美军这边之后，经过短期训练，空投到了福建沿海一带的山区里，被机枪打中，死了。老人又问，那你是小李子吧？

对方犹豫了一下，问，这么多年，你过得还好吗？

老人说，使出浑身力气去过日子呗，一个残废，能好到哪儿去？可想想那些牺牲了的人，啥都知足啦！

对方又问，你对现在的生活满意吗？

老人说，凑合吧，十分满意的生活上哪儿找去呀？

老人觉得对方的问话不太是滋味儿，反问道，你呢？你过得怎么样？

对方说，我后来去了台湾，当了很多年兵，退伍之后做生意，挣了些钱。前些年，我在小兴安岭那一带投资建了几个榨油、制糖、加工谷物的工厂，生意做得还不错，算是为国家建设贡献了些力量。

老人问，你想说什么？

对方说，我不想说什么。

老人问，你是不是想说，你当初的选择是对的，你活下来了，你享福了，你挣到钱了，你的日子过得比我们都好？

对方说，不是这样的。现在，我是白发苍苍的老人，国家和政府已经原谅了我，可我还是不敢去见你们。

老人突然对话筒吼道，我也想原谅你，可我的良心过不去！是人就没有愿意去死的。可是，在面对死的时候，你和那些牺牲的人相比，最大的区别在于，他们是站着死，而你是跪着生。站着死的人也能站着生，跪着生的人永远是跪着生！这个新世界，还是我当初豁出性命争取来的那个新世界。现在，我在火车站能坐上一小时跑三百公里的高铁，而七八十年前，那里站着日本宪兵和他们牵着的大狼狗！虽然我没享着什么大福，可我还生活在这个新世界里，我还期待着这个新世界更好的样子。而你不是！

对方说，你别生气，我给你打电话，只是想问问几个人的情况。我也不指望你们原谅我。今后，我也不会再打扰你。

老人流泪了，说，我不是不想原谅你。咱们都是半条腿迈进棺材的人了，其实早就可以坐下来吃饭，喝酒，聊一聊你我的生活。然后，眼睛一闭，撒手人间。日月星辰、大江大河、四季寒暑、流年时光，哪有不能改变的呢？当初，你不过是想活下去，是人都想活着，这是人之常情。而且，我又有什么资格来责备你呢？只有牺牲的人才有资格责备你。只是，牺牲的人太多了，我实在是过不了良心这一关。你要明白，良心这个东西，是没法自己骗自己的。

对方说，我知道，我知道，彼此不必多说了。

沉默了许久，老人又道，我在朝鲜的时候只见过一次黑色的金达莱。如果你也能找到，你就把它放到烈士们的墓前。如果找不到，就别再打扰他们了。

电话挂断了。老人愣愣地坐了很久。下午时分，他突然感到心神不宁坐立难安。他匆匆回到屋子，从柜子里取出一只巴掌大的铜框相片。老人的屋子里没挂任何东西，没有照片，没有纪念章，没有奖状。大部分与他在同一个工厂工作过的同事都不知道他曾经是个军人，并且在朝鲜打过仗。他着急忙慌地锁上门，将铜框相片揣进怀里，坐上了向城北方向去的公共汽车。他一边望着外面，一边回忆着王大心、霓云、树生、二六、李大棉裤、小花匠、戛戛、宋大锤子这些人的脸，生怕因为自己的衰老而记不清了。可是，老人绝望地发现，他们还是那么鲜活年轻，但面容却不可阻挡地模糊了。他们的脸庞散发着金黄色的光晕，但朝着那里望去，却如同泛黄的老照片一样渐渐不再清晰。

下了汽车，他走进抗美援朝烈士陵园，穿过纪念碑广场，一直向后面走。密密的松树下是一座水泥铸成的坟茔。正是午后最炎热的时候，来吊唁的人不多。老人继续向后面走，这里是环形的烈士英名墙，英名墙环绕的圆形广场正中央，是白色山型雕塑。

老人默默地沿着黑色的英名墙前行。突然，他发现在前方英名墙下，摆着一枝黑色的花。这花不是真花，而是由黑纸做成，但做得很精心。五片花瓣，十几根花蕊，很精致，很逼真。老人向黑色花朵上方看去，在英名墙上找到了昔日战友的名字。他连忙环顾四周，偌大广场只有他一人。

老人把铜框相片掏出来，抬头望了望天空，小声说道，今天太阳不错，大家都晒晒吧，咱们一起说会儿话。他盯着这张过鸭绿江时照的合影，喃喃说道，你们都牺牲在了江那边，只有我一个人回来啦！

说完，他把照片放在了白色山型雕塑前。摆好的那一刻，老人心里突然冒出一句话，有个声音在响亮地说，他们才是山一样的人物！他们与苦难的大山搏斗过，现在，他们也成了山！

老人有些惊奇，因为这句话来自遥远的记忆，却又不知是谁说过。站在白色山型雕塑前，这个声音越来越大，越来越响亮，像小的水滴汇聚成了狂野的波涛。不是一个人在说，而是成千上万个人在说。不是此时此刻不有人在说，而是数千年历史光阴之中，无时无刻有人在说。老人不仅觉得这话说得很对，同时他也很激动，因为这山一样的人物也包括他自己。

他高兴地说道，我给你们唱一段好不好？我小声点，不会吵了其他战友。老人先唱了《秦雪梅》中的一段，唱着唱着，泪水就模糊了视线。他看到霓云走到了自己的身边，给他擦眼泪，帮他整理凌乱的头发。接着，他还看到了王大心、树生等众多战友，他们的身体是透明的，闪闪发光。他们在你身边，有说有笑，但你却无法触摸到他们，只能与他们穿身而过。

老人擦干泪水，昂起头，接着唱道：

同志哥，
别掉队，
高山大海无所畏！

同志哥，
你看他，
一三五团的刘齐家，
疥疮疟疾都不怕。
上午打摆子下午拉肚子，

拄着木棍还往山上爬!

同志哥,
加油啊!
最后一仗啦!
打到大海边,
解放全中华!